KAT MARTIN

Stachel der Erinnerung

Buch

Kaum jemand ahnt etwas von der Vergangenheit der bildschönen, klugen Jessica Fox. Die gesamte Londoner Gesellschaft hofiert und umschwärmt sie – doch ihr Herz schlägt nur für den attraktiven, aber arroganten Captain Matthew Seaton, den Sohn des Marquis von Belmore. Matthew traut ihrer unverhohlenen Zuneigung jedoch nicht. Obwohl er seine Leidenschaft ihr gegenüber kaum zügeln kann, argwöhnt er, daß Jessica es nur auf seinen Reichtum und seinen Titel abgesehen hat. Jessica hingegen liebt ihn mehr als ihr Leben, und als die dunklen Schatten ihrer Kindheit lebendig werden und schließlich auch ihren Geliebten bedrohen, beginnt sie einen todesmutigen Kampf um Liebe und Gerechtigkeit ...

Autorin

Kat Martin studierte an der University of California Geschichte und Anthropologie. Sie lebt mit ihrem Mann Larry, ebenfalls Schriftsteller, in Bakersfield, Kalifornien.

Im Taschenbuch von Kat Martin außerdem lieferbar:

Der Pirat und die Wildkatze (42210) · Duell der Herzen (42623)
Dunkler Engel (42976) · Geliebter Teufel (43794)
Heißer Atem (42224) · Heißer als die Sonne (42781)
Hungrige Herzen (42409) · In den Fängen der Leidenschaft (42699) · Kreolisches Feuer (42054) · Süße Rache (42826)
Teuflischer Verführer (43546) · Wilde Rose (43215)

KAT MARTIN

Stachel der Erinnerung

Roman

Aus dem Amerikanischen
von Elke Iheukumere

BLANVALET

Die amerikanische Originalausgabe erschien unter dem Titel
»Innocence Undone« bei St. Martin's Press, New York

Umwelthinweis:
Alle bedruckten Materialien dieses Taschenbuches
sind chlorfrei und umweltschonend.
Das Papier enthält Recycling-Anteile.

Blanvalet Taschenbücher erscheinen im Goldmann Verlag,
einem Unternehmen der Verlagsgruppe Bertelsmann

Deutsche Erstveröffentlichung September 1998

Umschlaggestaltung: Design Team München
Umschlagillustration: Daeni/Schlück, Garbsen
Satz: deutsch-türkischer fotosatz, Berlin
Druck: Elsnerdruck, Berlin
Verlagsnummer: 35034
Lektorat: SK
Redaktion: Petra Zimmermann
Herstellung: Heidrun Nawrot
Made in Germany
ISBN 3-442-35034-4

1 3 5 7 9 10 8 6 4 2

Für einige meiner besten Freunde im Literaturbetrieb:
Meryl Sawyer, Olga Bicos und Brenda Joyce –
für alle Eure Hilfe und Unterstützung
durch die zahlreichen Jahre.
Und für Euer Verständnis, die Nöte und Schwierigkeiten
anzuerkennen, die mit dem Schreiben eines Buches
zusammenhängen.
Danke, Freunde – Ihr seid die Größten!

1

England 1798

»Laßt mich in Ruhe, verdammter Schnösel!«

»Du kleine, unverschämte Göre – wie oft habe ich dich schon gewarnt? Jetzt wirst du das bekommen, was du verdient hast!« Der frisch ernannte Leutnant zur See, Matthew Seaton, biß wütend die Zähne zusammen. Gerade erst war er aus der Tür seines Landsitzes, des Herrenhauses von Seaton, getreten, in seiner brandneuen, fleckenlos reinen Uniform. Und jetzt war seine enganliegende weiße Hose voller klebrigem Schmutz. Ein halbverfaulter Apfel hatte einen häßlichen, feuchten Streifen auf dem Kragen seiner dunkelblauen Jacke hinterlassen. Dieser schmächtige, zierliche Teufel hatte das absichtlich getan!

Er ging drohend auf sie zu. »Ich habe genug von dir, Jessie Fox. In den letzten beiden Jahren hast du mich geplagt, wo du nur konntest. Du hast mich bestohlen, hast mich beschimpft – und jetzt hast du meine neue Uniform ruiniert. Es wird Zeit, daß jemand dir endlich Manieren beibringt, und es sieht ganz so aus, als würde ich derjenige sein, der dazu auserwählt ist.«

»Ihr werdet mich niemals fangen, Ihr seid eine tolpatschige, schmierige Kröte.« Jessie wich zwei Schritte zurück bei jedem Schritt, den Matt in ihre Richtung machte. »Ich bin schlauer, und ich bin schneller.« In ihrer dreckigen, zerlumpten Hose und dem zerrissenen Hemd, das schmutzige blonde Haar unter einer mottenzerfressenen grauen Wollkappe versteckt, sah sie eher wie ein Junge und nicht wie ein zwölfjähriges Mädchen aus. Sie warf einen weiteren verfaulten Apfel nach Matthew. Er verfehlte sein Ziel nur um Zentimeter. Eine neue Welle von Wut schwappte in ihm hoch.

»Du kleines Luder, du bist die Plage von Bucklers Haven. Du bist eine Taschendiebin und eine Räuberin – das Verderben jedes Reisenden, der durch das Dorf kommt. Eines schönen Tages wirst du im Gefängnis von Newgate landen.«

»Geht, verdammt, zur Hölle!« schrie Jessie, als er nach ihr griff. Sie wirbelte herum und rannte weg. Sie tänzelte nach links, täuschte dann einen Haken nach rechts vor und entwischte seinem Griff. Matthew fluchte.

»Ein verdammter Stutzer, das seid Ihr«, stichelte Jessie unverdrossen. »So fein gekleidet und so sauber und elegant. Aber nur, weil Ihr ein verdammter Graf seid, heißt das noch lange nicht, daß Ihr auch etwas Besonderes seid.«

Matt zog die dunkelblonden Augenbrauen zusammen und warf ihr einen wütenden Blick zu. »Ich kann nicht glauben, daß du ein Mädchen bist. Du redest schlimmer als ein verkommener Seemann.« Er griff noch einmal nach ihr, doch Jessie lachte nur. Sie wandte sich um und lief auf einen knorrigen alten Apfelbaum zu. Eine weiße, schmiedeeiserne Bank stand darunter. Jessie kletterte an dem Stamm des Baumes hoch, ihre dünnen Beine klammerten sich darum und brachten sie in die Sicherheit der starken Äste.

Wäre Matthew nicht so groß gewesen, er hätte es nicht geschafft.

Nun lächelte er zufrieden, als sich seine Hand um das schmale Fußgelenk des Mädchens schloß. Als er kräftig daran zog, verlor sie den Halt. Sie quietschte entsetzt auf und fiel herunter. Matthew fing sie auf, ehe sie auf dem Boden aufschlug.

»Laßt mich los, Ihr verfluchter Bastard!«

Matthew legte beide Hände auf ihre Schultern und schüttelte sie – so fest er konnte. »Du solltest besser lernen, dich zu benehmen, du kleiner Satan!« Als er sie noch einmal schüttelte, fiel ihr die Kappe vom Kopf, doch Jessie ließ sich so schnell nicht einschüchtern. Noch ehe er wußte, was sie vorhatte, hatte sie die Hand ausgestreckt, griff nach einem der glänzenden goldenen Knöpfe seiner Jacke und riß ihn ab. Es gab ein häßliches ratschendes Geräusch, als der leuchtendblaue Stoff zerriß.

Seine gesamte Haltung signalisierte die Wut, die in ihm loderte. Trotz des erschrockenen Ausdrucks auf Jessies Gesicht zog Matthew sie zu der schmiedeeisernen Bank vor dem Apfelbaum. »Das hast du schon lang verdient, Jessie Fox, und jetzt wirst du es auch bekommen.« Er achtete nicht auf ihre wilden Protestschreie, sondern zerrte sie auf seinen Schoß. »Ich habe dich gewarnt«, erklärte er. »Und verdammt, ich fühle mich nicht im mindesten schuldig.«

Jessie schrie auf, als seine Hand hart auf ihr kleines Hinterteil niedersauste. Die verschlissene graue Hose bot nur wenig Schutz gegen seine kräftigen Hände.

»Verdammter Dreckskerl!« brüllte sie.

Zwei, drei, vier.

»Verdammter, widerlicher, aufgeblasener Stutzer!«

Fünf, sechs, sieben. Jedes andere Kind hätte ihn angefleht aufzuhören. Doch nicht Jessica Fox.

Matt schubste sie wieder senkrecht, und sie kam stolpernd auf die Beine. Mit weit aufgerissenen blauen Augen sah sie in sein Gesicht. Es verblüffte ihn, daß Tränen darin glänzten.

»Du bist ein schlimmes Mädchen, Jessie. Wenn du das nächste Mal Ärger machst, dann denke an den Preis, den du heute dafür gezahlt hast. Wenn du dich nicht änderst, dann wird dir das einmal sehr leid tun. Früher oder später wirst du die Konsequenzen tragen müssen, und sie werden viel schlimmer sein als das, was du eben erlebt hast.«

»Ihr werdet derjenige sein, dem es leid tut.« Sie schniefte hinter der vorgehaltenen Hand. Dann machte sie einen Schritt von ihm weg, ihre Unterlippe zitterte, eine Träne rollte über ihre Wange. Zu seiner Überraschung sah er einen Ausdruck von Schmerz in ihren Augen und brennende Erniedrigung. »Ich werde eine Lady sein – eine richtige vornehme Lady, mit feinen Seidenkleidern und einem reichen, gutaussehenden Mann, der mich überall herumführt. Euch werde ich es zeigen. Ich werde schon einen Weg finden. Ich werde eine richtige Lady werden. Und dann – verdammter Graf oder nicht – wird es Euch leid tun, daß Ihr mich so behandelt habt.«

Matthew schüttelte nur den Kopf. Mit einem letzten Blick auf das verwahrloste Kind Jessie Fox wandte er sich ab. Den Anflug von schlechtem Gewissen schob er schnell von sich. Er bedauerte es nicht, was er getan hatte, der Himmel allein wußte, daß sie eine ordentliche Tracht Prügel verdient hatte. Vielleicht würde es ja etwas nützen.

Doch die Wahrscheinlichkeit war viel größer, daß Jessie ihre Diebereien und ihre Art, anderen Ärger zu bereiten, nicht aufgeben würde und dafür eines Tages in irgendeinem dunklen Gefängnis enden würde.

Oder noch wahrscheinlicher, flach auf ihrem Rücken in einem der Zimmer über dem Black Boar Inn, wo sie sich ihren Lebensunterhalt als Dirne verdiente – genau wie ihre Mutter.

2

England, April 1805

»Du meine Güte, Liebes, er ist doch nicht der König von England.«

Jessies Lippen verzogen sich zu einem kläglichen Lächeln. Sie wandte sich von den duftigen Ballkleidern ab, die auf ihrem mit seidenen Laken bezogenen Bett lagen. »Nein, das ist er wirklich nicht. Vielleicht würde ich mir nicht so große Sorgen machen, was ich anziehen soll, wenn er wirklich der König wäre.«

»Du wirst wunderschön aussehen, ganz gleich, welches Kleid du anziehst.« Viola Quinn, die dralle, grauhaarige Frau, die Jessie schon seit ihrer Kindheit kannte, warf ihr einen liebevollen Blick zu. »Es besteht viel eher die Möglichkeit, daß der Kapitän so bezaubert ist von dir, daß er nicht einmal bemerkt, was du überhaupt für ein Kleid trägst.«

Viola nahm Jessie in den Arm. Sie war dem Mädchen in mütterlicher Liebe zugetan, mehr, als ihre eigene Mutter es je gewesen war. »Danke, Vi. Du sagst immer das Richtige.«

Viola Quinn, einst Köchin im Black Boar Inn, war mit ihren fünfzig Jahren wohl kaum eine rechte Kammerzofe, doch Jessie liebte sie. Und der alternde Marquis, der jetzt Jessies Vormund war, hatte schließlich nachgegeben und Viola Quinn nach Belmore Hall geholt.

Die untersetzte Frau hob eines der Kleider vom Bett. »Wie wäre es mit dem goldenen?« Es war eine glitzernde Schöpfung mit einem Mieder, das mit Straßsteinen besetzt war. »Die Farbe paßt zu deinem Haar.«

Jessie schüttelte den Kopf, und ihre langen goldenen Locken, von denen Vi gesprochen hatte, flogen um ihren Kopf. »Viel zu förmlich. Graf Strickland ist zwei Jahre lang auf See gewesen. Ich möchte, daß er sich heute abend wohl fühlt.«

Vi hob ein anderes der eleganten Kleider hoch. »Was ist mit diesem hier aus elfenbeinfarbenem Satin – es paßt perfekt zu deiner blassen, pfirsichfarbenen Haut.«

Jessie biß sich auf die Unterlippe und betrachtete den schicklichen Ausschnitt und die schlicht geschnittenen Ärmel. »Zu schlicht. Ich möchte nicht, daß er denkt, ich sei ein Mauerblümchen.«

Viola seufzte. »Und wie ist es mit diesem hier?« Sie hielt ein kostbares, modisches blaues Seidenkleid hoch, mit hoher Taille und einem zurückhaltend ausgeschnittenen Mieder. »Es ist vom gleichen Blau wie deine Augen, und die silbernen Fäden im Überrock geben ihm ein wundervolles Glänzen.«

Jessie lächelte. Sie nahm das Kleid und lief durch das Zimmer zu dem verzierten Drehspiegel neben dem Fenster. Dort hielt sie das Kleid vor die Brust und betrachtete sich von allen Seiten.

»Du hast recht, Vi, dieses hier ist perfekt.« Einen Augenblick lang blieb sie stehen und betrachtete ihr Spiegelbild, eine große, schlanke Frau mit hohen, festen Brüsten, einem feingeschnittenen Gesicht und frischgewaschenem blondem Haar.

Selbst jetzt war es kaum zu glauben, daß diese bezaubernde junge Frau, die ihr aus dem Spiegel entgegenschaute, wirklich Jessie Fox war, das früher so schmutzige kleine Gör, das durch die Straßen von Bucklers Haven gestreift war. Die arme, bemitleidenswerte kleine Jessie, so hatten die Leute aus der Stadt sie genannt. Sie lebte im Unrat, und niemand kümmerte sich um sie.

Nichts als die Tochter einer Hure.

Jessie fühlte Vis Hand auf ihrer Schulter, und als sie sich zu ihr umdrehte, sah sie den Ausdruck von Zärtlichkeit im Gesicht der älteren Frau. »Es wird schon alles gutgehen, Liebes, du wirst es sehen. Du bist nicht mehr so, wie du früher einmal warst.«

Jessie schmiegte sich in Vis Arme und lehnte den Kopf an die Schulter der kräftigen Frau, das wunderschöne Kleid zerdrückten sie zwischen sich. »Er ... er weiß, wer ich bin, Vi. Er kennt mich, von früher. Was ist, wenn er ...«

»Er kennt dich nicht wirklich – nicht mehr. Du bist nicht länger das arme, kleine, zerlumpte Kind, das du früher einmal warst. Du bist jetzt das Mündel des Marquis von Belmore. Und dank Seiner Gnaden hast du eine feine Erziehung genossen. Du bist genauso gebildet wie eine richtige Lady, und die bist du auch.« Die ältere Frau legte ihr einen Finger unter das Kinn. »Nicht das, wohin du geboren bist, zählt, sondern das, was du aus dir gemacht hast.« Sie wischte Jessie eine einzelne Träne von der Wange. »Denke immer daran, Liebes, dann wird alles gutgehen.«

Jessie vermied es, sie anzusehen. »Ich weiß, es ist dumm, Vi, aber ich habe Angst. Ich kann mich nicht erinnern, eine solche Angst gehabt zu haben, seit der Nacht, in der dieser schreckliche Mann Mama im Gasthaus beinahe zu Tode geprügelt hat.«

Vi strich ihr über das Haar. »Das ist schon eine sehr lange Zeit her, Liebes. Du brauchst dich jetzt nicht mehr zu fürchten. Papa Reggie wird sich schon um den Kapitän kümmern. Er wird sich um alles kümmern, genauso, wie er es seit dem ersten Tag getan hat, an dem du hierhergekommen bist.«

Als Jessie an die Freundlichkeit des alten Mannes dachte, holte sie tief Luft. »Du hast recht, Vi.« Sie löste sich aus den Armen der Freundin und legte das Kleid vorsichtig auf das Bett. »Es ist nur so, daß ich von Herzen möchte, daß alles richtig ist.

Der Sohn des Marquis hat mich schon seit Jahren nicht mehr gesehen, doch er wird sich ganz bestimmt an den Tag erinnern, als …«

Sie hielt inne und versuchte, nicht mehr an ihre letzte Begegnung mit ihm zu denken. Immerhin war es einer der entwürdigendsten Augenblicke ihres ganzen Lebens gewesen. Wenn sie nur daran dachte, wie undiszipliniert sie mit zwölf Jahren gewesen war – und an die Konsequenzen, die ihr Benehmen ihr damals eingetragen hatte –, stieg heiße Röte in ihr Gesicht.

Sie beugte sich vor und strich das Kleid glatt. »Vielleicht hätte ich es bügeln lassen sollen. Es hängt schon eine ganze Weile im Schrank. Es wäre vielleicht nötig, daß …«

»Das Kleid sieht hübsch aus.«

»Vielleicht sollte ich läuten, damit man mir ein Bad einläßt.« Sie blickte zu dem Klingelzug und trat nervös von einem Fuß auf den anderen. »Papa Reggie hat mich gebeten, nicht zu spät zu kommen. Er sagt, der Graf wird um sechs Uhr erwartet, und er ist immer pünktlich.«

Vi lachte, und dabei hüpfte ihr Doppelkinn. »Bis dahin sind es noch Stunden, mein Lämmchen. Ich bin sicher, Seine Lordschaft wird beizeiten hier sein, immerhin ist er ein Seemann. Aber du wirst erst um acht Uhr beim Abendessen mit ihm zusammentreffen, und bis dahin hast du noch viele Stunden Zeit. Du bist schon den ganzen Tag über wie ein Wirbelwind herumgelaufen. Warum legst du dich nicht ein wenig hin? Ich lasse dir vom Koch ein Tablett vorbereiten, und wenn du dann aufwachst …«

Es klopfte laut an der Tür, und Vi verschluckte den Rest des Satzes. Sie murmelte etwas vor sich hin, dann ging sie über den dicken Perserteppich zur Tür und öffnete. Samuel Osgood, der große, stattliche Butler, stand davor.

»Es tut mir schrecklich leid, Mrs. Quinn, daß ich hier so hereinplatze, aber unten ist eine Frau, die verlangt, Miss Jessica zu sehen. Ich habe ihr erklärt, daß Miss Fox heute nachmittag nicht abkömmlich ist, aber sie scheint außergewöhnlich verstört zu sein. Ich dachte, Miss Jessica könnte vielleicht kurz mit ihr reden.«

»Natürlich werde ich mit ihr reden, Ozzie«, versicherte Jessie. »Hat sie ihren Namen genannt?«

»Mary Thornhill, Miss. Sie scheint wirklich sehr aufgeregt, ich dachte ...«

Jessie schob sich an ihm vorbei, noch ehe er den Satz zu Ende gesprochen hatte, dann lief sie schnell über den Flur zur Treppe. Mary war eine Freundin von Anne Bartlett, der Frau eines Pächters der Belmores. Anne war neunzehn, genauso alt wie Jessie, und sie war hochschwanger. Das Baby konnte jeden Tag kommen. In den Monaten, seit Jessie von Mrs. Seymours Privatakademie für die Erziehung junger Damen zurückgekehrt war, hatte sich zwischen ihnen beiden eine zarte Freundschaft entwickelt.

Jessie lief über den Marmorboden der Eingangshalle, der riesige Kronleuchter aus Kristall über ihr klirrte leise. Mary stand mit blassem Gesicht im Roten Salon, ihre ausdrucksvollen Augen waren vor Furcht geweitet. »Miss Jessie – Gott sei Dank seid Ihr hier.«

»Was ist, Mary? Was ist geschehen?« Vor Angst zog sich Jessies Magen zusammen. »Ist etwas mit Anne? Kommt das Baby schon?«

»Ja, Miss. Anne kämpft schon seit Stunden, um das Kind zur Welt zu bringen. Doch etwas stimmt nicht, Miss. Deshalb bin ich gekommen.«

Jessies Angst wuchs. »Kann denn die Hebamme nicht etwas für sie tun?«

»Die Hebamme ist drüben in Longly, um einer anderen Frau bei der Geburt zu helfen. Anne hat niemand anderen, der ihr beisteht, als mich, und ich kann ihr nicht helfen.«

»Was ist mit ihrem Mann? Sicher hat James doch nach einem Arzt geschickt.«

»James ist auch nicht da. Er ist den Fluß hinaufgefahren mit Ware, die er in Southampton verkaufen will. Ich war beim Arzt, aber er wollte nicht kommen, wenn er nicht im voraus Geld erhält. Lieber Gott, ich wußte nicht, was ich noch tun sollte. Da habe ich an Euch gedacht, Miss Jessie. Ich hoffte, daß Ihr uns das Geld für den Arzt vielleicht leihen könnt.«

»Natürlich werde ich das tun.« Dieser elende Hurensohn, dachte Jessie, doch sie sprach die Worte nicht laut aus. Sie hatte nicht mehr geflucht – wenigstens nicht laut – seit dem Tag vor vier Jahren, als sie in Belmore Hall eingezogen war.

»Ich habe etwas Geld oben. Warte hier – ich bin in einer Minute wieder da.« Sie hob den Saum ihres pfirsichfarbenen Musselinkleides und lief die Marmortreppe hinauf, so schnell sie konnte. Heftig riß sie die Tür ihres Schlafzimmers auf.

»Was ist denn los, Lämmchen?« Viola kam auf sie zugelaufen.

»Es geht um Anne Bartlett, Vi. Sie hat Wehen, doch offensichtlich gibt's Schwierigkeiten. Mary Thornhill ruft den Arzt. Ich muß zu Anne.«

Viola ging zur Tür. »Ich werde mitkommen.«

Jessie packte Vis Arm. »Ich werde schneller alleine dort sein. Wenn ich über die Felder reite, bin ich in fünfzehn Minuten da.« Sie lief zu ihrer Kommode, hob den Deckel ihrer Schmuckkassette und holte einen kleinen Lederbeutel mit Münzen daraus hervor, die sie sich von ihrem Monatsgeld gespart hatte.

»Bring dies runter zu Mary.« Sie reichte Vi den Lederbeutel. »Der Arzt will nicht helfen, wenn er nicht vorher sein Geld bekommt. Ich kehre zurück, sobald ich sicher bin, daß es Anne gutgeht.«

Vi nickte. Nach all den Jahren wußte sie, daß es keinen Zweck hatte, mit Jessie zu streiten, wenn sie sich etwas in den Kopf gesetzt hatte. Das Mädchen hatte keine Ahnung vom Kinderkriegen, doch Schmerz und Blut waren nicht neu für sie. Sie wußte alles, was zum Überleben nötig war, sie kannte Entschlossenheit und Kraft. Wenn überhaupt jemand das Mädchen durchbringen würde, dann war es Jessie. Vi nahm die Münzen und lief zur Treppe.

In ihrem Zimmer riß Jessie die Tür ihres Rosenholzschrankes auf und suchte etwas ganz hinten im Schrank. Dann holte sie ein Bündel schäbiger alter Kleider hervor. »Wenigstens sind sie sauber«, murmelte sie und dachte an den Tag, als sie das Hemd und die grobe braune Hose das letzte Mal getragen hatte. Beides hatte sie einem Stalljungen geklaut, als sie gerade vierzehn Jahre alt war. Der Himmel allein wußte, warum sie die Sachen behalten hatte. Doch die Tatsache, daß sie von der Hand in den Mund gelebt hatte, daß sie ständig hungrig gewesen war und nichts anderes als Lumpen getragen hatte, hatte sie zu einem Menschen gemacht, der alles aufbewahrte. Selbst bei einem so luxuriösen Leben wie in Belmore waren alte Gewohnheiten nur schwer abzulegen.

Sie knöpfte die Hose zu, die wesentlich enger saß als damals. Das Hemd konnte sie gerade noch über der Brust schließen. Nach dem Regen in der letzten Nacht waren die Felder aufgeweicht, und sie war keine so gute Reiterin. Sie wagte es nicht, im Damensattel zu reiten, obwohl der Marquis darauf bestand. Sie nahm an, daß sie es zeitlich nur schaffen konnte, wenn sie im Herrensitz ritt. Außerdem würde außer den Stallknechten niemand sie sehen, und die waren alle ihre Freunde.

Sie nahm einen braunen Filzhut aus dem Bündel und verstaute ihr Haar unter dem breiten Rand. Dann lief sie aus ihrem Zimmer zur Dienstbotentreppe im hinteren Teil des Herrenhauses.

Im Stall befahl sie Jimmy Hopkins, einem der Stalljungen, die kastanienbraune Stute zu satteln, die sie auch sonst ritt. Er zog ihr die Steigbügel unter dem flachen Ledersattel zurecht und half ihr aufzusteigen. Er grinste, als er sie auf den Rücken des Pferdes schob.

»Viel Glück, Miss Jessie.«

»Danke, Jimmy.« Sie legte einen Finger an die Krempe ihres breitrandigen Filzhutes, dann beugte sie sich über den Hals des Pferdes und bohrte die Fersen in den Leib des Tieres. Sie hoffte, daß sie oben bleiben würde, und betete, daß jemand Anne und dem Baby helfen könnte.

»Hallo, Vater.« Kapitän Matthew Seaton, Graf von Strickland, Kommandeur des Kanonenbootes Seiner Majestät, der *Nor-*

wich, schloß leise die Tür der herrschaftlichen Suite seines Vaters in Belmore Hall hinter sich. Der alternde Marquis von Belmore, der in seinem massiven Himmelbett ruhte, lehnte sich in die Seidenkissen zurück, die vor dem Kopfteil aus Mahagoniholz lagen.

Beim Klang der tiefen Stimme seines Sohnes öffnete er die Augen einen Spalt, und sein Mund verzog sich zu einem Lächeln. »Matthew! Sohn! Ich habe mich schon gefragt, ob meine alten, müden Augen dich je wiedersehen würden.« Er streckte Matthew seine faltigen Hände entgegen, und Matthew ergriff sie. Dann beugte er sich vor und drückte unerwartet seinen Vater leicht verlegen an sich.

»Ich habe dich vermißt, Vater.« Er hielt ihn noch einen Moment in seinen Armen, eine seltene Liebesbezeugung von einem Mann, der beinahe die Hälfte seiner dreißig Jahre damit verbracht hatte, zu lernen, seine Gefühle unter Kontrolle zu bringen.

Kapitän in der Kriegsflotte Seiner Majestät zu sein verlangte eiserne Beherrschung. Doch irgendwann würde er die Marine verlassen und seine Pflichten als Sohn und Erbe übernehmen, da sein älterer Bruder Richard bei einem Reitunfall ums Leben gekommen war. Und er machte sich Sorgen um seinen Vater.

»Tritt einen Schritt zurück, mein Junge, und laß dich ansehen. Du liebe Güte, es ist schon mehr als zwei Jahre her, seit du das letzte Mal hier warst.«

Matt trat gehorsam zurück und fragte sich, ob sein Vater die kleinen Fältchen bemerken würde, die sich in den Winkeln seiner tiefblauen Augen gebildet hatten. Seine Haut war durch den langen Aufenthalt in der Sonne zu einem dunklen Bronzeton gebräunt. Sein Haar besaß nach wie vor den dunklen goldblonden Ton. Doch war es jetzt länger. Im Nacken reichte es an den breiten, weißen Stehkragen, und die Haarspitzen waren von der Sonne heller gebleicht.

»Wenn ich es nicht besser wüßte«, sagte der alte Herr und lachte leise, »dann würde ich schwören, daß du noch ein Stück gewachsen bist, mein Junge.«

»Aus dem Wachstumsalter bin ich wohl heraus, Vater.« Matt lächelte und überlegte, daß er wahrscheinlich jetzt ein paar Muskeln mehr an den Armen hatte und eine etwas breitere Brust. An Bord eines Schiffes gab es immer viel Arbeit, sogar für einen Kapitän. »Ich entschuldige mich für meine Kleidung. Ich wollte mich eigentlich erst umziehen. Doch als ich das Haus betreten hatte, konnte ich es nicht erwarten, dich wiederzusehen.«

»Du siehst gut aus, mein Junge – wundervoll sogar. Ein prächtiger Anblick für meine müden, alten Augen.«

In seinem dunkelbraunen Frack, den rehfarbenen Reithosen mit dem weißen Hemd und den hohen Schaftstiefeln war Matt, gleich nachdem er dem wartenden Lakaien die Zügel seines in Portsmouth gemieteten Pferdes gereicht hatte, sofort zum Zimmer seines Vaters geeilt.

»Ich hoffe, ich habe dich nicht gestört. Ich wußte nicht, daß du dich ausruhen wolltest.«

»Unsinn. Ich verbringe doch lieber meine Zeit mit dir, als den ganzen Tag dösend in meinem Bett zu liegen.«

Matthew lächelte. »Ich freue mich, dich zu sehen, Vater. Es ist ein herrliches Gefühl, wieder zu Hause zu sein.«

Sie unterhielten sich noch eine Weile, sprachen von allerhand nebensächlichen Dingen, davon, daß das Schiff, das ihn nach Portsmouth gebracht hatte, nach zwei anstrengenden Jahren der französischen Blockade neu mit Kupfer beschlagen werden mußte. Sie sprachen von seiner Reise nach Belmore, davon, daß er sofort aus Portsmouth aufgebrochen war. Na ja, fast sofort. Matt machte sich nicht die Mühe, seinem Vater von der kleinen Rothaarigen zu erzählen, die ihn in den Nächten unterhalten hatte, während er in der emsigen Hafenstadt seine Geschäfte erledigt hatte.

»Du hast mich noch gar nicht nach Jessica gefragt«, meinte der Marquis nach einer Weile, mit einem kleinen Vorwurf in der Stimme. »Du mußt doch aus meinen Briefen wissen, daß sie hier ist.«

»Es hat mehr als drei Monate gedauert, bis mich deine Briefe erreicht haben. Aber durch den letzten habe ich erfahren, daß das Mädchen aus dem Internat zurück ist und hier in Belmore bei dir lebt.«

Der Marquis setzte sich in seinem Bett auf. Er wußte, daß dieses Thema seinem Sohn nicht gefiel. Sie hatten sich bereits wegen Jessica gestritten, als Matthew das letzte Mal zu Hause gewesen war.

»Ich weiß, was du von dem Mädchen hältst. Das hast du mir überdeutlich klargemacht, bei mehr als einer Gelegenheit. Aber du hast Jessica seit Jahren nicht mehr gesehen – nicht mehr, seit sie ein eigensinniges Kind war. Und schon gar nicht, seit ich sie unter meine Fittiche genommen habe. Sie ist jetzt eine Frau, Matthew. Eine feine, guterzogene, lebhafte junge Frau. Ich danke Gott jeden Tag, daß sie zu mir gekommen ist, daß sie den Mut hatte, ihre Träume wahrmachen zu wollen und daß sie mich davon überzeugt hat, ihr dabei zu helfen.«

Matt kämpfte gegen eine aufsteigende Verärgerung an. »Wenn ich mich recht erinnere, hat Jessie Fox noch nie der Mut gefehlt. Als Kind war sie nur wild. Sie ist von einer Schwierigkeit in die andere gestolpert. Mit zwölf Jahren war sie eine Gaunerin, eine Taschendiebin und eine Räuberin. Mit fünfzehn war sie ein ungepflegtes, hinterhältiges kleines Biest, das all seine Tricks eingesetzt hat, um dein Mitleid zu erregen und dich dazu zu bringen, sie bei dir aufzunehmen.«

»Das Mädchen kämpfte ums Überleben.«

»Und das hat sie verdammt großartig hingekriegt. Mit ihren neunzehn Jahren hat Jessie Fox die beste Erziehung genossen, die man für Geld kaufen kann. Sie hat ihren eigenen Vierspänner und kleidet sich wie eine Königin. Sie lebt hier in Belmore wie eine königliche Hoheit, und sie besitzt alles, was ihr verräterisches kleines Herz sich nur wünschen könnte. Du wunderst dich, warum ich mich nicht für Jessie Fox interessiere, Vater? Weil Jessie Fox meine Aufmerksamkeit nicht nötig hat. Offensichtlich scheint sie äußerst erfolgreich für sich selbst sorgen zu können!«

Der Marquis schwieg, er sah Matt nur lange an. »Das klingt

ja geradeso, als wolltest du andeuten, daß Jessica mich manipuliert hat, all diese Dinge für sie zu tun, daß sie mich in gewisser Weise ausgenutzt hätte. In Wirklichkeit bin aber ich es, der davon profitiert hat.«

Diesmal schwieg Matt. Er war nicht nach Belmore gekommen, um sich mit seinem Vater über Jessie Fox zu streiten.

»Als dein Bruder starb«, fuhr der alte Herr fort, »da war ich verzweifelt. Du warst nicht da, und ich war ganz allein. Es war eine schreckliche Zeit für mich. Und als ich glaubte, den Schmerz keinen Augenblick länger ertragen zu können, habe ich meine Erinnerungen in Belmore Hall zurückgelassen und bin ins Herrenhaus nach Seaton gezogen. Doch auch dort wurde es nicht besser. Ich war ein bitterer, einsamer alter Mann, der nur noch auf sein Ende wartete.«

Heißes Schuldgefühl stieg in Matt auf. »Das tut mir leid«, sagte er leise. »Ich hätte bei dir sein sollen. Doch leider habe ich erst sechs Monate nach Richards Tod erfahren, daß er gestorben war.«

»Es war nicht dein Fehler, Sohn. Du warst genau dort, wo du hast sein müssen. Du hast für dein Land gekämpft. Aber das hat es mir nicht leichter gemacht.« Der Hauch eines Lächelns spielte um seinen Mund. »Und dann, an einem Tag, an dem ich ganz besonders bedrückt war, habe ich glücklicherweise einen Spaziergang zum See gemacht, und diese arme kleine Göre war auch da. Mein Leben bekam eine Wendung zum Besseren im selben Augenblick, als ich Jessica traf.«

»Sie war sicher ganz zufällig da, als du dort warst«, stellte Matt voller Sarkasmus fest. »Es war reiner Zufall, daß ihr beide euch getroffen habt.«

»Ich weiß nicht, warum sie gerade an diesem Tag dort war, und es ist mir auch gleichgültig. Alles, was ich weiß, ist, daß sie seit diesem Tag jeden Morgen an dieser Stelle auf mich gewartet hat, und ich habe mich immer auf unsere Begegnungen gefreut. Wenn Jessica in meiner Nähe war, brachte sie Leben und Freude in meine Welt. Sie hat den Funken wieder entzündet, der in mir zu erlöschen drohte. Sie hat mich aus der Dunkelheit herausgeführt und hat mir den Wunsch zurückgegeben zu leben. Als sie mich dann bat, ihr zu helfen – als sie mir gestand, daß es ihr Traum war, eine Lady zu werden –, da bereitete es mir die größte Freude, ihr diesen Wunsch zu erfüllen.«

Matthew dachte an die schmutzige kleine Göre, die ihn bei jeder Gelegenheit herausgefordert hatte. Er hatte sie bei den verschiedensten Gelegenheiten weggejagt, doch war sie immer wiedergekommen, entschlossen, ihn zu ärgern – obwohl er sich mit hämischem Vergnügen an den Tag erinnerte, an dem er es der kleinen Hexe heimgezahlt hatte.

Im Alter von fünfzehn Jahren war sie eine zerlumpte kleine Diebin gewesen, die die Trauer seines Vaters ausgenutzt und einen Weg gesucht hatte, sich seine Zuneigung zu erschleichen. Das würde Matt ihr niemals verzeihen, und wenn er erst einmal wieder für immer zu Hause war, würde er schon dafür sorgen, daß dieses Mädchen seinen Vater nicht länger ausnutzte.

Ein leises Lachen unterbrach seine Gedanken.

»Du wirst sie nicht mehr wiedererkennen, da wette ich mit dir. Sie ist eine ausnehmend hübsche Frau geworden.«

Matthew zwang sich zu einem Lächeln. »Willst du etwa behaupten, daß sie aufgehört hat, mit Dreck und faulem Obst zu werfen? Sie ist nicht länger diese kleine Taschendiebin, die unvorsichtige Reisende um ihr hart verdientes Geld erleichtert?«

Matthews Vater runzelte die Stirn. »Dieser nichtsnutzige Halbbruder von ihr war der eigentliche Übeltäter. Jessica ist lebhaft, das stimmt, aber sie hat ein viel zu weiches Herz, um wirklich böse zu sein. In den letzten vier Jahren ist sie zu einer wunderschönen, intelligenten jungen Frau herangewachsen. Wenn du ihr auch nur die kleinste Möglichkeit gibst, dir das zu beweisen, dann wirst du sehr schnell verstehen, was ich meine.«

Matthew betrachtete eingehend das Gesicht seines Vaters. Reginald Seaton war einmal ein großer, robuster Mann gewesen. Doch in den Jahren, seit Matt von zu Hause weg war, hatte den Marquis seine Kraft verlassen. Er besaß noch immer eine Löwenmähne schneeweißen Haares mit dicken Koteletten, doch in den weißen Kissen sah er blaß aus, und seine Wangen waren eingefallen.

Matthew hielt sich zurück. Mit Jessica Fox würde er sich später auseinandersetzen. Zunächst einmal ging die Gesundheit seines Vaters vor. Er würde alles tun, was der alte Herr von ihm verlangte.

»Ich weiß, das Mädchen hat sich deine Unterstützung gesichert, Vater. Ich bin mit dem, was sie getan hat, nicht einverstanden. Wenn es dich jedoch glücklich macht, dann werde ich mich damit abfinden.«

Der Marquis sah erleichtert aus. »Dann wirst du sie also auch mit dem angemessenen Respekt behandeln?«

Matt nickte. Was war der angemessene Respekt für die Tochter einer Dirne? Kein großer, überlegte er. »Wenn du mich jetzt entschuldigen würdest, dann möchte ich mich darum kümmern, daß mein Pferd anständig untergebracht ist.« Er sah den Grafen von Belmore Hall an, merkte, daß sich die Augen des alten Herrn geschlossen hatten, und Matthews düsterer Gesichtsausdruck wurde sanft.

»Ruh dich aus, Vater.« Er nahm die Hand des alten Herrn und drückte sie. »Ich freue mich darauf, dich und ... und dein Mündel beim Abendessen zu sehen.«

Mit diesen Worten ging er.

Jessie blickte zur Sonne, die als feuriger, orangeroter Ball über dem Horizont hing. Es dämmerte bereits, und sie saß auf dem Rücken ihres Pferdes, klammerte sich an der Mähne ihrer kastanienbraunen Stute fest und drängte sie zu immer wilderem Galopp. Dicke Erdbrocken flogen unter den Hufen des Pferdes auf und blieben an Jessies Hose und an ihrem Hemd hängen, die schon schmutzig geworden waren, als sie durch die Felder zu Annes Haus geritten war.

Sie hatte gehofft, daß es nicht so lange dauern würde, doch das Baby hatte sich Zeit gelassen, und der Arzt war erst sehr spät eingetroffen. Jetzt wollte sie mit ihrem rasenden Tempo ein bißchen der verlorenen Zeit aufholen.

Herzklopfend beobachtete sie den langsam hinter dem Horizont versinkenden Feuerball. *Lieber Gott, bitte gib, daß er nicht vor mir zu Hause ist.*

Doch ihre Chancen standen nicht gut, das wußte sie. In ihrer zerlumpten, schmutzigen Kleidung, mit dem verschwitzten blonden Haar, das ihr an der Stirn klebte, sah sie sicher entsetzlich aus. Sie betete, daß das Glück ihr hold war, daß Jimmy ihr sofort das Pferd abnehmen würde, während sie unauffällig über die Hintertreppe in ihr Zimmer schlich.

Jessie lächelte. Wenigstens hatte Anne das Baby gesund zur Welt bringen können, ein kleines Mädchen, dem sie den Namen Flora gegeben hatte. Als Jessie angekommen war, hatte Anne vor Angst geschluchzt, sie war sicher gewesen, daß sie das Kind verlieren würde. Der Schmerz hatte sie beinahe zerrissen, und Jessie hatte nicht nur um das Leben des Kindes gezittert.

Gerade, als es den Anschein hatte, daß Anne an der Geburt sterben würde, war der Arzt eingetroffen. Das Baby lag falsch, hatte er festgestellt. Es war ihm schließlich gelungen, es in die richtige Lage zu bringen, und das Kind war zur Welt gekommen. Als Jessie ging, waren Mutter und Kind außer Gefahr. Tränen der Rührung standen in Jessies Augen, als sie erneut an das Wunder dieses neuen Lebens dachte.

Sie keuchte entsetzt auf, als das Pferd in eine tiefe Pfütze trat und sie damit aus ihren Gedanken riß. Gefährlich rutschte Jessie im Sattel seitwärts. Das Pferd strauchelte kurz, fing sich aber wieder und galoppierte weiter.

Sie näherten sich jetzt der Buchsbaumhecke hinter dem Stall, fast waren sie zu Hause. Jimmie winkte ihr schon aus der hinteren Stalltür zu. Jetzt brauchte sie nur noch über die Hecke zu setzen.

Jessie beugte sich tief über den Hals des Pferdes, mit Leichtigkeit flogen sie über die Hecke – die Landung allerdings verlief nicht so glücklich. Eine große Pfütze, die sie nicht vorhergesehen hatte, machte den Boden glitschig und es der Stute fast unmöglich, Fuß zu fassen. In dem Moment trat ein Mann aus dem Schatten und lenkte das Pferd zusätzlich ab. Die Stute versuchte auszuweichen. Der Sattel rutschte zur einen und Jessie zur anderen Seite. Sie fiel vom Pferd und landete mit einem heftigen Aufplatschen genau in der Pfütze.

»Verdammte Hölle!« Pitschnaß saß sie mitten in der Bodenkuhle und spuckte. Ihren Hut hatte sie verloren, ihr blondes Haar war voller Erde und klebte ihr in traurigen Strähnen am Kopf. Hals und Gesicht waren gesprenkelt mit Schlamm, ihr Hemd war vom Wasser durchweicht, und ihre Hose war sowieso naß.

Sie blickte zu dem Kerl auf, der der Grund dafür gewesen war, daß das Pferd gescheut hatte. Zuerst sah sie ein paar hohe schwarze Schaftstiefel. Eine enge braune Hose umschloß lange schlanke Beine und schmale Hüften. Mit wachsendem Entsetzen wanderte ihr Blick weiter über einen muskulösen Oberkörper, über breite Schultern – zum harten, kantigen Gesicht des riesigen Mannes.

Kapitän Matthew Seaton, Graf von Strickland. Ihr blieb wirklich nichts erspart.

Bis auf ihre Begegnung mit Papa Reggie hatte Jessie Fox in ihrem Leben kein großes Glück gehabt.

»Ts, ts, ist das nicht die berüchtigte Miss Fox?« Voller Sarkasmus troffen die Worte über seine wohlgeformten Lippen. Augen, so dunkelblau, wie Jessie sie noch nie gesehen hatte, musterten sie von Kopf bis Fuß ohne einen Anflug von Überraschung. Genau das, was er da vor sich sah, hatte er erwartet.

Jessie fühlte sich ganz elend. Sie hatte ihn beeindrucken wollen, der Marquis hatte stolz auf sie sein sollen. Statt dessen wirkte sie jetzt wie ein völliger Dummkopf. Sie zwang sich mit letzter Kraft, das Kinn zu heben. »Ich … ich fürchte, ich muß mich schnell umziehen.« Sie rappelte sich hoch und wandte sich ab. Das Gesicht des Grafen zeigte keinerlei Reaktion.

»Ich finde, das ist eine hervorragende Idee. Warum gehen wir nicht beide zusammen ins Haus? Ihr könntet auf dem Weg zu Eurem Zimmer kurz bei meinem Vater hereinschauen und ihm zeigen, was für eine Lady aus Euch geworden ist.«

Jessies Hals war wie ausgedörrt. Sie hielt den Kopf hoch erhoben, obwohl sich ihr Inneres aufzulösen schien. »Euer Vater weiß besser als alle anderen Menschen auf der Welt, wie ich bin. Im Gegensatz zu Euch würde er besorgt sein, wenn er mitangesehen hätte, wie ich vom Pferd gestürzt bin. Wenn Ihr mich jetzt bitte entschuldigen würdet ...«

Sie wandte sich ab und ging davon. Ihr Kopf dröhnte, sie konnte nur qualvoll atmen. Durch ihren Knöchel zuckte ein sengender Schmerz. Sie hatte gar nicht registriert, daß sie so hart auf dem Boden aufgeschlagen war.

Sie merkte nicht, daß er ihr folgte, bis sie plötzlich stolperte und er nach ihrem Arm griff.

»Ihr habt recht. Es war sehr unhöflich von mir, mich nicht nach Eurem Befinden zu erkundigen.«

Sie entriß ihm ihren Arm. »Es geht mir blendend, vielen Dank.«

»Was ist mit Eurem Bein? Gerade habt Ihr noch gehumpelt.«

»Mein Bein ist völlig in Ordnung«, versicherte sie ihm würdevoll. Sie kehrte ihm den Rücken zu und war bemüht, den Schmerz beim Weiterlaufen zu verbergen. Er runzelte die Augenbrauen, sagte jedoch nichts. Während Jessie kerzengerade ins Haus ging, spürte sie Graf Stricklands mitternachtsblaue Augen hinter sich. Sie fragte sich, was er wohl von ihr dachte. Doch so schmutzig und abgerissen, wie sie aussah, war es nicht schwer, sich das vorzustellen.

Viola wartete in ihrem Zimmer. »Wir müssen uns beeilen«, rief sie. »Der Kapitän ist schon angekommen, und ...« Sie hielt inne, als sie Jessie erblickte, und ihre Augen weiteten sich vor Entsetzen. »Bei allen Heiligen im Himmel! Mein armes kleines Lämmchen, was um alles in der Welt ist geschehen?«

Jessie sank in sich zusammen. »Was geschehen ist? Stell dir das Allerschlimmste vor, Vi. Stell dir vor, ich bin von meinem Pferd gefallen und in einer Pfütze genau zu Füßen von Kapitän Seaton gelandet. Und stell dir weiter vor, daß er mich natürlich sofort in dieser schmutzigen, zerlumpten Kleidung erkannt hat.«

»Gütiger Gott im Himmel.«

Jessie war verzweifelt. »Ich wollte ihn beeindrucken, Vi. Ich wollte ihm zeigen, daß ich mich wirklich geändert habe.« Tränen brannten in ihren Augen. »Statt dessen habe ich ihm das Gegenteil bewiesen. Wie kann ich ihm jetzt noch gegenübertreten?«

Die ältere Frau stützte die Hände in die Hüften. »Du kannst ihm gegenübertreten, Liebes, denn du hast dich wirklich geändert. Du wirst zum Abendessen gehen, in diesem wunderschönen blauen Seidenkleid, und du wirst die Rolle der Lady spielen, bis Seine verdammte Lordschaft sich zu wundern beginnt, ob das Wesen, das er im Schlamm gesehen hat, nicht eine Halluzination gewesen ist.«

Jessie schluckte schwer und betrachtete das herrliche blausilberne Kleid, das am Schrank hing. Bis Papa Reggie sich ihrer angenommen hatte, hatte sie solche Kleider nur durch die Fenster des Herrenhauses von Seaton gesehen – nämlich dann, wenn sie sich hinter den Rosenbüschen versteckt und ihr Gesicht gegen die Fenster gedrückt hatte. Sehnsüchtig hatte sie sich gewünscht, diesen glänzenden Stoff einmal berühren zu dürfen, die glatte, glänzende Seide auf ihrer Haut fühlen zu können. Doch alles, was sie damals gefühlt hatte, waren die Schrammen an ihrer Haut von den Dornen und die Risse in ihrer fadenscheinigen Kleidung.

Sie blickte zu der Badewanne aus Kupfer, neben der ein Dutzend Eimer mit dampfendem Wasser standen. Die trüben Gedanken an ihre Vergangenheit schwanden, und neuer Mut floß durch ihre Adern.

»Du hast recht, Vi. Das ist nicht das erste Mal, daß mich der Kapitän so gesehen hat. Heute abend allerdings wird er mich von meiner besten Seite kennenlernen.« Sie lief zur Wanne hinüber, zog sich die schmutzige Hose und das grobe Hemd aus und streifte die dreckstarrenden Stiefel von den Füßen.

Minuten später saß sie bis zum Kinn in heißem, schaumbedecktem Wasser, das ihre Haut nach Rosen duften lassen würde. Sie wusch sich das Haar und spülte es aus, dann lehnte sie sich in der Wanne zurück. Ihr Knöchel tat nicht mehr so weh, und die Kopfschmerzen waren verschwunden. Ihre Zuversicht war zurückgekehrt, zusammen mit einer wilden Entschlossenheit.

Das heiße Wasser entspannte sie. Mit geschlossenen Augen lag sie in der Wanne, als Vi mit einem sauberen Leinenhandtuch neben sie trat.

»Ich nehme an, das Baby und seine Mutter haben die Anstrengungen der Geburt überstanden, und alles hat ein glückliches Ende gefunden.«

Vorsorglich, damit kein Wasser auf den kostbaren, mit Intarsienarbeiten verzierten Fußboden tropfte, legte ihr Viola das Handtuch um und wickelte dann noch ein kleineres Handtuch um ihr langes blondes Haar.

»Ja, Anne hat ein kleines Mädchen bekommen, es soll Flora heißen. Es war das wundervollste Erlebnis, das ich je hatte.«

»Du bist doch nicht etwa bei der Geburt dabeigewesen, oder?«

»Natürlich war ich dabei. Ich wollte sehen, wie ein Baby auf die Welt kommt. Jetzt weiß ich es.«

Viola seufzte. »Du weißt schon viel zuviel für ein Mädchen in deinem Alter. Es ist eine Schande, daß du nicht behüteter aufgewachsen bist.«

»Es hätte noch schlimmer sein können, Vi. Wenn du nicht gewesen wärst, dann möchte ich mir nicht vorstellen, was nach Mamas Tod aus mir geworden wäre.« Ein Schauer lief durch ihren Körper, als sie an den betrunkenen Mann dachte, der sie im Schankraum angesprochen hatte. Als sie die Münze verweigerte, die er ihr in die Hand gedruckt hatte, hatte er sie geschlagen und begonnen, sie zur Treppe zu zerren. Vi hatte sie gerettet. Vi und die Dirnen, die Freundinnen ihrer Mutter gewesen waren. Frauen, die wollten, daß Jessie nicht ihr Schicksal teilte.

Wieder dachte sie an das Baby, und ein Lächeln erhellte ihr Gesicht. »Wenigstens konnte ich helfen. Wenn mein Leben anders verlaufen wäre, hätte ich mich vielleicht davor gefürchtet.«

»Du hast ein gutes Herz, mein Lämmchen.« Vi fragte sich, ob der große, gutaussehende Graf bereit war, Jessies Vergangenheit soweit beiseite zu schieben, um das zu bemerken.

3

Du lieber Gott, ich komme zu spät. Jessie hörte die große Standuhr in dem mit Wandteppichen ausgeschmückten Raum die Viertelstunde schlagen, gerade als sie vor der mächtigen Mahagonitür stand.

Samuel Osgood, der Butler, trat neben sie. »Guten Abend, Miss Jessica.«

Sie hielt einen Augenblick inne und nahm sich Zeit, sich zu fangen. »Guten Abend, Ozzie.« Ihre Hände zitterten ein wenig. Sie strich damit über die blaue Seide ihres Kleides und hoffte, der Mut würde sie nicht verlassen.

»Wenn ich das sagen darf, Miss, Ihr seht bezaubernd aus in dem Kleid.«

Der liebe gute Ozzie. Sie lächelte ihn dankbar an. »Danke, Ozzie.« Sie straffte sich, holte noch einmal tief Luft und bedeutete dann dem stattlichen Butler, die Tür zum Salon zu öffnen.

Ohne ein Geräusch schwang die schwere Tür auf, und Jessie ließ die Schönheit des Raumes auf sich wirken. Das Licht der Kerzen in den großen Leuchtern flackerte über dem mit dicken Teppichen belegten Fußboden. Mit den bemalten Decken und den mit Intarsienarbeiten verzierten Ebenholzmöbeln wirkte der Raum beruhigend auf sie. Sie war dankbar für dieses Gefühl.

Jessie zwang sich zu einem Lächeln, als sie das Zimmer betrat und zu dem Kamin aus dunkelbraunem Marmor ging, der sich an der gegenüberliegenden Seite des Raumes befand. Ein kleines Feuer brannte darin, und Jessie sah, daß der Marquis schon auf sie wartete.

Sie entdeckte aus den Augenwinkeln den Kapitän, Graf Strickland, wagte es jedoch nicht, ihn anzusehen. Statt dessen lief sie direkt auf seinen Vater zu, der sie liebevoll anlächelte, ihre Hände in die seinen nahm, sich vorbeugte und ihr einen Kuß auf die Wange gab.

»Guten Abend, meine Liebe.«

»Guten Abend, Papa Reggie. Es tut mir leid, daß ich zu spät komme.«

Die blonden Augenbrauen des Kapitäns zuckten hoch, als er hörte, wie sie seinen Vater anredete. Offensichtlich gefiel ihm das ganz und gar nicht.

»Matthew, ich möchte dir mein Mündel vorstellen, Jessica Fox. Jessica, das ist mein Sohn Matthew.«

Seine Blicke brannten auf ihrer Haut, als er in ihr Gesicht sah und dann seine Augen über ihren Körper wandern ließ.

»Mistress Fox.« Sein Mund war spöttisch verzogen. Er nahm ihre behandschuhte Hand in seine und beugte sich förmlich darüber, als sie sich von ihrer anmutigen Verbeugung erhob. Er trug seine dunkelblaue Uniform, die goldenen Knöpfe glänzten, die Epauletten auf seinen Schultern ließen diese noch breiter aussehen. Die enge weiße Hose schmiegte sich an seine langen, muskulösen Schenkel. Im Licht der Kerzen schimmerte sein Haar so golden wie die Flammen.

Jetzt sah er wieder in ihr Gesicht. »Ihr seht sehr hübsch aus heute abend. Ich bin froh, festzustellen, daß Ihr keine ... gesundheitlichen Schäden ... wegen Eures heutigen Unglücks erlitten habt.«

Sie weigerte sich, den Köder anzunehmen. Nur eine zarte verlegene Röte überhauchte ihr Gesicht. »Ich habe mich recht gut erholt, vielen Dank.« Sie entzog ihm ihre Hand, entschlossen, sich von ihm nicht provozieren zu lassen. »Ich fürchte, ich bin keine sehr gute Reiterin. Ich hätte vorsichtiger sein sollen, doch ich hatte Papa Reggie versprochen, pünktlich zu sein.«

Der Marquis runzelte die Stirn. »Was für ein Unglück ist dir denn zugestoßen?« Er sah seinen Sohn an. »Ich hatte keine Ahnung, daß ihr beiden einander schon begegnet seid.«

»Es war nicht der Rede wert, Papa Reggie. Ein kleiner Reitunfall. Glücklicherweise war Seine Lordschaft dort und konnte mir seine Hilfe anbieten.«

Sie warf dem Grafen einen bittenden Blick zu. Der Marquis wäre entsetzt, wenn er herausfinden würde, auf welche Art sie seinen Sohn begrüßt hatte. »Es geht mir wunderbar, wie Ihr wohl seht. Ihr braucht Euch keine Sorgen um mich zu machen.« Sie wußte, der Kapitän war weit davon entfernt. Ihm würde es vermutlich am besten gefallen, wenn sie sich den Hals brechen würde.

Sie wartete auf die Worte, mit denen er sie bloßstellen würde, mit denen er sie als dieselbe unerzogene Göre hinstellen würde, die er schon früher gekannt hatte. Doch er hob nur sein Weinglas und prostete ihr zynisch zu. »Auf Eure Gesundheit, Mistress Fox.« Er verzog leicht den Mund, dann nippte er an seinem Rotwein.

Jessie wartete angespannt auf seine nächste Attacke, doch er schwieg. Sie unterhielten sich nun über Nebensächlichkeiten, über die Veränderung des Wetters, die Reise des Kapitäns von Portsmouth. Auch wenn er sie weiterhin beobachtete, so gehörte doch seine ganze Aufmerksamkeit seinem Vater. Vielleicht würde er doch nicht die ganze Zeit über versuchen, sie in eine Falle zu locken. Eventuell hatte ihm ja ihr Anblick in dem seidenen Kleid und ihr Benehmen als vollendete Lady die Sprache verschlagen. Was auch immer der Grund dafür war, sie war dankbar für den Aufschub, für die Möglichkeit, sich gegen ihn wappnen zu können.

Er würde sie ganz sicher nicht in Ruhe lassen, dessen war sie sicher. Doch zumindest wahrte er die Höflichkeit. Er glaubte noch immer, daß ihr nichts an seinem Vater lag, daß sie ihn nur für ihre eigenen selbstsüchtigen Ziele benutzte. Sie wußte es, weil er in seinen Briefen davon geschrieben hatte. Sie hätte diese Briefe nicht lesen dürfen. Der Marquis wäre schrecklich wütend, wenn er es wüßte. Aber ihre Neugier hatte über ihre Erziehung gesiegt.

Sie gab ehrlich zu, daß die Vermutungen des Kapitäns am Anfang der ganzen Geschichte sogar richtig gewesen waren. Sie hatte wochenlang gegrübelt, wie sie die Aufmerksamkeit des alten Herrn erregen könnte. Nachdem ihre Mutter gestorben war, war sie auf sich allein gestellt gewesen. Außer Viola und ihrem gelegentlich unerwünscht anwesenden Halbbruder Danny hatte sich niemand um sie gekümmert. Nach dem Angriff des Betrunkenen in dem Schankraum war sie schließlich gezwungen gewesen, das Gasthaus zu verlassen und sich einen Ort zu suchen, an dem sie unbehelligt leben konnte.

Sie hatte den Marquis um Hilfe gebeten, weil er immer so nett zu ihr gewesen war. Wenn er ins Dorf kam, hatte er stets eine Münze oder zwei für sie übrig gehabt, als hätte es schon damals ein Band zwischen ihnen gegeben. Von Anfang an hatte sie sich zu ihm hingezogen gefühlt, und jetzt liebte sie ihn wie den Vater, den sie nie gehabt hatte.

Aber davon verstand der Graf überhaupt nichts. Er sah nichts als ihr Mißgeschick, ihre Lügen, ihre Diebereien und Betrügereien. Er glaubte nur das Schlimmste von ihr, und er wollte zeigen, daß er recht hatte.

Und Jessie war genauso entschlossen, das Gegenteil zu beweisen.

Er machte eine großartige Schau daraus, ihr den Arm zu bieten, und ein beunruhigendes Glitzern erschien in seinem Blick, als sie dem Anstand folgte. Sie fühlte die rauhe Wolle seiner Uniformjacke, die Wärme seines Körpers, und ein unerwartet wohliges Gefühl durchrieselte sie.

Auch wenn sie sehr nervös war, so überkam sie doch ein Anflug von Belustigung. Was würde dieser hochgewachsene, attraktive Kapitän zur See sagen, wenn er wüßte, daß ihr Grund, ihn bei jeder Gelegenheit zu ärgern, nur der war, seine Aufmerksamkeit zu erringen?

Was würde Graf Strickland sagen, wenn er wüßte, daß sie ihn schon immer angebetet hatte?

Das Abendessen war endlich zu Ende. Papa Reggie hatte eine große Anzahl köstlicher Gerichte bestellt – Fasan mit Austernfüllung, Kalbsmilch, geröstete Ente, Steinbutt in Hummersauce, verschiedene Gemüse und Salate und eine riesige Süßspeise in Form eines Ankers als Nachtisch.

Während des gesamten Mahls unterhielten sie sich angeregt miteinander. Sie sprachen von der englischen Blockade, die Napoleon und die französische Flotte davon abhalten sollte, sich für eine Invasion der britischen Insel zu sammeln, eine der größten Ängste des Landes.

Das Schiff des Kapitäns, die *Norwich,* lag vor Brest und der Bucht von Biscaya, sie unterstand dem Kommando des Admirals Cornwallis.

»Wir waren wenigstens nicht so weit von zu Hause weg wie Nelson und die Schiffe, die im Mittelmeer stationiert waren«, erzählte der Kapitän. »Wir konnten alle drei Monate neue Verpflegung aufnehmen, ohne große Probleme. Aber trotzdem war nach zwei Jahren auf See, ohne Landurlaub, die Moral auf dem Schiff ziemlich gesunken.«

Jessie setzte sich steil auf. »Ihr meint, Ihr habt diese armen Männer nicht einmal von dem Schiff gelassen?«

Der Kapitän sah sie an, sein Blick war kühl. »Seid Ihr damit nicht einverstanden, Mistress Fox?«

Ihre Finger schlossen sich fester um den Kelch aus Kristall, den sie gerade an ihre Lippen führen wollte. »Nicht einverstanden ist noch milde ausgedrückt. Gütiger Gott, das ist regelrecht unanständig. Was geschieht mit den Familien dieser Männer? Die meisten sind in den Dienst der Marine gezwungen worden. Sie wurden gegen ihren Willen an Bord dieser Schiffe gebracht – und dann hat man ihnen noch nicht einmal erlaubt, an Land zu gehen?«

»Etwas weniger als die Hälfte der Mannschaft war das Ergebnis von Aushebungsmannschaften. Die meisten haben sich rekrutieren lassen, und einige waren Quotenmänner – sie wurden auf das Schiff geschickt als Strafe für Verbrechen, die sie begangen hatten. Ich persönlich bin der Meinung, daß die Männer unter meinem Kommando loyal genug gewesen wären, um wieder zurückzukommen, wenn ihr Landurlaub beendet gewesen wäre. Sie hatten sich in ihre Lage ergeben und waren gewillt, das Beste daraus zu machen. Doch leider war Admiral Cornwallis da anderer Meinung.« Er sah sie mit diesen bezwingenden mitternachtsblauen Augen an. »Darf ich Euch daran erinnern, Miss Fox, daß auch ich in den letzten beiden Jahren an Bord geblieben bin?«

Jessie biß sich auf die Unterlippe. Schuldgefühle stiegen in ihr auf. Sie bezweifelte keinen Augenblick, daß Matthew Seaton ein fairer und fähiger Kapitän war. Er war der Sohn des Marquis von Belmore, ein Mann mit dem gleichen edlen Blut wie sein Vater.

»Es tut mir leid, Graf. Ich weiß, Ihr habt nur Eure Pflicht erfüllt. Jemand muß auf England aufpassen, ganz gleich, welche persönlichen Entbehrungen dafür ertragen werden müssen. Doch zwei Jahre erscheinen mir so lange. Es muß mühselig gewesen sein für Euch.«

Seine Blicke ließen sie nicht los. Er versuchte zu erkunden, ob ihre Worte ernst gemeint waren. »In gewisser Weise war es schwierig. Manchmal war das Warten zermürbend. Und wenn die Verpflegungsrationen knapper wurden, kauten wir Kekse voller Würmer, aßen Fleisch mit Maden und tranken Wasser, das so braun war wie Baumrinde. Aber mit fünfhundert Männern unter meinem Kommando gab es immer eine Menge Arbeit – es war gewiß niemals langweilig. Und dann ist da ja auch noch das Meer, endlos weit und voller Schönheit und Herausforderungen.« Ein leichtes Lächeln umspielte seine Lippen. »Beinahe so wie eine verführerische Frau – genauso gefährlich.«

Sie ignorierte die Anspielung, die wohl an sie gerichtet war. »Ich würde auch gern einmal über das Meer segeln. Ich möchte das Stampfen des Schiffes unter meinen Füßen fühlen und den frischen, kühlen Wind in meinem Gesicht. Als Kind habe ich mir oft gewünscht, ich wäre ein Junge, denn dann wäre ich von zu Hause weggelaufen und zur See gegangen. Ich hätte mich als blinder Passagier versteckt oder als Kabinenjunge verdingt.« Sie warf ihm einen spitzbübischen Blick zu. »Vielleicht hätte ich dann eines Tages sogar unter Euch Dienst getan, Kapitän.«

Sein leichtes Lächeln wandelte sich in offene Belustigung. »Das Leben ist höchst unvorhersehbar, Miss Fox. Man weiß nie, wie sich die Dinge entwickeln werden.«

Heiße Röte stieg ihr ins Gesicht. Sicher hatte sie sich den Unterton in seiner Stimme nur eingebildet. Sie blickte zum Marquis und stellte fest, daß er die Stirn gerunzelt hatte.

»Na ja, auf jeden Fall bin ich froh, daß du als Mädchen geboren wurdest, meine Liebe.« Der Marquis lächelte sie an, tätschelte ihre Hand und drückte sie leicht. »Jungen machen wesentlich mehr Schwierigkeiten, und sie sind bei weitem nicht so unterhaltsam.«

Als sie den Grafen wieder ansah, stellte Jessie fest, daß er jetzt derjenige war, der die Stirn runzelte.

Matthew streckte sich in dem gepolsterten Sessel aus, während sein Vater ihm ein Glas Brandy eingoß. Er dachte an Jessie Fox – oder vielmehr an die Frau, zu der Jessie Fox erblüht war. Er war nicht überrascht gewesen, daß sie sich verspätete, obwohl sein Vater darüber ernstlich verstimmt gewesen war.

»Ich denke, das ist das Vorrecht einer Frau«, hatte Matt ihn besänftigt, obwohl er verdammt gut wußte, warum das Mädchen sich verspätet hatte. Und dann war sie ins Zimmer getreten. Sie war in einem Hauch von blauer und silberner Seide an ihm vorübergeschwebt zum Kamin, wo der Marquis auf sie gewartet hatte. Nicht einen einzigen Blick hatte sie ihm geschenkt, sie war geradewegs zu seinem Vater gegangen.

Erstaunlicherweise war Matt ihr dafür dankbar gewesen.

Von dem Augenblick an, als das Mädchen den Raum betreten hatte, hatte es ihm die Sprache verschlagen. Er hatte sie nur angestarrt, unfähig, seine Blicke von ihr loszureißen, von dieser Frau mit dem goldenen Haar und den erstaunlich klaren blauen Augen, einige Töne heller als die seinen. Vorher, als sie verdattert und schmutzbesprenkelt in der Pfütze gehockt hatte, hatte er sich nicht die Mühe gemacht, sie genauer zu betrachten. Heute abend allerdings stellte er fest, daß sie einige Zentimeter größer war als das schmächtige, aufsässige Mädchen, an das er sich erinnerte. Ihre jugendliche Unbeholfenheit war einer Anmut und Schönheit gewichen, die er nur bei sehr wenigen Frauen gesehen hatte.

Ein langer schlanker Hals erhob sich über glatten, blassen Schultern, ihr üppiges Haar besaß einen herrlichen, seidigen Goldton. Ihre Brüste füllten prall das Mieder eines eleganten

Kleides, das genau die gleiche Farbe hatte wie ihre Augen. Ihm war die Anspannung in der Haltung ihrer Schultern nicht entgangen, doch nichts davon zeigte sich in den ebenmäßigen Linien ihres Gesichtes. Er hätte die fünfzehn Jahre, die er jetzt in der Marine diente, dafür gegeben, zu wissen, was sie dachte. Doch Jessie Fox verstand es genauso gut, ihre Gedanken zu verbergen, wie er.

Als sein Vater neben ihn trat, kehrte er mit einem Ruck in die Wirklichkeit zurück. Der alte Herr reichte ihm das Glas mit Brandy, dann lehnte er sich gegen die Wand und stützte einen Ellbogen auf den Kaminsims. Heute abend sah er gesünder aus, seine Wangen hatten mehr Farbe, und er schien energiegeladener zu sein.

»Nun, mein Junge, was hältst du von ihr?«

Matt lächelte dünn. »Du sprichst von ihr, als sei sie ein hochgezüchtetes Pferd. Das Mädchen ist bezaubernd, wenn es das ist, was du wissen willst.«

»Ich habe dich gefragt, was du von ihr hältst. Sie hat dir gefallen, darauf würde ich wetten. Wie könnte sie dir nicht gefallen? Das Mädchen strahlt eine solche Lebenslust und Wärme aus. Wenn sie lächelt, dann ist es, als würde die Sonne aufgehen.«

Matthew runzelte die Stirn, als er das Leuchten in den Augen seines Vaters bemerkte, das immer dann erschien, wenn er von Jessica Fox sprach. Ein häßlicher Gedanke tauchte in ihm auf.

Er schwenkte den Brandy in seinem Glas, dann blickte er zu seinem Vater auf. »Vor ein paar Jahren, als du mir zum ersten Mal von dem Mädchen erzählt hast, habe ich geglaubt, du würdest sie dazu ausbilden, deine Geliebte zu werden. Damals hast du mir versichert, das sei nicht so. Hat sich deine Beziehung zu Jessica verändert? Jetzt, wo ich sie gesehen habe, könnte ich gut verstehen …«

Die Hand des Marquis schlug hart auf den Kaminsims. Wie ein Donnerschlag klatschte seine Handfläche auf den Marmor. »Jessica ist für mich wie die Tochter, die ich nie gehabt habe. Sie ist freundlich und liebevoll, süß und tugendsam, und meine Gedanken für sie waren niemals andere als die eines Vaters für sein Kind.«

Matthew senkte den Kopf. »Es tut mir leid, Vater. Ich wollte weder dich noch das Mädchen beleidigen.« Es war eigenartig, daß bei den Worten seines Vaters Erleichterung in ihm aufstieg. Und gleichzeitig mischte sich diese mit der Vorstellung, daß dieses Mädchen bestimmt eine herrliche Geliebte sein würde.

»Ich bin ein alter Mann, Matthew. Ich habe mich in letzter Zeit nicht sehr wohl gefühlt. Du und Jessica, ihr seid alles, was ich auf dieser Welt noch habe. Ihr beide bedeutet alles für mich. Ihr seid die Zukunft von Belmore, mein Grund, am Leben zu bleiben.«

Matthew stand auf. »Mir ist klar, daß du mit mir rechnest, Vater. Ich habe bereits über meine Entlassung aus dem Militärdienst sowohl mit Cornwallis als auch mit Admiral Nelson gesprochen. Leider sind sie der Meinung, wie auch ich, daß eine entscheidende Konfrontation zwischen Frankreich und England auf See stattfinden wird. Und solange diese Schlacht nicht stattgefunden hat – solange England nicht sicher ist vor einer Invasion, ist mein Platz an Bord der *Norwich*. Bis zu dem Zeitpunkt kann ich mein Offizierspatent nicht mit reinem Gewissen aufgeben.«

»Ich verstehe, daß deine Treue sehr tief geht, Matthew, und ich bin darüber auch sehr stolz. Allerdings ist der Posten eines Kapitäns auf einem Schiff inmitten einer Seeschlacht ein äußerst gefährlicher Ort. Du bist mein einziger noch verbliebener Erbe. Ich kann es mir nicht leisten, dich zu verlieren – Pflicht hin oder her.«

»Du weißt, wie ich darüber denke, Vater. Wir haben schon mehrmals über dieses Thema gesprochen.«

Der ältere Mann seufzte. »Ja … nun ja, wie es auch sei, im Augenblick ist das nicht das Thema, über das ich mit dir sprechen möchte. Das Thema, das mir am Herzen liegt, betrifft mein Mündel. Es ist auch der Grund, warum ich ihr erlaubt habe, sich mit angeblichen Kopfschmerzen, die sie sicher nicht hatte, in ihr Zimmer zurückzuziehen, obwohl der Abend noch jung ist.«

Der Marquis bedeutete Matt, sich wieder zu setzen. Er ließ sich ihm gegenüber in einen bequemen Sessel fallen. Dann beugte er sich vor und holte eine Zigarre aus einer Rosenholzschachtel, die auf einem kleinen Tisch zwischen ihnen stand.

»Möchtest du dich auch bedienen?« fragte er und deutete auf die Schachtel, doch Matt schüttelte den Kopf und nippte statt dessen an seinem Brandy.

Sein Vater hielt die Zigarre unter seine gerade, aristokratische Nase, die der von Matthew so ähnlich war, und atmete tief den Duft des teuren Tabaks ein. »Wie ich schon sagte, verstehe ich sehr gut, daß du Verpflichtungen zu erfüllen hast, ehe du nach Belmore zurückkehren kannst. Aber Tatsache ist, nachdem Richard nicht mehr lebt, hast du außer deinen Pflichten England gegenüber auch noch andere Verpflichtungen, die genauso wichtig sind und die du bedenken solltest.« Der Marquis schnitt das Ende der Zigarre mit einer silbernen Zange ab. Matt hielt einen Fidibus in das Kaminfeuer, dann zündete er seinem Vater die Zigarre an.

»Das Herrenhaus von Seaton gehört bereits dir«, sprach der Marquis weiter und paffte eine kleine Rauchwolke in die Luft. »Belmore mit all seinen Ländereien wird ebenfalls bald dir gehören.«

»Sag so etwas nicht, Vater. Du wirst noch jahrelang die Geschäfte führen. Es ist nicht nötig ...«

»Hör mir zu, mein Sohn. Ich bin ein alter Mann, ich habe meine Gebrechen, und ich bin müde. Ich würde dir schon morgen die Zügel von Belmore übergeben, wenn du zu Hause wärst und bereit, meine Geschäfte zu übernehmen. Die Verantwortung liegt schwer auf meinen Schultern. Für diese alten Schultern wird sie langsam zu schwer – ich bitte dich um deine Hilfe, Sohn.«

»Aber natürlich, Vater. Ich werde dir helfen, so gut ich kann.«

Der alte Mann lehnte sich in seinen Sessel zurück und zog genüßlich an seiner Zigarre. Einige Kerzen auf dem Tisch warfen ihren Schein auf sein silbernes Haar.

»Wie ich schon sagte, du und Jessica, ihr seid die Zukunft von Belmore. Ganz einfach ausgedrückt – ich möchte, daß ihr beiden heiratet.«

»Was?« Matthew sprang auf. »Vater, das ist doch absurd.«

»Ist es nicht. Du hast das Mädchen heute abend gesehen. Es gibt kein weibliches Wesen auf dieser Welt, das bezaubernder ist als sie. Sie ist intelligent und charmant. Und sie liebt Belmore Hall genausosehr wie du.«

Matt biß fest die Zähne zusammen und bemühte sich, ruhig zu bleiben. »Vater, ich kann ganz unmöglich dein Mündel ehelichen. Ich bin doch fast verlobt. Lady Caroline und ich sind uns einig. Wir kennen einander seit unserer Kinderzeit, und es steht schon sehr lange fest, daß wir beide heiraten werden.«

»Ja ... seit der Zeit, als ich dich zu meinem Erben eingesetzt habe. Wäre der Titel nicht an dich gegangen, hätte sie dich wahrscheinlich gar nicht genommen.«

Matt antwortete ihm nicht darauf. Mit seiner Behauptung hatte sein Vater leider nicht ganz unrecht.

»Warum bist du so entschlossen, Lady Caroline zu heiraten?« fragte er jetzt.

»Jeder Mann würde sie heiraten wollen. Caroline Winston hat alles, was ein Mann sich an einer Frau nur wünschen kann – sie kommt aus einer guten Familie, sie hat Geld und ist von hoher Herkunft. Sie ist wohlerzogen, und sie ist außergewöhnlich attraktiv. Unsere Wesen gleichen einander, und ihr Vater wird sie mit einer Mitgift ausstatten, die ein kleines Vermögen ist – einschließlich des Gutes, das gleich neben Belmore liegt. Die ganze Angelegenheit ist so gut wie beschlossen.«

»Aber sie ist nicht endgültig. Du hast noch nicht um sie angehalten, und ich bitte dich jetzt, statt dessen Jessica zu heiraten.«

Ärger stieg in Matt auf. »Warum, um Himmels willen? Jessie Fox und ich, wir kennen einander gar nicht.«

»Ich habe dir meine Gründe genannt. Weil ich ein sehr alter Mann bin. Ich bin für Jessicas Wohlergehen verantwortlich. Ich mache mir Sorgen um ihre Zukunft, genauso wie ich mich um die deine sorge, und ich möchte, daß sie gut versorgt ist. Mit dir als ihrem Ehemann kann ich sicher sein, daß es ihr gutgehen wird.«

Matthew schüttelte den Kopf, er konnte nicht glauben, was sein Vater da von ihm verlangte, und er bemühte sich sehr, ruhig zu bleiben. »Lady Caroline wird schon sehr bald nach Winston House reisen. Ich habe vor, sie zu besuchen, sobald sie dort ist. Und wenn ich meine Entlassung erst eingereicht habe und sie angenommen worden ist, habe ich die Absicht, um ihre Hand anzuhalten.«

Sein Vater sah ihn mit ernstem Blick an. »Wenn du dieses Mädchen lieben würdest, könnte ich verstehen, daß du zögerst, Jessica zu heiraten. Aber du liebst Caroline nicht. Du erwähnst ihren Namen nur sehr selten.«

»Liebe ist das letzte, was ich für meine Frau empfinden möchte. Du hast meine Mutter geliebt, und als sie gestorben ist, hat es dich fast umgebracht. Du hast die letzten zwanzig Jahre um sie getrauert. Wie ich schon sagte, Caroline und ich passen sehr gut zusammen. Das ist mehr als genug.«

Einen Augenblick lang schwieg sein Vater, er zog nur bedächtig an seiner Zigarre. »Ich glaube, daß du und Jessica auch sehr gut zueinander passen werdet.«

Matthew verlor die Geduld. »Das ist verrückt! Das Mädchen ist nichts als eine Göre. Seit dem ersten Tag, als wir einander begegnet sind, haben wir uns ständig gestritten.« Er lächelte zufrieden. »Das letzte Mal, als sie mir einen ihrer Streiche gespielt hat, habe ich deine liebe kleine Jessica übers Knie gelegt. Ich habe ihr den Po versohlt, so wie sie es verdient hatte, und wenn sie nicht vorsichtig ist, könnte sich das wiederholen.«

Sein Vater lachte leise. »Ich gestehe, sie ist manchmal schwer zu bändigen. Jessica hat ihren eigenen Willen, und sie hat auch die Neigung, sich oft in Schwierigkeiten zu bringen. Sie braucht einen Mann, der mit ihr fertig werden kann, ein Mann, der keine Angst davor hat, es mit ihr aufzunehmen. Einen solchen Mann wird sie respektieren, und sie wird ihm eine sehr gute Frau sein.«

Der Zorn, den Matt fühlte, war so groß, daß es ihm schwerfiel, die nächsten Worte auszusprechen. »Sie hat dir das eingeredet, nicht wahr? Sie hat Angst, daß ich sie rauswerfen könnte, wenn du einmal nicht mehr da bist. Nun, ich werde dir etwas sagen, Vater – dieses hinterhältige kleine Biest hat dich vielleicht eingewickelt, aber mir macht sie nichts vor. Sie ist schon die ganze Zeit nur hinter deinem Geld her. Und jetzt greift sie auch noch nach dem Titel von Belmore. Du willst, daß ich Jessie Fox heirate? Den Teufel werde ich tun – sie ist die Tochter einer Dirne!«

Alle Farbe wich aus dem Gesicht des alten Mannes. Matt verfluchte sich dafür, die Beherrschung verloren zu haben. Aus den Augenwinkeln entdeckte er einen Hauch blauer Seide durch den Türspalt, als sei jemand hastig davongelaufen.

Gütiger Himmel – die kleine Hexe hatte gelauscht! Matt betrachtete das angespannte Gesicht seines Vaters und die Art, wie seine Hände die Lehne des Sessels umklammerten. Schon jetzt bedauerte er seine Worte.

»Du irrst dich in Jessica«, erklärte sein Vater mit ruhiger Würde, als er sich wieder gefaßt hatte. »Sie hat keine Ahnung von alldem. Es ist ganz einfach meine Überzeugung: Wenn ihr heiratet, werdet ihr beide mit Freude die Früchte dieser Vereinigung ernten.«

Matthew fuhr sich mit der Hand durchs Haar, eine Locke fiel ihm in die Stirn. »Es tut mir leid, Vater, ich hätte nicht so aufbrausen dürfen.« So etwas geschah ihm höchst selten, eigentlich nie.

»Vielleicht hätte ich abwarten sollen, hätte euch beiden die Möglichkeit geben sollen, einander besser kennenzulernen. Ich habe es nicht getan, weil ich nicht viel Zeit habe. Und weil du dich Lady Caroline zugewendet hast.«

»Ich verstehe«, antwortete Matt. Jetzt hatte er sich wieder unter Kontrolle. Er sank auf seinen Sessel zurück. »Wie ich schon sagte, ich entschuldige mich für mein aufbrausendes Temperament.« Dennoch war er davon überzeugt, daß Jessie seinen Vater dazu überredet hatte. So, wie sie ihn ständig manipulierte.

»Ich habe dich nur selten um etwas gebeten, Matthew. Doch jetzt bitte ich dich ganz einfach nur, deine Vorurteile beiseite zu schieben und Jessica so zu sehen, wie ich es tue. Verbringe ein wenig Zeit mit ihr. Wenn dein Urlaub vorüber ist und du sie immer noch nicht heiraten willst, werde ich dich nicht weiter drängen.«

Matthew zögerte nur einen Augenblick, dann senkte er den Kopf und nickte zustimmend. Sein Vater war krank, er wollte ihn nicht unnötig aufregen. Sicher könnte er dieses Mädchen für ein paar Wochen ertragen.

»Wie du wünschst, Vater.« Nach allem, was sie mit angehört hatte, fragte sich Matt, ob Jessie bereit war, ihn zu ertragen.

Die Morgendämmerung brach grau und trübe an, genauso grau und trübe wie Jessies Stimmung. Ihre Glieder waren schwer, sie fühlte sich steif und schwerfällig nach einer ruhelosen Nacht. Hinter ihren Schläfen pochte ein leichter Schmerz. Sie hatte nur wenige Stunden geschlafen. Die Worte des Kapitäns hatten sie verletzt und zornig gemacht. Dennoch hatte sie schon zuvor genau gewußt, was er dachte.

Sie hätte nicht lauschen dürfen. Sie hätte nach oben gehen sollen, wie sie es vorgehabt hatte. Doch sie hatte gewußt, daß Papa Reggie etwas Schwerwiegendes auf dem Herzen gehabt hatte, und sie war entschlossen gewesen, herauszufinden, was es war.

Lieber Gott – eine Ehe mit seinem Sohn, dem zukünftigen Grafen von Belmore! Es war lächerlich und wirklich äußerst absurd.

Trotzdem hatte ihr Herz zu rasen begonnen, in dem Augenblick, als sie diese Worte aus seinem Mund gehört hatte. Er war der bestaussehende Mann, den sie je gesehen hatte, das Bild eines strahlenden Helden in einer marineblauen Uniform. Als die Mädchen in der Akademie von Mrs. Seymour über ihre Traummänner gesprochen hatten, hatte sie sich dabei Matthew Seaton vorgestellt, sie hatte sogar überlegt, wie es wohl sein würde, wenn er sie küßte.

Sie hatte gewußt, daß es albern von ihr war, es waren die Träume eines dummen kleinen Mädchens, doch wenn sie an ihn dachte, erwachte in ihrem Inneren eine zarte Sehnsucht. Als sie dann erfuhr, daß er endlich nach Hause kommen sollte, hatte sie nicht vermeiden können, daß ihre Hoffnungen in den Himmel schossen. Immerhin hatte sie die letzten Jahre ausschließlich damit verbracht, beinahe jeden Tag bis zur frühen Morgendämmerung zu lernen. Sie hatte sich in der Schreibkunst geübt, bis ihre Finger schmerzten und sich an ihrem Mittelfinger Blasen bildeten. Sie hatte ihre Lektionen in Französisch wiederholt, bis ihr Kopf schwirrte und die Stimme versagte – und all das würde sich jetzt endlich auszahlen, obwohl es das ja eigentlich sowieso schon getan hatte.

Wenn sie daran dachte, wie verschieden sie von der wilden, schmutzigen kleinen Unruhestifterin war, die der Kapitän früher gekannt hatte, gab es diesen einen kurzen, süßen Augenblick, in dem sie sich erlaubte, an ihre kindischen Träume zu glauben.

Jetzt jedoch kannte sie die harte, bittere Wahrheit.

In der letzten Nacht hatte sie nur geweint. Die brutalen Worte hatten sie bis ins Innerste getroffen. Heute morgen aber war sie wieder gefaßt und wappnete sich gegen das, was auf sie zukommen würde. Sie war Gott von Herzen dankbar für die herrlichen Geschenke, die er ihr gemacht hatte. Sie wußte im Grunde, daß der Kapitän mit dem, was er gesagt hatte, recht hatte. Er war ein Aristokrat, ein Mitglied des Adels. Die Tochter einer Dirne war wohl kaum eine passende Heiratskandidatin für einen Grafen.

Und dennoch, selbst wenn sie hundert Jahre alt würde, seine grausamen Worte würde sie niemals vergessen.

Sie suchte in ihrem Schrank nach einem passenden Kleid und zog dann ein zitronengelbes Morgenkleid hervor, weil sie hoffte, die fröhliche Farbe würde auch ihre Laune aufhellen. Dann läutete sie nach der Kammerzofe, die ihr beim Anziehen helfen sollte. Sie würde Viola nicht aufwecken. Die ältere Frau brauchte ihren Schlaf. Außerdem wußte sie, daß es Vis klugem

Blick nicht entgangen wäre, wie schlimm sie heute morgen aussah.

Die tränenreiche letzte Nacht genügte.

Heute war sie entschlossen, sich nicht unterkriegen zu lassen. Sie war glücklich hier bei Papa Reggie, glücklicher als je zuvor in ihrem Leben. Sicher, es gab Zeiten, da fühlte sie sich einsam, manchmal sogar isoliert, als wäre sie als heranwachsende junge Frau in eine völlig andere Welt geboren worden als die, in der sie zuvor gelebt hatte.

Doch gab es auch Menschen, die von ihrer Tüchtigkeit abhängig waren, und sie war stolz darauf, wie weit sie es gebracht hatte. Sie hatte wichtigere Dinge zu tun, als einem Stutzer wie Strickland nachzutrauern.

Draußen war es gerade hell geworden, die ersten Strahlen der Sonne fielen ins Zimmer. Jessie nahm sich den *Morning Chronicle* von einem Tisch in der Eingangshalle. Die Zeitung war vom Vortag, weil sie erst mit der Postkutsche von London kam. Mit der Zeitung in der Hand ging Jessie in die Küche. Ein großer eiserner Topf stand auf dem Herd mit den acht Kochstellen, und der Duft frischer Weizenmehlkuchen aus dem Ofen stieg ihr in die Nase. Der köstliche Geruch erinnerte sie immer wieder daran, was für ein Glück sie hatte, ihren Magen füllen zu können. Nie mehr wachte sie jetzt hungrig auf, um einem weiteren bitteren Tag entgegenzusehen.

Jessie winkte der Köchin, Mrs. Tucker, zu und begrüßte auch Nan und Charlotte, ihre Helferinnen, die schon dabei waren, das Essen für den heutigen Tag vorzubereiten. Dann warf sie einen Blick in die Zeitung. Sie las die Überschriften, als sie zum Tisch hinüberging: *Französisches Geschwader erreicht Westindien.* Etwas kleiner gedruckt stand darunter: *General Nugent erklärt, daß Jamaica nicht der Gefahr einer Invasion ausgesetzt ist.*

Sie ließ sich auf eine der Bänke nieder. Ihre ganze Aufmerksamkeit galt den Berichten in der Zeitung.

»Ihr interessiert Euch wohl für das Geschehen in der Welt, Mistress Fox?« Die tiefe Stimme des Kapitäns ertönte vom anderen Ende des langen Tisches.

Jessies Kopf fuhr hoch. »Was … was tut Ihr denn hier?« Ihr Herz machte einen kleinen Sprung. Seine Worte von gestern abend hallten noch in ihren Ohren. »Ihr solltet eigentlich noch schlafen.«

Er sah die Blässe ihrer Wangen, und es wirkte so, als wolle er etwas sagen. Doch dann verhärtete sich sein Blick.

»Es tut mir leid, wenn ich Euch enttäuschen muß. Ich schlafe kaum länger als bis zur Morgendämmerung. Die Frage ist eher, was tut Ihr hier? Ich bezweifle, daß mein Vater von Euch erwartet, in der Küche zu arbeiten.«

»Wohl kaum.« Sie blickte mit leisem Schuldgefühl auf die Zeitung. Es war unschicklich für eine Frau, etwas anderes zu lesen als das Modejournal, das Jessie tödlich langweilig fand. Sie hob ihr Kinn ein wenig höher. »Um ehrlich zu sein, Euer Vater hat es nicht gern, wenn ich mit den Dienstboten zusammen bin. Ich sehe jedoch keinen Grund dafür, ihnen zusätzliche Arbeit aufzubürden, nur weil ich früher aufstehe als die anderen.«

»Sehr rücksichtsvoll, Miss Fox. Den gleichen Gedanken hatte auch ich. Und da wir beide einer Meinung sind, würdet Ihr mir Gesellschaft leisten?«

Die Zeitung in Jessies Hand zitterte leicht. Sie wollte nicht mit ihm zusammen frühstücken. Nach dem, was er am gestrigen Abend gesagt hatte, wollte sie ihn nie wiedersehen. Auf der anderen Seite hatte er keine Ahnung, daß sie seine Worte gehört hatte. Sicher konnte sie sich in ihre Rolle schicken. Sie konnte so tun, als hätte sich zwischen ihnen nichts verändert.

Er würde nicht wissen, daß die grausamen Worte, die er so verächtlich ausgespuckt hatte, ein Stück aus ihrem Herzen gerissen hatten.

Sie betrachtete sein kantiges, glattrasiertes Gesicht und sah, wie das Sonnenlicht, das durch das Fenster fiel, sein Haar golden schimmern ließ. Er hatte schon immer gut ausgesehen, doch in den letzten Jahren hatte er eine Kraft entwickelt, eine Charakterstärke, die ihn noch anziehender machte. Sie brauchte ihn nur anzusehen und in ihrem Magen flatterten Schmetterlinge, und eine ungewollte Wärme breitete sich in ihrem Inneren aus.

Ihre Antwort war schärfer, als sie es beabsichtigt hatte. »Es tut mir leid, aber ich habe Pläne für den Morgen. Ich habe gerade noch Zeit, einen der Weizenkuchen zu essen, dann muß ich weg.«

»Wieder auf einen Eurer verrückten Ritte, Miss Fox? Sollte das der Fall sein, so hoffe ich doch, daß Ihr wenigstens auf dem Weg bleibt und nicht querfeldein reitet. Denn ich denke nicht, daß Ihr oder auch das Pferd einen weiteren Unfall wie den von gestern unbeschadet überleben würdet.«

Sanfte Röte stieg bei seinen Worten in ihre Wangen. »Ich versichere Euch, Mylord, daß das nicht die übliche Art ist, wie ich mich fortbewege.« Doch davon schien er nicht überzeugt. Und sie wiederum hatte nicht die Absicht, ihm zu verraten, daß sie einer Freundin geholfen hatte und deshalb so eilig und spät dran gewesen war. Bei der Geburt eines Babys zu helfen war kaum die passende Beschäftigung für ein unverheiratetes Mädchen. Er würde ihr das lediglich als ein weiteres Vergehen anlasten.

Sie merkte, daß er sie beobachtete. Seine Augen wanderten ungeniert über ihren Kopf bis zu den sanften Rundungen ihrer Brüste. Sie verspürte erneut ein merkwürdiges Gefühl in ihrem Magen, und ihre Wangen brannten.

Er trug seine Reitkleidung, enganliegende schwarze Hosen und ein weißes Batisthemd, dazu die gleichen schwarzen Schaftstiefel, die er auch gestern angehabt hatte. Sein Gesicht war von der Sonne dunkel gebräunt und sein Haar noch feucht. Es lockte sich leicht und hatte die Farbe von Piratengold.

»Danke, Mrs. Tucker«, sagte er, als die Köchin ihnen Tee und Weizenmehlkuchen brachte, sowie ein Stück kalten Braten für den gesunden Appetit des Kapitäns.

»Es ist schön, Euch wiederzusehen, Kapitän ... auch wenn Ihr ausseht, als könntet Ihr erheblich mehr von meiner Kochkunst vertragen.« Sie war Irin, etwas untersetzt und kleiner als die anderen, arbeitete hart und war immer gut gelaunt.

Matt lächelte sie fröhlich an und biß herzhaft in einen der heißen Kuchen. Er kaute nachdenklich, schluckte den Bissen herunter und wischte sich den Mund mit einer Serviette ab. »Und Ihr, Maizie Tucker, seid noch immer die verdammt beste Köchin auf dieser Seite von Dublin.«

Die kräftige kleine Frau lachte vergnügt, blinzelte ihm zu und machte sich wieder an die Arbeit.

Jessie schenkte ihre ganze Aufmerksamkeit nun ebenfalls einem der heißen, gebutterten Kuchen. Sie bestrich ihn dick mit Honig, wickelte einen weiteren Kuchen in eine Serviette und wollte aufstehen. Doch sie fühlte Matts Blicke und sah ihn gezwungenermaßen an.

»Ich denke, ich werde heute ein wenig ausreiten«, meinte er. »Um Belmore neu zu entdecken. Möchtet Ihr mich nicht begleiten?«

Jessies Inneres verkrampfte sich. Er bat sie, mit ihm auszureiten. Er behandelte sie, als sei sie ihm gleichgestellt. Dabei wußte sie doch ganz genau, was er von ihr hielt. Wut stieg in ihr auf, heiß und glühend. Sie verkniff sich eine zornige Antwort und schüttelte den Kopf. Der dicke blonde Zopf, der ihr bis zur Taille hing, tanzte dabei hin und her. »Wie ich schon sagte, ich habe bereits etwas anderes vor.«

Seine Augen wurden eine Schattierung dunkler. Er hatte sie nur darum gebeten, um seinem Vater eine Freude zu machen, dessen war sie sicher. Doch statt sich zu freuen, daß sie seine Bitte abgelehnt hatte, sah er wütend aus.

Sie zwang sich zu einem charmanten Lächeln. »Ich fürchte, ich muß jetzt gehen.« Zögernd reichte sie ihm die Zeitung, die sie heute morgen nicht hatte lesen können, und steckte sich den letzten Bissen ihres Kuchens in den Mund, allerdings nicht so damenhaft, wie sie es gewünscht hätte.

Lord Strickland zog die Augenbrauen hoch. Jessie verschluckte sich fast, als sie sein amüsiertes Lächeln bemerkte. Sie schob die Bank etwas heftiger zurück, als sie beabsichtigt hatte, und stand endgültig auf. Der Kapitän tat es ihr gleich. Neben seiner hohen, schlanken Gestalt kam sie sich sehr klein vor.

»Ich wünsche Euch einen angenehmen Ritt, Mylord«, erklärte sie hölzern.

Er verbeugte sich kurz vor ihr. Das Lächeln, das um seinen Mund spielte, war spöttisch. »Genießt Euren Tag, Mistress Fox.«

Jessie konnte nicht schnell genug von ihm wegkommen. Sie eilte zum Hinterausgang der Küche und lief dort die Treppe hinunter zu ihrer Verabredung.

4

Matt versuchte, sich auf die kleingedruckten Nachrichten der ersten Seite des *Morning Chronicle* zu konzentrieren, doch seine Gedanken wanderten immer wieder zu Jessie Fox. Er hatte nicht erwartet, sie in der Küche zu finden. Als die kleine Gaunerin, die sie war, und mit all der Aufmerksamkeit, mit der sein Vater sie bedachte, hatte er sie sich viel eher im Speiseraum vorgestellt, umgeben von eilfertigen Dienstboten, die ihre Wünsche erfüllten.

Doch als ihm dann wieder einfiel, wie schmutzig und abgerissen sie gestern ausgesehen hatte, war er überzeugt, daß Jessie doch eher in die Küche gehörte.

Ein zynisches Lächeln begleitete seine Gedanken. Eine Frau, die aussah wie Jessie Fox, gehörte in das Bett eines Mannes. Sie wollte eine Erziehung? Er würde mit Freuden dort weitermachen, wo Mrs. Seymours Schule aufgehört hatte.

Er blickte versonnen zur Hintertür. Sie hatte sehr hübsch ausgesehen in dem schlichten gelben Kleid. Dann grinte er anerkennend. Jessie Fox hatte tatsächlich interessiert die Londoner Zeitung gelesen. Doch dann wurde ihm wieder bewußt, wie sehr sich sein Vater von diesem hinterhältigen kleinen Luder beeinflussen ließ. Sein Lächeln verschwand so schnell, wie es gekommen war.

Jetzt wunderte er sich, warum sie es so eilig gehabt hatte. Warum war sie durch die Hintertür gegangen und nicht durch die Vordertür? Und wohin ging sie, so früh am Morgen? Welche anderen Verpflichtungen konnte sie um halb sieben am Morgen haben?

Ein übler Gedanke beschlich ihn. Jessica Fox war eine wunderschöne Frau. Nach außen hin besaß sie die Anmut einer Lady. Aber die Tatsache blieb, daß dieses Mädchen in einem Dirnenhaus aufgewachsen war. Sie war fünfzehn Jahre alt gewesen, als sein Vater sie nach Belmore gebracht hatte – alt genug nach dem Standard des Black Boar Inn, um das Handwerk ihrer Mutter übernommen zu haben.

Vielleicht war Jessie Fox ja gar nicht so unschuldig, wie sein Vater glaubte. Vielleicht hatte Jessie Fox einen Liebhaber.

Matt griff nach seiner Reitjacke, die an einem Haken an der Wand hing, und lief durch die Hintertür aus der Küche. Mit einem lauten Knall fiel die Tür ins Schloß.

Im Stall war Jessie nirgendwo zu finden. Alle Kutschen standen noch an ihrem Platz. Er befahl dem Stallknecht, ihm ein Pferd zu satteln, und sah sich in der Zwischenzeit um. Er suchte im Garten nach ihr und ging hinüber zum See. Doch er konnte sie nirgendwo entdecken. Vielleicht hatte er sich ja geirrt und sie war bereits wieder ins Haus zurückgegangen. Er blickte zurück zum Stall. Der Stallknecht hielt einen großen kastanienbraunen Vollblutwallach am Zügel, der ungeduldig mit den Hufen über den Boden scharrte.

Er seufzte. Seine Zeit auf Belmore war bei weitem zu kurz, um sich zusätzlich Sorgen wegen Jessie Fox zu machen. Er ging zum Stall, nahm die Zügel des Pferdes und schwang sich in den Sattel.

Im Inneren der alten hölzernen Remise, die aufgegeben worden war, als eine neue aus Stein gebaut worden war, beendete Jessie gerade die letzten Vorbereitungen für die Schulklasse, die sie heute unterrichten würde. Hier drinnen war es gemütlich und warm. Einer der Stallknechte hatte die Aufgabe übernommen, jeden Morgen in dem alten eisernen Ofen ein Feuer anzuzünden. Papa Reggie verdankte sie es, daß der Raum sauber und ordentlich eingerichtet war, mit Gardinen aus gebleichtem Musselin vor den Fenstern, mit Tischen und Bänken, die klein genug waren für die Kinder, und mit einem Pult für Jessie.

Sie versicherte sich, daß die Schiefertafeln für jedes Kind an ihrem Platz lagen, und blickte auf, als sich die Tür öffnete und der kleine Georgie Petersham, der Sohn des Küfers, das Schulzimmer betrat. Ihm folgten der zehnjährige Harold Siddon, die siebenjährige Amanda Jane Harvey und ihre achtjährige Schwester Penelope. Ein paar Minuten später kam auch Simon Stewart, ein schlaksiger, hochaufgeschossener Junge von vierzehn, und die neunjährige Fanny Wills. Es war eine kleine, mutige Gruppe von Kindern, die noch nie zuvor in ihrem Leben in die Schule gegangen waren. Doch konnten alle es kaum erwarten, etwas zu lernen, genau wie Jessie früher.

»Guten Morgen, Kinder«, begrüßte sie die Kleinen.

»Guten Morgen, Miss Fox«, antworteten sie alle gleichzeitig. Seit Jessie aus dem Internat zurückgekehrt war und Papa Reggie davon hatte überzeugen können, die Schule für die Kinder der Dienerschaft und der Pächter von Belmore einzurichten, hatten sie erstaunliche Fortschritte gemacht. Es waren reizende Kinder. Sie arbeiteten emsig, und Jessie liebte jedes einzelne von ihnen.

Sie lächelte die Kleinen an und fühlte ein eigenartiges Ziehen in ihrem Herzen. Es war wunderbar, gebraucht zu werden, etwas von dem großzügigen Geschenk zurückgeben zu können, das sie bekommen hatte.

»Nun, ihr seht alle ausgeschlafen und voller Tatendrang aus. Dann können wir ja beginnen.«

Matt ritt bis zum späten Nachmittag. Er sah sich das Korn auf den Feldern an und freute sich über die gesunden Schafe auf einer entfernteren Weide. Ab und zu blieb er stehen und sprach mit einigen der Pächter, die er alle schon jahrelang nicht mehr gesehen hatte.

Er hatte nie daran gedacht, einmal Herr auf Belmore zu sein. Der Titel und das Gut hätten an Richard gehen sollen. Matthew hatte versucht, sich nicht zu eng an dieses Stück Erde zu binden

– das war auch der Grund, weswegen er das Leben auf See gewählt hatte.

Doch als er jetzt über die endlosen grünen Felder blickte, die eine reiche Ernte versprachen, und die gesunden riesigen Viehherden betrachtete, verspürte er ein heißes Glücksgefühl. Dieses Land würde einmal ihm gehören. Sein Vater konnte es kaum erwarten, ihm alles zu übergeben. Wäre nicht die Verpflichtung den Männern von der *Norwich* gegenüber gewesen, so hätte er sofort das anstrengende Leben auf See aufgegeben. Er war bereit für eine neue Herausforderung.

Zufrieden mit dem, was er gesehen hatte, lenkte Matthew sein Pferd zurück nach Belmore. Nur noch einmal würde er absitzen, dann würde er nach Hause zurückreiten.

Die Sonne stand tief am klaren, blauen Nachmittagshimmel, als er von seinem großen Wallach abstieg und die Zügel an den Ast einer Erle neben der Tür der alten Remise band. Mit großen Schritten ging er zum Eingang. Die Muskeln in seinen Beinen schmerzten ein wenig von den ungewohnt langen Stunden im Sattel.

Durch eine Lücke in den Bäumen hatte er das alte leerstehende Haus am Vormittag entdeckt. Es war einer der Lieblingsplätze seiner Kindheit gewesen. Er und Richard hatten oft oben auf dem Boden der Remise gespielt. Sie hatten mit ihren selbstgeschnitzten hölzernen Schwertern gekämpft und sich Abenteuergeschichten ausgedacht. Dort oben hatte er die kostbarsten Besitztümer seiner Kindheit versteckt – seine Muschelsammlung, ein Gedicht, das er selbst verfaßt hatte, sein Lieblingsbuch mit Geschichten, die sein Vater ihm vorlas, ehe er ins Bett ging. Er hatte sich gefragt, ob das alles wohl noch dort war.

Er lächelte, als er den Fingerhut und die Butterblumen entdeckte, die noch immer neben dem Eingang blühten. Dann stieß er die schwere Tür auf. Er hatte erwartet, daß sie in den Angeln quietschte und daß er sich einen Weg durch Spinnweben in einen dunklen, staubigen Raum würde bahnen müssen. Doch der Anblick, den er nun vor sich hatte, ließ ihn verdutzt innehalten.

Jessica Fox sprang hinter ihrem Pult auf. Ihre Augen waren vor Schreck über den unerwarteten Besucher weit aufgerissen.

»Lord Strickland!« krächzte sie.

Er sah sich sechs zarten Kindergesichtern gegenüber, die ihn neugierig betrachteten. »Mistress Fox. Wieder einmal ist es Euch gelungen, mich zu überraschen.« Und wieder einmal fühlte er diese eigenartige Erleichterung. Jessie Fox war, wie es schien, doch nicht bei ihrem Geliebten.

Sie bedachte ihn mit einem kühlen Lächeln. »Kinder«, sagte sie. »Wir waren gerade fertig, als Lord Strickland eintrat. Nehmt eure Lesebücher mit nach Hause. Wir sehen uns dann alle morgen wieder.«

Zu seiner Verwunderung erhob sich ein unwilliges Murmeln, als wollten die Kinder noch gar nicht gehen. Folgsam packten sie jedoch ihre Sachen zusammen – die geflickten Jacken, die Wollmützen, die Handschuhe und die Lesebücher. Dann schoben sie sich an Matt vorbei und verließen den Raum.

Jessie Fox blieb hinter ihrem Pult stehen. Sie hatte das Kinn gereckt und spannte die Schultern an, als wäre sie mit einem Feind konfrontiert. In ihrem hellen gelben Kleid, mit dem Sonnenlicht auf ihrem goldenen Haar, war sie die bezauberndste Frau, der Matt je begegnet war.

Heiß stieg das Verlangen in ihm auf, es pulsierte in seinen Lenden. Zwei Jahre auf See hatten ihren Tribut gefordert. Die Nächte mit der kleinen Rothaarigen in Portsmouth waren bei weitem nicht genug gewesen.

Doch vielleicht lag das ja auch nur an Jessie Fox.

Als er auf sie zuging, war er bemüht, die Reaktionen seines Körpers unter Kontrolle zu halten.

»Ich denke nicht ... ich nehme an, Ihr seid hiermit nicht einverstanden«, begann sie trotzig und deutete auf die kleinen Tische und Bänke. »Die meisten Leute Eurer Art sind dagegen.« Ihre Brüste hoben sich heftig bei jedem Atemzug. Am liebsten hätte er seine Hände draufgelegt.

»Meiner Art?« wiederholte er. »Ihr meint wohl die Aristokratie, Miss Fox?«

Jessie leckte sich nervös über die Lippen, und wieder fühlte er dieses Ziehen in seinen Lenden. Was immer sie war oder gewesen war, Jessica Fox war auf jeden Fall eine wunderschöne, sinnliche Frau. Auch wenn ihm diese Erkenntnis überhaupt nicht gefiel, mußte Matthew zugeben, daß er sie in seinem Bett haben wollte.

»Nicht alle Aristokraten«, betonte sie. »Männer wie Euer Vater nicht. Die anderen glauben, daß Kinder aus den unteren Ständen bleiben sollten, wo sie hingehören. Armut und Unwissenheit garantieren billige Arbeitskräfte für diejenigen, die über ihnen stehen. Und es besteht nach wie vor die Meinung, daß die Armen, wenn man ihnen eine Bildung zukommen läßt, umgehend eine Revolution anzetteln werden.«

Er kam um das Pult herum. »Ah, ja. So, wie es in Frankreich passiert ist. Unterrichtet diese sechs kleinen Kinder und hundert andere wie sie, dann werden früher oder später die Köpfe rollen. So hattet Ihr das doch gemeint, nicht wahr, Mistress Fox?«

»Jawohl.«

»Und Ihr glaubt, daß ich auch so denke?«

Sie wich nicht zurück, als er noch einige Schritte näher kam, doch ihre Augen wanderten mehrmals zur Tür. »Ich ... ich weiß nicht, was Ihr denkt.«

»Was ich denke, Mistress Fox, ist, wenn Ihr gewillt seid, diese Kinder zu unterrichten, und wenn sie lernen wollen, dann sollten sie die Möglichkeit dazu haben. Ich bin froh, daß mein Vater damit einverstanden war.« Er stand jetzt so dicht vor ihr, daß er ihre kleinen schwarzen Pupillen sehen und den Geruch ihres Parfüms schnuppern konnte, einen schwachen Duft nach Jasmin.

»Das war aber nicht Eure Meinung, als der Marquis *mir* geholfen hat«, begehrte sie auf, und ein vorwurfsvoller Blick lag in ihren kornblumenblauen Augen.

»Nein ... das war es nicht.« Seine Mundwinkel zuckten etwas nach oben. »Vielleicht war ich zu sehr damit beschäftigt, faulem Obst auszuweichen oder zu verhindern, daß mir die Münzen aus meiner Tasche geklaut wurden.«

»Oder vielleicht wart Ihr ja auch zu beschäftigt mit den Mädchen in den Zimmern über dem Gasthof.«

Er zog eine Augenbraue hoch. »Ich war nur ein paarmal dort. Ich bin überrascht, daß Ihr das wißt. Ihr wart damals noch ein Kind.« Er sah, wie ihr Blick über sein Gesicht schweifte, bis er an seinem Mund verweilte. »Auf der anderen Seite – vielleicht wißt Ihr ja eine ganze Menge mehr über diese Dinge, als mein Vater sich vorstellt.« Er legte eine Hand an ihre Wange und fuhr mit dem Daumen über ihr Kinn.

»Was ... was meint Ihr damit?«

»Ich bin ganz einfach neugierig, Miss Fox. Ich frage mich ... seid Ihr wirklich so unschuldig, wie mein Vater glaubt?« Oder war sie das hinterhältige kleine Luder, das Matt vermutete, eine Frau, die sehr erfahren war in der Kunst, einem Mann Freude zu schenken? Ihm schien es plötzlich, als sei dies die wichtigste Frage auf der ganzen Welt.

»Ich ... ich muß ins Haus zurück«, flüsterte sie, als er einen Arm um ihre Taille legte und sie an sich preßte.

»Noch nicht. Einen kleinen Moment bitte.«

»Aber ich ...«

»Wißt Ihr eigentlich, wie bezaubernd Ihr seid?« Sie zitterte, als er ihr Gesicht zu sich hob, um sie zu küssen. »Wer hätte erwartet ...« Sein Mund drückte sich auf ihren, er erforschte die weichen, warmen Lippen. Er neckte sie, versuchte sie dazu zu bringen, die Lippen zu öffnen. Ihre Handflächen legten sich gegen seine Brust, zögernd, unsicher, ängstlich.

Matt ignorierte ihren Widerstand, sein Kuß wurde heftiger. Er ergriff Besitz von ihrem Mund und schob seine Zunge tief in ihre samtene Mundhöhle. Jessie schwankte, sie griff nach seinen Schultern, und ein leises Stöhnen entrang sich ihrer Brust. Die Beine schienen ihr den Dienst zu versagen, und sie klammerte die Arme um seinen Hals, um sich festzuhalten.

Verdammte Hölle – er konnte die Wahrheit nicht länger leugnen. Dieses Mädchen war keine Dirne. Sie war unschuldig – ein unwissendes Kind, das wahrscheinlich noch nie zuvor geküßt worden war.

Er fluchte verhalten, als er sie von sich schob. Er war erregt, in seinem Körper pulsierte das Verlangen nach ihr.

»M-Matthew?« Ihre Stimme klang dünn und atemlos.

»Gleich. Nur einen kleinen Augenblick.« Er würde allerdings wesentlichlänger brauchen, um sich wieder zu fangen. Vielleicht sollte er sofort in eiskaltes Wasser tauchen – doch wenigstens kannte er jetzt die Wahrheit.

Sie hob zitternd die Hand an ihre Lippen. »Ihr ... Ihr habt mich geküßt.«

Beinahe hätte er gelacht. Sie konnte von Glück sagen, daß das alles war, was er getan hatte. Er brauchte seine ganze Willenskraft, um sie nicht auf ihr Pult zu werfen, ihr die Kleider vom Leib zu reißen und sie zu lieben, gleich hier in diesem provisorischen Schulzimmer. »Ich biete Euch meine untertänigste Entschuldigung an, Miss Fox. Ich hätte mir eine solche Freiheit nicht erlauben dürfen.«

Sie versteifte sich, der benommene Ausdruck wich aus ihrem Gesicht. Vielleicht hatte sie die Unehrlichkeit in seiner Stimme gehört. Was er getan hatte, tat ihm absolut nicht leid.

»Warum?« wollte sie wissen, und ihre Augen glitzerten jetzt kühl und abweisend. »Warum habt Ihr mich geküßt?«

Er zog einen Mundwinkel hoch. »Weil ich es wollte, Miss Fox. Gerade Ihr solltet das doch verstehen. Wenn ich mich recht erinnere, tut Ihr doch immer genau das, was Ihr wollt.«

Jessie antwortete nicht. Ihr Gesicht war verschlossen. Er konnte nicht erkennen, was sie dachte oder fühlte. Ihre Hände zitterten, als sie die Papiere auf ihrem Pult ordnete, doch als sie sich aufrichtete, war ihr Rücken gerade und ihr Kinn hoch erhoben.

»Ich muß jetzt gehen«, erklärte sie und wollte sich an ihm vorbeischieben.

Matt hielt ihren Arm fest. »Es war doch nur ein Kuß, Miss Fox.«

Sie wandte sich um und schien durch ihn hindurchzusehen. »Tut das nie wieder«, sagte sie tonlos. Und damit verschwand sie.

Matthew starrte ihr nach. Er war noch immer erregt. Seine Erregung drängte sich schmerzhaft gegen den enganliegenden Stoff der Hose. Nein, er würde sie nicht wieder küssen. Er begehrte sie – ja –, und wenn sein Vater nicht wäre, würde er alles tun, was in seiner Macht stand, um sie in sein Bett zu bekommen. Aber er würde sie auf keinen Fall heiraten.

Caroline Winston würde seine Frau werden und nicht die Tochter von Eliza Fox, ganz gleich, wie verlockend die kleine Hexe auch geworden war.

In den nächsten Tagen schwor sich Matt, sich soweit wie möglich von Jessie Fox fernzuhalten. Die meiste Zeit schaffte er das auch recht gut. Bei den Mahlzeiten konnte er ihr jedoch nicht aus dem Weg gehen, und mehrere Male begegnete er ihr zufällig irgendwo im Haus. Fast jeden Vormittag und einen vollen Tag in der Woche verbrachte sie im Schulhaus und unterrichtete die Kinder im Lesen, Schreiben und Rechnen.

Wenn sie nicht bei den Kindern war, so hatte Matt festgestellt, saß sie in der Bibliothek von Belmore und studierte Bücher in französischer oder lateinischer Sprache. Sie las die Morgenzeitung von der ersten bis zur letzten Seite und nahm jede Einzelheit mit einem Verstand auf, der so nach Wissen dürstete, wie Matt es bei keinem Menschen je erlebt hatte.

Wie auch immer seine Meinung von ihr sein mochte, sie war ernsthaft bemüht, sich zu bilden. Bis zu welchem Ausmaß, das ahnte er nicht. Sie war intelligent und diskutierte freimütig über Themen, die ihr am Herzen lagen. Im übrigen machte sie nichts als Schwierigkeiten.

Wie zum Beispiel an dem Morgen eine Woche nach seiner Ankunft. Da war Jessie mit einem zerrissenen Kleid und wild zerzaustem Haar ins Haus geschlichen.

»Was zum Teufel ist mit Euch geschehen?« hatte er sie angefahren.

Brennende Röte war in ihre Wangen gestiegen. »Der Ball der Kinder ... er ist in einem Bergahornbaum steckengeblieben. Ich mußte raufklettern und ihn runterholen.«

Er feixte spöttisch. »Wenn ich mich recht erinnere, Miss Fox, dann konntet Ihr schon immer sehr gut auf Bäume klettern.«

Sie erstarrte kurz bei seinen Worten. Dann reckte sie ihre zierliche kleine Nase in die Luft und marschierte wortlos die Treppe hinauf in ihr Zimmer. Matt ließ sie einfach stehen.

Ein anderes Mal erwischte er sie dabei, wie sie mit einem Hausierer stritt, der seine Waren verkaufen wollte. Sie behauptete, der Mann hätte die Frau des Küfers beim Preis der Waren betrogen, und verlangte von ihm, daß er der Frau das Geld zurückgab. Sie schrien sich gegenseitig an und hätten damit wahrscheinlich auch nicht so schnell aufgehört, wäre er nicht dazwischengetreten und hätte dem Ganzen ein Ende bereitet.

Zweimal ertappte er sie dabei, wie sie sich ins Haus stahl mit einem Kleid voller Lehm, einmal hatte sie sogar Lehmspuren im Gesicht. Der Himmel allein wußte, wie sie das anstellte.

Doch eigentlich machte ihm das nichts aus. So wunderschön sie war und sosehr er sie begehrte, Jessie Fox war noch immer Jessie Fox. Unter ihrer polierten Fassade war das Mädchen eigensinnig und erpicht darauf, Unruhe zu stiften. Matt biß die Zähne zusammen. Selbst wenn Jessies Vergangenheit kein Problem wäre – eine Angelegenheit, die sein Vater bis jetzt hatte verbergen können –, so war sie doch das genaue Gegenteil all dessen, was er von einer Frau verlangte.

Er wollte eine Frau, die anschmiegsam war und die sich leiten ließ, ein Mädchen mit einem ausgeglichenen Temperament wie Caroline, eine Frau, die ihm Kinder gebären würde mit dem gleichen sanften Wesen.

Jessie Fox war von dieser Idealfrau Tausende von Meilen entfernt.

Reginald Seaton, Marquis von Belmore, saß am Kopf des langen, polierten Mahagonitisches. Sein Sohn saß zu seiner Rechten, sein Mündel zu seiner Linken – die beiden Menschen, die ihm auf der Welt am meisten bedeuteten.

Jeden Abend seit Matthews Ankunft hatten die drei sich zum Abendessen getroffen. Und jedesmal war die Atmosphäre kühl und förmlich. Manchmal sah es fast so aus, als sei Jessica regelrecht feindselig. Matthew ignorierte sie so sehr, daß es schon unhöflich war.

Reginald lächelte innerlich. Er sah darin ein sehr gutes Zeichen.

Jetzt richtete er seine Aufmerksamkeit auf seinen Sohn, der auf seinen Teller blickte, als verlange dieser seine höchste Aufmerksamkeit. »Wie schmeckt dir das Wild, Matthew?« fragte er.

»Sehr gut, Vater.«

»Und das Rebhuhn, Jessica?«

»Köstlich, Papa Reggie. Das Essen ist sehr lecker.«

»Es freut mich, wenn es euch schmeckt. Morgen werden wir wesentlich bescheidener speisen.«

»Warum?« platzten beide wie aus einem Mund heraus. Matthew sah mürrisch aus, und Jessicas blonde Augenbrauen zogen sich hoch. Und beide fragten gleichzeitig: »Fahren wir irgendwohin ...?« Jessica wurde über und über rot, Matthews Augen blitzten belustigt, etwas, das in den letzten Tagen nur selten geschah.

»Nach Euch, Miss Fox«, meinte er, und seine Augen blitzten noch immer.

»Nach Euch, Mylord. Ich bin sicher, was auch immer Ihr zu sagen habt, ist weitaus bedeutender als alles, was ich je überhaupt nur denken könnte.« Sie reckte kampflustig das Kinn.

Matt betrachtete sie kurz, dann wandte er sich seinem Vater zu. »Werden wir irgendwohin fahren, Vater?«

»Genau das werden wir, mein Junge. In Eylesbury gibt es einen Jahrmarkt. Ich bin schon seit Jahren auf keinem mehr gewesen. Ich würde gern noch einmal hingehen, ehe ich zu alt dafür bin. Und ich möchte gern, daß ihr beiden mich begleitet.«

Matthew runzelte die Stirn. »Ich würde wirklich gern mitkommen, Vater, aber ich fürchte, ich habe bereits andere Pläne gemacht.«

»Ja, ich habe gesehen, daß der Lakai von Miss Winston ihre Visitenkarte abgegeben hat. Ich nehme an, sie wohnt jetzt wieder in Winston House.«

»Ja. Und da ich ihr bereits versprochen habe, sie zu besuchen, wäre es sehr unhöflich, wenn ich den Besuch wieder absagen würde.«

»Es wäre auch sehr unhöflich, wenn du deine Vereinbarung mit mir brechen würdest. Ich denke, wir waren doch zu einer Übereinkunft gekommen. Oder sollte ich mich geirrt haben?«

Leichte Röte kroch in Matts gebräunte Wangen. Stolz und Ehre waren die Worte, die den Helmschmuck von Belmore zierten. Matthew lebte danach, mehr als jeder andere Mann, den Reginald jemals gekannt hatte.

Sein Sohn nickte knapp. »Ich werde Lady Caroline eine Botschaft schicken.« Er lächelte gequält. »Morgen fahren wir zum Jahrmarkt.«

Jessica versuchte, sich zu beherrschen. Doch dann erhellte ein begeistertes Lächeln ihr Gesicht. »Ein Jahrmarkt! Ich bin noch nie auf einem Jahrmarkt gewesen, aber ich wollte immer so gerne einen erleben.«

»Noch nie?« fragte Matt ungläubig. »Sicher habt Ihr doch schon einmal ...«

Sie schüttelte den Kopf. »Es war immer eine zu weite Reise, oder es ist sonst etwas dazwischengekommen. Später war Mutter dann krank, und ich mußte sie versorgen. Nachdem sie gestorben war, hatten wir kein Geld mehr für so etwas.« Ein dunkler Schatten fiel bei dieser Erinnerung über ihr Gesicht, doch gleich war er wieder verschwunden und wurde ersetzt von ihrem bezaubernden, sehnsüchtigen Lächeln. »Ich habe so viele Geschichten gehört von all den wundervollen Sachen, die es dort gibt. Mein Bruder hatte einen Freund, Dibble hieß er, der niemals einen Jahrmarkt ausließ. Er sagte, das sei ein Ort, der voll ist mit Stutzern und Edelleuten, deren Taschen so prall mit Geld sind, daß es sich lohnt, sie zu erleichtern. Er sagte, er könne einem Kerl die Börse aus der Tasche ziehen und dann in der Menschenmenge verschwinden, ehe der Tölpel überhaupt gemerkt hätte, was ihm passiert war.«

Reggie stöhnte innerlich auf. Das Mädchen hatte sich nicht ein einziges Mal im Ton vergriffen, seit es aus der Schule zurückgekehrt war. Sie hatte ihm einmal erzählt, daß sie sich nicht einmal mehr erlaubte, in der Sprache zu träumen, mit der sie groß geworden war.

Es war die Anspannung, die sie in Matthews Gegenwart fühlte, das wußte er. Sein überanständiger Sohn würde kein Verständnis für den entsetzten Blick von Jessica haben. Es war ihm völlig gleichgültig, daß ihre Wangen kreidebleich geworden waren, daß in ihren lieblichen blauen Augen jetzt die Tränen glänzten. Er würde sich nur in seinem Urteil bestätigt fühlen, wie wenig sie doch zusammenpaßten und daß sie wohl kaum eine würdige Frau für einen zukünftigen Marquis von Belmore abgab.

»Entschuldigung«, flüsterte Jessie und schob ihren Stuhl zurück. »Ich glaube, das Rebhuhn ist mir doch nicht so gut bekommen.«

»Jessica«, begann Reggie, sein müdes altes Herz schmerzte, als er ihre Verzweiflung sah. Doch es war Matthew, der nach ihrer Hand griff und sie festhielt, ehe Jessica weglaufen konnte.

»Geht nicht«, bat er leise. »Es gibt nichts, wofür Ihr Euch schämen müßt. Niemand von uns ist perfekt, wie sehr wir es auch versuchen mögen.« Er lächelte sie liebevoll an. »Ihr habt in vier Jahren mehr gelernt als die meisten Menschen in ihrem ganzen Leben. Ihr solltet stolz sein auf das, was Ihr erreicht habt, auch wenn Ihr nicht immer vollkommen seid.«

Eine Träne rann über ihre Wange. Mit dem Handrücken wischte sie sie ab.

»Bleib, meine Liebe«, drängte jetzt auch Reginald leise. »Matthew hat recht ... und wir müssen doch noch Pläne machen für morgen.«

Langsam sank sie wieder auf ihren Stuhl zurück, doch sie blieb angespannt auf der Stuhlkante sitzen, als habe sie die Absicht, bei der nächsten Gelegenheit wegzulaufen.

Matthew erzählte von einem großen Jahrmarkt, den er einmal auf dem Angel Hill in Bury St. Edmunds besucht hatte. Er unterhielt sie mit Geschichten seiner Mißgeschicke, bis sie endlich wieder lächelte. Jetzt sah sie ihn in einem anderen Licht als zuvor, so, wie sie ihn sich vorgestellt hatte, wenn Reggie ihr von seinem Sohn erzählte.

Als wäre er ein Held.

Was Matthew wohl kaum war. Der Ausdruck reiner Lust in den blauen Augen seines Sohnes signalisierte das, was er wirklich dachte.

Verflixt und zugenäht! Er wollte, daß diese beiden ein Paar wurden. Doch das Risiko war immens. Schließlich wollte er auf keinen Fall, daß Jessica verletzt wurde. In den meisten Jahren ihres Lebens war sie geschlagen worden. Sie hatte gehungert, im Schmutz gelebt und war gezwungen gewesen, auf der Straße zu überleben. Sie hatte es nicht verdient, womöglich den Rest ihres Lebens unter der Überheblichkeit seines Sohnes zu leiden. Matthew verlangte es nach Jessica, doch nicht genug, um sie auch zu heiraten. Das war eine gefährliche Situation.

Reginald seufzte. Das Wagnis war groß.

Doch sein Sohn war ein ehrenwerter Mann, und die Möglichkeit, ihm ein glückliches Leben zu ermöglichen, war es wert, selbst das gefährlichste Risiko einzugehen.

Er würde den Weg weitergehen, den er gewählt hatte.

5

Der Jahrmarkt in Eylesbury war nicht so groß wie manch anderer. Vor Jahren hatte er als normaler Markt begonnen, hatte Papa Reggie Jessica erzählt, dann war er zu einer Handelsmesse geworden, die den Ladenbesitzern erlaubte, ihre Lager für den Rest des Jahres aufzufüllen.

Mit der Zeit hatte sich diese Messe immer weiter ausgedehnt. Einige Shows waren dazugekommen, Karussells, Buden zur Unterhaltung der Besucher und noch unzählige andere Dinge, die jedes Jahr die Anziehungskraft des Jahrmarktes verstärkten.

»Und schließlich wurde der Markt aus der Stadt heraus verlagert, außerhalb der Stadtgrenzen«, erzählte der Marquis. »Dorthin, wo auch der Viehmarkt stattfand, wo Rinder, Schafe und Pferde verkauft wurden.«

Der Platz, auf dem der Jahrmarkt jetzt stattfand, war laut und quirlig. Im Schein der warmen Morgensonne wimmelte es schon von Menschen. Hölzerne Gitter trennten den Platz ab, damit weder der Verkehr noch die Tiere oder Pferde mit ihren Karren in die Menschenmenge gerieten. An einem Ende des Platzes waren feste Buden errichtet worden, in denen Metzger, Fischverkäufer, Töpfer und Stellmacher ihre Waren verkauften. Um sie herum drängten sich die verschiedensten Menschen, vom reichen Ladenbesitzer bis zum Bettler, Gastwirte und Schweineverkäufer, Orangenverkäuferinnen und Schulmeister, Edelleute und Mitglieder der Aristokratie. Alle zusammen freuten sich über die köstlichen Gerüche, Farben und Geräusche des Jahrmarktes.

»Sieh mal, Papa Reggie! Ein Marionettentheater!« Jessie zog ihn mit sich. Selbst Matthew lächelte gönnerhaft und folgte den beiden. Vom Rand der Menschenmenge aus sahen sie zu, und Jessie lachte wie ein Kind über die Späße des Puppenspielers, der an den Schnüren zog. Die Puppen zogen gehorsam die Augenbrauen hoch und hoben die Hand, um der Menschenmenge zuzuwinken.

Später schlenderten sie an den Buden vorbei. Papa Reggie blieb ab und zu stehen und kaufte etwas, das Jessie besonders gefiel, ein buntes, gewebtes Armband, eine hübsche Muschel, ein wunderschönes Stück roter Brokatseide, das sie am Stand eines Stoffhändlers bewundert hatte.

»Du hast mir schon viel zuviel geschenkt«, protestierte Jessie. »Ich habe einen ganzen Schrank voll wunderschöner Kleider – ich brauche das nicht auch noch.«

»Aber es gefällt dir doch, oder?«

»Es ist wunderschön, aber du mußt es nicht ...«

»Laßt ihn doch«, mischte sich Matthew mit einem Lächeln in die Unterhaltung ein. »Es macht ihm Spaß, Euch zu verwöhnen.«

Reggie lächelte breit. »Hör auf den Jungen, meine Liebe. Endlich einmal hat er recht.«

Jessica lachte und drückte die Hand des Marquis. »Danke«, sagte sie leise, und ihr entging nicht, wie Matthews Gesichtsausdruck sich veränderte und seine blauen Augen ein wenig dunkler wurden.

Sie blieben stehen, um einer Gruppe Akrobaten zuzusehen, die mit gewagten Saltos einander von den Schultern sprangen. Dann gingen sie in eine Jahrmarktsbude, in der Jessie einen echten afrikanischen Eingeborenen zu Gesicht bekam. Er trug einen Knochen durch die Nase und Muscheln in den Ohren. Dazu hielt er einen tödlich aussehenden Speer in der Hand, den er gegen die Menschenmenge schüttelte. Jessie hatte noch nie in ihrem Leben einen Menschen gesehen, der so furchterregend wirkte.

Bei diesem Gedanken mußte sie ein Glucksen unterdrücken. Wahrscheinlich bis auf Matthew Seaton, an dem Tag, an dem er ihr den Po versohlt hatte.

Sie verließen die Bude und traten in den Sonnenschein.

»Oh, Papa Reggie. Ich habe einen solchen Spaß. Danke, daß du mich hierher gebracht hast.«

»Unsinn«, wehrte er brummig ab. »Ich war doch derjenige, der hierherkommen wollte. Ich bin nur froh, daß du mit mir gekommen bist.« Sein Gesicht unter dem schneeweißen Haar hatte sich leicht gerötet, und als Jessie ihn jetzt ansah, begann sie sich Sorgen um ihn zu machen.

»Doch leider«, sprach er weiter und bestätigte sie in ihrer Sorge, »bin ich nicht mehr so jung, wie ich einmal war. Meine Gicht macht sich wieder bemerkbar. Ihr beide werdet mich entschuldigen müssen, ich werde zum Sword and Angel zurückfahren.« Der Marquis hatte für sie Zimmer in dem bekannten Gasthaus im Außenbezirk der Stadt bestellt, in dem sie auch schon die vergangene Nacht verbracht hatten.

Jessie nickte und nahm seinen Arm. »Ich finde, das ist eine sehr gute Idee.«

»Einverstanden«, stimmte auch Matthew zu.

Der alte Mann entzog ihr seinen Arm. »Was habt ihr beiden vor?«

»Wir kommen natürlich mit dir«, erklärte Jessica.

»Seid nicht albern. Ihr seid beide jung und gesund. Ihr solltet hierbleiben und den Jahrmarkt genießen. Matthew kann dich zum Gasthaus zurückbringen, wenn ihr alles gesehen habt.«

»Oh, nein, wir können ganz unmöglich ...«

»Ist es nicht so, mein Junge?«

Lord Strickland nahm ihre Hand und beugte sich ritterlich darüber. »Mein Vater hat recht, Miss Fox. Der Tag ist noch lange nicht vorüber, und Ihr habt noch längst nicht alles gesehen.«

»Aber was ist mit Papa Reggie?«

»Im Gasthaus warten mindestens ein halbes Dutzend Leute aus Belmore. Die Lakaien werden ihn sicher dorthin geleiten, und sein Kammerdiener kann ihn in seinem Zimmer betreuen.« Er sah den Marquis an. »So hast du es doch vorgehabt, nicht wahr, Vater?«

»Genauso, mein Junge, genauso.« Er beugte sich zu Jessica und gab ihr einen Kuß auf die Wange. »Amüsiere dich gut, Kind. Ich sehe euch beide dann heute abend.«

Jessie nickte. Selbst das leise Schuldgefühl, das sie hatte, weil sie ihn allein ins Gasthaus zurückfahren ließ, konnte nicht die Aufregung dämpfen, auf einem Jahrmarkt zu sein.

»Ich bringe meinen Vater zur Kutsche«, sagte Matthew. »Wartet hier auf mich, vor dem Stand des Küfers. Ich bin gleich wieder da.«

»Gut.« Sie blickte zu der Bude nebenan, wo einige Jungen darum kämpften, wer von ihnen am schnellsten Pudding essen konnte. Dem Gewinner winkte ein Preis.

»Und geht nicht fort«, befahl ihr Matt, der ein paar Schritte von ihr fortgegangen war und sich noch einmal umdrehte. »In diesem Getümmel werde ich Euch sonst nicht mehr wiederfinden.«

Sie nickte nur und beobachtete, wie die beiden sich langsam durch die Menge schoben. Sie sah, wie der Marquis noch einmal die Hand hob und ihr zuwinkte, dann wurden die beiden Männer von der Menschenmasse verschluckt. Jessie machte ein paar Schritte auf die Bude zu, in der die Jungen über ihren Schüsseln mit dampfendem Haferbrei saßen, der mit Milch verdünnt und mit Zucker und Butter gewürzt war. Sie schaufelten die Portionen in ihren Mund, so schnell sie konnten.

Lächelnd beobachtete Jessie sie, sie wußte nur zu gut, wie sehnlich sich jeder von ihnen den Preis wünschte, den er gewinnen würde, wenn er den meisten Brei in sich hineinstopfte.

»Nun küß mir den Allerwertesten! Ist das nicht meine so lange verloren geglaubte Schwester?«

Jessies Magen zog sich zusammen. Beim Klang dieser ihr so wohlbekannten Stimme wirbelte sie herum. »Danny.« Ein eiskalter Schauer lief ihr über den Rücken, und sie begann zu zittern. »Was ... was tust du hier?« Neben ihm entdeckte sie den großen, dürren Connie Dibble und einen kleinen, untersetzten Mann mit sandfarbenem Haar, den sie nicht kannte.

»Na, was glaubst du, was wir hier tun, Schätzchen? Ich und Connie und Theo sind extra zum Jahrmarkt hierhergekommen, genau wie du.« Danny Fox war vier Jahre älter als Jessie. Er sah recht gut aus, war mittelgroß und hatte hellbraunes Haar und braune Augen. Es war der Blick dieser Augen, diese harte, eisige Kälte, die verriet, was für ein Mann er war.

»Danny hat recht, Jess«, mischte sich jetzt auch Dibble ein. »Du findest nirgendwo sonst außerhalb von London eine so reiche Beute.«

Jessie sah sich schnell um, mit jedem Augenblick schlug ihr Herz schneller. Gott sei Dank, Matthew war nirgendwo zu sehen.

»Du hältst wohl Ausschau nach deinem hübschen Kapitän zur See, wie, Schätzchen?« Ihr Halbbruder lachte – und dieses Lachen jagte ihr einen weiteren Schauer über den Rücken. »Ich habe dich mit ihm gesehen. Hast du etwa geglaubt, ich hätte vergessen, wer er ist? Das ist nicht anzunehmen.» Er rieb mit einem Finger über seine leicht buckelige Nase. »Dieser Schuft hat mir meine verdammte Nase gebrochen.«

Jessie erstarrte. »Was hast du denn erwartet – immerhin hast du versucht, ihm seine Börse zu stehlen.«

Er hörte ihr überhaupt nicht zu, sondern streckte die Hand aus und strich über den Stoff ihres rosafarbenen Kleides. »Du kleidest dich ziemlich elegant ... für eine Dirne.«

Jessies Magen hob sich, alles Blut schien aus ihrem Kopf zu weichen. Danny war schon immer grausam gewesen. Als sie noch klein war, hatte er sie gnadenlos verprügelt, wenn ihm der Sinn danach stand.

»Ich bin keine Dirne.«

Er lachte noch einmal, kalt und geringschätzig. »Nenne es, wie du willst, Schätzchen. Du bist nichts anderes als das, was du früher warst. Nur, weil dein tölpelhafter Geliebter mehr Geld in seiner verdammten Tasche hat, macht das noch lange keinen Unterschied.«

»Er ist nicht mein Geliebter.«

Danny packte ihren Arm und rüttelte sie. »Lüg mich nicht an, Mädchen. Ich habe gesehen, wie er dich angeschaut hat. Der Mann würde am liebsten gleich hier über dich herfallen, in einer dieser Buden.« Er strich sanft über ihre Wange, seine Finger waren kalt und ein wenig feucht, es waren nicht die rauhen Finger eines hart arbeitenden Mannes.

Der untersetzte Mann hinter Danny schob sich nach vorn. »Wieviel willst du für sie haben, Danny?« Er blickte über seine Schulter zu einem schmalen Weg, der zwischen den Buden hindurchführte. »Meine Münzen sind genausogut wie die seinen, und mein Ding regt sich, wenn ich sie nur anschaue.«

Jessie versuchte, sich aus dem Griff ihres Bruders zu befreien, doch er umklammerte sie nur noch fester, und ein heftiger Schmerz fuhr durch ihren Arm. »Laß mich los, Danny.«

»Du glaubst wohl, du bist besser als wir, wie? Mit all deinen feinen Worten und den eleganten Kleidern. Du bist noch immer eine Dirne, Missy. Nichts, was du tust, wird etwas an dem Leben ändern, in das du hineingeboren wurdest.«

»Ich bin keine Dirne. Und ich war auch nie eine. Du warst nicht einmal da, als Mama gestorben ist. Du warst viel zu sehr damit beschäftigt, dem dreibeinigen Monster zu entkommen und dafür zu sorgen, daß man dich nicht nach Newgate brachte.«

Bei Jessies Erwähnung des Galgens lief Dannys Gesicht rot an. Unter seinem Auge pulsierte eine kleine Ader. Er kniff sie in die Wange. »Du willst sie haben, Theo?« fragte er den untersetzten Mann.

»Oh, ja, Danny, sehr sogar.«

»Gib mir die Börse, die du gerade geklaut hast, dann gehört sie dir. Es wird ihr guttun, wenn sie mal ordentlich rangenommen wird.«

Ein Blick in Theos lüsternes Gesicht genügte, um Jessica endgültig Angst einzujagen. »Ich werde schreien«, drohte sie. »Ich werde so laut schreien, daß ein Polizist kommt!«

»Nein, das wirst du nicht.« Danny drehte ihr den Arm auf den Rücken. »Denn dann wird dein Galan kommen, und ich werde ihn gebührend erwarten – hiermit.« Ein Messer blitzte in seiner Hand auf, als er sie in den schmalen Zwischenraum zwischen zwei Buden zerrte, in den nur wenig Licht fiel. »Außerdem möchtest du doch sicher nicht, daß einer dieser reichen Kerle, mit denen du dich abgibst, herausfindet, wer du wirklich bist, nicht wahr?«

Jessie versuchte, nach ihm zu treten, doch ihr Rock war ihr im Weg. Er drehte ihr den Arm ruckartig nach oben und riß ihn dann zurück. Der Schmerz war so heftig, daß es ihr übel wurde. Im nächsten Augenblick schon fand sie sich auf dem Boden wieder, unter dem untersetzten Mann, der sie mit seinem schweren Körper fast erdrückte. Seine schmutzigen, plumpen Finger preßten sich auf ihren Mund, so fest, daß sie nicht schreien konnte.

Er grunzte und zerfetzte das Mieder ihres Kleides. Ihre Brüste sprangen heraus, und er knetete sie so fest, daß Jessie die Tränen in die Augen schossen. Ihre Lungen schmerzten von der Anstrengung, genügend Luft einzuatmen, weil sein Gewicht ihr den Atem raubte. Lieber Gott, wie hatte ihre Mutter das nur aushalten können? Der übelriechende Atem des Mannes erstickte sie fast, und Jessie wünschte sich, sie wäre besser tot, als so etwas zu ertragen.

Sie trat um sich, versuchte Theos schweren Körper von sich zu schieben, doch das schien ihn nur noch mehr zu erregen.

»So ist es richtig, Mädchen. Du mußt kämpfen. Ich werde dir einen Ritt bieten, den du so schnell nicht wieder vergessen wirst.«

Jessie verfluchte ihn, sie bedachte ihn mit Worten, an die sie sich nicht einmal mehr zu denken erlaubt hatte. Doch weil er ihr noch immer den Mund zuhielt, kam kein Wort über ihre Lippen. Doch sosehr sie auch kämpfte, so heftig sie sich auch wehrte, sie konnte sich nicht aus seiner Umklammerung befreien. Sie stöhnte erstickt auf, als er über ihre Beine strich und ihr den Rock hochschob. Dann fingerte er an den Knöpfen vorn an seiner Hose. Er knurrte, weil er sich so anstrengen mußte, um endlich sein Ziel zu erreichen.

»Laßt sie los.« Der Befehl, der plötzlich hinter ihm ertönte, klang durch die ruhige, leise Stimme noch viel gefährlicher.

Jessie schloß die Augen, heiße Tränen rannen über ihre Wangen. Matthew war gekommen. Sie war nicht sicher, was schlimmer war, den brutalen Angriff auf ihren Körper zu ertragen oder die Verdammung, die sie sicher in seinem Gesicht lesen würde.

»Ich habe gesagt, laßt sie los.«

Die fleischige Hand löste sich von ihrem Mund, und Theo kam stolpernd auf die Füße und suchte in dem dämmrigen Gang nach seinen Kumpeln. Jessie versuchte zu sprechen, sie wollte Matthew eine Warnung zurufen, doch ihr Hals war so ausgedörrt, daß sie sich erst über die Lippen lecken und sich räuspern mußte.

»Vorsichtig, Matthew! Einer von ihnen ... einer von ihnen hat ein Messer.«

Er warf nur einen flüchtigen Blick in ihre Richtung. Viel mehr interessierte ihn momentan sein Gegner. Mit leicht gespreizten Beinen und geballten Fäusten erwartete er ihn. Sein ganzer Körper war angespannt.

»Euren Bruder und seinen Freund habe ich schon ausgeschaltet«, informierte er sie wie nebenbei.

Ein Schauer lief durch ihren Körper. Hatte er sie etwa umgebracht? Das Gesicht des Kapitäns war entschlossen. Hart, dunkel und unnachgiebig. Noch nie war er ihr so gefährlich erschienen.

Der dicke Mann grinste ihn verschlagen an. »Ich bin nicht so wie die beiden, Kumpel, bei mir müßt Ihr schon besser aufpassen.«

Theo senkte den Kopf und ging dann wie ein wütender Stier auf Matt los. Mit einem Stoß warf er ihn in den Dreck. Matt trug seine Jacke nicht mehr, stellte Jessie fest. Sein weißes Batisthemd war zerrissen und mit Blut beschmiert, zweifellos von seiner Begegnung mit ihrem Bruder.

Mit zitternden Händen hielt Jessie ihr zerrissenes Mieder vor der Brust zusammen. Sie kam wankend auf die Beine und suchte dann verzweifelt nach einer Waffe. Ihr Bruder hatte diesen Ort mit Bedacht gewählt. Nebenan in der Bude ging der lärmende Wettbewerb weiter, und der Applaus für die Akrobaten in der Nähe war so laut, daß niemand hören konnte, was hier vor sich ging.

Matthew war wieder auf den Beinen, Schlag um Schlag versetzte er Theo. Doch der grinste nach wie vor. Jessie sah Blut an seinen Zähnen.

»Sie ist ein tolles Weib«, sagte er und tänzelte um Matt herum, um in eine bessere Position für einen weiteren Schlag zu kommen. »Und sie hat die hübschesten Titten, die ich je gesehen habe.«

Ein leises Grollen stieg in Matthews Brust auf. Er holte aus und traf den kräftigen Mann blitzschnell am Kinn. Der mächtige Schlag warf Theo zu Boden. Doch der Mann brummte nur, schüttelte seinen Kopf und kam wieder auf die Füße. Er versetzte Matt zwei linke Haken, die jeden anderen Mann ins Land der Träume geschickt hätten. Matt wich geschickt aus, doch der letzte Haken traf ihn voll an der Schulter.

Er steckte noch einen Schlag in den Magen ein, doch dann erwischte er mit der Rechten Theos Kinn und setzte mit der anderen Faust sofort nach. Aus Theos Nase und Mund floß das Blut. Die ganze Zeit über schlich Jessie um die beiden herum. Ihre Knie zitterten, und ihr Herz raste, während sie nervös Ausschau hielt nach ihrem Bruder und Connie Dibble und gleichzeitig nach einem Weg suchte, dem Grafen zu helfen.

Lieber Gott, sie konnte nicht weglaufen und Hilfe holen. Wenn sie einen Polizisten holte, würde der den Kampf beenden, aber es würden auch eine Menge Fragen gestellt werden. Fragen über sie, die zu weiteren Fragen führen würden und die Matthew und Papa Reggie nur Schwierigkeiten bringen würden. Sie durfte die beiden nicht in Verlegenheit bringen.

Plötzlich sah sie ein Stück Holz, das beim Aufbau einer der Buden übriggeblieben war. Rasch umklammerte sie es, sprang hinter den kräftigen Mann, der blind verbissen mit Matt kämpfte, und krachte ihm, so fest sie konnte, das Holz auf den Kopf.

Einen Augenblick lang schwankte er, seine Augen sahen sie mit ungläubigem Staunen an. Dann sank er mit einem Aufstöhnen in die Knie, rollte mit den Augen und fiel nach vorn. Jessie stand seitlich hinter ihm. Sie bebte am ganzen Körper, noch immer umkrallte sie das Stück Holz und merkte gar nicht, daß Splitter davon in ihre Haut gedrungen waren. Ein Stück weiter stand Matthew mit geballten Fäusten, sein Gesicht war blutig und die Fingerknöchel aufgeschürft. Er atmete stoßweise.

»Matthew?«

Er hob den Kopf und sah sie an. Ihr war nicht bewußt, daß das Mieder ihres Kleides offenstand und ihre nackten Brüste zeigte. Erst als sie den brennenden Blick des Grafen Strickland registrierte, wurde ihr das klar.

»Bedeckt Euch«, befahl er heiser. Aus jeder Faser seines Körpers sprühte sein Zorn. »Es sei denn, Ihr wollt das beenden, was dieser Hurensohn begonnen hat.«

Jessie starrte in seine unerträglich kalten blauen Augen, fühlte die bittere Verachtung, und ein Schluchzen entrang sich ihrer Kehle. Sie ließ das Stück Holz fallen und wandte sich ab.

Mit zitternden Händen hielt sie ihr zerrissenes Mieder zusammen. Ihre Frisur hatte sich gelöst, und ihr Haar hing zerzaust über ihren Schultern.

Sie hörte die Schritte des Kapitäns hinter sich, schloß die Augen und biß fest die Zähne zusammen.

»Ich habe Euch doch gesagt, Ihr solltet auf mich warten.« Er legte ihr hart die Hand auf die Schulter und drehte sie zu sich herum. »Ich habe Euch gesagt, Ihr solltet Euch nicht von der Stelle bewegen.«

Jessie schüttelte den Kopf und kämpfte mit den Tränen. Den Schmerz in ihrem Arm spürte sie kaum. »Ich ... ich habe nur ein paar Schritte gemacht, und dann tauchte Danny auf. Er ... er muß uns beobachtet haben. Er dachte, ich wäre Eure ... Eure ...« Sie hielt inne und sah durch einen Tränenschleier zu ihm auf. Die Tränen flossen unkontrolliert, sie konnte sie nicht zurückhalten. Er hatte die Lippen fest aufeinandergepreßt und den Mund grimmig verzogen.

Jessie zwang sich, seinem anklagenden Blick standzuhalten. »Wo ... wo ist mein Bruder? Habt Ihr ihn umgebracht?«

Ein grausames Lächeln umspielte seinen Mund. »Das hätte ich besser getan. Denn das hat er mit mir versucht.«

Sie nickte schwach und fühlte sich ganz elend. Als sie wankte, packte Matthew ihren Arm fester und zwang sie, ihn anzusehen.

»Wenn ich Euch beim nächsten Mal sage, was Ihr tun sollt, dann werdet Ihr es tun. Habt Ihr mich verstanden? Ihr tut es nicht etwa nur halb, oder Ihr gebt nur den Anschein, daß Ihr meinem Befehl folgt. Ihr tut es.«

Als sie nicht gleich antwortete, schüttelte er sie. »Habt Ihr mich verstanden?«

»Ja«, flüsterte sie und war verzweifelter als an dem Tag, an dem sie beinahe verhungert wäre, nachdem sie das Black Boar Inn verlassen hatte.

Matthew starrte sie noch einen Augenblick lang an, dann zog er sie an sich und legte die Arme um sie. Voll ungläubigen Staunens bemerkte sie, daß er zitterte.

»Habt Ihr überhaupt eine Ahnung, was ich gefühlt habe, als

ich diesen Bastard auf Euch gesehen habe? Ich wollte ihn umbringen. Als er Euch berührte, hätte ich ihn mit meinen nackten Händen auseinanderreißen mögen.«

Er führte die Hand an ihren Hinterkopf und drückte ihre Wange an seine Brust. Sanft streichelte er ihr Haar. Sie fühlte, wie schnell sein Herz schlug.

»Es tut mir so leid«, flüsterte sie.

»Es tut Euch leid?« Er hob ihr Gesicht mit einem Finger hoch, damit sie ihn ansah. »Dieser Hurensohn hat Euch fast vergewaltigt, und Euch tut es leid?«

Sie stöhnte leise, und dann versagten ihr die Beine den Dienst. Matthew stieß einen heftigen Fluch aus und fing sie auf. Er sagte nichts, als er mit ihr auf dem Arm aus dem Schatten trat und sich einen Weg durch die Menschenmenge bahnte. Mit langen Schritten lief er zur Kutsche. Jessie schloß die Augen und drehte das Gesicht weg vor den neugierigen Blicken der Leute.

»Ich kann es nicht glauben, daß Ihr ihm einen Schlag auf den Kopf versetzt habt«, sagte er, während er sich durch die Menge schob.

Jessie leckte sich über die Lippen. »Ich bin ...«

»Ich weiß – es tut Euch leid.«

Sie lächelte schwach bei seinen Worten. »Nein ... nein, es tut mir nicht leid, daß ich ihn geschlagen habe.«

Ein tiefes Brummen kam aus seiner Kehle. »Kleine Hexe«, schalt er sie leise, doch sie fühlte, daß sein Zorn langsam verflog. Langsam wurde ihr klar, daß er nicht auf das zornig gewesen war, was sie getan hatte, nein, er hatte sich Sorgen um sie gemacht. Matthew hatte sich Sorgen um sie gemacht, um Jessie Fox.

Warme Erregung erfaßte sie und ließ sie schwindelig werden. Vorsichtig, damit ihr Mieder sich nicht wieder öffnete, schlang sie einen Arm um seinen Hals und barg ihren Kopf an seiner Schulter.

»Ich hätte vorsichtiger sein müssen«, wisperte sie, als sie um die Ecke bogen, an der die Kutsche wartete.

»Ich bin derjenige, der vorsichtiger hätte sein sollen«, widersprach er ihr. »Ich hätte mir denken können, daß so etwas geschehen würde.« Doch Matthew konnte man wohl kaum einen Vorwurf machen. Ihr Bruder war schuld an der ganzen Sache, und wenn der Kapitän ihn mit dem Leben hatte davonkommen lassen, würde er sicher irgendwann wieder auftauchen.

Jessie erbebte bei diesem Gedanken. Matthew mußte es gefühlt haben, denn er hielt sie noch fester. Noch nie zuvor in ihrem Leben hatte ein Mann sie in seinen Armen gehalten, nicht einmal Papa Reggie. Im Schankraum hatten die Männer ihr derbe Klapse auf den Po gegeben und versucht, ihre Brüste zu betatschen. Ihr Bruder hatte sie windelweich geprügelt und ihr einmal sogar ein blaues Auge verpaßt.

Doch noch nie hatte ein Mann sie beschützend in seinen Armen gehalten.

Jessie schmiegte sich noch enger an ihn, tief atmete sie den Duft nach Männlichkeit ein. Sie spürte seine kräftigen Muskeln, wenn er sich bewegte. In seinen Armen fühlte sie sich sicher vor der ganzen feindlichen Welt. Ihre Brüste drückten gegen seinen Arm, und sie empfand als Antwort darauf ein Flattern in ihrem Magen. Etwas Ähnliches war mit ihr geschehen, als er sie geküßt hatte, doch da war ihr merkwürdig heiß gewesen, und sie hatte sogar ein wenig Angst gehabt. Heute fürchtete sie sich nicht. Sie wollte nur für alle Zeiten so behütet in seinen Armen liegen.

Schließlich erreichten sie die Kutsche, und Matthew setzte sie vorsichtig hinein. Er schlang ihr eine Decke um, dann setzte er sich neben sie und lehnte sich in die Polster zurück. Jetzt blickten seine blauen Augen wieder ernst und abweisend, sein Gesicht war streng.

»Ihr werdet nichts davon meinem Vater sagen. Ich möchte nicht, daß er sich unnötig aufregt.«

»Nein«, stimmte sie ihm zu. »Papa Reggie darf das nicht erfahren.« Doch das gleiche konnte wieder geschehen, das wußten sie beide. Sie war Jessie Fox, nicht etwa die Tochter von Simon Fox, dem entfernten, verstorbenen Cousin des Marquis, seinem langjährigen Freund. Das war die Geschichte, die Papa Reggie sich ausgedacht hatte, ehe er sie in die Schule geschickt hatte.

Ihr Bruder kannte die Wahrheit und die anderen auch. Wenn nur ein kleiner Ausrutscher, ein Vorfall wie dieser heute, noch einmal passieren würde, wäre der Name der Belmores ruiniert. Vierhundert Jahre Stolz und Ehre wären dann in den Schmutz gezogen – durch sie.

Jessie tat das Herz weh. Lieber Gott, bis heute hatte sie nicht geahnt, wie entschlossen sie war, ihr früheres Leben auszulöschen.

6

Lady Caroline Winston stieg vor Belmore Hall aus ihrer Kutsche. Ihre Zofe Emma folgte ihr. Fast eine Woche war vergangen, seit Matthew mit Bedauern seinen Besuch bei ihr in Winston House abgesagt hatte. Seitdem hatte sie nichts mehr von ihm gehört.

Inzwischen hatte sie erfahren, daß das Mündel des Marquis in Belmore Hall wohnte. Man sagte, sie sei eine hübsche junge Frau, ein paar Jahre jünger als Caroline. Einige der Pächter von Winston hatten über sie gesprochen, hatten die Geschichten wiederholt, wie freundlich sie zu den Pächtern von Belmore war, und natürlich blühte auch der Klatsch, der unvermeidbar von der Dienerschaft zweier so großer Häuser verbreitet wurde.

Sie sagten, sie sei nicht nur hübsch, sondern wunderschön, mit langem goldenem Haar und klaren blauen Augen. Sie war irgendwo aus dem Süden gekommen, ein Mädchen vom Lande, sagte man, die Tochter eines entfernten Cousins des Marquis.

Caroline war neugierig auf dieses Mädchen, und die guten Manieren verlangten obendrein, daß sie Belmore einen Besuch abstattete.

Außerdem machte sie sich Sorgen, warum Matthew sie noch nicht besucht hatte, wie in seinen Briefen angekündigt. Wenn sie jetzt Miss Fox einen Besuch abstattete, würde ihr das eine Möglichkeit geben, den Grund dafür herauszufinden.

Sie war ein wenig überrascht, als Matthew sie in der Eingangshalle begrüßte. Er schien sich über ihren Besuch zu freuen, denn er nahm ihre beiden Hände in seine und gab ihr einen leichten Kuß auf die Wange.

»Caroline, mein Liebling, es tut gut, Euch wiederzusehen.« Er entschuldigte sich nicht, gab keine Erklärung, warum er nicht zu ihr gekommen war, doch seine Augen blickten freundlich, und sie fühlte sich erleichtert, weil seine Gefühle ihr gegenüber sich offensichtlich nicht verändert hatten.

»Ich freue mich, daß Ihr hier seid«, gestand er ihr mit einem herzlichen, entwaffnenden Lächeln. »Ich hatte vor, Euch noch vor dem Wochenende zu besuchen, aber jetzt seid Ihr ja hier, und das ist noch viel besser. Ich konnte es kaum erwarten, Euch wiederzusehen, Caroline.«

Leichte Erregung stieg in ihr auf. Matthew Seaton war groß, blond und sah sehr gut aus. Er war reich und besaß einen Titel. Und er war der Erbe von Belmore. »Oh, Matthew, ich habe Euch so schrecklich vermißt.« Sie schmiegte sich kurz in seine Arme, angemessen für einen Mann, der zwei Jahre auf See gewesen war und der schon beinahe mit ihr verlobt war. »Es ist wundervoll, Euch wiederzusehen.«

Matthew wollte etwas sagen, doch in diesem Augenblick trat der Marquis in die mit Marmorboden versehene Eingangshalle. »Lady Caroline. Wie nett von Euch, uns zu besuchen. Jessica hat sich schon sehr darauf gefreut, Euch kennenzulernen.«

Nicht, wenn sie dem Ton seiner Stimme glauben konnte. Aber vielleicht fühlte der Marquis sich nicht wohl, so wie die Gerüchte der letzten Zeit sie hatten wissen lassen.

Sie lächelte, doch sie war instinktiv auf der Hut. »Ich freue mich auch darauf, ihre Bekanntschaft zu machen.« Matthew nahm ihren Arm, und der Marquis ging ihnen voraus in den großen Salon im vorderen Teil des Hauses. Im Hintergrund des Raumes erhob sich eine blonde Frau in einem modischen, blaßblauen Musselinkleid von einer mit Brokat bezogenen Polsterbank, die vor dem Sprossenfenster stand. Jessica Fox war ungefähr gleich groß wie Caroline, doch ihre Figur war etwas fülliger, fraulicher, ihr Hautton cremig und nicht blaß. Ihr Haar hatte die Farbe feingesponnenen Goldes. Es glänzte im Licht der Sonne, das durch das Fenster fiel. Caroline spürte einen plötzlichen Anflug von Angst beim Anblick der Schönheit dieser Frau.

»Lady Caroline«, sagte der Marquis, »darf ich Euch mein Mündel vorstellen, Jessica Fox.« Mehr sagte der alte Herr nicht, er entschuldigte sich auch nicht, sondern blieb einfach neben Caroline stehen. Irgendwie hatte Caroline das Gefühl, als ob beide Männer diesem Mädchen ihre Unterstützung gaben.

Das Mündel des Marquis trat ein paar Schritte vor. »Es ist mir eine Freude, Euch kennenzulernen, Mylady.« Sie sprach die Worte voller Anmut und mit der Würde einer Herzogin. Der Marquis strahlte.

»Jessica ist erst seit sechs Monaten in Belmore«, begann er zu erzählen. »Vorher war sie Schülerin in Mrs. Seymours Privatschule.«

Caroline wandte sich der wunderschönen Miss Fox zu und zwang sich zu einem Lächeln. »Ich habe eine Cousine, die in derselben Schule war«, sagte sie. »Vielleicht kennt Ihr sie? Ihr Name ist Frances Featherstone. Die Tochter von Sir Albert Featherstone.«

»Aber ja«, nickte Jessica. »Ich kenne sie.« Sie fügte nicht hinzu, daß Frances Featherstone eine giftige kleine Klatschbase war, die über nichts und niemanden ein gutes Wort verlor, und ganz besonders nicht über Jessie. Sie fragte sich, ob Lady Caroline vielleicht genauso war, doch dann schob sie den Gedanken von sich. Bestimmt würde Matthew eine solche Frau durchschauen. Außerdem war es nicht nett, eine Frau zu verurteilen, die sie kaum kannte, nur weil sie eifersüchtig auf sie war.

Sie betrachtete Caroline Winston genauer. Sie war so groß wie sie, von schlanker Gestalt, mit hellbraunem Haar und tiefliegenden braunen Augen. Sie trug ein bescheidenes, aber doch elegantes Kleid aus rosa Seide, verziert mit gestickten Rosen. Zusammen mit ihrer modischen, mit Rosen besetzten Haube gab ihr das ein unschuldiges Aussehen, eine spröde Reinheit, die sie von den anderen Frauen unterschied.

Jessies Magen zog sich zusammen, und ihr Hals wurde trocken. Sie hatte die Worte nicht vergessen, die Matthew seinem Vater gesagt hatte. Caroline Winston war die Frau, die er heiraten wollte. Sie war das Abbild eleganter Vornehmheit, die Frau, die sich jeder Mann zu seiner Lebenspartnerin wünschte.

Sie setzten sich alle zusammen in den Salon, Matthew neben Lady Caroline, der Marquis neben Jessie. Papa Reggie bat den Butler, Tee und Kuchen zu bringen. Wenig später wurde alles auf einem silbernen Tablett serviert, in kostbarem Sèvres-Porzellan. Reginald Seaton sah heute müde aus. Um seinen Mund hatte sich eine tiefe Linie gegraben.

Matthew dagegen schien gut gelaunt. Wenn er Caroline Winston ansah, tat er das mit einem warmen, freundlichen Blick, ganz anders, als er mich mustert, dachte Jessie. Er fühlte sich wohl bei dieser Frau, auf eine Art, wie er es bei ihr niemals tat. Jessies Nerven waren zum Zerreißen gespannt, und die Teetasse klirrte zu laut, als sie sie auf den Unterteller zurückstellte.

»Ich habe gehört, Ihr kommt irgendwo aus dem Süden«, begann Lady Caroline die Unterhaltung.

»Devon«, antwortete Papa Reggie für sie.

»Meine Familie ist im letzten Jahr nach Exmouth gereist.«

Matthew lächelte. »Wie ich höre, ist dieser Ort mittlerweile sehr in Mode gekommen.«

Caroline nickte. »Vater hat einen Bruder dort. Vielleicht kennt Onkel Henry ja Euren Vater«, wandte sie sich an Jessie.

»Ich fürchte, das ist nicht sehr wahrscheinlich«, wehrte Papa Reggie ab. »Simon Fox lebte sehr zurückgezogen. Er wohnte in der Nähe von Bodmin, er und Jessica. Viehzüchter war er, ein richtiger Mann vom Land, er reiste nicht gern. Stimmt's, meine Liebe?«

»Ja, wir gingen überhaupt nicht viel unter Menschen. Meine Mutter war gestorben, müßt Ihr wissen, und Vater war nicht sehr gesund. Er brauchte viel Fürsorge. Ich fürchte, ich bin in meinem Leben nur sehr wenig herumgekommen.« Ihr Blick traf den des Marquis in geheimem Einverständnis, dann sah sie wieder Caroline an und zwang sich zu einem Lächeln.

»Ich nehme an, Ihr seid viel unterwegs«, versuchte sie, die Unterhaltung in eine andere Richtung zu lenken.

»Ja. Meine Familie besitzt noch mehrere Landgüter außer Winston House. Ein recht großes davon liegt nördlich von Bedford. Dort wohnen wir, wenn wir nicht gerade hier sind oder in der Stadt.«

»Ich würde wirklich gern etwas über London hören. Lord Belmore sagt, Eure Familie verbringt dort in jedem Jahr die Saison. Es muß schrecklich aufregend sein.«

Caroline lachte, ein sanftes, feminines Lachen. Dann erging sie sich ausführlich über die Bälle, die Soirées und Empfänge, die sie in jedem Jahr in der Stadt besuchte. Sogar Matthew zog anerkennend eine Augenbraue hoch, weil es Jessica gelungen war, die Unterhaltung von sich selbst auf ein anderes Thema zu lenken.

Sobald sie den Tee getrunken hatten, entschuldigten sich Jessica und der Marquis. Leider bedeutete das gleichzeitig, daß Caroline und Matthew allein blieben. Er bat sie, ihn auf einem Spaziergang durch die Gärten zu begleiten, und sie verließen fröhlich den Salon. Beide hatten eifrig die Köpfe zueinander gebeugt, als sie durch die Tür verschwanden.

Von ihrem Schlafzimmer aus beobachtete Jessica, wie die beiden über die mit Muschelschalen bestreuten Wege schritten, ab und zu stehenblieben und eine Rose oder einige Tulpen betrachteten. Matthew lachte über etwas, das Caroline gesagt hatte. Er legte den Kopf zurück, und sein Lächeln war vergnügt und strahlend. Jessie beobachtete sie auf dem ganzen Weg, und ihr Herz war schwer. Sie dachte daran, in welcher Aufmachung er sie am ersten Tag gesehen hatte, in der zerlumpten Männerkleidung, über und über voll mit Lehm, mit ihren nassen Haaren, die an ihrem Kopf klebten. Sie dachte an den Jahrmarkt, als sie halbnackt auf dem Boden gekämpft hatte wie eine Wildkatze.

Lieber Gott, solange sie sich erinnern konnte, hatte sie sich gewünscht, eine Lady zu sein. Sie hätte alles getan – wirklich alles, um einem Leben aus Armut und Gewalt zu entfliehen.

Oberflächlich gesehen war es ihr gelungen. Sie kleidete sich wie eine Lady, sie sprach wie eine Lady. Sie las die Klassiker und konnte sogar einige Stücke auf dem Klavier spielen.

Sie blickte zu dem Paar im Garten, sah, wie Matthew eine wunderschöne Rose pflückte und sie Lady Caroline reichte. All die Stunden des Lernens, all die vielen Tage, in denen sie mit einem Stock im Rücken gegangen war, um die richtige Haltung zu bekommen, all die vielen Gedichte, die sie auswendig gelernt hatte, ihre perfekte Betonung der französischen Sprache – nichts davon konnte sie in Wirklichkeit zu einer Lady machen.

Lady Caroline legte die behandschuhte Hand auf den Arm von Matthew und ging mit ihm hinüber zum Gewächshaus. Jessie hatte ihn noch nie so glücklich gesehen, so äußerst zufrieden.

Sie dachte wieder daran, wie er sie auf dem Jahrmarkt gerettet hatte, wie sicher sie sich in seinen Armen gefühlt hatte. Sie erinnerte sich an den Tag, als er sie in der alten Remise geküßt hatte. Wenn er sich danach sehnte, Lady Caroline zu heiraten, warum hatte er sie dann geküßt?

Jessie sank auf ihr Bett. Sie wußte genug von den Männern, um die Antwort auf ihre Frage zu kennen – gütiger Himmel, immerhin war sie in einem Dirnenhaus aufgewachsen. Das Verlangen eines Mannes nach einer Frau hatte nichts mit der Ehe zu tun – wenigstens nicht, wenn es um eine Frau wie Jessica Fox ging. Matthew begehrte sie vielleicht, aber heiraten würde er Caroline Winston.

Es war eine harte, brutale Tatsache, und bei dem Gedanken daran verspürte Jessie einen dicken Kloß in ihrem Hals. Die bittere Wahrheit blieb – Matthew Seaton würde niemals ihr gehören.

Es sei denn, Papa Reggie würde ihn dazu zwingen, sie zu heiraten.

Einen kurzen, äußerst selbstsüchtigen Augenblick lang wünschte sie sich, daß er das tun würde. Es wäre möglich, das wußte sie. Papa Reggie war ein Mann, der es gewohnt war, seinen Willen zu bekommen, und es war offensichtlich, daß er wollte, daß sein Sohn dieser Eheschließung zustimmte. Der

Marquis war leidend, und Matthew sorgte sich sehr um ihn. Papa Reggie würde genau wissen, was er zu tun hatte, um seinem Sohn seinen Willen aufzuzwingen. Vielleicht würde Matthew ja doch eines Tages ihr gehören.

Bei diesem Gedanken bildete sich ein Knoten in ihrem Magen.

In Wahrheit war es doch so, sollte Matthew sich schließlich den Wünschen seines Vaters beugen und sie heiraten, dann würde er sie dafür verachten, eventuell sogar hassen, weil sie das Leben, das er für sich geplant hatte, zerstörte. Sie war keine Lady wie Caroline Winston, doch Jessie Fox besaß Stolz. Von Matthew Seaton hatte sie allerdings schon geträumt, solange sie denken konnte.

Aber sie wollte keinen Mann, der sie ablehnte. Und ganz sicher verlangte es sie nicht so sehr nach ihm, daß sie bereit war, ihrer beider Leben zu zerstören.

Matthew und Caroline kamen aus dem Garten zurück, und Matthew half Caroline in ihre Kutsche. Zum Abschied gab er ihr einen Kuß auf die Wange. Einen einfachen, keuschen, höflichen Kuß, so ganz anders als der leidenschaftliche, verzehrende Kuß, den er Jessie Fox gegeben hatte. Er würde sich bei Caroline Winston niemals solche Freiheiten herausnehmen, doch bei der Tochter von Eliza Fox war das etwas anderes ...

Das Herz tat Jessie weh bei diesem Gedanken, doch machte es sie gleichzeitig auch wütend auf Matthew. Dabei war das nicht einmal sein Fehler. Die Welt war nun mal so, und es gab nichts, was man daran ändern konnte.

Im übrigen brauchte sie Matthew Seaton nicht. Sie brauchte niemanden außer Papa Reggie. Sie war glücklich gewesen in Belmore, ehe Matthew angekommen war. Wenn er wieder abgereist war, würde sie auch wieder glücklich sein können. Sie würde mit dem Marquis reden, beschloß sie, sie würde ihn davon überzeugen, seinen Sohn heiraten zu lassen, wen er wollte. Es war eine schmerzliche Entscheidung. Ihr Herz war schwer wie Blei, und Tränen brannten in ihren Augen. Doch es war die richtige Entscheidung.

Sie atmete tief durch. Dann stand sie von ihrem Bett auf.

Jetzt, wo sie endlich der Wahrheit ins Auge sah, wünschte sie sich nichts sehnlicher, als daß alles schnell vorüber wäre. Matthew war für sie verloren. Im Grunde hatte sie allerdings niemals eine Chance bei ihm gehabt. Es war bitter, die Wahrheit zu akzeptieren, doch sie hatte schon früher Schlimmes erleiden müssen. Mit der Zeit würde sie darüber hinwegkommen.

Unruhig lief Jessie in ihrem Schlafzimmer hin und her. Sie wartete darauf, daß die Zeit kam, zu der der Marquis von seinem Mittagsschlaf aufwachte. Sobald die Uhr die Stunde schlug, ging sie zu seiner Suite am Ende des Westflügels. Ihre Nerven waren zum Zerreißen gespannt.

Sein alter Kammerdiener, Lemuel Green, öffnete ihr die Tür, als sie leise klopfte. »Ja, Miss?«

»Ich würde gern Seine Lordschaft besuchen. Ist er schon von seinem Mittagsschlaf aufgewacht?«

»Ja, Miss, das ist er. Ich werde ihm sagen, daß Ihr hier seid.«

Sie tigerte nervös in dem Wohnzimmer auf und ab, bis Lemuel zurückkam. »Ich fürchte, er fühlt sich nicht recht wohl, Miss Fox. Aber er erlaubt Euch, ihn in seinem Schlafzimmer zu sehen, wenn Ihr das wünscht.«

Ein Hauch von Furcht beschlich Jessie. Bis vor ein paar Wochen war Papa Reggie gesund und voller Leben gewesen. Doch in letzter Zeit wurde er immer hinfälliger. Auch der Arzt konnte nicht feststellen, was ihm fehlte.

»Danke, Lemuel. Ich werde sofort zu ihm gehen.«

Der Kammerdiener nickte und ließ sie in das angrenzende Schlafzimmer.

»Hallo, Papa Reggie.«

»Komm rein, meine Liebe, komm rein. Setz dich hier neben mich.«

Sie setzte sich auf den Rosenholzstuhl neben dem riesigen Himmelbett des Marquis, dann griff sie nach seiner Hand und hielt sie fest. »Wie fühlst du dich?«

»Ein wenig schlapp. Aber du brauchst dir keine Sorgen zu machen.« Er warf einen Blick in ihr blasses Gesicht und runzelte besorgt die Stirn. »Was ist los, meine Liebe? Du machst dir doch nicht etwa Sorgen wegen dieses jungen Dings, dieser Winston? Das ist nicht nötig. Ich fand, daß du dich recht gut geschlagen hast.«

»Nein, Papa Reggie, es geht hier nicht um Lady Caroline.« Wenigstens nur indirekt. »Es gibt da etwas, über das ich mit dir reden möchte. Aber wenn du dich nicht wohl fühlst, dann ist es vielleicht besser, wenn ich morgen wiederkomme.«

»Unsinn. Ich bin nur etwas müde, das ist alles. Und jetzt erzählst du mir, warum du so traurig dreinblickst.«

Sie hatte gehofft, man würde ihr nicht ansehen, wie schmerzlich das für sie war. Sie holte tief Luft, um sich zu beruhigen. »Es geht um deinen Sohn.«

»Um Matthew? Was ist mit ihm?« Er runzelte die Stirn. »Dieser Kerl hat sich doch nicht etwa Freiheiten dir gegenüber erlaubt, oder?«

Heiße Röte stieg in Jessies Gesicht, als sie an seinen leidenschaftlichen Kuß dachte. »Nein, nein, natürlich nicht. Das ist es nicht.«

»Was denn dann?«

»Es ist nur so, daß ich das Gefühl habe, er sei vielleicht daran interessiert, mir ... den Hof zu machen.« Lieber Gott, wie konnte sie nur so schamlos lügen. »Weil ich dein Mündel bin«, sprach sie weiter. Sie verschränkte die Finger im Schoß wegen dieser Lüge und hoffte, daß sie dafür nicht in der Hölle schmoren mußte. »Ich befürchte, daß er glaubt, er hätte so eine Art Verantwortung für meine Zukunft. Vielleicht denkt er sogar daran, daß es ehrenhaft wäre, mich zu heiraten, selbst wenn er andere Pläne hat.«

»Wie zum Beispiel Lady Caroline«, brummte der Marquis.

»Nun ja, ja. Matthew kann sehr ritterlich sein, das weißt du sowieso.« Sie dachte an die Rettung vor ihrem Bruder. Wenigstens das war nicht gelogen.

»Ja – und er kann auch ein sehr steifer Stutzer sein.«

Zu jeder anderen Zeit hätte Jessica über diese Bemerkung gelächelt. »Tatsache ist, daß eine Ehe zwischen uns beiden ein Fehler sein würde.«

»Aber warum denn, um alles in der Welt?«

»Weil wir beide ganz einfach nicht zusammenpassen. Wir haben keinerlei Gemeinsamkeiten, keine gemeinsamen Freunde, keine Interessen, die wir teilen. Eine Ehe zwischen uns würde niemals gutgehen, und es würde nicht sehr lange dauern, bis wir beide sehr unglücklich wären.«

Sie drückte seine Hand. »Wenn die Dinge anders stünden« – *wenn er mich als seine Frau haben wollte* –, »dann wäre eine Ehe mit deinem Sohn die größte Ehre, die ich mir vorstellen könnte.« Sie vermied es, ihn anzusehen, sie konnte seinem wissenden, klugen Blick nicht standhalten. »Tatsache ist jedoch, wir passen einfach nicht zueinander. Ich würde unglücklich sein und Matthew auch. Ich bin nicht daran interessiert, Matthew zu heiraten, und ich glaube auch nicht, daß er mich heiraten möchte. Ich möchte, daß du es ihm ausredest.«

»Aber das ist doch lächerlich.«

Sie sah ihn stirnrunzelnd an. Es war, als hätte er sie nicht verstanden, als hätte er die bitteren Worte nicht gehört, die sein Sohn ihm an den Kopf geworfen hatte. »Warum sollte das lächerlich sein?«

Papa Reggie setzte sich auf und lehnte sich gegen das Kopfteil seines Himmelbettes. »Weil ... weil du und Matthew perfekt zusammenpassen würdet. Du müßtest euch nur einmal sehen, wenn ihr zusammen seid. Jeder Dummkopf merkt, daß ihr beide euch wundervoll ergänzt.«

Jessie zwang sich zu einem Lächeln. »Ich möchte nicht heiraten, wenigstens jetzt noch nicht. Ich bin glücklich hier mit dir, Papa Reggie. Ich interessiere mich nicht für Matthew, und ich werde mich auch in Zukunft nicht für ihn interessieren. Und ich bin ganz sicher, daß er sich auf keinen Fall für mich interessiert.«

Ein kleines Geräusch erregte ihre Aufmerksamkeit. Es kam von der Tür zum Wohnzimmer des Marquis. Als Jessie herumfuhr, stand Matthew an der Tür und betrachtete sie mit gefurchter Stirn. »Seid Ihr Euch da so sicher, Mistress Fox?«

Ihr Herz begann zu rasen. »Wie ... wie lange steht Ihr schon da?«

»Lange genug, um zu erfahren, wie schlecht wir beide zueinanderpassen. Danke, daß Ihr mich auf diese Tatsache aufmerksam gemacht habt.«

Papa Reggie blickte von Jessica zu Matthew, der zutiefst gekränkt aussah. Der Marquis schwieg und seufzte dann nach einer Weile erschöpft auf.

»Na ja, ich nehme an, Jessica hat recht. Ihr beide würdet niemals miteinander auskommen. Ich war nur ein dummer alter Mann, als ich das geglaubt habe.«

Matthew zog bei den Worten seines Vaters die Augenbrauen hoch. Er hätte nicht geglaubt, daß er so leicht aufgeben würde. Aber er verkniff sich einen Kommentar.

»Doch leider wird das eure Probleme nicht lösen.«

»Welche Probleme?« fragte Jessica.

»Meine Liebe, ich weiß, daß du glücklich bist hier in Belmore, und ich bin natürlich mehr als glücklich, dich hierzuhaben bei mir. Doch leider werde ich nicht ewig leben. Meine Zeit wird knapp, und ich ...«

»Sag so etwas nicht.« Inständig umklammerte sie seine Hand. Sie liebte Papa Reggie, und sie konnte den Gedanken nicht ertragen, daß er sie im Stich ließ. »Ich werde nicht zulassen, daß irgend etwas passiert.«

Er tätschelte ihre Hand. »Meine Liebe, ich bin ein kranker, alter Mann. Du dagegen bist eine lebhafte, gesunde junge Frau. Was du brauchst, sind ein Ehemann und eine eigene Familie.«

Jessie antwortete nicht. Es war ein Traum, der so süß war, daß sie einen dicken Kloß in ihrer Kehle spürte. Sie liebte Kinder. Nichts auf der Welt würde sie glücklicher machen, als ein eigenes Kind zu haben.

»Und deshalb«, sprach der Marquis ungerührt weiter, »weil Matthew als dein Ehemann nicht in Frage kommt, werden wir einen anderen Mann für dich finden müssen.«

»Was?« Jessie sprang auf.

»So schwer wird das nicht sein, das versichere ich dir. Eine Frau von deiner Schönheit ... im Handumdrehen wird die Hälfte der jungen Kerle in London zu deinen Füßen liegen.«

»London!« sagte Matthew und trat einen Schritt weiter in das Zimmer. »Das kann doch nicht dein Ernst sein, Vater.«

»Natürlich ist das mein Ernst. Ich werde Jessica mit einer ansehnlichen Mitgift ausstatten. Und wenn sie erst einmal in die Gesellschaft eingeführt ist, wird sie sich den Mann aussuchen können.«

»Ich ... ich kann ganz unmöglich nach London gehen, Papa Reggie.«

»Oh? Und warum nicht?«

»Die ... die Kinder natürlich. Wer würde sie unterrichten? Sie brauchen mich. Ich muß ...«

»Die Kinder werden kein Problem sein. Wir stellen einfach einen Lehrer ein, der sich in deiner Abwesenheit um sie kümmert.«

»Aber ... aber ich kann unmöglich nach London gehen.« Sie biß sich auf die Unterlippe, ihre Hände zitterten.

»Jessica, das ist absurd.«

Jessie hob das Kinn, sie kämpfte mit einem Anflug von Panik. »Das ist nicht absurd. Was ist, wenn jemand die Wahrheit herausfindet? Was ist, wenn sie entdecken, wer ich wirklich bin?« Sie drängte die Tränen zurück, die plötzlich in ihren Augen brannten. »Ich werde das nicht zulassen. Wenn jemand die Wahrheit über mich herausfindet, dann ist der Ruf von Belmore ruiniert. Ich werde nicht zulassen, daß du dieses Risiko eingehst.«

Der Marquis sah sie mit strengem Blick an. »Ich fürchte, meine Liebe, in dieser Angelegenheit hast du nur sehr wenig zu sagen. Ich bin dein gesetzlicher Vormund. Bis du großjährig bist, ist es meine Entscheidung, was du tust und was nicht. In dieser Angelegenheit wirst du genau das tun, was ich dir sage.«

Jessies Augen weiteten sich erschrocken. Er hatte nur bei seltenen Anlässen mit ihr in diesem Ton gesprochen. Doch wann immer er es getan hatte, hatte Jessie keinen Zweifel daran gehabt, von wem Matthew seine bestimmende Art geerbt hatte.

»Jawohl, Papa Reggie«, gab sie verdattert nach und sank wieder auf ihren Stuhl.

»Das Mädchen hat wirklich recht«, mischte sich jetzt

Matthew ein und überraschte sie mit seinen Worten. »Du kannst ganz unmöglich versuchen, sie der Gesellschaft als ein Mitglied der Aristokratie vorzustellen.«

Der Marquis hob den Kopf, sein Gesicht glühte zornig unter der Mähne seines schneeweißen Haares. »Sieh sie dir doch an, Matthew! Sieh sie dir gründlich an. Kannst du wirklich so blind sein?«

Matthew biß die Zähne zusammen.

»Dieses Mädchen ist unvergleichlich. Du bist der einzige, der das nicht zu begreifen scheint. Ich versichere dir, dem Rest der Gesellschaft wird das nicht schwerfallen.« Der alte Mann sah seinen Sohn noch einen Augenblick lang eindringlich an, dann sank er in die Kissen zurück.

»Vater!« Matthew lief zu ihm.

»Papa Reggie!« Jessie war von ihrem Stuhl aufgesprungen. »Geht es dir gut?«

Der Marquis atmete pfeifend aus. Sein Gesicht war gerötet, und sein Herz schlug zu schnell. »Das ist wahrscheinlich nur die Aufregung. Wenn ihr beide nichts dagegen habt, würde ich mich gern einen Augenblick ausruhen.«

»Natürlich.« Matt sah ihn besorgt an. Jessie nickte nur, sie fühlte sich entsetzlich, weil sie der Grund seines Schwächeanfalls gewesen war.

»Inzwischen«, sprach der Marquis weiter, »kannst du damit beginnen, deine Sachen vorzubereiten, Matthew. Ich erwarte, daß du uns begleitest. Es dauert noch einige Wochen, bis dein Urlaub zu Ende ist. Jessica und ich werden deine Unterstützung brauchen.«

Matthew antwortete nicht, er nickte nur.

»Ich werde eine Nachricht zu unserem Stadthaus schicken, daß man sich dort auf unseren Besuch vorbereitet. Wir werden übermorgen nach London reisen.«

Matthew lehnte sich auf dem mit Samt gepolsterten Sitz der Reisekutsche von Belmore zurück. Jessie und sein Vater saßen ihm gegenüber und unterhielten sich miteinander. Jessies leuchtendblaue Augen blitzten bei jeder Biegung des Weges begeistert von neuem auf. Eine andere Kutsche folgte ihnen mit Lemuel Green, dem alten Kammerdiener des Marquis, mit Samuel Osgood, dem Butler, der die Familie oft auf Reisen begleitete, und mit Jessies Kammerzofe Viola Quinn.

Matt erinnerte sich an die kräftige Frau vage aus den Tagen, als sie noch in der Küche des Black Boar Inn gearbeitet hatte. Er konnte es immer noch nicht fassen, daß Jessie seinen Vater wirklich hatte überzeugen können, eine Frau auf Belmore einzustellen, die eine solche Herkunft hatte. Doch genausowenig konnte er fassen, daß sein Vater Samuel Osgood jetzt »Ozzie« nannte, wie Jessie es tat. Sein Vater hatte sich verändert in den Jahren seit der Ankunft von Jessie Fox. Matt war nicht sicher, ob die Veränderung gut war oder nicht.

Er betrachtete Jessie und sah, daß sie ihn unter der breiten Krempe ihres mit Blumen besetzten Strohhutes hervor beobachtete. Er lächelte sie an, mit einem Lächeln, das ihr genau sagte, daß er sie erwischt hatte. Prompt leuchteten zwei hochrote Flecken auf ihren Wangen.

Hastig sah sie zum Fenster hinaus, und sein Lächeln erlosch. Er mußte immer wieder daran denken, wie er heimlich mit angehört hatte, daß sie seinen Vater bat, eine Ehe zwischen ihnen beiden nicht zu forcieren. Seine Brust schien in dem Moment zu eng geworden zu sein. Er wußte, warum sie das getan hatte. Sie hatte ihn gehört, damals, an dem Abend, als er wütend auf seinen Vater gewesen war, eine solche Verbindung überhaupt nur vorzuschlagen. Da hatte er sie die Tochter einer Dirne genannt.

Dann war sie Caroline Winston begegnet, der Frau, die er heiraten wollte. Caroline besaß Reichtum und eine Stellung in der Gesellschaft, etwas, das Jessie nicht hatte. Caroline bewegte sich in den gleichen gesellschaftlichen Kreisen wie er, sie hatte eine ähnliche Ansicht vom Leben. Und Jessie glaubte, daß sie beide besser zueinander passen würden. Das hatte sie zumindest gesagt.

Er wollte Caroline heiraten, und wie es schien, würde sie ihm dabei nicht im Wege stehen.

»Wir haben mindestens noch eine Reise von weiteren zwei Stunden vor uns, ehe wir uns ein Nachtquartier suchen«, unterbrach sein Vater das Schweigen. »Was haltet ihr beiden von einem Spiel Karten?«

Jessie blickte sehnsüchtig aus dem Fenster, als fürchtete sie, ihr könnte etwas entgehen, wenn sie ihre Aufmerksamkeit auf etwas anderes richtete. »Ja, gut«, antwortete sie schließlich zögernd.

»Matthew?«

»Warum nicht?« Er konnte genausogut Karten spielen. Er fühlte sich verflixt ungemütlich, einfach nur dazusitzen und jede verführerische Bewegung von Jessica Fox' Brüsten zu beobachten, auch wenn sie sich unter der dünnen Seide ihres Reisekleides versteckten. Er konnte nicht vergessen, wie Jessie an dem Tag auf dem Jahrmarkt ausgesehen hatte, mit dem wilden Blick in ihren blauen Augen, ihrem gelösten Haar und den wunderschönen nackten Brüsten. Er konnte sich genau an ihre Form erinnern und an ihre Größe, daran, daß die untere Hälfte voller war als die obere und an die rosigen Spitzen in ihrer Mitte.

Er versuchte, die blinde Wut zu ignorieren, die ihn gepackt hatte, als er sah, daß ein anderer Mann sie wüst berührte. Und er fragte sich, ob sich ihre Brüste wirklich so sanft und seidig anfühlten, wie sie ausgesehen hatten. Doch er hatte genügend Erfahrung, um zu wissen, daß es so war.

Seine Hose wurde unangenehm eng, und er rutschte unruhig auf dem Sitz hin und her. Er war dankbar für die Tischplatte, die sein Vater über ihren Knien aufgeklappt hatte, um Pikett zu spielen. Verflixt, das Mädchen war vielleicht nicht das, was er sich als Partnerin fürs Leben vorstellte, aber als Geliebte wäre sie all das, was ein Mann sich nur wünschen konnte.

Es war ein nutzloser Gedanke, wenn man bedachte, was sein Vater für sie fühlte. Doch die Idee ließ ihn den ganzen Abend in dem Gasthaus nicht los, in dem sie übernachteten, und auch am nächsten Tag nicht, als sie durch die Außenbezirke von London fuhren und dann in die Innenstadt.

Die Gedanken ließen ihn nicht los, während sie vor Entzücken fast übersprudelte.

»Ich schwöre, Papa Reggie, London ist noch viel schöner als der Jahrmarkt.« Jessie legte eine Hand auf das Fensterbrett der Kutsche und steckte dann den Kopf aus dem offenen Fenster. Die Kutsche rumpelte und schwankte über die Pflastersteine der belebten Straße, auf dem Weg zum Stadthaus von Belmore auf dem Grosvenor Square. »Was glaubst du, können wir auch ins Theater gehen? Ich habe früher geträumt davon, einmal ein Theaterstück sehen zu können.«

»Wir werden überall hingehen, wo du hin möchtest, meine Liebe. Vielleicht möchtest du auch an einem Abend in die Oper gehen?«

Ihre Augen glänzten auf diese ganz besondere, wundervolle Art. »Oh, ja! Das wäre wie ein Märchen!«

»Außerdem sollten wir einen oder zwei Tage zum Einkaufen reservieren«, meinte sein Vater. »Es gibt einen Juwelier in Ludgate Hill, den ich sehr schätze. Ich würde dir dort gerne etwas ...«

»Es gibt nichts, was ich brauche, Papa Reggie. Du verwöhnst mich wirklich zu sehr.«

Matthews Vater lächelte nachsichtig. »Eine Frau kann nie genug teure Kleinigkeiten haben, meine Liebe. Das ist völlig unmöglich, das versichere ich dir.«

Keine neuen Kleider? dachte Matthew. Keinen Besuch in den eleganten Läden von Charing Cross bis nach White Chapel für die Tausende von Kleinigkeiten in der Modewelt der Adelsgesellschaft?

Er war nicht sicher, ob er das glauben sollte. Eventuell steckte ja doch mehr hinter Jessica Fox, als er es sich vorstellte. Die Zuneigung, die sie seinem Vater entgegenbrachte, schien echt zu sein. Und es sah nicht mehr danach aus, als sei sie hinter dem Belmore-Titel her, wie er es zuvor als sicher angenommen hatte.

Aber immerhin war die zwölfjährige Jessie Fox die beste Taschendiebin gewesen, die er je erlebt hatte. Sie hatte eine Begabung dafür, eimerweise Tränen zu vergießen, daß selbst der hartherzigste Reisende ihr schließlich eine Münze oder zwei schenkte, damit sie damit Essen für ihre angeblich arme, sterbende Mutter kaufen konnte. Die lag in Wirklichkeit jedoch nur mit einem Kater im Bett, den sie von übermäßigem Gingenuß hatte.

Eliza Fox: eine hübsche, aber gewissenlose kleine Dirne, die mit einem Mann für Sixpence ins Bett ging, die aber dann demselben Mann die Taschen leerte, wenn er bewußtlos in einer engen Gasse lag. Sie war ein ganzes Stück älter gewesen als Matt, der harte Zug um ihre Augen war für seinen jugendlichen Geschmack nichts gewesen. Obwohl – ihre Brüste und ihre Hüften waren wohlgerundet, und er hatte nach Wochen auf See dringend eine Frau gebraucht. Doch nicht diese.

Vielleicht war es so, daß nichts, was Jessie sagte oder tat, heute realer war als damals. Vielleicht war diese warme, liebevolle Frau, die sein Vater so sehr schätzte, nur eine Illusion.

Das war möglich. Sehr gut möglich sogar.

Matt lehnte sich in dem Sitz der Kutsche zurück und betrachtete seine Karten und das Mädchen ihm gegenüber. Früher oder später, so schwor er sich, würde er die Wahrheit über Jessie Fox herausfinden.

7

Am Ende war es Papa Reggie, der gewann. Der Marquis legte Jessica ein kostbares Perlenhalsband um, mit winzigen Diamanten besetzt, das sie der Sammlung exquisiter Belmore-Erbstücke hinzufügte, die er ihr über die Jahre hinweg geschenkt hatte. Dann bestand er darauf, daß sie mit Viola zum Einkaufen ging, all den Flitterkram, den eine junge Dame ihres Alters brauchen würde.

Er hatte ihre Börse mit Goldsovereigns gefüllt, für Kleinigkeiten, hatte er gemeint, und er hatte ihr gesagt, daß sie alles, was sie einkaufen wollte, auf seine Rechnung schreiben lassen sollte. Dann hatte er Matthew gezwungen, die beiden zu begleiten. Auch er hatte natürlich Geld bei sich. Offensichtlich ahnte er, daß sie fast jeden einzelnen Penny ihres Monatsgeldes hortete.

Was ist, wenn etwas Schreckliches passiert? dachte sie immer, und die Erinnerungen an die grauenvollen Nächte, nachdem sie das Gasthaus damals verlassen hatte, waren unverändert lebhaft in ihrer Erinnerung, Nächte, in denen sie zusammengekauert in eiskalten Heuschobern gehockt hatte und in denen ihr Magen vor Hunger knurrte.

Glücklicherweise hatte Matthew die beiden dann bei ihrem Einkaufsbummel auf der Regent Street sich selbst überlassen.

»Ich werde in zwei Stunden zurück sein«, hatte er erklärt. »Ich lasse Euch den Wagen zu Eurer Verfügung, wir treffen uns dann um genau vier Uhr vor L. T. Pivers, Parfüm und Handschuhe.« Er warf ihr einen strengen Blick zu. »Noch eines, Mistress Fox. Ich würde es sehr zu schätzen wissen, wenn Ihr Euch von Schwierigkeiten fernhalten würdet. Geht nirgendwo sonst hin, bleibt in dieser Straße hier.«

Sie zuckte hoch, doch dann salutierte sie spöttisch. »Aye, aye, Kapitän.«

Ein belustigtes Lächeln umspielte seinen Mund. »Benehmt Euch, Jessie. Wir sehen uns dann in zwei Stunden.«

Sie hatte ihm nachgesehen, sie konnte die Blicke nicht losreißen von seiner hochgewachsenen Gestalt mit dem militärisch geraden Rücken, den breiten Schultern, den unanständig schmalen Hüften und den langen, kräftigen, muskulösen Schenkeln.

»Nun, Liebes, wohin wollen wir als nächstes gehen?« Violas Worte rissen sie schließlich aus ihren Gedanken.

Jessie blickte von ihrer Freundin zu den glänzenden Kutschen, die an ihnen vorüberrollten, den eleganten Geschäften mit den kleinen Fenstern, den Damen und Herren der Adelsgesellschaft, die in ihrer teuren Kleidung vorüberschlenderten.

»Warum gehen wir nicht einfach ein Stück? Wer weiß, was wir noch alles zu sehen bekommen.« Sie gingen die Straße entlang und betraten ein Geschäft nach dem anderen. Jessie war nicht mehr verlegen, Matthew hatte ihr diskret gezeigt, wie sie sich zu verhalten hatte. In Fugates Laden für Schirme kaufte sie einen kleinen, mit Spitzen besetzten himmelblauen Sonnenschirm, den sie einfach haben mußte. Doch als sie dem Verkäufer dann das Geld dafür reichte, wurden ihre Hände ein wenig feucht.

Sie gingen vorbei an Mary the Fruitiers, an Wedgwoods Porzellanladen, an einem Uhrmacher und einem Kurzwarenladen. Jessie blieb vor einem winzigen Geschäft stehen, das von zwei großen Läden eingerahmt wurde. Es war eines der wenigen Geschäfte, die ihre Waren im Fenster ausstellten. Die restlichen Läden hielten sich für so etwas viel für zu vornehm.

Jessie betrachtete das Fenster näher. »Schau mal, Vi, hast du schon je etwas so Bezauberndes gesehen?« Es war ein Geschäft, das sich auf Dinge für Kinder spezialisiert hatte. Ein winziges Paar Regenstiefel stand in dem Fenster, daneben lagen ein weißes Taufkleid für ein Baby und eine wunderschöne bestickte gelbe Decke aus Satin.

»Du hast schon immer Kinder geliebt, solange ich mich erinnern kann.« Viola warf ihr einen prüfenden Blick von der Seite zu. »Und ich wette, wenn du an ein Baby gedacht hast, dann ist es der gutaussehende Kapitän, den du dir dabei als den Vater des Kleinen vorgestellt hast.«

Jessie fühlte, wie ihr brennende Röte in die Wangen schoß. »Ich habe vielleicht davon geträumt, aber daran glauben, daß ich je eine eigene Familie haben werde, tue ich nicht. Tief in meinem Herzen hatte ich befürchtet, daß ich einmal so enden könnte wie meine Mutter.« Sie sah Viola an und lächelte. »Und das wäre auch so gekommen, Vi, wenn du nicht gewesen wärst.«

Die ältere Frau wurde nun ihrerseits über und über rot und winkte mit ihren gutgepolsterten Händen ab. »Ich habe dir geholfen, davon wegzukommen, das ist alles. Du bist bei dem Versuch fast verhungert. Wenn Seine Lordschaft nicht gewesen wäre, ich weiß nicht, was dann mit dir geschehen wäre.«

»Du warst da, als Mama gestorben ist. Du hast mich vor meinem Bruder beschützt. Du warst mir die beste Freundin, die ich je gehabt habe, Vi.« Impulsiv beugte Jessie sich zu ihr und drückte Vi an sich. Dann kam ihr ein Gedanke, und ihre Augen strahlten vor freudiger Erregung. »Das ist es, wir werden einige Sachen für dich einkaufen!«

Viola lachte. »Rede doch keinen Unsinn.«

»Das ist kein Unsinn, Vi. Du hättest doch gern ein paar neue Hüte, nicht wahr? Und eventuell noch ein paar Schuhe?«

Noch immer lachte Viola, doch dann nickte sie zustimmend. »Wenn du das wirklich möchtest, mich stört es nicht, etwas von dem Geld Seiner Lordschaft auszugeben. Wie mir scheint, hat er mehr als genug davon.«

Jessie lächelte. »Sobald wir hier fertig sind, werden wir zur Putzmacherin gehen.« Sie griff nach Vis Hand und zog sie durch die offene Tür in das Geschäft. »Aber zuerst möchte ich ein paar Sachen für die Kinder kaufen.«

Es gab eine so große Auswahl, daß es Jessie schwerfiel, sich zu entscheiden. Schließlich kaufte sie eine hübsche kleine Puppe mit einem Porzellankopf für Amanda Jane und ähnliche Puppen für Penelope und Fanny. Dann suchte sie nach Geschenken für die anderen Kinder. Sie konnte sich nicht daran erinnern, daß es ihr je so viel Freude bereitet hatte, Geld auszugeben.

»Sieh dir das an, Connie, mein Freund.«

Der Mann, so dürr wie eine Vogelscheuche, drängte sich ein Stück näher an ihn. Sein Blick folgte den beiden Frauen, die gerade den Laden der Putzmacherin verlassen hatten. Sie gingen die Straße entlang, ihre Arme waren beladen mit Päckchen. Sobald er sah, daß sie in einem Geschäft ein Stück weiter verschwanden, drückte er sich gegen eine Hauswand und wandte sich zu dem grinsenden Danny Fox um.

»Sie kauft sogar Sachen für diese verdammte alte Schachtel«, staunte Danny, als er den neuen Strohhut entdeckte, den Viola Quinn auf dem Kopf hatte, als die beiden aus dem Laden kamen. »Die Börse des kleinen Luders muß überfließen vor Geld.«

»Sollen wir es ihr abnehmen, Danny? Es könnte ein bißchen schwierig sein, weil all diese reichen Kerle hier herumlaufen, aber immerhin rechnen sie hier nicht mit uns. Sie wird sich nie denken, daß wir in London sind.«

Danny schüttelte den Kopf. Er trug Stadtkleidung, eine dunkelgraue Hose, ein weißes Rüschenhemd und einen senffarbenen Überrock, Kleidungsstücke, die er einem der Liebhaber seiner Geliebten gestohlen hatte. Die Hose glänzte zwar schon etwas an der Sitzfläche, und die Manschetten des Hemdes waren ein wenig zerschlisssen, aber nicht so viel, daß es jemand bemerken würde.

»Es ist nicht nötig, die Dinge zu überstürzen, Connie. Wir sind ihr bis jetzt gefolgt, da schadet es nichts, wenn wir noch etwas warten. Außerdem haben wir es auf einen größeren Fisch abgesehen als auf die wenigen Münzen in ihrer Börse. Und ganz sicher möchten wir nicht, daß Seine verdammte Lordschaft wieder auf der Bildfläche erscheint und all unsere Pläne ruiniert.«

Connie nickte, sein Adamsapfel hüpfte auf und ab. »Da hast du recht, Danny, jawohl. Besser, wir warten und sehen, wie die Dinge sich entwickeln, ehe wir etwas unternehmen.«

»Und ob ich recht habe, Connie. Mit Danny Fox kannst du rechnen, wenn es darum geht, deine Börse zu füllen und für dein Rohr die rechte Beschäftigung zu finden.«

Die beiden lachten hämisch und beobachteten die beiden Frauen, die die Straße entlanggingen. Es war nicht nötig, ihnen jetzt noch weiter zu folgen. Danny wußte, daß sie unterwegs waren zum eleganten Stadthaus Seiner Lordschaft. Er wußte, wo er seine Schwester finden konnte, wenn die Zeit dafür gekommen war.

Noch einmal lachte er, diesmal still in sich hinein. Man konnte mit Danny Fox rechnen, ganz bestimmt – er wußte, wie er gut für sich sorgen konnte.

Matthew lehnte am Rahmen der Tür, die in den Salon führte, und betrachtete die Szene vor sich mit einer Mischung aus Verstimmung und Belustigung. Jessie stand ergeben neben seinem Vater. Sie war für den Abend gekleidet in ein Kleid aus eisblauem Satin, besetzt mit Straßsteinen. Ihr goldenes Haar war zu einer Krone aufgesteckt, die ebenfalls mit Straßsteinen verziert war. Ein kostbares Diamanthalsband lag um ihren schlanken Hals. Es war ein Geschenk seines Vaters, und dazu passende Ohrringe schimmerten an ihren kleinen, muschelförmigen Ohren.

Er sah, daß ihre Hände ein wenig zitterten. Statt eines Lächelns lag ein Ausdruck auf ihrem Gesicht, der eher zu jemandem gepaßt hätte, der gerade dabei war, die Stufen des Schafotts zu erklimmen, und nicht für eine junge Dame, die ihr Debut in der Gesellschaft absolvierte.

Vielleicht war es dieser weibliche Titan, der vor ihr stand, der sie so einschüchterte. Cornelia Witherspoon, Lady Bainbridge, war eine Witwe von hohem Stand. Sie war klein und ein ausgesprochenes Energiebündel. Sein Vater hatte ihr schon immer große Achtung gezollt. Sie wiederum, munkelte man, brachte ihm eine zärtliche Neigung entgegen.

»Ja, sicher, das Mädchen ist in Ordnung so.« Lady Bainbridge musterte Jessica von Kopf bis Fuß. »Von dem Augenblick an, als ich sie zum ersten Mal sah, war mir klar, daß deine Jessica von vornehmer Abkunft ist. Aber du, Reggie, hast ein Meisterstück aus dem Mädchen gemacht. Wirklich, sie ist eine Ehre für Mrs. Seymours Schule ... und natürlich auch für dich, mein lieber Reggie.«

Der Marquis strahlte, und eine leichte Röte stieg in Jessicas Wangen. »Sie ist schon etwas ganz Besonderes, nicht wahr, Corney?«

»Ganz bestimmt, Reggie. Das Mädchen wird allen die Köpfe verdrehen, darauf möchte ich wetten.«

Matt sah seinen Vater an. Er entdeckte in seinem Blick diesen Ausdruck von Stolz und Beschützerinstinkt, den der alte Mann immer dann zeigte, wenn er Jessie sah. Sie hatte seine Zuneigung vollkommen gewonnen. Reginald Seaton sah in ihr nicht das diebische kleine Luder, das sie einmal gewesen war, sondern nur die wunderschöne, intelligente junge Frau, zu der sie durch harte Arbeit ihrerseits geworden war.

Vielleicht hatte sein Vater ja recht, und er selbst ließ sich durch seine Erinnerung an die Jessie blenden, die er aus der Vergangenheit kannte. Vielleicht hatte er erst in den letzten Tagen die wahre Jessie kennengelernt – als sie zum Beispiel stolz die Sachen ausbreitete, die sie gekauft hatte: Geschenke für die Kinder in ihrer winzigen Behelfsschule, Geschenke für Mrs. Quinn und Papa Reggie und nur ein einziger, nicht sehr teurer Gegenstand für sich selbst.

Vielleicht jedoch ging sie nur so geschickt vor, damit sie ihn und den Rest der adligen Gesellschaft hinters Licht führen konnte.

Wie auch immer die Wahrheit aussah, Matthew war es gleich. Sein Weg lag deutlich vor ihm. Caroline Winston war die Frau, die er als Ehefrau des zukünftigen Marquis von Belmore haben wollte. Sie war eine perfekte Lady. Sie würde ihm eine perfekte Frau sein. Er hoffte nur, daß die ehrgeizigen Pläne seines Vaters für Jessie Fox ihnen nicht den gesellschaftlichen Ruin bringen würden, ehe es soweit war.

Der alte Mann räusperte sich. »Ich kann dir gar nicht sagen, wie sehr wir deine Unterstützung zu schätzen wissen, Cornelia.« Er lächelte Lady Bainbridge an, sein Blick huschte zu ihren schweren Brüsten, die unter einem schwarz-silbernen Kleid verborgen waren. Ihr Haar war von der gleichen silbernen Farbe wie das seine, doch einige Strähnen zeugten noch davon, daß es in ihrer Jugend üppig und rabenschwarz gewesen war. Noch einmal betrachtete er sie, und in seinen Augen leuchtete plötzlich ein ganz anderes Licht als zuvor.

»Ich wage zu behaupten, Corney, mit dir an Jessicas Seite wird ihr Einzug bei Almack ein Erfolg sein, und von da an wird ihr keine Tür mehr verschlossen sein.«

Lady Bainbridge lächelte zufrieden. »Keine Angst, Reggie. Ich werde persönlich dafür sorgen, daß sie ein Erfolg wird.« Trotz ihrer Jahre war sie noch immer eine sehr gutaussehende Frau, und wie es schien, hatte Matts Vater das jetzt endlich auch bemerkt. Reginald Seaton war zweimal verheiratet gewesen, doch geliebt hatte er nur ein einziges Mal, und das auch nur für eine sehr kurze Zeit, weil Matthews Mutter so früh gestorben war.

Matthew beobachtete das Paar, das Jessie Fox jetzt mit einem Ausdruck der Entschlossenheit musterte. Zusammen würden sie einen Mann für Jessie finden, doch dieser Mann würde nicht Matt Seaton heißen. Eigenartigerweise wurde ihm bei diesem Gedanken die Brust eng, und sein Magen zog sich zusammen.

Er schaute Jessie an und stellte fest, daß sie ihn beobachtete. Als sich ihre Blicke begegneten, stahl sich erneut heiße Röte in ihre Wangen. Er erinnerte sich an das erregende Verlangen, das er gefühlt hatte, als er sie küßte, und daran, wie ihre Lippen unter seinen ganz nachgiebig geworden waren. Prompt pulsierte heiße Erregung durch seine Lenden.

Verdammt, er brauchte eine Frau. Und ein paar Becher Grog – Seemannskost – wären auch nicht schlecht. Aber er hatte seinem Vater das Versprechen gegeben, ihn zu unterstützen, und das mußte er einhalten.

Er riß sich zusammen, stieß sich von der Tür ab und betrat das Zimmer. »Es wird langsam spät, Vater. Ich glaube, es ist Zeit, daß Miss Fox ihren Auftritt hat.«

»Ja ... ja, natürlich.« Der Marquis wandte sich an Jessica. »Bist du bereit, meine Liebe?«

Jessie leckte sich nervös über die Lippen. »Ja, Papa Reggie.«

»Miss Fox.« Matt riß seine Blicke von ihren Lippen los und reichte ihr den Arm. Sie legte eine Hand auf den Ärmel seiner marineblauen Uniformjacke, und er fühlte, wie sie zitterte.

»Cornelia, meine Liebe.« Der Marquis nahm galant den Arm der Witwe und führte die Gräfin durch die Eingangshalle zu der großen, geschnitzten Haustür.

Am Fuße der steilen Treppe, die aus dem Stadthaus der Bainbridges führte, blieb Jessie stehen, neben der Marmorstatue eines großen Löwen. Im milden Schein der Straßenlampe sah Matt, wie blaß sie war.

Ihr Griff um seinen Arm verstärkte sich. »Ich ... ich habe Angst, Matthew.«

Er war überrascht, daß sie das zugab, ganz besonders vor ihm. Doch er verspürte darüber ein Gefühl der Zärtlichkeit für sie.

»Ihr braucht Euch nicht zu fürchten, Jessie. Mein Vater hat recht – Ihr seht bezaubernd aus. Jeder junge Kerl in der ganzen Stadt wird Euch heute abend zu Füßen liegen.«

»Was ... was passiert, wenn ich einen Fehler mache und etwas Falsches sage?« Tränen glitzerten in ihren Augen. »Sie werden wissen, daß ich eine Betrügerin bin. Sie werden mich dafür hassen und Euren Vater auch. Ich kann dieses Risiko nicht eingehen. Ich kann es nicht …«

»Hört auf, Jess.« Matt legte beide Hände auf ihre Schultern und fühlte die Anspannung in ihrem Körper. »Ihr werdet keinen Fehler machen. Ihr habt eine exzellente Ausbildung gehabt, wahrscheinlich seid Ihr besser erzogen als jede andere Frau dort. Ihr werdet das Richtige tun, denn dafür habt Ihr hart gearbeitet.« Er legte eine Hand unter ihr Kinn. »Und ich werde an Eurer Seite sein, genau wie mein Vater. Wir werden schon dafür sorgen, daß nichts schiefläuft.«

Sie schloß die Augen. Mit der Fingerspitze tupfte Matt ihr eine Träne von der Wange, und er fühlte, wie ein wenig der Anspannung von ihr abfiel. Als sie ihn dann wieder ansah, lag etwas Süßes, Sehnsuchtsvolles in ihrem Blick. »Danke, Matthew.«

Aber er wollte keinen Dank. Seine Leidenschaft war geweckt worden durch diese kleine, einfache Berührung. In diesem Augenblick wollte er sie nur noch in seine Arme reißen, ihren herrlichen Körper an seinen drücken und sie küssen und seine Hände mit ihren Brüsten füllen. Er wollte dieses tiefe, überwältigende Glücksgefühl spüren, das er schon zuvor in ihrer Nähe erlebt hatte.

Natürlich ignorierte er das Rauschen des Blutes in seinen Ohren und die drängende Erregung in seinen Lenden und ließ sie los. Er nahm höflich ihre Hand, legte sie wieder auf seinen Arm und führte sie zur Kutsche.

Es war die Versammlung des Besten, was London zu bieten hatte. Elegante schwarze Kutschen, Phaetons, Landauer und Zweispänner standen auf der mit Fackeln erleuchteten Auffahrt vor dem riesigen Steinhaus am Rande der Stadt, der Londoner Residenz des Grafen von Pickering, einem Cousin zweiten Grades von Lady Bainbridge.

Einige Stunden waren vergangen, und Jessicas Nerven waren noch immer zum Zerreißen gespannt, doch der Teil des

Abends, vor dem sie sich am meisten gefürchtet hatte, war vorüber. Sie hatte die förmliche Vorstellung fehlerlos überstanden, und in den letzten drei Stunden hatte sie in dem vergoldeten und mit Spiegeln geschmückten Ballsaal getanzt. Große Kronleuchter aus Kristall hingen an der Decke, und in vergoldeten Vasen standen Sträuße mit weißen Rosen, die ihren Duft im Saal verströmten. Das ganze Haus glitzerte wie ein Diamant in der untergehenden Sonne.

Jessie nahm das wunderschöne Bild in sich auf, die Marmorstatuen und die teuren orientalischen Teppiche, und bemühte sich, von alldem nicht zu überwältigt zu sein. Auch wenn sie die Vornehmheit von Belmore gewöhnt war, so fiel es ihr schwer, in einer so reichen Umgebung nicht an die Vergangenheit zu denken, an den verräucherten Schankraum, die halbnackten Frauen und die lüsternen Männer, an ihr dunkles, elendes Loch über dem Black Boar Inn.

Entschlossen schob sie die dunklen Gedanken beiseite, sie lächelte und klammerte sich in stiller Verzweiflung an Matthews muskulösen Arm. Er war gerade ihr Partner und führte sie auf der mit Intarsien versehenen Tanzfläche zu einem Kontratanz.

»Lächeln«, riet er ihr leise. »Ihr wißt, wie so etwas geht. Nichts wird geschehen.«

Seine blauen Augen gaben ihr Sicherheit, und das Lächeln fiel ihr leichter als angenommen. Der Tanz dauerte beinahe zwanzig Minuten, doch mit Matthew als ihrem Partner, der ihr Mut und Kraft gab, schien die Zeit dahinzufliegen.

Danach verschwamm der restliche Abend zu einem bunten Bild. Sie tanzte mit einem jungen Mann nach dem anderen und war überrascht, gleich vier neue Gesichter zu entdecken, die ihren letzten Partner ablösen wollten. Zuerst hatte Matthew sich immer in ihrer Nähe aufgehalten, für den Fall, daß sie ihn brauchte, wie er es versprochen hatte. Dann erschien Papa Reggie mit Lady Bainbridge, und Matthew verschwand unauffällig.

Drei Stunden später entdeckte sie ihn wieder. Er tanzte mit einer extravaganten Brünetten, Madeleine Gräfin Fielding, eine Witwe, wie man ihr sagte.

Eine einsame Witwe, so schien es Jessie, als sie sah, wie diese sich an Matthews Arm klammerte und ihn mit schamloser Überschwenglichkeit anlächelte. Jessie hoffte, daß ihr nicht die üppigen, milchweißen Brüste, die sich gefährlich nach oben drängten, aus dem Kleid hüpfen würden.

Sie war eine wunderschöne Frau, älter als Jessie, sicher schon beinahe dreißig, mit seegrünen Augen und einem breiten, volllippigen Mund. Bei einer Rondele tanzten die beiden an ihr vorüber, und ein Schwall ihres Parfüms wehte Jessie in die Nase. Matthew schien gegen den erstickenden Geruch nichts zu haben. Er war viel zu sehr damit beschäftigt, die offensichtliche Einladung der Frau zu genießen. Nur einmal blickte er in Jessies Richtung. Und als Jessie das sah, bedachte sie ihren Tanzpartner, den jungen Herzog von Milton, mit ihrem strahlendsten, verführerischsten Lächeln.

Wahrscheinlich hatte sie sich das kurze, zornige Aufblitzen in den Augen des Grafen nur eingebildet. Sie blinzelte, und als sie ihn genauer ansah, lächelt er die verheißungsvolle Brünette an.

Sie verließen das Fest knapp nach dem ausgiebigen Mitternachtsessen, weil sie sich Sorgen machten, daß der Marquis sich überanstrengen würde. Außerdem wollte Jessie ihren ersten Ausflug in die Gesellschaft nicht übertreiben. Vielleicht war der Grund allerdings auch nur der, daß Matthew eine Verabredung mit der Gräfin einhalten wollte.

Der Gedanke daran trübte den überwältigenden Erfolg dieses Abends für Jessie.

»All diese Monate in einem stickigen alten Boot!« Madeleine Gräfin Fielding lehnte sich nackt gegen das Kopfteil ihres riesigen, mit rotem Samt ausgeschlagenen Bettes. Mit dem Finger tastete sie über die Schnitzerei eines winzigen Cherubs in dem polierten Holz. Dann fuhr der Finger über Matts nackte Schulter, über seine Brust und um seine Brustwarze. »Es ist schon viel zu lange her, Matt, mein Liebling.«

Er faßte nach ihrem Handgelenk und zog ihre Hand an seine Lippen. »Viel zu lange, Gräfin. Wir haben uns das letzte Mal gesehen, bevor du deinen letzten, nun verblichenen Mann geheiratet hast. Welcher war es doch gleich, dein zweiter oder dein dritter?«

Ein kehliges Lachen belohnte seine Frage. Ihr schlanker, weißer Hals bildete einen erstaunlichen Kontrast zu dem glänzenden schwarzen Haar, das ihr über die nackten Schultern fiel. »Der dritte, aber wer zählt denn schon? Jetzt, wo er nicht mehr da ist, habe ich genügend Geld. Ich brauche keinen Mann mehr in meinem Leben.« Sie lächelte aufmunternd. »Außer natürlich zu meinem Vergnügen.« Sie beugte sich über ihn, kniff ihn in die Brustwarze und küßte ihn dann.

Matthew erwiderte ihren Kuß. Er schob eine Hand in ihr dichtes schwarzes Haar und zog sie zu sich hinunter auf die rote seidene Decke. Dann rollte er sich über sie und stieß seine Zunge tief in ihren Mund. Er hatte sie schon zweimal besessen, und dennoch war er schon wieder erregt und konnte es kaum erwarten, seine Lust zu befriedigen. Diesmal war er entschlossen, die Erfüllung so lange wie möglich hinauszuzögern.

»Ich dürfte eigentlich gar nicht hier sein«, raunte er und saugte sanft an ihrem Ohrläppchen. »Wir wissen beide, daß ich dich nicht mehr besuchen kann.«

Sie gurrte und legte den Kopf zurück. »Aber warum denn? Wegen deiner Caroline? Wenn wir sehr diskret sind …«

Er schüttelte den Kopf. »Du weißt, daß ich so etwas nicht tun werde.« Er bedeckte ihren Hals mit vielen kleinen Küssen. »Ich möchte ihre Familie nicht in Verlegenheit bringen mit Gerüchten über meine Eskapaden mit der hübschen Gräfin, ganz gleich, wie verlockend das auch sein mag.«

Madeleine seufzte und küßte seine Schultern. »Du hast dich nicht verändert, mein Liebling. Du bist noch immer viel anständiger, als es für dich gut ist … aber gerade das, denke ich, macht dich so attraktiv – so steif und förmlich du im Salon bist, so verteufelt sündhaft bist du im Bett.«

Sein Mund verzog sich zu einem schwachen Lächeln. »Und

du, meine Liebe? Ich glaube, auch du hast dich nicht verändert. Du bist nach wie vor lüstern wie eine Hexe, allerdings doppelt so zügellos.«

Sie begann zu lachen, doch er preßte seine Lippen auf ihre, und aus dem Geräusch wurde ein leises Aufstöhnen. Ihre Brüste in seinen Händen waren schwer und voll, sie zitterten, und die rosigen Spitzen verhärteten sich voller Verlangen. Er kniff sie sanft, umflatterte die Knospen mit seiner heißen Zunge und biß hinein. Dann zog er sich ein wenig von ihr zurück und sah sie an.

»Sündhaft, wie? Wenn es das ist, was du willst, Mylady, dann kann ich dir dienlich sein.« Er kannte ihren unersättlichen Appetit. In der Zeit zwischen ihren ersten beiden Ehemännern hatten sie eine heftige Affäre gehabt. Er reizte sie noch einige Augenblicke, bis sie sich keuchend unter ihm wand. Dann zog er sich von ihr zurück und setzte sich auf die Bettkante.

Nackt, erregt und bebend vor Verlangen, sah er sie an. Er stand auf und entfernte sich ein Stück. »Komm her«, befahl er in dem Ton, in dem er seinen Männern Kommandos gab. Er sah, wie ihre seegrünen Augen aufblitzten.

Ihre vollen, sinnlichen Lippen verzogen sich zu einem wissenden Lächeln. Sie kletterte aus dem Bett, blieb aber ein paar Schritte vor ihm stehen.

»Ich sagte ... Komm her!«

Sie zögerte nur eine Sekunde, dann ging sie anmutig über den dicken persischen Teppich auf ihn zu, bis sie direkt vor ihm stand. Das Licht der Kerzen spiegelte sich auf ihren feuchten Lippen, ihre Augen leuchteten, weil sie ahnte, was er vorhatte.

»Auf die Knie«, knurrte er, weil er wußte, daß es ihr beim Liebesspiel gefiel, wenn ein Mann sie kommandierte. Er beobachtete, wie sie ihm gehorchte. »Ich werde dich nicht mehr anrühren, bis du mich zum Höhepunkt gebracht hast. Und ich würde dir raten, meine Liebe, daß du es gut machst, denn sonst werde ich warten, bis du geendet hast und dich so geil verlassen, wie du dich in diesem Moment fühlst. Ich bezweifle, daß du vorhast, dich für den Rest des Abends allein zu befriedigen.«

Sie nickte schwach und zitterte vor Erregung, bereit, ihm jeden Wunsch zu erfüllen. Sie blickte hinunter auf seine harte Erektion, kniete nieder und machte sich mit Inbrunst und Raffinesse daran, ihn zu befriedigen. Matt schloß die Augen und ließ sich von der Wollust davontragen. Doch seine Gedanken schweiften ab, weg von dem Bild der Frau zu seinen Füßen.

Sie wanderten zu einer anderen, helleren, strahlenderen Gestalt, mit goldblondem Haar und Brüsten, die sich ein wenig nach oben richteten, genau in der richtigen Form, um seine Hände zu füllen. Er stellte sich ihre schlanke Taille vor, die langen, wohlgeformten Beine, die zierlichen Knöchel.

Er stöhnte bei dem Bild, das vor seinem inneren Auge stand. Weißglühend loderte das Feuer in ihm bei der Berührung durch feuchte Lippen und eine samtene Zunge. Sein Körper schien zu verbrennen, das Bild von blasser Haut und goldenem Haar ließ seine Erregung noch größer werden. Er fieberte nach der Erfüllung, griff Madeleine bei den Schultern und zog sie zu sich hoch. Dann packte er ihren Po mit den Händen, hob sie hoch, schlang ihre Beine um seine Taille und drang mit einem einzigen Stoß tief in sie ein. Sie schrie auf voll schmerzlicher Lust. Ihr Kopf fiel zurück, als sich seine Hände fester in ihre Gesäßbacken krallten. Er hob sie noch höher und näher an sich heran, drang noch tiefer und kraftvoller in sie.

Langes schwarzes Haar strich über seine Schenkel, doch das Haar, das er vor seinem inneren Auge sah, war golden. Süßere, zitternde Lippen preßten sich auf seine, und die Augen, die er sich vorstellte, waren von einem hellen, strahlenden Blau und nicht seegrün.

Er stieß fester in sie, härter, schneller. Er fühlte, wie die Frau in seinen Armen erschauerte, hörte, wie sie guttural seinen Namen rief. Noch einige heftige Stöße waren nötig, dann erreichte auch er den Höhepunkt, mit einem so überwältigenden Gefühl, daß er die Zähne zusammenbiß, um die Worte, die sich auf seinen Lippen formten, nicht hinauszuschreien.

Denn der Name, den er ausgesprochen hätte, war nicht der seiner augenblicklichen Geliebten und auch nicht der von Caroline Winston, der Frau, die er heiraten würde.

Jessie Fox erfüllte all seine Gedanken und all seine Sinne, bis es ihm schien, als wäre sie es, in die er eingedrungen war, sie, die seine leidenschaftlichen Küsse erwiderte, sie, die ihn in ihrem Bett willkommen hieß.

Wenn er bedachte, wie viele Stunden er mittlerweile mit der lüsternen, willigen Gräfin verbracht hatte, so erstaunte es Matthew, daß es ihn nach einer anderen verlangte.

»Nun, mein Junge, habe ich es dir nicht gesagt? Habe ich dir nicht gesagt, dieses Mädchen sei unvergleichlich? Also, in etwas mehr als einer Woche hat sie die ganze verdammte Stadt auf den Kopf gestellt.« Im Ballsaal von Lord Montagues Stadthaus beobachtete Reginald Seaton sein junges Mündel auf dem Tanzboden. Ihr Haar glänzte im Schein der Kerzen wie gesponnenes Gold, ihre Bewegungen waren so anmutig, daß ihm das Herz weh tat.

Er war unermeßlich stolz auf sie. Nicht eine einzige Person in seinem Bekanntenkreis hatte je so viel aus sich gemacht, war je so hoch über sich selbst hinausgewachsen. Sicher, er hatte ihr dabei geholfen. Wenn er nicht gewesen wäre, dann wäre das bemitleidenswerte Geschöpf, das sich ihm an diesem Tag am See von Seaton genähert hatte, wahrscheinlich verhungert – oder sie hätte den Rest ihres Lebens im Gefängnis von Newgate verbracht.

Aber es war Jessie gewesen, die die ganze Arbeit getan hatte, Jessie, die endlose Stunden gelernt hatte, Jessie, die bis zur Erschöpfung geübt hatte, gepflegt zu sprechen und die Bewegungen einer Frau von hohem Stand zu erlernen. Es war Jessie gewesen, die sich geplagt hatte, ihren Traum zu verwirklichen.

Reggie lächelte. Sie war eine Lady. Sie hatte es im Blut. Sie zählte zur *crème de la crème* all der jungen Frauen ihres Alters. Sein altes Herz schwoll vor Stolz, wenn er sie nur ansah, seine Augen wurden feucht, und die Liebe zu ihr machte seine Brust weit.

Doch es weckte auch einen Anflug von Zorn auf seinen starrköpfigen Sohn und drängte ihn dazu, den Jungen zu piesacken.

»Sieh dir das einmal an, Matthew. Sie stehen förmlich Schlange nach ihr. Drei Männer haben ihr in der letzten Woche einen Antrag gemacht, zwei Vicomtes und der Graf von Pickering. Die Vicomtes haben nicht das Geld, um sie sich leisten zu können, doch vielleicht sollten wir den Grafen in unsere Überlegungen einbeziehen.«

Matthew sah ihn mit versteinertem Blick an. »Pickering? Der Mann ist alt genug, um ihr Vater zu sein. Er ist eine schleimige kleine Kröte, und nichts spricht für ihn, nur das Geld in seiner Tasche und die Tatsache, daß er mit Lady Bainbridge verwandt ist. Wenn er Glück hat, fließt durch seine Adern eventuell etwas von dem Blut dieses alten Mädchens.«

Reggie schmunzelte. »So alt ist er nun auch wieder nicht, nur acht Jahre älter als du. Pickering ist von der sanften Art, das muß man ihm zugestehen. Er ist eher ein Bücherwurm, nicht der Mann, der einem jungen Mädchen den Kopf verdreht. Aber er würde sie gut behandeln, und er würde sie mit Geschenken überschütten. Der Graf ist von Natur aus sehr großzügig. Er würde für Jessica die Sterne vom Himmel holen.«

»Zu was er nicht in der Lage wäre, ist genau das, was sie braucht – einen Mann, der mit ihr fertig werden kann. Einen Mann, der ihre wilde Natur zügeln kann und der sie im Bett befriedigt.«

Reggie lächelte innerlich, der Zorn in der Stimme seines Sohnes gefiel ihm. »Ja ... na ja, das kann ja sein. Jessica ist äußerst lebhaft. Vielleicht würde doch ein anderer besser zu ihr passen ... jemand wie zum Beispiel dein alter Freund aus der Schulzeit, St. Cere.«

»St. Cere!«

»Warum nicht? Der Mann ist ein gutaussehender Teufel. Er ist wohlhabend genug, und wenn die Gerüchte stimmen, braucht man sich über seine Fähigkeiten im Bett keine Sorgen zu machen. Jessica betet Kinder an, und ich würde liebend gern noch lang genug leben, um mindestens ein Enkelkind von ihr zu sehen. St. Cere würde ihr sicher ein ganzes Haus voller Kinder bescheren.«

Matthews Gesicht sah aus, als hätte er in eine Zitrone gebissen. »Ich kann es nicht glauben, daß du Adam Harcourt in Erwägung ziehen kannst. Der Mann ist der schlimmste Wüstling. Abgesehen von dem Skandal, über den man sich die Mäuler zerreißt, verbringt er die Hälfte der Zeit mit seinen Geliebten und die andere Hälfte beim Spiel. Und du kannst sicher sein, der Vicomte spielt hoch.«

»Und er gewinnt meistens, wie ich gehört habe. Außerdem kann ein Mann sich ändern. Ehe ich deine Mutter kennenlernte, war ich auch als ziemlicher Leichtfuß bekannt.«

»Ja, aber St. Cere ist anders. Er ist ein grober Wüstling, und wenn es um Frauen geht, ist er rücksichtslos. Außerdem ist er ein eingeschworener Junggeselle. Seine Ehe hat in einer Katastrophe geendet, und er hat geschworen, sich nie wieder einfangen zu lassen.«

Reggie neigte den Kopf und deutete zur Tanzfläche. »Vielleicht hat er ja seine Meinung geändert.«

Neben ihm erstarrte Matthew. Der große, dunkle Vicomte St. Cere tanzte gerade eine Rondele mit Jessie, die ihn anlächelte. Reggie war allerdings alles andere als erfreut darüber, obwohl er bemüht war, sich das vor Matthew nicht anmerken zu lassen. Der Mann hatte einen schlimmen Ruf, und Reggie würde ihn keinen Augenblick lang als Heiratskandidat für sein bezauberndes Mündel in Erwägung ziehen. Doch der Ausdruck in Matthews Gesicht war jeden Augenblick dieser List wert.

Er musterte seinen Sohn und sagte begeistert: »Du siehst, mein Junge, Jessica sprengt alle Möglichkeiten.«

Matthew blickte noch verkniffener. »Wenn du nicht willst, daß ihr Name ruiniert wird, dann würde ich vorschlagen, solltest du ihre Verbindung mit St. Cere unterbinden, ehe sie richtig beginnt.«

Reggie zwang sich, die Stirn zu runzeln. »Vielleicht hast du ja recht, Matthew. Vielleicht ist er doch nicht der Mann, den wir ermuntern sollten. Obwohl – nachdem sie sich so gut verstehen, weiß ich nicht recht, wie ich das anstellen soll.« Er seufzte übertrieben dramatisch. »Wenn dieser Mann Jessica gefällt, dann wird es verflixt schwer sein, ihn ihr wieder auszureden. Sie kann ziemlich verbohrt sein, wenn sie sich erst einmal etwas in den Kopf gesetzt hat.«

»Das bezweifle ich keinen Moment«, antwortete Matthew düster. Er sah mit Erleichterung, daß der Tanz zu Ende war und die beiden sich trennten. »Mach dir keine Sorgen wegen St. Cere«, beruhigte er seinen Vater. »Bei der ersten Gelegenheit werde ich selbst mit ihm reden. Wenn er erst einmal begreift, daß dieses Mädchen unter meinem Schutz steht, dann wird er sie in Ruhe lassen.« Sein finsteres Gesicht sagte, daß er dem Vicomte das raten würde, denn sonst wäre die Hölle los.

Reggie fühlte, wie sich ein erneutes, triumphierendes Lächeln um seinen Mund kräuseln wollte, doch er unterdrückte es weise.

8

Jessie stand an der Terrassentür, die in den kleinen Garten von Lord Montagues Stadthaus führte. Eine kühle Brise wehte in den Raum, die Nachtluft duftete nach Damaszenerrosen. Es wäre nicht schicklich, wenn sie jetzt einfach verschwinden würde, aber sie sehnte sich so sehr danach, einen Augenblick allein zu sein.

Parties und Bälle, ein Abend in der Oper, Feuerwerk in den Vauxhall-Gärten, das Theater in der Drury Lane – es war wie ein Wunder, die Tage und Nächte in London waren all das, was sie sich je erträumt hatte. Es war ein sprühendes Vergnügen, aber es war auch äußerst anstrengend.

Nach den ersten Tagen dieser gesellschaftlichen Ereignisse hatte sie sich kaum mehr Sorgen darüber gemacht, daß jemand ihre wahre Identität entdeckte. Der Marquis von Belmore war ein sehr mächtiger Mann. Die Geschichte über die Vormundschaft der Tochter eines entfernten Cousins wurde ohne Frage akzeptiert, genau wie damals, als er sie in der Schule angemeldet hatte. Und die Unterstützung von Lady Bainbridge brachte selbst die leisesten Spekulationen zum Verstummen.

Die Liste ihrer Bewerber wuchs von Tag zu Tag. Sicher, so sagte sie sich, würde einer von ihnen einen geeigneten Ehemann für sie abgeben. Sie waren alle sehr aufmerksam und reich. Die meisten besaßen einen Titel, und bestimmt würde sie irgendwann ihr Herz für einen von ihnen entdecken.

Es war überhaupt keine Frage, daß sie heiraten würde. Es war Papa Reggies Wunsch, und sie würde alles tun, um ihm eine Freude zu machen. Er hatte sie bei sich aufgenommen, als sie total verhungert und völlig verloren gewesen war, als sie sich danach gesehnt hatte, eine Nacht lang geborgen schlafen zu können, in einem warmen Haus, weg von der eisigen Kälte. Alles, was sie besaß, gehörte ihm, alles, was sie wußte, alles, was aus ihr geworden war.

Alles, was sie war …

Sie liebte ihn, und sie würde ihm den einzigen Wunsch erfüllen, um den er sie je gebeten hatte.

Aber es war so schwierig, wenn Matthew in ihrer Nähe war. Sie versuchte, ihn zu ignorieren, versuchte, das Flattern in ihrem Magen zu unterdrücken, das sie fühlte, wann immer er ein Zimmer betrat, in dem sie sich aufhielt, oder wenn er ihre Hand ergriff für den ersten Tanz des Abends, den Tanz, den sie jedes Mal für ihn reservierte. Sie versuchte, ihren Schmerz zu unterdrücken, wenn er andere Frauen mit seiner Aufmerksamkeit bedachte und sie selbst für Luft hielt.

Statt dessen bemühte sie sich, sich auf die Männer zu konzentrieren, die ihr den Hof machten. Doch keiner von ihnen konnte auch nur annähernd mit Matthew konkurrieren. Niemand sah so gut aus wie er, war so hochgewachsen mit so breiten, muskulösen Schultern. Mit seiner beeindruckenden Größe, den bezwingenden tiefblauen Augen und dem dunkelblonden Haar in der Farbe des Goldes hob er sich unter allen anderen hervor, ließ sie alle neben sich verblassen. Er schien klüger zu sein als sie, härter, selbstsicherer als alle Männer zusammen, die sie umschwärmten.

Und vermutlich war der hochmütige Halunke das auch.

Dieser verdammte Kerl, dachte sie. Soll er doch zur Hölle fahren!

Offensichtlich war Matthew Seaton der Dorn in ihrem Fleisch, und das schon seit der Zeit, als sie noch ein kleines Mädchen gewesen war.

»Jessie! Jessie Fox! Bist du es wirklich?«

Jessies Magen zog sich zusammen, ihr wurde übel. Niemand hier in London nannte sie Jessie, alle kannten sie hier als Jessica. Lieber Gott, war sie so schnell entdeckt worden? Sie zwang sich dazu, sich umzusehen. Als sie dann Gwendolyn Lockhart entdeckte, ihre beste Freundin in Mrs. Seymours Schule, war sie vor Erleichterung so schwach, daß sie beinahe schwankte.

»Jessie!« Gwen nahm sie in die Arme, und die beiden Frauen drückten einander, eine von ihnen groß, schlank und blond, die andere dunkelhaarig und zierlich. In den meisten Dingen waren sie genaue Gegensätze, und doch ähnelten sie sich auf eine Art, die sie beide selbst nicht begriffen.

»Gütiger Himmel – Gwen, es ist so schön, dich wiederzusehen.«

Das kleinere Mädchen strahlte sie an. »Ich kann es nicht glauben, daß du wirklich hier bist. Ich dachte, der Marquis sei leidend. Ich hätte nie geglaubt, daß auch nur die geringste Möglichkeit besteht, daß du für die Saison nach London kommst.«

»Er hat sich in letzter Zeit nicht sehr wohl gefühlt, aber er hat darauf bestanden, daß wir nach London fahren. Ob du es glaubst oder nicht, er ist entschlossen, einen Ehemann für mich zu finden.«

Gwen zog die dunklen Augenbrauen hoch, die die Farbe von poliertem Mahagoni hatten. »So oft, wie du von seinem Sohn gesprochen hast, habe ich geglaubt, daß du und der Graf …«

Jessie wurde rot und blickte schnell weg. »Papa Reggie hätte das gefallen, glaube ich, aber Matthew und ich … wir passen nicht so recht zueinander. Außerdem hat er vor, Lady Caroline Winston einen Heiratsantrag zu machen. Sie sind schon so gut wie verlobt.«

Gwen betrachtete sie eingehend. Es war schwer, vor Gwen etwas zu verbergen. »Er ist hier in London mit dir?«

»Er hilft Papa Reggie dabei, mich in die Gesellschaft einzuführen.«

Gwen winkte ab, als sei Matthew Seaton nicht wichtig. »Nun, ganz sicher brauchst du seine Hilfe nicht – ich kann mir vorstellen, daß du mindestens schon ein Dutzend Bewerber hast. Hast du dich bereits entschieden, welchen von ihnen du haben willst?«

Jessie lachte. »Wenn du das sagst, klingt alles so einfach.«

»Für mich wäre es das sicher nicht. Aber ich habe ja nie einen Ehemann haben wollen.«

»Für mich ist das auch nicht einfach, aber irgend etwas muß bald geschehen. Wie ich schon sagte, Papa Reggies Gesundheit ist nicht so gut. Es wird ihm so lange Kummer machen, bis ich versorgt bin. Deshalb möchte ich die ganze Sache beschleunigen.« Sie zwang sich zu einem Lächeln, obwohl ihr gar nicht danach zumute war, dann änderte sie schnell das Thema. »Wie steht es mit dir, Gwen? Wie sieht es in deinem Leben aus?«

Das Strahlen in Gwens großen grünen Augen erlosch. Mit ihrem perfekten Aussehen, den roten Lippen und den üppigen Brüsten war Gwen Lockhart eine Frau, nach der sich jeder Mann umdrehte. Doch eine Heirat war das letzte, was Gwen wollte.

»Die Umstände sind noch immer die gleichen. Mein Stiefvater ist so gemein wie eh und je. Meine Mutter versucht zwar, zwischen uns auszugleichen, aber wenn es um Lord Waring geht, besitzt sie nicht genügend Kraft, um sich ihm zu widersetzen.« Langsam kam Gwens Lächeln zurück. »Es ist besser geworden, seit wir in der Stadt sind. Der Graf ist beschäftigt mit seinen Clubs und seinen Geliebten. Wir sehen ihn kaum – und damit bin ich sehr einverstanden.«

Jessie lachte. »Du bist noch immer die gleiche alte Gwen – Gott sei Dank.« Gwen Lockhart sprach aus, was sie dachte. Vielleicht war dies eine der Eigenschaften, die sie zusammengebracht hatte. Gwen machte aus ihrem Herzen keine Mördergrube. In Mrs. Seymours Schule war Gwen ständig in Schwierigkeiten gewesen. Sie wollte die Regeln nicht einhalten, und sie konnte nicht gehorchen. Jessie dagegen war die perfekte Schülerin. Sie wußte, was sie wollte – sie träumte davon, eine Lady zu sein. Sie war entschlossen, Papa Reggie stolz auf sie zu machen, und nichts würde sie davon abhalten.

In vielen Dingen waren die beiden das genaue Gegenteil. Aber Gwen hatte nur sehr wenige Freundinnen, und Jessie fürchtete sich davor, jemanden zu nahe an sich heranzulassen, weil sie ständig mit der Angst lebte, sich zu verraten. Schließlich war zwischen ihnen beiden trotz allem eine Freundschaft gewachsen, die auch die lange Zeit und die Entfernung überdauert hatte.

»Schreibst du noch immer an deinem Buch?« fragte Jessie.

Gwen nickte. »Beinahe jeden Tag.« Das war Gwens großer Traum. Sie wollte Schriftstellerin sein, wollte Novellen schreiben und sie veröffentlichen. »Mir ist klar, wenn ich damit fertig bin, werde ich es unter einem Männernamen an einen Verleger schicken müssen, aber das ist mir egal. Ich werde wissen, daß es mein Buch ist, daß ich es geschrieben habe.« Sie feixte schelmisch und zeigte ihre kleinen weißen Zähne. »Das erinnert mich an etwas, rate einmal, wohin ich morgen abend gehe?«

Jessies Augenbrauen zogen sich zusammen. Sie kannte diesen Glanz in Gwens grünen Augen, und er gefiel ihr nicht. »Zu Lady Dartmouths Soirée?« fragte sie hoffnungsvoll, weil sie wußte, daß Lord Waring und seine Familie ganz sicher eingeladen waren.

Gwen sah sich um, um sicherzugehen, daß niemand sie hören konnte. Das Orchester spielte aber temperamentvoll genug, als sie sich jetzt zu Jessie beugte und ihr zuflüsterte: »Ich werde eine Spielhölle in der Jermyn Street besuchen.«

»Was?« Jessie hatte dieses Wort herausgeschrien. Sie war dankbar, daß die Musik so laut war. »Um Himmels willen, Gwen, das kannst du nicht machen!«

»Ich muß, Jess. Wenn ich eine wirkliche Schriftstellerin werden will, dann muß ich wissen, worum es im Leben geht. Ich muß alles sehen, ich muß begreifen, wie die Dinge ablaufen. Ich muß Lebenserfahrung sammeln, wenn ich Erfolg haben will.«

Jessie verstand besser als jede andere, wie es war, wenn man Träume hatte, die man verwirklichen wollte. Aber es gab Dinge, die konnte eine Lady nicht tun. »Du darfst das nicht machen, Gwen. Kannst du dir vorstellen, was passieren wird, wenn jemand davon erfährt? Du liebe Güte, du würdest ruiniert sein.«

Gwen schürzte die Lippen zu einem Schmollmund. »Und ich habe geglaubt, du würdest das begreifen. In der Schule schienst du mich immer zu verstehen. Du wußtest, wie wichtig mir meine Schriftstellerei war – daß sie mir alles bedeutete. Du hast mir damals geholfen, als ich mir einen Hahnenkampf ansehen wollte und …«

»Ja. Der liebe Gott steh mir bei, und ich hatte schreckliche Angst, daß wir erwischt werden würden. Wir waren beide entsetzt über all das Blut. Das war wohl kaum ein angenehmer Abend.«

»Ja, aber die Leute! Es waren so unglaublich interessante Leute. So etwas habe ich noch nie zuvor gesehen.«

Jessie allerdings schon. Betrüger und Gauner, Marktschreier und Galgenvögel. Sie war froh gewesen, als sie endlich wieder in ihrem einfachen Zimmer in der Schule war, mit den sauberen Bettbezügen und dem angenehmen Geruch, weit weg von all den häßlichen Dingen, an die sie sich nur zu gut erinnerte. Gwen hatte sie noch zu einigen anderen Abenteuern überredet; aber nur, weil Jessie diese Dinge kannte, war sie in der Lage gewesen, Gwen von Schwierigkeiten fernzuhalten.

»Auf jeden Fall«, eröffnete ihre Freundin ihr, »werde ich mich als Mann verkleiden und in eine dieser Spielhollen gehen.«

Jessie schluckte und stellte sich einen Ort vor, der noch schlimmer war als das Black Boar Inn. »Woher willst du denn die Männerkleidung bekommen?«

»Ich leihe sie mir von einem meiner Cousins. Er ist die Saison über bei uns, aber in den nächsten Tagen besucht er Freunde auf dem Land. Er ist gerade erst fünfzehn, ein wenig größer als ich, aber ich bin sicher, seine Kleidung wird mir passen und ihren Zweck erfüllen.«

Jessie kaute nervös auf der Unterlippe. Von der anderen Seite des Raumes beobachteten einige Männer sie, wahrscheinlich warteten sie darauf, daß die beiden Mädchen zur Tanzfläche zurückkehrten. Die Musik des Orchesters wurde leiser, und Jessie mußte flüstern, damit niemand hörte, was sie sich zu sagen hatten.

»Gibt es denn gar nichts, was ich tun kann, damit du diesen verrückten Plan aufgibst?« Doch noch bevor die Freundin den Kopf schüttelte, kannte Jessie die Antwort schon. »Ich wünschte, du hättest mir nichts davon erzählt.«

»Aber warum denn nicht?«

»Weil ich jetzt mit dir gehen muß.«

Gwen klatschte in die Hände und grinste in einer Mischung aus Aufregung und Triumph. Doch Jessie runzelte streng die Stirn. Ihre Freundin wußte nichts über Orte wie die Spielhöllen auf der Jermyn Street, aber Jessie kannte sich aus. Die Männer trugen teure Kleidung, und sie alle hatten nur ein Ziel – zu trinken, zu spielen und zu huren.

Das war ganz sicher kein Ort für eine Lady, nicht einmal für eine, die so abenteuerlustig war wie Gwen.

Unglücklicherweise liebte Jessie Gwen Lockhart. Gwen war für sie wie eine Schwester. Vielleicht würde es ihr gelingen, sie noch einmal vor Schwierigkeiten zu bewahren.

Matthew lehnte sich auf dem Sofa in seinem Studierzimmer zurück und blinzelte. Er blinzelte noch einmal, weil er seinen Augen nicht glauben konnte. Er starrte aus dem Fenster, doch das Bild verschwand nicht.

Sicher trogen ihn seine Augen. Ganz bestimmt war das nicht Jessie Fox, die an zu einem Seil zusammengebundenen Bettlaken aus ihrem Fenster im zweiten Stock kletterte. Er mußte sich irren.

Matthew beobachtete die Leichtigkeit, mit der Jessica an den Laken herunterkletterte, doch eigentlich hätte ihn das nicht erstaunen sollen. Sie hatte damals das Talent zu einer Trapezkünstlerin. Warum nicht auch heute? Er malmte mit den Zähnen und sah ihr zu. Er hätte sie nicht entdeckt, wenn er nicht die Lampe gelöscht und in der Dunkelheit gesessen hätte.

Er hatte die Stille im Haus genossen, hatte die Glut im Kamin betrachtet und an die *Norwich* gedacht und sich gefragt, wie es seinen Männern wohl ohne ihn erging. Er vermißte den Geruch des Meeres und die feuchte, salzige Luft, die Kameradschaft zwischen den Offizieren und der Mannschaft, mit denen zusammen er an Bord des Schiffes diente.

Er wünschte sich, er könnte bei ihnen sein und nicht hier in London. Er sehnte sich danach, das Schwanken des Schiffes unter seinen Füßen fühlen zu können, statt endlos lange Abende damit verbringen zu müssen, sich von einer Armee heiratswilliger Frauen verfolgen zu lassen – und sich nach der einen Frau zu sehnen, die er nicht haben konnte.

Doch dann hatte er an Belmore gedacht, und ein eigenartiger Friede war über ihn gekommen. Zu diesem Zeitpunkt hatte er versonnen aus dem Fenster gesehen – und Jessica entdeckt.

Es bestand kein Zweifel, er kannte die schlanke Gestalt, auch wenn sie Männerkleidung trug. Es war nicht dieselbe Kleidung, in der er sie schon zuvor überrascht hatte. Heute abend trug sie eine dunkle Hose, ein weißes Batisthemd und einen weinroten Überrock, die Kleidung eines jungen Stutzers. Er fragte sich, woher sie das wohl hatte. Dann stand er auf und fluchte gotteslästerlich.

Teufel und Hölle! Dieser verdammte kleine Dummkopf würde sie noch alle ruinieren.

Dennoch hielt er sie nicht auf. Er war entschlossen, herauszufinden, was sie vorhatte. Er folgte ihr zu der Mietkutsche, die an der nächsten Straßenecke wartete. Sie sah sich noch einmal gehetzt um und stieg ein. Matt winkte eine andere Kutsche heran und bat den Kutscher, der ersten zu folgen. Beinahe hätte er sie in der Nähe des Berkeley Square verloren, doch dann entdeckte er sie wieder auf dem Piccadilly.

Bis er sah, daß die Kutsche ihren Kurs änderte und um die Ecke in die Jermyn Street einbog. Dort hielt sie an. Zwei sehr zierliche junge »Gentlemen« stiegen aus und gingen dann, ohne zu zögern, in eines der bekannten unzüchtigen Häuser mit dem beziehungsreichen Namen »The Fallen Angel«.

»Verdammte Pest.« Sein Puls schlug schneller, egal, ob aus Angst um die beiden jungen Mädchen, aus Zorn darüber, daß Jessie dieses Risiko einging, oder aus einem bohrenden Mißtrauen heraus, was Jessie Fox in einem Haus mit so schlechtem Ruf zu suchen hatte.

Warum waren sie in dieses Haus gegangen? Was zum Teufel hatten sie in einer Spielhölle wie dem Fallen Angel zu suchen? Ein Ort, der nach dem Geschmack der Männer war, die anderen gern Schmerz zufügten! Vielleicht trafen die beiden sich dort mit jemandem. Vielleicht hatte er sich geirrt, und Jessie war nicht so unschuldig, wie er geglaubt hatte. Vielleicht ging ihr Geschmack in eine ganz andere Richtung, in eine, die wesentlich dunkler war als reine Leidenschaft in den Armen eines Geliebten.

Er konnte es nicht so recht glauben. Viel wahrscheinlicher war, daß sie sich auf ein Abenteuer eingelassen hatte. Dennoch verspürte er einen dicken Kloß in seinem Hals. Wenn es stimmte, dann war es an der Zeit, daß er es herausfand. Matt stöhnte wütend und stieg aus der Kutsche.

Jessie hörte, wie sich die Eingangstür hinter ihnen schloß. Wie das Läuten der Totenglocke kam es ihr vor, und ein Schauer lief über ihren Rücken. Im Eingangsbereich war es dunkel. Rauchende Öllampen warfen einen unheimlichen Schatten auf das riesige, goldgerahmte Gemälde an der Wand. Es war das Portrait einer sinnlichen Frau mit rosiger Haut, die nichts anderes trug als ein Tuch über dem Schoß. Ihre reifen, üppigen Brüste mit den rosigen Spitzen hoben sich ab von ihrem nackten Körper.

»Verdammt, Gwen«, murmelte Jessie. »Wir sollten wirklich nicht hier sein.«

Die kleine Brünette blickte sie an. Jessie fluchte sonst nie. »Wir werden nicht lange bleiben, das habe ich dir doch versprochen.«

Ein großer, breitschultriger Mohr führte sie durch die Tür in den Salon. Er musterte die beiden einen Augenblick, doch hielt er sie nicht zurück.

»O mein Gott ...«, flüsterte Gwen fasziniert. »Sieh dir nur diese Frauen an!« Geschminkt und mit Rouge im Gesicht, mit nackten Beinen und Brüsten, die aus den enggeschnürten Miedern quollen, lachten die Frauen des Fallen Angel über die groben Späße der Männer und ermunterten sie in ihrem lüsternen Treiben. Selbst die Dirnen im Black Boar Inn waren nicht so dreist gewesen. Sie hatten ihre Aktivitäten zumindest auf die Räume über dem Gasthof beschränkt.

»Wir sollten wieder gehen«, drängte Jessie, doch Gwen schob sie weiter in den Raum. Sie hielten sich im Schatten der Wand und setzten sich an einen Tisch in einer dunklen Ecke.

Eine hübsche kleine Blondine kam mit schwingenden Hüften auf sie zu. »'n Abend, Mylords. Was kann ich Euch bringen?« Sie schob ihre Brüste dicht an Jessies Gesicht. »Wie Ihr seht, habe ich genug zu bieten.«

Jessies Wangen brannten vor Verlegenheit. »Einen Krug Bier für jeden von uns, bitte.« Sie bemühte sich, ihre Stimme so tief wie möglich klingen zu lassen, während sie überlegte, was ein Mann in einem solchen Haus wohl trinken würde. »Und beeil dich, Mädchen. Wir haben noch eine andere Verabredung. Wir können nicht lange bleiben.« Und das, so hoffte sie, war Entschuldigung genug dafür, daß sie ihre steifen Hüte nicht abnahmen.

Jessie hatte sich bemüht, jeden Teil ihres Körpers unter der Kleidung zu verstecken. Ihr hoher Kragen mit der Krawatte reichte ihr bis an die Ohren. Gwen trug sogar einen Schnurrbart, den sie aus ihrem glänzenden dunklen Haar gemacht hatte. Jessie blickte an sich hinunter und sah dann Gwen an. Noch nie in ihrem Leben war sie sich so lächerlich vorgekommen.

Das Mädchen stand noch immer an ihrem Tisch. »Ihr seid ein so hübsches Paar. Seid Ihr sicher, daß ich nicht mehr für Euch tun kann?« Sie wackelte verführerisch mit den Brüsten. »Wir könnten alle nach oben gehen. Ich könnte Euch beiden ...«

»Nicht heute abend«, fuhr Jessie sie an und war dankbar dafür, daß es so dunkel war in dem Raum. »Bring uns das Bier und verschwinde.«

»Jawohl, Mylords.« Sie verbeugte sich höflich, und das kurze Röckchen der Sparausgabe einer schwarz-weißen Dienstbotenuniform tanzte auf und ab und zeigte ihr fast nacktes Hinterteil.

»Mein Gott«, flüsterte Gwen. »Kannst du das glauben?« Sie blickte von dem knackigen Po des Mädchens hinüber zu den anderen halbnackten Frauen, die den gutgekleideten Männern an den Spieltischen auf dem Schoß saßen.

»Ich glaube es«, entgegnete Jessie düster.

Eine der Frauen lachte schrill, als ein Mann die Hand in ihr Mieder steckte und sie in die Brustspitze kniff. Unflätige Worte und lüsterne Bemerkungen flogen hin und her, und der erstickende Geruch nach billigem Parfüm nahm ihnen fast den Atem.

»Gütiger Himmel«, hauchte Gwen. »Die Dinge, die die Männer zu ihrem Vergnügen tun, erstaunen mich immer wieder.«

»Ich hoffe, du hast genug gesehen.« Jessie musterte den verräucherten Raum und hoffte, daß niemand sie beobachtet hatte, als sie hereinkamen. »Jede Minute, die wir länger hierbleiben, vergrößert das Risiko, entdeckt zu werden. Wir werden ruiniert sein, wenn jemand herausfindet, wer wir sind.«

Gwen antwortete ihr nicht, sie betrachtete den Raum voll lärmender Menschen und prägte sich jede Einzelheit ein, bis hin zu der roten Tapete und dem Puder in den Gesichtern der Frauen.

»Gwen, hast du mich gehört? Du hast gesehen, was du sehen wolltest, es ist Zeit, daß wir hier verschwinden.«

Eine Bewegung erregte ihre Aufmerksamkeit. Die Hand eines Mannes hatte sich auf die Lehne des Stuhles ihr gegenüber gelegt, und Jessies Kopf fuhr hoch.

»Das ist ein äußerst weiser Rat«, murmelte Lord Strickland, und seine Augen waren so dunkel wie Onyx. »Ich würde Euch raten, Lady Gwendolyn, dem Vorschlag Eurer Freundin zu folgen.«

Jessie starrte ihn sprachlos an.

»Verflixt und zugenäht«, platzte Gwen heraus. Sie sah Jessie empört an. »Du hast ihm doch nicht etwa was verraten, oder?«

»Bist du verrückt?« Unter ihrer überraschend gutsitzenden Kleidung begann Jessie zu zittern.

»Sprecht leiser«, warnte Matthew sie, und seine Stimme hatte einen harten Klang. »Ihr habt Euch den schlimmsten Ort in der ganzen Jermyn Street ausgesucht – offensichtlich, um Eure Neugier zu befriedigen. Doch Euer Eindringen hier würde absolut nicht freundlich aufgenommen werden. Wenn man herausfindet, daß Ihr zwei Frauen seid, dann werde ich mich prügeln müssen, um Euch hier herauszuholen.«

Das Mädchen mit dem halbnackten Po kam zurück und stellte die Krüge mit Bier auf den Tisch. Matthew warf ihr eine Münze hin.

»'n Abend, schöner Mann.« Die Frau beugte sich vor und fuhr mit den Fingern durch Matthews goldenes Haar. »Was hältst du davon, wenn du mit mir nach oben gehst?«

Er packte ihr Handgelenk und zog ihre Hand weg. Dabei lächelte er, aber sein Mund sah hart und angespannt aus. »Nicht heute abend, danke. Vielleicht ein anderes Mal.«

Sie machte sich schnell davon, als sie den Ausdruck in seinem Gesicht gesehen hatte. Mit diesem Ausdruck sah er jetzt Jessie an, und sie schrumpfte schier zusammen. »Ihr steht jetzt ganz ruhig auf. Seht niemanden an, geht einfach hinaus, so, wie Ihr hereingekommen seid. Die Kutsche steht noch vor der Tür. Steigt ein und wartet dort auf mich.«

»J-ja, Mylord«, hauchte Jessie. Ihr Herz schlug so heftig, daß sie es bis in die Fingerspitzen fühlte.

Sogar Gwen sah eingeschüchtert aus. Die beiden zogen die Hutkrempen tiefer ins Gesicht und schoben die Stühle zurück. An Matthew vorbei verließen sie den Raum. Sie blieben im Schatten der Wand, bis sie wieder auf der Straße standen. Matthew war hinter ihnen, noch ehe sie etwas sagen konnten.

Er riß die Tür der Mietkutsche auf. »Steigt ein.« In seiner Wange zuckte ein Muskel.

Jessie zitterte, als sie auf den Sitz der Kutsche sank, am liebsten hätte sie sich den Hut über die Ohren bis auf die Schultern gezogen. Wortlos rollten sie über die holprigen Straßen. Das metallische, quietschende Geräusch der Eisenräder auf dem Pflaster füllte das Schweigen in der Kutsche. Lieber Gott, von all den Menschen – warum mußte es ausgerechnet er sein?

Doch obwohl sie sich wünschte, er hätte nichts davon erfahren, so war sie doch froh, daß er da war. Zum ersten Mal an diesem Abend fühlte sie sich sicher.

Gwen riß sich den hinderlichen Schnurrbart ab. »Das ist mein Fehler, Lord Strickland«, sagte sie in die angespannte Stille. »Ich wollte unbedingt dorthin. Ihr dürft Jessie deswegen keinen Vorwurf machen.«

Matthews wütender Blick schoß zu Gwen. »Ich würde vorschlagen, Lady Gwendolyn, daß Ihr Euren hübschen Mund haltet und Eure Gedanken – wie unterhaltsam sie auch sein mögen – ausschließlich für Euch behaltet.«

Natürlich tat sie das nicht. »Jessica hat aber versucht, mich davon abzubringen. Sie wußte, daß ich gehen würde, ob sie nun mitkam oder nicht. Sie hat mir widerwillig geholfen, das herauszufinden, was ich wissen mußte.«

Mit eisigen blauen Augen musterte er Jessie. »Wenn Ihr Euren Freunden helft, Mistress Fox, indem Ihr sie in Gefahr bringt, dann werdet Ihr sicher nicht viele Freunde haben.«

Jessie preßte die Lippen aufeinander. Sie hatte versucht, Gwen zu beschützen, und nicht, sie in Gefahr zu bringen. Aber das würde Matthew niemals verstehen.

Sein Zorn wuchs. »Ich sollte Euch übers Knie legen.« Er verzog den Mund. »Es wäre ja nicht das erste Mal – wie Ihr Euch sicher erinnern werdet. Falls nicht, dann wäre eine weitere Tracht Prügel sicher eine gute Art, Eure Erinnerung wieder aufzufrischen.«

Jessie wurde über und über rot. Wie hätte sie nur den beschämendsten Augenblick ihres ganzen Lebens vergessen können?

»An dem Tag trugt Ihr auch Hosen«, erging er sich in grausamer Deutlichkeit. »Ich habe Euch damals die Tracht Prügel verpaßt, die Ihr verdient hattet. Aber offensichtlich hat das nicht sehr viel genützt. Vielleicht würdet Ihr heute abend Eure Lektion ein wenig besser lernen.«

Jessies Gesicht hatte die Farbe einer sonnengereiften Tomate angenommen. Doch sie hob energisch das Kinn. »Ich bin kein Kind mehr, Mylord. Ihr könnt mir nicht sagen, was ich zu tun habe, und Ihr könnt mir auch nicht mehr drohen!«

Er blickte anzüglich auf ihren Po, der durch die modisch enge Hose noch betont wurde. »Es gibt nur sehr wenig, Miss Fox, was ich nicht wagen würde.«

»Also, Ihr …« Sie wollte mit ihm streiten, doch dann erkannte sie den entschlossenen Ausdruck in seinem Gesicht und zog es vor, den Rest ihrer Anklage herunterzuschlucken. Er würde zur Tat schreiten, das erkannte sie deutlich, wenn sie ihn noch einen Augenblick länger reizte. Er war stark genug – und ganz sicher auch wütend genug. Sie kauerte sich auf ihrem Sitz zusammen und wünschte, sie könnte von der Erdoberfläche verschwinden.

Matthew lenkte seine Aufmerksamkeit auf Gwen. »Und Ihr, Lady Gwendolyn, Euch ist doch sicher klar, daß ich Lord Waring davon erzählen muß.«

Gwens hübsches Gesicht verzerrte sich. All ihr Mut war mit einem Schlag wie weggeblasen. »Bitte, Mylord, ich flehe Euch an. Ich werde alles tun, was Ihr wollt, aber bitte, erzählt nichts davon meinem Stiefvater.«

»Ich fürchte, ich habe keine andere Wahl. Ich muß Euch nach Hause bringen, und wenn ich das tue, muß ich es ihm sagen.«

Gwen schien vor Jessies Augen in sich zusammenzusinken. Jessies Herz flog ihr entgegen, weil sie den Grund dafür kannte. Verzweifelt griff sie nach Matts Arm. »Bitte, Mylord, Gwen wollte doch nur wissen, wie es an so einem Ort aussieht. Sie schreibt ein Buch, müßt Ihr wissen. Ihr Traum ist es, Schriftstellerin zu werden. Sie wollte niemandem ein Leid antun, und es ist doch auch nichts Außergewöhnliches geschehen. Nur dieses eine Mal könntet Ihr …«

»Nein, Jessie, ich fürchte, das kann ich nicht. Da ich jetzt mit der Sache zu tun habe, bin ich auch für Gwendolyns Wohlergehen verantwortlich. Es ist meine Pflicht, zu …«

»Pflicht! Das ist alles, woran Ihr je denkt – an Eure Pflicht und Eure verdammte Ehre! Ihr hattet noch nie einen Traum, Ihr begreift nicht, wie es ist, wenn man sich etwas von ganzem Herzen wünscht!«

»Jessie – Lord Waring muß darüber Bescheid wissen. Es ist nur in Gwens bestem Interesse.«

»Ach, Ihr versteht gar nichts – wenn Ihr es ihm sagt, wird er sie schlagen. Er wird sie mit dem Rohrstock schlagen, bis sie nicht mehr gehen kann. Ihr ganzer Rücken samt ihrem Gesäß ist übersät mit Narben. Es macht ihm Spaß! Woher, glaubt Ihr, hat sie wohl von dem Fallen Angel gewußt? Sie hat gehört, wie er davon geprahlt hat, was dort alles so vor sich geht. Er ist genau wie all die Männer aus dem Black Boar Inn. Sie haben die gleichen Dinge mit Mama getan!« Jessie schlug sich erschrocken auf den Mund. Vor lauter Zorn hatte sie ihr beschämendstes Geheimnis enthüllt! Ihr entsetzter Blick flackerte von Matthews unerbittlichem Gesicht zu Gwen.

Ihre Freundin sah sie stirnrunzelnd an. In Gedanken setzte sie die Stücke des für sie vorher unverständlichen Puzzles zusammen. Sie ergriff Jessies Hand und drückte sie.

»Du hast nie über deine Eltern gesprochen«, sagte Gwen. »Und ich habe dich auch nie danach gefragt. Es hat mich damals nicht interessiert, und das tut es auch heute nicht. Danke, daß du mich beschützt hast. Und wenn eine Tracht Prügel mit dem Rohrstock alles ist, was ich dafür bekommen werde, dann kann ich mich glücklich schätzen. Es ist mir den Preis wert, weil ich weiß, daß ich eine Freundin wie dich habe.«

Matthew bewegte sich. In der engen Kutsche berührten seine Beine die von Jessie, und sie fühlte, wie seine Muskeln sich anspannten.

»Es wird keinen Rohrstock geben«, sagte er leise. Sein Gesicht lag im Schatten. »Ich werde Waring nicht sagen, was heute abend passiert ist.« Er lehnte sich ein wenig vor in seinem Sitz. Seine Schultern waren so breit, daß sie fast die beiden Seiten der Kutsche berührten. Er sah Gwen ernst an. »Aber ich möchte Euer Wort haben, Lady Gwendolyn, daß Ihr nie wieder etwas so Gefährliches tut.«

Sie nickte matt. »Ich verspreche es.« Aber Jessie sah im Augenwinkel, daß sie hinter ihrem Rücken Zeige- und Mittelfinger gekreuzt hatte.

»Mistress Fox?« Derselbe strenge Blick heftete sich jetzt auf sie.

»Das Versprechen fällt mir leicht, Mylord. Eine Spielhölle ist der letzte Ort, an dem ich mich aufhalten möchte.«

Er sah sie nachdenklich an. »Dann werden wir nicht weiter davon reden.« Seine dunkelblauen Augen ruhten noch immer auf ihr. Er ließ sich in den Sitz zurückfallen, und während die Kutsche ihrem Ziel entgegenrumpelte, betrachtete er sie schweigend.

Jessie fragte sich, was er wohl dachte.

»Warum läufst du so unruhig auf und ab, Matthew? Wenn du etwas zu sagen hast, dann sage es, um Himmels willen.«

Matthew stand neben seinem Vater im Herrenzimmer des Stadthauses. Es war spät, Jessie war bereits ins Bett gegangen. »Ich mache mir Sorgen, das ist alles. Mein Urlaub ist in weniger als zwei Wochen vorüber, und du wirst mit Jessie hier in London sein – allein.«

»Ich fürchte, ich verstehe nicht, was du meinst.«

»Ich mache mir halt einfach Sorgen, das ist alles. Du bist immer noch nicht so recht gesund, und selbst wenn du wohlauf wärst, würde es dir ohne jede Hilfe schwerfallen, auf Jessie aufzupassen, sicherzugehen, daß alles in Ordnung ist.«

»Cornelia hilft mir, und soweit ich das sehe, läuft alles nach Plan. Ob du nun hier bist oder nicht, das macht kaum einen Unterschied.«

Matt legte beide Hände auf die Lehne des gepolsterten Ledersessels vor dem Schreibtisch und dachte an Jessie gestern abend im Fallen Angel. Er versuchte, die richtigen Worte zu finden. »Ich weiß, was du für das Mädchen empfindest. Ich gebe sogar zu, daß ich selbst eine wachsende Bewunderung für sie fühle.« Zusätzlich zu einer wachsenden Lust, fügte er im stillen hinzu. »Wenn man bedenkt, woher sie kommt, dann hat dieses Mädchen ein Wunder vollbracht.«

Sein Vater nickte strahlend. »Daran besteht kein Zweifel.«

»Ja, aber sei es, wie es wolle, die Tatsache bleibt bestehen, daß Jessie Fox noch immer Jessie Fox ist.«

»Und das bedeutet?«

»Das bedeutet, daß ihre Vergangenheit noch immer ein Problem ist. Sogar zu Hause ist ihr unbeabsichtigt ein Ausrutscher unterlaufen. Und gestern abend ist es wieder passiert. Sie hat eine Anspielung auf ihre Mutter gemacht, die nicht deutlicher hätte sein können. Glücklicherweise ist es nur in Anwesenheit von Gwen Lockhart passiert, die, wie ich bestätigen kann, offensichtlich eine sehr gute Freundin von ihr ist.«

»Niemand ist perfekt, Matthew.«

»Darum geht es doch nicht. Es geht darum, daß so etwas immer wieder passieren kann. Ein Ausrutscher – mehr ist nicht nötig, um die Wahrheit zu enthüllen und den Namen der Belmores zu ruinieren. Es ist ein ehrenwerter Name, ein Name, der noch nie auch nur mit dem Hauch eines Skandals behaftet war.«

Der Marquis zog den Verschluß aus der Kristallkaraffe mit Brandy und goß einen ordentlichen Schluck davon in zwei Gläser. »Ein Hauch von Skandal, von dem niemand etwas erfahren hat«, korrigierte er seinen Sohn.

»Was soll das denn heißen?«

»Das soll heißen, daß nichts im Leben nur schwarz oder weiß ist, wie du es anscheinend gern glauben möchtest. Es gibt immer einige Grauzonen. Ich glaube kaum, daß unsere Belmore-Vorfahren so perfekt waren, wie du sie gerne sehen möchtest. Sie hatten nur das Glück, daß all ihre Missetaten nicht an die Öffentlichkeit gedrungen sind. Selbst du, Matthew, mit deinem straffen Ehrenkodex, hast doch sicher auch schon Dinge getan, auf die du nicht unbedingt stolz bist – oder du hast wenigstens daran gedacht, sie zu tun.«

Das kam der Wahrheit ziemlich nahe. Er war nicht perfekt, bei weitem nicht. Und in letzter Zeit kreisten seine Gedanken immer öfter darum, wie es wohl sein würde, mit Jessica Fox zu schlafen.

»Es tut mir leid, ich wollte nicht überheblich klingen.«

Sein Vater trat zu ihm und reichte ihm eines der beiden Gläser. »Ich leugne nicht, daß Jessicas Vergangenheit ein Hindernis ist. Doch wenn sie erst einmal verheiratet ist, dann kann auch ihre Vergangenheit ruhen.«

Matthew dachte an Jessie in Männerkleidern in einem Hurenhaus in der Jermyn Street. Selbst wenn sie nicht zu einem Stelldichein dorthin gegangen war, wie er es zuerst angenommen hatte, so war sie doch noch genauso wild und leichtsinnig wie immer. Ganz gleich, was sein Vater sagen mochte, sie war eine Bedrohung für Reginald Seaton, für ihn selbst und auch für den Namen von Belmore.

Dabei war sie jedoch auch das verlockendste kleine Persönchen, das ihm je vor die Augen gekommen war. Er fühlte seine Erregung, wenn er nur daran dachte, wie sich diese Hose straff an ihr Hinterteil geschmiegt hatte und wie das weiße Batisthemd sich eng über ihre Brüste gespannt hatte.

Das Bild von Caroline Winston stieg vor seinem inneren Auge auf, sanft, unschuldig und rein, mit einem süßen, sanften Lächeln und ihrer damenhaften Art. Sie würde in den nächsten Tagen in die Stadt kommen, und er freute sich darauf, sie zu sehen. Vielleicht konnte sie ja seine Phantasien zügeln. Sobald er Gelegenheit dazu hatte, würde er mit ihrem Vater sprechen und die Verlobung offiziell machen. Er hatte ihr das bei ihrem letzten Treffen versprochen, und er hatte die Absicht, Wort zu halten.

Matthew nahm einen Schluck von seinem Brandy. »Ich will damit sagen, je eher sie heiratet, desto besser.« Besser für seinen Vater, besser für Belmore und ganz besonders für ihn. »Finde einen Ehemann für sie und sorge dafür, daß sie sich mit ihm einrichtet und aus London herauskommt. Wenn es dir gelingen sollte, die Dinge solange geheimzuhalten, dann wird eventuell dein verrückter Plan klappen. Doch bis es soweit ist, können wir auf keinen Fall sicher sein.«

Der Marquis seufzte und ließ sich in einen weichgepolsterten Sessel sinken. »Vielleicht hast du ja recht. Mir persönlich macht das nichts aus, aber für Jessica würde die Welt zusammenbrechen, wenn ihre Vergangenheit ans Licht käme. Ich werde mich bemühen, ihr den passenden Mann auszusuchen. Es muß ein Mann sein, der sie so sehr liebt, daß es ihm später nichts ausmachen wird, wenn er wirklich die Wahrheit über sie herausfände. Aber auf jeden Fall, wie du schon sagtest, wirst du nicht mehr hier sein, wenn die Verlobung stattfindet.«

Matt ignorierte das lästige Gefühl, das ihm die Brust zusammenschnürte. Er wollte das Mädchen als seine Geliebte, nicht als seine Frau. Er traute ihr nicht wirklich, und sie würden niemals zusammenpassen. Dennoch störte ihn die Vorstellung mehr, als er es für möglich gehalten hatte, daß Jessie dann mit einem anderen Mann zusammen wäre.

9

Jessie öffnete den handbemalten Fächer und wedelte sich damit Luft zu. Ihr war heiß geworden beim letzten Tanz. Heute abend war sie Gast auf einer Soirée im Wohnsitz des Herzogs von Milton auf dem St. James Square.

Nach dem Fiasko mit Gwendolyn vorgestern benahm sie sich heute ganz besonders gut. Sie hatte gelächelt, bis ihre Muskeln sich verkrampften, getanzt, bis ihre Füße weh taten, sie hatte elegant ihren Fächer geschwungen, kokett die Augen auf- und niedergeschlagen und hatte versucht, jeden Mann zu bezaubern, der als Kandidat für eine Heirat in Frage kam.

Als sie das Gefühl hatte, es keinen Augenblick länger ertragen zu können, war sie in das Kartenzimmer geflüchtet und hatte schweigend beobachtet, wie an den grünen Tischen mit hohem Einsatz gespielt wurde. Große Summen Geldes wechselten den Besitzer, Zehntausende von Pfund! Es war aufregend, einfach nur zuzusehen, vielleicht um so mehr, weil sie selbst niemals ein solches Risiko eingehen würde.

»Sollen wir zum Essen gehen, Miss Fox? Ich habe für uns einen Tisch im Speisesaal reservieren lassen.« Jeremy Codrington, der Herzog von Milton, stand neben ihr. Er war korrekt gekleidet in einen burgunderfarbenen Überrock, eine weiße Pikeeweste und eine schwarze Hose. Ein sanftes Lächeln erhellte sein freundliches Gesicht mit der geraden Nase und dem wohlgeformten Mund. Er hatte sandbraunes Haar und braune Augen und sah jünger aus als seine vierundzwanzig Jahre.

Jessie nickte und wandte sich vom Spieltisch ab. Sie versuchte, Begeisterung darüber zu zeigen, daß der Herzog selbst sie zum Mitternachtsessen gebeten hatte.

Höflich lächelte sie ihn an. »Ich hoffe, ich habe Euch nicht warten lassen. Ich habe das Spiel beobachtet und darüber vollkommen die Zeit vergessen.« Sie nahm den Arm, den er ihr reichte. »Ich könnte jetzt gut etwas zu essen vertragen.«

Der Herzog blickte von ihr zu dem Whistspiel, das sie beobachtet hatte. »Spielt Ihr gern, Miss Fox?«

»Nein, ich …«, *würde ganz krank werden, wenn ich so viel Geld verlieren müßte.* Doch sie hielt sich wohlweislich zurück. »Ich sehe gern zu, aber … aber ich bin keine gute Kartenspielerin, fürchte ich.« Das war eine fette Lüge. Schon als Kind hatte sie gelernt, geradezu mit Karten zu jonglieren. Sie konnte sogar noch besser betrügen als ihr krimineller Halbbruder Danny. Vielleicht war das der Hauptgrund dafür, daß sie in ihrem neuen Leben niemals spielte.

Wenn sie beginnen würde zu verlieren, könnte sie versucht sein, der Glücksgöttin etwas nachzuhelfen …

»Ich könnte es Euch irgendwann einmal lehren«, bot sich der junge Herzog bereitwillig an. »Ich spiele recht gut, wenn ich das sagen darf.«

Das stimmte nicht so ganz. Er spielte ganz passabel. Aber der arme Kerl verlor mehr, als er gewann. Doch er konnte sich das ja auch leisten.

Sie lächelte und zwang sich dazu, ihm beeindruckt zuzunicken. »Das wäre sehr nett, Euer Gnaden. Ich würde gern all das lernen, was Ihr mich lehren könntet.« Er wurde ein wenig rot bei der Doppeldeutigkeit ihrer Worte, die sie nicht beabsichtigt hatte, und Jessie hätte darüber beinahe gelacht. Von all den in Frage kommenden jungen Männern, die sie kennengelernt hatte, gehörte der Herzog zu denen, die ihr am liebsten waren. Er war freundlich und intelligent, und seine Unterhaltung erstreckte sich normalerweise auf mehr als nur das Theater oder die Oper oder bedeutungsloses Gerede über Mode.

Sie hatten sich tatsächlich über die grausige französische Invasion unterhalten, die alle befürchteten, über die Eröffnung der neuen Londoner Docks und darüber, wie sich das auf den Handel mit fremden Ländern auswirken würde. Sie hatten über die Neuigkeiten aus Marseille gesprochen, daß die Flotte von Toulon vor Cape Maria eine englische Fregatte aufgebracht hatte, über Admiral Nelson und den Krieg hatten sie sich unterhalten und über Napoleon Bonaparte, alles Themen, über die sie und Papa Reggie oft diskutierten, Themen allerdings, die kaum für eine junge, unverheiratete Frau angemessen waren – eigentlich für keine Frau.

Aber der Herzog schien interessiert zu sein, als ihr aus Versehen die Bemerkung herausgerutscht war, daß sie die Morgenzeitung las. Er sprach gern über wichtige Ereignisse, und es schien ihn nicht zu stören, daß eine Frau sich wirklich etwas daraus machte, was in der Welt vorging.

Dennoch war Jessie froh, als das üppige Mahl von zehn Gängen endlich serviert worden war und der Herzog sich zu seinen anderen Gästen gesellte. Sie hatte sich in den letzten beiden Tagen so perfekt benommen, daß sie es sich verdient hatte, einen Augenblick allein zu sein. Papa Reggie hatte sich schon in sein Stadthaus zurückgezogen, doch die Gräfin war als Anstandsdame bei ihr geblieben. Sie und Matthew würden Jessie später nach Hause bringen.

Innerlich stöhnte sie auf bei diesem Gedanken. Er hatte kaum mit ihr gesprochen seit der Nacht, als er sie aus dem Fallen Angel herausgeholt hatte. Und wenn er mit ihr sprach, hörte sie den mahnenden Unterton in seiner Stimme.

Wenigstens hatte er Lord Waring nichts erzählt, doch das hatte er ihr ja auch versprochen. Matthew würde niemals sein Wort brechen.

Unbewußt suchte sie nach ihm. Sie entdeckte Gräfin Fielding, doch Matthew war nicht in ihrer Nähe. Das überraschte Jessie, aber die wunderschöne Frau hatte in letzter Zeit ihre Aufmerksamkeit mehr dem spitzbübischen Baron Densmore geschenkt.

Jessie schalt sich dafür, an Strickland zu denken. Sie hatte sich doch so fest vorgenommen, ihn aus ihren Gedanken zu verdrängen. Sie bahnte sich einen Weg durch die Menschenmenge und ging nach draußen.

Im Schatten am Rande der Terrasse blieb sie stehen. Sie zog ihre Handschuhe aus und legte den Kopf zurück, um die Sterne zu beobachten. Es hatte zuvor geregnet, und jetzt war die Luft rein, und es roch nach feuchter Erde. Kleine Wassertropfen hingen noch an den Blumen und der Buchsbaumhecke hinter dem Geländer der Terrasse. Wie zarte Kristalle glänzten sie im Licht der Fackeln.

»Ihr solltet nicht hier draußen sein, daß wißt Ihr doch. Wenigstens nicht allein.«

Beim Klang der heiseren männlichen Stimme lief ein Schauer von Abneigung durch Jessies Körper. Adam Harcourt, Vicomte St. Cere. Sie hatte mit dem dunkelhaarigen Mann nur einmal getanzt und bei einigen wenigen anderen Gelegenheiten ein paar knappe Worte mit ihm gewechselt.

»Guten Abend, Mylord.« Unbewußt machte Jessie einen Schritt von ihm weg. Er hatte etwas an sich, das sie nervös machte, eine gewisse Grobheit, ein mühsam gezügeltes Temperament, das sie ein wenig ängstigte, wann immer sie in sein hartes Gesicht sah. »Ich hatte nicht die Absicht, hier draußen zu bleiben. Ich brauchte ... ich wollte nur einen Augenblick allein sein.« Noch einmal blickte sie zu den Sternen, sie waren wie eine Decke voller Juwelen am Himmel, der so schwarz war wie das Haar des Vicomte. »Manchmal sind die vielen Menschen etwas mehr, als ich ...« Sie wurde rot wegen der Worte, die sie beinahe ausgesprochen hätte.

»Etwas mehr, als Ihr verdauen könnt?« beendete er mit zynischer Stimme den Satz für sie. »Ich hatte gerade den gleichen Gedanken.«

Er trat näher, doch diesmal blieb Jessie stehen.
»Das ist nicht ... das ist nicht das, was ich meinte.«
»Nicht?« Sein sinnlicher Mund zuckte an einer Seite leicht hoch. »Ich denke, das ist genau das, was Ihr sagen wolltet.«
Trotz allem verzog sich Jessies Mund zu einem Lächeln. Es war tatsächlich die Wahrheit. »Ja, ich glaube schon.«
Er sah sie unter schweren Lidern mit dichten schwarzen Wimpern an. »Ich bleibe so lange in der Stadt, bis mich diese Heuchelei hier zu sehr anekelt. Dann ziehe ich mich nach Harcourt zurück. Das richtet mich für eine Weile wieder auf. Doch dann werde ich ruhelos, denke an all die Freuden, die mich in London erwarten, und kehre zurück, um meine endlosen Runden mit Spielen und Ausschweifungen wieder aufzunehmen.«
Jessie war überrascht, daß er das so deutlich aussprach.
»Habe ich Euch schockiert, Miss Fox? Irgendwie habe ich geglaubt, daß das nicht möglich wäre.«
Leise Furcht beschlich sie. Wußte er etwas von ihrer Vergangenheit? Kannte er die Wahrheit? »Warum ... warum denkt Ihr so etwas?«
Er zuckte mit Schultern, die beinahe so breit waren wie die von Matthew. Er war genauso groß wie er, und auf eine etwas andere, dunklere und schwermütigere Art sah er fast genauso gut aus wie er.
»Weil sich eine gewisse Weisheit in Eurem Gesicht spiegelt. Eine Weisheit, die daher rührt, daß man die Herausforderungen des Lebens annimmt und sie auch irgendwie meistert. Man fragt sich, was wohl geschehen sein mag, daß Ihr einen solchen Ausdruck in Euren Augen habt. Es macht neugierig auf die Geheimnisse, die Ihr in Euch bewahrt.«
Jessie zog scharf den Atem ein. »Ich ... ich habe keine Geheimnisse.«
»Nicht?«
»Natürlich nicht.« Sie drehte die Handschuhe in ihren Händen, doch dann riß sie sich zusammen. Ihr gefiel der wissende Blick in dem harten Gesicht des Vicomte nicht. »Wenn Ihr mich jetzt bitte entschuldigen würdet, ich muß wieder ins Haus.« Sie

wollte sich an ihm vorbeischieben, doch er streckte die Hand aus und hielt ihren Arm fest. Sie mußte direkt vor seinem großen, starken Körper stehenbleiben. Wenn er den Kopf senkt, kann er mich küssen, dachte sie verzweifelt, und einen Augenblick lang glaubte sie auch, daß er es tun würde. Angst stieg in ihr auf, gemischt mit dem flüchtigen Drang, das Unbekannte zu erforschen, zu sehen, ob es auch einem anderen Mann gelingen würde, die Gefühle in ihr zu wecken, die sie bei Matthews Kuß überwältigt hatten.

Lord Stricklands Stimme ertönte, als hätte sie ihn mit ihren Gedanken herbeigezaubert. »Also ... Mistress Fox ... endlich habe ich Euch gefunden.« Matthew stand im Licht einer Fackel, ein Stück von ihr entfernt, sein gesamter Körper drückte Zorn aus.

»Ich ... ich wollte gerade hereinkommen, Mylord.«

Adam Harcourts Gesichtsausdruck änderte sich nicht. Er ließ ihren Arm los. »Strickland, ich hörte, daß Ihr in der Stadt seid.« Ein Mundwinkel zog sich hoch. »Ich würde ja sagen, es ist schön, Euch wiederzusehen, aber der Stimmung nach zu urteilen, in der Ihr im Moment seid, zweifle ich daran, daß Ihr mir glauben würdet.«

Matthew antwortete nicht.

St. Cere blickte zu Jessie. »Ich wußte, daß die bezaubernde Miss Fox das Mündel Eures Vaters ist. Allerdings wußte ich nicht, daß das Mädchen Euch etwas bedeutet.«

Matthew ballte eine Hand zur Faust. »Nun, jetzt wißt Ihr es.«

Der Vicomte betrachtete ihn prüfend, und zum Schluß sah er in Matthews eisigblaue Augen. Erstaunlicherweise begann er zu lächeln und sah dabei um Jahre jünger aus. »Dann werde ich sie Eurer Fürsorge überlassen ... und, Matthew ... es ist wirklich schön, Euch wiederzusehen. Ich hoffe, unsere Wege kreuzen sich bald einmal wieder.«

Er war so leise verschwunden, wie er gekommen war, und Jessie war allein mit dem grimmig blickenden Mann ihr gegenüber.

»Was zum Teufel habt Ihr hier draußen mit St. Cere gemacht?«

»Ich war nicht mit ihm hier draußen. Ich bin ohne ihn herausgegangen.«

»Und Adam ist Euch nur ganz zufällig über den Weg gelaufen? Gütiger Himmel, der Mann ist ein Wüstling. Ihr wart doch sicher in der Lage festzustellen, daß er nur an eines denkt. Wißt Ihr eigentlich, was geschehen wäre, wenn Euch jemand hier draußen mit ihm gesehen hätte?«

»Wir haben uns nur unterhalten. Das ist doch wohl kaum skandalös.«

»Eine Unterhaltung war sicher nicht das, was St. Cere beabsichtigte.«

Zorn stieg in Jessie auf, und sie hob trotzig das Kinn. »Woher wollt Ihr wissen, was der Vicomte beabsichtigte?«

Matthew blickte auf ihre Brüste, die sich mit jedem Atemzug verführerisch im Ausschnitt ihres Kleides hoben und senkten. »Weil ich ein Mann bin. Jeder Mann, der mit Euch hier draußen steht, wird kaum an eine Unterhaltung denken.«

Sie reckte ihr Kinn noch ein Stück höher. »Das geht Euch wohl kaum etwas an. Adam Harcourts Absichten sollten Euch doch nicht interessieren.« Sie wollte an ihm vorbeigehen, aber er streckte den Arm aus und legte ihn um ihre Taille.

»Ihr irrt Euch, Jessie. Ihr geltet hier als meine Verwandte. Ihr zieht meinen Vater und den Namen von Belmore in die ganze Geschichte mit hinein – das geht mich sehr wohl etwas an.«

»Geht, verdammt noch mal, zur Hölle.«

Wut verdüsterte seine Augen. Ein zynischer Zug lag um seinen Mund. »Vielleicht wolltet Ihr ja, daß dieser Mann sich Freiheiten herausnahm. Wenn das der Fall ist, dann kann ich gerne für ihn einspringen.«

Sein Griff um ihre Taille war schmerzhaft, als er sie jetzt an sich zog und Jessie die Handschuhe aus der Hand fielen. Er beugte sich über sie und preßte seine Lippen auf ihre, in einem harten, bestrafenden Kuß, der ihr klarmachen sollte, wie wütend er war. Jessie legte die Hände gegen seine Schultern. Sie versuchte, ihn von sich zu stoßen, doch er hielt sie nur noch fester. Sie konnte seine muskulösen Schenkel fühlen, die sich gegen sie drängten, sie schmeckte den Brandy, den er getrunken hatte, auf seinen Lippen. Der Geruch seines Moschusparfüms mischte sich mit seinem typischen Körperduft. Der rauhe Wollstoff seiner Jacke kitzelte ihre Finger.

Feuer rann durch ihren Körper, und sie fühlte seinen Kuß in jeder Faser ihres Seins. Seine Lippen waren nicht länger hart, der Kuß nicht mehr wild, sondern sanft und suchend. Tief erforschte seine Zunge ihre samtene Mundhöhle, und das Blut rauschte in ihren Ohren.

Er zog sie noch näher an sich, und sie fühlte seine Erregung. Sein Kuß wurde eindringlicher, leidenschaftlicher, seine Zunge streichelte ihre zitternde Unterlippe. Er neckte sie, schob die Zunge dann wieder tief in ihren Mund. Jessies Knie wurden weich, in ihrem Magen kribbelte es, und das Blut pulsierte heiß durch ihre Adern.

Matthew!

Die Flammen in ihr wurden immer verzehrender, sie fühlte, wie die Stelle zwischen ihren Schenkeln feucht wurde. Ihr ganzer Körper spannte sich an. Sie krallte ihre Finger in seine Schultern und hörte, wie Matthew aufstöhnte.

Von weitem hörte sie Stimmen. Nur wenige Meter neben ihnen, am anderen Ende der Terrasse, lachte jemand, dann hörte man Schritte, und Matthew riß sich von ihr los. Er atmete schwer und sah sie leicht verwirrt an, als hätte er vergessen, wo er war.

»Gütiger Himmel«, flüsterte er und trat einen Schritt zurück. Als Jessie schwankte, fluchte er leise und schob sie vorsichtig ein Stück von sich. »Ich muß verrückt geworden sein«, murmelte er, und dann noch ein paar Worte, die sie nicht verstand. Mit der Hand fuhr er sich durch sein goldblondes Haar. Nur schwach bemerkte Jessie, daß er zitterte.

»Matthew ...« Etwas anderes zu sagen fiel ihr nicht ein. Sie preßte eine Hand auf ihre geschwollenen Lippen und versuchte, die glühenden Schauer, die durch ihren Körper rannen, zu ignorieren.

Er bückte sich und hob ihre Handschuhe auf, dann reckte er sich zu seiner vollen Größe, nahm Haltung an und reichte ihr die Handschuhe.

»Ich entschuldige mich, Miss Fox. Es war mein Fehler, nicht der Eure. Bitte, nehmt mein Bedauern an ... und mein ernsthaftes Versprechen, daß so etwas nicht mehr geschehen wird.«

»Matthew ...«, flüsterte sie bittend. Sie wollte nicht, daß es ihm leid tat. Sie wollte nicht, daß er bedauerte. Sie wollte, daß er sie noch einmal so küßte.

»Hört auf, Jessie. Verdammt – könnt Ihr denn nicht sehen, wie falsch das ist?«

Sie schüttelte den Kopf. »Ich kann überhaupt nichts mehr sehen.« Tränen brannten in ihren Augen. Lieber Gott, das durfte er nicht merken. »Ich wollte, daß Ihr mich küßt – mehr weiß ich nicht. Und wenn das falsch ist, dann bin ich es, die sich entschuldigen sollte.« Sie wandte sich ab und lief ins Haus. Verzweifelt versuchte sie, die Tränen zurückzudrängen.

Hinter ihr fluchte Matthew leise, doch er machte keine Anstalten, ihr zu folgen.

Jessie sprach ein leises Dankgebet, denn die erste Person, die sie sah, als sie ins Haus eilte, war Lady Caroline Winston.

Gütiger, lieber Gott. Erniedrigt, hin- und hergerissen zwischen Schuldgefühl und einer schmerzlichen Sehnsucht nach Matthew, lief sie in die entgegengesetzte Richtung, in den Ruheraum der Damen im ersten Stock.

Sie fragte sich, ob Matthew diesen Kuß wohl auch bedauert hätte, wenn er ihn mit Lady Caroline erlebt hätte.

Henry Winston, Graf von Landsdowne, legte Matt freundschaftlich eine Hand auf die Schulter. »Ich hatte gehofft, Euch schon viel früher zu sehen, mein Junge, doch wenn man bedenkt, wie viele Monate Ihr auf See verbracht habt, dann kann man sich vorstellen, welche Unmengen von Dingen Ihr zu erledigen habt.«

Der Graf war ein kleiner, untersetzter Mann mit breitem Oberkörper. Ein Kranz grauen Haares umrahmte seinen kahlen

Kopf. Es war offensichtlich, daß Lady Caroline ihre schlanke Gestalt der mütterlichen Seite ihrer Familie zu verdanken hatte.

»Es tut mir leid, daß ich Euch nicht in Winston House besuchen konnte«, entschuldigte sich Matt. »Ich hatte keine Ahnung, daß mein Vater plante, einige Zeit in der Stadt zu verbringen.« Sie standen im Salon des Stadthauses der Landsdownes am Berkeley Square. Matthew war seit ein paar Stunden zu Besuch bei dem Grafen, Caroline und ihrer Mutter. Sie hatten sich über seine Zeit auf See unterhalten, und Matthew hatte höflich mit Caroline und Lady Landsdowne gesprochen. Carolines Mutter hatte sich nach einiger Zeit entschuldigt, weil sie Freunde besuchen wollte. Jetzt wollte sich auch der Graf zurückziehen, um ihm und Caroline einige ungestörte Augenblicke miteinander zu gewähren.

So ungestört, wie das möglich war, bei den weit offenen Türen des Salons und dem Haus voller Dienstboten.

»Caroline, meine Liebe?« Der Graf wandte sich mit liebevollem Blick an seine Tochter.

»Ja, Vater?«

»Ich überlasse es dir, dafür zu sorgen, daß unser Gast angemessen bedient wird.«

Caroline lächelte. »Ja, Vater.« Er gab ihr einen Kuß auf die Wange, schüttelte Matts Hand und verließ dann den Salon.

Matt setzte sich neben Caroline auf die Sitzbank. »Ich nehme an, ungestörter zu sein wird man uns nicht erlauben, solange wir noch nicht offiziell verlobt sind.« Und viel mehr würden sie denn auch nicht haben bis zur Eheschließung. Er lächelte sie an. »Ist Euch eigentlich bewußt, daß ich Euch noch nicht einmal geküßt habe?«

Sie lachte leise, ein süßes, feminines Lachen. »Das ist nicht wahr, Mylord. Ihr habt mich schon einmal geküßt, als wir noch Kinder waren – draußen, hinter der Hecke im Garten.« Sie war ein wenig unsicher gewesen, als sie ihn begrüßt hatte, nervös auf eine Art, die er nicht so recht begriff. Doch jetzt, als er ihr seine uneingeschränkte Aufmerksamkeit schenkte, hatte sie ihr freundliches Wesen wiedergefunden.

Matthew erinnerte sich an den Tag, von dem sie sprach. »Ich habe Euch geküßt? Wirklich?«

»Ja, das habt Ihr. Ihr habt gesagt, Ihr hättet gesehen, wie Eure Stiefmutter Euren Vater geküßt hat. Ihr wolltet wissen, wie so ein Kuß sich anfühlt.«

»Und Ihr habt es zugelassen? Das überrascht mich sehr, Lady Caroline.«

Wieder lachte sie. »Das war wohl kaum eine Sache, die ich zulassen konnte. Ihr habt den Kuß gestohlen, Mylord. Könnt Ihr Euch eigentlich erinnern, daß Ihr irgendwann mal nicht das bekommen habt, was Ihr unbedingt haben wolltet?«

Ja, dachte er, und Jessies zartes Gesicht erschien vor seinem inneren Auge. Er wollte Jessica Fox. Er wollte sie lieben, mit einer verzweifelten Sehnsucht, die schon beinahe an Besessenheit grenzte.

Es war das einzige, was er nicht haben konnte.

Er zwang sich zu einem Lächeln. »Zeit mit Euch allein, meine bezaubernde Lady, ist etwas, was ich mir sehnlichst wünsche, aber was ich offensichtlich nicht haben kann.«

»Die wird schon noch kommen, früh genug, nämlich dann, wenn die Angelegenheit unserer Verlobung erledigt ist.« Sie zog die Augenbrauen zusammen. »Das wird nicht mehr so lange dauern – nicht wahr, Matthew?«

Er räusperte sich. »Es ist schwer, das mit Sicherheit zu sagen, aber ich hoffe, daß es schon sehr bald sein wird.«

Sie entspannte sich. »Vater wird sicher weitaus duldsamer sein, wenn der Hochzeitstermin erst einmal festgelegt ist. Er vertraut Euch, Matthew – unbedingt. Er möchte nur nicht, daß es Anlaß zu grundlosem Klatsch gibt.«

Wieder drängte sich Jessie in seine Gedanken, wie sie in der Spielhölle in der Jermyn Street gesessen hatte. Sie kümmerte sich keinen Deut um Klatsch. Aber vielleicht war er ihr gegenüber nicht fair. Vielleicht war es wirklich so, wie Gwen Lockhart behauptet hatte, und Jessie war nur mit ihrer Freundin gegangen, um sie zu beschützen. Diese Charaktereigenschaft hatte er schon früher an ihr entdeckt.

Zum ersten Mal gab er vor sich selbst zu, wie anziehend sie ausgesehen hatte in ihrer Verkleidung als Dandy. Doch diesmal, statt Zorn darüber zu empfinden, was sie getan hatte, mußte er innerlich lächeln. Gütiger Himmel, diese Frau besaß mehr Talent, jemanden an der Nase herumzuführen, als der einfallsreichste Mann seiner Mannschaft.

»Matthew? Habt Ihr gehört, was ich gerade gesagt habe?«

Sein Kopf fuhr hoch, und er wandte schuldbewußt seine Aufmerksamkeit wieder Caroline zu. »Es tut mir leid, meine Liebe. Meine Gedanken sind gewandert.«

»Ich sagte, mir ist klar, daß Euer Urlaub bald vorüber ist. Ich habe mich gefragt, ob Ihr wohl am nächsten Wochenende die Gesellschaft auf Lord Pickerings Landsitz mitmachen werdet. Mein Vater hat mit Lord Belmore gesprochen, und der Marquis hat versichert, daß er und Miss Fox ganz sicher dort sein würden.«

Matt wußte von dem Fest. Er hatte versucht, seinen Vater von der Teilnahme abzuhalten, doch der alte Herr war entschlossen hinzugehen. Und das bedeutete, da er Jessie nicht zutraute, sich zu benehmen, daß er als Aufsicht mitgehen mußte.

»Ich habe vor teilzunehmen. Und ich freue mich, daß Ihr auch kommen werdet.« Er lächelte. »Wenigstens bin ich dann auf angenehmste Weise abgelenkt.« Er nahm ihre behandschuhte Hand zwischen seine Hände. »Vielleicht werde ich dort versuchen, Euch einen Kuß zu rauben.«

Leichte Röte stieg in ihre Wangen. Sie war wirklich bezaubernd. Auf eine andere, weniger eindrucksvolle Art war sie genauso schön wie Jessie. Er legte eine Hand an ihre Wange, und ihre Röte vertiefte sich noch und weckte in ihm eine zärtliche Zuneigung. Er hatte in den letzten Jahren nicht sehr viel Zeit mit Caroline verbracht, doch er hatte sich in ihrer Nähe immer wohl gefühlt. Caroline Winston war all das, was er sich von einer Frau wünschte. Sie war angenehm, wohlerzogen und sanft. Er konnte sie sich sehr gut als seine Ehefrau vorstellen.

Doch als er sie jetzt betrachtete, hatte er das Gefühl, daß etwas fehlte. Bis zu diesem Augenblick war es ihm nie klargeworden, daß die Frau, die er heiraten würde, in ihm nicht die Art der Leidenschaft weckte, die Jessie mit nur einem einzigen Blick entfachte. Jetzt wünschte er sich, daß ihn nach Caroline Winston auf die gleiche lustvolle Art verlangte wie nach Jessie.

Er versuchte, sich Caroline in seinem Bett vorzustellen, herrlich nackt, wie sie sich unruhig unter ihm bewegte, wie sie ihn bat, sie zu nehmen. Doch statt braunem Haar auf den Kissen sah er vor seinem inneren Auge blondes Haar. Statt Carolines sanfter, rosiger Lippen sah er Jessies sinnlichen Mund mit den roten Lippen, die feucht waren von seinen Küssen.

»Wißt Ihr schon, wie lange Ihr diesmal auf See sein werdet?« fragte Caroline, und wieder riß sie ihn mit ihrer Frage aus seinen Gedanken. Er schalt sich selbst, weil er nicht aufmerksamer war.

»Leider kann ich das nicht mit Bestimmtheit sagen. Wir haben in den letzten beiden Jahren Napoleons Schiffe blockiert. Etwas muß geschehen, und es wird sehr bald geschehen. Wenn die Kämpfe dann vorüber sind, werde ich meinen Abschied von der Marine nehmen.« Wenn er die Schlacht überhaupt überleben würde. Die Möglichkeit, daß er dabei ums Leben kam, war der Grund dafür, daß er noch keine endgültigen Pläne gemacht hatte.

»Oh, Matthew, ich sehne den Tag herbei, an dem Ihr für immer nach Hause kommen werdet.« Sie beugte sich zu ihm, und der Duft ihres Parfüms stieg ihm in die Nase, es war ein leichter, angenehmer Duft nach Lilien. »Wir werden ein so wundervolles Paar sein. Das sagt jeder. Wir werden wunderhübsche Kinder haben und in einem wunderschönen Haus leben.« Sie lächelte strahlend. »Ich habe Belmore immer geliebt. Wenn Euer Vater erst einmal gestorben ist, wird das Haus mit all seinen herrlichen Möbeln uns gehören. Ich plane schon all die Veränderungen, die ich dann vornehmen werde. Es wird dann noch wunderbarer sein als …«

»Mein Vater wird noch viele Jahre leben«, fuhr er sie an. »Wir werden im Herrenhaus von Seaton wohnen. Wenn Euch das allerdings nicht gefällt …« Der entsetzte Ausdruck in Carolines Gesicht ließ ihn innehalten. Gütiger Himmel, was war bloß mit ihm los?

»Ich ... es tut mir leid«, flüsterte sie voller Reue. »Ich wollte nicht eigensinnig erscheinen. Es war nur ...«

»Ich sollte derjenige sein, der sich entschuldigt. Ich hätte Euch nicht so anfahren dürfen. Es ist nur so, daß mein Vater in letzter Zeit kränklich war. Ich mache mir Sorgen um ihn, dabei muß ich schon so bald wieder fort.« Er stand auf. »Und ich hätte gar nicht so lange hierbleiben dürfen.« Er verzog den Mund zu einem Lächeln. »Wir wollen doch nicht, daß unnötig über uns geklatscht wird.«

Caroline runzelte die Stirn. Sie fühlte, daß sich seine Stimmung verändert hatte. Doch er wollte ihr nicht erklären, was geschehen war. »Ja, nun, dann werden wir uns in Benhamwood sehen.«

»Ja.« Matt beugte sich über ihre Hand. »Ich freue mich schon darauf, Mylady.« Doch in Wirklichkeit, so stellte er fest, freute er sich absolut nicht.

Caroline brachte ihn zur Tür, und der Butler reichte ihm seinen Hut und seine Handschuhe.

»Danke für Euren Besuch«, verabschiedete sie ihn.

»Es war mir eine Freude, Mylady.« Er küßte ihr die Hand und fragte sich, warum er noch nie versucht hatte, ihren Mund zu küssen. In den letzten fünf Jahren hatte er sich sein Leben mit Caroline Winston vorgestellt. Doch jetzt war dieses Leben irgendwie in den Hintergrund gerückt.

Insgeheim verfluchte Matthew sich selbst – und Jessie Fox – dafür, daß er so sehr nach ihr verlangte.

Warm schien die Sonne durch die Blätter der Platane, die an dem Weg stand, über den Jessie durch den Garten von Benhamwood schlenderte. Ein sanfter Wind bewegte die Blätter und ließ sie leise rascheln. Clematis blühte, und der Duft von Flieder lag in der Luft.

Das Landhaus des Grafen von Pickering war herrlich, riesig und imposant, mit mehr als hundert Schlafzimmern, einem

Dutzend eleganter Salons und einem wundervoll ausgestatteten Speisesaal, der Platz bot für zweihundert Gäste. Doch es war die ländliche Umgebung, die Jessie am besten gefiel.

Ein See, um den sich Weidenbäume gruppierten, beherrschte die sanfte Hügellandschaft, Rehe und Schafe weideten auf den weiten Grasflächen, die von dunklen, grünen Wäldern eingerahmt wurden. Seit ihrer Ankunft vor Tagen war die weite, liebliche Landschaft ihr Zufluchtsort geworden. Hier hatte sie Ruhe gefunden vor den vielen Menschen, dem Klatsch und den Ränken, die die Reichen schmiedeten, die sich auf Lord Pickerings Landsitz versammelt hatten. Sie wünschte sich, daß Gwen hier wäre, doch Lord Waring und seine Familie nahmen nur sehr selten an solchen Treffen teil, und ohne sie konnte Gwen nicht kommen.

Jessie ging durch die Gärten des Landsitzes, sie pflückte eine Kletterrose von einem Spalier am Weg und drehte sie gedankenverloren zwischen ihren Fingern. Sie hatte sich immer gewünscht, eine Lady zu sein, und nach außen hin war sie das auch. Doch tief in ihrem Inneren, dort, wohin niemand sonst blicken konnte, fragte sie sich, ob sie jemals die strengen Verhaltensmaßregeln würde akzeptieren können, die die Mitglieder der Adelsgesellschaft einander auferlegt hatten.

All der Reichtum, all die Juwelen und die eleganten Kleider verlangten einen schrecklichen Preis, hatte sie festgestellt. Jede ihrer Bewegungen, jedes Wort, das sie sprach, wurden daraufhin untersucht, ob es auch anständig war. Selbst das Tanzen, das sie so liebte, hatte eigene, strenge Regeln, die nicht gebrochen werden durften. Sie sehnte sich nach der Freiheit ihrer Jugend, nach den friedlichen Tagen auf Belmore, sie vermißte die Kinder, die nichts anderes von ihr erwartet hatten als ein warmes, liebevolles Lächeln und ein kleines Lob für ihre Anstrengungen.

Und dann war da natürlich noch Matthew.

Er war hier mit Lady Caroline. Die meiste Zeit verbrachte er in ihrer Gesellschaft. Es war für alle offensichtlich, daß er beabsichtigte, sie zu heiraten. Und dennoch gab es Zeiten, da fühlte Jessie, daß er sie beobachtete, daß er jede ihrer Bewegungen verfolgte. Während des Tages ging er ihr, so gut er konnte, aus dem Weg, doch am Abend ... am Abend, wenn er glaubte, daß sie es nicht bemerkte, waren seine Blicke so eindringlich, als würde er sie berühren.

Während der Tage, die sie hier verbracht hatten, war die Anzahl ihrer Bewerber gewachsen. Jeremy Codrington, Herzog von Milton, hatte mit ihrem Onkel gesprochen. So erstaunlich es war, es sah ganz so aus, als wolle er ihr die Ehe anbieten.

Jessie Fox, verheiratet mit einem Herzog. Es war schon beinahe komisch.

Papa Reggie fand das gar nicht. Er und Lady Bainbridge waren außer sich vor Freude, sie strahlten zufrieden und wurden immer aufgeregter, je deutlicher die Absichten des Herzogs sich abzeichneten.

Für den heutigen Abend war ein Kostümball geplant. Jessie würde sich als Göttin Aphrodite verkleiden. Ihr Kleid hatte Madame Dumont entworfen, die begehrteste Modistin in London. Das Kleid aus schneeweißer Seide, an den Hüften und unter der Brust in Falten gelegt und an den Seiten geschlitzt, damit man einen Blick auf ihre eleganten Fußgelenke werfen konnte, schmiegte sich eng an ihren Körper. Eine Brosche aus Topasen und Diamanten hielt den Stoff an einer Schulter, die andere Schulter war nackt. Sie würde Diamanten in den Haaren tragen und goldene Sandalen an den Füßen.

Es war ein sehr gewagtes Kleid, und Jessie war überrascht gewesen, daß Lady Bainbridge damit einverstanden war. Immerhin, es sollte ein Kostümfest werden. Sie würde eine goldene Maske tragen, die ihr Gesicht verhüllte. Im übrigen waren vermutlich alle wagemutig bei der Auswahl ihrer Kostüme.

Daran dachte Jessie jetzt, während sie einen letzten sehnsüchtigen Blick über die malerische Landschaft warf. Dann wandte sie sich um und ging den Weg zurück zu dem riesigen, palastartigen Haus. Sie wollte sich noch ein wenig vor dem anstrengenden Abend ausruhen. Als sie die Terrasse erreicht hatte, begegneten ihr Matthew und Lady Caroline.

»Oh … ich … ich meine, guten Tag, Lady Caroline … Lord Strickland.«

Matthew lächelte sie unverbindlich an. Sie erinnerte sich jedoch unvermittelt an das Gefühl seiner Lippen auf den ihren, und heiße Wärme stieg in ihr auf.

»Guten Tag, Miss Fox«, sagte er.

»Ich … ich habe mir den Garten angesehen.«

»Ja …« Caroline betrachtete das schlichte, rosafarbene Musselinkleid, das Jessie trug, und ihr Haar, das offen über ihre Schultern fiel. »Der Garten ist wunderschön um diese Jahreszeit.«

Matthew blickte über Jessies Schulter zu dem Weg, über den sie gekommen war, als wolle er prüfen, ob sie allein gewesen war. St. Cere war auch in Benhamwood, doch er war mit einigen der Männer auf die Jagd gegangen. Außerdem hatte er sich mit ihr nur mit zurückhaltender Höflichkeit unterhalten.

Jessie musterte Lord Strickland. Ihr entging nicht, daß Carolines Hand besitzergreifend auf seinem Arm lag, und die Wärme, die in ihr aufgestiegen war, ballte sich zu einem harten Knoten in ihrem Magen.

»Ich wollte gerade ins Haus gehen«, erklärte sie und zwang sich zu einem Lächeln. »Papa Reggie wird sich schon fragen, wo ich bin. Ich hoffe, Ihr genießt Euren Spaziergang.«

»Danke«, antwortete Caroline.

Matthew sagte nichts, doch in seinen Augen lag ein eigenartiger Ausdruck, dunkel und unergründlich, den Jessie in letzter Zeit so oft an ihm beobachtet hatte, den sie sich aber nicht erklären konnte. Vielleicht war er böse auf sie, weil sie allein spazierengegangen war, etwas, das sie oft tat. Vielleicht erwartete er auch, daß sie sich förmlicher kleidete, oder er war noch immer verärgert darüber, daß er sie auf der Terrasse geküßt hatte.

Was auch immer seine Gründe waren, es machte Jessie nichts aus. Matthew hatte seine Wahl getroffen, seine Zukunft hielt er fest in den Händen. Jessie Fox hatte darin keinen Platz. Sie schluckte den Schmerz hinunter, der bei diesem Gedanken in ihr aufstieg, dann ging sie an den beiden vorbei ins Haus.

10

»Du siehst hinreißend aus, meine Liebe.« Papa Reggie zwinkerte ihr zu. »Stimmt das, Corney?«

Lady Bainbridge nickte zufrieden. Sie war als Madame de Pompadour verkleidet. Ihr graumeliertes Haar war bedeckt mit einer hochaufgetürmten silbernen Perücke, auf der ein kleines Segelschiff thronte. Sie lächelte Jessie anerkennend an. »Sehr richtig, Reggie, mein Lieber.«

Dann legte sie den Kopf zur Seite und betrachtete Jessies griechisches Kostüm. »Elegant und anmutig. Wagemutig, aber nicht skandalös. Sie werden sie alle bewundern, weil sie das Original verkörpert.«

Jessie lächelte und wünschte, daß sie sich auch so fühlte. Aber eventuell hatte Lady Bainbridge ja recht – in ganz Benhamwood war niemand, der so war wie sie.

Sie verließen alle zusammen ihre Gästezimmer im dritten Stock und schritten zu dem Ballsaal, der im zweiten Stock des Hauses lag. Die Gräfin ging neben Papa Reggie, der sich als Henry V. verkleidet hatte. Jessie betrachtete ihn bewundernd. Auch wenn er während seiner Krankheit an Gewicht verloren hatte, so war der Marquis von Belmore mit seiner Löwenmähne und seiner imposanten Gestalt ein sehr beeindruckender König.

Matthew war nirgendwo zu sehen. Er würde am übernächsten Tag abreisen. Zunächst würde er nach Belmore zurückkehren, um seine Sachen zu packen, und dann von dort aus nach Portsmouth zu seinem Schiff reiten. Jessies Herz war schwer, wenn sie daran dachte, aber sicher war es besser so. Wenigstens konnte sie dann beginnen, ihn zu vergessen.

Im zweiten Stock angekommen, öffnete ihnen ein Lakai mit einer grauen Perücke in einer blau-goldenen Livree die vergoldeten Türen. Der üppig mit Spiegeln ausgestattete Ballsaal war in bunten Farben dekoriert, er sollte einen Jahrmarkt darstellen. Unter riesigen Sträußen von roten und gelben Rosen betraten sie den Saal.

Der Ball hatte bereits begonnen. Graf von Pickering, gekleidet als Julius Cäsar, bat Jessie um einen Tanz, und danach schien die Legion ihrer Bewunderer nicht abzureißen. Der Herzog von Milton überschüttete sie mit seiner Aufmerksamkeit, und sogar Adam Harcourt bat sie um einen Tanz.

Es war ein Walzer, und Pickering riskierte Kritik, weil er zugab, daß er Walzer liebte. Theoretisch wußte Jessie, wie dieser Tanz getanzt wurde, doch da die adlige Gesellschaft den Walzer so überaus skandalös fand, hatte sie nie die Gelegenheit gehabt, ihn zu tanzen. Sie sollte eigentlich die Aufforderung zu diesem Tanz ablehnen, das wußte sie, ganz besonders bei einem Partner, der einen so schlechten Ruf hatte wie St. Cere. Doch die Aufregung, einen so verrufenen Tanz wie den Walzer tanzen zu können, ließ Jessie alle Vorsicht vergessen.

Im Gedränge des Ballsaals konnte sie St. Cere nirgendwo entdecken, doch dann fühlte sie, wie eine Hand nach der ihren griff, fest und sicher, und irgendwie bekannt. Als sie sich umwandte, stand nicht etwa St. Cere hinter ihr, sondern Lord Strickland, dessen Augen sie aus seinem sonnengebräunten Gesicht anblitzten.

»Es ist doch nur ein Tanz«, verteidigte sie sich, weil sie sicher war, daß er die Absicht hatte, sie davon abzuhalten. »Ich möchte ihn nur einmal ausprobieren.«

Matthew verblüffte sie, indem er sie anlächelte. Kleine Lachfältchen bildeten sich in seinen Augenwinkeln. »Das sollt Ihr auch, Miss Fox ... wenn Ihr nichts dagegen habt, diesen Tanz mit mir zu tanzen.«

Freudige Erregung ergriff Jessie. Sie lächelte, als er einen Arm um ihre Taille legte und sie auf die mit rosafarbenem Marmor ausgelegte Tanzfläche zog. Sie fühlte seine warme Hand in ihrem Rücken, seine Schenkel, die sich gegen ihre drängten, als die Musik lauter wurde und dann in den Walzertakt überging.

Seine Augen ruhten auf ihrem Gesicht, seine Blicke hielten die ihren gefangen. Er trug die blau-weiße Uniform eines Kapitäns der Marine Seiner Majestät. Die goldenen Epauletten auf seinen Schultern glänzten in der gleichen Farbe wie sein Haar.

»Aphrodite. Sehr passend, würde ich sagen. Gefällt Euch der Ball, Mistress Fox?«

Leichte Röte stieg in Jessies Wangen. »Jetzt schon«, antwortete sie leise und wußte, daß sie das nicht hätte sagen sollen.

Seine Augen wurden tiefdunkel. Die Hand um ihre Taille packte fester zu, und er zog sie noch ein wenig näher. Er betrachtete ihr Gesicht, seine Augen ruhten auf ihrem Mund, und ein Gefühl der Wärme breitete sich in Jessie aus. Es war wundervoll, so in seinen Armen zu liegen, diesen verbotenen Walzer mit Matthew zu tanzen, von seinen muskulösen Armen geführt zu werden.

»Ihr seid ein wundervoller Tänzer, Mylord. Und jetzt, wo ich ihn ausprobiert habe, muß ich sagen, daß ich den Walzer überhaupt nicht skandalös finde. Ich wünschte, ich könnte für immer so weitertanzen.«

Seine Augen glänzten. »Wirklich?«

»Ja …«

Sie sah, wie seine Schultern sich anspannten, sie fühlte es unter ihren Händen. »Wißt Ihr eigentlich, was Ihr mit mir macht?«

Jessie starrte ihn an, ihr Herz raste.

»Ihr seid Feuer in meinem Blut, Jessie Fox. Wenn mein Vater nicht wäre, dann gäbe es nichts, was ich unversucht lassen würde, um Euch in mein Bett zu bekommen.«

Sie erstarrte in seinen Armen. Er sprach nicht von einer Heirat – das hatte er sich für eine andere Frau aufgehoben. »Ihr meint, wenn nicht Papa Reggie wäre – und Lady Caroline«, korrigierte sie ihn.

Über ihnen wirbelten die Leuchter aus Kristall an ihnen vorüber. Andere Tänzer tanzten vorbei, doch es schien, als wären sie völlig allein. Matthew sah sie eindringlich an, dann lockerte er seinen Griff ein wenig und hielt mehr Abstand von ihr, bis ihre Tanzhaltung wieder korrekt war.

»Mein Vater sagt, der Herzog von Milton hat die Absicht, Euch die Ehe anzubieten. Sollte das der Fall sein, werdet Ihr seinen Antrag akzeptieren?«

Bis zu diesem Augenblick hatte Jessie sich geweigert, über eine solche Möglichkeit nachzudenken. Insgeheim hatte sie noch immer gehofft, daß sich etwas ändern würde, daß Matthew herausfinden würde, daß es Jessie war, die er haben wollte, und nicht Caroline Winston.

Ihr Lächeln war ein wenig gequält. »Was ratet Ihr mir, Mylord? Glaubt Ihr, ich sollte den Herzog heiraten?« Sie hielt den Atem an, während sie auf seine Antwort wartete. Ihr Herz schlug lauter, als die Musik spielte. Sie betete, daß er nein sagen würde, daß er nicht wollte, daß sie einen anderen Mann heiratete als ihn.

Der Tanz ging weiter, und er drehte sie gekonnt im Kreis. Neben der Tanzfläche standen Lady Caroline und Papa Reggie nebeneinander. An Matthews Kinn zuckte ein Muskel, und Jessie wußte, daß auch er die beiden gesehen hatte.

»Jeremy ist ein sehr ehrenwerter Mann«, sagte er mit einer Stimme, die plötzlich rauh klang. »Er ist wohlhabend und mächtig. Wenn er um Eure Hand für eine Eheschließung anhält, dann solltet Ihr zweifellos seinen Antrag annehmen.«

Ihr Lächeln war so angestrengt, daß es schmerzte. »Sehr wohl, Mylord. Wenn Jeremy mich bittet, ihn zu heiraten, dann werde ich es tun.«

Sie sah, wie seine Kiefer malmten. Er sprach nicht mehr, doch als der Tanz schließlich zu Ende war, brachte er sie nicht zu Papa Reggie zurück, dorthin, wo auch Caroline stand, sondern führte sie zu Lady Bainbridge, die auf der anderen Seite der Tanzfläche stand.

Danach entdeckte Jessie Matthew nicht mehr, und die Nacht wurde lang und anstrengend für sie. Das Essen begann um Mitternacht, ein üppiges Mahl, von dem sie kaum etwas anrührte. Lord Pickering hatte sie zum Speisesaal geführt. Kurze Zeit später zog sich Papa Reggie in sein Zimmer zurück. Seine Gicht plagte ihn, und er war müde.

Jessie war einen Augenblick lang allein. Sie verließ den Ballsaal, entschlossen, nicht länger an Matthews Worte zu denken. In einem der vielen Salons von Benhamwood sah sie eine Weile dem Spiel zu, dann wanderte sie weiter in die Bibliothek und nahm sich eine in Leder gebundene Ausgabe eines Buches von Joseph Lancaster: *Fortschritte in der Erziehung in bezug auf die industrielle Klasse.*

Sie begann, den Text zu überfliegen, und wünschte, sie hätte Zeit, das Buch zu lesen, doch ihr Kopf begann zu dröhnen. Ihre Füße schmerzten. Sie war erschöpft und sehnte sich danach, daß die Nacht endlich zu Ende war. Sie wünschte, sie könnte in ihr Bett gehen, doch Lady Bainbridge wollte davon nichts hören. Zumindest würde diese kleine Ruhepause ihr den Rest der Nacht erträglicher machen.

Sie hatte sich gerade auf eine kleine Sitzbank neben einem hübschen Queen Anne-Tisch gesetzt, als sie jemand rufen hörte. Ein schriller Schrei folgte, dann hörte man Stimmen, die lauter wurden. Ein Schauer lief über Jessies Rücken. Sie sprang vom Sofa auf, lief durch den Raum zur Tür und riß sie auf.

»Feuer! Feuer im Ostflügel!« hörte sie jemanden rufen. Auf die Schreckensmeldung hin begannen die Menschen die Treppen hinunterzustürzen, die Menge aus dem Ballsaal strömte in den Flur wie ein Fluß, der Hochwasser führt.

Der Ostflügel! Mein Gott, das war der Flügel des Hauses, in dem die Gäste untergebracht waren – Papa Reggie war dort und auch Viola! Sie lief zu der breiten Marmortreppe und versuchte, sich durch die Menge der Menschen zu kämpfen, die nach unten rannten. Aber für jeden Schritt, den sie nach oben machte, schubste jemand sie mehrere Schritte nach unten.

»Wohin wollt Ihr, Ihr Dummkopf?« rief ihr jemand zu. »Das ganze Haus brennt nieder!«

»Der Marquis ist dort oben!« rief sie. »Ich muß zu ihm und ihn holen.« Die Flammen konnte man jetzt bereits sehen, sie loderten an den Gardinen empor, angefacht von dem Wind, der durch die großen offenen Fenster wehte. Ein Stück weiter den Flur hinunter ging die kostbare Tapete in Flammen auf. Jessie fuhr sich über die Lippen, sie starrte die Treppe hinauf, Angst erfaßte sie. Sie wollte gerade erneut versuchen, nach oben zu gelangen, als sie eine untersetzte weibliche Gestalt mit einer riesigen silbernen Perücke entdeckte.

»Lady Bainbridge!«

»Jessica! Wir haben uns solche Sorgen gemacht – wir müssen das Haus verlassen.«

»Papa Reggie ...« Erleichtert sank sie in sich zusammen, als sie ihn sah, in seinem langen Baumwollnachthemd mit einer Zipfelmütze auf dem Kopf.

»Komm, meine Liebe«, sagte er. »Es ist Zeit, daß wir hier verschwinden.«

»Was ist mit Vi? Sie hat in meinem Zimmer geschlafen und auf mich gewartet, um mir nach dem Ball aus dem Kleid zu helfen.«

»Ich habe im Flur mit ihr gesprochen. Sie hat sich Sorgen um dich gemacht. Ich habe sie nach unten geschickt und ihr gesagt, daß ich mich um deine Sicherheit kümmern würde.« Der Marquis sah sich um. »Wo ist Matthew? Ich dachte, er sei bei dir.«

Alles Blut wich aus Jessies Gesicht. »Matthew? War er denn nicht bei dir?«

»Nein.«

»Oje, oje«, jammerte Lady Bainbridge. »Er hat etwas davon gesagt, daß oben irgendwo ein Kartenspiel stattfinden sollte, aber das war schon vor einer ganzen Weile. Vielleicht ist er ja auch ins Bett gegangen.«

»Oh, du liebe Güte.« Jessie biß sich auf die Lippen, als sie von der Menge mit nach unten in die Eingangshalle gezogen wurden und dann in die kalte Nachtluft stolperten, die voller Rauch und Ruß war.

»Wir müssen Matthew finden«, rief sie. »Wir können ihn nicht einfach da drin lassen.«

»Er ist ganz bestimmt in Sicherheit«, beruhigte sie Papa Reggie. »Wahrscheinlich ist er längst hier draußen.« Doch sein Gesicht war blaß und kummervoll, genau wie das der Gräfin.

»Sind alle in Sicherheit?« Lord Pickering lief durch die Menge, die sich unter den Bäumen in sicherer Entfernung vom Haus versammelt hatte und den Flammen zusah, die sich immer weiter ausbreiteten. Eine Eimerkette hatte sich gebildet. Diener und Gäste arbeiteten fieberhaft, um das lodernde Feuer einzudämmen.

»Es sind noch Leute im Haus«, hörte Jessie jemanden rufen, und eine Frau begann zu schluchzen. »Einige sind in den Zimmern im zweiten Stock eingeschlossen. Vielleicht sind auch noch welche in den Schlafzimmern.«

»Oh, lieber Gott.« Jessie wandte sich zu der Menschenmenge um. »Matthew!« rief sie und sah sich gehetzt um. »Matthew, wo seid Ihr?« Die Gräfin stimmte in ihr Rufen mit ein, ebenso wie Papa Reggie. Sie arbeiteten sich durch die Menge und hofften, daß jemand ihn gesehen hatte. Doch Matthew war nirgendwo zu finden.

Jessies Blick zuckte in Richtung Haus. »Er ist noch dort drinnen, ich weiß es.« Sie raffte ihr langes, weißes Kleid bis zu den Knien und hetzte zum Haus zurück.

»Jessica!« rief der Marquis ihr nach. »Jessica, du darfst nicht ins Haus gehen!«

Doch sein Rufen war wirkungslos. Heftig atmend blieb Jessie erst stehen, als sie in der Eingangshalle war. Sie starrte die Treppe hinauf in das Inferno, das durch den ersten Stock tobte. Matthews Zimmer lag ein Stockwerk höher, dem ihren gegenüber, aber das Treppenhaus stand bereits in Flammen.

Vielleicht ist er ja draußen, und ich habe ihn nur nicht gesehen, dachte sie verzweifelt, doch ihr Herz sagte ihr, daß es nicht so war. »Lieber Gott – hilf mir.« Sie lief durch die Halle zur Rückseite des Hauses, der Rauch war so beißend, daß sie kaum atmen konnte. Im Eßsaal blieb sie stehen und griff sich eine Leinenserviette. Aus dem silbernen Krug goß sie Wasser darüber und band sich das nasse Tuch über Nase und Mund.

Die Dienstbotentreppe glimmte nur, an einigen Stellen leckten kleine Flammen, doch Jessica schaffte es, an ihnen vorbei die Treppe hinaufzukommen. Im zweiten Stock blieb sie stehen und rief. Niemand antwortete. Ihr Atem ging rasselnd, als sie endlich im dritten Stock ankam. Sie brauchte einen Augenblick, um Luft zu schnappen. Dann rannte sie den Flur hinunter und versuchte sich zu erinnern, welches Matthews Schlafzimmer war.

Auf dem halben Weg den Flur hinunter begann sie, die Türen

der Zimmer aufzureißen. Die ganze Zeit über rief sie laut seinen Namen. Ihre Augen brannten, und Tränen um Matthew liefen ihr über die Wangen. Am Ende des Flures prasselte eine Feuerwand, und noch immer hatte sie ihn nicht gefunden.

»Matthew!« schrie sie und ging den Weg rückwärts, den sie gerade gekommen war. »Matthew, wo bist du?«

Und dann hörte sie seine Stimme, sie kam von irgendwo unter ihr. Als sie sich umwandte, entdeckte sie, daß auch die Dienstbotentreppe in Flammen stand.

»Matthew!«

»Jessie!« Er kam die brennende Treppe hinaufgelaufen, sein Gesicht zur Hälfte in ein mit Wasser getränktes Tuch gehüllt. Er stürzte sich durch die Flammen und erschien dann wie ein Wunder auf ihrer Seite. Ein Zipfel des Tuches hatte Feuer gefangen. Er zerrte es vom Gesicht, schleuderte es beiseite und kam auf sie zugelaufen.

»Jessie!«

Und dann lag sie in seinen Armen. Sie klammerte sich an ihn und wiederholte wieder und wieder seinen Namen. Sie schluchzte vor Erleichterung, daß ihm nichts geschehen war. »Wir müssen machen, daß wir hier herauskommen.« Matthew zog sie in eines der Zimmer, das noch nicht brannte.

»Ich kann es nicht glauben, daß du wirklich hier heraufgekommen bist«, stöhnte er.

Flammen fraßen sich jetzt von beiden Seiten des Flures auf sie zu. »Die beiden Treppenhäuser brennen. Lieber Gott, Matthew – wie wollen wir hier herauskommen?«

»Das Dach! Es ist der einzige Ausweg.«

Jessies Magen zog sich zusammen. »Wir können doch unmöglich drei Stockwerke tief herunterspringen.«

Doch er schloß schnell die Tür hinter ihnen und zerrte sie zum Fenster. Dort blieb er stehen. »Sieh mal. Ein niedrigerer Flügel des Hauses reicht fast bis an das Zimmer nebenan. Wir werden dort hinunterspringen. Dann können wir bis zum hinteren Teil des Hauses gelangen und von dort einen Weg nach unten suchen.«

Jessie widersprach nicht, als er sie wieder in den qualmenden Flur hinausschob und von dort in das nächste Zimmer. Der Ostflügel war ein Inferno aus orangefarbenen und gelben Flammen, die die Wände hochschlugen. Sie liefen zum Fenster, und Matthew riß es auf. Jessie steckte den Kopf hinaus und sah das Dach der nächsten Etage unter sich.

»Kannst du es schaffen?« fragte er.

»Ich werde es schaffen.«

»Ich muß zuerst hinunter. Versuche, auf dem First zu laufen oder dich dort festzuhalten, damit ich dich packen kann.«

Jessie nickte nur. Matt drückte noch einmal ihre Hand, dann schwang er die Beine über den Rand der Fensterbank und sprang. Jessie zwang sich, die Augen nicht zu schließen, als er auf dem Dachfirst landete und sich zappelnd bemühte, nicht herunterzufallen.

Erleichterung erfüllte sie, als sie sah, daß er in Sicherheit war.

Sobald er einen festen Halt gefunden hatte, streckte er ihr die Arme entgegen. »Spring!« rief er. »Ich werde dich auffangen.«

Sie zögerte nicht. Dazu war keine Zeit – im Zimmer hinter ihr waberte dichter Qualm, jeden Augenblick konnte das Dach nachgeben. Sie schickte ein Stoßgebet zum Himmel, zog sich ihre Sandalen aus und sprang. Sie fühlte einen stechenden Schmerz, als ihre Füße auf das Dach krachten, dann hatte Matthew schon seine starken Arme um sie geschlungen und zog sie in Sicherheit.

»Ich habe dich«, flüsterte er und lehnte seinen Kopf gegen ihren. Sie fühlte, wie er zitterte, und wußte, daß ihr eigener Körper genausosehr bebte.

Er strich mit den Fingerspitzen über ihre Wangen und hob ihren Kopf ein wenig. »Wir können hier nicht bleiben. Wir müssen hier weg, ehe das Dach unter uns zusammenbricht. Bist du bereit?«

Jessie gelang ein zittriges Nicken.

Matt griff nach ihrer Hand, und sie suchten sich einen Weg am Dachfirst entlang. Dann kletterten sie behutsam das steile Dach hinunter, bis zu dem Teil, das dem Boden am nächsten war. »Geht es?« fragte Matt.

Jessie schluckte und befeuchtete die Lippen. »Bis jetzt schon.«

»Braves Mädchen.« Er half ihr über einen schmalen Sims bis zum hinteren Teil des Daches. »Wir haben es bald geschafft, Liebling, halte nur noch kurz durch.«

So verängstigt Jessie auch war, bei seinen Worten stieg eine wundervolle, tröstliche Wärme in ihr auf. So hatte er noch nie mit ihr gesprochen. Sie waren jetzt am hinteren Teil des Hauses angekommen, und Jessie blickte nach unten. »Wirst du zuerst hinunterspringen und mich dann auffangen?«

Matthew grinste. Weiß hoben sich seine Zähne von seinem dunklen Gesicht voller Ruß ab. »Ich verspreche es dir.«

Er sprang, fiel auf den Boden, rollte sich ab, kam behende wieder auf die Füße und streckte ihr die Hände entgegen. »Komm, mein Liebling. Wir sind fast in Sicherheit.«

Jessie lächelte ihn an, dann sprang sie. Sie flog geradezu durch die Luft und landete in seinen Armen. Ihr Aufprall war so heftig, daß sie beide zu Boden stürzten. Einen Augenblick lag sie auf ihm und versuchte, Atem zu schöpfen. Sie fühlte seinen kräftigen Körper unter sich, während er sie fest in den Armen hielt. Aber die Hitze des Feuers erinnerte sie daran, daß sie noch immer nicht völlig in Sicherheit waren, deshalb rappelten sie sich eiligst hoch.

Matthew griff nach ihrer Hand und begann zu laufen, doch als Jessie den ersten Schritt tat, verspürte sie einen stechenden Schmerz in ihrem Knöchel.

»Verflixt, du hast ihn dir wahrscheinlich verstaucht, als du aufgekommen bist.« Er legte einen Arm unter ihre Knie, hob sie hoch und hastete mit ihr weg von dem Feuer bis zu einem Baum in sicherer Entfernung. Erschöpft lehnte er sich gegen den Stamm, dann sank er zu Boden. Jessica hielt er noch immer in seinen Armen.

Ihr Kopf lag an seiner Schulter. Sie fühlte, wie heftig sein Atem ging, und hörte den pochenden Schlag seines Herzens. Mit einer Hand strich er ihr sanft das Haar aus dem Gesicht.

»Du bist meinetwegen dort hinaufgelaufen«, sagte er leise.

Jessie sah in sein liebes, schönes Gesicht. »Ich mußte es tun.«

Matts Hände zitterten, als er sie fest an sich drückte. »Du hast dein Leben für mich riskiert ...« Er konnte es kaum glauben. Es war leichtsinnig und unbesonnen von ihr gewesen, sich in eine solche Gefahr zu bringen. Er bog ihren Kopf etwas zurück, um sie besser ansehen zu können. Es lag etwas in ihren Augen, ein innerer Aufruhr, so bezwingend, daß es ihm den Atem nahm. Er strich ihr eine Locke aus der Stirn – und senkte seine Lippen auf ihre.

Es war nur ein hauchzarter Kuß, eine sanfte Liebkosung. Ihre Unterlippe erbebte, als seine Zungenspitze darüber strich. Es dauerte nur einen Augenblick, dann öffnete sie ihm ihre Lippen, und sein Kuß wurde stürmischer. Er wußte, er sollte sie nicht küssen. Er durfte sie nicht berühren. Doch sie waren beide dem Tod so nahe gewesen, und er hätte sie beinahe verloren.

Er dachte daran, wie tapfer sie gewesen war, wie furchtlos im Angesicht der tödlichen Gefahr. Er strich über ihre Wange, und ihr seidiges Haar ringelte sich um seine Finger. Sie roch nach Rauch, und ihre Haut war erhitzt durch die Glut des Feuers. Nur noch einen kleinen Augenblick, sagte er sich, als sein Kuß drängender wurde. Doch er konnte sich nicht von ihr zurückziehen. Brennendes Verlangen nach ihr beherrschte ihn. Sie flüsterte seinen Namen, und er küßte sie noch einmal. Gierig schob sich seine Zunge in ihren Mund, und er nahm sich das, was er doch eigentlich gar nicht haben durfte.

Er legte eine Hand um ihre Brust, drückte sie begehrlich und streichelte sie durch die kühle, glatte Seide ihres Kleides. Ihre Brustspitze richtete sich auf. Sie wurde hart unter seinen sanften Fingern. Er rieb sie und hörte, wie Jessie leise aufstöhnte.

Er sollte aufhören, das wußte er, doch das Verlangen nach ihr wurde immer größer. Er fühlte, wie sein Körper reagierte, und sehnte sich fieberhaft danach, tief in sie einzudringen. Sie hätte ums Leben kommen können, dort, in dem brennenden Haus, als sie versucht hatte, ihn zu retten.

Alles in ihm zog sich zusammen, als er daran dachte, was er hätte verlieren können. Sein Kuß wurde leidenschaftlicher, und der Wunsch, sie zu berühren, überwältigte ihn. Statt sie loszulassen, öffnete er die mit Juwelen besetzte Brosche auf ihrer Schulter, schob das Kleid hinunter und schloß die Hände um ihre nackten Brüste.

Wilde Erregung hatte von ihm Besitz ergriffen. Er fühlte ein starkes Ziehen in seinen Lenden, und seine Männlichkeit drängte sich gegen sie. Er streichelte ihre Brüste, nahm sie in seine Hände. Sie waren so wunderschön, wie er sie in Erinnerung hatte. Das Flackern des Feuers warf einen rosigen Schimmer auf die cremig zarte Haut.

»Jessie«, hauchte er sehnsuchtsvoll. Er wollte sie unter sich spüren, sich in ihrer samtenen Weichheit vergraben. Lustvoll nahm er eine der rosigen Knospen in seinen Mund. Ihre Hände krallten sich in seine Schultern, sie hob ihm ihren Körper entgegen. Mit der Zunge leckte er um eine ihrer Brustspitzen, zog sie tief in seinen Mund und saugte daran, dann umfuhr er die harte Knospe erneut mit der Zunge, bis sie aufstöhnte und guttural seinen Namen rief.

Verlangen pulsierte in seinen Lenden und beherrschte sein ganzes Denken. Das Kleid war ihr über die Knie hochgerutscht, er schob es noch höher, enthüllte die cremig zarte Haut ihrer Schenkel. Er streichelte sie, und das Gefühl ihrer Haut unter seinen Händen entzündete seine Leidenschaft noch mehr. Er brauchte sie. Gütiger Gott, er brauchte sie so sehr.

Sein Verstand war stillgelegt. Wenn sie nun gestorben wäre? Er durfte nicht weiterdenken. Er konnte nur noch an die Hitze und den Rauch denken, an die lodernden Flammen, die sich vermischten mit seinem brennenden Verlangen nach dieser Frau.

Wieder küßte er sie, tief und drängend, dabei streichelte er sie. Seine Hände waren überall. Er war entschlossen, sie zu besitzen, zu fühlen, wie sie sich um sein Glied schloß, ihr alles Glück zu schenken. Doch ganz langsam und qualvoll begriff er, daß da Stimmen waren. Störende Geräusche aus weiter Ferne. Stimmen, die das Inferno der knisternden Flammen übertönten. Er fühlte, wie Jessie in seinen Armen erstarrte.

»Matthew?« Benommen hob sie den Kopf, als wäre sie gerade aus einer Trance erwacht. Ihre Stimme klang atemlos und heiser. »Oh, lieber Gott, was haben wir getan?«

Das Feuer seiner Leidenschaft erlosch wie unter einem Strahl kalten Wassers. »Ganz ruhig, Liebling«, flüsterte er und versuchte, seine Gefühle wieder unter Kontrolle zu bringen. Innerlich verfluchte er sich selbst. Er konnte nicht glauben, wozu er sich hatte hinreißen lassen, wie vollständig ihm die Beherrschung entglitten war. Mit zitternden Händen zog er ihr das Oberteil des Kleides hoch und befestigte die Brosche über ihrer Schulter. Er zupfte ihr das Kleid über die Beine und versuchte zu begreifen, was überhaupt geschehen war, warum er sich so verantwortungslos benommen hatte. Doch die Gedanken wirbelten hilflos in seinem Kopf, so dunkel und stickig wie der Rauch in den Fluren im Inneren des Hauses.

Etwas war zwischen ihnen geschehen. Etwas Wichtiges, das war ihm klar. Nichts würde mehr so sein wie zuvor, doch er konnte einfach nicht begreifen, was geschehen war.

»Sie kommen, Matthew. Dein Vater und Lady Bainbridge, der Herzog und Lord Pickering ... und Lady Caroline Winston.« Die letzten Worte hatte sie nur noch entsetzt geflüstert.

Er wußte, er sollte sie beruhigen, er sollte ihr versichern, daß das, was geschehen war, nicht ihr Fehler war, daß alles wieder in Ordnung kommen würde. Doch es war alles viel zu schnell gegangen. Er brauchte Zeit, um nachzudenken, um die Dinge wieder ins richtige Licht zu rücken. In nur wenigen Minuten war sein ganzes Leben auf den Kopf gestellt worden.

»Matthew!« hörten sie die Stimme seines Vaters. »Gott sei Dank seid ihr beide in Sicherheit.«

Matt schob Jessie ein Stück von sich, betrachtete sie, um sich zu versichern, daß ihre Kleidung in Ordnung war, und stand auf. »Beinahe hätten wir es nicht mehr geschafft. Doch wir haben einen Weg über das Dach gefunden. Glücklicherweise ist es nicht unter uns zusammengebrochen.«

Sein Vater wandte sich mit schreckensbleichem Gesicht an Jessie, die noch unter dem Baum saß. »Jessica, mein liebes

Mädchen.« Der Marquis ließ sich neben ihr nieder. »Bist du sicher, daß du auch ganz in Ordnung bist?« Jessie blickte in seine besorgten Augen und brach dann in Tränen aus.

Schuldbewußt sah Matthew sie an. Wie hatte er die Situation nur so sehr ausnutzen können? Sie war ganz benommen gewesen vor Schreck und Furcht – und sie war beinahe umgekommen in den Flammen. Er räusperte sich, weil er nicht wollte, daß seine Stimme ihn verriet.

»Sie hat sich den Knöchel verstaucht, und sie hat wahrscheinlich auch eine Menge Rauch eingeatmet, aber sonst ist ihr nichts geschehen. Sie wird sich bestimmt bald wieder erholen.«

Jessie blinzelte, dann sah sie zu Matthew auf. »Wir konnten dich nicht finden. Ich dachte, du seist noch oben. Ich habe befürchtet, du wärst eingeschlafen und würdest erst aufwachen, wenn es zu spät wäre.«

»Ich war in meinem Zimmer, als das Feuer ausbrach. Als ich nach unten lief, habe ich gesehen, daß einige Leute in dem Kartenzimmer im zweiten Stock eingeschlossen waren. Ich habe ihnen geholfen, über die Dienstbotentreppe nach unten zu kommen. Dort habe ich Vater getroffen. Von ihm erfuhr ich, daß du ins Haus zurückgelaufen bist. Er sagte mir, du wolltest mich holen.«

Es war unfaßbar, daß sie so etwas gewagt hatte. Es fiel ihm nach wie vor schwer, an eine solche selbstlose Handlung zu glauben.

Der Herzog von Milton trat näher und kniete neben Jessica nieder. »Ihr seid die tapferste Frau, die ich je gesehen habe.« Er nahm ihre Hand in seine und drückte sie leicht. »Die absolut tapferste Frau.«

»Ja ... das ist sie ganz bestimmt«, meldete sich jetzt auch Caroline Winston, die ein Stück weiter hinten stand. Ganz nebenbei registrierte Matthew, daß nicht ein einziger Schmutzfleck ihre Kleidung verunzierte. Offensichtlich war sie eine der ersten gewesen, die aus dem Haus geflüchtet waren. Er fragte sich, ob Caroline sich auch nur die geringsten Sorgen um sein Wohlergehen gemacht hatte.

»Wenigstens sind wir alle in Sicherheit«, meinte Lady Bainbridge, die ihre Perücke schon seit langer Zeit verloren hatte. Ihr Madame Pompadour-Kostüm war an einigen Stellen zerrissen, der Saum hing in Fetzen über dem Reifrock.

Sein Vater sah ähnlich mitgenommen aus. Seine Hände und sein Gesicht waren rußgeschwärzt. Selbst das Gesicht des Herzogs war schmutzig. Sein Überrock und seine Hose waren naß vom überschwappenden Wasser der Eimerkette.

»Das Haus ist leider nicht mehr zu retten«, erklärte Matthews Vater. »Es gibt nichts mehr, was wir noch tun können. Da die Ställe aber nicht in Mitleidenschaft gezogen wurden, sind unsere Pferde und unser Wagen in Sicherheit. Ich schlage vor, wir sammeln unsere Dienerschaft und fahren nach Hause.«

Der Marquis legte einen Arm um Jessies Schultern, und sie lehnte sich an ihn.

»Da stimme ich Euch zu. Eine Rückkehr nach London ist das Vernünftigste.« Der Herzog sah Jessie mit bewunderndem Blick an. »Miss Fox hat genug erleiden müssen.«

»Ich spreche von Belmore«, korrigierte der Marquis ihn. »Mein Sohn muß zurück auf sein Schiff, und ich denke, Jessica und ich haben für eine Weile ausreichend Aufregung gehabt.«

Jessie warf Matt einen Blick zu, und eine leichte Röte stieg in ihre blassen Wangen. »Ja ... Ich würde sehr gerne nach Hause fahren.«

»Natürlich«, versicherte der Herzog galant. Er half ihr auf die Füße und richtete dann seine Aufmerksamkeit auf den Marquis. »Mit Eurer Erlaubnis würde ich Euch gern einen Besuch auf Belmore abstatten, sobald Jessica sich etwas erholt hat.«

Matt schob das unangenehme Gefühl, das ihn bei den Worten des Herzogs beschlich, entschlossen beiseite. Die Absichten des Herzogs waren ehrenwert. Über seine eigenen Absichten war er sich nicht sicher. Er brauchte Zeit, nachzudenken, Zeit, seine verwirrten Gefühle zu ordnen, die ihn überfallen hatten, seit dem Augenblick, als er entdeckt hatte, daß Jessie in Gefahr war, daß sie für ihn ihr Leben riskierte.

»Natürlich, Euer Ehren«, versicherte sein Vater dem Herzog. »Wir werden uns freuen, Euch begrüßen zu dürfen.« Doch seine Blicke gingen zu Matthew, und er versuchte, seine Gedanken zu lesen. »Im Augenblick jedoch möchte ich nur noch hier weg.«

Matt stimmte ihm insgeheim zu. Je eher sie aus Benhamwood verschwinden würden und von den widerstreitenden Gefühlen, die mit dem Geschehen hier zusammenhingen, desto eher hätte er die Möglichkeit, in Ruhe nachdenken zu können. Er war kein Mann, der impulsiv handelte. Ganz besonders nicht in einer so wichtigen Angelegenheit wie dieser hier. Er zwang sich, Jessie nicht anzusehen, als er sich umwandte und in Richtung der Ställe davonging.

11

Jessie schlenderte durch die Gärten von Belmore zum Gewächshaus, das am anderen Ende des großen Gartens lag und nur sehr selten benutzt wurde. Seit ihr Knöchel wieder geheilt war, hatte sie dort sehr viel Zeit verbracht, wenn sie nicht gerade bei den Kindern war. Sie bereitete den Boden vor und war entschlossen, das Gewächshaus mit exotischen Blumen zu bepflanzen. Sie wollte alles tun, um die leeren Stunden zu füllen, damit sie nicht an Matthew denken mußte.

Er war seit drei Wochen wieder weg. Nur wenige Stunden nach ihrer Rückkehr von Benhamwood nach Belmore war er nach Portsmouth abgereist. Auch die Bitten seines Vaters, doch noch einen Tag länger zu bleiben, hatten ihn nicht von seinem Vorhaben abbringen können.

Auf dem ganzen Weg nach Belmore war er merkwürdig abwesend gewesen. Er hatte kein Wort von dem verheerenden Brand gesprochen und auch nicht von dem, was danach zwischen ihnen geschehen war. Es hatte nur einen einzigen Augenblick vor seiner Abreise gegeben, in dem die starre Maske, hinter der er seine Gefühle verbarg, ein paar Risse bekommen hatte.

Er stand vor dem Haus, sein Gepäck war auf den Rücken des Pferdes geschnallt, und er reichte seinem Vater die Hand. Doch dann packte er ihn bei den Schultern und drückte ihn an sich, ein sichtbares Zeichen der Zuneigung, das er sonst vermied.

»Paß auf dich auf, Vater«, sagte er bewegt.

»Das hoffe ich auch von dir, mein Sohn.«

Matthew nickte nur. Als er sich dann zu Jessica wandte, legte er ihr einen Finger unter das Kinn und sah ihr tief in die Augen.

»Und du, meine bezaubernde kleine Range, wenn du noch einmal auf diese Weise dein Leben aufs Spiel setzt – gleich ob für mich oder für sonst jemanden –, wird die größte Gefahr für dich von mir kommen.« Danach war der sanfte Ausdruck aus seinen Augen verschwunden. Er wandte sich steif ab, stieg auf sein Pferd und ritt einfach davon.

Diesmal hatte er sich nicht für den Ausbruch seiner Leidenschaft entschuldigt. Vielleicht bedauerte er ja gar nicht, was vorgefallen war. Oder er glaubte, daß sie schuld daran war, daß sie ihn hätte aufhalten müssen – wie es eine wahre Lady auch getan hätte.

Ganz sicher hätte Caroline Winston das getan.

Jessies Herz tat ihr weh, wenn sie daran dachte, wie sie sich benommen hatte. Nie war es ihr in den Sinn gekommen, seine feurigen Küsse abzuwehren. Sie hatten zusammen gegen das Feuer gekämpft und wären dabei fast umgekommen. Das Leben war ihr nie kostbarer erschienen, ihre Liebe zu ihm war nie heftiger gewesen.

Liebe. Bis jetzt hatte sie das nie vor sich selbst zugegeben, obwohl sie tief in ihrem Herzen von Anfang an gewußt hatte, daß es das war, was sie für ihn fühlte. Sie hatte Matt Seaton geliebt, solange sie sich erinnern konnte. Und dennoch war das, was sie getan hatten, falsch gewesen.

Matthew gehörte einer anderen. Ihn verlangte nach ihr, ja. Das hatte er niemals abgestritten. Aber eine Lady hätte die Leidenschaft, die ihn zu ihr trieb, zu zügeln gewußt. Sie wäre in

Ohnmacht gefallen, wenn sie seine Lippen auf ihrer Brust gefühlt hätte und seine Hände auf ihren nackten Schenkeln.

Eine Lady wäre schockiert und entsetzt gewesen.

Jessie erschauerte, als ein Windstoß durch den Garten wehte und die Blätter der Rosen vor sich hertrieb. Wie die Mutter, so die Tochter, dachte sie unglücklich. Sie erinnerte sich an die alles verbrennende Flamme, die sie in sich gefühlt hatte, als Matthew sie berührte. Sicher war sie genauso verdorben – das mußte die Wahrheit sein.

Dennoch würde sie nie bedauern, was geschehen war. Sie hatte nie zuvor gemerkt, daß sein Beschützerinstinkt ihr gegenüber so heftig war, daß er so zärtlich sein konnte, so wild und voller Verlangen. In diesem Augenblick war sie sicher gewesen, daß er etwas für sie empfand. Doch wenn das so wäre, dann hätte er ganz sicher mit ihr darüber gesprochen, dann hätte er ihr gesagt, daß ihm etwas an ihr lag, daß er wenigstens eine schwache Zuneigung für sie hegte.

Doch Matthew hatte geschwiegen. Es war ganz offensichtlich, daß er nach wie vor beabsichtigte, Lady Caroline zu heiraten.

Sie erinnerte sich an seine Worte während des Walzers: *Jeremy ist ein ehrenwerter Mann. Er ist reich und mächtig. Wenn er um Eure Hand für eine Eheschließung anhält, dann solltet Ihr zweifellos seinen Antrag annehmen.* Das Herz tat ihr weh bei dem Gedanken, daß er von ihr verlangte, einen anderen Mann zu heiraten.

In der letzten Woche hatte der Herzog ihr seine Aufwartung gemacht, so wie er es versprochen hatte. Er hatte Papa Reggie gebeten, ihr den Hof machen zu dürfen. Als sie dann zusammen im Garten spazierengegangen waren, hatte er sie sehr galant um ihre Hand gebeten.

Jessie war ihm ausgewichen, sie hatte ihn gebeten, ihr mehr Zeit zu lassen. Sie hatte ihm versichert, daß sie sich noch nicht von der schrecklichen Nacht in Benhamwood erholt hatte. Doch der Herzog war hartnäckig gewesen, er hatte Oden auf ihre Schönheit und ihren Mut verfaßt, hatte ihre Intelligenz und ihren Geist gepriesen. Er wollte sie zu seiner Herzogin machen, hatte er ihr erklärt. Es gäbe keine andere Frau auf der ganzen Welt, die ihr auch nur annähernd gleichkäme. Von Liebe hatte er nicht gesprochen, doch er hatte sie seiner unsterblichen Hingabe versichert und behauptet, daß sein Herz sich nie wieder erholen würde, wenn sie sich ihm verweigerte.

Am Anfang war Papa Reggie in dieser Sache eigenartig schweigsam gewesen, wenn sie bedachte, daß er und die Gräfin in London gehofft hatten, daß eine solche Verbindung zustande kommen würde. Am Tag nach der Abreise Seiner Gnaden hatte er sich ins Bett gelegt mit einem Anfall von Wechselfieber, das ihn oft plagte, und Jessie hatte besorgt an seinem Bett gesessen. Erst dann hatte er sich ausgiebig mit ihr über den Herzog und seinen Antrag unterhalten. Er hatte ihr die Vorteile erklärt, die eine Eheschließung mit einem Mann seines Reichtums und seiner Position ihr bringen würde. Jessie hatte gelächelt und zustimmend genickt. Doch ihr war vor Kummer ganz übel gewesen.

Jetzt, als sie eine langstielige Rose abschnitt, fragte sie sich, wie lange es wohl noch dauern würde, bis der Marquis sie drängte, den Antrag des Herzogs anzunehmen.

»Siehst du sie?«

Danny Fox hockte hinter der Gartenmauer und blickte zu seiner Schwester hinüber. Er grinste. »Ich sehe das kleine Luder.«

»Ich habe dir doch gesagt, sie ist da.«

»Das hast du, Connie, mein Junge. Ich dachte, sie wäre noch ein wenig länger in London geblieben.« Und das wäre sie auch, dessen war er sich sicher, sie hätte noch eine ganze Menge des Geldes des Marquis ausgegeben – er zumindest hätte das an ihrer Stelle getan –, wenn nicht dieses verdammte Feuer gewesen wäre. Geschichten von der schrecklichen Nacht in Benhamwood, vom Tod zweier Dienstboten der Pickerings und vom Totalverlust des Landhauses waren in der Stadt das Thema des Tages gewesen – ebenso wie die Geschichte der Tapferkeit von Jessie Fox.

In jedem Gasthaus, in jeder Taverne sprach man von Lord

Pickering und von der Frau, die in das brennende Haus gelaufen war, um ihren entfernten Cousin zu retten. Sogar in der drei Tage alten *Morning Post,* die Connie auf der Straße gefunden hatte, hatte ein Artikel über sie gestanden.

»Der Gärtner ist weg«, unterbrach Connie Dannys Gedanken. »Sie ist jetzt allein.«

Danny brummte zufrieden. »Komm, wir wollen zu ihr gehen und mit ihr reden, ehe jemand uns stört.«

Beim Klang der Schritte hinter ihr wandte Jessie sich um, sie erstarrte, als sie in das Gesicht ihres Bruders blickte. »Danny, was ... was tust du denn hier?«

»Also, ist das etwa die richtige Art, deinen so schmerzlich vermißten Bruder zu begrüßen?«

Jessie hob das Kinn und war entschlossen, sich nicht, wie sonst immer, von ihm einschüchtern zu lassen. »Was willst du? Wir sind weit weg von Eylesbury, und in Belmore gibt es auch keinen Jahrmarkt. Warum bist du hier? Woher wußtest du, wo du mich finden konntest?«

»Ich habe so meine Mittel und Wege. Das solltest du eigentlich wissen.«

»Ich habe dich gefragt, was du hier willst.«

Dannys schmale Lippen verzogen sich ein wenig. »Es tut mir leid, daß ich das sagen muß, aber ich befinde mich in einer augenblicklichen Verlegenheit.«

»Das bist du immer, Danny.«

»Jaaa, na ja, die Dinge haben sich ein wenig verändert, seit wir uns zum letzten Mal gesehen haben. Ich bin jetzt ein verheirateter Mann. Das hast du nicht gewußt, nicht wahr? Ich bin sogar Vater. Ich habe ein kleines blondes Mädchen, das genauso aussieht wie du, als du noch ein Baby warst.«

»Das glaube ich dir nicht.«

»Warum denn nicht? Du denkst doch nicht etwa, daß mich keine haben will?«

»Nicht, wenn sie über ein wenig Verstand verfügt.«

»Ich habe eine Ehefrau – so wahr mir Gott helfe. Du weißt doch, daß ich schon immer ein Händchen für Frauen hatte.«

Das war nicht gelogen. Er versprach ihnen die Sterne vom Himmel, doch bekamen sie statt dessen seine harte Hand zu spüren. Es lief immer darauf hinaus, daß sie als Dirnen das Geld für ihn verdienten.

»Selbst wenn du eine Frau hast, was hat das mit mir zu tun?«

Danny trat ein paar Schritte näher und fuhr ihr dann sanft mit der Hand über die Wange. »Ich brauche Geld, kleine Schwester.« Er grinste schmierig. »Du hast mehr als genug davon. Etwas davon für deinen Bruder würde dir nicht schaden.«

»Vergiß es.« Sie machte Anstalten, ihn stehenzulassen. Doch bei Dannys nächsten Worten verharrte sie.

»Du wirst mir Geld geben, Mädchen. Denn wenn du das nicht tust, wird es dir sehr leid tun.«

Über Jessies Körper lief eine Gänsehaut, und sie sah ihn ausdruckslos an. »Bedrohst du mich etwa, Danny?«

Er hob in einer dramatischen Geste die Hand. »Das würde ich doch nie tun, geliebtes Schwesterchen. Du könntest doch wohl kaum *mir* einen Vorwurf machen, wenn irgendwelche Tatsachen ans Tageslicht kämen? Zum Beispiel woher du kommst. Daran wäre doch wohl kaum der gute alte Danny schuld, oder?«

O Gott, sie hätte wissen müssen, daß so etwas passieren würde. Wäre sie doch nur damals nicht auf den Jahrmarkt gegangen. Hätte er sie doch nur nicht gefunden! »Der Marquis ist ein sehr mächtiger Mann, Danny. Er wird nicht zulassen, daß jemand mir ein Leid antut.«

»So, wie ich informiert bin, ist der alte Mann krank. Ein Skandal wie dieser – wenn ganz London die Wahrheit erfährt, daß seine kostbare kleine Jessie die Tochter einer Dirne ist – könnte ihn sehr gut frühzeitig in sein Grab bringen.«

Oh, lieber Gott, das war die Wahrheit. Sie starrte in die braunen Augen ihres Halbbruders. Eigentlich waren sie eher von einem merkwürdigen dunklen Gelb und wirkten geradezu wölfisch. Ihr Magen verkrampfte sich, während sie verzweifelt nach einem Ausweg aus ihrem Dilemma suchte.

»Also gut, ich werde dir helfen – aber ich habe bei weitem nicht so viel Geld, wie du glaubst. Ich kann dir alles geben, was ich gespart habe. Auf keinen Fall kann ich den Marquis um mehr Geld bitten, denn sonst würde er mißtrauisch werden. Du mußt dich mit dem zufriedengeben, was ich habe.«

Danny kratzte sich das stoppelige Kinn, das dringend nach einer Rasur verlangte. »Und wieviel ist das?«

»Beinahe zweihundert Pfund. Das ist alles, was ich in den letzten Jahren gespart habe.«

Er zuckte mit den Schultern. »Ich nehme an, ich werde mich damit zufriedengeben müssen.« Dann lächelte er sie gewinnend an. »Immerhin muß ein Mann seine Familie ernähren können.«

Sie fragte sich, ob er wirklich verheiratet war. Falls es stimmte, empfand sie Mitleid mit der armen Frau. »Ich werde dir das Geld nur unter einer Bedingung geben – du wirst auf Mamas Grab schwören, daß es das letzte Mal ist, daß du hierherkommst – das letzte Mal, daß du mich um Geld bittest.«

Dannys dünnes Gesicht verlor leicht die Farbe. Er hatte immer eine Schwäche für seine Mutter gehabt. Seine Liebe zu Eliza Fox war das einzig Anständige, das Jessie je an ihm gesehen hatte. »Sag es, Danny. Schwöre auf Mamas Grab, daß du mich nie wieder um Geld bitten wirst.«

Er hob beide Hände und seufzte resigniert. »Also gut, ich schwöre.«

»Auf Mamas Grab. Sag es, Danny.«

»Auf das Grab unserer armen toten Mutter – bist du jetzt zufrieden?«

»Warte auf mich hinter der Gartenmauer. Ich bin gleich wieder da. Und dann möchte ich, daß du hier verschwindest.«

Es dauerte nicht lange, bis Jessie das Geld geholt hatte. Die Börse lag schwer in ihrer Hand, als sie die Treppe hinunterging. Sie hatte so lange gespart … ihre Hände zitterten, als sie Danny das Geld reichte.

»Danke, liebes Schwesterchen. Du hast ein gutes Herz – nicht wahr, Connie?« Sein aalglattes Lächeln trug nicht dazu bei, Jessie zu beruhigen. Sie sah den beiden nach, als sie davongingen. Erst als sie sie kaum mehr erkennen konnte, entspannte sie sich ein wenig.

Matt lief unruhig auf dem Achterdeck der *Norwich* hin und her. Der Wind hatte aufgefrischt, die weißen Segel über seinem Kopf knatterten. Ein salziger Geruch lag in der kühlen Luft, und vom unteren Deck tönten die Noten einer Mundharmonika herauf, die ein Seemann in seiner Hängematte spielte.

Sie ankerten vor der französischen Küste und blockierten den Hafen von Brest. Plymouth war jetzt ihr Heimathafen. Es würde jedoch circa zwei Monate dauern, bis sie zur Auffüllung ihrer Vorräte wieder dorthin zurückkehrten.

»Seid Ihr bereit, mit dem Exerzieren zu beginnen, Kapitän Seaton?«

Matt blieb stehen. »Aye, Leutnant Munsen. Ihr könnt beginnen, wann immer Ihr es für richtig haltet.«

Der rothaarige Leutnant, sein Unterbefehlshaber, gab umgehend das Signal. Die fünfhundert Mann starke Besatzung der *Norwich* begann, glänzend aufeinander eingespielt, mit der Übung, das Schiff mit den vierundsechzig Kanonen kampfbereit zu machen.

Ein Schiff dieser Größenordnung konnte in einer Zeit von weniger als sechs Minuten gefechtsklar sein. Die Stückpforten wurden geöffnet, das Pulver aus den Magazinen herangeschafft und die Kugeln aus den Spinden geholt. Da ein Teil der Männer an Deck schlief, mußten ihre Sachen blitzschnell verstaut werden, um kein zusätzliches Chaos anzurichten. Danach wurden die Kanonen geladen, herausgefahren und waren zum Feuern bereit.

Der Rekord der *Norwich* bei dieser Übung lag bei fünf Minuten und siebenundzwanzig Sekunden.

Matt warf einen Blick auf die goldene Uhr, die mit einer feinen goldenen Kette an seiner Tasche befestigt war. »Fünf Minuten fünfunddreißig Sekunden. Zwar kein Rekord, aber sicher eine sehr gute Zeit. Wie es scheint, Leutnant, habt Ihr und die Männer mich nicht sehr vermißt, als ich weg war.«

Leutnant Munsen griente. »Ob Ihr es nun glaubt oder nicht, Sir, wir sind alle sehr froh, Euch wieder bei uns zu haben.«

Das Schiff war neu mit Kupfer beschlagen worden und danach wieder in See gestochen, noch ehe Matts Urlaub zu Ende gewesen war. Normalerweise wurde er unruhig, wenn er an Land war, und sehnte sich nach seinem Schiff.

Doch jetzt wollte sich der Frieden nicht einstellen, den er sonst immer verspürte, wenn er wieder an Bord war. Er war ruhelos und unstet auf eine Weise, die er nicht begreifen konnte. Jessie ging ihm nicht aus dem Kopf. Er dachte an ihre Tat in der Nacht des Feuers. Sie war in das brennende Gebäude gelaufen – das war dumm und verrückt gewesen. Also genau das leichtsinnige Benehmen, das er von einer Jessie Fox erwartete.

Daß sie es allerdings für ihn getan hatte, veränderte die Dinge irgendwie, zwang ihn, hinter ihre Unbesonnenheit zu sehen, die Frau dahinter zu entdecken. Und es weckte in ihm den Wunsch, herauszufinden, was sie dazu getrieben hatte, so etwas zu tun.

Er mußte anerkennen, daß Jessie von Natur aus ein fürsorglicher Mensch war. Das zeigte ihr Verhalten Viola Quinn gegenüber, bei seinem Vater und auch bei Gwendolyn Lockhart. Jessie würde alles für die Menschen tun, die ihr am Herz lagen. Wenn sie ihr Leben für ihn aufs Spiel gesetzt hatte, dann mußte ihr also sehr viel an ihm liegen.

Aber was fühlte er für sie?

Er hatte sich diese Frage wieder und wieder gestellt, Dutzende von Malen, seit er sie verlassen hatte. Er sehnte sich nach ihr, das konnte er unmöglich leugnen. Ihn verlangte nach ihr, in jeder Minute des Tages und auch in seinen Träumen. Das war es auch, was er in der Nacht des Feuers gefühlt hatte – Lust –, wenigstens hatte er sich das auf der Reise von Belmore nach Portsmouth einzureden versucht. Doch seitdem waren Wochen vergangen, lange Tage und Nächte, in denen er genügend Zeit gehabt hatte nachzudenken.

»Ah, da seid Ihr ja, Kapitän. Ich dachte mir, daß ich Euch hier finden würde. Das Exerzieren war erfolgreich, nehme ich an.« Dr. Graham Paxton, ein schmächtiger Mann von etwa Mitte Dreißig, war der dienstälteste Sanitätsoffizier an Bord der *Norwich* und außerdem einer von Matts besten Freunden.

»Besser, als ich es erwartet habe. Leutnant Munsen hat mich in meiner Abwesenheit gut vertreten.«

»Werdet Ihr ihn für Euren Posten vorschlagen, wenn Ihr Euch aus der Marine zurückzieht?«

»Ja. Ich glaube, er wird ein sehr guter Kapitän sein.«

»Bis dahin wird es noch eine Weile dauern, wenn Ihr die Absicht habt, im Dienst zu bleiben, bis wir gegen die Franzosen kämpfen.«

»Ihr wißt, daß ich das tun muß.«

»Es hat in letzter Zeit keine Neuigkeiten über Bewegungen der französischen Flotte gegeben. Solange Ganteaume und seine Schiffe noch eingeschlossen sind, ist Villeneuve nicht stark genug, einen Angriff durchzuführen.«

»Nein, sie können uns noch nicht in einen Kampf verwickeln, aber sie können es kaum erwarten. Villeneuve wird unruhig in Indien. Früher oder später wird Napoleon ihm befehlen zurückzukommen, und er wird versuchen, sich mit Ganteaume zu verbünden. Und diesmal, so glaube ich, wird Nelson es ihm erlauben. Er will diese Konfrontation. Er möchte, daß die Bedrohung einer Invasion endlich zu Ende ist, ein für allemal.«

Der Doktor blickte sinnend zum Horizont. Er war ein häuslicher Mensch, verheiratet mit einer Frau, die er anbetete. Zusammen hatten sie eine dreijährige Tochter und einen vier Jahre alten Sohn. »Es werden auch eine Anzahl spanischer Schiffe dabeisein. Zusammen wird ihre Flotte so groß sein wie die unsere, vielleicht sogar noch größer. Die Schlacht wird sehr teuer werden, sowohl was die Ausrüstung angeht als auch die Menschenleben.«

Der Arzt zuckte mit den Schultern. »Ich fürchte mich nicht mehr vor dem Tod als alle anderen auch, doch es macht mir Sorgen, wenn ich daran denke, daß meine Kinder ohne ihren Vater aufwachsen müssen.«

Daran hatte Matt auch gedacht. Es war der Grund dafür, daß er seine Verlobung mit Caroline nicht offiziell gemacht hatte. Doch jetzt war er bereit zu handeln, trotz des großen Risikos. Heute morgen hatte er sich entschieden – vielleicht als

Folge der langen, schlaflosen Nächte. Er hatte das Frühstück ausgelassen und sich statt dessen an seinen Schreibtisch gesetzt. Bis er schließlich die richtigen Worte gefunden hatte, waren etliche Blätter in den Papierkorb gewandert. Die schwierige Endfassung des Briefes schickte er an seinen Vater und bat den Marquis um Jessies Hand. Falls der kleine Wildfang ihn überhaupt haben wollte.

Er war nicht sicher, wann er diesen Brief auf den Weg bringen konnte. Manchmal dauerte es Monate, bis Post ihn erreichte oder er umgekehrt Post nach Hause schicken konnte. Doch bei der nächsten Gelegenheit würde er dieses Schreiben expedieren lassen. Er wollte Klarheit haben – und das so bald wie möglich.

Selbst wenn Jessie der Eheschließung zustimmte, konnte die Hochzeit nicht sofort stattfinden. Erst würde er mit Caroline sprechen müssen, er mußte ihr erlauben, ihr Gesicht zu wahren. Sie mußte diejenige sein, die ihre noch nicht offizielle Verlobung rückgängig machte. Auf diese Unterredung freute er sich keineswegs. Er fühlte sich schuldig, weil er sie hintergangen hatte, weil er das Versprechen brach, das er ihr und ihrem Vater gegeben hatte. Doch Tatsache war, daß er sie nicht länger heiraten wollte.

Vielleicht machte er ja einen Fehler, er war sich nicht ganz sicher. In Wirklichkeit war Jessie so ganz anders als die Frau, die er sich als seine Lebensgefährtin vorgestellt hatte. Aber genau diese Frau erschien ihm jetzt blaß und fade gegenüber der temperamentvollen, warmherzigen jungen Frau, die ihr Leben aufs Spiel gesetzt hatte, um ihn in der Nacht des Feuers zu retten.

Matthew lächelte. Sie würde es ihm nicht leichtmachen. Doch seit er sie verlassen hatte, merkte er, daß ihm ihr störrischer Drang nach Unabhängigkeit fehlte, ebenso wie ihre unerwünschten Meinungen über Dinge, die eigentlich Domäne der Männer waren.

Mit der Zeit würde sie schon noch lernen, wo ihr Platz war. Er würde persönlich dafür sorgen. Jessie brauchte einen Mann, der sie mit fester Hand führte. Er war ganz sicher der richtige

Mann für diese Aufgabe. Und wenn er ehrlich war, so freute er sich auf diese Herausforderung.

Er lehnte sich an die Reling des Achterdecks und blickte auf das gescheuerte Deck unter ihm, auf die Männer, die die Segel ausrollten, die Ankerwinde und die massiven Ankerseile einholten, auf die Engländer, Schotten, Iren, Waliser und Amerikaner der Mannschaft, die er befehligte. Er stand einem Schiff mit fünfhundert Seeleuten vor – da war er zuversichtlich, eine zarte Frau mit hitzigem Temperament in den Griff zu bekommen!

Seine Ruhelosigkeit kehrte zurück. Der Doktor warf ihm einen neugierigen Blick zu, und Matt fragte sich, ob sein Freund ahnte, daß er es kaum erwarten konnte, nach England und nach Hause zurückzukehren.

Jessie beugte sich konzentriert über ihr Pult in dem kleinen Schulraum. Die Kinder waren schon nach Hause gegangen, und sie korrigierte nun die Arbeiten, die sie geschrieben hatten. Sie lächelte, während sie die Aufsätze durchlas, in denen die Kinder berichteten, was sie getan hatten, während Jessie in London war. Sie freute sich über die Fortschritte, die ihre Schützlinge machten.

Es klopfte an die Tür, und ein Lakai trat in das Zimmer.

»Seine Lordschaft wünscht Euch zu sehen, Miss. Er bittet Euch, um halb drei in sein Zimmer zu kommen.«

Leise Furcht beschlich sie. »Es geht ihm doch gut, oder? Hat sich sein Zustand verschlechtert?«

»Nein, Miss. Im Augenblick ist sein Anwalt bei ihm. Er sagte, sie hätten bis halb drei zu tun.«

Jessie atmete erleichtert auf, doch schnell verdüsterten sich ihre Gedanken wieder. Sie befürchtete, genau zu wissen, was er von ihr wollte. Er hatte den Herzog ein paarmal erwähnt ... Selbst wenn es dem Marquis jetzt besserging, so hatte er sich doch nicht so gut erholt, wie alle es sich wünschten. Vermutlich drängte er nun auf eine Entscheidung. Er wollte sie versorgt wissen.

Jessie starrte auf die Blätter vor ihr. Die Schriften verschwammen vor ihren Augen. Sie arbeitete noch anderthalb Stunden, doch mit dem Herzen war sie nicht länger bei ihrer Arbeit, und es fiel ihr schwer, sich zu konzentrieren. Schließlich gab sie es auf und ging zum Haus hinüber, um sich vor ihrem Besuch bei dem Marquis noch etwas frisch zu machen. Als sie fertig war, warf sie einen Blick auf die kleine Uhr über dem Kaminsims. Beinahe halb drei.

Mit einem leisen Flattern im Magen, das sie nicht mehr verlassen hatte, seit der Lakai vor ihrer Tür gestanden hatte, ging sie schließlich durch den Flur zu den Zimmern von Papa Reggie.

»Miss Fox ist hier, Euer Lordschaft, wie Ihr es gewünscht habt.« Der Kammerdiener des Marquis, Lemuel Green, trat neben sein Bett. Er stand nun schon seit mehr als vierzig Jahren in seinen Diensten. »Soll ich sie reinschicken?«

Reggie seufzte. Er wünschte, er würde sich kräftig genug fühlen, um heute abend zusammen mit Jessica zu essen. Bei einem angenehmen Abendessen wäre es leichter, sich mit ihr über diese Angelegenheit zu unterhalten. Doch seit der Rückkehr aus Benhamwood fühlte er sich schwach und kränklich.

»Ja, Lemuel, bitte sie, hereinzukommen.« Er schob das Kissen in seinem Rücken zurecht, setzte sich aufrechter hin und wedelte ein imaginäres Stäubchen von seinem Morgenrock aus burgunderfarbener Seide. »Und öffne bitte das Fenster. Alles in diesem Zimmer riecht nach Medizin.«

Der grauhaarige Kammerdiener nickte, erfüllte die Wünsche seines Herrn und verließ dann das Zimmer. Einige Augenblicke später betrat Jessie den Raum. Sie trug heute ein puderblaues Kleid, in der gleichen Farbe wie ihre Augen. In Blau hatte sie ihm schon immer gut gefallen.

Der Marquis klopfte einladend auf den Stuhl neben seinem Bett, auf dem bis vor wenigen Minuten noch sein Londoner Anwalt Wendell Corey gesessen hatte, um mit ihm über sein Testament zu sprechen. Wendell hatte die Einladung zum Essen abgelehnt. Jessica würde heute abend also wieder allein essen müssen. »Setz dich, meine Liebe.«

Sie beugte sich zu ihm und gab ihm einen Kuß auf die Wange. Dann setzte sie sich und strich ihren blauen Musselinrock gerade. »Wie fühlst du dich, Papa Reggie?«

»Gut ... nun ja, zumindest besser. Ich bin sicher, daß ich in einem oder zwei Tagen wieder ganz der alte und wieder auf den Beinen bin.« Wenigstens hoffte er das, sicher war er nicht. Wenn ihm etwas zustieße, würde Jessica zurückbleiben und für sich selbst sorgen müssen.

»Ich habe dich hierhergebeten«, begann er das Gespräch, »weil ich heute morgen eine weitere Nachricht vom Herzog bekommen habe.«

Jessie sah auf ihre Hände, die sie fest im Schoß verschränkt hatte. »Ich befürchtete schon, daß du mit mir darüber reden wolltest.«

»Du hast mir bei mehr als einer Gelegenheit versichert, daß du den Herzog unter all den Bewerbern am ansprechendsten fandest.«

»Ja ... Jeremy ist ein sehr netter Mann.«

»Ich will ganz ehrlich mit dir sein, meine Liebe. Ich hatte gehofft, in den letzten Wochen eine Nachricht von Matthew zu bekommen. Es ist natürlich schwierig für ihn, uns von Bord seines Schiffes eine Nachricht zu schicken. Doch wenn Matthew etwas will, dann findet er einen Weg. Und da ich das weiß, bin ich mittlerweile davon überzeugt, daß sich seine Pläne für die Zukunft nicht geändert haben.«

Jessie starrte angestrengt auf einen Fleck über seinem Kopf. »Ich habe dir doch schon einmal gesagt, daß Matthew und ich nicht zusammenpassen.«

»Das habe ich damals nicht geglaubt, und ich glaube es auch heute nicht. Ich denke, daß du dir sehr viel aus meinem Sohn machst und daß er wahrscheinlich ähnliche Gefühle für dich hegt. Aber Matthew ist kein Mann, der schnelle und unüberlegte Entschlüsse trifft. Um es klar zu sagen – es ist nicht seine Art, von seinem einmal gewählten Weg abzuweichen.«

Jessica schwieg.

»Da es mein Herzenswunsch ist, dich versorgt zu wissen,

bitte ich dich, den Heiratsantrag des jungen Herzogs anzunehmen. Ich bin überzeugt, daß er tiefe Gefühle für dich hegt, und ich glaube sicher, daß du mit der Zeit mit ihm glücklich werden wirst.«

Noch immer sagte Jessie nichts. Sie blinzelte ein paarmal schnell, dann tupfte sie sich eine Träne von der Wange. »Es tut mir leid.« Sie versuchte zu lächeln. »Frauen weinen zu den unmöglichsten Gelegenheiten, nicht wahr?«

Er streckte den Arm aus und tätschelte ihre Hand. Ihre Finger waren eiskalt. »Ich weiß, daß du unsicher bist, daß du am liebsten jetzt noch nicht heiraten würdest. Wenn die Dinge anders lägen, bestünde auch kein Grund zur Eile.«

»Du meinst wohl, wenn meine Herkunft eine andere wäre, wenn es nicht ständig das Risiko gäbe, daß jemand etwas herausfinden könnte?«

»Ich fürchte ja, meine Liebe.«

»Ich muß es wissen, Papa Reggie. Was würde geschehen, wenn die Wahrheit ans Licht kommt? Wenn der Herzog mein Ehemann wäre ...«

»Aber verstehst du das denn nicht, meine Liebe? Genau darum geht es doch. Der Herzog von Milton mag zwar noch sehr jung sein, aber sein Reichtum und seine Macht sind unermeßlich. Selbst wenn deine Vergangenheit offenbart würde, wäre er in der Lage, dich zu beschützen. Niemand würde es wagen, seine Wahl für dich als Ehefrau in Frage zu stellen oder etwas Unpassendes über dich zu sagen.«

Jessie schluckte schwer. Es dauerte lange, ehe sie sprach. »Wenn ... wenn ich den Antrag des Herzogs annehme ... wenn ich damit einverstanden bin, seine Frau zu werden ... wie lange würde es dauern, bis wir heiraten würden?«

Reggie seufzte. Er wünschte, er könnte ihr mehr Zeit geben, damit sie sich an diesen Gedanken gewöhnen könnte. Doch das wagte er nicht. »Ich fürchte, je eher, desto besser. Wenn mir etwas zustoßen sollte, ehe du angemessen versorgt bist, dann würde ich in meinem Grab keine Ruhe finden.«

»Nichts wird dir zustoßen – das werde ich nicht zulassen!«

Er drückte sanft ihre Hand, die sie zur Faust geballt hatte. »Ich bin sicher, daß du recht hast. Aber die Möglichkeit besteht. Als der Herzog hier war, haben wir über die Notwendigkeit gesprochen, die Sache zu beschleunigen, falls du seinen Antrag annehmen solltest, und er hat mir darin zugestimmt.«

Jessica senkte den Kopf. Er sah das leichte Zittern, das durch ihren Körper ging. Als sie wieder aufblickte, schimmerten Tränen in ihren Augen. »Jeremy ist intelligent und freundlich«, flüsterte sie. »Ich denke, er würde ein guter Ehemann sein.« Sie zwang sich zu einem Lächeln. »Ich werde seinen Antrag mit Freuden annehmen. Eine Frau wäre ein absoluter Dummkopf, wenn sie den Herzog von Milton nicht heiraten wollte.«

Der Marquis entspannte sich etwas. »Sehr richtig, meine Liebe. Ich bin froh, daß du die Bedeutung dieser Entscheidung begreifst.«

Sie ließ seine Hand los und stand auf. »Da all diese Dinge neu für mich sind, werde ich die Einzelheiten dir überlassen, wenn du nichts dagegen hast. Vielleicht könnte Lady Bainbridge behilflich sein.«

»Natürlich wird sie das. Corney wird begeistert sein von dieser Neuigkeit.«

Das allzu strahlende Lächeln verließ Jessies Gesicht nicht. »Dann werde ich jetzt gehen. Ich möchte es gern Viola sagen. Ich bin sicher, sie wird sich genauso freuen.« Sie gab ihm einen Kuß auf die Wange. »Ruh dich aus, Papa Reggie. Ich werde noch einmal nach dir sehen, ehe ich schlafen gehe.«

Er nickte stumm. Er hatte das getan, was das beste war, wozu ihn seine schwindende Gesundheit zwang. So hatte er sich den Gang der Dinge nicht gewünscht, doch Matthews Halsstarrigkeit hatte dem Vorschub geleistet.

Seine Gedanken wanderten zu seinem Sohn. Wahrscheinlich würde am Ende Matthew den höchsten Preis für seine Verbohrtheit bezahlen müssen.

Eine rauhe See kippte die *Norwich* in ein weiteres tiefes Wellental. Die Sonne versteckte sich hinter einem schiefergrauen

Himmel, der noch stärkeren Sturm verhieß. Leichter Nebel waberte um das Schiff und setzte sich auf die wollene Kleidung der Matrosen. Im Steuerhaus stand Matt neben dem riesigen Steuerrad aus Teakholz. Er blickte auf, als Graham Paxton den Raum betrat.

»Ich höre, daß wir ein Signal erhalten haben. Offensichtlich werden wir bald Besuch bekommen.«

Matt nickte. »Das Zeichen kam von der *Dreadnought.*« Das war das Schiff in der Reihe der Blockade, das der *Norwich* am nächsten war. »Eine unserer Korvetten ist auf dem Weg hierher, die *Weazel* aus Plymouth.«

»Vielleicht bringt sie Neuigkeiten über den Kriegsverlauf.« Die kleineren Schiffe bedienten die größeren. Sie brachten Nachrichten, Briefe und Verpflegung.

»Vielleicht.« Er verriet Graham nicht, daß dieses Schiff, wenn es nach Plymouth zurückkehrte, ein wichtiges Schriftstück von ihm mitnehmen würde. Der Brief an seinen Vater lag nach wie vor auf seinem Schreibtisch. Bis jetzt hatte er noch keine Gelegenheit gehabt, ihn abzuschicken.

Nun war es endlich soweit.

»Glaubt Ihr, daß die Franzosen hierher unterwegs sind?«

»Keine Ahnung«, antwortete Matt. »Aber es würde mich nicht überraschen.« Im Grunde genommen wünschte er sich, daß sie kommen würden. Auf die eine oder andere Art wäre dann seine Zeit in der Marine beendet.

Die Fregatte kam um die Mittagszeit. Sie lieferte neue Verpflegung für die Offiziere, frisches Gemüse, Eier und Käse. Doch das Brisanteste, was sie brachte, war ein persönlicher Brief für Matt.

Matthews Brust war eng, als er den Umschlag die Leiter hinunter zu seinem Quartier trug. Er schloß die Tür hinter sich, zog seine Jacke aus und setzte sich. Der Brief trug das Siegel von Belmore.

Seine Hände zitterten, als er ihn öffnete. Die Marine schickte normalerweise keinen Extra-Kurier, es sei denn, es handelte sich um eine ernste Angelegenheit. War seinem Vater etwas zugestoßen? Es war fast zwei Monate her, seit er England verlassen hatte. Auf der Reise von Benhamwood nach Belmore war der Marquis sehr blaß und erschöpft gewesen. Doch wenn man bedachte, welchen Schrecken das Feuer bei ihnen allen ausgelöst hatte, war das verständlich. Matt war sicher gewesen, daß sich seine Gesundheit wieder bessern würde, wenn der alte Herr erst einmal zu Hause war.

Er faltete das Pergament auseinander und begann herzklopfend, den Brief zu lesen. Als er die schwungvolle Schrift seines Vaters erkannte, atmete er erleichtert auf. Der Marquis lebte also offensichtlich. War etwas mit Jessie geschehen? Die Anspannung erfaßte ihn erneut. Der Himmel allein wußte, daß bei ihrem Wagemut …

Die Gedanken wirbelten in seinem Kopf, als er die Worte überflog, Sorge und Ungläubigkeit spiegelten sich in seinem Gesicht, schmerzliche Enttäuschung und schließlich Zorn.

»Verdammter Kerl! Er soll zur Hölle fahren!« Er verfluchte sie beide, Jessie dafür, daß sie so habgierig war – wo er doch gerade zu dem Schluß gekommen war, daß sie diese schlechte Eigenschaft nicht besaß –, und seinen Vater dafür, daß er seinen beträchtlichen Einfluß auf sie dazu benutzt hatte, seinen Willen durchzusetzen.

Er starrte auf den Brief.

Lieber Matthew!
Es macht mich sehr glücklich, Dir mitteilen zu können, daß Jessica den Heiratsantrag Seiner Ehren, des Herzogs von Milton, angenommen hat. Wegen der Sorge um meine Gesundheit wird die Hochzeit schon in einem Monat stattfinden, in London, in der St. James Cathedral. Deine vorgesetzten Offiziere sind damit einverstanden, daß Du einen kurzen Urlaub bekommst, damit Du der Hochzeit beiwohnen kannst. Um Jessicas willen ist es unbedingt notwendig, daß Du dabei bist. Wir müssen dem Herzog und dem Rest der Gesellschaft zeigen, daß Jessica die völlige und uneingeschränkte Unterstützung der Belmores hat.

Ich freue mich wie immer auf Deine Ankunft.

Mit der größten Zuneigung
Dein Vater, der Marquis von Belmore

Matthew zerknüllte den Brief zähneknirschend und warf ihn in den Papierkorb unter seinem kleinen Eichenschreibtisch. Die Hälfte der Mannschaft hatte sein Gesicht gesehen, als er den Umschlag in Empfang genommen hatte. Sie rechneten wohl auch damit, daß irgend etwas Schlimmes geschehen sein mußte.

Er biß die Zähne zusammen, bis seine Kiefer schmerzten. Aber vielleicht war ja das Gegenteil passiert – vielleicht war er gerade vor der größten Dummheit seines Lebens bewahrt worden.

Er sprang so heftig von seinem Stuhl auf, daß dieser beinahe umfiel. Er fing ihn auf, ehe er den Boden erreichte, rückte ihn gerade und schob ihn unter den Schreibtisch. Dann lief er mit großen Schritten vor dem mit Eichenholz verkleideten Kamin hin und her. Das Quartier des Kapitäns auf den Schiffen dieser Linie war elegant eingerichtet und geräumig. Aber in diesem Augenblick schien es ihm klein, beengend und so erstickend, daß er kaum atmen konnte.

Er ging durch die Kabine und öffnete eines der Bullaugen. Doch die leichte Brise, die hereinkam, brachte ihm keine Linderung. Er ging zum Schreibtisch zurück, wühlte im Papierkorb, holte den Brief wieder heraus und strich ihn glatt. Er blickte auf das Datum des Briefes und stellte fest, daß er schon vor drei Wochen geschrieben worden war.

Die Korvette lag noch immer neben der *Norwich* und wartete auf seine Antwort. Er sollte seinem Vater schreiben, daß sowohl er als auch Jessie zum Teufel gehen sollten – daß sie ihn wohl kaum dazu brauchten, wenn Jessie einen anderen Mann heiraten wollte.

Doch das würde er natürlich nicht tun, denn die Bitte seines Vaters, bei der Hochzeit dabeizusein, war eigentlich keine Bitte. Zwischen den Zeilen gelesen, war es ein direkter Befehl seiner

Vorgesetzten. Man befahl ihm, der Hochzeit des Herzogs von Milton beizuwohnen. Als Verbündete übten sein Vater und der Herzog eine beträchtliche Macht aus. Als Kapitän der Marine Seiner Majestät konnte er dagegen nichts ausrichten.

Er riß eine Schublade seines Schreibtisches auf und holte den Brief hervor, den er seinem Vater hatte schicken wollen, den Brief, in dem er um Jessies Hand anhielt. Er zerriß ihn einmal, zweimal und noch einmal. Die Schnipsel warf er wütend in den Papierkorb.

Mit großen Schritten ging er zu seiner Koje und holte seinen Koffer darunter hervor. Der Kommandant der Korvette würde warten. Matt war sicher, daß er den Auftrag hatte, ihn nach London zu bringen. Der Mann wußte zweifellos, daß Kapitän Seaton zu ihm an Bord kommen würde.

Matt war unschlüssig, ob er sein Schicksal verfluchen – oder ob er Gott danken sollte, daß er ihn vor einer Frau wie Jessie Fox bewahrt hatte.

12

Seit zwei Wochen lebten sie jetzt in London, und alles ging unter in einem Wirbelwind von Vorbereitungen.

»Jessica kann unmöglich in einer solch kurzen Zeit heiraten«, hatte Lady Bainbridge geschimpft. »Reginald, was um alles in der Welt hast du dir dabei nur gedacht?« Als sie dann jedoch feststellte, daß er finster entschlossen war und der Herzog offensichtlich damit einverstanden – vielleicht sogar froh war darüber –, hatte sie sich schließlich bereit erklärt zu helfen.

Von diesem Tag an hatte Jessie keinen Augenblick mehr für sich selbst gehabt. Wenn sie nicht gerade hinter der Witwe her durch die Geschäfte hetzte, um alles zu kaufen – von mit Federn besetzten Hauben bis hin zu seltenen Parfüms –, stand sie stundenlang bewegungslos, weil sie die Kleider für ihre Aussteuer anprobieren mußte, eine riesige Anzahl von Roben, die noch eleganter waren als die, die sie bereits besaß. Eine Herzogin, gekleidet mit höchster Extravaganz; mit weniger würde man sich nicht zufriedengeben.

Mit jedem Nadelstich litt sie, all ihre Muskeln schmerzten vom langen Stehen, ihre Füße taten ihr weh, und sie begann sich zu fragen, ob ihr Traum, eine Lady sein zu wollen, nicht zu einem Alptraum geworden war.

Während der Reise von Belmore fort und in den ersten Tagen nach ihrer Ankunft in London war sie um Papa Reggies Gesundheit besorgt gewesen. Immerhin war das der Grund für ihre übereilte Hochzeit. Glücklicherweise hatte sich sein Zustand nicht verschlechtert. In der Tat war er ein wenig kräftiger geworden. Sie wohnten im Stadthaus der Belmores und waren wieder eingebunden in die Aktivitäten der Gesellschaft. Sie besuchten Bälle, Soiréen, das Theater und die Oper, meistens zusammen mit Lady Bainbridge und oft in der Gesellschaft des Herzogs.

Er war ein freundlicher junger Mann, hatte Jessie festgestellt. Er besaß ein angenehmes Wesen und versuchte ständig, ihr zu gefallen. Leider war das Wort *jung* die beste Beschreibung für ihn. Auch wenn Jeremy fünf Jahre älter war als Jessie, so hatte er doch ein so behütetes Leben geführt, daß er eher wie ein Knabe denn wie ein Mann wirkte.

Das machte die Gegenüberstellung zwischen ihm und Matthew noch bedrückender. Jessie versuchte, nicht darüber nachzudenken, versuchte, die beiden als Einzelpersonen zu betrachten. Sie bemühte sich, Jeremys schlankes, jugendfrisches Gesicht nicht mit Matthews männlichem, kantig-attraktivem Antlitz zu vergleichen, und manchmal gelang ihr das sogar.

Es gab jedoch häufiger Zeiten wie jetzt, drei Nächte vor der Hochzeit, wo sie vor dem Spiegel neben Vi stand und sich für das Abendessen ankleidete. Unentwegt dachte sie an Matthew und wünschte sich nichts sehnlicher, als daß er derjenige wäre, den sie so eilig heiraten sollte.

Oder sie wünschte sich, überhaupt nicht zu heiraten.

»So schlimm wird es nicht werden, Liebes.« Viola tätschelte

ihre Schulter. »Du solltest dich glücklich schätzen und nicht an die Dinge denken, die du nicht haben kannst.«

Jessie lächelte traurig. »War es so offensichtlich, woran ich gedacht habe, Vi?«

»Nur für mich, Liebes. Ich kenne dich lange genug, um zu wissen, was dich bewegt.«

Jessie seufzte. »Ich weiß, du hast recht. Ich sollte glücklich sein, einen Mann wie den Herzog heiraten zu dürfen. Er ist freundlich und liebevoll, er ist großzügig … ich glaube, es gibt nichts, was Jeremy nicht für mich tun würde.«

»Das ist wahr, Liebes. Er ist noch dazu ein gutaussehender Junge, mit seinen großen braunen Augen, dem sandfarbenen Haar und seinen schönen weißen Zähnen.«

»Genau das ist das Problem. Jeremy ist ein Junge, kein Mann.«

Vi lachte nur. »Früher oder später werden sie alle erwachsen. Das gehört zu der Aufgabe einer Ehefrau. Du wirst ihm dabei helfen, ein feiner, aufrechter Mann zu werden.«

»Wirklich? Eigentlich hatte ich mir das so nicht vorgestellt.« Die Erinnerung an Matthews glühende Küsse stieg in ihr auf, an seine starken Hände, die sich um ihre Brüste geschlossen hatten. Matthew Seaton hatte überhaupt nichts Jungenhaftes an sich. Der Graf von Strickland war ein wirklicher Mann.

»Kopf hoch, Liebes. Es ist sicherlich besser als ein Leben auf der Straße.«

Jessie lächelte gequält. »Da hast du sicher recht, Vi. Und glaube mir, ich habe das nicht vergessen. Von jetzt an werde ich mich glücklich schätzen, genau wie du mich ermahnt hast.«

Doch es stellte sich heraus, daß das nicht so einfach war.

Nicht mehr, als sie an diesem Abend in den Salon kam und Matt Seaton in einem der weichen Polstersessel entdeckte.

Jessica stockte der Atem, als er aufstand – groß, schlank und muskulös stand er vor ihr, ein wenig lässig, beinahe unverschämt.

»Seid Ihr überrascht, mich zu sehen, Mistress Fox? Und ich dachte, es sei hauptsächlich Eure Idee gewesen, daß ich zu Eurer Hochzeit komme.«

»W-was tut Ihr hier in London? Ich dachte, Ihr wärt noch immer auf See ... irgendwo auf Eurem Schiff.«

Er kam auf sie zu, mit langen, entschlossenen Schritten. Sein Gesicht war spöttisch verzogen. »Ich kann mir doch Eure Hochzeit nicht entgehen lassen. Noch dazu mit einem Herzog. Ihr solltet stolz auf Euch sein.«

Jessie bebte am ganzen Körper. Lieber Gott, Matthew war hier! Und er sah so gut aus wie nie zuvor. Sein Gesicht war gebräunt, sein goldenes Haar von der Sonne gebleicht, seine Schultern schienen noch breiter, als sie sie in Erinnerung hatte. Ihr Magen zog sich zusammen. Den Herzog zu heiraten fiel ihr schon schwer genug. Doch jetzt würde jeder einzelne Augenblick erfüllt sein mit den Gedanken an den Sohn des Marquis.

»W-woher habt Ihr gewußt, daß ich heiraten würde?«

Er kam noch näher und blieb erst stehen, als er sie fast berührte. Sie mußte den Kopf in den Nacken legen, um ihn anzusehen. Der Duft seines Rasierwassers stieg ihr in die Nase.

»Mein Vater hat mir einen Brief geschrieben. Nett von ihm, nicht wahr? Er hat natürlich auch alles andere arrangiert, er hat mit Admiral Cornwallis persönlich gesprochen. Mein Vater kann so gut wie alles schaffen, wenn er es will.«

Jessie schluckte. »Aber warum ...? Warum sollte er so etwas tun?«

Eine tiefe Stimme gab ihr die Antwort, als der Marquis in diesem Augenblick das Zimmer betrat. »Weil, meine liebe Jessica, ich als dein Vormund der Meinung bin, daß du die Unterstützung deiner Familie brauchst – der gesamten Familie, und das schließt natürlich ganz besonders meinen Sohn mit ein, den Erben von Belmore.«

Jessie wandte sich an Matthew. Nervös fuhr sie sich über die Lippen. »Wie lange seid Ihr schon in London?«

»Ich bin heute nachmittag angekommen. Vater und ich haben uns unterhalten. Ich freue mich, zu sehen, daß sein Gesundheitszustand sich gebessert hat.«

»Ja ...«, stimmte ihm Jessie zögernd zu. »Ich habe mich seinetwegen vor der Reise gefürchtet. Ich dachte, wir hätten vielleicht warten sollen, die Hochzeit verschieben sollen, doch er hat darauf bestanden. Euer Vater ist noch entschlossener als Ihr, wenn er sich etwas fest vorgenommen hat.«

Matt zog einen Mundwinkel hoch. »Und auch nicht weniger als Ihr, Miss Fox ... wenn Ihr Euch entschlossen habt, einen Herzog zu heiraten.«

Jessie erstarrte. Zum ersten Mal wurde ihr klar, daß das Gefühl, das er hinter seinem spöttischen Äußeren versteckte, Zorn war. Aber warum? Matthew wollte sie doch nicht. Immerhin war er es gewesen, der ihr geraten hatte, den Herzog zu heiraten. »Jeremy wird mir ein sehr guter Ehemann sein. Euer Vater wünscht, daß ich heirate, und ich werde ihn nicht enttäuschen. Wenn ich mich außerdem recht erinnere, Mylord, war das auch Euer Wunsch. Ihr sagtet, wenn Jeremy mich um meine Hand bitten würde, sollte ich seinen Antrag annehmen. Ihr solltet Euch freuen, daß ich genau das getan habe.«

Sein Lächeln war eher boshaft als warm. »Oh, das bin ich, Mistress Fox. Ihr habt meinen aufrichtigsten Segen.« Er wandte sich ab und ging zur Tür. »Wenn ihr beide mich jetzt entschuldigen würdet, ich habe Pläne für den heutigen Abend. Wir sehen uns dann morgen.«

»Ich hatte gehofft, du würdest mit uns zu Abend essen«, warf sein Vater ein. »Es sind viele Wochen vergangen, seit wir uns gesehen haben.«

»Nicht heute abend.«

»Morgen? Das wird die letzte Möglichkeit vor der Hochzeit sein. Ich hatte eine kleine Zusammenkunft geplant, zu Ehren von Jessica. Nicht das Übliche, nur einige wenige Gäste. Der Herzog hat ebenfalls seine Zustimmung gegeben dabeizusein, ebenso seine Mutter, die Herzogin. Cornelia wird teilnehmen und Gwendolyn Lockhart. Ich hoffe, daß du auch dasein wirst.«

Zuerst antwortete Matt nicht, und Jessie glaubte schon, er würde ablehnen. Doch dann nickte er zustimmend mit dem Kopf. »Wie du wünschst, Vater. Bis morgen abend dann.« Mit diesen Worten verließ er das Zimmer.

Jessie sank auf das Sofa. »Ich kann es kaum fassen, daß er hier ist.«

»Natürlich ist er hier. Er ist der Erbe von Belmore. Es ist nur angemessen, daß er bei deiner Hochzeit dabei ist.«

Jessie sah zu ihm auf, ihr Blick war voller Schmerz. »Wie konntest du das tun?« flüsterte sie. »Weißt du denn nicht, wieviel schwerer es mir fallen wird, jetzt, wo Matthew zuschaut?«

»Jessica ...«

»Es tut mir leid«, sagte sie und stand auf. »Ich weiß, du hast es gut gemeint. Ich wünschte nur ... ich wünschte nur, du hättest es mir gesagt.« Mit diesen Worten lief Jessica aus dem Raum, die Treppe hinauf, in ihr Zimmer.

Der nächste Tag schien nicht vergehen zu wollen. Ihr Hochzeitskleid hing an der Tür ihres Schrankes: weiße Brokatseide mit silbernen Fäden durchzogen, mit hoher Taille und kleinen Puffärmeln. Das Mieder war blau abgesetzt, und eine lange, blau-silberne Schleppe würde an dem Kleid befestigt werden, wenn sie es angezogen hatte. So wunderschön das Kleid auch war, bei seinem Anblick fühlte Jessie sich verloren.

Lieber Gott, Matthew war hier.

Sie hatte gedacht, sie würde ihn monatelang nicht wiedersehen, vielleicht sogar jahrelang. Bis dahin hätte sie sich eingerichtet in der Ehe und sich mit ihrem neuen Ehemann abgefunden. Statt dessen befand er sich nur wenige Zimmer weiter, auf demselben Flur wie sie, und er würde ihr heute abend im Speisesaal gegenübersitzen. Sie würde gezwungen sein, ihn anzulächeln. Sie würde sich höflich unterhalten müssen, wenn sie sich doch am liebsten in seine Arme geworfen, ihn geküßt und ihm dann gestanden hätte, daß sie ihn liebte.

Doch so etwas würde sie natürlich nicht wagen. Matthew wollte sie nicht, höchstens für ein kurzes Abenteuer im Bett. Mit dem Herzog würde sie Kinder haben. Sie würde vor ihrer Vergangenheit sicher sein, und mit der Zeit würde sie bestimmt glücklich werden.

Jessie lief unruhig in ihrem Zimmer auf und ab. Sie versuchte zu lesen, zu sticken – doch nichts konnte sie ablenken. Die Stunden zogen sich dahin. Selbst Viola gelang es nicht, ihr ein Lächeln zu entlocken. Sie seufzte erleichtert, als die Abenddämmerung anbrach. Nachdem sie gebadet und sich von Vi das Haar hatte aufstecken lassen, begann sie sich anzukleiden. Sie trug heute abend ein mitternachtsblaues Seidenkleid, mit schwarzem Tüll abgesetzt und mit glänzenden schwarzen Perlen verziert. Die Robe war sehr elegant mit einem tief ausgeschnittenen Mieder – ein Kontrast zu ihrem keuschen weißen Hochzeitskleid –, und sie sah darin sehr feminin und verführerisch aus. Insgeheim hoffte sie, Matthew würde vor Verlangen nach ihr brennen.

»Du gehst jetzt besser nach unten«, ermahnte Vi sie und tätschelte ihr die Schulter. »Wenn du es aufschiebst, wird es auch nicht leichter werden.«

Die Uhr tickte laut und erinnerte sie daran, daß sie zu spät kam. Gut, fand sie mit einem Anflug von Aufmüpfigkeit und dachte daran, wie sehr Matt Unpünktlichkeit haßte, obwohl sie ja eigentlich nie absichtlich unpünktlich war. Ein letzter nervöser Blick in den Spiegel, dann lief sie in den Flur und die Treppe hinunter. Ein Lakai öffnete ihr die Tür zum Salon, der vom sanften Schein der brennenden Kerzen in den Lampen erwärmt wurde.

»Jessica, meine Liebe, komm herein, komm herein. Wir haben alle schon auf dich gewartet.«

»Guten Abend, Papa Reggie.« Sie lächelte, als er ihr einen Kuß auf die Wange gab, doch innerlich zitterte sie. »Ich wollte mich nicht verspäten.«

»Es ist schon in Ordnung, meine Liebe. Einer Braut kann man so etwas nachsehen.« Er lächelte. »Dein Verlobter ist hier, zusammen mit seiner bezaubernden Mutter, Ihre Ehren, die Herzogin von Milton.«

Jessie sank in einen Hofknicks. »Guten Abend, Euer Ehren.«

»Ihr seht bezaubernd aus«, versicherte ihr der Herzog und beugte sich über ihre Hand. »Findet Ihr nicht auch, Mutter?«

Die ältere Dame lächelte Jessie warm an. »Jessica wird eine wunderschöne Braut sein.«

Jessie war noch immer erstaunt, daß die Herzogin so bereitwillig mit ihrer Verlobung einverstanden gewesen war. Immerhin besaß sie keinen Titel, und selbst wenn die Geschichte gestimmt hätte, die der Marquis über ihre Herkunft erfunden hatte, dann wäre sie nur eine sehr weit entfernte Cousine von ihm. Jessie nahm an, daß es Jeremy gewesen war, der seine Mutter dazu gebracht hatte, diese Heirat zu erlauben. Jeremy wollte sie zur Frau haben, und der junge Herzog bekam eben immer alles, was er wollte.

Jeder andere junge Mann wäre bei einer solchen Erziehung selbstsüchtig und verwöhnt geworden.

Jessie lächelte ihn an und versuchte, sich nicht nach Matthew umzusehen. Doch dann entdeckte sie ihn. Er stand neben Gwen und lächelte über etwas, das ihre zierliche, dunkelhaarige Freundin gesagt hatte. Als sie den freundlichen Blick registrierte, mit dem er Gwen ansah, stieg in Jessie eine heftige Eifersucht auf.

Du liebe Güte, Gwen interessierte sich nicht für Matthew und auch für keinen anderen Mann. Ihre Abneigung dem männlichen Geschlecht gegenüber war beinahe genausogroß wie der Haß, den sie für ihren Stiefvater fühlte.

»Matthew«, sprach ihn sein Vater an, und er hob den Kopf. »Jetzt, wo Jessica da ist, können wir mit dem Essen beginnen.«

Matthew richtete seine tiefblauen Augen auf sie und musterte sie einen endlosen Moment. »Gute Idee«, meinte er und zwang sich, den Blick von ihr loszureißen. Ein gequältes Lächeln trat in sein Gesicht. Er bot Gwen den Arm und ging dann zu Lady Bainbridge, während sein Vater Jeremys Mutter zu Tisch führte, eine stattliche Frau von Anfang Fünfzig, deren Haar noch keine silbernen Strähnen aufwies.

Jessie riß sich zusammen, als Matthew an ihr vorüberging. Sie wandte sich ab und nahm den Arm, den ihr der Herzog bot.

»Das Kleid ist wunderschön«, bemerkte Jeremy. »Es unterstreicht noch das Blau Eurer Augen.« Sein Blick ruhte kurz auf ihren Brüsten, dann sah er ihr mit einem liebenswürdigen Lächeln ins Gesicht. Jessie wünschte, sie könnte seine Freundlichkeit erwidern, doch statt dessen war ihr Innerstes eiskalt, und ihr war übel.

Das Abendessen dehnte sich genauso zäh wie schon der ganze Tag – ein üppiges Mahl mit Seezunge in Creme, Rebhuhn und Wild, auf Sèvres-Porzellan mit Goldrand serviert. Auf silbernen Platten türmten sich die Köstlichkeiten: Fasaneneier in Austernsauce, Kalbsmilch, eine Auswahl dampfender, frischer Gemüse und eine süße Nachspeise in der Form eines Herzens.

Für Jessie schmeckte das alles wie Sägemehl.

Mit Rücksicht auf den Krieg wurden zu jedem Gang portugiesische Weine serviert und keine französischen. Jessie trank mehr, als sie eigentlich sollte. Sie versuchte, ihre Blicke auf Jeremy zu richten, der sie anstarrte, als sei sie ein Weihnachtsgeschenk, das er bald auspacken durfte.

Matthews Gesicht zeigte nicht die leiseste Regung. Er gab all die höflichen Antworten, die von ihm erwartet wurden, er lachte an den richtigen Stellen und teilte seine Aufmerksamkeit zwischen Lady Bainbridge und Gwen.

Nur ein einziges Mal bekam seine Maske einen Riß – einen kurzen Moment lang, als ihre Blicke sich trafen und einander gefangenhielten. Er sah zornig aus, irgendwie verstimmt, doch Jessie konnte sich einen Grund dafür nicht vorstellen.

In ihrem Blick lag tiefes Bedauern und vielleicht auch ein wenig Sehnsucht. Sie fragte sich, ob Matthew das wohl erkannt hatte.

Nach dem Essen zogen sich die Männer zurück, um ihre Zigarren zu rauchen und Portwein zu trinken, und die Damen gingen in den Salon. Gwen mußte bemerkt haben, wie angespannt Jessie war, denn während der nächsten Stunde sprach sie häufig von der Nervosität einer Braut und von Jessies bevorstehender Hochzeit. Außerdem half sie ihr unauffällig, wenn sie in der Unterhaltung einen Fehler machte.

Weil der nächste Tag wieder anstrengend sein würde, endete das Abendessen ziemlich früh. Die Gäste fuhren nach Hause, und Jessie, Papa Reggie und Matthew zogen sich in ihre Zimmer zurück. Sie hörte Matthews Schritte, der im Zimmer neben dem ihren unruhig auf und ab lief. Schließlich wurde es still. So müde Jessie auch war, es dauerte noch bis zur Morgendämmerung, ehe sie endlich in einen unruhigen Schlummer fiel.

Matt verbrachte den Morgen bei seinem Anwalt. Wendell Corey arbeitete für seinen Vater und erledigte auch die Angelegenheiten seines eigenen Besitzes, des Herrenhauses von Seaton. Matt wollte sichergehen, daß auch während seiner Abwesenheit alles glattlief.

Die Besprechung dauerte länger, als er beabsichtigt hatte. Es gab Probleme mit einigen Pächtern, einige ungeklärte Diebstähle, und etliche Pachten waren nicht bezahlt worden. Er würde froh sein, wenn er endlich für immer zu Hause war und all diese Probleme selbst in die Hand nehmen konnte.

Als die Besprechung endlich vorüber war, winkte er an der Threadneedle Street eine Kutsche herbei und ließ sich nach St. James fahren. Dort betrat er wenig später Brooks, einen der ältesten und respektiertesten Herrenclubs von London. Mit dem schwarzweißen Marmorfußboden, den bemalten Decken und den römischen Büsten strahlte der Club eine gewisse Vornehmheit aus – genau der richtige Ort, um für eine Weile seine Sorgen zu vergessen.

Er musterte die Menschen an den Spieltischen und entdeckte einige Bekannte, doch sein Weg führte ihn schnurstracks zur Bar. Er war gekommen, um ein wenig Ablenkung zu finden. Doch leider dauerte es nicht lange, bis er feststellte, daß er nicht am richtigen Ort dafür war.

Die Hälfte der Männer redete über nichts anderes als über den Herzog von Milton und seine bevorstehende Hochzeit. Sie spekulierten darüber, ob die bezaubernde Miss Fox ihm einen Erben schenken würde – in weniger als den üblichen neun Monaten.

Es wurde sogar darauf gewettet. Die Wette ging über fünftausend Pfund, zwischen St. Cere und dem Baron Densmore.

Matt lächelte zynisch, als er in das Wettbuch starrte. Sein alter Freund Adam Harcourt hatte sich in Matts Augen allerdings seine Achtung wiedererworben, weil er ein kleines Vermögen darauf wettete, daß es kein frühgeborenes Baby geben würde.

»Was denkt Ihr, Strickland?« Lord Montague schlenderte zu Matt hinüber, der an einem Glas Gin nippte. Er trank nicht sehr viel und niemals während des Tages. Doch heute hatte er das dringende Bedürfnis, sich einen kräftigen Schluck zu genehmigen. »Ihr kennt doch das Mädchen besser als wir alle hier. Wird Densmore gewinnen, oder wird der Gewinner St. Cere heißen?«

Matt hatte Montague noch nie leiden können. Der Mann war aufgeblasen und ein Angeber, ein überheblicher Tölpel, der es genoß, wenn andere unter ihm litten. »Ich erinnere Euch, Lord Montague, daß die Dame, um die es hier geht, das Mündel meines Vaters ist. Es würde ihm nicht gefallen, wenn er Eure vulgären Anspielungen hören könnte, und mir gefällt das auch nicht.«

Der muskulöse Mann lachte nur. »Sie ist ein recht hübsches Mädchen. Einigen von uns hier ist der Gedanke gekommen, daß Ihr selbst vielleicht sogar an ihr interessiert seid. Ah, aber pardon, da ist natürlich auch noch Caroline Winston.«

Ein Muskel zuckte in Matts Wange, und er versuchte, die Beherrschung nicht zu verlieren. Er war zu Brooks gekommen, in der Hoffnung, Jessie vergessen zu können, die Gefühle vergessen zu können, die er gestern abend in ihrer Nähe verspürt hatte. Jede einzelne Minute war eine Tortur gewesen, jede Sekunde voller Schmerz, Eifersucht und Lust. Sie hatte nie zuvor so begehrenswert ausgesehen, so weiblich, nie war sie ihm verlockender erschienen.

Den ganzen Abend lang hatte er mit den Erinnerungen an das Feuer gekämpft, daran, wie er sie geküßt hatte, wie er seine Hände um ihre Brüste gelegt hatte. Er mußte ständig daran denken, daß Jessie ihm hätte gehören können statt dem Herzog, hätte er nur früher gehandelt – oder hätte Jessie gewartet. Das Verlangen in Jeremys Augen, wann immer er sie ansah, hatte in Matt ein Gefühl der Übelkeit ausgelöst. Wenn das Essen nicht zu Ende gewesen wäre, hätte er sich wohl übergeben müssen.

Er sah Montague mit eisigem Blick an. »Mein Vater macht sich Sorgen um die Zukunft von Miss Fox. Er hat sich in letzter Zeit nicht sehr wohl gefühlt, und er ist entschlossen, sie versorgt zu wissen. St. Cere wird die Wette gewinnen.«

Er erinnerte sich wieder an Jessies Gesichtsausdruck, als sie ihn gesehen hatte. Einen Moment lang hatte er geglaubt, sie würde ohnmächtig werden. Sie hatte sich über seine Anwesenheit zu ihrer Hochzeit nicht gefreut – soviel war sicher.

Und dennoch lag etwas in ihrem Blick, etwas Süßes und Sehnsüchtiges. Vielleicht war das der Grund dafür, daß sie ihm ins Gedächtnis gerufen hatte, daß er es doch gewesen war, der sie davon überzeugt hatte, den Antrag des Herzogs anzunehmen. Es hatte seinem Zorn die ganze Kraft genommen, wie ein Riß in einem geblähten Segel.

»Es könnte aber trotzdem sein, daß Densmore gewinnt«, bohrte der Graf weiter. »Es braucht ja nicht das Kind des Herzogs zu sein. Es könnte ja auch einen anderen zum Vater haben.« Seine dicken Lippen verzogen sich zu einem süffisanten Lächeln. »Ich denke mal, daß einer Frau sehr viel an einem Mann liegen muß, um seinetwegen in ein brennendes Haus zu laufen.«

Matts Hand fuhr hoch. Er packte Montague am Aufschlag seiner Jacke und hob ihn hoch, so daß seine Füße über dem Boden baumelten. Die andere Hand hielt er ihm zur Faust geballt vor die knollige rote Nase.

»Es gibt leider Augenblicke, da hat Miss Fox mehr Mut als Verstand. Wahrscheinlich wäre sie auch für eine so abscheuliche Kreatur, wie Ihr es seid, in dieses Haus gelaufen, wenn sie geglaubt hätte, Euch retten zu können. Daran solltet Ihr denken und Eure verleumderischen Gedanken über diese Dame für Euch behalten.«

»J-ja, ja, natürlich. Verzeiht mir, Strickland. Ich wollte damit nichts Unanständiges andeuten. Ich hätte besser den Mund halten sollen.«

Matt stellte ihn langsam wieder auf die Füße. »Nein, Euer Gerede war recht aufschlußreich.« Erst jetzt bemerkte er, daß es im Raum still geworden war. Alle Männer starrten in seine Richtung. Matt trank das Glas mit einem großen Schluck leer, stellte es auf einen Tisch in der Nähe und verließ den Club.

Auf der Straße blieb er stehen und atmete tief durch, um sich zu beruhigen. Er ging einen ganzen Häuserblock entlang zu Fuß, ehe er eine Kutsche heranwinkte. Doch auf dem gesamten Nachhauseweg fühlte er einen blinden, ohnmächtigen Zorn.

Zorn und einen ziehenden Schmerz in seiner Brust, eine Leere, die ihn in seinem Entschluß bestärkte, nicht an Jessies Hochzeit teilzunehmen.

Es gab Dinge, die ein Mann ertragen konnte, und Dinge, bei denen es unmöglich war, Fassung zu wahren. Dabei zuzusehen, wie Jessie den Herzog heiratete, sich vorzustellen, wie sie in Miltons Bett lag, war schlimmer als alles, was ihm in seinem Leben bisher passiert war. Er würde lieber ganz allein der gesamten französischen Flotte gegenübertreten.

Aus diesem Grund schickte er einen Lakai zu seinem Vater mit der Bitte, ihn sprechen zu dürfen. Es war noch früh am Abend, obwohl die Mondsichel schon blaß am Horizont stand und die Abenddämmerung angebrochen war. Jessie aß in ihrem Zimmer zu Abend, erklärte ihm der Lakai auf seine Frage, doch sein Vater war noch nicht zu Bett gegangen. Der Mann kam zurück mit der Nachricht, daß der Marquis gern ein Glas Brandy mit ihm in seinem Arbeitszimmer trinken würde.

Das war Matt sehr recht. Obwohl er noch nicht betrunken war, so hatte er doch die Absicht, sich bis zum Umfallen volllaufen zu lassen, sobald er die Diskussion mit seinem Vater beendet hatte. Er würde sich die hübscheste Dirne der Stadt kaufen – eine mit langem blonden Haar und festen, milchweißen Brüsten. Und er würde sie hart und oft nehmen, er würde sich zwischen ihren blassen Schenkeln versenken, bis diese verdammte Hochzeit vorüber war. Dann würde er zurückgehen auf sein Schiff und dankbar dafür sein, daß er noch nicht offiziell seinen Rücktritt eingereicht hatte.

Er stand neben der Anrichte und hatte gerade die Karaffe mit dem Brandy geöffnet, als sein Vater ins Zimmer trat.

»Matthew, mein Junge. Ich dachte, du wärst heute abend ausgegangen.«

»Noch nicht, aber das habe ich vor. Brandy?«

»Gern, obwohl ich eigentlich nicht soviel trinken dürfte, nachdem morgen ein so ereignisreicher Tag vor uns liegt.« Er nahm das Kristallglas, das Matt ihm reichte. »Vielleicht solltest du auch besser zu Hause bleiben und dich vor der Hochzeit richtig ausschlafen.«

Matt faßte das Glas fester. »Darüber, fürchte ich, muß ich mit dir reden.«

Der Marquis nippte an seinem Glas. »Also, was ist los?«

»Ich habe mich entschieden, nicht an der Hochzeit teilzunehmen.«

»Mach dich nicht lächerlich. Natürlich wirst du dabeisein.«

»Nein, Vater, das werde ich nicht. Jessica wird Jeremy heiraten und nicht mich. Ob ich nun dabei bin oder nicht – sie wird Herzogin von Milton werden. Sie braucht mich wohl kaum, um sie zum Altar zu führen. Und sie braucht mich ganz sicher nicht, wenn sie mit ihm ins Bett geht.« Er nahm einen tiefen Schluck und fühlte, wie die feurige Flüssigkeit ihn beruhigte. »Ich wollte dir nur Bescheid sagen, daß ich nicht kommen werde.«

Sein Vater stellte das Glas so hart auf den Tisch, daß etwas von dem Brandy überschwappte. »Ich werde dir das nur ein einziges Mal sagen. Du wirst an der Hochzeit dieses außergewöhnlichen Mädchens teilnehmen. Du bist der Belmore-Erbe, und sie ist mein Mündel. Sie wird in eine der mächtigsten Familien ganz Englands einheiraten. Und du wirst Zeuge sein, wenn das geschieht. Über dieses Thema möchte ich nicht weiter diskutieren.«

Matthew schnürte es schier die Kehle zu. In seiner Vorstellung sah er, wie der Herzog sich zu ihr beugte, um sie zu küssen, wie er sie in seine Arme nahm und sie vor aller Welt zu seiner Frau erklärte. »Ich bitte dich, meine Entschuldigung anzunehmen. Ich habe dich noch nicht um vieles gebeten, Vater, aber diesmal bitte ich dich.«

Sein Vater sah ihn mit seinen dunklen Augen eindringlich an. »Warum?« wollte er wissen. »Warum fällt dir das so schwer?«

Matt schwieg zuerst, nippte gedankenverloren an seinem Brandy und zwang sich dann zu antworten. »Es tut mir leid, Vater«, sagte er leise. »Ich enttäusche dich nicht gern, aber ich werde morgen nicht dabeisein. Bestelle Jessica meine besten Grüße ... und dem Herzog meine Glückwünsche.« Er stellte das Glas auf die Anrichte und ging zur Tür. Die Stimme seines Vaters ließ ihn kurz innehalten.

»Verdammt, Junge, ich habe nicht gewollt, daß die Dinge so ausgehen.«

Matt setzte seinen Weg fort.

»Zum Teufel, Sohn, wenn dir so viel an ihr liegt, dann habe doch den Mut, etwas dafür zu tun!«

Matt ging weiter. Dafür war es zu spät. Es war schon zu spät gewesen seit dem Augenblick, als er sie in Belmore verlassen hatte. Vielleicht hatten sie nie eine Chance gehabt.

Er nahm den Hut und die Handschuhe, die der Butler ihm reichte, und ging hinaus, die Treppe hinunter in den kalten Londoner Abend.

Jessie starrte auf das Tablett mit Essen neben ihrem Bett, das sie nicht angerührt hatte. Die Sauce auf der Hammelkeule war angetrocknet, die Kruste der Nierenpastete eingefallen, und sogar der Plumpudding sah unappetitlich aus. Bei dem Gedanken, auch nur einen einzigen Bissen hinunterzuwürgen, wurde ihr speiübel.

Sie wandte den Kopf ab, weil sie den Anblick des Essens nicht ertragen konnte, und ging zum Fenster. Unten auf der Straße stand ein Nachtwächter an der Ecke. Seine untersetzte Gestalt hob sich gegen das gelbe Licht der Straßenlaterne deutlich ab. Eine elegante Kutsche fuhr vorüber, sicher waren die Insassen unterwegs zu einem großen Ball.

Unbewußt drehte Jessie ihren Verlobungsring an ihrem Finger. Es war ein Blutstein, der den Monat März darstellen sollte, den Monat, in dem der Herzog geboren worden war. Der Ring war auffällig und sehr kostbar. Er verkörperte all den Pomp und Aufwand, der damit verbunden war, eine Herzogin zu sein. Es bekümmerte sie, wenn sie daran dachte, in welch festgefügten Grenzen ihr Leben in den nächsten Jahren verlaufen würde. Und es belastete ihr Gewissen, daß sie dem Herzog gegenüber nicht aufrichtig war.

Doch Papa Reggie hatte ihr erklärt, daß die meisten Ehen arrangiert wurden. Jeremy hatte sie gewählt, und sie hatte die Absicht, für ihn all das zu sein, was er sich von einer Frau wünschte.

Jessie trat vom Fenster weg und setzte sich auf ihr Bett. Sie wünschte, sie könnte schlafen, doch selbst das Glas Sherry, das sie getrunken hatte, hatte ihre Nerven nicht beruhigen können. Ihr Kopf dröhnte, hinter ihren Schläfen pochte der Schmerz, und ihre Hände zitterten so sehr, daß sie sie im Schoß verschränkte.

Morgen würde sie heiraten. Die Hochzeitsfeier sollte um zehn Uhr beginnen, anschließend gab es ein riesiges Hochzeitsfrühstück, das bis weit in den Nachmittag dauern würde. Siebenhundert Gäste waren eingeladen, die *crème de la crème* der Londoner Gesellschaft. Es war ebenso erstaunlich wie bedrückend – alles war organisiert.

Jessie schluckte hart und wischte sich eine Träne von der Wange. Sie sollte eigentlich glücklich sein – überwältigt vor Glück –, denn morgen würde sich der Traum ihres Lebens erfüllen. Sie würde endlich eine echte Lady sein, sie würde einen Ehemann und ein eigenes Heim haben. Sie würde mit einem gutaussehenden, einflußreichen Mann verheiratet sein, der ihr all das geben würde, was sie sich wünschte. Jede Frau der Gesellschaft würde sie beneiden.

Eigentlich sollte sie auf Wolken wandeln, sie sollte tanzen vor Freude und ganz benommen sein vor Glück. Doch statt dessen war ihr Herz versteinert und ihre Brust wie zugeschnürt. Sie hatte das Gefühl, als hätte ihr jemand ein Messer in die Seele gestoßen.

Oh, Matthew, warum konntest du mich nicht lieben? Doch

natürlich war das nicht sein Fehler. Die Liebe war launisch. Sie konnte Matthew nicht dazu zwingen, sie zu lieben, genausowenig, wie sie sich selbst befehlen konnte, damit aufzuhören, ihn zu lieben.

Sie zog den gefütterten Umhang fester um ihre Schultern, dann rollte sie sich auf ihrem Bett zusammen und zog die Knie unters Kinn. Tränen brannten in ihren Augen, und ein dicker Kloß saß in ihrem Hals.

Sie biß die Zähne zusammen, entschlossen, die Tränen zurückzudrängen. Sie hatte keinen Grund zu weinen.

Überhaupt keinen.

Sie würde einen sehr netten jungen Mann heiraten, einen Mann, der sie gut behandeln und ihr eine Familie schenken würde, etwas, das sie niemals zu hoffen gewagt hatte. Er war ein Mann, der eine gute und treue Ehefrau verdient hatte. Und das würde sie ihm sein, schwor sie sich zum ungezählten Mal. Sie würde alles tun, was in ihrer Macht stand, um Jeremy Codrington glücklich zu machen.

Sie hoffte nur, daß sie in diesem Bemühen Matthew Seaton vergessen und ein wenig eigenes Glück finden würde können.

Der Nachtwächter rief die volle Stunde aus, als Matt die Tür des Cock and Hen aufstieß, eines wohlbekannten Dirnenhauses in der Sloane Street, das er früher öfter besucht hatte. Seit Stunden schon hatte er getrunken, zuletzt im Crown and Garter in der Chancerey Lane, davor im Globe in der Fleet Street, der White Dove und noch einem halben Dutzend anderer obskurer Lokale in der Drury Lane.

Er war zum Cock and Hen gewankt, weil er Sophie Stephens kannte, die Eigentümerin. Betrunken, wie er war, wurde ihm trotzdem klar, daß er bald ein Bett finden mußte – anderenfalls er zusammengeschlagen und ausgeraubt in einer Seitenstraße landen würde.

Außerdem war er entschlossen, sich eine hübsche kleine Dirne zu kaufen und den Rest der Nacht – viel blieb davon nicht mehr übrig – in ihrem Bett zu verbringen.

Er stolperte an dem riesigen Mann vorüber, der neben der schweren Eingangstür Wache stand, und betrat das verräucherte Innere. Halbleere Spieltische standen an einem Ende des Raumes, wo die Männer Whist, Faro, Quinze oder Hazard spielten. Sie wetteten auf die Lotterie oder tranken einfach nur. Die anderen Gäste des Etablissements flirteten mit den käuflichen Damen oder lagen schon im oberen Stockwerk in den Armen einer nackten Dirne.

Und genau das hatte Matt vor. Wenigstens versuchte er sich das einzureden. Bis jetzt hatte er es nur geschafft, sich zu betrinken.

Er bahnte sich den Weg zur Bar. Dort entdeckte er Sophies roten Lockenkopf. Er lächelte ein wenig schief, als sie auf ihn zukam. Ihre breiten Hüften schwangen in einer sinnlichen, fraulichen Bewegung, die so alt war wie das Gewerbe, das sie ausübte.

»Na, da sieh doch mal einer an, wen wir hier haben.« Sie betrachtete ihn von Kopf bis Fuß und registrierte sein etwas unordentliches Aussehen. Sein Überrock war offen und hing ihm leicht schräg auf den Schultern, sein Kragen war geöffnet und wippte um seinen Hals. »Ich kann mich gar nicht mehr erinnern, wann Ihr uns mit Eurem letzten Besuch beehrt habt, Mylord. Willkommen zurück.«

»Danke, Sophie.«

»Was wollt Ihr trinken, Lieber?«

Er betrachtete stirnrunzelnd das leere Glas in seiner Hand, das er aus dem letzten Gasthaus mitgenommen haben mußte. »Gin. Und nicht zu knapp. Ich habe vor, noch viel betrunkener zu werden.«

»Wie Ihr wünscht, mein Lieber. Überlaßt nur alles Sophie.«

Er sah ihr nach, als sie zur Bar ging, setzte sich an einen der Tische und betrachtete uninteressiert die Menschen um sich herum. Dicker Zigarrenrauch waberte unter der Decke und mischte sich mit dem schwachen Geruch nach Sex. Durch seine Trunkenheit dauerte es einen Moment, bis er bemerkte, daß einer der Männer auf ihn zukam. An seinen Arm klammerte sich eine nur leicht bekleidete Brünette.

Es dauerte einen weiteren Augenblick, bis er erkannte, daß der Mann St. Cere war. Der Rock des Vicomte stand offen, sein Haar war zerzaust und sein Hemd bis zur Taille aufgeknöpft. Er war genauso betrunken wie Matt, doch schien er wesentlich glücklicher darüber zu sein.

Matt kam auf die Füße und streckte den Arm aus, um seinem Freund die Hand zu schütteln. »Habe ganz vergessen, daß das hier einer deiner Schlupfwinkel ist. Schön, dich zu sehen, Adam.«

Sein Gegenüber zog erstaunt die Augenbrauen hoch. »Ich freue mich auch, dich zu sehen. Ich hatte schon befürchtet, meine kleine Entgleisung beim letzten Mal, als wir uns gesehen haben, hätte mich einen Freund gekostet.«

Matt griente schief. »Ich habe nicht so viele Freunde. Die wenigen, die ich habe, weiß ich zu schätzen.« Er war schon zu lange von zu Hause weg, und seine engsten Freunde waren nun die Offiziere, mit denen er zusammen in der Marine Dienst tat – bis auf St. Cere und einige wenige andere Männer, die er seit seiner Zeit in Oxford kannte.

»Das hätte nicht passieren dürfen«, erklärte der Vicomte jetzt, als er an die Sache dachte, die ihrer Freundschaft beinahe ein Ende gemacht hätte. »Es ist nie gut, wenn man sich wegen einer Frau entzweit.« Er grinste, und seine Zähne blitzten weiß in seinem gebräunten Gesicht. »Aber diese Frau ... deine Miss Fox ... ich verstehe schon, wie das passieren konnte.«

Matt stellte sein leeres Glas auf den Tisch und wünschte, Sophie würde sich mit dem Gin beeilen. »Ich habe deine Wette gesehen. Fünftausend Pfund für die Verteidigung von Jessies Ehre. Ich hoffe, Densmore lernt seine Lektion.«

»Und die wäre?«

Matt lächelte schwach. »Nicht mit dir zu wetten ... ganz besonders dann nicht, wenn es bei der Wette um eine Frau geht.« Adam gluckste vergnügt. »Ich habe mich allerdings gefragt, was dich so sicher gemacht hat.«

St. Ceres Mund verzog sich. »Du, würde ich sagen. Noch nie habe ich dich so erlebt. Ich wußte, daß du sie nicht anrühren würdest – nicht das Mündel deines alten Herrn –, und solange du in ihrer Nähe warst, hätte sie keine Möglichkeit gehabt, sich danebenzubenehmen.«

Beinahe hätte Matt gelächelt.

»Und dann gibt es ja noch die Lady selbst. Sie hat so etwas an sich … sie ist eine Frau, die weiß, was sie will. Keine Frau, die man ausnutzen kann.«

Genau in diesem Augenblick kam eine fast nackte Blondine an ihren Tisch geschlendert. Ihre rotgeschminkten Brustspitzen lugten aus ihrem enggeschnürten, mit Spitzen besetzten Mieder.

»Hier ist etwas, um Euren Durst zu stillen, Mylords.« Sie stellte die Flasche Gin und mehrere fleckige Gläser auf den Tisch. Dann lehnte sie sich vor und preßte ihr vollen Brüste gegen Matts Oberarm. »Mein Name ist Hanna«, gurrrte sie. »Was meinst du, sollen wir nicht die Flasche nehmen und nach oben gehen? Ich verspreche dir, du wirst es nicht bereuen.«

Sie war exakt das, was er gewollt hatte, eine üppige Dirne, in die er sich ergießen konnte, bis dieser Alptraum mit Jessie vorüber war. »Vielleicht später. Zur Zeit bin ich damit beschäftigt, mich zu betrinken.«

Der Vicomte tätschelte geistesabwesend die Brust des Mädchens, das an seinem Arm hing. »Wenn ich mich recht erinnere, trinkst du doch sonst nicht so gern. Könnte es vielleicht mit der bevorstehenden Heirat von Miss Fox zu tun haben?«

Matt leerte das Glas, das er sich eingegossen hatte, mit einem Zug und schenkte nach. »Möchtest du auch eins?«

»Warum nicht?« Der Vicomte war einverstanden.

St. Cere setzte sich Matt gegenüber an den Tisch und zog die kleine Brünette auf seinen Schoß. Sie kicherte, als er ihr in den Po kniff.

Matt lehnte sich in seinem Stuhl zurück und betrachtete eingehend sein Glas und den Inhalt. Sein Kopf war benommen, der Raum verschwamm vor seinen Augen. Das Gelächter an den Spieltischen schien in Wellen auf- und abzuschwellen.

»Den Teufel hat es damit zu tun«, brummte er. »Ich hatte daran gedacht, sie selbst zu heiraten. Habe ihr einen Brief geschrieben, konnte ihn aber nicht rechtzeitig abschicken.« Bitterkeit stieg in ihm auf. »Sie hätte doch warten können, aber nein, natürlich hat sie das nicht getan. Warum auch – wo sie doch einen Herzog heiraten konnte.«

Adam zuckte mit den Schultern. »Du bist ein Graf und der Erbe von Belmore. Für ein Mädchen vom Land ist das kein schlechter Fang. So, wie ich es gehört habe, hat dein Vater sie gedrängt zu heiraten. Milton war verfügbar, du warst nicht da. Hast du ihr denn gesagt, daß du sie haben wolltest?«

Matt trank das Glas erneut mit einem Zug aus und füllte es wieder auf. »Sie wußte, daß ich sie haben wollte. Sie wußte allerdings nicht, daß ich an eine Heirat gedacht habe.«

»Das ist ein himmelweiter Unterschied, mein Freund.« Er grinste die dunkelhaarige Dirne an. »Janie hier weiß, daß ich sie haben will. Und sie weiß auch, ehe wir miteinander fertig sind, daß ich sie auf jede Art nehmen werde, die mir in den Sinn kommt. Aber ich habe nicht die Absicht, sie zu heiraten – oder eine andere verdammte Frau.«

Matt stützte die Ellbogen auf den Tisch und fuhr sich mit den Fingern durchs Haar. »Jetzt ist nichts mehr daran zu ändern. Sie gehört Milton. Morgen abend wird er der Mann sein, der in ihrem Bett liegt.«

Adam füllte ihre beiden Gläser auf. »Wie sehr begehrst du sie denn?«

Matt starrte benommen vor sich hin. Sein Mund war zu einer schmalen Linie zusammengepreßt, die Haut über den Wangenknochen gespannt. »Mehr, als ich je etwas in meinem Leben gewollt habe.«

Adam knallte das Glas auf den Tisch. »Verflixt noch mal, Strickland.«

»Das kannst du laut sagen.«

»Himmel, Mann, was wirst du tun?«

»Ich kann, verdammt, gar nichts tun. Morgen mittag wird Jessie den Herzog heiraten, und es gibt, Teufel noch mal, nichts, was ich daran ändern könnte.«

St. Cere schüttelte den Kopf, seine dichten schwarzen Locken fielen ihm in die Stirn. »Es hat noch nie eine Frau gegeben, die ich haben wollte und nicht haben konnte. Ich wüßte nicht recht, was ich tun würde, wenn ich an deiner Stelle wäre.«

Die Frau auf seinem Schoß zappelte unruhig. »Aber mich willst du doch, nicht wahr, Schätzchen? Warum gehen wir nicht nach oben, dann kannst du mir zeigen, wie sehr du mich willst.« Sie rutschte verführerisch auf seinem Schoß hin und her, doch statt aufzustehen, gab ihr St. Cere einen Klaps auf den Po.

»Sitz still», befahl er. »Ich werde dir schon sagen, wenn ich bereit bin, nach oben zu gehen.« Ihr Mund verzog sich schmollend, doch ihre Augen blitzten.

Matt goß sich noch ein Glas ein. »Ich wünschte, ich könnte die Uhr zurückdrehen, doch das geht leider nicht. Ich werde mich also vollaufen lassen und dann mit dieser vollbusigen Blondine nach oben gehen. Ich werde erst wieder runterkommen, wenn Jessie Fox verheiratet und für immer aus meinem Leben verschwunden ist.«

»Na, na«, wehrte Adam ab und hob sein Glas. »Wer will sich denn schon für immer binden? Ich habe es einmal versucht, und ich sage dir, von diesem Tag an hat ein Mann keinen Augenblick mehr seinen Frieden.« Er goß sich den Drink in die Kehle und drehte das leere Glas nachdenklich in seiner Hand. »Auf der anderen Seite, Milton ist ein unbedarftes Jüngelchen ... er hat nicht die leiseste Ahnung, was er vom Leben will. Eine Frau wie deine Jessie braucht einen richtigen Mann.«

Matt schwieg. Seine Zunge schien angeschwollen, sein Kopf schien zu schweben, und dennoch war er noch immer viel zu nüchtern. Er dachte an Jessie, zusammen mit Milton, und gelber Nebel stieg vor seinen Augen auf. Jessie war sein – sie gehörte ihm, nicht Milton. Er wußte es, und sie wußte es auch.

Aber es war zu spät. Zu spät für sie beide.

Er malmte mit den Kiefern, füllte sein Glas erneut und schüttete den Gin in sich hinein.

13

Die St. James Cathedral, ein mächtiges Gebäude aus dem Barock, war von Christopher Wren entworfen worden. Sie stand an der Stelle der alten gotischen Kirche, die in der gewaltigen Londoner Feuersbrunst im Jahre 1666 zerstört worden war. Ihr hoher Turm war am Horizont von weither zu sehen.

An diesem grauen, nebligen Morgen versammelte sich hier eine riesige Menge der feinsten Gesellschaft Englands, um die Hochzeit eines Mitglieds des Adelsstandes zu feiern – des gutaussehenden Herzogs von Milton mit seiner unglaublich schönen blonden Braut, dem Mündel des Marquis von Belmore, Jessica Fox.

Es war die Hochzeit des Jahrhunderts, erzählten die Leute, vielleicht nicht die größte Hochzeit, aber doch die, über die am meisten geredet wurde. Nur wenige Menschen konnten sich vorstellen, wie eine so extravagante Feier in einer so kurzen Zeit hatte vorbereitet werden können – oder auch warum. Insgeheim wurde über die unziemliche Eile spekuliert, doch sowohl der Herzog als auch der Marquis waren mächtige Männer. Und während sich die hohen Herrschaften zu Hunderten ins Innere der Kirche drängten, perlten nur Glückwünsche für eine glückliche Ehe über die adligen Lippen.

Als Jessie vor der Kirche vorfuhr, war diese bis zum letzten Platz besetzt, die Türen waren bereits geschlossen. Nur vereinzelt wurden noch Personen eingelassen, die sich eiligst ein schmales Plätzchen im hinteren Teil der Kirche ergatterten.

Jessie saß Papa Reggie gegenüber in der Kutsche von Belmore, die mit blauen und silbernen Girlanden geschmückt war und von vier grauen Pferden gezogen wurde. Lady Bainbridge war bereits in der Kirche, sie hatte sich um die letzten Vorbereitungen gekümmert. Auch Viola war schon vorausgefahren. Sie hatte einen Platz in den Reihen, die für die engsten persönlichen Diener der Familie reserviert worden waren.

Jessie starrte aus dem Fenster, ihre Nerven waren zum Zerreißen gespannt. Sie hockte auf der Kante des Sitzes, und Papa Reggie streckte die Hand aus, legte sie auf ihre und drückte sie leicht.

»Du bist die bezauberndste Braut, die ich je gesehen habe. Ich bin stolz auf dich.«

Jessie wandte sich ihm zu, und Tränen glänzten in ihren Augen. Sie brannten hinter ihren Lidern, wollten die Wangen hinabtropfen, aber sie bemühte sich, sie zurückzuhalten. Sie hatte sich geschworen, daß die Tränen, die sie in der letzten Nacht vergossen hatte, die letzten waren, die sie weinen würde.

»Danke, Papa Reggie.« Sie lächelte ihn liebevoll an. »Ich kann dir gar nicht sagen, wie sehr ich all das zu schätzen weiß, was du für mich getan hast. Du warst für mich der Vater, den ich nie hatte, und ich möchte, daß du weißt, wie sehr ich dich liebe.«

Der Marquis räusperte sich, und auch seine Augen wurden feucht. »Aber das weiß ich doch, meine Liebe. Du hast Freude in meine leeren Tage gebracht, du hast der Seele eines alten Mannes frisches Leben eingehaucht. Das werde ich dir nie vergessen, meine liebe, liebe Jessica.« Er beugte sich vor und gab ihr einen Kuß auf die Wange. Sie bemerkte, daß seine Hände zitterten. »Der Herzog von Milton darf sich als glücklichsten Mann ganz Englands betrachten.«

Jessie schluckte, das Herz tat ihr weh. Sie dachte daran, wie sehr ihr Leben sich verändert hatte, seit sie Papa Reggie begegnet war. Sie dachte an die glücklichen Zeiten in Belmore, an die Geburtstage, an Weihnachten, an die kostbaren Erbstücke und üppigen Gewänder ... und wie sie sich gefühlt hatte, als sie sie für Matthew getragen hatte. Sofort erstand sein Bild vor ihrem inneren Auge, sein ernstes, geliebtes Gesicht und die unglaublichen dunkelblauen Augen.

Jessie war gar nicht aufgefallen, daß die Kutsche stand.

»Es ist Zeit, wir müssen in die Kirche gehen«, ermahnte der Marquis sie leise.»Bist du bereit?«

Jessie blickte aus dem Fenster hinter dem Rücksitz der Kutsche. Sie hielt Ausschau nach Matthew. »Er kommt wirklich nicht, nicht wahr, Papa Reggie?« Er hatte ihr erst an diesem Morgen erzählt, daß Matthew nicht an der Hochzeit teilnehmen wollte.

»Nein, meine Liebe. Er wird nicht kommen. Vielleicht ist es besser so.«

Ein Teil ihres Herzens stimmte ihm zu. Der letzte Mensch, den sie an ihrem Hochzeitstag sehen wollte, war der Graf von Strickland. Der andere Teil war abgrundtief traurig, weil er nicht da war und sie unterstützte. Warum? fragte sie sich immer wieder. War er wütend? Enttäuscht? Voller Bedauern? Vielleicht fühlte er ja doch etwas für sie?

Sie holte tief Luft. »Gwen und die anderen werden sicher schon ungeduldig. Wie du gesagt hast, es ist höchste Zeit. Wir können sie nicht länger warten lassen.« Lady Bainbridge und die Brautmädchen, Gwen Lockhart und zwei von Jeremys Cousinen, Mädchen in ihrem Alter, die sie erst vor kurzem kennengelernt hatte, sollten sie zum Altar begleiten.

Er nickte. »Sollen wir gehen?«

Sie nahm seinen Arm und ließ sich von ihm aus der Kutsche helfen. Draußen richtete sie sich entschlossen auf, rückte ihre lange silberne Schleppe gerade und vergewisserte sich, daß jede der blauen seidenen Rosen an ihrem Platz auf dem durchsichtigen weißen Tüll war. Eine Krone aus weißen Seidenrosen saß auf ihrem Kopf, ein Tüllschleier war daran befestigt, der über die Schleppe bis fast auf den Boden floß.

Sie schritten auf die hohe Eingangspforte der Kirche zu, vorbei an einer Reihe Lakaien in Livree, über einen dicken roten Teppich.

Zwei blonde Lakaien, die einander so ähnlich waren wie Zwillinge, öffneten ihnen die großen Türen zum Vorraum der Kirche, wo Gwen und die anderen Brautmädchen zusammen mit Lady Bainbridge schon aufgeregt auf sie warteten.

»Oh, Jess, du siehst umwerfend aus!« Gwen beugte sich vor und nahm sie in den Arm. »Der Herzog wird brennen vor Lust, dich endlich in sein Bett zu bekommen.«

Jessie fühlte, wie eine heiße Röte in ihre Wangen stieg. Sie zwang sich zu einem Lächeln. Das war typisch Gwen. »Du siehst auch bezaubernd aus. Ich bin so froh, daß du hier bist. Ohne dich könnte ich es unmöglich schaffen.«

Die Mädchen trugen alle blaue Seidenkleider mit hoher Taille, verziert mit den gleichen silbernen Fäden wie Jessies Kleid. Jeremys Cousinen machten ihr begeisterte Komplimente und beglückwünschten sie. Sie bewunderten ihr Kleid und ihr Haar, bis Lady Bainbridge sie zum Schweigen brachte.

»Es ist Zeit, daß wir losgehen«, wies die gräfliche Witwe sie zurecht. »Dort drinnen harrt ein nervöser junger Mann auf uns. Er kann es kaum erwarten, seine Braut zu sehen. Ich denke, er hat mittlerweile lange genug geschmachtet.«

Danach schien sich alles in einem eigenartigen, etwas verworrenen Ablauf abzuspulen. Entweder ging es so schnell, daß Jessie es kaum mitbekam, oder so langsam, daß jeder Augenblick eine Ewigkeit zu dauern schien.

Andere Lakaien öffneten die Haupttüren, die in die Kathedrale führten. Zu den rauschenden Tönen der mächtigen Orgel begannen die Mädchen langsam vor ihr her durch den Mittelgang der Kirche zu schreiten. Über ihren Köpfen strahlten unzählige Kronleuchter mit Kerzen hoch unter der Decke, und an den Wänden flackerten Kerzen in silbernen Kandelabern.

Der Duft von Blumen stieg Jessie in die Nase. Lilien, dachte sie vage, als sie neben Papa Reggie an der Schwelle der Kirche stand. Dann entdeckte sie die langstieligen Blumen vorne in der Kirche, riesige Vasen aus massivem Silber waren verschwenderisch damit gefüllt. Den ganzen Mittelgang entlang warf der sanfte gelbe Schein von Kerzen flackernde Schatten auf die Menschen, die sich in den hölzernen Bänken drängten.

Aus den Augenwinkeln erkannte Jessie einige der Gesichter: Lord Pickering, der Herzog von Chester und seine Frau, Lady Dartmoor saß neben Lord und Lady Waring, Gräfin Fielding und Baron Densmore. Sie sah auch noch andere bekannte Gesichter, doch sie alle verschwammen vor ihren Augen, nur Caroline Winston erkannte sie noch, und deren Lächeln, so fand Jessie, sah erleichtert aus.

Das nächste, was sie sah, war das Gesicht ihres Bräutigams mit dem sandfarbenen Haar.

Sie konnte sich später nicht mehr an den Augenblick erinnern, als er ihre Hand gefaßt hatte. In einem Augenblick stand sie noch neben Papa Reggie, im nächsten schon neben dem Herzog.

Die Andacht war lange und ermüdend. Sie erinnerte sich nicht mehr daran, was alles gesagt wurde, sie wußte nur, daß sie mehrere Male gekniet hatte und daß der schlanke junge Mann neben ihr ihr wieder auf die Füße geholfen hatte. Der Chor sang auf der Empore wunderschöne Lieder in lateinischer Sprache.

Am Altar stand der Erzbischof, ein großer, hagerer, imposanter Mann, der noch beeindruckender wirkte in seiner schimmernden goldenen Robe. Er sprach jetzt zu ihnen und erflehte Gottes Segen für sie.

»Eine Ehe ist ein ehrenwertes und heiliges Gut«, erklärte er. »Sie ist von Gott eingesetzt, geheiligt und geehrt durch Christi Anwesenheit bei der Hochzeit zu Kana in Galiläa und vom Heiligen Paulus verglichen worden mit der symbolischen Union, die zwischen Christus und seiner Kirche besteht.«

Jessie versuchte, seine Worte in sich aufzunehmen, doch ihre Gedanken schweiften ab. Sie fühlte sich schwach, und ihr war ungewöhnlich heiß. Der Geruch von Wachs und der süße Duft der Blumen benebelten sie. Ihr Herz dröhnte dumpf. Es fiel ihr schwer, sich zu konzentrieren, es fiel ihr sogar schwer zu atmen.

»In diese heilige Gemeinsamkeit«, hörte sie die Stimme des Erzbischofs, »wünschen diese beiden Menschen einzutreten. Deshalb, wenn irgendein Mensch einen gerechten Grund hat, warum diese beiden nicht nach dem Gesetz vereint werden sollen, so möge er jetzt sprechen oder für immer Frieden geben.«

Einen langen, atemlosen Augenblick lang betete Jessie insgeheim um Erlösung; doch kein weißer Ritter erschien, um sie zu retten. Sie blinzelte, und der Moment war vorüber. Hinter ihren Schläfen hämmerte der Schmerz, in ihren Ohren summte es.

Der Erzbischof sprach eintönig seine Worte, und die Zeremonie ging weiter. »Lasset uns beten«, sagte er, und Jessie senkte den Kopf.

Ihr Herz schlug immer schneller, in einem eigenartigen, unregelmäßigen Rhythmus. Ihre Finger, die der junge Herzog in seiner Hand hielt, bebten. Als sie ihm einen schnellen Blick zuwarf, sah sie den Ausdruck, den sie auch schon zuvor an ihm bemerkt hatte: Er sah aus wie ein andächtiger Schuljunge, der ein neues Spielzeug geschenkt bekommt. Ihre Kehle wurde trocken. Am liebsten wäre sie aus der Kirche gelaufen – zu Fuß zurück nach Belmore.

»Heiliger und gnädiger Vater«, betete der Erzbischof. »Siehe hinunter auf diese Kinder. Führe und segne sie, erteile ihnen …«

Mit lautem Krachen flog die große Kirchentür auf, und dem Erzbischof blieben die nächsten Worte im Hals stecken. Über dem Dröhnen in ihrem Kopf und der Enge in ihrer Brust dauerte es einen Augenblick, bis Jessie begriff, daß etwas nicht in Ordnung war. Der Erzbischof starrte über ihren Kopf hinweg auf irgend etwas. Sein Mund stand offen, und seine Augen waren vor Verblüffung weit aufgerissen. Erst jetzt wandte Jessie sich um, genau wie der Herzog, gerade noch rechtzeitig, um den Grafen von Strickland an der Tür zu sehen. Seine Lippen waren zusammengepreßt, sein Kinn vorgeschoben, sein Gesicht so entschlossen, wie sie es noch nie gesehen hatte.

Jessies Herz begann zu rasen, sie hatte das Gefühl, als würde ihr jemand die Brust zusammenpressen. »Matthew …«, flüsterte sie.

Natürlich konnte er sie nicht hören, denn die Menschenmenge in der Kirche hatte zu murmeln begonnen, seine Schritte im Mittelgang der Kirche waren laut, als er auf sie zukam. Sein goldblondes Haar war zerzaust, seine langen Schritte nicht sehr sicher, er stieß an einer Seite des Ganges gegen die Kirchenbänke, dann reckte er sich wieder und ging weiter.

»Lieber Gott …« Jessie nahm sein unordentliches Äußeres in sich auf, der Rock stand offen, die wenigen Knöpfe, die geschlossen waren, waren falsch geknöpft, seine Krawatte schlackerte gelöst über der Brust. Seine Schuhe waren voller Lehm, die Manschetten seines Hemdes hatte er nicht geschlossen. Selbst das weiße Batisthemd stand zur Hälfte offen.

»Der Teufel soll ihn holen«, sagte der Herzog verärgert. »Was um alles auf der Welt hat dieser arme Kerl nur vor?«

Jessie sagte nichts, sie sah Matthew entgegen mit einer Mischung aus Entsetzen und einem winzigen Fünkchen Hoffnung. Der Erzbischof sah aus, als würde er jeden Augenblick in Ohnmacht fallen, während die Menge hinter ihnen aufgeregt und ungläubig flüsterte.

Der Graf kam zielstrebig weiter auf sie zu, dann stand er vor ihnen.

»M-Matthew?« flüsterte Jessie noch einmal und starrte in seine fast überirdisch blauen Augen.

Er grinste betrunken. »Mein«, lallte er und schwankte so sehr, daß sie fürchtete, er würde fallen. Doch statt dessen beugte er sich vor, stupste seine breite Schulter an Jessies Taille und hatte mit einem einzigen Schwung Jessie über seine Schulter geworfen. Fest legte er die Arme um ihr Hochzeitskleid aus Seidenbrokat und die lange blau-silberne Schleppe.

Der Herzog stellte sich ihm entrüstet entgegen. »Um Himmels willen, Mann, seid Ihr vollkommen verrückt geworden? Ihr könnt doch nicht ...«

Matt versetzte ihm einen Fausthieb, genau auf das Kinn, und der Herzog ging zu Boden wie ein Sack Kartoffeln. Jessie keuchte auf, genau wie die anderen Menschen in der Kirche, die alle aufgesprungen waren. Matthew ignorierte sie. Er war damit beschäftigt, seine Beine aus der langen Schleppe zu befreien. Er fluchte ausgiebig und bemühte sich, nicht mit Jessie hinzufallen. Schließlich gelang es ihm, sich zu entheddern. Er überhörte die empörten Rufe der Menge und stolperte mit seiner Last über den Mittelgang zur Kirchentür zurück.

Die ganze Zeit über hing Jessie wie hypnotisiert über seiner Schulter. Das Ereignis war so unglaublich, daß sie keine Ahnung hatte, was sie tun sollte. Ihr Herz raste, es dröhnte in ihrer Brust, doch ihr Kopf schien völlig leer zu sein. Wie eine ausgestopfte Puppe baumelte sie über seiner Schulter. Eine Hand hatte er besitzergreifend auf ihre Röcke gelegt, die andere hielt ihre Beine fest. Um sie herum hatten die Leute zu rufen begonnen, sie waren von den Kirchenbänken aufgesprungen, doch niemand versuchte, Matthew aufzuhalten.

Heiße Röte schoß in Jessies Wangen. Sie erhaschte einen Blick auf Caroline Winston, deren Gesicht voller Entsetzen war. Ein Stück neben ihr stand Lady Bainbridge. Ihr Gesicht war aschgrau. Und daneben stand – zu Jessies Erstaunen – Papa Reggie und grinste über das ganze Gesicht.

Eine angenehme Wärme begann sich in ihrem Inneren auszubreiten, und sie entspannte sich etwas. Zum ersten Mal wurde ihr klar, daß ihr weißer Ritter wirklich gekommen war – auch wenn er ein wenig angeschlagen war –, und das Gefühl, das sie jetzt beherrschte, war pure Erleichterung. Papa Reggie lächelte – er hatte sich eine Verbindung zwischen ihnen schon von vornherein gewünscht. Wenn sie sich jetzt für Matthew entschied, hätte sie ihn nicht enttäuscht.

Die Erleichterung wurde immer stärker, mischte sich mit einem Hoffnungsschimmer. Wenn sie jetzt nur nicht herunterfiel, ehe sie aus der Kirche entkommen konnten …

Matthew hastete durch die Tür, seine Schritte wurden unsicher, aber hinter ihnen fiel die schwere Tür ins Schloß. Doch leider trat Matthew nun mit dem Fuß auf ihre Schleppe und den Schleier. Mit dem nächsten Schritt zerfetzte er die kostbare Schleppe, und der silberne Schleier wurde von ihrem Kopf gerissen. Ihr Haar löste sich, und die langen goldblonden Locken fielen kopfüber bis zu seinen Beinen. Jetzt bestand die Gefahr, daß er darüber stolpern würde. Doch Matthew ließ sich nicht beirren.

Nicht, bis er auf der Straße angekommen war. Dort blieb er stehen und sah sich nach der Kutsche von Belmore um. Als er sie ausfindig gemacht hatte, stakste er darauf zu. Der Lakai stand mit offenem Mund neben der Kutsche und starrte ihn wie einen Geist an. Doch Matt bellte einen kurzen Befehl, die Tür flog auf und Jessie hinterher. Ihre Schleppe und das, was von ihrem Schleier noch übrig war, knüllte er hinter ihr in die Kutsche.

Er strauchelte, als er hinter ihr in die Kutsche klettern wollte, und fiel der Länge nach auf den Boden der Kutsche. Mit lautem Stöhnen und unter größter Anstrengung rappelte er sich wieder auf. Er klopfte gegen das Dach, ein Signal für den Kutscher loszufahren, und das Gefährt begann zu rollen. Jessie bemerkte, daß Matt kaum aufrecht sitzen konnte. Er war offensichtlich betrunkener, als es den Anschein hatte.

Dennoch fühlte sie eine leichte Erregung, als er sie schweigend auf seinen Schoß zog. Als er dann ihr Gesicht in beide Hände nahm und sie küßte, störte es sie überhaupt nicht, daß sein Atem nach Alkohol roch und daß dieser Geruch auch in seiner Kleidung hing. Statt dessen schlang sie die Arme um seinen Hals und erwiderte seinen Kuß – genauso selbstvergessen und gründlich.

Ein heißes Glücksgefühl stieg in ihr auf. Was auch immer geschehen würde und egal, welche peinlichen Dinge nun vor ihr lagen: Matthew war gekommen und hatte sie zu sich geholt. In diesem Augenblick wußte Jessie ganz sicher, daß es keinen Ort auf der Welt gab, an dem sie lieber sein würde: entführt, bei ihm in der Kutsche.

Einige Stunden später beschlich sie allerdings der Argwohn, als sie vor einem kleinen Landgasthaus südlich von London anhielten, auf dem Weg nach Guildmore. Matthew hatte die ganze Zeit über geschlafen – er schlief seinen Rausch aus –, doch als sie das Gasthaus erreichten, wachte er auf.

»Warte hier«, befahl er mit rauher Stimme. »Ich bin gleich wieder da.« Er war noch immer betrunken, seine Kleidung war nach wie vor zerknittert, und sein Haar mußte dringend gekämmt werden.

Sie sah ihm nach, als er unsicher aus der Kutsche stieg. Zum ersten Mal, seit sie die Kirche verlassen hatten, regte sich Mißtrauen in ihr. Matthew wollte sie. Er hatte ihr das mehr als einmal erklärt. In der letzten Nacht hatte er sich betrunken, und heute morgen war er in ihre Hochzeitsfeier geplatzt und hatte sich das genommen, was er keinem anderen überlassen wollte. Doch was führte er jetzt im Schilde?

Sie kaute nervös auf ihrer Unterlippe, bis er zurückkam, um sie zu holen. Stirnrunzelnd stieg sie aus der Kutsche und ging vor ihm her in das Gasthaus. Die Leute starrten sie wie einen Geist an. Ihre neugierigen Blicke folgten ihnen bis hinauf zu dem Zimmer, das er gemietet hatte. Matthew in seiner schmutzigen, unordentlichen Kleidung und sie in ihrem zerrissenen Hochzeitskleid, mit offenem, zerzaustem Haar, das ihr über die Schultern fiel, gaben ein wahrhaft interessantes Bild ab …

Jessie wartete, bis er die Tür des Zimmers hinter sich geschlossen hatte. Dann wandte sie sich zu ihm um, wobei sich ihr Magen vor Nervosität zusammenzog.

»Also gut, Matthew. Du hast mich hierhergebracht. Was hast du vor?«

Ein boshafter Ausdruck lag auf seinem Gesicht. »Das, was ich schon seit dem Augenblick habe tun wollen, als du vor meinen Füßen in der Pfütze gelandet bist.« Er roch nach Gin und Zigarrenrauch, als er mit einem entschlossenen Glänzen in seinen Augen näher kam.

Er hatte sie entführt, hatte sie davor gerettet, den Herzog zu heiraten. Wenn er nur etwas nüchterner gewesen wäre, hätte sie es vielleicht zugelassen, daß er sie liebte. Denn das ersehnte sie sich auch, gestand sie sich im stillen. Doch als sich nun seine Arme um sie schlossen und er sie an sich zog, griff sie nach einem leeren Krug aus Porzellan, der auf der Anrichte stand. Und als er seine Lippen auf ihre preßte und sie zu küssen begann, hob sie den Krug drohend über ihren Kopf, hielt aber dann unschlüssig inne.

Sie zögerte, als sie seine sanften Lippen auf ihren fühlte. Sie waren so warm und so bezwingend, ihr ganzer Körper begann zu prickeln. Ihr Griff um den Krug lockerte sich etwas. Sie wollte ihn nicht verletzen. Lieber Gott, sie liebte ihn doch. Er hatte sie gerettet, aus welchen Gründen auch immer, und dafür liebte sie ihn um so mehr.

Er legte eine Hand um ihre Taille, drehte sie leicht zur Seite und drängte sein Knie zwischen ihre Schenkel. Mit einem kräftigen Stoß stupste er sie aufs Bett und warf sich über sie. Selbst als er ihr durch sein Gewicht die Luft aus den Lungen preßte, hielt Jessie den Krug umklammert. Sie konnte kaum atmen, so schwer lag er auf ihr. Ihre Brüste drängten sich gegen seinen Oberkörper, sein Gesicht lag an ihrem Hals, den er mit vielen kleinen Küssen bedeckte. Eine Hand schloß sich um ihre Brust, und ihre Brustspitze richtete sich unter seiner Berührung auf.

»Verflucht, Matthew Seaton.« Mit aller Kraft versuchte sie, ihn von sich zu schieben, doch er rührte sich nicht. Nicht einen Zentimeter. »Du wirst das nicht tun – nicht, solange du so betrunken bist.« Noch einmal versuchte sie, ihn von sich zu schieben, doch ohne Erfolg. Und dann bemerkte sie zu ihrem Verdruß, daß ihr dieses Gefühl, ihn so auf sich zu spüren, gefiel. Sie mochte seinen warmen Atem auf ihrer Haut, sein muskulöses Bein, das er zwischen ihre Schenkel geklemmt hatte, seine harte Erregung, die sie trotz all der Röcke nicht ignorieren konnte.

»Matthew ...«, flüsterte sie und fuhr mit der Hand durch sein Haar. Sanft strich sie es ihm aus der Stirn. Doch statt einer Antwort hörte sie unvermittelt ein leises Schnarchen, und Jessie versteinerte. Lieber Gott im Himmel – dieser große Dummkopf war eingeschlafen!

Einen Augenblick lang blieb sie unbeweglich liegen und sammelte all ihre Kraft. Erleichterung durchflutete sie, allerdings mit einem Anflug von Enttäuschung. Sie plazierte den Krug auf die Matratze, wo er wie eine stumme Warnung liegenblieb.

»Zur Hölle, Matthew, du wiegst mindestens neunzig Kilo.« Sie packte seine Schultern und wand sich mit keuchendem Atem unter ihm hervor. Er lag platt auf dem Bauch, das Gesicht in der Matratze gedrückt, und schlief. Nichts konnte ihn mehr aufwecken. Der Aufruhr, den er angezettelt hatte, bekümmerte ihn nicht im geringsten.

Beinahe tat er ihr leid. Kapitän Matthew Seaton, der so anständige Graf von Strickland, hatte einen gewaltigen, sehr unanständigen Skandal herbeigeführt. Sie selbst hätte eventuell auch ein kleines Schuldgefühl haben können – wenn nicht jetzt die Möglichkeit bestand, daß dieser arrogante Graf ihr ganzes Leben verpfuschte.

Was soll ich tun? überlegte Jessie, während sie neben dem Bett stand und auf ihn heruntersah. Matt hatte sie zwar vom Altar weggeholt, doch von einer Ehe hatte er nichts gesagt. Er wollte ganz einfach nur mit ihr schlafen. Allein aus diesem Grund hatte er sie hierhergeschleppt. Wäre er nicht so betrunken gewesen, hätte er wohl auch dafür gesorgt, daß es klappte.

Dennoch hatte Kapitän Matthew Seaton von der Marine Seiner Majestät sich noch nie so unüberlegt verhalten. Er trank Alkohol sonst nur in bescheidenen Mengen. Nie hatte er sich jemals so zugeschüttet. Damit war es ihm gelungen, die Hochzeit des Herzogs von Milton platzen zu lassen, er hatte die Braut verschleppt und auf die gesamte feine Gesellschaft gepfiffen. Die Konsequenzen seiner Tat würden allerdings sie am härtesten treffen. Wenn Matthew sie nicht heiratete, wäre sie ruiniert. Kein anständiger Mann würde sie noch haben wollen. Sie würde nie im Leben das Heim haben, das sie sich so verzweifelt wünschte, nie durfte sie Kinder bekommen.

Jessie biß sich auf die Lippe und tigerte in dem kleinen Zimmer auf und ab. Ihr Kopf dröhnte jetzt wieder, und ihr Herz schlug viel zu schnell. Es gab nur einen einzigen Ausweg – Matt mußte sie heiraten. Er mußte einsehen, daß es keinen anderen Weg gab.

Er hatte ihre Hochzeit verhindert, doch das mußte nicht unbedingt bedeuten, daß er sie auch heiraten wollte. Er hatte sie nicht verführt, was sie seinem Alkoholkonsum zuschrieb. Sie war nach wie vor Jungfrau. Das ließ sich auch leicht beweisen. Matt hatte Pläne für sein Leben, und bis zum heutigen Tag hatten diese Pläne Jessie Fox nicht eingeschlossen.

Lord Strickland war der Erbe von Belmore, ein sehr mächtiger Mann. Wenn er wieder nüchtern war, würde er sie vielleicht einfach zurückbringen, dem Herzog eine Entschädigung anbieten, ihm versichern, daß ihre kostbare Jungfräulichkeit noch intakt war, und dann sein Leben planmäßig wiederaufnehmen.

Sie bezweifelte nicht, daß Caroline Winston ihm früher oder später verzeihen würde.

Jessie betrachtete den schlafenden Mann. Matthew lag etwas

an ihr. Was heute morgen geschehen war, war Beweis genug dafür. Er liebte Caroline nicht, und Jessie liebte ihn so sehr, daß sie sicher war, ihn glücklich machen zu können, glücklicher, als jede andere Frau auf der Welt es konnte.

Matthew war ein ehrenwerter Mann. Wenn er glaubte, er hätte sie verführt, dann würde er sie auch heiraten. Es würde ihm nichts anderes übrigbleiben, denn sonst könnte er seinem Vater nie wieder in die Augen sehen. Sie sah, wie schwer er atmete. Sollte sie oder sollte sie nicht?

Jessie kaute auf ihrer Unterlippe. Sie hatte in ihrem Leben schon oft schwerwiegende Entscheidungen treffen müssen: Sie war aus dem Black Boar Inn weggelaufen, ohne Geld und ohne einen Ort, an den sie gehen konnte, sie hatte sich dem mächtigen, unnahbaren Marquis von Belmore genähert und hatte ihn um Hilfe gebeten. Sie war zur Schule gegangen und eine Lady geworden. Sie war nach London gereist, um einen Ehemann zu suchen und für sich einen Platz in der Gesellschaft zu finden.

Eines hatte sie in all der Zeit gelernt – wenn man kein Risiko einging, konnte man auch keinen Erfolg erwarten.

Jessie betrachtete Matt nachdenklich. Ihr Blick wanderte über seine kräftigen Schultern, bis hinunter zu der schlanken Taille und den Hüften. Sein Hemd war verrutscht. Sie konnte seinen festen runden Po erahnen. Kräftige Muskeln zeichneten sich unter dem Stoff der Hose an seinen Beinen ab. Sie beobachtete, wie er sich bewegte und in eine bequemere Lage brachte. Prickelnde Wärme stieg in ihr auf. Ihre Hände wurden feucht, und sie schluckte schwer, weil ihr Hals plötzlich trocken war.

Ihr Plan würde vielleicht nicht gelingen, doch die Situation stand zu ihren Gunsten. Es wäre nicht so schwer – sie hatte schon zuvor im Black Boar Inn nackte Männer gesehen, bei den verschiedensten Gelegenheiten. Sie wußte, was zwischen einem Mann und einer Frau geschah. Na ja, also fast ... Sie hatte mehrere Male aus der Ferne Paare beim Akt gesehen. Und sie hatte gehört, wie die Frauen darüber sprachen, obwohl sie meistens verschwiegen waren, ja sogar besorgt, wenn es um die Tochter von Eliza Fox ging. Dennoch stand hier mal wieder ihre ganze Zukunft auf dem Spiel.

Ihr Entschluß war gefallen – sie würde tun, was notwendig war.

Jessie beugte sich über das Bett und begann, dem Grafen von Strickland seine derangierte Kleidung vollends auszuziehen.

Matt fühlte die Wärme und Helligkeit des Sonnenlichtes im Gesicht. Vorsichtig öffnete er ein Auge, dann das andere. Doch schnell schloß er sie wieder, weil ein heftiger Schmerz durch seinen Kopf zuckte.

Hunderte von Hämmern schienen in seinem Kopf dröhnend ihr Werk zu verrichten. Er versuchte, sich über die Lippen zu lecken, doch sein Mund war so ausgetrocknet, daß er kaum schlucken konnte. Er drehte seinen Kopf aus dem vollen Sonnenlicht. Dann öffnete er noch einmal die Augen, doch irgendwie wollten sie ihm nicht recht gehorchen. Außerdem wurde dadurch der Schmerz in seinem Kopf noch heftiger. Seine Zunge war dick und pelzig, und sein Magen protestierte.

Er sank in die Kissen zurück und betete, daß die Höllenpein in seinem Kopf nachließ. Verdammter ›Blauer Ruin‹. Jetzt wußte er auch, woher das Getränk seinen Namen hatte. Er atmete angestrengt aus, dann starrte er an die Decke. Ganz allmählich wurde ihm klar, daß er keine blasse Ahnung hatte, wo er war. Er war nicht an Bord seines Schiffes. Er war auch nicht im Stadthaus von Belmore, denn dort gab es wunderschön verzierte Stuckdecken in jedem Zimmer.

Er wandte den Kopf noch mehr zur Seite und bemerkte eine leichte Bewegung neben sich. Als er gleichzeitig an seinem Bein unter der Decke warme, seidige Haut fühlte, fuhr er hoch und hielt sich schmerzerfüllt seinen Kopf.

Mühselig tastete sich sein Blick über die Konturen der Decke neben ihm, er sah das lange blonde Haar auf dem Kissen. Er konnte ihr Gesicht nicht sehen, dennoch war er erleichtert. Es war die kleine blonde Dirne aus dem Cock and Hen. Wenigstens wußte er jetzt, wo er war.

Die Frau machte ein leises Geräusch und drehte sich um. Dabei verrutschte die Decke und entblößte eine nackte Brust. Sie war weiß und wohlgeformt, ein wenig nach oben gerichtet, und die zarte Knospe schimmerte rosig. So elend er sich auch fühlte, der Anblick erregte ihn, und er fühlte die Reaktion seines Körpers unter der Decke. Er erinnerte sich an die Lebensweisheit der Seeleute, daß die beste Kur nach einer anstrengenden Alkoholnacht die war, eine Frau ganz ungezwungen zu nehmen, um das Gift aus dem Körper zu vertreiben. Die verlockende kleine Dirne würde ihm damit einen guten Dienst erweisen, wie sie es sicher auch schon in der letzten Nacht getan hatte.

Er zog sie an sich, strich ihr das Haar aus dem Gesicht, legte die andere Hand um ihre herrliche Brust – und erstarrte.

Jesus, Maria und Joseph! Die nette kleine Blondine war nicht die Dirne aus dem Cock and Hen. Die Frau war keine andere als Jessie Fox!

Sie öffnete die Augen und blinzelte ihm direkt in sein entsetztes Gesicht. Als sie merkte, daß ihre Brüste entblößt waren, keuchte sie auf und zog schamhaft die Decke bis an ihr Kinn hoch.

Hektische Röte brannte in ihren Wangen. »Nun«, murmelte sie und leckte sich nervös über die Lippen. »Wenigstens bist du jetzt endlich aufgewacht. Du hast seit gestern nachmittag geschlafen.«

Matthew wußte nicht, was er sagen sollte. Guter Gott, was zum Teufel tat *sie* hier? Er fuhr sich mit tattriger Hand durch sein Haar und wünschte, er hätte ein Glas Gin zur Hand.

»Ich weiß, das ist wahrscheinlich eine sehr dumme Frage, aber was zum Teufel tust du in meinem Bett?«

Strahlend blaue Augen musterten ihn bis hinunter zu dem Laken, das gerade mal seine Hüften bedeckte. »Du meinst, du erinnerst dich nicht an das, was passiert ist?«

»Ich soll mich erinnern? Teufel, ich weiß nicht einmal, welcher Tag heute ist.«

»Es ist Sonntag. Sonntag morgen.«

»Sonntag«, wiederholte er dümmlich und versuchte, sich an

die Stunden zu erinnern, die ihm fehlten. »Du hast doch gestern geheiratet.«

Ihre schlanken Finger krallten sich in das Laken. »Ich sollte gestern heiraten. Deine zeitlich gut abgepaßte Ankunft hat das verhindert.«

Matt sank auf das Bett zurück. »Sag mir, daß das alles ein böser Traum ist.«

»Wenn es das ist, dann ist es zumindest ein Alptraum, der sich mühelos steigern läßt. Warte ab, bis wir erst wieder in London sind.«

Das Dröhnen in seinem Kopf schwoll zu einem kreischenden Crescendo an. Er war kurz davor zu verdursten, doch seltsamerweise standen Schweißperlen auf seiner Stirn. Er kämpfte gegen eine Woge von Übelkeit an, als er die Beine aus dem Bett hievte und sich die Decke um die Hüften schlang.

»Ich brauche einen Augenblick Zeit. Wenn ich fertig bin, kannst du mir vielleicht genau erklären, was überhaupt los ist.« Doch schon tauchten einige Erinnerungsfetzen auf. Er hatte mit St. Cere getrunken und gespielt bis zur Morgendämmerung, dann hatte er das Cock and Hen in Adams Wagen verlassen und war nach Ludgate Hill gefahren.

Während er sich hinter die spanische Wand verzog, um sich notdürftig zu waschen und sich zu erleichtern, zuckte das Bild von Jessie vor seinem inneren Auge auf, wie sie in der St. James Cathedral neben dem Herzog von Milton am Altar gestanden hatte.

Er stöhnte und versuchte, sich daran zu erinnern, was danach geschehen war. Hinter sich hörte er Jessie, die sich offensichtlich anzog. Doch in Gedanken sah er ihren wundervollen Körper neben sich im Bett, völlig nackt.

»Die brauchst du sicher.« Sie reichte ihm seine zerknautschte Hose über die Trennwand.

»Danke.« Er zog sie an und knöpfte sie zu, dann kam er um die Trennwand herum und blieb wie angewurzelt stehen, als er Jessie, nur mit ihrem Hemdchen bekleidet, vor sich sah.

Ihre Wangen waren rosig angehaucht vor Verlegenheit, als sie sah, wie er sie von Kopf bis Fuß musterte, wobei er feststellte, daß sämtliche Rundungen genau an den richtigen Stellen saßen. »Ich ... es tut mit leid. Das Hochzeitskleid ist das einzige, was ich im Moment habe. Es ist so schrecklich unbequem. Ich dachte, du hättest nichts dagegen, wenn ich im Augenblick so bleibe ... ich meine, nach alldem, was zwischen uns geschehen ist.«

Er sank auf das Fußende des Bettes. Sein Magen schien sich umstülpen zu wollen. »Gott im Himmel, Jessie, sag mir, daß ich mich nicht irre. Habe ich dich wirklich von deiner Hochzeit weggezerrt?«

»Ich fürchte, genau das hast du getan, Mylord.«

»Und danach? Was ist geschehen, nachdem wir hier angekommen sind?«

Die Röte aus ihrem Gesicht bedeckte jetzt auch ihren Hals und ihren Ausschnitt. »Du ... du hast angefangen, mich zu küssen. Du hast mir gesagt, daß du genau das tun würdest, was du so lange schon tun wolltest, seit ich vor deinen Füßen in der Pfütze gelandet war. Du hast mich ausgezogen, und dann lagen wir plötzlich zusammen im Bett.«

Er schüttelte den Kopf. Er konnte nicht leugnen, daß in diesen Worten Wahrheit lag. »Verdammt.« Dann kam ihm ein entsetzlicher Gedanke. »Himmel, ich habe dich doch nicht etwa gezwungen? So etwas würde ich niemals tun ... wenigstens kann ich mir das nicht vorstellen.«

Jessie senkte die Lider. »Du hast mich nicht gezwungen«, gestand sie leise.

»Dennoch war es für dich das erste Mal. Gott, ich hoffe nur, daß ich dir nicht weh getan habe.«

Statt einer Antwort schüttelte sie nur den Kopf. Er wollte noch etwas sagen, doch dann kam ihm noch ein anderer Gedanke. Er zog die Bettdecke zurück: Das Laken zeigte nicht die kleinste Spur von Blut. »Ich denke, wir haben miteinander geschlafen ...«

Die Röte in ihren Wangen vertiefte sich. »Ich ... ich weiß nicht genau, was wir getan haben. Du hast auf mir gelegen, hast mich berührt, mich geküßt ...«

»Aber auf dem Laken ist kein Blut. Vielleicht haben wir ja doch nicht ...«

»Blut?« Sie wurde mit einem Mal bleich.

»Jungfräuliches Blut. Wenn du noch Jungfrau gewesen wärst und wir miteinander geschlafen haben, dann wäre jetzt Blut auf dem Laken.« Trotz des Dröhnens in seinem Kopf fühlte er, wie Zorn in ihm aufstieg. Wenn er nicht der erste war – mit wie vielen Männern hatte sie dann wohl schon geschlafen? Der Gedanke, daß sie womöglich mit einem anderen Mann im Bett gelegen hatte, machte ihn vor Eifersucht ganz krank.

Jessies Gesicht war angespannt. »Willst du damit etwa sagen, daß ich keine Jungfrau mehr bin – mehr war?« Ihre tiefblauen Augen blitzten wütend. »Ich habe noch nie einen Geliebten gehabt – wenn du das damit andeuten willst. Ich ... ich meine, bis zur vergangenen Nacht.« Sie hob trotzig das Kinn. »Ich habe dir gesagt, ich weiß nicht so genau, was du getan hast. Vielleicht hast du ja nicht vollständig ...«

»Laß nur – ich glaube, ich verstehe, was passiert ist oder eben nicht passiert ist.« Innerlich stöhnte er auf. So betrunken, wie er gewesen war, wußte nur Gott allein, was er ihr wirklich angetan hatte – oder eben nicht angetan hatte. Und was ihre Unschuld betraf, im Augenblick würde er ihr zunächst einmal glauben müssen. Außerdem, wenn sie ihm etwas hätte vormachen wollen, hätte sie schon dafür gesorgt, daß Blut auf dem Laken war.

»Eigentlich ist es vollkommen gleichgültig, was wir getan oder nicht getan haben«, wehrte er ab. »Tatsache ist, daß dein Ruf ruiniert sein wird, wenn ich dich zurückbringe. Mein Vater wäre am Boden zerstört, und es ist ganz sicher nicht dein Fehler, daß das alles passiert ist. Wir werden mit einer Sondergenehmigung heiraten, sobald ich die Sache arrangieren kann.«

Jessie sagte nichts, sie starrte ihn nur an und nickte dann langsam.

»Danach werden wir nach Belmore zurückkehren. Wenigstens wirst du dort vor dem Klatsch in Sicherheit sein.« Lieber würde er zu seinem eigenen Grundbesitz reisen, nach Seaton

Manor, wohin er offensichtlich auch gewollt hatte. Doch dahin konnte er Jessica nicht mitnehmen. Dort war die Möglichkeit zu groß, daß sie entdeckt wurden.

»Matthew?«

Er war gerade dabei, sein Hemd anzuziehen, das zerknittert war und wie eine ungelüftete Kneipe roch. Er hielt inne. »Ja?«

»Ich weiß, daß du die Dinge so nicht geplant hattest, aber ich verspreche dir ... was immer auch geschehen mag ... ich werde dir eine gute Frau sein.«

Er sah sie an, dachte, wie wunderschön sie doch war und wie bezaubernd sie aussah, nur in ihrem einfachen Hemdchen, so sanft und so verletzlich. War sie wirklich die Frau, die sie zu sein schien, oder war sie nur eine verlockende kleine Dirne? Er trat auf sie zu, legte ihr einen Finger unter das Kinn und hob ihren Kopf.

»Ich bin ganz sicher, daß du das sein wirst.« Mit dem Finger strich er über ihre zitternden Lippen. Bestimmt würde sie ihm eine gute Frau sein, dafür würde er höchstpersönlich sorgen – ganz egal, welche Wahrheit er hinterher herausfinden würde. »Das Wichtigste ist im Augenblick, daß wir so schnell und so unauffällig wie möglich hier verschwinden. Ein Freund von mir lebt in Weybridge. Dort können wir uns frisch machen und uns saubere Kleidung besorgen.«

Sie nickte und wandte sich ab, suchte ihre Kleidung zusammen und trug dann alles hinter den Wandschirm. Dabei war ihr Gesichtsausdruck fast genauso unnahbar wie der seine. Als sie das Kleid übergestreift hatte, kam sie zu ihm und wandte sich um, damit er die Knöpfe schließen konnte. Es war eine eigenartig intime Geste, wenn man bedachte, daß er sich nicht mehr daran erinnern konnte, was er mit ihr gemacht hatte. Eine Geste, die sein Verlangen nach ihr weckte. Er wünschte, daß er dabei wäre, ihr das Kleid auszuziehen, statt es zuzuknöpfen.

Matthew holte tief Luft. Es fiel ihm schwer zu glauben, daß er tatsächlich Jessie Fox heiraten würde, etwas, das er sich vor noch gar nicht langer Zeit sehnlich gewünscht hatte. Er ergab sich nun seinem Schicksal, obwohl es ihn störte, wie die Dinge sich entwickelt hatten. Er hatte den Namen Belmore in einen Skandal verwickelt und Jessie zu einer Heirat gezwungen, die sie gar nicht wollte.

Doch vielleicht war es ja genau die Ehe mit dem Erben Belmores, die sie gewollt hatte, etwas, worauf sie von Anfang an spekuliert hatte. Sein Vater hatte behauptet, Jessie würde Belmore genausosehr lieben wie Matt selbst. Als seiner Frau würde der Besitz eines Tages ihr gehören.

Um ehrlich zu sein, er wußte nicht, was er glauben sollte. Und in diesem Augenblick hämmerte es in seinem Kopf so sehr, daß ihm alles gleichgültig war.

14

Als Jessica einige Tage später in Belmore ankam, war sie eine verheiratete Frau. Na ja, wenigstens auf dem Papier verheiratet. Die Ehegelöbnisse waren gesprochen worden, doch die Ehe war noch nicht vollzogen. Sie versuchte sich einzureden, daß dazu noch keine Zeit gewesen war.

Jessie lief unruhig auf und ab in ihrer neuen Suite in Belmore Hall, einer luxuriös eingerichteten Zimmerflucht. Ihr Zimmer war in Elfenbein und Gold gehalten. Daneben lag das elegante und sehr maskulin eingerichtete Zimmer des Grafen. Die Wände waren mit Holz getäfelt, die Möbel mit Goldbrokat bezogen. Doch leider war der Raum unbewohnt.

Wie Matt versprochen hatte, waren sie nach Weybridge gefahren, in das Landhaus eines alten Schulfreundes aus Oxford, Adrian Kingsland, Lord Wolvermont. Wolvermont war zwar zur Zeit nicht in seinem Haus, doch trotzdem wurden sie willkommen geheißen. Die Haushälterin, eine dürre, krähenhafte Person, kannte Matt von früheren Besuchen her. Sie bot ihnen Gästezimmer an, in denen sie ein Bad nehmen konnten, und besorgte ihnen neue Kleidung.

Matthew hatte Jessie danach allein gelassen und war zu dem

Vikar der örtlichen Kirche geritten. Der hatte eine Nachricht an den Erzbischof gesandt, der wiederum für fünfzig Guineen – dem doppelten Preis der sowieso schon horrenden Gebühr – eine Sondergenehmigung für die Heirat erteilte.

Jessie konnte sich kaum an die Hochzeitszeremonie erinnern, die am folgenden Morgen in der Kapelle der kleinen, mit Efeu bewachsenen Kirche stattgefunden hatte. Sie wußte nur, daß sie völlig anders gewesen war als die extravagante Feier in der St. James Cathedral. Es war nur eine schnelle, schlichte Zeremonie gewesen, die mit einem kurzen, leidenschaftslosen Kuß geendet hatte. Während der ganzen Zeit war Matthew ausgesprochen förmlich und höflich bemüht um sie gewesen, doch unerträglich reserviert. Jessie hatte sich gefühlt, als wäre sie in Watte verpackt.

Sobald die Zeremonie vorüber war, machten sie sich auf den Weg nach Belmore. Matt hatte die ganze Zeit geschwiegen, hatte nur stumm aus dem Fenster gestarrt und sie nur berührt, wenn es sich nicht vermeiden ließ.

Das war ein schlechtes Vorzeichen gewesen.

Sie wußte, daß er über die Ungeheuerlichkeit dessen nachdachte, was er getan hatte. Vielleicht fragte er sich ja auch, ob sie ihm die Wahrheit gesagt hatte. Er fühlte sich gewiß grauenvoll wegen des Skandals, den er heraufbeschworen hatte. In vierhundert Jahren hatte niemals auch nur der Hauch eines Skandals den Namen von Belmore befleckt. Daß ausgerechnet der pflichtbewußte, steife Matthew der erste war, der eine solche Lawine ins Rollen brachte, mußte ihn bis in die Grundfesten erschüttern.

Er gab ihr die Schuld dafür, das wußte Jessie. Doch sie konnte sich beim besten Willen nicht vorstellen, wie er sie für seine Tat in der Kirche verantwortlich machen konnte. Dennoch blieb er abwesend und unpersönlich. Während Jessie sinnend am Fenster ihres eleganten Schlafzimmers stand, machte sich in ihr die Sorge breit, daß er mit dieser reservierten Art ihre Ehe fortsetzen wollte.

Jessie wünschte sich, Papa Reggie würde nach Hause kommen. Er würde sicher wissen, was zu tun war. Natürlich hatten sie ihm eine Nachricht geschickt, doch er hatte abgelehnt, sofort zurückzukommen. Er wollte vorerst in London bleiben, damit das jungverheiratete Paar eine Zeitlang ungestört war. Jessie vermutete, daß er auch mit dem Herzog sprach und ein gutes Wort für Matthew einlegte. Zweifellos lag in diesem Fall ein schweres Stück Arbeit vor ihm.

Matthew selbst war ohne eine Erklärung verschwunden. Seitdem beobachtete sie den weiten Weg durch die endlosen Felder und wartete mit einem dicken Kloß im Hals auf seine Rückkehr.

Früher oder später würde er zurückkommen. Aber als Stunde um Stunde verging, wurde Jessie immer unsicherer. Sie spielte mit dem Spitzenbesatz an ihrem eisblauen Abendkleid und hoffte, daß sie ein Kleid ausgewählt hatte, das ihm gefallen würde.

Sie wünschte, Viola wäre hiergewesen, um ihr beim Ankleiden zu helfen, doch auch sie war in London geblieben.

Am meisten jedoch wünschte sie sich, Matthew wäre hier.

Und nicht bei Lady Caroline Winston.

Caroline Winston stand vor dem waldgrünen Brokatsofa im Salon und bemühte sich um Beherrschung, als sie in das dunkle, angespannte Gesicht des Grafen von Strickland sah. Sie und ihre Familie waren sofort nach Winston House zurückgefahren. Die erniedrigende Szene, die sich ihr Beinahe-Verlobter in der St. James Cathedral geleistet hatte, war zu schockierend.

»Ich weiß Eure Nachsicht zu schätzen, Lord Landsdowne«, erklärte der Graf gerade ihrem Vater, der steif neben seiner Tochter stand und wütend die Zähne zusammenbiß, während er den gutaussehenden Mann betrachtete, der einmal sein Schwiegersohn hätte werden sollen. »Ich bin Euch äußerst dankbar, daß Ihr mir erlaubt habt, persönlich mit Lady Caroline zu sprechen. Mir ist klar, wie schwierig das alles für sie gewesen ist, ganz zu schweigen von Euch und dem Rest der Familie. Ich kann mein Benehmen nicht entschuldigen. Ich kann

Euch nur immer wieder versichern, wie sehr ich die Schwierigkeiten bedaure, in die ich Euch gebracht habe.«

Einige Stunden zuvor hatte Matthew einen Boten mit einer Nachricht geschickt, in der er um ein Treffen mit ihrem Vater gebeten hatte. Er hatte sich für das, was in London geschehen war, entschuldigt und auch für den Kummer, den er der gesamten Familie Winston bereitet hatte. Er hatte gebeten, mit Caroline sprechen zu dürfen, doch ihr Vater hatte ihm das verweigert. Erst später, nach einer intensiven Unterredung und einigen hitzigen Worten für den Grafen von Strickland, hatte ihr Vater nachgegeben und schließlich zugelassen, daß die beiden miteinander sprachen.

Jetzt wandte sich Matthew, gekleidet in seine Uniform, marineblaues Jackett mit goldenen Epauletten und enge weiße Hose, an Caroline und sah sie eindringlich mit seinen dunkelblauen Augen an.

»Lady Caroline ... ich bin gekommen, um mich persönlich bei Euch für das zu entschuldigen, was geschehen ist. Es gibt keine Worte, mit denen ich ausdrücken könnte, wie leid mir das tut. Es war ganz und gar nicht meine Absicht, Euch in eine solche Verlegenheit zu bringen. Mir ist immer noch nicht ganz klar, was eigentlich genau geschehen ist. Vielleicht wird es mir nie gelingen, die ganze Angelegenheit zu meiner Zufriedenheit zu klären.«

Caroline hob den Kopf. Ihr Herz klopfte stürmisch. Wut brannte in ihrem Magen wie bittere Galle. Sie hatte geplant, Matthew zu heiraten, solange sie denken konnte. Er war reich und besaß einen Titel, und er sah so gut aus, daß jede andere Frau der Gesellschaft sie um ihn beneidet hätte. Es fiel ihr schwer, sich zu beherrschen. Dennoch gelang es ihr, ihre Wut vor ihm zu zügeln.

»Vielleicht ist das alles ja gar nicht so schwer zu verstehen. Vielleicht habt Ihr Euch ganz einfach in sie verliebt.«

Lange Zeit sagte Matthew gar nichts. Er stand einfach nur vor ihr, mit malmenden Kiefern und sehr aufrecht. »Es stimmt, ich hege Gefühle für sie«, gab er schließlich zu, und Caroline versteinerte. »Es hat sogar einen Zeitpunkt gegeben, an dem ich an eine Eheschließung gedacht habe – aber nie auf Eure Kosten, Mylady. Ich hätte Euch ganz selbstverständlich die Möglichkeit gegeben, unsere Beziehung von Eurer Seite aus zu lösen, egal ob unsere Verlobung nun offiziell war oder nicht. Ihr seid mir eine wahre und treue Freundin gewesen, solange ich zurückdenken kann. Euch Kummer zu machen ist das letzte, was ich gewollt habe.«

Tränen der Wut brannten in ihren Augen, doch gelang es ihr, sie zurückzuhalten. »Ich weiß zu schätzen, daß Ihr gekommen seid, Mylord. Mir ist klar, daß wir alle nur Menschen sind. Ein jeder von uns hat seine Schwächen und Fehler.« Sie zwang sich zu einem wehmütigen Lächeln, wo sie doch am liebsten getobt hätte. »Ich gebe zu, daß ich geglaubt habe, Ihr hättet weniger Fehler als die anderen Männer, vielleicht sogar, daß Ihr das perfekte Vorbild des Mannes wärt, den eine Frau sich nur wünschen konnte.«

»Caroline ...«

Sie hob ihre schmale, weißbehandschuhte Hand. »Die Tatsache bleibt bestehen, daß Ihr jetzt verheiratet seid. Das muß ich akzeptieren. Mit der Zeit werde ich das sicher können. Im Augenblick jedoch ist es mir nicht möglich, Euch Glück zu wünschen. Später werde ich vielleicht auch das tun können und es sogar ehrlich meinen. Bis dahin bete ich, daß Euch Gott und auch der Herzog vergeben mögen.« Sie wandte sich ab und wollte gehen, doch Matthew griff nach ihrer Hand.

»Und Ihr, Caroline? Werdet Ihr mir jemals vergeben?«

Wie konnte sie das tun? Er hatte sie vor der ganzen Gesellschaft lächerlich gemacht und ihre sorgfältig ausgearbeiteten Pläne für die Zukunft torpediert. Sie hatte auf ihn gewartet, als sie jeden anderen Bewerber hätte haben können. Doch ihrem Gesicht war nichts von ihren Gedanken abzulesen, obwohl sie glaubte, im nächsten Moment zu platzen. Schließlich nickte sie. »Ich werde es versuchen, Mylord.«

Damit verließ sie ihn und ging nach oben. Schon seit Tagen tobten Zorn und Schmerz in ihr. Matthew hatte sie vor der gesamten Londoner Adelsgesellschaft erniedrigt. Er selbst hatte sich lächerlich gemacht, hatte den Herzog beleidigt und ihre Zukunft zerstört. Doch das war nicht allein sein Fehler – Jessica Fox hatte ihn dazu getrieben.

Sie war ein falsches Luder, eine gewissenlose Hexe, die ihn verführt hatte, die sich einen Weg in sein Herz erschlichen und den edlen Namen von Belmore in den Schmutz gezogen hatte.

Wer war diese Frau, diese Dirne, die ihr Matthew gestohlen hatte? Caroline schäumte. Woher war sie gekommen? Warum hatte noch nie jemand von ihr gehört? Vielleicht hatte Frances Featherstone ja recht gehabt. Von Anfang an war ihre Cousine gegenüber Jessica Fox mißtrauisch gewesen. Sie hatte sich ständig von den anderen ferngehalten, hatte eine uneinnehmbare Festung um sich aufgebaut. Vielleicht wußte Matthew ja gar nicht die volle Wahrheit über sie.

In diesem Augenblick war sich Caroline sicher, daß die bezaubernde, aber gewissenlose Miss Fox eine Menge gefährlicher Geheimnisse vor der anständigen Welt verbarg. In Gedanken weidete sie sich an Matthews Entsetzen, wenn er davon erfuhr. Sie konnte ihn förmlich sehen, wie er vor ihr auf den Knien lag und sie um Verzeihung anflehte. Sie stellte sich vor, wie Jessica Fox vor der gesamten Londoner Gesellschaft entehrt wurde. Matthew würde reumütig den Fehler zugeben, den er gemacht hatte. Vielleicht würde er sogar ein Mittel finden, ihn ungeschehen zu machen.

Caroline lächelte. Ihre Vorstellungskraft minderte den grausamen Schlag, den ihr Stolz erlitten hatte. Wenn es noch eine Gerechtigkeit gab, dann würde Jessica Fox bestraft werden für den Schmerz, den sie Caroline zugefügt hatte. Caroline Winston war genau der richtige Mensch, um diese Aufgabe zu erfüllen. Jawohl ... so schwor sie sich, früher oder später, auf die eine oder die andere Art, würde Gräfin von Strickland bitter dafür bezahlen, was sie ihr angetan hatte.

Es war schon dunkel, als Matthew nach Belmore zurückkehrte. So schrecklich die Szene in Winston House auch gewesen war, sosehr er sich schämte für den Schmerz, den er Caroline und ihrer Familie zugefügt hatte – im Grunde fühlte er sich erleichtert.

Von dem Augenblick an, als er in dem Gasthof aufgewacht war und festgestellt hatte, daß er Jessie vom Altar verschleppt hatte, ertrank er in einem Meer aus Bedauern und Schuldgefühlen. Er hatte dem Herzog eine Nachricht geschickt, in der er sich persönlich bei ihm entschuldigte und ihm anbot, finanzielle Wiedergutmachung zu leisten, eine öffentliche Entschuldigung drucken zu lassen oder alles zu tun, was der Herzog sonst noch wünschte. Dann hatte er seinem Vater geschrieben und ihn in dieser Angelegenheit um Hilfe gebeten. Immerhin hatte der alte Herr letztlich seinen Willen bekommen. Diese Heirat hatte er sich die ganze Zeit über gewünscht. Und im übrigen war er weitaus diplomatischer als Matt.

Sein nächster Schritt hatte sogar ihn selbst überrascht. Er hatte an seinen direkten Vorgesetzten geschrieben, Admiral Cornwallis, und seinen Abschied eingereicht, über den er bereits zuvor mit dem Admiral gesprochen hatte – natürlich unter dem Vorbehalt, daß er ihm seine Dienste anbot, falls die Seeschlacht gegen die Franzosen Wirklichkeit werden würde.

Er war jetzt ein verheirateter Mann, mit neuen Verantwortungen. Zwar wurden seine Pläne total umgeworfen, aber nach allem, was geschehen war, würde er sich an diesen neuen Zustand gewöhnen müssen.

Er ging die Treppe zum Haus hinauf, in einem wesentlich freieren Gefühl, als er es verlassen hatte, und betrat die mit Marmor ausgelegte Eingangshalle. Er reichte seinen Hut und die weißen Handschuhe dem Butler, der neben der Tür wartete.

»Guten Abend, Euer Lordschaft.«

»Guten Abend, Osgood. Ich möchte Lady Strickland sehen. Hat sie sich schon nach oben zurückgezogen?« Heute hatte er mit Caroline und ihrem Vater Frieden geschlossen. Er hatte dem Herzog und Admiral Cornwallis geschrieben. Es blieb nur noch ein Mensch übrig, mit dem er jetzt reden mußte.

»Im Augenblick, Euer Lordschaft, zieht sich Lady Strickland

gerade zum Essen um. Sie hat darum gebeten, daß das Essen um acht Uhr serviert wird ... wenn das die Zustimmung Eurer Lordschaft hat.«

Er betrachtete Samuel genauer. Der Ausdruck von Beunruhigung in den Augen des Mannes entging ihm nicht. Irgendwie hatte die Dienerschaft herausgefunden, daß er noch nicht mit seiner Frau geschlafen hatte, und sie schienen nicht glücklich darüber.

Matt schüttelte den Kopf. »Nein, tut mir leid, aber das paßt mir nicht. Ich möchte, daß das Essen in meiner Suite serviert wird – und es soll etwas ganz Besonderes sein. Ich möchte Blumen und Kerzen auf dem Tisch haben.« Er wandte sich ab, um nach oben zu gehen. »Und stellt auch eine Flasche Champagner dazu. Eure Herrin könnte nervös sein, denn das soll ihre Hochzeitsnacht werden.«

Über das Gesicht des großen, distinguierten Butlers flackerte wirklich ein breites Grinsen. »Jawohl, Mylord. Ich werde persönlich dafür sorgen.«

»Danke«, Matt lächelte, »Ozzie.«

Die Ohren des Mannes erstrahlten in sattem Rot, doch er nickte nur und ging dann schnell davon. Matt lief die Treppe hinauf in sein Zimmer. Dort hatte sein Kammerdiener bereits seine Kleidung für das Abendessen auf dem riesigen Bett mit dem goldenen Himmel bereitgelegt und ihm ein heißes Bad vorbereitet. Schnell zog er seine Uniform aus, kletterte in die Wanne und lehnte sich entspannt zurück. Zum ersten Mal seit seiner Hochzeit nahm er sich Zeit, über Jessie nachzudenken.

Er hatte sie in den letzten Tagen nahezu ignoriert. Sein Gewissen hatte ihn sehr geplagt, und Jessie war der Grund dafür gewesen. Er wußte, es war nicht ihr Fehler, dennoch machte er ihr Vorwürfe. Wenn sie nur nicht so verdammt wunderschön wäre ... wenn er sie nur nicht so verdammt heftig begehrt hätte ...

Nun, die Wirklichkeit war, daß er jetzt mit ihr verheiratet war. Jessie war seine Frau, aber diese Tatsache war noch nicht so recht zu ihm vorgedrungen. Heute abend hatte er die Absicht, sie für die Zurücksetzung der letzten Tage zu entschädigen. Die Zweifel, die er nach wie vor an ihrer Unschuld hatte, ließen ihn zögern. Doch die Wahrheit würde in Kürze ans Licht kommen. Bis dahin mußte er ihr glauben.

Er dachte an die Nacht, die er mit ihr in dem Gasthaus verbracht hatte, und hoffte, daß sie wirklich die unerfahrene Jungfrau war, die sie zu sein behauptete, daß er in seiner Betrunkenheit nicht so abstoßend auf sie gewirkt hatte, daß sie ihn jetzt dafür verachtete. Selbst wenn das der Fall war, so würde er sie mit etwas Geduld dazu bringen, den Liebesakt zu genießen.

Es genügte allein, daran zu denken, und schon reagierte sein Körper. Er wollte Jessie Fox; jetzt, wo sie seine Frau war, verlangte er noch mehr nach ihr als jemals zuvor. Er konnte förmlich schmecken, wie sich ihre sanften, blassen Brüste mit der cremig zarten Haut unter seinen Lippen anfühlen würden, wie es sein würde, wenn er ihre rosigen Knospen küßte. Er stellte sich vor, wie es sein würde, wenn er in sie eindrang, und wie herrlich es sein würde, wenn sich ihre Muskeln um ihn schlossen.

Matt fluchte leise. Wenn er so weitermachte, würde er gierig über sie herfallen, und das wollte er nicht. Er wollte sie umwerben, wollte sie langsam lieben und ihr die Freuden der Leidenschaft zeigen, er wollte ihr himmelhoch jauchzendes Glück schenken.

In einigen Dingen war er vielleicht zu steif, doch nicht im Bett. Er wollte, daß sie die Freuden der Liebe genauso genoß wie er.

Er warf einen Blick auf die Uhr an der Wand, dann kletterte er aus der Wanne, trocknete sich ab und zog sich mit Hilfe seines Kammerdieners für den Abend an – eine dunkelgraue Hose, eine silberne Weste und ein marineblauer Überrock. Er stellte sich vor, was Jessie wohl tragen würde, doch insgeheim wünschte er sich, daß er sie genauso vorfinden würde wie an diesem Morgen im Gasthaus – nackt.

Seine Mundwinkel zogen sich ein wenig hoch. Was auch immer sein Motiv dafür gewesen war, sie zu entführen, jetzt war

Jessie seine Frau. Er hatte sie haben wollen, seit dem Tag, als sie wie der Teufel zum Stall geritten kam und dann in der Pfütze zu seinen Füßen gelandet war. Eine Ehe war ein hoher Preis, den er für seine Lust zahlen mußte. Heute abend hatte er die Absicht, den Lohn für seinen Einsatz einzufordern.

Prompt antwortete sein Körper, und seine Hose wurde unangenehm eng. Bilder des Abends, der vor ihm lag, erregten heiß seine Lenden. Er sah Jessica vor seinem inneren Auge, wie sie sich nackt unter ihm wand. Er versuchte, nicht daran zu denken, wie er sich fühlen würde, sollte er feststellen, daß sie gelogen hatte, daß sie ihm ihre Unschuld nur vorgespielt hatte und daß er nur ein weiterer Mann war in der endlosen Reihe ihrer Liebhaber.

Als er zur Tür ging, zwang er sich, die Hand zu öffnen, die er zur Faust geballt hatte.

Jessica stand vor dem verzierten Drehspiegel in ihrem eisblauen Satinkleid, das sie von der Schneiderin hatte ändern lassen, jetzt, da sie verheiratet war – na ja, wenigstens so gut wie verheiratet. Es zeigte jetzt wesentlich mehr von ihrem Brustansatz, und sie hoffte, daß sie umwerfend verführerisch darin aussah. Minerva Towser, das schmächtige junge Mädchen, das ihr als Kammerzofe diente, bis Viola aus London zurückkam, hatte ihr gerade mitgeteilt, daß das Abendessen im Salon der Suite Seiner Lordschaft stattfinden würde.

Es genügte Jessie, das zu hören, und ihre Hände wurden feucht. Auf Wunsch des Grafen würde ihr intimes Abendessen noch viel intimer werden, als sie es geplant hatte.

Ein unbehaglicher Schauer rann durch ihren Körper. Ob er wohl die Absicht hatte, sie zu lieben, sie auch in Wirklichkeit zu seiner Frau zu machen? Vielleicht wollte er aber auch nur mit ihr über etwas Vertrauliches reden.

Bei diesem Gedanken begann ihr Herz schneller zu klopfen. Lieber Gott, wenn er nun herausgefunden hätte, was sie im White Dove Inn getan hatte? Was sollte sie tun, wenn er erfahren hatte, daß sie ihn mit einem Trick dazu gebracht hatte, sie zu heiraten? Oder noch schlimmer, was wäre, wenn er nun festgestellt hätte, daß er doch Caroline zu seiner Frau haben wollte, und sich jetzt entschlossen hatte, ihre Ehe zu annullieren?

Jessie atmete tief ein und versuchte, sich zu beruhigen. Sie schob energisch ihre Ängste beiseite. Sie hatte keinen Grund, das Schlimmste anzunehmen. Sie sollte ihm mit Hoffnung im Herzen gegenübertreten und darum beten, daß sie gelassen blieb. Es war besser, nicht mehr zu erwarten als seine Gesellschaft beim Abendessen und ein wenig Unterhaltung.

Sie warf noch einen letzten prüfenden Blick auf ihr Spiegelbild. Dann atmete sie ein paarmal tief durch und öffnete die Tür, die von ihrer Suite zu der seinen führte. Der Raum war in warmen Kerzenschein getaucht. Die schweren Seidenvorhänge, die wunderschön verzierte Stuckdecke, die hölzerne Wandverkleidung, sogar der festlich gedeckte Tisch mit dem kostbaren Porzellan und den Kristallgläsern – alles schien golden zu schimmern.

Genau wie Matthew selbst – angefangen von seinem sonnengebräunten Gesicht über sein dunkelblondes Haar, den muskulösen Hals und die kräftigen Hände mit den langen, schlanken Fingern. Lieber Gott, und sie war mit ihm verheiratet!

Matt blickte auf, als er hörte, wie sich die Tür öffnete. Lange Zeit bewegte er sich nicht, er genoß einfach nur ihren Anblick, als sie das Zimmer betrat. Als ein sanftes, unsicheres Lächeln um ihren Mund spielte, erwiderte er ihr Lächeln.

»Guten Abend, Mylady.« Er machte ein paar Schritte auf sie zu, als würde er von einem unsichtbaren Band zu ihr gezogen. Sie trug Blau, stellte er fest, im gleichen Ton wie ihre Augen, der Ausschnitt ihres Kleides war tiefer, als sie ihn vorher getragen hatte. Hoch und voll hoben sich ihre Brüste aus ihrem Kleid, und die Erinnerung daran, sie nackt gesehen zu haben, ließ seinen Entschluß, langsam vorzugehen, dahinschwinden. Er war erregt, noch ehe er sie überhaupt angerührt hatte, in seinen Lenden pulsierte es. Er lächelte sie liebevoll an, doch seine Augen glühten. Heute nacht würde sie ihm gehören.

»Guten Abend, Mylord. Ich hoffe, ich habe dich nicht warten lassen.«

Formvollendet verbeugte er sich. »Und wenn ich die halbe Nacht auf dich hätte warten müssen, das wäre es wert gewesen.« Er hob ihre Hand, drehte sie um und drückte einen Kuß in ihre Handfläche. »Ich bin derjenige, der zu spät gekommen ist. In den letzten Tagen habe ich meine Pflichten als dein Ehemann sträflich vernachlässigt. Ich entschuldige mich dafür – etwas, was ich in letzter Zeit häufig zu tun scheine.« Sie lächelte verständnisvoll, und sein Verlangen nach ihr wurde fast unerträglich. »Heute abend habe ich die Absicht, dich dafür zu entschädigen.«

Leichte Röte stieg in ihre Wangen. Über seine Schulter blickte Jessie zum Tisch. »Ich ... mir ist klar, daß du im Augenblick sehr beschäftigt bist. Ich hoffe, es ist dir gelungen, alle Angelegenheiten zu deiner Zufriedenheit zu erledigen.«

»Soweit es möglich war.« Er betrachtete sie von Kopf bis Fuß, bewunderte ihr goldenes Haar, die exquisite Biegung ihrer Wangen, die Linie ihres Halses, an dem eine kleine Ader heftig pulsierte. »Aber ich möchte heute abend nicht von der Vergangenheit sprechen.« Er reichte ihr ein Glas Champagner, winzige Luftperlen stiegen aus dem langstieligen Kristallglas mit dem goldenen Rand auf. »Um ganz ehrlich zu sein, es ist meine größte Hoffnung, daß wir nur sehr wenig Gelegenheit für eine Unterhaltung haben werden, wenn der Abend erst ein wenig fortgeschritten ist.«

Das Kristallglas in Jessies Hand zitterte. Mit der Zungenspitze fuhr sie sich über die Lippen, und bei diesem Anblick konnte er sich nicht länger zurückhalten. Er legte ihr einen Arm um die Taille und zog sie an sich. Dann beugte er den Kopf und preßte seine Lippen auf ihre. Sie waren so sanft und so süß, wie er sie in Erinnerung hatte, und sie zitterten ein wenig, als er sie drängte, sich ihm zu öffnen. Tief schob sich seine Zunge in ihren Mund, kühn erforschte er ihre samtige Höhle und schmeckte sie. Seine Erregung machte sich schmerzhaft bemerkbar.

Himmel, er verlangte so sehr nach ihr! Sein Kuß wurde eindringlicher, ihre weichen Brüste drängten sich gegen seinen

Oberkörper. Er fühlte, wie sie die Finger in seine Schultern krallte, fühlte, wie unter dem dünnen Stoff ihres Kleides ihre Brustspitzen sich aufrichteten. Am liebsten hätte er ihr die dünne Seide vom Leib gerissen, um diese herrlichen weißen Rundungen ansehen zu können, sie tief in seinen Mund zu nehmen, daran zu lecken und zu saugen, bis sie leise aufstöhnte.

Statt dessen riß er sich mit eiserner Kontrolle von ihr los. Als er sprach, klang seine Stimme dunkel und rauh. »Ich glaube, Lady Strickland, daß der Koch uns einen besonderen Leckerbissen zubereitet hat. Da ich für den heutigen Abend noch einiges vorhabe, wäre es vielleicht besser, wenn wir vorher etwas essen.«

Jessie nickte, ihre Wangen brannten. »Wie du wünschst, Mylord.« Sie nahm seinen Arm, den er ihr bot, und ließ sich zu dem Tisch vor dem Kamin führen. Ihr Kleid berührte sein Bein, und er fühlte, wie das Blut in seinen Lenden pulsierte. Er rückte den Stuhl für sie zurecht und setzte sich ihr gegenüber. Der Diener begann das Essen aufzutragen, doch Matt konnte an nichts anderes mehr denken als an ihre süßen, weichen Lippen, an ihre schlanke Taille und das Gefühl, wie sich ihre Brüste gegen ihn gedrängt hatten.

Kein Wunder, daß er den Zorn eines Herzogs heraufbeschworen hatte, nur damit sie ihm gehörte. Vielleicht würde Jessica Fox es ja wert sein.

Das Essen verlief planmäßig, jeder Gang war ein Genuß. Doch beide aßen nicht sehr viel, die Spannung zwischen ihnen war viel zu groß. Ihre Unterhaltung beschränkte sich auf bedeutungsvolle Blicke und die gelegentliche Berührung ihrer Hände. Sie tranken mehr als sie aßen.

Als der letzte Gang endlich serviert worden war, glaubte Jessie, ihre Nerven würden die Anspannung nicht länger aushalten. Matthew schien noch ruheloser zu sein als sie. Er ordnete an, daß der Nachtisch aus Honigkuchen und Vanillesauce auf dem Tisch stehenbleiben sollte. Dann entließ er das Personal für die Nacht und verschloß die Türe.

»Ich muß verrückt gewesen sein«, sagte er, als er sich zu ihr umwandte. Sein Blick heftete sich auf ihren Mund. »Ich hätte das Essen einfach ausfallen lassen sollen.« Mit diesen Worten trat er neben ihren Stuhl, zog sie hoch und nahm sie in seine Arme. Sein Kuß war leidenschaftlich und voller Verlangen. Er ließ keinen Zweifel an seiner Absicht.

»Ich habe mir geschworen, langsam vorzugehen«, brummte er ungehalten. »Aber wenn du nicht innerhalb der nächsten zehn Minuten dieses Kleid ausgezogen hast, dann werde ich es dir vom Leib reißen.«

Jessica wurde über und über rot. »Ich ... es tut mir leid, Mylord. Ich werde Minerva sofort rufen.« Sie wandte sich um, doch er hielt ihren Arm fest.

Ein Mundwinkel zuckte nach oben. »Du wirst keine Kammerzofe brauchen. Heute nacht werde ich diese Rolle spielen.« Seine Blicke gingen von ihrem Mund zu ihren Brüsten. »Dreh dich um, Lady Strickland.«

Jessies Magen zog sich zusammen. Sie tat, was er ihr befohlen hatte. Ein wohliger Schauer lief dabei durch ihren Körper. Mit jedem Knopf, den er öffnete, schlug ihr Herz heftiger. Als er das Kleid über ihre Arme hinunterschob und danach über ihre Hüften und sich die Röcke dann zu ihren Füßen bauschten, schlug ihr Herz wie ein Hammer. Gänsehaut bildete sich auf ihren Armen.

»Weißt du eigentlich, wie sehr mich nach dir verlangt?« flüsterte er in ihr Ohr und bedeckte ihr Gesicht mit vielen kleinen Küssen. Von hinten schlang er die Arme um ihre Taille und zog sie an seine Brust. Sie fühlte seine Erregung, die sich stark und groß gegen sie drängte. Matt knabberte an ihrem Ohrläppchen, drehte sie in seinen Armen herum und küßte sie erneut voller Leidenschaft. Tief schob sich seine Zunge in ihren Mund, bis in Jessica heißes Verlangen aufstieg.

»Matthew ...« Sie bemerkte kaum, daß er ihr das Hemdchen über den Kopf zog, bis sie nur noch in ihren weißen Seidenstrümpfen und den rosa Strumpfhaltern aus Satin vor ihm stand.

Erst als er einen Schritt von ihr weg machte, wurde ihr das klar.

Jessies Wangen waren vor Verlegenheit gerötet, doch sie versuchte nicht, ihre Blöße zu bedecken. Sie sah ihn lediglich fragend an. Seine Augen waren dunkel vor Begierde, und sie las darin, daß er seine Leidenschaft nur mühsam unter Kontrolle hielt. Und noch etwas anderes lag in seinen Augen.

»Du bist wunderschön«, gestand er ihr mit heiserer Stimme. »Ich habe so oft an deine herrlichen Brüste gedacht.« Seine tiefblauen Augen wanderten von ihren Brüsten zu dem Dreieck krausen, goldenen Haares zwischen ihren Schenkeln. Ihre Haut glühte unter seinen Blicken.

»Es gibt tausend Arten, auf die ich dich lieben will«, raunte er. »Und dennoch ... ich bezweifle, ob es je genug sein wird.« Bei jedem seiner Worte entflammte sie mehr, und seine Blicke auf ihrer Haut waren so eindringlich, daß sie sie wie eine Berührung spürte.

»Komm her, Jess.« Verlangen blitzte aus seinen Augen, wild und unmißverständlich.

Einesteils wollte sie weglaufen, wollte sich schützen vor diesem Mann, der die Absicht hatte, sie zu besitzen. Anderenteils wünschte sie, es würde geschehen. Er sehnte sich nach den Freuden, die er ihr mit jedem Blick versprach, mit jedem Kuß und mit jeder Berührung. Sie trat näher, bis der rauhe Wollstoff seines Überrockes ihre Brustspitzen berührte, die sich unter dieser Berührung sofort aufrichteten.

Da küßte er sie wieder, drängte tief seine Zunge in ihren Mund, er verzauberte ihren Geist, so wie er ihren Körper verzaubern würde. Eine Hand legte er auf ihre Brust, und eine Hitzewelle schien durch Jessies Körper zu rasen. Behutsam streichelte er die rosige Knospe, bis sie sich hart aufrichtete.

»Lieber Gott, Matthew ...« Seit Jahren hatte sie ihn geliebt. Jetzt sehnte sie sich nach ihm, daß es fast schmerzte. Sie erwiderte seinen Kuß mit brennender Leidenschaft, doch das genügte ihr nicht. Sie wollte seine nackte Haut berühren, wollte ihn schmecken und ihn so berühren, wie er sie berührte. Sie erinnerte sich an die Nacht, als sie ihn ausgezogen hatte, daran, wie glatt und gebräunt seine Haut gewesen war, wie kräftig und schlank sein muskulöser Körper.

»Zieh ... zieh dich aus.« Sie zupfte an dem Überrock und versuchte, ihn von seinen Schultern zu schieben. »Bitte ... ich will dich fühlen ... ich muß dich fühlen, Matthew.« Er stöhnte leise auf, zog den Überrock aus, riß sich die Krawatte und den Kragen vom Hals, knöpfte das Hemd auf und warf alles achtlos auf den Boden. Im Schein der Kerzen leuchtete das krause Haar auf seiner braungebrannten Brust in einem dunklen Gold. Sie sah das Spiel seiner Muskeln, als er die Schultern bewegte.

Als er endlich nackt vor ihr stand, griff er nach ihr und zog sie in seine Arme. Er küßte sie lange und eindringlich, hob sie hoch und trug sie durch den Raum in sein Schlafzimmer. Dort legte er sie mitten auf das große Bett und schob sich über sie. Wieder küßte er sie, heiß und voller Verlangen, dann bedeckte er ihren Hals und ihre Schultern mit unzähligen kleinen Küssen.

Als er schließlich eine ihrer rosigen Knospen in seinen Mund nahm, keuchte Jessie auf. Ihre Brüste sandten prickelnde Strahlen an die Stelle zwischen ihren Schenkeln. Als ob er es gefühlt hätte, wanderte seine warme Hand dorthin, liebkoste das krause goldene Haar und schob dann ihre Schenkel auseinander. Als er einen Finger vorsichtig in sie hineinstieß, zog Jessie bebend den Atem ein. Sie war heiß und feucht, und ihre Muskeln schlossen sich um seinen Finger. Jedesmal, wenn sein Finger in sie hinein- und wieder hinausglitt, fühlte sie, wie glühende Ströme des Verlangens ihren Körper durchfuhren. Sie wußte, was er vorhatte, doch selbst ihre Furcht vor seiner erschreckend großen Männlichkeit konnte ihr verzweifeltes Verlangen nach ihm nicht ersticken.

Er schob einen zweiten Finger in sie hinein, stieß tiefer in sie, bis sie vor Lust leise aufschrie. Sie bog ihm ihren Körper entgegen, der nicht länger ihrem Willen gehorchte, sehnsüchtig suchte sie nach Erfüllung.

»Bitte, Matthew ... ich kann nicht ... ich will ...«

»Ganz ruhig, mein Liebes. Vertrau mir.« Er küßte sie noch einmal, warm drang seine Zunge in ihren Mund. »Öffne dich mir, Jess, laß mich dich lieben.«

Sie keuchte und spreizte willig ihre Schenkel. Langsam und

vorsichtig drang sein Glied in ihre feuchte Hitze ein. Als er den Widerstand ihrer Jungfräulichkeit fühlte, hielt er inne und senkte den Kopf.

»Gott sei Dank.« Er sah sie an und lächelte so befreit und zärtlich, daß Jessie Tränen in die Augen traten. »Hab keine Angst«, flüsterte er. »Es wird nur einen kurzen Augenblick weh tun.«

Sie legte beide Hände um sein Gesicht. »Ich habe keine Angst, Matthew. Nicht, wenn du bei mir bist.«

»Jess ...« Hart preßten sich seine Lippen auf ihre, beinahe schmerzlich war sein Kuß. Er lenkte sie ab und fachte zudem das Feuer in ihrem Inneren an. Gierig züngelte er in ihrer samtigen Mundhöhle, und im selbem Moment stieß er kräftig in sie. Sein Kuß erstickte ihren Aufschrei, doch sein ganzer Körper spannte sich an. Mit eisernem Willen hielt er sich unter Kontrolle.

»Es tut mir leid«, hauchte er, doch er wirkte nicht, als ob er es bereute. Glücklicher hatte er nie zuvor ausgesehen.

Jessie holte ein paarmal zitternd Luft, und der Schmerz ließ tatsächlich nach. Als Matthew begann, sich in ihr zu bewegen, fühlte sie nur noch die langsamen Stöße, die einen Schauer nach dem nächsten durch ihren Körper schickten. Es dauerte nicht lange, bis sie sich jedem seiner Stöße, die heftiger und schneller wurden, entgegenhob. Höher und höher fühlte sie sich getragen, die Wogen der Ekstase drohten sie zu verschlingen.

»Matthew ...«, rief sie, als die Flammen sie zu verbrennen schienen. Ihr Hals war trocken, ihre Brustspitzen prall und hart, während durch ihren Körper flüssiges Feuer raste. Seine Stöße wurden noch stärker, und sie fühlte, wie sich sein Körper anspannte. Noch einmal stieß er mit aller Kraft zu, zog sich aus ihr zurück und stieß erneut zu. Da hatte Jessie plötzlich das Gefühl, als würde etwas in ihrem Inneren zerbersten.

Sie klammerte sich an ihn und rief guttural seinen Namen. Ein blendendes Licht schien hinter ihren Augenlidern zu explodieren. Sie verspürte eine Leichtigkeit, die so wundervoll war, daß sie aufschluchzte. Ein inniges Gefühl der Freude erfaßte sie, ein Gefühl, das sie nach und nach matt, schwach und befriedigt in die Gegenwart zurückbrachte.

»Jessie ... Liebling ... geht es dir gut?«

Sie versuchte, die Augen zu öffnen, Tränen rannen über ihre Wangen. Sie schüttelte den Kopf. »Ja ... nein ... ich bin nicht sicher. Matthew ... es ist so wundervoll.«

Er lachte und küßte sie zärtlich, rollte sich von ihr herunter und zog sie in seine Arme. »Du hast recht, mein Liebling, es ist wundervoll.« Mit dem Finger fuhr er über ihre Nase. »Offensichtlich habe ich keine sehr gute Arbeit geleistet, als ich dich zum ersten Mal verführt habe.«

Ihr Magen zog sich zusammen, und ein Anflug von Furcht stieg in ihr auf. »Was ... was meinst du damit?«

»Ich meine, meine bezaubernde Gräfin, daß du noch Jungfrau warst.«

Lange schwieg Jessie, sie war unsicher und wußte nicht, wie sie reagieren sollte. »Ich nehme an, ich hätte das wissen müssen. Wenn ich ...«

Matt runzelte die Stirn. »Wenn du was, Jess?« Er stützte sich auf der Seite ab, damit er sie ansehen konnte. Sein Gesicht wurde unvermittelt ernst. »Wenn du gewußt hättest, daß du noch Jungfrau warst, wärst du dann zurück zu deinem Herzog gegangen?« Er setzte sich auf, nackt und herrlich anzusehen. »Hör mir zu, du kleine Hexe. Milton ist für alle Zeiten aus deinem Leben verschwunden – ich bin jetzt dein Ehemann. Vielleicht wäre dir das anders lieber gewesen, aber dafür ist es jetzt zu spät.«

»Das habe ich nicht gemeint. Ich dachte nur ...«

»Mir ist es gleichgültig, was du gemeint hast. Es ist nicht länger wichtig. Du bist jetzt meine Frau – du gehörst mir. Und ich habe die Absicht, dafür zu sorgen, daß das so bleibt.« Mit diesen Worten zog er sie wieder in seine Arme und küßte sie. Es war nicht der sanfte, liebevolle Kuß eines Geliebten, sondern ein fordernder, besitzergreifender Kuß, der ihr sagte, daß sie zu ihm gehörte. Jessie genoß dieses wunderbare Gefühl. Und als er sie noch einmal nahm und mit tiefen, harten Stößen in sie eindrang, hob Jessie ihm willig ihren Körper entgegen.

Gemeinsam erreichten sie erneut den wirbelnden, gleißenden Höhepunkt ihrer Lust.

15

Matthew wachte noch vor der Morgendämmerung auf. Unter dem Baldachin seines großen Himmelbetts lag Jessie schlafend neben ihm. Das zerknüllte Laken hatte sie um sich gewickelt, eine rosige Brustspitze lugte darunter hervor und einer ihrer schlanken Füße. Es genügte, ihren Körper unter dem dünnen Laken zu betrachten, und Matt fühlte sofort Erregung in sich aufsteigen. Er wollte sie noch einmal nehmen, und das würde er auch, ehe er aufstand. Schließlich hatte er mit seinem Namen und seinem Reichtum für das Recht bezahlt, ihren Körper besitzen zu können. Doch das dringende Verlangen, das er ihr gegenüber fühlte, behagte ihm nicht.

Es störte ihn, wenn er daran dachte, was er getan hatte, sie davon abzuhalten, Milton zu heiraten. Es bereitete ihm Sorgen, daß er so sehnsüchtig auf sie reagierte, etwas, das er ganz und gar nicht beabsichtigt hatte.

Eine Frau zu lieben war in seiner Lebensplanung nicht vorgesehen. Er wußte nur zu gut, welchen Kummer das nach sich ziehen konnte. Die Trauer seines Vaters war Beweis genug: Mehr als zwanzig Jahre hatte er um seine geliebte Ehefrau getrauert. Seine Stiefmutter hatte sehr darunter gelitten. Sie hatte den Marquis von Herzen geliebt, doch er hatte ihre Liebe niemals erwidert. Er war nie in der Lage gewesen, die Frau zu vergessen, die die Frau seines Herzens gewesen war. Am Ende war die Stiefmutter als bittere, vereinsamte Frau gestorben, die die Männer verachtet und ihre Ehe bedauert hatte.

Matthew betrachtete Jessie, die so friedlich neben ihm schlief. Sie war seine Frau. Eines Tages würde sie ihm einen Sohn schenken, den nächsten Erben von Belmore. Er würde für sie sorgen, wie sein Vater es sich gewünscht hatte, und er würde sie im Bett befriedigen. Er würde ihre femininen Launen ertragen, so gut er konnte, und versuchen, ihr ein guter Ehemann zu sein. Abgesehen davon beabsichtigte er, Abstand von ihr zu halten, seine Gefühle wieder unter Kontrolle zu bringen, etwas, womit er sich gut auskannte. Eine kurze Zeit hatte Jessie Fox ihn fast überwältigt, doch das war jetzt vorüber. Er besaß sie und würde nun einen neuen Anfang machen.

Matthew griff nach ihr, strich ihr eine seidige blonde Haarsträhne hinter das Ohr und beugte sich dann vor, um ihr Ohr zu küssen. Jessie schmiegte sich im Schlaf an ihn. Dabei verrutschte die Decke, und eine ihrer Brüste bot sich ihm dar. Sofort reagierte Matthews Körper. Sie war seine Frau, und er hatte die Absicht, sich an ihr zu erfreuen. Die Empfindung war noch wesentlich verlockender, seit er seinen nüchternen Entschluß gefaßt hatte.

Begierig beugte Matthew den Kopf und nahm die rosige Spitze in seinen heißen Mund.

Die erste Woche ihrer Ehe löste die zweite ab. Obwohl Jessie gehofft hatte, daß sie beide viel Zeit miteinander verbringen würden, sah sie Matthew nur sehr selten. Normalerweise stand er schon vor dem Morgengrauen auf und ritt auf die Felder. Zurück kam er erst, wenn es schon beinahe dunkel war. Er hatte immer schon so hart gearbeitet, das wußte sie. Und eigentlich konnte sie nicht von ihm erwarten, daß er sich änderte, nur weil er verheiratet war. Doch sie konnte sich des Gefühls nicht erwehren, daß er absichtlich Abstand von ihr hielt, daß er sie nicht an sich heranlassen wollte.

Sie versuchte sich einzureden, daß seine abweisende Haltung sich wieder lockerte. Er war sich eventuell seiner Gefühle ihr gegenüber nicht sicher, oder er glaubte nicht an ihre Gefühle. Was auch immer der Grund dafür war, die einzige Zeit, so schien es, wo sie entspannt miteinander umgehen konnten, waren die Stunden, in denen sie gemeinsam im Bett lagen. Dort war er sehr liebevoll, fröhlich und absolut nicht prüde.

Manchmal wünschte Jessie sich, sie brauchten ihre Privatgemächer niemals zu verlassen.

Offensichtlich war Matthew da anderer Meinung. Pünktlich am frühen Morgen ritt er auch heute los – zu einer Besprechung mit James Bartlett, um mit ihm darüber zu diskutieren, wie die

Ernteerträge gesteigert werden konnten. Jessie hatte ihm einen Korb mit frischgebackenem Brot für Anne und das Baby mitgegeben. Als dann die Sonne aufgegangen war, machte sie sich auf zu ihrer kleinen Behelfsschule.

Es war später Nachmittag, die Kinder waren alle schon gegangen, als Jessie die Schritte ihres Mannes hörte. Sie saß an ihrem Pult und arbeitete an dem Text für den Unterricht des nächsten Tages, als er den Raum mit festen Schritten betrat. Erst vor ihrem Pult blieb er stehen.

»Hier also hat du dich versteckt.« Er sah angespannt aus, und Jessie fragte sich, woran er wohl dachte.

»Guten Tag, Mylord.«

»Ja ... es ist ein sehr guter Tag.« Sein Blick huschte über ihr Gesicht. Irgend etwas lag in seinen Augen, der Anflug eines Gefühls, das sie nicht deuten konnte.

»War deine Besprechung mit James Bartlett erfolgreich?« fragte sie und zupfte nervös ein Stäubchen von ihrem Kleid.

»Sehr sogar.« Seine Stimme klang barsch. »Er hat mir aufgetragen, mich in seinem Namen bei dir zu bedanken, weil du Anne geholfen hast, als sie Schwierigkeiten hatte, das Baby zu bekommen.«

Jessie wurde über und über rot. Lieber Himmel, kein Wunder, daß er sich aufgeregt hatte. Eine junge, unverheiratete Frau half nicht bei der Geburt eines Babys – sie hatte gehofft, er würde nie davon erfahren. »Ja ... na ja, sie braucht sich dafür nicht bei mir zu bedanken. Ich war froh, daß ich ihr helfen konnte.«

»Das bin ich auch«, antwortete er leise und überraschte sie mit diesen Worten.

»Bist du das wirklich?«

»Ja.« Er kam um das Pult herum und nahm ihre Hand. »Und es tut mir schrecklich leid.«

»Es tut dir leid? Was tut dir leid?«

»Die Art, wie ich dich an diesem Tag behandelt habe, Jess. Und die schrecklichen Dinge, die ich damals gesagt habe.« Er küßte ihre Hand. In diesem Augenblick ließ er alle Vorsicht außer acht, so wie sie es sich die ganze Woche über gewünscht hatte. Er sah sie schuldbewußt an. »Wenn mein Vater das gewußt hätte, wäre er mit der Pferdepeitsche auf mich losgegangen.«

Jessie wurde ganz warm ums Herz, und plötzlich erwachte neue Hoffnung in ihr. »Damals wollte ich, daß du mich als Lady sehen solltest. Ich hatte den Abend schon seit Wochen geplant. Und dann habe ich alles verpatzt, als ich vor deinen Augen in die Pfütze fiel.«

Er hob ihre Hand und küßte sie noch einmal. »Du hattest einen sehr guten Grund für deinen eiligen Ritt. Ich wünschte nur, du hättest mir davon erzählt.«

Sie starrte in seine blauen Augen. »Ich habe befürchtet, daß du schockiert sein würdest.«

Er griente, und kleine Fältchen kräuselten sich um seine Augenwinkel. »Das war ich auch ... ein bißchen zumindest. Aber das war wahrscheinlich genau das, was mich an dir so fasziniert hat.« Jessie lachte, als Matt sie in seine Arme zog. Er senkte den Kopf und küßte sie, es war ein sanfter, warmer, suchender Kuß, der ihre Knie zu Pudding werden ließ.

»Einmal habe ich mir vorgestellt, dich hier an dieser Stelle zu lieben«, flüsterte er mit rauher Stimme. »Auf deinem zerkratzten Pult, mit all den Papieren darauf.«

Jessie blickte zur Tür und stellte fest, daß er sie verschlossen hatte. »So? Das hast du dir vorgestellt?«

»Jawohl, das habe ich.«

Noch einmal sah sie zur Tür. »Du hast doch nicht etwa die Absicht ...?«

Eine goldblonde Augenbraue zuckte hoch. »Nicht? Ich denke, es ist höchste Zeit, daß ich die Tatsache wiedergutmache, daß ich damals der Grund dafür war, daß dein Pferd gescheut und dich in den Schlamm geworfen hat.«

Sie feixte und drückte ihre Hände gegen seine Brust. »So – endlich gibst du also zu, daß es deine Schuld war!«

»Das tue ich«, gestand er reumütig und preßte seine Lippen auf ihre. Gleichzeitig faßte er mit beiden Händen um ihre Taille und hob Jessie auf das Pult.

Jessie seufzte erwartungsvoll, als er ihr Mieder aufknöpfte

und ihre Brüste von dem lästigen Stoff befreite. Dann nahm er die beiden köstlichen Halbkugeln in die Hände und knetete sie sanft. Er strich mit seinem Daumen über die rosigen Knospen, bis sie sich sehnsüchtig aufrichteten. Schließlich senkte er den Kopf, umkreiste sie mit seiner Zunge und saugte dann gierig daran. Jessie stöhnte, kleine feurige Funken schienen ihren Körper entlangzutanzen. Sie bemerkte kaum, daß er ihre Schenkel gespreizt und ihren Rock hochgeschoben hatte.

Er hielt sie an der Taille fest, zog sie an den Rand des Pultes und streichelte unablässig ihre Brüste. Jessie bog den Kopf zurück, als er ihren Hals küßte, ihre Schultern und dann vor dem Pult niederkniete.

»Matthew ...?« Jessie japste, als er seine starken Hände unter ihren Po legte und seinen Mund gegen ihren Schoß preßte. »Lieber Gott ...« Sie fühlte seinen warmen Atem – und dann seine heiße, nasse Zunge, die spielerisch in sie eindrang. Er stimulierte mit seiner Zunge ihre pralle Liebesperle, neckte und saugte sie, bis ihr Atem nur noch rasselnd ging und sie sich vor Wollust unter ihm wand. Eine süße, bebende Anspannung hatte von ihrem Körper Besitz ergriffen. Er erregte sie so, daß sie glaubte, es nicht länger ertragen zu können. Und dann zerbarst die Welt in einem gleißenden Sternenschauer.

Er rückte sie auf dem Pult zurecht, knöpfte seine Hose auf und drang mit einem einzigen Stoß tief in sie ein. Er war groß und hart, füllte sie ganz aus, entfachte ihre Leidenschaft erneut, so sehr, daß sie sich an ihn klammerte und im wilden Rhythmus ihrer Vereinigung seinen Namen rief. Zusammen erreichten sie ihre explosionsartige Erfüllung. Zitternd und keuchend hielten sie einander umschlungen, bis sich Matthew aus ihr zurückzog und ihr vom Pult hinunterhalf. Zärtlich nahm er sie in seine Arme und strich mit der Hand über ihr Haar.

»Es war mir ernst damit, was ich gesagt habe, Jess. Es tut mir wirklich leid, wie ich mich an diesem Tag damals benommen habe. Und ich bin sehr stolz auf dich, daß du den Mut hattest, Anne bei der Geburt ihres Babys zu helfen.«

Tränen traten in Jessies Augen. Schnell wischte sie sie mit

dem Handrücken ab. *Ich liebe dich,* wollte sie sagen. *Ich habe dich schon immer geliebt.*

Doch dafür war es noch zu früh. Sie fürchtete sich vor dem, was er vielleicht sagen könnte, davor, was er denken könnte. Sie fürchtete sich davor, daß er eventuell zu dem Schluß kommen könnte, daß sie dafür gesorgt hatte, daß er sie heiraten mußte. Statt dessen stellte sie sich auf die Zehenspitzen und küßte ihn, sie war dankbar dafür, daß sie seine Frau sein durfte, dankbar für die wilde Leidenschaft, die er ihr schenkte. Für den Augenblick genügte ihr das.

Eine weitere Woche verging. Vor zwei Tagen war Viola aus London zurückgekommen, und jetzt hatte Papa Reggie eine Nachricht geschickt, daß auch er zurückkehren würde. Endlich, drei Tage später, hielt die Kutsche von Belmore vor dem Haus.

»Ich sehe, daß ihr beide euch wunderbar zu verstehen scheint«, schmunzelte er am ersten Abend nach dem Essen. »Keiner von euch hat den anderen erschossen. Die Kammerzofe sagt, daß sie kaum einmal das Bett der Lady zu machen braucht, weil sie nur selten darin schläft. Offensichtlich paßt ihr beide doch recht gut zusammen.«

Verlegene Röte stieg in Jessies Wangen. Als sie dann wagte, Matthew anzusehen, entdeckte sie, daß sich sein Gesicht zu einem amüsierten Lächeln verzogen hatte.

»Ich denke, Vater, daß es nie einen Zweifel daran gegeben hat, daß Jessica und ich uns in dieser Beziehung verstehen würden. Aber es wird dich sicher freuen zu hören, daß wir auch noch andere Gemeinsamkeiten teilen.«

Jessie strahlte. »Sprichst du von den Kindern? Du wirst ihnen von deinem Leben an Bord der *Norwich* erzählen?« Sie hatte ihn darum gebeten, doch hatte er noch nicht zugestimmt.

»Ich werde es ihnen erzählen, Liebling, wenn das wirklich dein Wunsch ist. Aber ich sprach von deinem Gewächshaus.«

»Mein Gewächshaus? Was ist damit?«

»Weißt du eigentlich, daß es meine Lieblingsbeschäftigung war, mich um Blumen zu kümmern, als ich noch ein Junge war?

Keine sehr männliche Tätigkeit, fürchte ich, aber ich mag sie trotzdem. Und als ich dich dabei beobachtet habe, ist mir klargeworden, daß es mir noch immer Freude macht.«

Papa Reggie räusperte sich. »Es ist wohl nicht unangemessen für den Sohn eines Landedelmannes, wenn er den Boden und die Pflanzen liebt. Ich habe mich stets über dein Interesse gefreut, und das ist bis heute so geblieben.«

»Wie geht es Lady Bainbridge?« fragte Matthew, und nun war es an dem Marquis, befangen zu werden.

»Großartig, wie immer. Diese Frau ist ein Juwel. Ich kann nicht begreifen, warum ich so lange gebraucht habe, um das festzustellen.«

Matthew lächelte, und auch Jessies Mundwinkel zuckten. Ihre Blicke trafen sich, eine süße, vielversprechende Botschaft lag in ihren Augen.

Vielleicht hätte sich der Abend mit fröhlichem, angenehmem Geplauder fortgesetzt – wäre nicht in diesem Augenblick Ozzie an der Tür des Speisezimmers erschienen.

»Da ist Besuch für Sie«, erklärte er dem Grafen und sah dabei ein wenig verwirrt aus. »Es sind zwei Leute, und sie sehen beide ziemlich heruntergekommen aus. Ich hätte sie nicht hereingelassen, aber der Gentleman behauptet, der Bruder der Lady zu sein.«

Jessie zog scharf den Atem ein, ihr Herz stolperte. Sie und Matthew standen gleichzeitig auf, Papa Reggie folgte ihnen.

»Vater, du und Jessica, ihr werdet hierbleiben«, befahl Matt. »Ich werde mich persönlich um Danny Fox kümmern.«

»Ich komme mit dir«, erklärte Jessie. »Danny ist schließlich mein Bruder.« Matthew wollte etwas sagen, doch sie drängte sich an ihm vorbei zur Tür. Der Marquis folgte den beiden.

Jessies Bruder hatte es sich in dem kleinen Salon bequem gemacht, in den der Butler ihn geführt hatte. Lässig hingestreckt lümmelte er auf dem kostbaren Sofa. Als Jessica das Zimmer betrat, stand er gemächlich auf.

»Wie schön … wenn das nicht die Gräfin höchstpersönlich ist.«

Jessie erstarrte. Jedesmal brachte dieser widerliche Mensch sie aus der Ruhe. Im ersten Augenblick hatte sie seine Begleitung gar nicht gesehen, die sich am anderen Ende des Sofas zusammengerollt hatte. Es war ein kleines Kind, in Lumpen gewickelt, die winzige Nase schmutzig, die Finger in löchrigen Handschuhen. Als Jessie das Bündel entdeckte, machte ihr Herz einen kleinen Sprung. Doch sie zwang ihre Aufmerksamkeit auf ihren Bruder. »Hallo, Danny.«

»Ich bin überrascht, Euch zu sehen, Fox«, erklärte Matt und machte ein paar drohende Schritte auf ihn zu. »Ich dachte, ich hätte es Euch damals deutlich genug klargemacht – ich habe Euch gewarnt, jemals wieder in die Nähe von Jessica zu kommen.«

Zum ersten Mal sah Jessie die feine Narbe unter dem Kinn ihres Bruders, die sich bis unter den Kragen seines Hemdes zog. Ein Andenken an den Messerkampf, den sie beide damals auf dem Jahrmarkt gehabt hatten ...

Dann entdeckte Matt das Kind. So verpackt, schmutzig und vor Kälte zitternd das kleine Mädchen auch wirkte, so waren doch das blonde Haar und die blauen Augen unverkennbar: Sie war eine kleine, beinahe identische Ausgabe von Jessie.

»Wer ist sie?« fragte Matt, doch Jessie kannte die Antwort bereits.

»Die kleine Sarah ist meine Tochter.« Danny deutete auf das Kind. »Sie ist ein süßes kleines Ding. Sie ist bei mir, seit ihre Mama vor drei Wochen gestorben ist. Aber ein Mann, wie ich es bin, hat keine Möglichkeit, ein Kind großzuziehen. Da dachte ich, meine Schwester könnte vielleicht helfen, jetzt, wo sie doch eine Gräfin ist und so ... und weil sie ja schon immer so gut mit Kindern umgehen konnte.«

Das kleine Mädchen saß nur stumm da und starrte vor sich hin. Danny fuhr ihr mit der Hand über den Kopf und strich ihr das Haar glatt. Jessie glaubte gesehen zu haben, wie das Kind zusammenzuckte. Doch die Bewegung war so schwach gewesen, daß sie nicht sicher sein konnte.

Jessie fürchtete sich, Matthew anzusehen. Sie ging auf das

kleine blonde Mädchen zu. »Wie alt ist sie, Danny?« Sie kniete vor dem Kind nieder und zog die wollene Decke ein wenig fester um es. Aber das Kind hörte nicht auf zu zittern.

»Ungefähr vier, denke ich.« Er grinste verschlagen. »Die kleine Sarah ist der Grund dafür, daß man mich zum ersten Mal an die Kette gelegt hat. Marys Vater hat uns auf dem Heuboden erwischt. Damals war das Mädchen im dritten Monat schwanger, und ich war dafür verantwortlich. Also mußte ich sie heiraten.« Seine eigenartig gelben Augen blickten zu Matthew. »Genau das gleiche, was dem Grafen hier passiert ist.«

Matt trat drohend einen Schritt auf ihn zu, doch sein Vater hielt seinen Arm fest.

»Ich nehme an, Ihr wollt vorschlagen, daß das Kind bei uns bleibt«, schaltete sich der Marquis ein, und Jessie sah ihn hoffnungsvoll an. Sie konnte sich nicht vorstellen, dieses kleine Mädchen bei Danny Fox zu lassen. Er besaß nicht den Funken von Charakter, ein Kind großzuziehen. Seine Erziehungsmethode beschränkte sich auf Prügel – oder auf noch Schlimmeres. Das konnte Jessie aus leidvoller Erfahrung bestätigen.

»Ich hatte gehofft, daß meine Schwester mir helfen könnte, wo sie doch die Tante des Kindes ist. Die kleine Sarah wird nicht viele Umstände machen. Sie wird das tun, was man ihr sagt, und sie redet auch nicht viel, eigentlich überhaupt nicht.«

Das konnte Jessie sehen. Während der gesamten Unterhaltung hatte das Kind schweigend dabeigesessen. Sie hatte Jessie nur angestarrt, als sehe sie in ihr ein etwas größeres Spiegelbild.

»Mama?« fragte sie und streckte mit einem Ausdruck der Verwunderung die Hand aus, um Jessies goldblondes Haar zu berühren. Jessies Hals wurde eng, Tränen traten in ihre Augen.

»Matthew?« Sie wandte sich zu ihm um. Ihr Herz klopfte stürmisch, als wolle es aus ihrer Brust hüpfen.

»Wir müssen miteinander reden, Jess.«

Sie nickte, voller Hoffnung und voller Angst. Sie warf Papa Reggie einen Blick zu, als sie zusammen mit Matthew das Zimmer verließ. Sein Gesichtsausdruck verriet nichts von seinen Gedanken. Seit seiner Rückkehr aus London hatte er eines vollkommen deutlich gemacht: Von jetzt an war Matthew der Verantwortliche in Belmore. Seine Entscheidung war Gesetz – der Marquis würde sich nicht einmischen.

Nur ein Mann von großer Weisheit konnte eine solche Entscheidung treffen. Jessie respektierte ihn dafür, doch im Augenblick wünschte sie, daß sie es mit dem Marquis und nicht mit ihrem Mann zu tun hätte. Wie dachte Matthew darüber, eventuell das Kind eines anderen Mannes großzuziehen?

Sie fühlte seine Hand um ihre Taille, als er sie in das Arbeitszimmer führte und die Tür hinter ihnen schloß. Lange Zeit sagte er gar nichts. Er betrachtete nur ihr Gesicht, auf dem sich ihre widerstreitenden Gefühle spiegelten.

»Wenigstens einmal sagt Fox die Wahrheit. Das Kind ist offensichtlich deine Nichte – die Ähnlichkeit ist unheimlich.«

»Ja.« Jessie leckte sich über die Lippen. »Viola kannte meine Mutter. Sie sagt, sie hat genauso ausgesehen wie ich, als sie noch ein Kind war.«

»Wenn wir das Kind hierbehalten, wird es Probleme mit deiner Vergangenheit geben. Wir werden uns noch mehr Lügen einfallen lassen müssen, noch mehr Menschen werden in den Betrug mit hineingezogen werden müssen ... ganz zu schweigen von der ernsten Verantwortung, die du auf dich nimmst, wenn du diesem kleinen Mädchen die Mutter ersetzen willst.« Er sah sie eindringlich an. »Denn daran denkst du doch, nicht wahr? Du willst das Kind behalten.«

Jessie sah ihn fest an. Ihr Magen verkrampfte sich vor Nervosität. »Mein Bruder wird sie schlecht behandeln. Ich bin sicher, daß er das bereits getan hat. Er hat mich grün und blau geschlagen, wann immer er eine Möglichkeit dazu hatte. Einmal hat er mir sogar eine Rippe gebrochen. Ein anderes Mal hat er mir ein blaues Auge verpaßt. Er hat auch ...« Sie hielt inne, als sie den entsetzten Ausdruck in Matthews Gesicht sah. Doch dann verwandelte sich seine Bestürzung in Wut.

»Ich hätte wirklich das Messer für mehr als einen kleinen Kratzer benutzen sollen«, erklärte er zornig. Seine Hand ballte sich zur Faust.

»Das ist doch Vergangenheit. Ich habe es nur erwähnt wegen der kleinen Sarah. Ich kann es nicht ertragen, daran zu denken, daß er dieses Kind auch so behandeln wird. Vor allem, nachdem es sich hier um meine Nichte handelt.«

»Nein.« Matt trat vor sie und legte seinen Zeigefinger unter ihr Kinn. »Das Kind kann auf keinen Fall bei deinem Bruder bleiben. Aber es gibt auch noch andere Wege, wie wir ihm helfen könnten. Die Frage ist, willst du es hierbehalten?«

Jessie sah ihn an, und alles, was sie fühlte, lag in ihrem Blick. »Dieses Haus hier ist so groß, und sie ist so klein. Du wirst nicht einmal merken, daß sie hier ist. Sie kann mit den Kindern in der Schule spielen, und Vi wird mir helfen und sich auch um sie kümmern. Ich werde dafür sorgen, daß sie dir nicht im Weg ist. Wenn du erlaubst, daß sie hierbleiben darf, Matthew, dann verspreche ich dir, es wird dir nicht leid tun.«

Wie könnte es ihm leid tun? Matthew sah in ihre seelenvollen blauen Augen und wußte, wenn es Jessie glücklich machte, dann war es genau das, was auch er wollte.

Der Gedanke störte ihn. Er wollte sich nicht auf eine solche Beziehung zu einer Frau einlassen. Das hatte er noch nie getan. Er hatte sich geschworen, Abstand zu halten – und er hatte vorgehabt, diesen Schwur zu halten.

Und dann war da noch etwas, etwas, das ihn warnte, vorsichtig zu sein. Es war der Gedanke an den innigsten Wunsch seines Vaters, daß er und Jessie heiraten sollten. Jessies Liebe zu Belmore – sie wäre beinahe so groß wie seine eigene, hatte sein Vater behauptet. Sie hatte sich geschworen, eine Lady zu werden, seit der Zeit, als sie noch ein Kind war. Und jetzt war alles so gekommen, wie sie es sich gewünscht hatte.

Unbewußt biß Matthew die Zähne zusammen. Es war alles zu perfekt nach ihren Plänen gelaufen. Jessie war seine Frau, genau wie sein Vater – und vielleicht auch Jessie – es gewollt hatten. Daß es seinem Ungestüm zuzuschreiben war, daß es so weit gekommen war, zählte nicht.

Er machte sich viel aus Jessie – viel zuviel, als daß es gut für ihn wäre. Jetzt gab er schon wieder ihrem Wunsch nach und war damit einverstanden, den Balg ihres nichtsnutzigen Bruders aufzuziehen. Es war gefährlich, das wußte er. Die Leute würden wahrscheinlich Fragen stellen nach dem Mädchen, sie würden mißtrauisch werden, da niemand dieses Kind früher erwähnt hatte.

Dennoch, das Kind war fast noch ein Baby, und außer Danny Fox war sie Jessies einzige nahe Verwandte.

Matt räusperte sich. »Das Kind kann bleiben«, erklärte er barsch. »Aber ich will, daß Fox verschwindet.« Er ging zur Tür und riß sie auf, voller Entschlossenheit, dafür zu sorgen, daß dieser, nämlich *sein* Wunsch erfüllt wurde.

Im Salon hockte der Marquis neben dem Mädchen und sprach leise und begütigend mit ihm. Matt kam der flüchtige Gedanke, daß sein Vater sich tatsächlich darüber freuen würde, wenn das Kind hierblieb. Er wandte sich mit eisigem Gesichtsausdruck an Fox. Doch er ließ sich Zeit zu sprechen, so lange, daß sein Gegenüber unter seinem Blick unruhig auf dem Sofa hin und her zu rutschen begann.

»Eure Tochter kann bleiben, unter einer Bedingung.«

»Also, Augenblick mal ...« Fox sprang auf, sein Verhalten war mit einem Mal äußerst aggressiv. »Ich habe nie gesagt, daß ich sie hierlassen will. Ich habe nur gesagt, daß ich die Hoffnung hatte, meine Schwester würde mir helfen.«

Matt schwieg. Er musterte den anderen Mann nur weiter mit seinem unbeugsamen Blick. Er hatte gewußt, daß es Geld war, was Fox wollte. Danny kannte seine weichherzige Schwester nur zu gut. Er wußte, wenn Jessie das Kind erst einmal gesehen hatte, würde sie es beschützen wollen. »Wieviel?«

Dannys Augen blitzten triumphierend. »Tausend Pfund.«

»Ich werde Euch fünfhundert geben, keinen einzigen Penny mehr. Ihr werdet das Geld nehmen und nie wieder einen Fuß in dieses Haus setzen.«

»Nun ja, Euer Lordschaft. Ihr wißt verdammt hart zu verhandeln ... Ihr bittet einen Mann, sein eigen Fleisch und Blut aufzugeben.«

»Ich bitte Euch nicht, ich befehle es Euch. Entweder nehmt

Ihr das Geld, oder Ihr nehmt das Kind.« Er ignorierte das erstickte Geräusch, das von Jessie kam. »Auf jeden Fall wird man Euch nie wieder erlauben, dieses Haus zu betreten. Ihr könnt wählen – also, wie entscheidet Ihr Euch?«

Ein wölfisches Lächeln umspielte den Mund von Danny. »Na ja, ich wähle das Geld, Euer Lordschaft. Ein Mann muß das tun, was für sein Kind am besten ist.«

Matt knurrte verächtlich. »Das dachte ich mir.« Er ging zur Tür. »Laßt das Kind hier, und kommt mit mir.« An Jessie vorbei ging er zu seinem Arbeitszimmer. Es dauerte nicht lange, bis er einen Wechsel auf seine Bank ausgeschrieben und ihn dann Fox überreicht hatte. Ein paar Minuten später fiel die Tür hinter Danny Fox ins Schloß.

Durch das Fenster beobachtete Matt, wie Jessies Bruder in der Nacht verschwand. Er fragte sich allerdings, warum er sich nicht erleichtert fühlte.

Jessie saß im Schulzimmer vor ihren Kindern. Ihr gegenüber beugten sich sechs kleine Köpfe über ihre Tische, das siebte Kind, ein kleines blondes Mädchen, starrte vor sich hin. Seit Stunden hatte Sarah sich nicht gerührt.

Jessie beobachtete sie, und das Herz tat ihr weh. Das Kind war völlig verstört, so allein. Nachdem die anderen mit ihrer Aufgabe beschäftigt waren, ging Jessie zu Sarah, nahm ihre Hand und führte sie aus dem Haus in den hellen Sonnenschein. Ein leichter Nebel machte den Morgen frisch, es würde ein warmer Tag werden. Doch Sarah hatte die kleinen Ärmchen um sich selbst geschlungen, sie hielt ihr neues gelbes Musselinkleid fest, als wäre es ihr größter Schatz.

»Es ist hübsch hier, nicht wahr, Sarah?«

Sarah antwortete nicht. Seit dem Abend, als sie hier angekommen war, hatte sie nur ein einziges Wort gesagt. *Mama?* Als wäre es eine Frage, als könne sie nicht verstehen, warum Jessie und sie einander so ähnlich waren. Dann hatte sie sich wieder in ihr Schneckenhaus verkrochen. Sie sprach nicht, und es sah so aus, als würde sie ihre Umgebung gar nicht wahrnehmen.

Aber das tat sie.

Ab und zu entdeckte Jessie, daß ihre Augen aufblitzten, wenn sie etwas Neues und Wundervolles entdeckte – wie an diesem Morgen, als sie ihr erstes neues Kleidchen bekommen hatte. Seltsam genug, es war Matthew gewesen, der es ihr geschenkt hatte. Er hatte es im Dorf gekauft, eines von einem Dutzend neuer Kleider, die er bestellt hatte. Dies war das erste, das fertig geworden war. Bis heute hatte Sarah Kleider getragen, die Jessie von den Kindern der Diener ausgeborgt hatte, sauber, aber schon ein wenig abgetragen.

Selbst diese Sachen hatten sie zum Staunen gebracht und ihr auch ab und zu ein Lächeln entlockt – wenn sie sicher war, daß niemand sie beobachtete. Die restliche Zeit war sie in sich gekehrt und zeigte keinerlei Reaktion.

»Wie geht es ihr, Miss Jessie?« Simon Stewart, der älteste ihrer Schüler, war nach draußen gekommen. Ihre Schüler benutzten noch immer die vertraute Anrede für Jessie, obwohl sie sicher war, daß Matthew nicht damit einverstanden sein würde, wenn er es erfuhr. »Ich bin mit meiner Aufgabe fertig. Ich habe gesehen, wie Ihr mit der kleinen Sarah nach draußen gegangen seid.«

»Für sie ist alles völlig ungewohnt. Ich stelle mir vor, daß sie ihre Mutter vermißt. Ich glaube, sie hat noch nicht so recht begriffen, was passiert ist.«

»Warum erzählt Ihr es ihr nicht? Kinder ist ... sind ... klüger, als die meisten Menschen glauben.«

Jessie lächelte. »Ich habe es ihr gesagt, Simon. Aber ich schätze, sie hat mir gar nicht zugehört.«

Der schlaksige Junge kniete neben dem kleinen Mädchen nieder. Die Kinder mochten die Kleine sehr. Sie alle waren irgendwie angerührt durch die Ängste, die das kleine Mädchen in sich verbarg. »Miss Jessie sagt immer die Wahrheit, Sarah. Sie mag Kinder. Es gibt keinen von uns, der sie nicht gern als Mutter hätte. Du weißt gar nicht, wieviel Glück du hast.«

Jessie wurde rot. Es war wundervoll, zu wissen, wie sehr die Kinder sie liebten. »Danke, Simon.« Sie sah ihm nach, als er wieder ins Klassenzimmer ging. Er hatte große Fortschritte gemacht, seit er am Unterricht teilnahm. Sie blickte auf das Kind, das mit seinen Blicken dem Jungen folgte. »Er ist ein guter Junge, nicht wahr, Sarah?«

Sarah blieb stumm und gab nicht zu erkennen, ob sie Jessies Worte gehört hatte.

»Wie wäre es mit etwas zu essen?« fragte sie und sah, wie die blauen Augen des kleinen Mädchens aufleuchteten. »Wir werden sehen, ob die Köchin etwas für uns hat, sobald die Kinder mit ihren Arbeiten fertig sind.«

Jessie bückte sich, hob das Kind hoch und setzte es sich auf die Hüfte. Die Arme des kleinen Mädchens legten sich um ihren Hals, und Jessies Herz wurde eng. Sie verfluchte ihren Bruder, wie schon so oft zuvor. Sie dachte an die blauen Flecken, die sie auf dem Rücken und den Beinen des Kindes gesehen hatte, als sie es am ersten Abend ins Bett gebracht hatte. Sie wußte, was Danny mit ihr angestellt hatte, um sie so zu verängstigen.

Ein Gefühl des Unbehagens beschlich sie. Sie drückte Sarah beschützend an sich. Ihr Bruder durfte dieses Kind nie wieder in seine Gewalt bekommen, das schwor sie sich. Doch ein beklemmendes, unbestimmtes Gefühl konnte sie nicht abschütteln. Es lag wie ein dunkler Schatten über dem heiteren Sonnentag.

17

Sie würden sich nicht für immer vor den Auswirkungen des angezettelten Skandals verstecken können, das war Papa Reggies feste Meinung.

Während seiner Wochen in London hatte er den Herzog besänftigt, indem er ihm seine Auslagen ersetzt hatte, die er für die Hochzeit gehabt hatte, ein beträchtlicher Betrag. Der Marquis hatte ihm selbstverständlich den Verlobungsring zurückgegeben und ihm in Matthews Namen ein unwiderstehlich schönes, tintenschwarzes Vollblut-Rennpferd geschenkt. Das Tier hatte so offensichtliche Aussichten, Champion zu werden, daß der Herzog schließlich auf das Duell verzichtet hatte, das er voller Zorn zuerst durchführen hatte wollen. Er hatte sogar zugestimmt, dem jungverheirateten Paar keine Schwierigkeiten zu machen, wenn er ihnen zum ersten Mal in der Öffentlichkeit begegnete.

»Also, der Trick ist«, sinnierte der Marquis, als sie zusammen im Frühstückszimmer saßen, von dem aus man einen wunderschönen Ausblick auf den Garten hatte, »sich langsam wieder in den Fluß der Ereignisse einzufügen.« Er kratzte sich am Kinn. »Ein Hochzeitsempfang hier auf Belmore wäre vielleicht die beste Gelegenheit dazu.«

Jessie blickte zu Matthew, dessen Gesicht sich grimmig verzogen hatte, und von ihm wieder zu dem weißhaarigen Marquis, der ihr gegenübersaß. »Ich ... ich glaube nicht, daß das eine so gute Idee ist, Papa Reggie. Vielleicht sollten wir damit noch warten, bis sich die Gemüter etwas mehr beruhigt haben.«

»Unsinn. Je länger wir warten, desto schwieriger wird es. Wir ziehen die ganze Angelegenheit sehr schlicht auf. Wir werden ein Fest für die Pächter geben, ein Abendessen und einen Ball, zu dem wir die Landedelleute einladen, die örtlichen Rittergutsbesitzer und diejenigen aus der Adelsgesellschaft, die wir dazu bewegen können. Ich werde persönlich die Einladung an Lord Landsdowne überbringen. Wenn er und Lady Caroline unsere Einladung annehmen, dann wird der Weg zurück in die Gesellschaft für euch wesentlich einfacher sein.«

Matts Gesicht hatte sich noch ablehnender verzogen, und Jessies Magen begann zu rumoren. »Sicher wird Winston die Einladung als Frechheit empfinden.«

»Sie werden kommen«, versicherte der Marquis. »Damit könnt ihr rechnen.« Er lächelte auf die gleiche entschlossene Art, die Jessie immer an Matthew erinnerte. »Ich besitze eine zweite Hypothek auf Winston House. Der Graf ist entschlossen, daß niemand aus seiner Bekanntschaft etwas davon erfährt

– Landsdowne wird es nicht wagen, meine Einladung zu ignorieren.«

»Matthew?« Jessie wandte sich ihm zu. Das letzte Wort, so wußte sie, würde er haben.

Er nippte an seinem starken schwarzen Kaffee und stellte die Tasse dann klirrend auf die Untertasse zurück. »So schwer es auch sein wird, ich denke, Vater hat recht. Wir müssen an die Zukunft denken und auch an den Ruf von Belmore. Wir werden es so machen, wie du vorgeschlagen hast, Vater.«

Die Vorbereitungen für das Fest begannen schon am nächsten Tag. Jessie war nicht überrascht, als Lady Bainbridge anreiste, um ihnen zur Hand zu gehen. Im Grunde war sie sogar erleichtert.

Der Marquis schien außerdem um Jahre verjüngt, wenn die Gräfin in seiner Nähe war. Jetzt saßen sie zusammen im Salon, und Lady Bainbridge tätschelte liebevoll seinen Arm.

»Wie immer, Reggie, so hast du auch diesmal genau das Richtige getan. Es ist üblich für ein Mitglied der Aristokratie, anläßlich einer Heirat ein Fest für seine Nachbarn und Freunde auf dem Land zu geben. Es ist der perfekte Weg für das frisch verheiratete Paar, sich seinen Platz in der Gesellschaft zurückzuerobern.«

Matthew schien allerdings nicht so glücklich darüber zu sein. Jessie nahm an, daß der Skandal ihn verlegen machte. Immerhin war er ein hoher Soldat. Vielleicht hatte sein Zögern auch noch einen anderen Grund. Jessie machte sich Sorgen, daß seine Begegnung mit Lady Caroline dieser Grund sein könnte. Vielleicht hegte er ja noch immer zärtliche Gefühle für sie, vielleicht liebte er sie sogar.

Er hatte ihr einmal versichert, daß die geplante Heirat mit ihr nichts anderes wäre als ein perfektes Arrangement – und nichts mit Liebe zu tun hatte. Aber dann hatte er auf sie verzichten müssen. Vielleicht waren ihm danach seine tieferen Gefühle ihr gegenüber erst klargeworden.

Jessie rang die Hände und betete, daß das nicht die Wahrheit war. Matthew war ein Mann, der seine Gefühle nicht zeigte. Sie hatte keine Ahnung, was er wirklich dachte. Und immer wieder erinnerte er sie an einen gestrengen Erzieher.

In bezug auf ihre Kleidung zum Beispiel. Er hatte ihr unmißverständlich klargemacht, daß keines ihrer Kleider einen tieferen Ausschnitt bekommen durfte.

»Ich pfeife, verdammt noch mal, auf die letzte Mode«, hatte er geschimpft. »Ich will nicht, daß jeder Dummkopf in London deine nackten Brüste anstarrt.«

Jessie erstarrte. »Du bist unvernünftig, Matthew. Jede Frau der Gesellschaft ...«

»Ich gebe einen verflixten Pfifferling darum, was jede andere Frau tut. Mir liegt nur daran, was du tust. Und da ich der Herr dieses Hauses bin und auch *dein* Lord und Herr, wirst du, verdammt noch mal, das tun, was ich sage.« Mit diesen Worten war er aus dem Zimmer gestürmt und hatte eine vor Zorn bebende Jessie zurückgelassen.

Den Rest des Tages sprach sie nicht mehr mit ihm. Sie beachtete ihn kaum beim Essen, doch als sie sich dann in ihr Zimmer zurückzog, wartete er schon auf sie. Unruhig lief er im Schlafzimmer hin und her.

»Mir ist klar, daß du noch immer böse auf mich bist«, begann er, »aber unsere Auseinandersetzung hat keinen Einfluß darauf, was wir in diesem Zimmer miteinander tun.« Entschlossen hatte er sie an sich gezogen und sie so leidenschaftlich geküßt, daß sie völlig vergaß, wie wütend sie war. Jessie konnte nicht anders, als seinen Kuß zu erwidern, und im nächsten Moment hatte er sie schon auf seine Arme gehoben und zum Bett getragen.

Nach einer ekstatischen Vereinigung kuschelte sie sich an ihn und entschied, daß ihr die Mode eigentlich ziemlich egal war.

Ein anderes Mal hatten sie sich über ihre Ausritte über Land gestritten. Es war schon Wochen her, seit sie die Pächter von Belmore das letzte Mal besucht hatte. Sie vermißte diese Besuche und war entschlossen, herauszufinden, ob es ihren Freunden Anne und James Bartlett gutging.

»Wo willst du hin?« hatte Matt sie gefragt, als er sie im Stall überraschte, gerade, als sie sich fertigmachte loszureiten.

»Das habe ich dir doch erzählt. Ich möchte gern einige alte Freunde besuchen.«

»Ich hatte angenommen, daß ein Stallknecht dich begleiten würde.« Er sah sich um. »Aber hier ist keiner.«

»Ich bin kein Kind mehr, Matthew. Ich kann sehr gut allein ausreiten.«

»Du bist vielleicht kein Kind mehr, aber du benimmst dich wie eines. Du wirst einen Stallknecht mitnehmen, oder du wirst zu Hause bleiben.«

»Matthew ...«

»Es tut mir leid, Jess. Du weißt nicht, welche Gefahren dort draußen auf dich lauern. Und eine Frau allein gibt immer Anlaß zu Klatsch. Ich möchte nicht, daß es noch mehr davon gibt als sowieso schon.«

Sie machte sich nicht die Mühe, ihn daran zu erinnern, daß er derjenige war, der den Klatsch zum Blühen gebracht hatte. »Jeder Mensch braucht ein wenig Zeit für sich allein, Matthew. Ich genieße meine Ritte um Belmore herum. Und ich habe die Absicht, sie fortzusetzen, so wie ich es in der Vergangenheit getan habe.« Mit diesen Worten kletterte sie auf den Holzklotz, von dem aus sie sich im Damensattel auf das Pferd setzen konnte. Doch genauso schnell hatte Matthew sie wieder vom Pferd heruntergehoben.

»Du wirst mit einem Stallknecht ausreiten, Mylady, oder gar nicht. Wie hättest du es gerne?«

Wut stieg in ihr auf, und die Reitpeitsche in ihrer Hand zitterte. »Du bist mein Ehemann, Matthew, nicht mein Gefängniswärter.«

Sein Gesicht war starr. »Du hast die Wahl, Jessie.«

»Verdammter Kerl!«

Er zog einen Mundwinkel hoch. »Ich dachte, du würdest nicht mehr fluchen.«

»Bei dir würde sogar ein Heiliger das Fluchen lernen.«

Ganz plötzlich trat er näher und drängte seinen Körper gegen sie. »Vielleicht wäre es besser, wenn du doch zu Hause bleiben würdest. Dort drüben im Sattelraum liegt ein Haufen frisches

Stroh. Ich denke, wir könnten die Tür schließen, und ich könnte mir eine höchst unanständige Art und Weise denken, wie wir dieses Stroh nutzen können.«

»Matthew!«

Er klemmte sie provozierend zwischen die Wand und sich, und Jessie fühlte, wie erregt er war. »Abgesehen davon«, murmelte er, »liegt dort drüben über einem der Fässer ein Sattel. Ich kann mir gut vorstellen, dich darüber zu legen, dir deinen Rock hochzuschieben und ...«

»Ohhh, du bist ein Teufel!«

Er küßte ihren Hals. »Vergiß deinen Ausritt, Jess. Bleib hier bei mir.«

Sie wußte ganz genau, was er beabsichtigte, und sie war versucht, ihm nachzugeben. Wenn es nicht darum ginge, Anne und das Baby zu besuchen ... »Also gut, Matthew, du gewinnst. Ich werde Jimmy mitnehmen.«

Er grinste ein wenig boshaft, dann gab er ihr einen schnellen Kuß auf den Mund. »Bist du sicher, daß es das ist, was du willst?«

Ihr Herz schlug heftig, ihre Wangen waren rosig angehaucht. Sie sah, wie sich unter seiner engen Hose sein Verlangen abzeichnete, und war sich ganz und gar nicht sicher. »Ich ... ich bin sehr sicher, Mylord.«

Matthew lachte amüsiert. Offensichtlich hatte er ihre Gedanken erraten. Sie ließ sich von ihm wieder in den Damensattel helfen und sah ihm nach, als er Jimmy Hopkins holen ging, den jüngsten der Stallknechte von Belmore.

»Matthew?« rief sie ihm nach.

»Ja, Liebling?«

»Du bist ein ekelhafter Mann.«

Er lachte triumphierend, erfreut, daß er seinen Willen durchgesetzt hatte, wie immer.

Aber selbst mit all seinen Fehlern war Matthew ein guter Ehemann. Sie liebte ihn mit jedem Tag mehr, und sie konnte den Gedanken nicht ertragen, ihn womöglich zu verlieren.

Er hatte nie über seine Gefühle für sie gesprochen, er hatte immer einen gewissen Abstand gehalten. Jetzt würde er Caroline Winston wiedersehen. Caroline war all das, was Jessie nicht war. Wenn sie die beiden zusammen sah, würde ihr das wieder überdeutlich klar. Das Fest bedeutete vielleicht den Zugang zur Gesellschaft, den der Graf und die Gräfin Strickland brauchten. Doch Jessie fürchtete sich aus tiefstem Herzen davor.

Der große Tag war angebrochen. Das Fest begann am frühen Nachmittag mit Kegeln und Biertrinken auf einer Wiese in der Nähe der Stadt. Es nahmen beinahe fünfhundert Menschen aus der Gegend teil. Am Abend gab es ein üppiges Mahl und einen Ball auf Belmore. Sechzig Diener sorgten für das Wohl der Gäste, und ein Dutzend Musikanten spielten zum Tanz in dem mit Blumen und Gold geschmückten und mit Spiegeln ausgestatteten Ballsaal Belmores auf.

Die meisten Leute kannte Jessie nicht. Doch Lord Pickering nahm teil, der Cousin von Lady Bainbridge, und ihr Sohn, der Graf, ein großer, beeindruckender Mann mit silbernem Haar, der erst vor kurzem von einem Auslandsaufenthalt zurückgekommen war. Adam Harcourt, Vicomte St. Cere, war da, ebenso wie Gräfin Fielding, was bedeutete, daß auch Baron Densmore anwesend war.

Eine kleine, erlesene Gruppe von Offizieren stand angeregt plaudernd in der Nähe der großen Flügeltüren: Admiral Dunhaven, ein wettergegerbter Mann mit ernstem Gesicht, unter dem Matthew ein paar Jahre gedient hatte; Kapitän Eustace Bradford, dessen Schiff, die *Gibraltar,* sich zur Reparatur in Portsmouth aufhielt, und ein junger Leutnant namens Wescott sowie einige andere Marineoffiziere, die Matthews Freunde waren.

Ein imposanter Mann, von dem Jessie zwar gehört, den sie aber noch nie gesehen hatte, kam erst am späten Nachmittag an – Adrian Kingsland, Lord Wolvermont. Dies war einer der wenigen Momente, in denen Matthew sich ehrlich freute.

»Adrian!« Matt ging auf seinen Freund zu, froh, ihn wiederzusehen, was er von einigen seiner Gäste nicht behaupten konnte. »Ich war erleichtert, als ich hörte, daß du von den Kämpfen auf dem Kontinent gesund zurück bist. Ich hatte so gehofft, daß du kommen würdest.« Wie Matthew, so war auch Adrian Kingsland der zweite Sohn. Deshalb war er Hauptmann der Kavallerie und hatte bereits einige Auszeichnungen für Tapferkeit bekommen. Im letzten Jahr hatte er nach dem unerwarteten Tod des Onkels seiner Mutter den Titel und die Ländereien von Wolvermont geerbt. Doch er hatte seinen Rücktritt vom Militär noch nicht eingereicht.

Der attraktive Baron lächelte. »Ich war überrascht, als ich hörte, daß du geheiratet hast. Aber es sieht ganz danach aus, als ob es dir guttun würde.«

Matthew griente. »Ich wäre wahrscheinlich noch immer Junggeselle, wenn du nicht gewesen wärst – zumindest dein Haushalt. Ich kann dir nicht sagen, wie sehr ich deine Großzügigkeit und die deiner Dienerschaft zu schätzen gewußt habe. Danke, Adrian.«

»Gern geschehen, Matthew. Ich wünschte nur, ich wäre dabeigewesen.« Er wandte sich zu Jessica, die neben ihren Mann getreten war, und musterte sie mit eindringlichen, smaragdgrünen Augen von Kopf bis Fuß. Der Baron war groß und breitschultrig, mit dichtem kastanienbraunem Haar und einem arroganten, sinnlichen Mund. Zum ersten Mal an diesem Abend war Jessie froh, daß ihr Kleid nicht nach der letzten Mode tief ausgeschnitten war.

Seine nächsten Worte waren für Matt bestimmt, der gar nicht bemerkt hatte, daß sie neben ihm stand. »Wenn dieses liebliche Wesen deine Frau ist, mein Freund, dann kann ich sehr gut verstehen, warum du sie Milton weggeschnappt hast.« Es war das erste Mal, daß jemand wagte, eine Bemerkung über den Skandal in der Kirche zu machen. Matthew warf Wolvermont einen mißbilligenden Blick zu.

»Das kann ich mir vorstellen«, brummte er und legte besitzergreifend einen Arm um Jessies Taille.

Wolvermont lachte nur, ein tiefes, rauhes Lachen. »Lady Strickland, es ist mir in der Tat ein Vergnügen.« Er beugte sich übertrieben tief über ihre Hand. In seiner perfekt geschneiderten, scharlachroten Kavallerieuniform machte er eine ausnehmend gute Figur.

Matthew mußte Jessies entzückte Gedanken erraten haben, denn nach wenigen Augenblicken der Unterhaltung schlenderte er mit ihr wie zufällig zu anderen Gästen.

Einer davon war ihr bekannt, der reiche, junge Landedelmann Sir Thomas Perry. Auch wenn er nicht ganz so groß war wie Wolvermont, war er doch auf seine etwas zurückhaltende, vornehmere Art beeindruckend. Er war etwa Mitte Zwanzig, hatte helles braunes Haar und haselnußbraune Augen, war intelligent und arbeitete hart. Jessie kannte ihn zwar nicht sehr gut, aber sie mochte und respektierte ihn.

»Guten Abend, Mylord«, begrüßte er Matthew. »Lady Strickland, es ist schön, Euch wiederzusehen.«

»Ich freue mich, daß Ihr kommen konntet, Sir Thomas.«

Matt runzelte verwundert die Stirn, als er dem jungen Mann die Hand schüttelte. »Ich wußte gar nicht, daß Ihr und Lady Strickland einander kennt.«

»Wir haben uns eines Tages bei einem Ausritt getroffen«, erklärte Sir Thomas. »Lady Strickland besuchte einige der Pächter Belmores.« Er lächelte Jessie warm an. »Die Lady ist eine erstaunliche Frau.«

Jessie erwiderte sein Lächeln. »Sir Richard ist seither ein paarmal auf Belmore gewesen.«

Matts Blicke trafen sich mit denen des Mannes. »Aber nicht in letzter Zeit«, meinte er sanft – zu sanft. »Nicht, seit ich zu Hause bin.«

Jessie wurde sofort rot, als sie Matthews unterdrückten Zorn spürte.

Sir Thomas lächelte ein wenig gequält. Ihm war die Zurechtweisung nicht entgangen, und Matthews Anspielung wurmte ihn. »Ich entschuldige mich, Mylord – Ihr habt recht. Ich war unbesonnen, ich hätte schon viel früher meine Aufwartung machen sollen. In Zukunft werde ich daran denken.« Er bedachte Jessica mit einem freundlichen, viel zu verständnisvollen

Lächeln. »Es war mir eine Freude, Lady Strickland.« Mit diesen Worten wandte er sich ab.

Jessie sah zu Matthew auf. Ihr entging nicht der zuckende kleine Muskel in seiner Wange. »Du hast Perry nie erwähnt. Wie lange kennst du ihn schon?«

»Ich ... ich bin ihm das erste Mal begegnet, als ich aus dem Internat kam.«

»Und er hat dich auf Belmore besucht?«

»Er hat halt seine Aufwartung gemacht ... bei Papa Reggie und bei mir.«

Matt starrte dem jungen Mann nach, der in der Menge verschwand. »Ich frage mich, ob er wohl damit weitermachen wird ... jetzt, wo du verheiratet bist.«

Jessie ärgerte sich über die Unterstellung, die in seinem Ton lag. »Sir Thomas war immer ein perfekter Gentleman. Er verdient es nicht, daß du ihn beleidigst, und ich verdiene es auch nicht.« Sie hätte zu diesem Thema noch mehr sagen wollen, doch war jetzt nicht die Zeit, sich mit Matthew zu streiten. »Entschuldige mich«, sagte sie statt dessen. »Ich sehe grade Lady Bainbridge. Es sieht so aus, als würde sie mich suchen.«

Matthew lächelte, doch es war kein freundliches Lächeln. »Warum gehen wir nicht gemeinsam zu Lady Bainbridge?«

Caroline Winston stand an der Tür des Ballsaals und beobachtete Matthew, der neben Jessie Fox stand. Er hatte eine Hand besitzergreifend um ihre Taille gelegt und malmte jedesmal mit den Kiefern, wenn ein Mann Jessie auch nur ansah.

Caroline krallte ihre Hände ineinander. Sie hatte gewußt, daß Matthew verliebt war in diese Frau – die schreckliche Szene in der Kirche hatte das sehr deutlich gemacht. Dennoch tat es ihr weh, zu sehen, daß seine Gefühle für diese Frau sich nicht verringert hatten, sie waren womöglich noch stärker geworden.

Ich verfluche dich, Jessica Fox. Ich wünsche dich zu den Feuern des Hades. Wie war es ihr nur gelungen, Matthew so vollkommen zu verführen? Zweifellos hatte sie dazu ihren Körper eingesetzt. Sie hatte ihn mit ihren hohen, vollen Brüsten in Versuchung geführt und mit den unglaublich langen, schlanken Beinen. Vielleicht hatte sie sich ihm hingegeben, ohne den Gedanken an eine Ehe. Vielleicht hatten ihr die Dinge, die Matt mit ihr angestellt hatte, sogar gefallen ... oder sie hatte zumindest so getan.

Caroline kannte diese Art von Frauen, die empfänglich waren für die Gelüste eines Mannes. Es waren sinnliche Frauen, Nutten und Schlampen, leichtfertige und abstoßende Kreaturen – wie Madeleine Fielding.

Obwohl sie ihren Vater gebeten und angefleht hatte, nicht an diesem Fest teilnehmen zu müssen, hatte er entschieden darauf bestanden, daß seine Tochter und seine Gemahlin ihn begleiteten. Caroline hatte Matthew und seine ... *Frau* mit übertriebener Höflichkeit begrüßt, obwohl jedes ihrer Worte bitter wie Galle gewesen war.

Jetzt war dieser Abend fast vorüber, und irgendwie hatte sie es überlebt. Am übernächsten Tag würde die Familie nach London zurückfahren, um die letzten Wochen der Saison dort zu bleiben. Caroline würde noch einmal erniedrigt werden, aber irgendwann würde auch das vorübergehen. Das alles war Matthews Schuld, nicht die ihre. Matthew und seine *Frau* würden die Auswirkungen des Skandals ertragen müssen.

Bis jetzt hatte Caroline noch nichts unternommen gegen diese Frau, die ihr so viel Kummer bereitet hatte. Doch als sie jetzt sah, wie sehr Matthew in ihrem Netz zappelte, schwor sie sich, bald etwas zu tun.

Wenn sie erst in London wäre, würde sie sich einen der Detektive der Bow Street suchen, einen Mann, der für Geld so lange spionieren würde, bis er die Wahrheit über Jessica Fox ausgegraben hätte. Sie wollte jede Einzelheit wissen, jedes nur mögliche Geheimnis, das sie gegen diese Frau einsetzen konnte. Es mußte etwas geben. Nur wenige Menschen waren so harmlos, wie sie es zu sein schienen.

Caroline musterte die wunderschöne Blondine, die so eifersüchtig von dem Mann bewacht wurde, der eigentlich ihr Ehemann hätte werden sollen. Ein kalter Klumpen formte sich in ihrem Magen. Es war nicht fair – es war ganz einfach nicht fair! Irgendwie, auf irgendeine Art, würde es Caroline gelingen, Jessica Fox zu ruinieren.

Der Abend wurde immer bedrückender, empfand Jessie. Sie war wütend auf Matthew, weil er so stur und argwöhnisch war. Gleichzeitig keimte jedoch ein warmes Gefühl in ihr auf. Vielleicht machte er sich ja doch mehr aus ihr, als sie es für möglich hielt. Vielleicht begann er mehr für sie zu fühlen als nur Lust und eheliche Pflicht.

Sie hatte beobachtet, wie ausgesprochen höflich er zu Lady Caroline gewesen war, aber eben nicht mehr als das. Es hatte keine heimlichen oder sehnsuchtsvollen Blicke zwischen den beiden gegeben, sie benahmen sich beide äußerst korrekt.

Aber genau das war auch die Art, wie Matthew und Caroline sich in der Öffentlichkeit immer benahmen …

Es war schon nach Mitternacht, als eine zierliche, dunkelhaarige Frau den Ballsaal betrat. Gwen Lockhart sah bezaubernd aus in einem Kleid aus pfirsichfarbener Seide. Ihr glänzendes kastanienbraunes Haar umgab in weichen Locken ihr Gesicht, ihre Brüste waren etwas kecker enthüllt, als ihr Alter und ihr Stand als unverheiratete Frau es eigentlich erlaubt hätten.

»Jessie! Meine Güte, ich dachte schon, ich würde nie hier ankommen.« Sie warf Matthew, der nach wie vor neben seiner Frau stand, einen etwas nervösen Blick zu. »Guten Abend, Lord Strickland.«

»Guten Abend, Lady Gwendolyn.« Matthew sah sich suchend um. »Ich habe Eure Mutter gar nicht gesehen … und auch nicht Lord Waring. Seid Ihr mit jemand anderem gekommen?«

»Nein … eigentlich nicht.« Sie warf Jessie einen flehenden Blick zu. »Es tut mir sehr leid, Mylord, aber hättet Ihr etwas dagegen, wenn ich einen Augenblick mit Jessie allein spreche? Es gibt nämlich etwas sehr Wichtiges, Dringendes.«

Matthew runzelte die Stirn, während er noch einmal seinen

Blick durch den Saal schweifen ließ. Kein Anzeichen von Lord Waring ... oder sonst jemandem, der Gwen mitgebracht haben konnte.

»Mit wem seid Ihr gekommen, Lady Gwendolyn?« Seine tiefblauen Augen sahen sie eindringlich an, und Gwen kaute nervös auf ihrer Unterlippe.

»Jessica?« bat sie.

»Matthew, wenn du nichts dagegen hast, Gwen und ich ...«

»Ich habe etwas dagegen.« Er griff nach Gwens Arm und mit der anderen Hand nach Jessies. »Ich denke, wir drei sollten uns gemeinsam unterhalten.« Er schob die beiden hinaus auf die Terrasse und blieb erst in der entferntesten Ecke stehen, wo niemand sie belauschen konnte.

»Also, Mylady«, wandte er sich an Gwen. »Ich würde sehr gern wissen, mit wem Ihr von London hierhergereist seid.«

Gwen straffte die Schultern, energisch reckte sie ihr Kinn. »Ich habe Euch gesagt, ich möchte mit Eurer Frau sprechen – allein.«

»Nicht, ehe Ihr mir meine Frage beantwortet habt.«

»Matthew«, mischte sich Jessie ein und legte eine Hand auf seinen Arm. »Es wäre vielleicht besser, wenn ...«

»Nein.« Er warf Gwen einen scharfen Blick zu. »Lady Gwendolyn, ich habe Euch eine Frage gestellt, und ich möchte gern eine Antwort haben.«

»Ihr ... Ihr seid ein Tyrann, Lord Strickland. Ich kann mir nicht vorstellen, wie es Jessica mit Eurer Überheblichkeit aushält. Ich schwöre, ich werde niemals heiraten – ganz sicher keinen Mann, wie Ihr einer seid.«

Matthew verzog den Mund zu einem knappen Lächeln. »Vielleicht habt Ihr recht. Aber jetzt beantwortet meine Frage.«

»Also gut – wenn Ihr es unbedingt wissen müßt – ich bin allein gekommen. Ich habe mir in London eine Kutsche gemietet, habe die Nacht in einem Gasthaus verbracht, und wenn nicht an der Kutsche ein Rad gebrochen wäre, wäre ich schon vor Stunden hier angekommen und hätte nicht den größten Teil des Abends verpaßt. Seid Ihr jetzt zufrieden?«

Matthew runzelte die Stirn. »Warum? Warum seid Ihr allein gekommen?«

»Weil ich wußte, daß es für Jessica wichtig war. Ich wollte sie meiner Unterstützung versichern, wie sie es immer bei mir getan hat. Mein Stiefvater wollte nicht kommen. Natürlich hat er es meiner Mutter und mir auch nicht erlaubt. Also habe ich mich alleine auf den Weg gemacht.«

Jessie holte pfeifend Luft. »Lieber Gott, Gwen, du weißt doch, wie wütend Lord Waring sein wird – du hättest nicht ein solches Risiko eingehen dürfen.«

»Das ist mir egal. Ich kann Lord Waring auf den Tod nicht ausstehen. Ich bin eine erwachsene Frau, und ich möchte mein eigenes Leben leben.«

»Lady Gwendolyn«, unterbrach Matthew sie, mit einer viel sanfteren Stimme, als Jessie erwartet hatte. »Es ist sehr edel von Euch, an Eure Freundin zu denken. Doch es ist für eine junge, unverheiratete Frau unziemlich, ohne Anstandsdame durch das Land zu fahren.«

»Ich habe Euch doch gesagt, das ist mir egal.«

»Mir aber nicht. Morgen werde ich eine Nachricht an Eure Familie schicken, daß Ihr hier seid und daß es Euch gutgeht, und dann könnt Ihr gerne noch ein paar Tage bleiben. Lady Bainbridge wird in Kürze abreisen, und mit ihr als Anstandsdame könnt Ihr wieder nach London fahren. Und wenn Ihr Glück habt, wird die gräfliche Witwe bei Lord Waring ein gutes Wort für Euch einlegen.«

Gwen nickte. »Wie Ihr wünscht, Mylord.« Jessie griff nach ihrer Hand und drückte sie.

Zu ihrer Überraschung lächelte Matthew. »Aber nun müßt Ihr den Abend genießen. Es gibt eine Anzahl gutaussehender junger Männer hier. Ich bin sicher, sie alle haben Euch hereinkommen sehen. Schenkt mir einen Tanz, dann werde ich Euch den anderen Männern überlassen.«

Der Tanz war seine Art, deutlich zu machen, daß Gwen unter seinem Schutz stand, und Jessies Herz floß über vor Dankbarkeit. Gwen griente ihn nun an.

»Danke, Mylord. Eventuell seid Ihr ja doch nicht so ein schlimmer Tyrann.«

Aber natürlich war er das. Als er einen Ländler mit Gwen tanzte und Adrian Kingsland in der Zwischenzeit Jessie um denselben Tanz bat, erstarb Matthews freundlicher Blick genauso schnell, wie er aufgetaucht war.

»Ich glaube, meinem Freund Strickland fällt es schwer, sich an die Rolle eines Ehemannes zu gewöhnen«, feixte Jessies Partner, Lord Wolvermont.

»Wie meint Ihr das?«

»Ich meine, daß ich es noch nie erlebt habe, daß Matthew eifersüchtig ist. Ich wußte gar nicht, daß er dieses Gefühl kennt.«

Jessie warf einen Blick in das versteinerte Gesicht ihres Mannes, als sie und der Baron an ihm vorüberschwebten. »Mir ist klar, daß er überaus besitzergreifend ist, aber eifersüchtig? Das ist doch etwas anderes. Glaubt Ihr, daß das möglich ist?«

Wolvermont lächelte so betörend, daß das wahrscheinlich die Hälfte der Frauen Londons anbetend in die Knie gezwungen hätte. »Warum ist das so schwer zu glauben?«

Weil er mich haben will, mich aber nicht liebt, dachte Jessie. Doch sie hatte glücklicherweise nicht mehr die Zeit, das auszusprechen, denn der Tanz war zu Ende. Matt ließ Gwen in der Obhut von Lady Bainbridge, dann dirigierte er Jessie zur Tür und führte sie aus dem Ballsaal.

»Matthew, was um aller in der Welt tust du? Wir können doch unmöglich gehen, wenn noch so viele Gäste hier sind.«

Was Matthew nicht hinderte, noch rascher zu gehen. Er zog sie eilends die Treppe hinauf, hastete mit ihr in seine Suite und verschloß die Tür hinter sich. »Jeden einzelnen Mann dort unten gelüstet es nach dir. Und da dieses Recht alleine mir gehört, gedenke ich derjenige zu sein, der sich dieses Recht nun nimmt.«

»Matthew!« Sein leidenschaftlicher Kuß erstickte ihren Protest. Wild, als ob er sie bestrafen wollte, küßte er sie. Doch dann wurde sein Kuß sanft, drängend und unendlich zärtlich. Es dauerte nur einen kurzen Augenblick, bis er begann, sie zu entkleiden, und bis sich seine Hände um ihre Brüste schlossen. Jessie dachte längst nicht mehr an den Ball. Schließlich hielten ja Papa Reggie und Lady Bainbridge dort die Stellung. Und heimlich gestand sie sich, daß es ihr Spaß machte, »unanständig« zu sein. Im übrigen zuckte ihr flüchtig der Gedanke durch den Kopf, daß ihr steifer und korrekter Ehemann immer spontaner wurde …

Eine goldene Vormittagssonne ergoß sich über die endlosen grünen Felder von Belmore. In einiger Entfernung war ein Feld Gerste abgeerntet worden, dessen gelbe Halme man auf dem Feld liegengelassen hatte. Die konnten später die Kühe fressen.

Adam Harcourt stand sinnend auf der Terrasse und blickte in die Gärten, die davor begannen. Mehr als ein Dutzend Gäste hatte auf Belmore übernachtet. Leute, die von weitem angereist waren, Freunde aus London oder aus anderen Teilen des Landes, ebenso wie Matts Freunde aus der Marine.

Ein spätes Frühstück war draußen unter einem großen, grünweiß gestreiften Baldachin serviert worden. Es gab Schinken, Eier, Fasan, Cheshire-Käse, kalte Zunge, Kakao, Tee, Kaffee und warme, knusprige Weizenmehlkuchen. Doch es war das Mädchen in dem pfefferminzfarbenen, gestreiften Kleid, das Adams Aufmerksamkeit fesselte.

»Ah, da bist du ja.« Matt Seaton kam auf ihn zu, und Adam riß seine Augen von dem Mädchen los. »Ich habe mich schon gefragt, wohin du verschwunden sein könntest.«

Adam lächelte schwach. »Ich habe die Aussicht genossen.« Matt folgte seinem Blick zu der zierlichen, dunkelhaarigen Schönheit. »Ich habe sie gestern abend schon gesehen, als sie in den Ballsaal kam. Du hast versäumt, mich ihr vorzustellen.«

Matt wurde ernst. »Ihr Name ist Gwendolyn Lockhart. Sie ist die Stieftochter des Grafen von Waring. Sie ist noch unschuldig, Adam, wohl kaum eine Frau, die dich interessieren könnte.«

Adam betrachtete das Mädchen weiter. Ihm gefiel die Art, wie sie sich bewegte, nicht so geziert wie die meisten Frauen, sondern voller Energie und Leben. »Sie hat herrliche Augen … so grün wie frisches Laub. Ich habe sie schon früher einmal gesehen … ich bin allerdings nicht sicher, wo.«

»Laß sie in Ruhe, Adam. Das Mädchen ist eine Freundin von Jessica. Sie ist ganz allein hier, und das bedeutet, daß sie unter meinem Schutz steht.«

»Ganz allein? Du meinst, sie ist ohne Begleitung hier?«

Matt seufzte. »Das Mädchen ist noch schwieriger zu bändigen als Jessie. Sie hat eine Vorliebe dafür, sich in Schwierigkeiten zu bringen, und sie hat außerdem eine Familie, die sich absolut nicht um sie kümmert. Sie ist viel zu verwegen und viel zu unvernünftig. Abgesehen davon ist sie viel zu naiv, um mit einem Mann von Welt, wie du einer bist, fertig zu werden.«

Über Adams Gesicht zuckte ein begeistertes Grienen. »Jetzt weiß ich, wo ich sie schon einmal gesehen habe. Sie war das Mädchen im Fallen Angel ... die zusammen mit deiner Frau dort war.«

Matthew erstarrte. »Zur Hölle! Und ich hatte gehofft, niemand hätte sie dort gesehen.«

»Ich glaube nicht, daß irgend jemand sonst noch ahnte, wer die beiden waren. Ich wäre auch nicht mißtrauisch geworden, wärst du nicht wie Sir Lancelot auf der Bildfläche erschienen und hättest die beiden dort rausgeholt.«

Matt sah ihn stumm an, bis er endlich sagte: »Es überrascht mich, daß du einen solchen Ort aufsuchst. Ich hatte keine Ahnung, daß dein Geschmack in diese Richtung geht.«

Adam zuckte mit den Schultern. In den letzten acht Jahren, die seit seiner Horror-Ehe vergangen waren, hatte es nicht viel gegeben, was er nicht ausprobiert hatte. »Beinahe alles kann Spaß machen ... zu seiner Zeit. So was wie dort ist allerdings normalerweise nicht das, was ich bevorzuge. Der Sohn von Lord Chasen, Philip, wollte unbedingt in diese üble Spelunke. Und da ich nichts Besseres zu tun hatte, habe ich ihn begleitet.«

Matt schwieg.

»Ich denke, du wirst mir sicher nicht verraten, warum deine Frau und ihre Freundin dort waren.«

Stricklands Blick wanderte zu dem Mädchen im Garten, das sich gerade mit Jessie unterhielt. »Lady Gwendolyn denkt, sie sei Schriftstellerin. Sie möchte ein Buch schreiben, und um das tun zu können, braucht sie Lebenserfahrung – glaubt sie zumindest. Jessie ist mit ihr gegangen, um sie eventuell beschützen zu können.«

Adam grinste, kleine Grübchen bildeten sich dabei in seinen Wangen. »Und du bist herbeigeeilt, um die beiden zu retten. Ich kann mir allerdings vorstellen, nachdem du sie ›befreit‹ hast, warst du an diesem Abend die größte Bedrohung für die beiden.«

Matthew lachte und entspannte sich ein wenig. »Das ist schon möglich. Am liebsten hätte ich ihnen beiden den Hals umgedreht.« Sein Lächeln erlosch wieder. »Offensichtlich benimmt sich Waring seiner Stieftochter gegenüber sehr rüde, wenn nicht sogar gewalttätig. Das ist auch der Grund dafür, daß Jessica sich so um ihre Freundin sorgt.« Er warf Adam einen warnenden Blick zu. »Ich habe schon mehr gesagt, als ich eigentlich sollte, aber ich wollte, daß du Bescheid weißt, und ich vertraue auf deine Diskretion. Laß das Mädchen in Ruhe, Adam. Sie hat schon mehr Schwierigkeiten, als sie bewältigen kann.«

Adam antwortete nicht. Sein Blick heftete sich erneut auf das bezaubernde Mädchen mit dem dunklen Haar. Sie lachte gerade über etwas, das Jessica gesagt hatte. Es war ein helles, klares Lachen. Das Bild von ihr in Männerkleidung schob sich vor Adams inneres Auge. Er sah ihr glänzendes, lockiges Haar, das unter ihrem übergroßen Hut hervorlugte.

Was für eine Frau würde ihren Ruf aufs Spiel setzen, nur um zu wissen, wie es an solch einem Ort aussah? Eine interessante Frau, das war sicher. Nun war seine Neugier endgültig geweckt. Er war entschlossen, ihr vorgestellt zu werden. Er bahnte sich einen Weg durch die Menge der Gäste die Treppe hinunter in den Garten, dorthin, wo eine gewisse Dame neben Gräfin Strickland stand.

17

Jessie beobachtete, wie der hochgewachsene, attraktive Vicomte St. Cere auf sie zukam. Mit seinem eleganten Aussehen und den grauen Augen unter den vollen, dunklen Haaren sandte St. Cere eine gewisse Distanziertheit aus, eine gefährlich wirkende Undurchschaubarkeit, die Jessie von Anfang an ein wenig eingeschüchtert hatte.

»Lady Strickland.« Er beugte sich höflich über ihre Hand.

»Lord St. Cere ... Matthew und ich waren sehr glücklich, daß Ihr kommen konntet.«

»Wenn Ihr Euch freut, daß ich hier bin, dann habe ich wohl doch etwas richtig gemacht, als ich ihn an jenem Morgen zur St. James Cathedral gefahren habe.«

Jessies Augen weiteten sich. »Ihr wart das also, der ihn dazu ermutigt hat.« Sie lächelte ihm verschmitzt zu. »Dafür werde ich Euch ewig dankbar sein, Mylord.« Der Vicomte erwiderte ihr Lächeln, und Jessie überlegte, daß es wohl doch noch eine andere Seite an ihm gab, die nicht so fordernd und anmaßend war, wie sie das kannte. Sie wandte sich Gwen zu, die nervös neben ihr stand.

»Ich glaube, ihr beide kennt euch noch nicht«, sagte sie und stellte sie einander vor.

»Es ist mir ein Vergnügen, Mylady.« Der Vicomte beugte sich galant über Gwens Hand.

Gwen lächelte. Sie konstatierte mit einem Blick seine elegante Kleidung, das dichte, schwarze, leicht lockige Haar, und ihre Augen blitzten so anerkennend auf, daß es Jessie nervös machte.

»Unsere Gastgeber haben ein wundervolles Frühstück bereitgestellt«, wandte sich St. Cere an Gwen. »Wenn Ihr hungrig seid, Mylady, würdet Ihr mir liebenswürdigerweise Gesellschaft leisten?«

Sie senkte einen Moment die Wimpern, und leichte Röte überhauchte ihre Wangen. »Mit Vergnügen, Mylord.«

Jessie gefiel das jedoch ganz und gar nicht.

Gütiger Himmel – St. Cere war der schlimmste Wüstling in ganz London, ein gewissenloser Kerl, der die Hälfte der Frauen der Gesellschaft verführt hatte. Gwen war so jung, sie war intelligent und ließ sich nicht schnell etwas vorgaukeln. Doch sie war auch entschlossen, soviel wie möglich vom ›wahren Leben‹ zu erfahren, und Jessie war nicht sicher, wie weit sie dabei gehen würde.

Sie mußte allerdings zugeben, daß die beiden ein gutaussehendes Paar waren, beide mit dunklem Haar, Gwen so zierlich und der Vicomte so groß. Aber zusammenpassen taten sie auf keinen Fall. St. Cere war ein Zyniker, selbst nach den Maßstäben der Adelsgesellschaft. Gwen dagegen war ein sehr optimistischer Mensch. Jeden wachen Augenblick verwandte sie dazu, die Freuden des Lebens zu entdecken. Das einzige, was die beiden wirklich gemeinsam hatten, war die offensichtliche Anziehungskraft, die sie füreinander empfanden, und die Tatsache, daß keiner von ihnen auch nur das geringste Interesse an einer Eheschließung hatte.

Es war eine gefährliche Kombination, eine, die Jessie äußerst nervös machte. Sie sah, wie St. Cere Gwen betrachtete – so als sei sie ein köstliches Stück Fleisch. Mit wehenden Röcken stürmte sie ins Haus, um nach ihrem Mann zu suchen.

Matthew lehnte in dem gepolsterten braunen Ledersessel in seinem Arbeitszimmer, die Tür hatte er hinter sich verschlossen. Ihm gegenüber saßen Admiral Dunhaven und Hauptmann Bradford. Vor jedem stand eine Tasse starker schwarzer Kaffee.

»Also ist Villeneuve endlich aus Ferrol losgesegelt.« Der französische Admiral hatte vor einiger Zeit die Linien von Admiral Nelson in Toulon durchbrochen und war nach Westindien gesegelt. Später lief er in einen spanischen Hafen ein – nach einer unentschiedenen Schlacht mit einem Geschwader unter dem Kommando von Sir Robert Calder.

»Wir glauben, daß er mindestens fünfzehn spanische Schiffe aufgetrieben hat, während er dort war«, vermutete Admiral Dunhaven. »Obwohl die Berichte darüber unbestätigt sind.«

Matt beugte sich vor, die Nachricht, auf die er gewartet hatte, erfüllte ihn mit Hochspannung. »Und Ihr glaubt, daß er unterwegs ist nach Cádiz?« Das war ein Hafen an der Südspitze Spaniens, in der Nähe von Gibraltar.

»Admiral Nelsons Einschätzung nach, ebenso wie meiner, denken wir, daß er tatsächlich dorthin unterwegs ist. Er könnte jeden Augenblick dort ankommen.«

Matt betrachtete das wettergegerbte Gesicht des Admirals, die adlerförmige Nase, die schmalen Lippen und die buschigen grauen Augenbrauen. »Wenn Villeneuve erst einmal auftaucht, wird Nelson ihn dann stellen?«

Der Admiral nickte, sein Mund war grimmig verzogen. »Auf jeden Fall. Sobald das Ziel des Franzosen deutlich ist, wird Nelson seine Flotte zusammenziehen.«

»Und was ist mit der *Norwich*?«

»Sie wird zweifellos auch dabeisein.«

Matt drückte den Rücken durch. Hunderte von Gedanken schwirrten durch seinen Kopf. »Wann muß ich abreisen?«

»Noch nicht, aber ich bin sicher, daß man Euch rufen wird. Admiral Nelson hat die Absicht, diese Schlacht zu gewinnen. Er möchte mit den besten Leuten in den Kampf ziehen. Mit Eurer Erfahrung, Kapitän Seaton, und Eurem ausgezeichneten Ruf wird er Euch bestimmt dabei-haben wollen.«

Matt nickte. Die alte Abenteuerlust war in ihm erwacht, das berauschende Gefühl, sein Schiff zu befehligen und es zum Sieg zu führen. Doch ein Teil seiner Gedanken galt Jessie, der kleinen Sarah, Belmore und seinem Vater, all den neuen Verantwortungen. Doch leider schuldete er seinem Land die vaterländische Treue.

»Ich stehe zu Euren Diensten, Admiral. Das habe ich klargemacht, als ich meinen Rücktritt einreichte. Sobald ich die Nachricht bekomme, werde ich nach Portsmouth reisen.«

Der General stand auf, und Matt und Hauptmann Bradford taten es ihm gleich. »Ihr habt noch ein wenig Zeit, nehme ich an«, versicherte der Admiral. »Teilt die Neuigkeit Eurer Familie mit, bereitet sie auf Eure Abreise vor.«

»Aye, Sir.«

Sie unterhielten sich noch einen Augenblick, dann zogen die Männer sich zurück, um ihre Sachen zu packen und sich wieder auf den Weg nach Portsmouth zu machen. Fast wünschte Matthew sich, er könne jetzt schon mit ihnen reiten. Er hatte so lange auf diese Schlacht gewartet. Mehr als zwei Jahre hatte er seine Männer dafür ausgebildet.

Doch anderenteils wünschte er sich, daß der Krieg endlich vorüber wäre. Dann könnte er in Belmore bleiben und müßte nie wieder an die Schrecken des Krieges denken.

Beim Abendessen war die Zahl der Gäste auf Belmore auf weniger als ein Dutzend geschrumpft. Gwen Lockhart saß am entgegengesetzten Ende des Tisches, so weit von Adam Harcourt entfernt wie nur möglich, neben dem Grafen von Pickering. Lord Strickland hatte das so angeordnet, Gwen war da ganz sicher. Vielleicht war es auch Jessie gewesen. Die beiden wollten sie vor St. Cere schützen, und ehrlicherweise mußte sie zugeben, daß die beiden ihr damit vermutlich einen Gefallen erwiesen.

Adam Harcourt war ein stadtbekannter Wüstling. Sein Name war verwickelt in unendlich viele Skandale. Haarsträubende Geschichten wurden gemunkelt über seine vor Jahren verstorbene Frau und ihren Liebhaber, Harold Cavendish – der Mann, der sie erschossen hatte. Gwen durfte von diesen Sachen eigentlich gar nichts wissen. Aber seit dem Vormittag war es ihr gelungen, hier und da einige Informationen zu ergattern, aus etwa einem Dutzend verschiedener Quellen – was ein recht deutliches Bild vermittelte.

Der arme Lord Harry, der verarmte zweite Sohn des Marquis von Havendale, hatte nie eine Chance gehabt gegen einen Vamp wie Elizabeth Harcourt, Lady St. Cere. Sie überzeugte Lord Harry davon, daß sie in ihn verliebt sei, daß St. Cere ein blutrünstiges Ungeheuer sei und daß ihre Eltern sie dazu gezwungen hätten, ihn zu heiraten, einen Mann, der sie gegen ihren Willen besessen hätte, einen Mann, dessen Anblick sie nicht ertragen könne.

Sie verachtete ihn wirklich von Zeit zu Zeit, wenn er ihrem Bett fernblieb und sich mit einer seiner Geliebten vergnügte – eine Angewohnheit, die er angenommen hatte, nachdem er sie in einer leidenschaftlichen Umarmung mit einem seiner Stallknechte erwischt hatte. Dennoch hatte St. Cere sich einen Erben gewünscht, deshalb hatte er weiter mit ihr geschlafen. Er war ein erfahrener Geliebter, und Elizabeth war unersättlich.

Am Ende war der arme Lord Harry der Verlierer. Er entdeckte nämlich die Frau, die er sich als arme, leidende, wehrlose Ehefrau des sadistischen Vicomte vorgestellt hatte, *en flagrant délit* mit ihrem eigenen Ehemann – und es war offensichtlich, daß sie jeden Augenblick dieses Zusammenseins genoß.

Er hatte die Frau des Vicomte erschossen, hatte St. Cere ein Messer in den Rücken gestoßen und sich dann dasselbe Messer in sein gebrochenes Herz gerammt.

Seitdem, so sagte man, konnte der Vicomte nichts mehr mit Frauen anfangen, außer natürlich im Bett. Harrys Messer hatte eine häßliche, gewaltige Narbe hinterlassen. Er war ein berüchtigter Spieler, der nur hohe Einsätze akzeptierte, der zuviel trank und seine Zeit in Häusern mit zweifelhaftem Ruf verbrachte. Man raunte sogar, daß er einigen sehr jungen Damen, die gerade erst die Schule absolviert hatten, ihre Jungfräulichkeit geraubt hatte.

Gwen glaubte jedes Wort von diesen Geschichten. Seine glutvollen und dennoch kalten Augen bestätigten das. Er war sicher das Schlimmste, was einer Frau begegnen konnte – und doch, o lieber Gott, er sah so sündhaft gut aus. Wenn sie nur einen Blick in seine Richtung riskierte, flatterten Schmetterlinge in ihrem Magen. Sie sehnte sich danach, die Geheimnisse zu entdecken, von denen sie erst seit der Nacht im Fallen Angel etwas ahnte.

Obwohl er so weit entfernt saß, fühlte sie seinen Blick auf sich, spürte, wie seine kühlen grauen Augen langsam über ihre Brüste glitten.

Gwen rutschte nervös auf ihrem Stuhl herum, ihre Schenkel rieben aneinander, ein kleiner Schweißtropfen rann zwischen ihren Brüsten hindurch. Dieser Mann verkörperte all die verbotenen Phantasien, die sie hatte, und sie fragte sich, wie es wohl sein würde, ihn zu küssen.

Ernsthaft würde sie an so etwas natürlich nicht denken. Niemals würde sie so etwas in die Tat umsetzen. Aber als der Abend fortschritt und sie fühlte, daß er sie weiter unverwandt betrachtete, fand sie eine Entschuldigung, um den Raum zu verlassen und allein hinaus in den Garten zu gehen. Sie hoffte inbrünstig, daß er ihr folgen würde.

Während sie über den mit Kieselsteinen bestreuten Weg durch den Garten schritt, wedelte sie sich mit ihrem Fächer Luft zu, um ihre erhitzten Wangen abzukühlen. Sie versuchte, die eigenartige, unerklärliche Anspannung zu ignorieren, die sie schon den ganzen Abend über befallen hatte. Als sie den kleinen Pavillon erreichte, einen ruhigen Platz am hinteren Ende des Gartens, kletterte sie die Treppe hinauf in das nur schwach erhellte Innere. Durch die großen Fenster mit den duftigen Gardinen konnte sie die Lichter des Hauses sehen.

Es dauerte nicht lange, bis sie Schritte auf dem Kiesweg hörte. Gwen fuhr auf, als der elegante Vicomte den Pavillon betrat. Er blieb kurz stehen und ging dann mit wenigen Schritten zu ihr. Mondlicht fiel durch eines der Fenster. Gwen konnte den leicht arroganten Zug um seinen Mund erkennen und die schimmernden grauen Augen.

Seine Mundwinkel kräuselten sich etwas. »Ihr seid eine kühne kleine Hexe, nicht wahr?«

Mit offenem Mund sah Gwen ihn an. »Was?«

Er lachte leise, dann musterte er sie wieder von Kopf bis Fuß. Ihm entging nicht, daß sich ihre Brüste heftig hoben und senkten, daß sie ihr Kinn störrisch vorreckte. »Die Hälfte der Frauen in London fürchten sich davor, mit mir allein zu sein, Lady Gwen, aber Ihr nicht. Ich glaube, daß Ihr kein bißchen Angst habt.«

Womit er nicht ganz recht hatte – aber das würde sie ihm nicht verraten. Statt dessen zuckte sie mit den Schultern. »Wovor sollte ich mich denn fürchten? Ihr seid doch nur ein Mann, nicht wahr? Ganz gleich, was die Klatschtanten über Euch berichten.«

Er zog die dichten schwarzen Augenbrauen zusammen, und sein sinnlicher Mund wurde schmal. »Also habt Ihr davon gehört.«

»Jawohl.«

»Das hätte ich mir denken können. Hat man Euch auch all die grausigen Einzelheiten erzählt?«

»Ich denke schon, ja.«

»Es schmeichelt mir, daß Ihr so viel Interesse an mir zeigt.«

Gwen zog hochmütig eine Augenbraue hoch. »Ich bin Schriftstellerin, Mylord. Ich genieße es, die Menschen zu studieren. Ich finde, Ihr seid ein interessanter Mann.«

Sein Lächeln kehrte zurück, es war jetzt weicher, offener. »Richtig, Schriftstellerin ... Das hat mir Strickland auch verraten.«

»Wirklich?«

Er nickte. Das Licht des Mondes warf einen hellen Schein auf sein Haar. »Er hat mich ausdrücklich darauf hingewiesen, als ich ihm erklärte, ich hätte Euch damals in der Nacht gesehen – im Fallen Angel.«

Gwen zog scharf die Luft ein. Ihre Knie verwandelten sich plötzlich in Pudding. Zum zweiten Mal innerhalb weniger Minuten wurde sie unsicher. »Uuh ... Ihr wart dort in dieser Nacht ... im ... Fallen Angel?«

»Ich war dort. Ihr seht nicht aus wie ein Mann, müßt Ihr wissen, selbst wenn Ihr Euch wie ein solcher kleidet. Als Frau jedoch besteht jede Menge Hoffnung für Euch.«

Gwen antwortete nicht. Sie war entsetzt, daß er in einer so verrufenen Lasterhöhle wie dem Fallen Angel gewesen war. »Ihr seht eigentlich nicht aus wie ein Mann, den es an einen solchen Ort zieht.«

»Ihr meint, ein Dirnenhaus? Ich versichere Euch, meine Süße, die meisten Männer erfreuen sich an den fleischlichen Lüsten, ob sie nun gekauft sind oder nicht.«

Sie schüttelte den Kopf. »Ich meinte einen Ort, an dem Männer verkehren, die sich daran erfreuen ... Schmerzen zu bereiten. Irgendwie hatte ich angenommen ... ich kann mir nicht vorstellen, daß es Euch Spaß macht, einer Frau Schmerzen zuzufügen.« Sie wandte sich von ihm ab. Tiefe Enttäuschung hatte von ihr Besitz ergriffen, und sie fühlte sich den Tränen nahe. »Entschuldigt mich, ich muß ins Haus zurück.« Sie wollte an ihm vorbeigehen, doch der Vicomte hielt ihren Arm fest. Sie hoffte nur, daß er nicht bemerkte, wie sie zitterte.

»Ich habe in den letzten acht Jahren eine ganze Anzahl verbotener Freuden entdeckt. Schmerz kann eine sehr unterhaltsame Ablenkung sein, denke ich. Wenn die Frau es so wünscht, dann bin ich bereit, ihr den Gefallen zu tun. Mir ist das auf die eine oder andere Art ziemlich gleichgültig.«

»Ich ... ich muß jetzt wirklich gehen.«

Doch er ließ ihren Arm nicht los. Statt dessen legte er eine Hand unter ihr Kinn, hob ihren Kopf hoch und sah ihr fest in die Augen. »Ich kann sehen, daß man Euch mißhandelt hat. Ich würde Euch niemals verletzen, Gwen.«

Ihre Unterlippe bebte. In ihren Augen brannten Tränen. Das hier lief ganz und gar nicht so, wie sie es sich ausgemalt hatte. »Ich hätte nicht hierherkommen dürfen.« Sie blinzelte, und eine einzelne Träne tropfte über ihre Wange. Mit der Fingerspitze tupfte er sie weg.

»Nein, das hättet Ihr nicht tun sollen. Aber ich bin froh, daß Ihr es getan habt.« Er sah sie an, silbern waren seine Augen, unergründlich. Dann beugte er den Kopf zu ihr und küßte sie zärtlich. Es war ein hauchzarter Kuß, nur eine leichte Berührung seiner Lippen.

»Gute Nacht, Lady Gwen.«

Sie schmeckte ihn auf ihren Lippen, fühlte die Wärme seines Mundes und die Berührung seiner Hand auf ihrer Haut. »Gute Nacht, Mylord.« Sie wandte sich ab, sah nicht zurück, sondern rannte die Treppe hinunter in den Garten, hinüber zum Haus, durch die offene Terrassentür ins Haus hinein und hinauf in ihr Zimmer.

Fast hatte sie es unbemerkt geschafft, als Jessica auftauchte. Mit besorgtem Gesichtsausdruck kam sie durch den Flur auf sie zu.

»Gwen! Wo um alles in der Welt bist du gewesen?«

Sie wandte den Blick ab und vermied Jessies prüfenden Blick. In ihrem Kopf wirbelten alleine die Gedanken an den Mann im Garten.

Jessie betrachtete sie ganz genau. »Gütiger Himmel, was ist geschehen? Du siehst blaß aus und bist gleichzeitig erregt.«

Gwen seufzte. Jessica würde nicht aufgeben, bis sie die Wahrheit wußte. Außerdem war sie ihre beste Freundin. »Er ist es«, gestand sie ihr und griff nach Jessies Hand. Sie zog sie mit sich in ihr Zimmer und schloß die Tür hinter ihnen. »Fühl mein Herz.« Sie legte Jessies Hand auf ihre Brust. »Lieber Gott, es schlägt wie wild.«

»Du meinst doch nicht etwa St. Cere? Sag mir, daß nicht er es ist, von dem du sprichst.«

»Natürlich ist er es. Wer sonst könnte es sein? Sicher gibt es niemanden, der so ist wie er.«

»Das ist sicher. Niemand könnte auch nur annähernd so gefährlich für dich sein wie St. Cere.«

Gwen schluckte und lehnte sich gegen die Tür. »Ich weiß. Der Mann ist eine Gefahr für jede Frau, die ahnt, worum es geht. Aber, Himmel! Er sieht so umwerfend aus.« Sie blickte auf, ihre Augen strahlten wie von innen erleuchtet. »Ich glaube nicht, daß er so schlecht ist, wie man von ihm behauptet. Ich glaube es einfach nicht.«

»Er hält nichts von einer Ehe, Gwen. Er ist absolut dagegen.«

»Gut – denn das bin ich auch.«

»Für einen Mann ist das etwas anderes, Gwen. Das weißt du genausogut wie ich.«

»Vielleicht hast du recht. Aber das ist mir egal.« Sie rollte mit den Augen. »Außerdem, alles was er getan hat, war, mich zu küssen.«

»Er hat dich geküßt?«

Gwen nickte. »Es war der sanfteste, süßeste Kuß, den du dir vorstellen kannst.«

Jessie zog die Augenbrauen zusammen, während sie diese Neuigkeit zu verdauen versuchte. »Das klingt so gar nicht nach

St. Cere.« Sie schüttelte den Kopf. »Es ist ganz gleich, wie süß er dich geküßt hat. Du darfst nicht in seine Nähe kommen. Versprich mir das, Gwen.«

»Warum sollte ich dir so etwas versprechen, Jess? Du weißt ganz genau, daß ich ihn sehen werde, wenn ich das möchte.«

Jessie runzelte die Stirn. »Du verdienst einen Mann, der dich glücklich macht. St. Cere kann ganz unmöglich dieser Mann sein. Sei vorsichtig, Gwen, wenigstens das mußt du mir versprechen.«

»Ich werde vorsichtig sein«, lenkte Gwen ein. Aber selbst als sie diese Worte aussprach, war ihr mit einem Mal ganz klar, daß sie überhaupt nicht vorsichtig sein wollte – nicht, wenn es um St. Cere ging. Sie wollte kühn und wagemutig sein, sie wollte alles über ihn erfahren – und über sich selbst. Sie fragte sich, ob er zurück in die Stadt reiten würde, und hoffte insgeheim, daß er das tun würde.

Und eine wispernde Stimme, tief in ihrem Inneren, hoffte, daß er das nicht tat.

An nächsten Tag war der letzte Gast aus Belmore abgereist. Jessie hatte dafür gesorgt, daß Sarah sich von den Besuchern fernhielt, bis auf Gwen und Lady Bainbridge, die sich beide in dieses Kind mit dem goldenen Haar verliebt hatten.

»Und sie spricht überhaupt nicht?« fragte Gwen. »Sie sagt kein einziges Wort?«

»Nein.«

»Aber sie begreift doch offensichtlich alles«, meinte Gwen, die das kleine Mädchen in dem winzigen Schaukelstuhl beobachtete.

»O ja. Wir verstehen uns recht gut, allerdings hat Matthew einige Schwierigkeiten mit ihr. Er hat keine Erfahrung mit Kindern. Ich glaube, er weiß nicht so recht, was er mit Sarah anfangen soll.«

»Sie mag ihn. Sie folgt ihm mit ihren Blicken, wann immer er ins Zimmer kommt.«

»Er bringt ihr Geschenke. Er nimmt sie mit in die Ställe und sieht sich mit ihr zusammen die Pferde an. Er spricht nur nicht viel mit ihr. Ich denke, die beiden sind sich sehr ähnlich.«

»Vielleicht verständigen sie sich besser miteinander, als du glaubst.«

Die beiden Freundinnen standen an der Tür des Kinderzimmers und sahen Sarah zu, die mit ihrer Puppe spielte, die Viola für sie genäht hatte. Jessie lächelte. »Kann sein, daß du recht hast.« Sie wünschte von Herzen, daß sie und Matthew sich auch so gut verstehen würden.

»Sie ist ein liebes kleines Mädchen«, sagte Gwen. »Ihr Haar ist noch heller als deins. Es ist wirklich erstaunlich. Bei dem blonden Haar und den blauen Augen, die ihr alle drei habt, könnte das Kind von dir und Matthew sein. Mit der Zeit wird sie sich als Mitglied eurer Familie fühlen.«

»Mit der Zeit ...«, stimmte Jessie zu. »Im Augenblick ist sie noch ziemlich verstört. Deshalb fand ich es auch besser, daß wir sie von den Gästen ferngehalten haben. Ich wollte nicht, daß sie noch mehr eingeschüchtert wird.«

Gwen sah nachdenklich zu dem kleinen Mädchen hinüber. »Ich hatte eine wunderschöne Kindheit ... bis meine Mutter wieder geheiratet hat. Ich kannte meinen richtigen Vater gar nicht. Er starb, als ich noch sehr jung war, doch ich habe ihn mir immer als den starken, mutigen Ritter in der glänzenden silbernen Rüstung vorgestellt. Das machte das Leben mit Waring jedoch noch schlimmer.« Sie blickte Jessie an. »Ich weiß, wie es ist, wenn man so brutal behandelt wird wie Sarah. Sie hat Glück, daß sie dich und Lord Strickland gefunden hat. Jetzt wird sie in Sicherheit sein.«

Jessie griff nach Gwens Hand. »Und wie steht es mit dir, Gwen? Was wird Lord Waring dir antun, weil du ohne seine Erlaubnis hierhergekommen bist?«

Sie zuckte mit den Schultern, doch ihr Körper spannte sich an. »Ich weiß es nicht. Er ist in letzter Zeit sehr beschäftigt, seine Dirnen zu quälen. Vielleicht klappt es ja, wie dein Mann erwähnt hat, daß Lady Bainbridge ein gutes Wort für mich einlegen kann.«

»Du hast gesagt, du willst nicht heiraten, aber es wäre doch sicher besser, wenn du dir einen Mann nehmen würdest, anstatt bei einem solchen Vater zu leben.«

Gwen schüttelte den Kopf. »Ich würde nur einen Gebieter gegen den anderen austauschen. Ich möchte Herr meines eigenen Schicksals sein, Jess. Früher oder später werde ich einen Weg finden, diese Aufgabe zu lösen.«

Jessie hoffte, daß ihrer Freundin das gelingen würde, doch sie war sich da überhaupt nicht sicher.

Als sie jetzt Gwen zuwinkte, die durch das Fenster von Lady Bainbridges fahrtbereiter, eleganter schwarzer Kutsche sah, wünschte Jessie, daß sie ihrer Freundin irgendwie helfen könnte. Doch was konnte sie schon für sie tun? Sie dachte an die kleine Sarah, die oben auf sie wartete. Wenigstens war sie in der Lage, ihrer Nichte zu helfen. Nachdem die Gäste nun abgereist waren, würde sie wieder mehr Zeit mit dem Kind verbringen.

Und vielleicht auch mit ihrem Mann.

Doch leider schien sich die Kluft zwischen Jessica und Matthew in den nächsten Tagen noch zu vergrößern. Er war die meiste Zeit über sorgenvoll und angespannt, obwohl er sich Mühe gab, das zu verbergen.

Jessies Kummer wuchs. Was geschah mit ihnen? Er zog sich von ihr zurück, so wie er es schon früher getan hatte. War Caroline Winston dafür verantwortlich, oder gab es noch etwas anderes? Vielleicht hatte es etwas mit dem Krieg zu tun. Seit seiner Besprechung mit Admiral Dunhaven war er so unnahbar. Er würde doch bestimmt mit ihr darüber sprechen, wenn er auf sein Schiff zurückkehren sollte, oder?

Sie wollte ihn danach fragen, doch fürchtete sie sich vor seiner Antwort. Sie hatten nie über ihre Gefühle gesprochen und auch nie über die Zukunft. Matthew war bis jetzt ein pflichtgetreuer Ehemann gewesen, und er war voller Hingabe und Leidenschaft im Bett. Das bedeutete aber nicht, daß er sie liebte. Oder daß er sie brauchte. Oder daß er sie als seine Frau akzeptiert hatte. In Wahrheit war sie ihm gesellschaftlich nicht gleichgestellt. Das würde sie auch niemals sein, ganz egal, wie sehr sie nach außen hin als Lady wirken mochte.

Mit jedem Tag, der verging, wurde Jessie unsicherer. Sie hatte keine Ahnung, in welche Richtung ihr Leben sich bewegte, sie wußte nur, daß sie mit einem Mann verheiratet war, der sie in seinem Bett haben wollte, der jedoch niemals die Absicht gehabt hatte, sie zu ehelichen. Sie hatte ihn mit einem Trick zu dieser Verbindung gezwungen, und obwohl er die Heirat selbst vorgeschlagen hatte, fühlte sie sich schuldig.

Unvermittelt tauchte zusätzlich ein weiteres Problem auf, eines, von dem sie geglaubt hatte, es sei gelöst. Schlagartig verzehnfachten sich ihre Sorgen.

»Entschuldigung, Mylady.« Der Butler stand an der Tür des kleinen Schulzimmers, in dem Jessie gerade an der Tafel stand. Sie zeichnete eine provisorische Karte von England, die an diesem Tag der Geschichtsstunde dienen sollte.

»Ja, Ozzie?«

»Einer der Jungen im Dorf hat mir das gegeben. Er hat darauf bestanden, daß niemand anderes die Nachricht bekommen sollte außer Euch.«

Jessie blickte auf die Kinder. Sechs Augenpaare schauten sie neugierig an. »Danke, Ozzie.« Der Mann nickte, wandte sich um und ging zum Haus zurück. »Kinder – wenn ihr mit eurer Aufgabe fertig seid, dann könnt ihr gehen. Das ist alles für heute.«

Blicke schossen hin und her, dann beugten die Köpfe sich wieder über ihre Arbeit. Jessie ging nach draußen und fragte sich, wer ihr wohl diese Nachricht geschickt hatte. Sie brach das Wachssiegel und riß dann den Umschlag auf. Die Handschrift kannte sie nicht. Ihr Herz pochte unregelmäßig, als die Worte langsam einen Sinn ergaben – sie wußte, woher die Nachricht kam.

Danny!

In einfachen Worten ausgedrückt: Er wollte mehr Geld. Er hatte die Nachricht nicht selbst geschrieben, aber wer auch immer den Text für ihn niedergeschrieben hatte, wußte von der

Besprechung, zu der Matthew gestern morgen aufgebrochen war. Im nahen Beaconsfield fand eine Versammlung der örtlichen Landbesitzer und ihrer Pächter statt. Matthew würde erst morgen zurückkommen.

Danny forderte weitere fünfhundert Pfund, und falls sie ihm die nicht gäbe, würde er alles über sie erzählen. Gleich morgen früh hatte er vor, nach London zu reisen und dort zur Zeitung zu gehen. Gemeiner Klatsch war immer eine gute Nachricht, und nach dem Skandal ihrer geplatzten Hochzeit mit dem Herzog würde ein weiterer Skandal tödlich sein, ganz besonders ein so schlüpfriger wie dieser.

Jessies Magen verkrampfte sich. Der Name Belmore hatte schon genug erdulden müssen. Ein Skandal dieses Ausmaßes würde die Familie ruinieren, sie wäre für immer von der Gesellschaft ausgeschlossen. Lieber Gott, was sollte sie nur tun?

Jessie las die Nachricht noch einmal, das Blatt zitterte in ihrer Hand. Sie durfte nicht zulassen, daß Danny sie ständig erpreßte, doch sie konnte auch nicht riskieren, daß ihr Geheimnis enthüllt wurde. Sie mußte sich etwas einfallen lassen, wie sie ihn aufhalten konnte. Und das noch heute abend.

Sie richtete sich energisch auf, verließ die Veranda vor dem Schulzimmer und ging zum Haus. Sie sollte sich mit ihrem Bruder hinter der Wayfarer Taverne treffen, am Rand des Dorfes. *Himmel, wenn doch nur Matthew hier wäre.*

Nun, er war nicht hier, und bis morgen war es zu spät.

Außerdem war Matthew nach wie vor zurückgezogen und verschlossen. Jessie wußte den Grund dafür nicht. Sie wußte nicht, ob sie etwas getan hatte, das ihm mißfiel, oder ob er sich vielleicht darüber aufregte, daß er für das Kind ihres Bruders sorgen mußte. Eine Nachricht wie diese würde alles sicher noch viel schlimmer machen. Es wäre besser, wenn sie ihm erst davon erzählte, wenn sie das Problem gelöst hatte.

Jessie nagte an ihrer Unterlippe und versuchte zu überlegen. Sie dachte an Papa Reggie. Er war immer für sie dagewesen, doch seine Gesundheit war zu schwach. Sie durfte das Risiko nicht eingehen, ihn aufzuregen.

Danny war ihr Bruder – also im Grunde ihr Problem und nicht das von Matthew oder sonst jemandem. Sie selbst mußte sich mit Danny auseinandersetzen – und diesmal würde sie dafür sorgen müssen, daß er ihnen nicht noch einmal Schwierigkeiten machte.

Ein leichter Wind fuhr durch die Blätter des Baumes über ihr. Hoch oben in den Zweigen heulte eine Eule. Ein Schauer lief durch Jessies Körper. Es war eine finstere Nacht, nur eine schmale Mondsichel lugte durch die Wolken am Himmel. Nachdem Jessie an der Taverne angekommen war, war sie dankbar dafür, daß die Nacht ihr Schutz bot und sie sich im Dunkel verbergen konnte. Niemand sollte sehen, daß sie sich hier mit Danny Fox traf.

»'n Abend, kleine Schwester.« Ihr Bruder zog eine Uhr aus der Tasche seiner safranfarbenen Brokatweste und warf einen Blick darauf. »Ich dachte mir, daß du kommen würdest. Ich glaube, du bist sogar ein paar Minuten zu früh.«

Jessie zog die Kapuze ihres Umhangs noch ein wenig tiefer ins Gesicht. Es war sowieso schon sehr spät. Es würde Mitternacht sein, ehe sie wieder in Belmore war.

»Ich habe getan, was du mir gesagt hast. Ich hatte nicht so viel Geld. Ich habe alles mitgebracht, was ich gespart habe, und noch einige Schmuckstücke. Sie sind mehr als fünfhundert Pfund wert, selbst wenn du nicht den normalen Preis dafür bekommen solltest, wenn du sie verkaufst. Mehr konnte ich in so kurzer Zeit nicht tun.«

Danny lächelte. »Wie der Hafen im Sturm, das sage ich doch immer wieder.» Er griff nach dem Beutel, den sie in der Hand hielt, doch Jessie trat einen Schritt zurück und schüttelte den Kopf.

»So einfach ist das nicht, Danny. Diesmal nicht.« In der anderen Hand hielt sie plötzlich eine kleine Pistole, die sie einem betrunkenen Soldaten gestohlen hatte, in der Nacht, als sie den Black Boar Inn verlassen hatte. Sie hatte sie nun aus den Falten ihres Rockes gezückt und zielte damit genau auf Dannys Herz.

»Ich werde dir das Geld geben, wie du es gewollt hast. Aber eines sollst du begreifen – du hat mich und meine Familie zum letzten Mal belästigt. Mein Mann hat dich gewarnt, noch einmal zurückzukommen. Aber du willst nicht hören. Jetzt warne ich dich. Wenn du noch einmal in meine Nähe kommst, wenn du mich oder meine Familie bedrohst oder versuchst, in Sarahs Nähe zu kommen, dann werde ich dich umbringen. Ich werde nicht zögern. Und es wird mir auch nicht leid tun. Ich werde dir ganz einfach diese Waffe vor dein Gesicht halten und abdrücken.«

Sie trat einen Schritt vor und drückte den Lauf gegen seine Wange. Sie sah, wie alle Farbe aus seinem Gesicht wich. »Glaubst du mir?«

Danny versuchte zu lächeln, doch es gelang ihm nur, das Gesicht zu verziehen. »Du würdest doch sicher nicht dein eigen Fleisch und Blut erschießen.«

»Du bist nicht mein Fleisch und Blut – nicht mehr.« Jessie senkte die Pistole und preßte sie gegen seine Brust. »Ich habe gesagt, ich würde dich umbringen.« Sie war selbst erstaunt, wie ruhig ihre Hand war. »Glaubst du mir, oder brauchst du einen Beweis?«

»Herrjeh, Gott – du willst doch nicht wirklich auf mich schießen! Ich glaube dir, Mädchen.« Er las in ihren Augen, wie entschlossen sie war. »Du bist noch härter geworden als deine Ma.« Hätte Jessie es nicht besser gewußt, sie hätte geschworen, daß eine gewisse Bewunderung in Dannys Stimme lag, die erste Anerkennung, die sie je von Danny Fox bekommen hatte.

Sie reichte ihm den Beutel, der schwer war von Geld und Juwelen. »Ich möchte, daß du hier verschwindest, Danny. Ich will, daß du für immer und ewig aus meinem Leben verschwindest. Ich habe jedes Wort, das ich gesagt habe, ernst gemeint. Wenn du je ein Wort gegen mich oder einen anderen Menschen meiner Familie sagst, dann bist du tot.«

Die Pistole hielt sie unbeirrt auf ihn gerichtet, doch in ihrem Inneren zitterte Jessie. Jedes ihrer Worte war die pure Wahrheit. Sie würde ihre Familie beschützen, ganz gleich, was ihr persönlich dabei geschah. Sie hoffte nur, daß sie ihn davon überzeugt hatte.

»Auf Nimmerwiedersehen, Danny.« Er sagte kein Wort, er starrte ihr nur nach, als sie davonging. Im Stall hinter der Taverne stieg sie auf ihr Pferd und ritt zurück nach Belmore. Sie betete, daß sie von jetzt an vor Danny Fox in Sicherheit war.

Matthew sah schweigend zu, als seine Frau an ihm vorüberritt, doch seine Finger, die die Zügel hielten, waren zur Faust geballt. Es war reiner Zufall, daß er gesehen hatte, wie sie aus Belmore weggeritten war. Beinahe wäre er bei dem Rittergutsbesitzer Montrose geblieben und wäre erst am Morgen nach Hause zurückgekehrt, wie er es geplant hatte. Doch der Gedanke, in seinem eigenen Bett zu schlafen, seine Frau zu lieben und sie im Bett neben sich zu wissen, war zu verlockend gewesen und hatte ihn dazu getrieben, das warme Haus des freundlichen Landedelmannes zu verlassen.

Er hatte Belmore schon fast erreicht, als er den einzelnen Reiter entdeckte, der ein Pferd aus dem Stall führte. Er konnte nicht deutlich erkennen, wer dieser Reiter war, er sah nur, wie er das Pferd zu einem im Schatten liegenden Baumstamm führte und sich dann in den Sattel schwang. Ein Damensattel, stellte er fest, was bedeutete, daß der Reiter eine Frau war. Ein erster Anflug von Besorgnis beschlich ihn.

Er hatte die Frau beobachtet, als sie wegritt, mittlerweile war er sicher, daß es sich um Jessie handelte, und er war zornig, daß sie die Sicherheit von Belmore verließ. Er war entschlossen herauszufinden, was in Gottes Namen seine Frau jetzt schon wieder vorhatte. Er war ihr in einiger Entfernung gefolgt und hatte gehofft, daß sie ihn nicht entdecken würde, doch sie schien gar nichts um sich herum wahrzunehmen. Wie es schien, hatte sie es eilig, ihr Ziel zu erreichen. Und dieses Ziel war die Wayfarer Taverne.

Den ganzen Weg über verspürte Matthew ein Brennen in der Kehle. In Gedanken stellte er sich etwa ein Dutzend verschiedener Möglichkeiten vor. Da er Jessie kannte, konnte sie hundert verschiedene Gründe haben, die Taverne zu besuchen. Doch ein Verdacht wurde in ihm immer stärker.

Sir Thomas Perry war nicht bei den Leuten gewesen, die sich zu der sehr wichtigen Besprechung zusammengefunden hatten. Man hatte über seine Abwesenheit gesprochen, es wurde gesagt, er sei unerwartet krank geworden. Jetzt begann Matthew sich allerdings Gedanken zu machen ...

Perry hatte Jessie mehrere Male in Belmore besucht, vor Matthews Ankunft. Er war jung und sah gut aus, und offensichtlich fand er seine Frau recht attraktiv. Vielleicht hatte sich zwischen den beiden schon etwas entwickelt, lange bevor Matthew nach Hause zurückgekehrt war. Etwas, das gewachsen war, jetzt, wo ihre Stellung als Frau des zukünftigen Marquis von Belmore sicher war.

Er sah, wie Jessie an der Taverne ankam, ihr Pferd im Stall unterstellte, um die Taverne herumging und dann in der Dunkelheit dahinter verschwand. Er hatte auch den Mann gesehen, der dort auf sie wartete. Doch er war zu weit weg, um zu hören, was gesprochen wurde. Er konnte auch das Gesicht nicht erkennen, aber Größe und Statur stimmten mit der von Perry überein. Er sah, wie Jessie ihm etwas überreichte, innehielt und näher an ihn herantrat. Vielleicht schmiegte sie sich in seine Arme.

Matt lehnte sich gegen eine Wand, sein Atem ging schwer. In der kühlen Luft bildeten sich kleine weiße Wölkchen vor seinem Mund. Er schloß die Augen, und tiefe Verzweiflung überkam ihn. Sobald er sich unter Kontrolle hatte, würde er zu ihnen gehen und sie zur Rede stellen.

Jetzt war ihm klar, was er schon all die Monate befürchtet hatte, seit er Jessie zum ersten Mal in Belmore gesehen hatte – früher oder später würde die Tochter einer Dirne sich auch wie eine solche benehmen. Selbst eine Frau, die so gut erzogen und so vornehm war wie Jessie Fox.

Er atmete mehrere Male tief durch, um sich zu beruhigen, und als er sich wieder umwandte und zu den beiden hinübersah, waren Jessie und ihr Liebhaber verschwunden. Er bewegte sich schnell, entschlossen, die beiden zu finden, sie aus ihrem gemütlichen Bett im oberen Stock der Taverne zu treiben, falls sie dorthin gegangen waren. Doch mit einem Mal sah er Jessie wieder auf ihrem Pferd. Sie ritt zurück nach Belmore. Von dem Mann, mit dem sie sich getroffen hatte, war nichts mehr zu sehen. Egal – noch ehe diese Nacht vorüber war, würde er den Namen des Mannes wissen.

Rasch schwang er sich in den Sattel seines müden Pferdes und folgte dem Weg nach Belmore. Er hatte es nicht eilig, denn er wußte ja nun, wohin seine Frau ritt. Wenn er erst einmal in seinem Zimmer war, würde er sie zwingen, ihm die Wahrheit zu sagen.

Und vielleicht würde es ihm auch gelingen, die rasende Wut in eisige Kontrolle zu verwandeln.

18

Selbst in der Wärme ihres Schlafzimmers fror Jessie. Sie hatte ihre Reitkleidung ausgezogen und trug jetzt ein bequemes weißes Baumwollnachthemd unter dem Umhang aus blauem Samt. Nach ihrer Konfrontation mit Danny hatte sie das Gefühl, als ob sich ein Eisblock in ihrem Innern befände.

Sie saß vor ihrem kleinen ovalen Spiegel auf der Frisierkommode und zog die letzten Haarnadeln aus ihrem Haar. Dann griff sie nach der weichen, silbernen Bürste und fuhr sich damit durch die Haare. Sie wünschte, Matthew wäre zu Hause. Sie wollte seine Arme um sich spüren, wollte etwas von seiner Stärke in sich aufnehmen. Einen Augenblick lang glaubte sie sogar, ihn gehört zu haben, wie er die Treppe heraufkam. Das war dumm, aber ...

Jessie hielt inne. Sie war sicher, daß da wirklich jemand kam. Die Schritte klangen ihr wohlbekannt. Matthew war zu Hause! Sie sprang vom Stuhl auf, lief zur Tür, die in den Flur führte, und riß sie auf. Da stand er vor ihr im wollenen Übermantel, der durch den langen Ritt feucht vom Tau war. Er hatte nicht einmal Zeit gefunden, den Mantel unten in der Halle abzulegen.

Vielleicht sehnte er sich genausosehr nach ihr wie sie sich nach ihm.

»Matthew!« Sie schlang die Arme um seinen Hals und zog ihn mit sich in ihr Zimmer, bedeckte sein Gesicht mit vielen kleinen Küssen. »Ich habe nicht geglaubt, daß du heute schon nach Hause kommst.«

»Nein, das hast du sicher nicht.« Er schob sie von sich, wandte sich um, zog den schweren Mantel aus und warf ihn über einen Stuhl. »Wie du siehst, habe ich mich entschlossen, schon heute abend zurückzukommen und nicht erst morgen früh.« Ein eigenartiges Lächeln spielte um seinen Mund. »Ich konnte es nicht erwarten, dich wiederzusehen.«

»Oh, Matthew – ich bin so froh, daß du hier bist.«

»Bist du das wirklich?«

»Ja, ich ...« Sie wollte ihm von ihrem Bruder erzählen, von dem Geld, das er von ihr verlangt hatte, doch irgend etwas riet ihr, sich zurückzuhalten – der prüfende Ausdruck in Matthews Gesicht? Oder die Anspannung in seinem Körper? »Matthew? Stimmt etwas nicht?«

»Was sollte denn nicht stimmen?«

»Ich ... ich weiß nicht.«

Er trat ein paar Schritte von ihr zurück und musterte sie von Kopf bis Fuß. Auch sie betrachtete ihn. Sie blickte auf seine Reitkleidung, einen dunkelbraunen Überrock, weiche Rehlederhosen, die sich an seine Schenkel schmiegten, und kniehohe Schaftstiefel.

»Wenn du so froh bist, mich wiederzusehen, dann wirst du mir das sicher auch zeigen. Nimm deinen Umhang ab – ich möchte dich ansehen.«

Jessie lächelte ein wenig unsicher, als sie das Band ihres Umhanges öffnete. »Ich habe dich nicht erwartet.« Sie legte den Umhang ab und deutete leicht verlegen auf ihr schlichtes Nachthemd aus Baumwolle. »Hätte ich gewußt, daß du kommst, dann hätte ich etwas Schöneres angezogen.«

Er verzog den Mund, doch ein richtiges Lächeln brachte er nicht zustande. »Du wirst mir schon gefallen«, wehrte er ab. »Und das früh genug.« Sein Blick glitt über ihren Körper. An den Brüsten, die sich unter dem dünnen Stoff klar abzeichneten, verharrte er, bevor er weiterwanderte zu dem dunklen Dreieck zwischen ihren Schenkeln, das durch das gelbe Licht des Feuers hinter ihr noch betont wurde.

»Ich ... ich habe dich vermißt«, gestand Jessie ihm und trat unter seinem abschätzenden Blick unruhig von einem Fuß auf den anderen. Sie wollte ihm erzählen, was geschehen war, wie nötig sie ihn heute abend gebraucht hätte, doch seine bedrohliche Ausstrahlung ließ sie innehalten.

»Hast du das wirklich?« Er machte einen Schritt auf sie zu, und unbewußt trat Jessie einen Schritt zurück.

»Ja ... ja, das habe ich. Ich wünschte, du wärst früher gekommen.« Das war eine schlichte Untertreibung.

»Nun, jetzt bin ich hier.« Wieder versuchte er zu lächeln. »Und ich habe die Absicht, die verlorene Zeit aufzuholen.« Hart schloß sich seine Hand um ihr Handgelenk, und er zog sie an sich. Einen Augenblick lang starrte er sie an, seine Augen lagen im Schatten des Feuerscheins, und sie waren ausdruckslos. Er senkte den Kopf und preßte seine Lippen in einem wilden Kuß auf ihre. Sein Tun war nicht zärtlich, sondern brutal und bestrafend.

Jessie riß sich von ihm los, machte ein paar Schritte von ihm weg und wäre beinahe über die Bank am Fuße des Bettes gestolpert. »Matthew, was ist los?«

Seine Augen glitzerten. »Ich entschuldige mich, mein Liebling.« Ein kaltes Lächeln umspielte seinen Mund. »Offensichtlich ist mein Verlangen nach dir größer, als ich dachte.«

Jessie trat einen weiteren Schritt von ihm weg. Sie zitterte und stand jetzt mit dem Rücken an der Wand. »Sag mir, was geschehen ist.«

»Das einzige, was geschehen ist, ist die Tatsache, daß ich dich seit gestern morgen nicht mehr gesehen habe. Ich habe die Absicht, dich jetzt zu besitzen. Komm her, Jessica.«

So hatte er noch nie zuvor mit ihr gesprochen. Noch nie. Sie schüttelte den Kopf.

»Dann werde ich zu dir kommen.« Mit wenigen Schritten durchquerte er den Raum. »Zieh dein Nachthemd aus!«

Jessie leckte sich über ihre Lippen. »Ich bin deine Frau, Matthew. Ich habe nicht den Wunsch, dir etwas zu verweigern, aber ...«

»Ich habe gesagt, du sollst dich ausziehen!« Er packte das kunstvoll bestickte Gewand am Ausschnitt und riß es mit einem Ruck bis zu ihrer Taille auf. Jessie keuchte auf, als die kühle Luft ihre nackten Brüste traf, doch er erstickte das Geräusch mit einem harten Kuß. Er zerrte sie zu sich und umklammerte sie so fest, daß sie sich kaum bewegen konnte. Seine eine Hand knetete abwechselnd ihre Brüste und zwirbelte die rosigen Spitzen zwischen seinen Fingern, bis sie sich steil aufrichteten.

Jessie drückte beide Hände gegen seine Brust und versuchte, ihn von sich zu schieben. Sie war entschlossen, sich ihm zu widersetzen. Sie versuchte, den Kopf abzuwenden, doch er packte ihn mit der einen Hand und preßte seinen Mund noch brutaler auf ihren. An ihrem Bauch spürte sie seine Erregung, hart und heiß. Und die ganze Zeit über räuberte er mit seiner Zunge in ihrer Mundhöhle. Er schmeckte sie und verlangte eine Reaktion von ihr.

Sein Kuß hörte nicht auf, doch jetzt war er nicht länger brutal, sondern eindringlich und erregend. Gekonnt verführte er sie, nahm ihr jeden Wunsch, ihm zu widerstehen. Seine Hände auf ihren Bürsten wurden sanft, er streichelte sie zärtlich, bis das Verlangen in ihr geweckt wurde und sie seine Berührungen an ihrem ganzen Körper zu fühlen schien.

Ihr Entschluß, sich ihm zu widersetzen, schmolz dahin. Ihr Körper wurde nachgiebig und warm. Sie erwiderte seinen Kuß, ließ sich verzaubern und fieberte nach jeder seiner Berührungen. Schließlich war er ihr Mann, und sie verlangte nach ihm.

Sie vergrub ihre Finger in seinem dichten dunkelblonden Haar, drängte sich an ihn und öffnete die Knöpfe seines Hemdes. Sie stöhnte leise auf, als er ihren Hals und ihre Schultern mit Küssen bedeckte. Dann beugte er sich hinunter und nahm eine ihrer Brüste in seinen Mund. Sachte biß er in die rosige Knospe, und ein wohliger Schauer lief durch ihren Körper.

»Matthew ...«

Wieder küßte er sie, tief schob sich seine Zunge in ihren Mund, streichelte sie und machte sie willenlos.

»Heb dein Nachthemd hoch, Jessica«, sagte er leise.

Ihr Hand zitterte, doch sie zögerte nur einen Augenblick, dann gehorchte sie. Sie griff nach dem Saum des Nachthemdes und zog es über ihre Schenkel hoch.

»Höher«, befahl er. »Ich möchte dich sehen ... dich berühren.«

Sie hob das Hemd bis zur Taille und war gefesselt von dem Verlangen, das ihr aus seinen dunkelblauen Augen entgegenleuchtete.

»So seidig«, raunte er und fuhr mit einer Hand durch die krausen blonden Locken über ihrem Venushügel. Dann rieb er ihre Liebesperle und stieß unvermittelt einen Finger in ihre feuchte Weiblichkeit. »Das gefällt dir, nicht wahr, Jessica?«

Sie stöhnte leise und bog sich seiner Hand entgegen. Er stimulierte sie geschickt, und sie sehnte sich verzweifelt danach, ihn ebenso zu berühren. Schließlich hatte sie den letzten Knopf seines Hemdes geöffnet und strich mit ihren Händen über seine breite, muskulöse Brust. Unbeabsichtigt ließ sie den Saum ihres Nachthemdes los, doch noch ehe es herunterfallen konnte, hatte Matthew es festgehalten und riß es ihr mit einer schnellen Bewegung über den Kopf. Nackt stand sie nun vor ihm, der Schein des Feuers flackerte über ihre Haut.

»Knöpf meine Hose auf«, befahl er heiser und untermauerte seine Worte mit einem langen, heißen Kuß. »Berühre mich, Jessie. Du weißt, daß du selbst das auch willst.«

Sie leckte sich über die Lippen. »Ja ...« Ihre Finger kämpften mit dem Verschluß seiner Hose, bis es ihr endlich gelang, die Knöpfe einen nach dem anderen zu öffnen. Sein Glied war hart und erregt, drängte danach, von dem beengenden Kleidungsstück befreit zu werden. Sie streichelte es, bewunderte die

Härte, die doch so seidig war, wie Seide über Stahl. Noch einmal rieb sie über seine pulsierende Männlichkeit, und er stöhnte auf. Er packte eine Hand um ihr Hinterteil und knetete es.

»Spreize deine Beine für mich, Jessie.« Sie tat, was er von ihr verlangte, öffnete ihm ihre Schenkel. Sie fühlte seine tastenden Finger, und dann drang er mit einem einzigen Stoß hart und tief in sie ein. Er füllte sie vollständig aus, drängte sie gegen die Wand und hob sie hoch vom Boden.

Sie ächzte unter der wilden Kraft seiner Stöße, doch ihr Körper nahm ihn wollüstig in sich auf. Heiß loderte die Leidenschaft in ihr, Lavaströme schienen sie zu durchfluten, als Matthew mit aller Kraft immer wieder in sie hineinstieß. Sie krallte die Hände in seine Schultern. Ihr Mund suchte nach seinen Lippen und fand sie für einen verzehrenden Kuß, der noch fiebriger wurde, als seine Zunge sich wild im gleichen Rhythmus bewegte, wie er in ihren Körper eindrang. Ihr Kopf fiel zurück, ihre Schultern wurden gegen die Wand gedrückt, bei jedem seiner Stöße wurde sie ein Stück hochgehoben. Die glühende, schier unglaubliche Leidenschaft machte sie benommen. Sie konnte nicht mehr denken, konnte kaum noch atmen.

Lieber Gott, so hatte sie ihn noch nie erlebt, so unersättlich und besessen. Es fachte ihr eigenes Begehren noch an, ihr Körper brannte, und sie konnte an nichts anderes mehr denken als an ihn. Sie fühlte nur noch ihn, spürte seinen ekstatischen, drängenden Rhythmus und die Stöße seines heißen, geschwollenen Glieds.

»So ist es richtig, Jessie. Nimm dir, was du willst. Tu es. Komm mit mir.«

Bei diesen mit rauher Stimme hervorgestoßenen Worten erreichte Jessie den Höhepunkt. Ihr Körper stand in Flammen, sie fühlte geradezu, wie er brannte. Sie spürte auch, wie Matthew erstarrte, nahm seine letzten heftigen Stöße in sich auf und sank dann in seinen Armen zusammen, dankbar, daß er sie festhielt.

Sie erinnerte sich nicht mehr daran, daß er sie ins Bett getragen hatte, doch als sie wenig später die Augen öffnete, erkannte sie den Baldachin über sich und die Bettvorhänge. Nackt und befriedigt lag sie in den Kissen. Ihr Körper bebte lustvoll im Nachklang des Liebesspiels – doch Matthew war nicht mehr da.

Ein Schauer lief durch Jessies Körper, Furcht befiel sie. Er war so zornig gewesen. Sie hätte ihn nicht lieben sollen, sie hätte ihn zwingen müssen, ihr zu sagen, was geschehen war. Statt dessen hatte sie der mächtigen Anziehungskraft nachgegeben, die sie nach wie vor für ihn empfand. Sie hatte sich ihm hingegeben, und jetzt ängstigte sie sich.

Sie lauschte auf Geräusche aus dem Zimmer nebenan, doch es war unheimlich still. Wo ist er hingegangen, fragte sie sich. Warum hatte er sie allein gelassen? Sie hatte ihn noch nie in einer solchen Verfassung gesehen wie am heutigen Abend, so besorgniserregend außer Kontrolle. Er hatte sie leidenschaftlich verführt, und dennoch war irgend etwas nicht in Ordnung.

Sie versuchte sich einzureden, daß sein Zorn nicht auf sie gerichtet war, daß etwas anderes ihn beschäftigte. Vielleicht war die Besprechung in Beaconsfield nicht so abgelaufen, wie er sich das gewünscht hatte. Bestimmt ging es nur darum. Am Morgen würde es ihm schon bessergehen, und er würde sein Temperament wieder unter Kontrolle haben. Dann wollte sie zu ihm gehen, sie würde mit ihm reden und die Dinge zwischen ihnen klären.

Jessie lächelte leicht spöttisch über sich selbst. Sie war noch nie ein Feigling gewesen, doch wenn es um Matthew ging, war sie unsicher. Sie mußte morgen mit ihm reden, mußte ihm von ihrem Bruder erzählen und von den Drohungen, die Danny ausgesprochen hatte. Und sie würde ihm von dem Geld und den Wertsachen erzählen, die sie ihm gegeben hatte.

Sie mußte ihm reinen Wein einschenken – sie war seine Frau, und sie schuldete ihm ihre Ergebenheit. Dennoch machte sie sich Sorgen über seine Reaktion, und sie hatte auch Angst um die kleine Sarah. Das Kind verstärkte die Gefahr für die Menschen vom Belmore – das hatte Matthew selbst gesagt. Und jetzt, da Danny erneut gedroht hatte, war ihr Mann vielleicht so besorgt, daß er das Kind wegschicken würde. Sie glaubte eigentlich nicht, daß er das übers Herz bringen würde, aber sie war sich nicht sicher.

Jessie schloß die Augen, ihr Herz hämmerte dumpf in ihrer Brust. Morgen würde sie wissen, was zu tun war. Morgen wäre alles viel klarer. Sie kroch unter die Seidenlaken und zog sie bis ans Kinn hoch. Ihr Körper prickelte noch von dem wilden Liebesspiel, ihre Brüste waren noch empfindlich nach seinen Berührungen. Morgen würde sie ihm alles sagen und herausfinden, was los war.

Jessie schloß die Augen, doch einschlafen konnte sie nicht.

Ein Blatt segelte zu Boden. Im schwachen Licht der Laterne tanzte es zu Gwendolyn Lockharts Füßen, während sie unter dem Baum herging. In ihrem smaragdgrünen, mit Gold besetzten Seidenkleid schritt sie langsam über den Gartenweg der Vauxhall-Gärten und fragte sich, wie spät es wohl sein mochte.

Es war sowieso höchst erstaunlich, daß sie hier herumspazieren konnte, wenn sie daran dachte, wie wütend ihre Eltern gewesen waren, als sie aus Belmore zurückgekehrt war. Glücklicherweise hatte sich Lady Bainbridge einverstanden erklärt, für sie beim Grafen ein gutes Wort einzulegen. Dadurch war Gwen wieder einmal der erniedrigenden, brutalen Prügel entgangen, der Lieblingsbestrafung ihres Vormundes und Stiefvaters. Statt dessen hatte sie jedoch für die nächsten beiden Wochen Hausarrest – es sei denn, daß ihre Eltern es für nötig hielten, sie während dieser Zeit zu einer Gesellschaft mitzunehmen.

Was am heutigen Abend geschehen war. Die wohltätige Organisation, die ihrer Mutter so am Herzen lag, die Gesellschaft zur Verbesserung der Armut, gab heute abend in den Vauxhall-Gärten den jährlichen Ball, auf dem vor allem Geld gesammelt wurde. In diesem Jahr hatte Lady Waring die Organisation des Festes übernommen.

Ihre Mutter war schon seit Tagen nicht mehr zur Ruhe gekommen. Bis spät in die Nacht hinein hatte sie an den abschließenden Vorbereitungen gearbeitet. Am gestrigen Abend hatte sie dann mit ihrem Mann gesprochen.

»Bitte, Edward, ich flehe dich an – du mußt Gwendolyn erlauben dabeizusein. Es wäre höchst unpassend, wenn meine einzige Tochter an diesem Abend nicht zugegen wäre, nachdem ich dieses Ereignis seit fast einem Jahr geplant habe.«

Am Ende hatte Lord Waring nachgegeben, etwas, das er nur sehr selten tat. Er hatte zugestimmt, daß sie den Ball besuchen durfte – obwohl Gwen sich eigentlich gar nichts daraus machte, bei einer weiteren der langweiligen wohltätigen Aufgaben ihrer Mutter dabeizusein. Doch nun war sie allein in diesem wundervollen Garten, einem ihrer Lieblingsplätze. Nach dem Eingesperrtsein der letzten Tage ein Genuß für sie.

Sie seufzte dankbar, während sie den Hauptweg entlangging, einen breiten, mit Kies bestreuten Pfad, gesäumt von zwei Reihen hoher Ulmen. Endlich war sie den wachsamen Augen ihrer Eltern entkommen. Ihre Mutter war so beschäftigt, daß sie gar nicht bemerkt hatte, wie Gwen sich weggestohlen hatte. Und Lord Waring kümmerte sich intensiv um die junge Witwe, Lady Burton, die er in letzter Zeit umbalzte.

Gwen bog vom Hauptweg ab, der zu einem gotischen Tempel mit einem Springbrunnen führte. Sie lief weiter auf einem schmalen, wenig begangenen Weg, auf dem sie dem Gesang der Nachtigall lauschte und den riesigen silbernen Mond beobachtete.

Einen Augenblick lang erinnerte sie sich an eine andere Nacht, an einen anderen Mitternachtsspaziergang im Garten, der zu einem hauchzarten Kuß geführt hatte. Seit ihrer Rückkehr in die Stadt hatte sie St. Cere nicht wiedergesehen, doch das hatte sie auch nicht erwartet. Ihr Stiefvater würde ihm niemals erlauben, sie zu besuchen, und das wußte der Vicomte. Gwen war nicht einmal sicher, ob er sie überhaupt wiedersehen wollte.

Bei dem Gedanken an ihn lächelte sie. Er sah so unwahrscheinlich gut aus, daß allein der Gedanke an ihn genügte, um Schmetterlinge durch ihren Bauch flattern und ihr Herz schneller schlagen zu lassen. Hätte sie nicht plötzlich Schritte hinter sich gehört, sie hätte ihre Träumerei fortgesetzt, hätte an den schnellen, sanften Kuß gedacht. Statt dessen wandte sie sich um – und erstarrte.

»Hört nicht auf zu lächeln, Lady Gwen.« Erstaunlicherweise war diese Stimme keine Einbildung – sondern kam höchst lebendig von dem großen, dunklen Mann selbst. »Ihr habt ein bezauberndes Lächeln«, gestand er ihr. »Ich habe mich sehr darauf gefreut, es wieder einmal zu sehen.«

Ihre Knie wurden weich. »Lord St. Cere ...«

Er verbeugte sich galant. »Zu Euren Diensten, Mylady.«

Das Herz schlug ihr bis zum Hals, so laut, daß sie glaubte, er müsse es hören. »Was ... was tut Ihr hier?«

»Ich bin gekommen, um Euch wiederzusehen.« Er lächelte, als er ihren ungläubigen Gesichtsausdruck sah. »Ich gebe oft Geld für die wohltätige Organisation Eurer Mutter für die Armen. Ich wußte von dem Fest heute abend, und ich wußte auch, daß Lady Waring die Leitung des Festes hatte. Deshalb hoffte ich, daß Ihr hiersein würdet.«

Gwen war sprachlos. Sie konnte ihren Blick nicht von seinem Mund losreißen. Die Mundwinkel hatten sich amüsiert hochgezogen, seine vollen, festen Lippen sprachen mehr von Verführung als seine Worte.

»Ich habe Euch schon den ganzen Abend beobachtet«, verriet er ihr. »Eure Langeweile konntet Ihr kaum verbergen. Ich nahm an, daß Ihr, angesichts Eurer früheren Kühnheit, früher oder später einen Weg finden würdet zu entkommen.«

Sie hätte bei seiner Anspielung eigentlich böse werden sollen, doch statt dessen lächelte sie nur. »Ihr habt recht, Mylord. Ich habe von Anfang an an nichts anderes gedacht. In solchen Fällen preise ich Gott für den Wohltätigkeitswahn meiner Mutter und die unersättliche Lust meines Stiefvaters.«

St. Ceres Blick huschte über die Rundungen ihrer Brüste, und seine Stirn war nachdenklich gerunzelt. »Da ich Lord Waring kenne, bin ich nicht sicher, daß dies ein Segen ist.«

Gwen vermied es, ihn anzusehen, die Wendung in der Unterhaltung gefiel ihr nicht. »Nein ... ich auch nicht.« Sie sah ihn an und zwang sich zu einem übertrieben strahlenden Lächeln.

»Sie werden mir beide böse sein, wenn ich zu lange wegbleibe. Und da wir beide der gleichen Meinung sind und uns darüber freuen, sie los zu sein, sollten wir die kurze Zeit, die uns bleibt, nutzen.«

Die wundervollen Lippen des Vicomte verzogen sich zu einem Lächeln. Kleine Grübchen bildeten sich dabei in jeder Seite seiner Wangen. »Genau das habe ich auch gedacht.« Er reichte ihr einen Arm, und Gwen legte ihre Hand darauf. Sie spürte mit einer kleinen Gänsehaut die weiche Wolle seines Rocks unter ihren Fingern. Sittsam sprachen sie über die Schönheit des Mondes und vom Wetter, danach von ihrer Schriftstellerei und von seinem Lieblingssport. Pferderennen waren seine Leidenschaft.

»Ich habe den Renntag in Epsom Downs seit mehr als zwanzig Jahren nicht verpaßt, nicht mehr, seit ich noch ein Junge war.«

»Ich liebe es zu reiten. Ich würde schrecklich gern eines Tages ein eigenes Pferd haben, ein herrliches, temperamentvolles Vollblut.«

»Ja«, stimmte er zu. »Eine wunderschöne Stute mit einem glatten, kastanienbraunen Fell und einem Feuer, das zu dem Euren paßt.«

Gwens Knie wurden erneut weich, und die bekannten Schmetterlinge flatterten durch ihren Magen. Sie lächelte ihn entzückt an und dachte, daß sie noch nie zuvor einem Mann begegnet war, der in ihre Seele zu blicken schien. Er führte sie tiefer in den Garten, verließ den schmalen Weg und wanderte mit ihr über einen nur schwach erleuchteten Pfad. Unter einer riesigen Ulme blieben sie stehen, und er zog sie in seine Arme.

»Ihr seid so ganz anders als all die anderen Frauen ... viel frischer, entschlossen, so viel wie möglich von der Welt zu erfahren und nicht nur träge rumzusitzen und sich verwöhnen zu lassen.«

»Ich muß viel über das Leben lernen, wenn ich als Schriftstellerin Erfolg haben will.«

Er blickte in ihr Gesicht »Und was haltet Ihr von der Ehe,

Gwen? Und von Kindern? Jede Frau wünscht sich das. Ihr doch sicher auch.«

Sie starrte in seine unergründlichen grauen Augen, und zum ersten Mal fühlte sie eine schmerzliche Sehnsucht nach den Dingen, von denen er sprach.

»Ich möchte nicht heiraten«, sagte sie dann jedoch und wiederholte die Worte, die ihr schon beinahe zur Routine geworden waren. »Eine Ehe ist nur wenig besser als die Sklaverei. Der Mann hält sich seine Geliebten, er genießt die Welt mit all ihren Vorzügen, und die Frau sitzt zu Hause und tut nichts anderes, als sich um seine Kinder zu kümmern. Sie sieht nur die Dinge, die er ihr zu sehen erlaubt, und erlebt nur das, was er zuläßt.«

»Und wie steht es mit der Liebe?«

»Ich glaube nicht an die Liebe.« Sie senkte die Lider. »Doch wenn es so etwas tatsächlich gäbe, dann könnte ich mir vorstellen, daß es wunderbar wäre. Wenn ein Mann und eine Frau einander wirklich lieben, dann könnten sie die Freuden des Lebens miteinander teilen, sie könnten sie zusammen genießen. Wenn sie einander wirklich lieben, könnten sie einander beschützen, füreinander sorgen und sich nicht gegenseitig weh tun, wie es die meisten verheirateten Menschen tun.«

Der Vicomte schwieg lange Zeit. »Wenn Ihr nicht heiratet, dann wird Euch sehr viel entgehen. Wie wollt Ihr die Freuden kennenlernen, mit einem Mann zusammenzusein?«

Sie blickte zu ihm auf und war sicher, daß es das war, was er beabsichtigte. »Ich werde jemanden finden, der sie mich lehrt.«

Er sah ihr tief in die Augen, dann legte er eine Hand an ihre Wange. »Ich könnte es Euch lehren, Gwen. Ich könnte Euch alles vom Leben und von der Liebe lehren. Zusammen könnten wir endlose Stunden der Freude verbringen.«

Gwen fuhr sich nervös über die Lippen. In ihrem Kopf wirbelten Bilder, die seine verführerischen Worte sofort geschaffen hatten: Adam Harcourt, der sie entkleidete, seine langen, sehnigen Finger, die ihre Brüste streichelten, sein wunderschöner Mund, der sie küßte, wieder und wieder. Als hätte er ihre Gedanken gelesen, senkte sich sein Kopf zu ihr, und er küßte sie auf eine Art, die unendlich zärtlich und voll sinnlicher Wärme war.

Er nahm ihr Gesicht in die Hände. Sein Kuß wurde eindringlicher. Seine Lippen schienen mit den ihren zu verschmelzen. Das Gefühl der Hitze in ihrem Inneren dehnte sich aus, machte ihre Glieder matt und willenlos. Mit der Zungenspitze neckte er sie so lange, bis sich ihre Lippen öffneten und seine Zunge gierig ihre Mundhöhle erforschte. Gwens Brüste drängten sich gegen seine Brust, die rosigen Knospen richteten sich voller Verlangen auf.

Der Vicomte zog sie noch enger an sich, und Gwen schlang die Arme um seinen Hals. Sie stand auf Zehenspitzen, ihr Körper schmiegte sich an seinen, ihre Brüste rieben gegen seinen muskulösen Oberkörper. Sein rechtes Bein hatte sich zwischen ihre Schenkel geschoben, und jetzt drängte er es gegen ihren Venushügel, der unter dieser Berührung heiß und feucht pulsierte.

»Adam ...«, flüsterte sie, und ihre Finger vergruben sich in seinem Haar. Beim Klang seines Namens hob er den Kopf. Er schien mit sich selbst zu kämpfen, doch dann schob er sie sanft von sich. Sein Atem ging genauso heftig wie der ihre. Seine Augen waren von einem dunklen, silbernen Grau.

»Ich will dich«, sagte er heiser. »So sehr, daß es schmerzt. Ich habe jede Nacht an dich gedacht, seit ich Belmore verlassen habe.«

»Oh, Adam. Auch ich habe ständig an dich gedacht.«

Er hätte noch mehr gesagt, doch sie hörten plötzlich, wie Schritte sich näherten. Er zog sie in den Schatten, damit man ihr erhitztes Gesicht nicht so genau erkennen konnte, dann trat er ein paar Schritte von ihr weg und wartete auf denjenigen, der sich näherte.

»Also ... hier bist du.« Der Graf von Waring blieb stehen. »Ich hätte wissen müssen, daß du nicht allein bist.«

Der Vicomte schob sich ein wenig vor sie und hinderte Lord Waring daran, näher zu kommen. »Die Lady und ich haben uns zufällig hier auf dem Weg getroffen. Wir haben uns lediglich einen Augenblick unterhalten.«

Ihr Stiefvater warf Gwen einen giftigen Blick zu, doch sie wich dem nicht aus.

»Ich wollte gerade zurückgehen«, log sie und wünschte, sie könnte die ganze Nacht mit Adam verbringen.

»Genau wie ich«, stimmte der Vicomte zu. »Ich werde Eure Stieftochter gerne sicher zum Haus zurückbegleiten.«

»Sie wäre sicherer in einem Rudel von Wölfen, St. Cere. Ich werde Lady Gwendolyn selbst zurückbringen, nachdem ich mich einen Moment allein mit ihr unterhalten habe.«

Adam runzelte die Stirn, als wolle er die Anweisung negieren, doch dann nickte er. »Ganz wie Ihr wünscht, Mylord.« Er wandte sich um und entfernte sich auf dem Pfad mit langen, eleganten Schritten. Bald war er von der Dunkelheit verschluckt – so als wäre er nie dagewesen.

»Weißt du eigentlich, was ein Mann wie St. Cere für deinen Ruf bedeutet?« Mit angewidertem Blick sah ihr Stiefvater Gwen an.

»Wir haben uns doch nur kurz unterhalten.«

»Der Bruchteil einer Sekunde mit St. Cere ist schon zuviel. Der Mann ist ein Schuft. Deine Tugend ist wohl kaum angemessen aufgehoben bei einem solchen Mann.«

Doch Gwen sorgte sich viel eher um ihre Tugend, wenn Lord Waring in der Nähe war. Er drängte sie jetzt gegen den Stamm eines Baumes.

»Wir … wir sollten jetzt wirklich zurückgehen«, stammelte sie. »Mutter wird sich schon Sorgen um uns machen.«

»Deine Mutter ist anderweitig beschäftigt.« Er preßte seine Lippen auf ihre nackten Schultern und bedeckte ihren Hals mit feuchten Küssen.

Ekel stieg in ihr auf. Sie stemmte beide Hände gegen seine Brust und versuchte, ihn von sich zu schieben. Doch er war groß und stark und rückte nur noch näher an sie heran. »Ich werde dich jetzt küssen, Gwen.«

»Nein!«

Er versuchte, seine nassen Lippen auf ihren Mund zu pressen, doch sie wandte den Kopf zur Seite.

»Ich werde schreien«, warnte sie ihn mit überkippender Stimme. »Das schwöre ich!«

»Wenn du das tust, werde ich dich auspeitschen. Was fast genauso schön ist.«

Tränen brannten in ihren Augen. Waring warf ihr einen triumphierenden Blick zu. Gierig preßte er seinen Mund auf den seiner Stieftochter, doch eine höfliche, dunkle Stimme unterbrach ihn.

»Entschuldigt mich ...« St. Cere stand auf dem Pfad, gleich hinter ihnen. Sein Mund war zu einem Lächeln verzogen, doch es erreichte seine Augen nicht. In ihnen blitzte nur mühsam zurückgehaltene Wut. »Es tut mir leid, daß ich Euch unterbreche, aber Lady Gwen muß dies hier auf dem Weg verloren haben. Ich dachte, ich bringe es ihr besser zurück.«

Er hielt ein weißes Spitzentaschentuch in der Hand. Es gehörte ihr nicht. Der Vicomte hatte es als Vorwand benutzt, um sie vor Waring zu beschützen. Woher hatte er das wissen können?

»Danke, Mylord.« Gwen schob sich an Waring vorbei und nahm das Taschentuch aus Adams Hand. »Ich habe gar nicht bemerkt, daß ich es verloren habe.« Sie zwang sich zu einem Lächeln. »Wir wollten gerade zurückgehen.« Sie klammerte sich an St. Ceres Arm, so fest, daß sie fühlte, wie seine Muskeln sich unter ihrer Hand anspannten. »Ich bin sicher, Lord Waring hat nichts dagegen, wenn Ihr mich eskortiert.«

Sie gab ihm gar keine Zeit zu widersprechen, und St. Cere auch nicht. »Es ist mir eine Freude, Mylady.« Zusammen gingen sie den Kiesweg entlang. Die Schritte ihres Stiefvaters hörten sie gleich hinter sich. Sie fühlte seinen mörderischen Blick in ihrem Rücken. Adam legte die Hand über ihre zitternden Finger auf seinem Arm und drückte sie beruhigend.

»Danke, daß Ihr zurückgekommen seid«, flüsterte Gwen.

»Ich hatte nicht die Absicht, Euch mit ihm allein zu lassen.«

Sie bedachte ihn mit einem etwas zittrigen Lächeln. »Und das Taschentuch? Müßt Ihr es nicht seinem eigentlichen Eigentümer zurückgeben?«

Er griente kurz. »Ich könnte mir vorstellen, daß Lady Bainbridge es gern zurückhaben möchte. Vielleicht könnt Ihr dafür sorgen, daß sie es bekommt.«

Dankbare Wärme durchflutete ihren Körper. »Ja, das tue ich wirklich sehr gern.« Noch viel froher war sie allerdings darüber, daß dieses Taschentuch nicht einer aus den Legionen von Frauen gehörte, die er erobert hatte.

Wie es schien, gehörte die Aufmerksamkeit des Vicomte, wenigstens momentan, ihr ganz allein.

19

Graue Morgendämmerung fiel durch die Fenster des Arbeitszimmers. Matt setzte sich auf dem braunen Ledersofa auf, auf dem er endlich eingeschlafen war, sein Nacken war steif, dichte Bartstoppeln bedeckten sein Gesicht. Sein Schädel dröhnte von dem Brandy, den er getrunken hatte, seine Kleidung war zerknittert und schmutzig von dem Ritt gestern nacht.

Er rieb sich mit der Hand über das Gesicht. Seine Gedanken waren noch schlaftrunken, ließen sich jedoch auf Dauer nicht beiseite schieben. Die Ereignisse der letzten Nacht lagen ihm schwer wie Blei auf den Schultern. Er war Jessie zurück nach Belmore gefolgt und dann nach oben gestürmt, um sie zur Rede zu stellen. Sie sollte ihren Betrug zugeben und ihm den Namen ihres Geliebten verraten.

Statt dessen hatte er seinem Zorn auf eine andere, viel primitivere Art Luft gemacht. Er hatte zugelassen, daß die ekstatische Lust, die er nach ihr verspürte, sich zügellos entlud. Er hatte sie brutal besessen, fast vergewaltigt.

Dennoch war er in all seinem Zorn bemüht gewesen, sie nicht zu verletzen.

Matt fuhr sich mit der Hand durch sein zerzaustes Haar und überlegte, was er nur falsch gemacht hatte. Er hatte geglaubt, daß er sich wieder unter Kontrolle haben würde, wenn seine

Wut erst einmal verraucht war. Doch er hatte sich gründlich geirrt. Selbst nach ihrem wilden Liebesspiel war sein Zorn noch nicht vorüber. Er war viel zu aufgebracht gewesen, um sie zur Rede zu stellen. Heute morgen, hatte er sich geschworen, wenn eisige Ruhe ihn wieder beherrschte, würde er seine Frau zwingen, ihre Affäre zuzugeben.

Doch als er jetzt die Treppe hinaufstieg und in sein Zimmer ging, um dort nach seinem Kammerdiener zu läuten, konnte er den Mut nicht aufbringen, Jessie gegenüberzutreten. In den Wochen ihrer Ehe hatte sich mit ihm ein eigenartiger Wandel vollzogen. Sein Verlangen nach ihr war nicht verebbt – es war noch gewachsen. Er hatte versucht, dagegen anzukämpfen, doch statt dessen hatte sie noch andere Gefühle in ihm geweckt – das Gefühl, sie beschützen zu wollen, von dem er gar nicht gewußt hatte, daß er es besaß, Sorge um die kleine Sarah und die Sehnsucht nach eigenen Kindern, ein Glücksgefühl in seinem Herzen, wenn seine Frau das Zimmer betrat, in dem er sich gerade aufhielt.

Er hatte sich geschworen, seine Vorsicht niemals außer acht zu lassen, seine Gefühle unter Kontrolle zu halten, doch er hatte versagt. Er hatte zugelassen, daß er *fühlte,* etwas, das er seit dem Tod seiner Mutter vermieden hatte – und endgültig, seit sein Bruder umgekommen war.

Und jetzt zahlte er den Preis dafür.

Matthew badete und zog sich um. Er schlüpfte in eine saubere Reithose und ein weißes Batisthemd. Immer wieder gingen seine Blicke zu der Verbindungstür zu Jessies Zimmern. In seinem Schädel hämmerte es noch, doch es war dieser Klumpen in seinem Magen, der ihn am meisten störte, dieser hohle Schmerz, der sich immer dann auszudehnen schien, wenn er an Jessie dachte. Selbst sein Zorn über ihren Betrug konnte dieses Gefühl nicht vertreiben.

»Ich werde erst heute abend zurückkommen, Rollie«, erklärte er seinem Kammerdiener. »In der Zwischenzeit kannst du damit beginnen, meine Sachen zu packen.«

»Mylord?«

»Ich werde morgen nach Portsmouth abreisen. Ich habe auf eine Nachricht von Admiral Nelson gewartet, die mich auf mein Schiff zurückruft. Doch jetzt habe ich mich entschieden, dort zu warten und nicht hier.«

»Sehr wohl, Sir.« Der junge Mann sah ihm verblüfft hinterher. Er wunderte sich über diese plötzliche Hast des Grafen abzureisen. Seine Frau würde unter dem Klatsch der Dienerschaft leiden müssen, ihm war so was offensichtlich egal.

Matthew steckte seine Handschuhe unter den Gürtel seiner Hose, dann ging er den Flur entlang zur Treppe. Er war beinahe unten angekommen, als er die zarte Gestalt entdeckte, die im Schatten neben dem Treppengeländer aus Mahagoni stand und ihm entgegensah. Er ging etwas langsamer, weil er das Kind nicht verängstigen wollte.

»Sarah?« Er blieb vor ihr stehen und kniete dann nieder. Mit dem kleinen, energischen Kinn und der geraden Nase sah sie Jessica so ähnlich, daß ein heftiger Schmerz durch seine Brust zuckte. »Was tust du denn hier, meine Süße? Es ist doch noch viel zu früh, um schon aufzustehen, und es ist auch viel zu kalt.«

Sie musterte ihn nur stumm. Ihre blauen Augen blickten prüfend in seine. Ihr Haar war so hell wie Mondlicht. Er rückte ein Stück von ihr weg und sah sich nach dem Butler um, weil er hoffte, daß Ozzie das Kind zurück in sein Zimmer bringen würde. Doch der Butler war nirgends zu sehen.

Als er sich wieder zu Sarah hinabbeugte, streckte sie ihm beide Ärmchen entgegen und bat ihn so, sie auf den Arm zu nehmen. Ohne nachzudenken, hob er sie hoch und stellte dabei fest, wie kalt ihre Füßchen waren. Er fragte sich, warum sie keine Schuhe angezogen hatte. »Wo sind deine Schuhe?« fragte er sie. »Du wirst dich erkälten, wenn du sie nicht anziehst.«

Sie schlang die dünnen Ärmchen um seinen Hals und legte ihren Kopf auf seine Schulter. Ihr weiches Haar kitzelte seine Wange, und seine Brust wurde ganz eng. Er trug sie an der schlafenden Viola vorbei zum Kinderzimmer, in dem Sarah schlief. Am Fuße des Bettes setzte er sie ab, doch als er sich von ihr befreien wollte, klammerte sie sich an seinen Hals.

Große blaue Augen sahen ihn an und füllten sich dann mit Tränen. »Papa …«, sagte sie leise und drückte einen unbeholfenen, warmen Kuß auf seine Wange. Dann legte sie ihren Kopf wieder an seine Schulter. Matts Brust wurde so eng, daß er kaum atmen konnte.

Er schlang die Arme um sie, setzte sich aufs Bett und wiegte sie zärtlich. Er war nicht sicher, wer von ihnen beiden sich verlorener fühlte, die kleine Sarah – oder er selbst.

Er wußte nicht, wie lange er so gesessen hatte, mit dem kleinen Mädchen auf seinem Schoß. Er bewegte sich nicht, bis sie eingeschlafen war, und selbst dann blieb er noch einen Augenblick lang sitzen.

Schließlich legte er sie vorsichtig in ihr Bett und trat ein paar Schritte zurück. Er fragte sich, wie es wohl sein würde, wenn er Kinder mit Jessie hätte. Wie wäre seine Ehe wohl verlaufen, wenn seine Frau ihn nicht betrogen hätte?

Er dachte daran, ob er je ein eigenes Kind haben würde, dann kam ihm der Gedanke, daß Jessie in der letzten Nacht, als sie einander geliebt hatten, ein Kind empfangen haben könnte. Er verspottete sich selbst, als er durch den Flur ging. Nach dem, was er an der Taverne gesehen hatte, würde er niemals wissen, ob dieses Kind auch wirklich seines war.

Der Schmerz verging nicht, er fühlte ihn mit jedem Schlag seines Herzens. Als er sich dann mit aller Gewalt zusammenriß, schwand dieses Gefühl langsam. Nach einiger Zeit würde er gar nichts mehr fühlen, nur die gleiche Leere, die er gefühlt hatte, ehe er Jessie heiratete, eine Leere, die er dummerweise von ihr hatte ausfüllen lassen.

Mit einem letzten verbissenen Blick auf ihre Tür lief Matt die Treppe hinunter und ging zu den Ställen hinüber.

Die ganze Nacht hatte Jessie sich in ihrem Bett hin und her gewälzt und sich Sorgen gemacht. Erst als die Morgendämmerung anbrach, schlief sie ein, und sie schlief viel länger, als sie es vorgehabt hatte. Minnie kam ein paar Minuten, nachdem sie aufgewacht war, ins Zimmer. Sie plapperte fröhlich wie immer, doch Jessie hörte kaum, was sie sagte. Sie fühlte sich seltsam leer und erschöpft, und dennoch waren ihre Nerven zum Zerreißen gespannt. Sie machte sich Sorgen um Matthew, um den Zorn, den sie in der letzten Nacht in ihm gefühlt hatte, und sie fragte sich, was er wohl sagen würde, wenn sie ihm von ihrem Bruder erzählte.

Sie kletterte aus dem Bett. Ihr Körper war noch wund von der Leidenschaft der letzten Nacht. Schnell zog sie ein pflaumenblaues seidenes Tageskleid an, dann ließ sie sich von Minnie das Haar bürsten. Das Mädchen war jetzt ihre Kammerzofe, seit Vi ihre ganze Zeit mit der kleinen Sarah verbrachte.

»Mach nicht so viel Aufhebens, Minnie, ich habe keine Zeit.«

»Jawohl, Mum.« Dennoch dauerte es schier endlos lange, bis sie ihr das Haar zu den richtigen Löckchen auf dem Kopf getürmt hatte und der Rest ihres Haares in Locken lose über den Rücken fiel. Sie wollte hübsch aussehen für Matthew, doch es war schon sehr spät, und mit jeder weiteren Minute wuchs ihre Nervosität.

Sie mußte immer wieder daran denken, wie sie sich in der letzten Nacht geliebt hatten – wild, fast gewalttätig. Am Anfang hatte sie sich gefürchtet, doch ihre Furcht war schon sehr bald der heißen Flamme der Leidenschaft und der Lust gewichen. Jetzt, am hellen Tag, schämte sie sich ein wenig ihrer ungezügelten Leidenschaft, und sie grübelte, ob dies vielleicht der Grund war, weshalb Matthew nicht bei ihr geblieben war.

Sie warf noch einen schnellen Blick in den Spiegel, dann holte sie tief Luft und bereitete sich darauf vor, dem Löwen in seinem Käfig gegenüberzutreten. Sie konnte es nicht länger hinausschieben, sie mußte wissen, was ihr Mann dachte, ganz gleich, wie schmerzlich das auch für sie sein mochte. Mit einem kurzen Stoßgebet zum Himmel öffnete Jessie die Tür ihres Schlafzimmers und ging zur Treppe.

»Guten Morgen, Ozzie«, begrüßte sie den Butler, der in der Eingangshalle stand. »Hast du Lord Strickland gesehen?«

»Es tut mir sehr leid, Mylady, Seine Lordschaft ist bereits weg.«

Jessie sank in sich zusammen. »Das habe ich befürchtet.« Sie biß sich nervös auf die Lippe. »Weißt du, wohin er gegangen ist?«

»Nein, Mylady. Aber Rollie hat gesagt, er wird erst heute abend zurückerwartet.«

Jessie stöhnte innerlich auf. Noch ein weiterer Tag, den sie voller Nervosität und Sorge würde verbringen müssen. »Danke, Ozzie«, sagte sie leise. Wohin war er gegangen? Warum ging er ihr aus dem Weg? Nach der letzten Nacht wußte sie einfach nicht mehr, was sie denken sollte.

Der Tag war entsetzlich. Er bestand aus endlos langen Stunden, die keine Ablenkung verkürzen konnte. Sie ging Papa Reggie aus dem Weg, weil sie fürchtete, daß er die Angst in ihren Augen würde sehen können und sie vielleicht dazu drängen könnte, ihm alles zu erzählen. Statt dessen arbeitete sie den ganzen Tag im Gewächshaus. Dann ging sie zurück nach oben, um sich zum Essen umzuziehen. Beim Essen gelang es ihr, die Sorgen vor Papa Reggie zu verbergen, der brummig erklärt hatte, daß Matthew ihm hätte Bescheid sagen können, wenn er beabsichtigte, abends nicht zu Hause zu speisen. Der Marquis zog sich früh zurück. Ihr Ehemann war immer noch nicht zu Hause.

Es war spät am Abend, als sie ihn in seinem Zimmer nebenan hörte. Panik ergriff sie. Ihr Herz schlug wild und unregelmäßig. Jessie holte tief Luft, um sich Mut zu machen. Dann strich sie über ihr elfenbeinfarbenes Seidenkleid, das sie zum Essen getragen hatte, und lief zur Tür, die zu den Räumen ihres Mannes führte.

Matthew hatte die Krawatte gelockert. Er ging zum Kamin hinüber, entledigte sich seines dunkelgrünen Reitrocks und knöpfte das langärmelige weiße Batisthemd am Kragen auf. Er war müde von dem langen Tag im Sattel, davon, sich so weit zu erschöpfen, um sein Herz und seinen Verstand von den Gedanken an Jessie zu befreien.

Früher oder später würde er ihr gegenübertreten müssen,

dennoch hielt ihn etwas zurück. Er war überrascht, als er feststellte, wie sehr er sich vor diesem Augenblick fürchtete, wie sehr er sich davor fürchtete, das auszusprechen, was die Tage der Verheißung beenden würde, die er erlebt hatte, seit sie verheiratet waren. Er wünschte, er könnte sie hassen, doch er fühlte sich ganz einfach nur tot.

Und einsamer als je zuvor in seinem Leben.

Vielleicht war es sein Fehler, denn immerhin war er derjenige gewesen, der ihr diese Ehe aufgezwungen hatte. Dennoch war sie jetzt seine Frau, und er hatte es nicht verdient, daß sie ihn betrog.

Er hob den Kopf, als es an der Tür klopfte. Sein Magen zog sich zusammen, als er feststellte, daß es die Tür war, die zu Jessies Räumen führte, und daß sie gleich vor ihm stehen würde. Der schicksalhafte Augenblick war da. Er biß die Zähne zusammen bei dem Gedanken, was vor ihnen lag. Die Erinnerung stieg in ihm auf, wie sie im Schatten hinter der Taverne gestanden und mit ihrem Geliebten geflüstert hatte. Doch er verschloß sie gewaltsam in seinem Inneren, zusammen mit seinen anderen Gefühlen.

Er ging über den dicken persischen Teppich seines Wohnzimmers, riß die Tür auf und ließ Jessie ins Zimmer.

Sie trug elfenbeinfarbene Seide, ihr Haar war zu einer eleganten Krone auf dem Kopf hochgesteckt, ihre Brüste zeigten sich nur andeutungsweise, und das machte sie nur noch verlockender. Sie hob den Kopf und sah ihn an.

»Guten Abend, Mylord.«

Ein zynisches Lächeln umspielte seinen Mund. »Guten Abend ... Mylady.« Jessie war sein angespannter Gesichtsausdruck nicht entgangen, alle Farbe wich aus ihrem Gesicht.

»Ich ... ich bin froh, daß du endlich zu Hause bist.«

»Bist du das wirklich?«

»Ja ... ich ... es gibt da einige wichtige Dinge, über die ich mir dir sprechen möchte.«

Er zog anzüglich eine Augenbraue hoch. »Ach, wirklich, gibt es die? Eigenartigerweise gibt es auch einige Dinge, über die ich mit dir sprechen möchte.«

Sie ging zum Kamin, und er versuchte, nicht darauf zu achten, wie der Schein des Feuers glänzende Lichter auf ihr Haar zauberte, wie die elfenbeinfarbene Seide die Sanftheit ihrer Haut noch betonte. Er versuchte, den harten Knoten zu ignorieren, der sich bei ihrem Anblick in seinem Magen gebildet hatte.

»Willst du beginnen, oder soll ich anfangen?« fragte sie.

»Aber ... du natürlich ... meine Liebe.«

Jessie räusperte sich. Obwohl es so aussah, als hätte sie sich unter Kontrolle, war sie doch sehr nervös.

»Ich möchte mit dir über die letzte Nacht sprechen«, begann sie.

Seine Schultern spannten sich an. »Über die letzte Nacht?«

»Ja.«

»Wenn du unser Liebesspiel meinst – es tut mir leid, wenn ich zu grob war, wenn ich dir weh getan habe. Das war wirklich nicht meine Absicht.«

Zwei rote Flecken zeigten sich auf ihren blassen Wangen. »Du hast mir nicht weh getan.«

»Dann sag mir, worüber du mit mir sprechen möchtest.«

Jessie leckte sich über die Lippen. Sie öffnete den Mund, um etwas zu sagen, doch dann fielen ihr ein paar lederne Koffer in die Augen, die gepackt waren und offen auf dem großen Himmelbett lagen.

»Du ... du willst weg? Wo ... wo willst du hin?«

Sein Lächeln war grausam. »Portsmouth. Ich kehre auf mein Schiff zurück. Ich hatte eigentlich die Absicht, hier auf meinen Befehl zu warten, doch in der letzten Nacht ... habe ich meine Pläne geändert.«

»Du ziehst in den Krieg?« Ihre Stimme klang vor Entsetzen etwas schrill.

»Du wußtest, daß ich die Absicht hatte zu gehen, wenn man mich ruft.«

»Ja, aber ich ... ich wußte nicht, daß du eine Nachricht bekommen hast. Ich hatte geglaubt, du würdest mir davon erzählen, mir die Möglichkeit geben, mich auf deine Abreise vorzubereiten.«

»Vorzubereiten auf was, Jessica? Du willst doch nicht behaupten, daß dir etwas daran liegt, wenn ich abreise?«

»Natürlich tut es das! Ich bin deine Frau. Du wirst dein Leben aufs Spiel setzen. Wie kannst du da denken, daß mir nichts daran liegt?«

Matthew musterte sie, er stellte fest, daß sie zitterte. Aus jedem ihrer Worte klang ehrliche Sorge um ihn, dennoch wußte er, daß sie log. Seine nur mühsam aufrechterhaltene Kontrolle begann zu wackeln. »Dir liegt also etwas an mir, wie?«

»Ja, ich ...«

»Wenn dir so viel an mir liegt, warum bist du dann zur Wayfarer Taverne geritten? Warum hast du dir einen Geliebten genommen?«

»Waaas?«

»Gestern, am frühen Abend, bin ich aus Beaconsfield zurückgekehrt. Ich habe gesehen, wie du hier losgeritten bist, Jessica, und ich bin dir gefolgt. Ich habe dich hinter der Taverne mit deinem Liebhaber gesehen. Ich bin nicht sicher, wer er ist, aber ehe diese Nacht heute zu Ende ist, wirst du es mir zweifellos erzählt haben.« Seine Augen brannten auf ihrem Gesicht, Verachtung las sie darin und wilde Wut, die jeden Augenblick über sie hereinbrechen konnte.

Jessie stand einfach nur da und sah ihn an, ihr Gesicht war so blaß, daß es beinahe durchscheinend wirkte. Lange Zeit sagte sie gar nichts, doch dann wurden ihre Lippen schmal vor Zorn.

»Jawohl, Euer Lordschaft, Ihr könnt ganz sicher sein, daß ich Euch erzählen werde, wer dieser Mann ist. Um ehrlich zu sein, das ist die Angelegenheit, über die ich sprechen wollte.«

Ein scharfer Schmerz fuhr durch seinen Körper, und er war plötzlich beunruhigt und unsicher. Er konnte nicht begreifen, was hier vor sich ging.

Jessica verschränkte die Hände. Sie preßte sie auf ihren Magen, so fest, daß sie ganz weiß wurden. »Gestern kam ein Junge aus dem Dorf. Er brachte einen Brief, der an mich adressiert war. Aus dem Inhalt wurde ersichtlich, daß der Schreiber wußte, daß du nach Beaconsfield geritten warst. Da ich deinen Vater nicht unnötig aufregen wollte, blieb mir keine andere Wahl, als mich selbst der Angelegenheit anzunehmen.«

Mit zitternder Hand griff sie in die Tasche ihres Kleides und holte das zerknitterte Blatt daraus hervor. In ihren Augen standen Tränen des Zorns. »Dies ist der Brief, den ich bekommen habe, der Grund, warum ich zu der Taverne geritten bin. Der Mann, mit dem du mich dort gesehen hast, war mein Bruder – nicht mein Geliebter.« Sie drückte ihm das Blatt in die Hand, blinzelte vergeblich, denn schon rollten die Tränen über ihre Wangen. »Ich habe keinen Geliebten, Matthew. Und ich will auch keinen. Der einzige Mann, den ich je geliebt habe, bist du.«

Der Schmerz schien seine Brust zu zerreißen, er wand sich um sein Herz und drückte es zusammen. Er starrte Jessie an, dann blickte er auf den Brief in seiner Hand. Als er ihn zu Ende gelesen hatte, zitterte seine Hand so sehr, daß er die Buchstaben nicht länger erkennen konnte. Jessies Zorn war verflogen. Ihr ebenmäßiges Gesicht war tränenüberströmt und gezeichnet von unendlichem Leid.

Er suchte nach Worten. Verzweifelt bemühte er sich, etwas zu sagen. Aber sein Kopf war völlig leer. Er sah nur einen dunklen, unergründlichen Abgrund ohne das kleinste Licht, das ihm den Weg zeigen könnte.

Sie warf ihm noch einen letzten Blick zu, wandte sich dann um und floh aus dem Zimmer. Die Tür schloß sich hinter ihr.

Auch als das Geräusch der zuschlagenden Tür verklungen war, starrte Matthew noch immer auf den Brief. Jedes einzelne Wort verdammte ihn zur Hölle, und nur er allein war schuld daran. Er hatte ihr unrecht getan. Wieder einmal. Zu Unrecht hatte er sie verurteilt. Wieder einmal.

Seine Eifersucht war schuld daran. Und seine Vorurteile. Seine geheime, unvernünftige Überzeugung, daß auch Jessie, nur weil ihre Mutter eine gefallene Frau gewesen war, in diese Richtung tendierte. Ihr Stammbaum war absolut nicht aristokratisch – wie der von Caroline Winston.

Doch ihr Herz war aristokratisch. Es war rein. Er wußte das jetzt mit einer Sicherheit, die sich ihm bis heute entzogen hatte. Wie hatte er nur so blind sein können?

Matthew blinzelte und stellte zu seinem Erstaunen fest, daß Tränen in seine Augen getreten waren. Er hatte nicht mehr geweint, seit er ein Junge von sechs Jahren gewesen war. Es war der Tag gewesen, an dem seine Mutter gestorben war. An diesem Tag hatte sie ihm gesagt, daß sie ihn liebte. Und seit diesem Tag hatte ihm das nie wieder ein Mensch gesagt, nicht einmal sein Vater. Nicht bis zum heutigen Abend.

Sein Herz war schwer, als er zu der Tür ging, die seine Räume von denen Jessies trennten. Er drückte die Klinke hinunter, öffnete die Tür und trat ins Zimmer. Dann blieb er stehen und sah die Frau an, der er so bitteres Unrecht angetan hatte. Sie stand mit dem Rücken zu ihm am Kamin, schweigend, mit hoch erhobenem Kopf, doch ihre schlanken Schultern bebten unter dem Druck der Verzweiflung. Wie oft würde sie ihm noch beweisen müssen, wie sehr er sich irrte, ehe er lernte, ihr zu vertrauen? Wie lange würde sie vergeblich versuchen, sein Vertrauen zu gewinnen?

Er ging durchs Zimmer. Seine Schritte waren gedämpft durch den dicken Orientteppich. Hinter ihr blieb er stehen und legte ihr sanft die Hände auf die Schultern. Behutsam drehte er sie zu sich herum.

»Jessie … Liebling …es tut mir so leid.«

Sie schwieg, senkte nur den Blick und starrte auf sein Hemd.

»Ich hätte nicht einfach falsche Schlüsse ziehen dürfen. Ich hätte zu dir kommen und dich um eine Erklärung bitten müssen. Ich weiß nicht, warum ich das nicht getan habe. Ich kann dir nur sagen, daß ich noch nie in meinem Leben wegen einer Frau eifersüchtig gewesen bin. Ich ahnte nicht, was ein solches Gefühl mit einem Mann macht.«

Sie hob den Kopf und sah ihn an. »Du hast mir noch nie vertraut, nicht wahr? Nicht einmal, nachdem wir verheiratet waren. Du denkst, wegen meiner Mutter …«

»Sprich es nicht aus, Jess.« Er zog sie an sich, nahm sie in seine Arme und hielt sie ganz fest. Das Herz tat ihm weh, wenn er daran dachte, wie sehr seine Grausamkeit sie verletzt hatte. Und er fühlte sich ertappt, weil sie die Wahrheit beim Namen nannte. »Du bist nicht wie deine Mutter. Du bist ganz und gar nicht wie sie.«

Sie befreite sich von ihm, und noch ehe er sie daran hindern konnte, wich sie ein paar Schritte zurück. »Aber das bin ich doch, Matthew, in vielen Dingen bin ich genau wie sie.«

Matt schüttelte den Kopf, er sehnte sich danach, sie wieder in seine Arme zu nehmen, ihr die Tränen von den Wangen zu küssen.

»In der letzten Nacht, als du in mein Zimmer gekommen bist«, begann sie, »da wußte ich, daß du wütend warst. Zuerst hat es mir angst gemacht, aber dann ... dann hast du begonnen, mich zu küssen, und ich ... ich wollte dich. Lieber Gott, ich wollte dich. Mir haben die Sachen gefallen, die du mit mir gemacht hast, Matthew. Es war mir gleichgültig, daß du sie im Zorn getan hast. Ich habe gebrannt vor Leidenschaft, habe mich danach gesehnt, dich in mir zu fühlen. Kein Wunder, daß du mir nicht vertraust – ich habe mich nicht besser benommen als die Frauen in den Zimmern über dem Black Boar Inn!«

Matt packte sie bei den Schultern. »Hör auf, Jess!« Er zog sie in seine Arme, drückte sie an seine Brust. »Du bist eine wunderschöne, sinnliche Frau. Ich danke Gott jeden Tag dafür, daß er mir eine Frau wie dich geschenkt hat, die meine Leidenschaft erwidert.« Als sie ihm widersprechen wollte, schüttelte er sie und zwang sie, ihm zuzuhören. »Es ist nichts Falsches an dem, was wir tun. Überhaupt nichts! Ich habe dir das in der Nacht gesagt, als ich dir deine Unschuld nahm. Ich bin derjenige, der einen Fehler gemacht hat, nicht du. Ich war ein Dummkopf, Jess. Ein verrückter, eifersüchtiger Dummkopf.« Er legte einen Finger unter ihr Kinn und hob ihren Kopf. »Es tut mir leid, Jess. Kannst du mir vergeben?«

Sie krallte die Finger in sein Hemd, dann legte sie den Kopf an seine Brust, und ihre Tränen benetzten den weißen Stoff. »Ich liebe dich, Matthew. Ich würde dir fast alles verzeihen.«

Doch als sie zu ihm aufsah, lag eine Traurigkeit in ihrem Blick, die er dort zuvor noch nie gesehen hatte.

Er strich ihr über das Haar und haßte sich für sein idiotisches Verhalten. Noch dazu, nachdem er wußte, daß er jeden Tag seinen Einrückungsbefehl erhalten konnte.

»Ich hätte nicht an dir zweifeln dürfen, Jess.«

Sie preßte ihr Gesicht an seine Schulter, und er fühlte, wie ihr Körper erschauerte. »Wirst du trotzdem weggehen?« wisperte sie.

Er küßte sie auf die Stirn. »Nicht, solange es nicht nötig ist. Ich wollte dir sagen, daß ich gehen muß, aber ich wußte nicht, wie ich das anstellen sollte. Ich wollte Vater keine Sorgen machen, und es schien mir nie der richtige Zeitpunkt zu sein, es ihm mitzuteilen.«

Sie beugte sich ein wenig zurück. »War es das, was nicht mit dir gestimmt hat? Ich meine, vor der letzten Nacht. Hast du dir Sorgen gemacht, weil du zurück in den Krieg mußt?«

»Ich habe mir Sorgen gemacht, weil ich euch verlassen muß. Wenigstens wirst du jetzt, nachdem wir verheiratet sind, in Sicherheit sein. Wenn mir irgend etwas zustoßen sollte ...«

Sie legte die Finger auf seine Lippen, damit er die nächsten Worte nicht aussprach, und er bemerkte, daß ihre Hände noch immer zitterten. »Sag das nicht, du darfst es nicht einmal denken. Du wirst zurückkommen nach Belmore. Und wenn du erst wieder da bist, wirst du nie wieder weggehen müssen.«

Er sah ihr tief in die Augen. Leise Hoffnung erwachte in ihm. Er hatte ihr weh getan, doch vielleicht war es ja noch nicht zu spät. »Nein ... wenn ich zurückkomme, möchte ich dich nie wieder verlassen.«

In ihren blauen Augen schimmerten Tränen. Ich liebe dich, sagten ihm diese Augen, und Matthew war endlich bereit, es zu glauben. Er hatte nie die Liebe einer Frau haben wollen, doch ihre Worte hatten eine wohlige Wärme in seinem Herzen geweckt. Die Last auf seinen Schultern wurde leicht, und die Hoffnung gab ihm neue Kraft. Er würde zurückkommen, schwor er sich. Er würde zurückkommen nach Belmore und zu Jessie.

Dann dachte er an all das Blut und die Kämpfe, an die Männer, die schon verwundet worden und gestorben waren, an die Witwen, die schon um ihre Männer weinten, Männer, die nie mehr zurückkamen.

Und er betete, daß er seinen Schwur nicht brechen würde.

Adam Harcourt saß am Ende eines Sofas im Cock and Hen in der Sloane Street. Der Raum war grell aufgeputzt, es roch nach Rauch und billigem Parfüm, doch es war sauber und einigermaßen achtbar. Dafür sorgte Sophie Stevens, die Eigentümerin. Außerdem erinnerte ihn die hübsche kleine, dunkelhaarige Dirne, die auf seinem Schoß saß, ein wenig an Gwen.

Adam tätschelte gedankenverloren ihren Po. Er hatte die Absicht, mit ihr zu schlafen, bis sein Verlangen nach Gwen Lockhart abgekühlt war. Er hatte an nichts anderes mehr denken können als daran, dieses unkonventionelle Mädchen zu lieben – seit der Nacht, als er sie im Garten von Belmore geküßt hatte.

Das Verlangen hatte sich in Vauxhall noch gesteigert. Er erinnerte sich an jede Rundung ihres Körpers, an ihren schwachen Duft nach Flieder, die sanften Lippen. Er hatte nicht mehr mit einer solchen Heftigkeit nach einer Frau verlangt, seit der Zeit, bevor er Elizabeth heiraten mußte. Damals hatte er ein süßes junges Mädchen mit Namen Mary geliebt. Doch Mary war mit einem anderen Mann verlobt gewesen, und Elizabeth Radmore war für ihn bestimmt gewesen.

Wenn er heute darüber nachdachte, wie seine Ehe schließlich geendet hatte, war er froh, daß er für die Frau, die er geheiratet hatte, nicht den geringsten Funken von Liebe verspürt hatte.

Aber seine Gefühle für Gwen machten ihm Sorgen. Sie hatte so etwas an sich, eine Mischung aus Unschuld und Kühnheit, die ihn rührte, wie es noch keiner Frau zuvor gelungen war. Sie war wie ein gefährliches Feuer, so verzehrend und leidenschaftlich wie Elizabeth.

Und dennoch waren die beiden sich überhaupt nicht ähnlich.

Seine Frau war kalt und berechnend gewesen, selbstsüchtig und verwöhnt. Gwen war bezaubernd, süß und unschuldig. Er mußte sich immer wieder ins Gedächtnis rufen, daß er ein berüchtigter Wüstling war, daß er die Absicht hatte, mit ihr ins Bett zu gehen, sein Herz aber vor ihr zu verschließen gedachte.

Er beugte sich vor und küßte die Dirne auf ihren biegsamen Hals. Die süße Rachel war erst der Anfang. Sie würde sein Verlangen nach Gwen beruhigen, würde seine unangemessenen Gefühle dämpfen. Er würde seine Empfindungen für Gwen unter Kontrolle halten, würde nur die Lust zulassen. Früher oder später würde er mit ihr ins Bett gehen, daran bestand kein Zweifel. Selbst ihre Unschuld würde in keiner Weise sein Gewissen belasten.

Sie wußte genau, was er wollte. Sie fühlten sich voneinander angezogen, doch beide waren nicht an einer Ehe interessiert. So etwas gab es nur für naive Dummköpfe, die an Herd, Heim und Kinder glaubten, oder für Männer, die harte Zeiten durchlitten und deren Finanzen dringend aufgebessert werden mußten.

Rachel zupfte an seinem Ärmel. »Komm schon, Liebling, warum gehen wir nicht nach oben? Deshalb bist du doch hierhergekommen, oder nicht?«

Er zog amüsiert einen Mundwinkel hoch. »Du hast recht, Rachel, es ist Zeit, daß wir endlich anfangen. Heb deinen süßen kleinen Po hoch und geh schon nach oben. Ich komme gleich nach.« Adam folgte ihr nach kurzer Zeit, doch als er die Tür hinter sich schloß und sich ihr zuwandte, wußte er, daß er einen Fehler gemacht hatte.

Es war nur Rachels Geschick zu verdanken, daß er genügend Interesse verspürte, um erregt zu sein. Am Ende drückte er sie nur auf ihre Knie und ließ sie die ganze Arbeit machen. Dann knöpfte er seine Hose wieder zu und ging nach unten.

Es war absolut keine Nacht der Ausschweifungen. Selbst bei dem Gedanken an die kurze Erleichterung eben fühlte er ein eigenartiges Schuldgefühl, so als wäre er irgendwie untreu gewesen.

Gütiger Himmel, das war das Schlimme an den Frauen. Wenn sie erst einmal ihre Klauen in einen Mann geschlagen hatten, konnte der arme Tropf sie nicht mehr abschütteln. Der Gedanke machte ihn zornig, doch hauptsächlich war er wütend auf sich selbst und entschlossener denn je, Gwen Lockhart in sein Bett zu bekommen. Dann würde er sich wieder unter Kontrolle haben. Wenn er sie erst einmal besessen hatte, konnte sie ihn nicht länger auf diese Art beherrschen.

Schließlich war sie auch nur eine Frau. Eine von vielen.

Der Lärm der Straße drang kaum in seine Gedanken, während Matthew auf dem Weg zum Brooks Club in St. James war. Er suchte Adam Harcourt, weil er seine Hilfe brauchte. Er war schon an verschiedenen einschlägigen Orten gewesen. Doch bis jetzt hatte er keine Spur von ihm. Wenn er ihn nicht bald fand, würde er allein vorgehen müssen.

Matt warf einen Blick durch den Raum, in dem dichter Zigarrenrauch hing, und dann lächelte er. »St. Cere!« rief er erleichtert und eilte zu einem Tisch in der hinteren Ecke des Raumes, an dem Adam saß und an einem Glas Brandy nippte. Er streckte ihm die Hand entgegen, und der Vicomte stand auf und schüttelte sie. »Ich hatte gehofft, daß ich dich hier finden würde.«

Adam lächelte ihn freundschaftlich an. »Ich dachte, du würdest den Rest der Saison über auf Belmore bleiben und das Landleben genießen.«

»Leider mußte ich einige Geschäfte hier in der Stadt erledigen. Und sobald ich den Mann finde, hinter dem ich her bin, werde ich nach Belmore zurückfahren.«

»Nach wem suchst du denn?«

»Nach einem Kerl namens Danny Fox. Ich habe schon den ganzen Tag in der Stadt Informationen über ihn gesammelt. Jetzt habe ich eine ziemlich gute Einschätzung, wo er sich aufhalten könnte.«

»Vielleicht kann ich dir helfen.«

Matt legte Adam eine Hand auf die Schulter. »Ich hatte gehofft, daß du das sagen würdest. Um ganz ehrlich zu sein, ich war auf dem Weg zum Cock and Hen, weil ich dachte, wenn ich dich sonst nirgendwo finde, würdest du sicher dort sein.«

Adam lachte. »Ich komme gerade von dort. Ich nehme an, ich werde meine Gewohnheiten ändern müssen – sonst bin ich viel zu leicht zu durchschauen.«

»Vielleicht macht sich ja dein Alter bemerkbar ... oder du beginnst langsam, ein ehrbarer Mann zu werden.«

»Himmel, das hoffe ich nicht.«

Matt lachte.

»Sag mir, wie ich dir helfen kann«, forderte ihn Adam auf.

»Ich möchte dich um deine Begleitung bitten. An den Orten, die dieser Mann aufsucht, ist es immer gut, jemanden bei sich zu haben, der einem den Rücken freihält.«

»Ich denke, das läßt sich machen.«

»Hoffentlich ist das alles, was du für mich tun mußt. Wenn ich erst einmal herausgefunden habe, wo er ist, werde ich den Rest alleine erledigen.«

Adam betrachtete den Freund genauer. »Deinem Gesichtsausdruck nach muß dieser Mann etwas ziemlich Schlimmes getan haben.«

Ein Muskel in Matts Wange zuckte. »Kann man so sagen. Er hat meine Frau und meine Familie bedroht. Der einzige Fehler, den ich gemacht habe, ist, gegen den Halunken nicht schon viel früher etwas unternommen zu haben.«

Adam nickte. »Wo fangen wir an?«

»Sloane Street. Der Kerl hat die Tasche voller Geld und einen Beutel voller Juwelen, die er verkaufen will. Er wird das Geld verspielen und sich dann nach einem Käufer für die Juwelen umsehen. Und es sieht danach aus, als ob er dafür genau dorthin geht.« Matt lächelte schwach. »Er denkt, er sei ein Frauenheld. Wir werden zuerst in den Hurenhäusern nach ihm suchen. Sehr wahrscheinlich werden wir ihn dort finden.«

Drei Stunden später standen die beiden im Inneren des Satin Garter, einem schmutzigen, heruntergekommenen Bierhaus. Dort konnte man im oberen Stock Zimmer mieten und sich mit einer oder zwei Dirnen den Tag verschönen. An einem der Tische saß Danny Fox, den Arm um die Taille einer drallen Bedienung gelegt. Er betrog gerade beim Kartenspiel.

Matt und Adam waren bereits zum zweiten Mal hier, doch diesmal waren sie nicht allein.

»Bleib hier«, befahl Matt St. Cere. »Und sorg dafür, daß die Männer draußen bleiben und sich hier nicht sehen lassen. Ich werde Fox rausbringen.«

Er durchquerte den Raum, wo der Mann mit den wölfischen Augen beim Whist saß, beugte sich zu ihm und raunte in sein Ohr. »Ich möchte mit Euch sprechen, Danny. Entweder kommt Ihr ruhig mit, oder ich hole Euch mit Gewalt hier heraus. Wie entscheidet Ihr Euch?«

Fox wurde kreidebleich, doch seine nächsten Worte klangen prahlerisch. »Sieh mal an, Connie«, wandte er sich an den Mann neben ihm. »Wenn das nicht Seine verdammte Lordschaft ist.«

Matts Blick wanderte zu dem dürren Connie Dibble. Er erinnerte sich an ihn aus seinen Jahren in Bucklers Haven – und erkannte in ihm den Mann wieder, der ihn auf dem Jahrmarkt angegriffen hatte. »Ihr auch, Dibble. Ich möchte draußen mit Euch sprechen.«

Fox und Dibble warfen einander einen Blick zu, der besagte, daß sie sich keine Sorgen machten. Schließlich war Matt allein. Zusammen würden sie ihn mit Leichtigkeit überwältigen können. Doch Dibble hakte noch einmal nach.

»Was wollt Ihr von mir?« fragte er. »Ich habe nichts getan.«

»Ich werde es Euch gern erklären ... wenn wir draußen sind.« Die beiden Männer schoben geräuschvoll ihre Stühle auf dem rauhen Holzfußboden zurück. Die Wände des Raumes waren kahl, durch kleine Spalten im Holz drang von draußen Licht herein. Dichter Rauch waberte über den nur schwach beleuchteten Tischen.

Matt trat zur Seite, damit Fox an ihm vorbeigehen konnte. »Nach Euch, Gentlemen.« Er ließ sie vor sich hergehen und folgte ihnen dann zur Tür. Adam trat unauffällig neben ihn. Im selben Augenblick, als sie in die Dunkelheit hinaustraten, wandten Fox und Dibble sich blitzschnell um und holten aus. Fox' Schlag federte an Matts Schulter ab. Dibble traf ihn überhaupt nicht. Matt packte Fox am Kragen, drückte ihn gegen die

Wand und hieb ihm die Faust in den Magen. Ein zweiter Schlag ließ ihn gegen die Wand krachen. Gurgelnd stöhnte er auf. Adam hatte Dibble an den Aufschlägen seiner Jacke gepackt. Er hielt ihm den silbernen Knauf seines Stockes unter das Kinn und drückte auf einen verborgenen Knopf. Eine blitzende, furchterregende Klinge sprang aus dem Knauf hervor.

»Ich würde Euch raten, Euch nicht zu bewegen«, riet Adam liebenswürdig.

»Nein ... nein, ich bewege mich nicht.«

Matt schüttelte Fox wie eine Ratte. »Ich bin sicher, Ihr habt all das Geld ausgegeben, das meine Frau Euch gegeben hat. Was habt Ihr mit den Juwelen gemacht?«

Fox hechelte. »Also hat das kleine Luder es Euch erzählt. Ich hätte nicht geglaubt, daß sie den Mut dazu hat.«

Matt legte eine Hand um Fox' Hals und begann mit kräftigen Fingern langsam zuzudrücken. »Diese Juwelen gehören meiner Frau. Wo sind sie?«

»Verkauft ... habe sie verkauft«, röchelte Danny. »Das Geld habe ich ausgegeben ... alles, bis auf das hier.« Er fummelte ein paar Münzen aus seiner Tasche und hielt sie Matt hin. »Hier, nehmt Euer verflixtes Geld.«

Matt lächelte teuflisch. »Das werde ich tun. Ihr werdet das Geld dort, wo Ihr hingeht, sowieso nicht mehr brauchen können, Fox. Und Euer Freund, Mr. Dibble, auch nicht.« Er machte eine Handbewegung, und aus dem Schatten traten sechs untersetzte, muskelbepackte Männer. Zwei von ihnen trugen dicke Stöcke, die anderen hatten die schwieligen Hände zu Fäusten geballt.

»Ihr werdet auf eine ausgedehnte Seereise gehen, Mr. Fox«, begrüßte Danny der größte der Männer, ein rothaariger Seemann mit einer Narbe auf der Wange. »Ihr und Mr. Dibble.«

»Jesus, Danny! Das ist eine verdammte Aushebungsmannschaft!«

»Das stimmt, Connie«, versicherte ihm Matt fröhlich. »Der Kapitän der *Harvest* ist ein Freund von mir. Er braucht immer ein paar gesunde Männer, die hart arbeiten können.«

»Ich bringe dich um!« kreischte Fox, und sein Gesicht lief vor Wut puterrot an. »Das schwöre ich!«

»Das glaube ich kaum, Danny. Denn Ihr werdet zu sehr damit beschäftigt sein, das Deck zu schrubben und die niedrigsten, schwersten Arbeiten an Bord zu verrichten. Die Möglichkeit besteht, daß Ihr nie wieder den Fuß auf englischen Boden setzt. Aber wenn Ihr das tut, dann würde ich Euch raten, daß Ihr so weit weg von mir und meiner Familie bleibt, wie es nur möglich ist. Falls Ihr das nicht tut, werde *ich* es sein, der Euch umbringt. Das schwöre ich *Euch.*«

Beide Männer schwiegen. Die sechs mächtigen Schläger umringten sie, rissen ihnen die Arme auf den Rücken und fesselten sie. Als Matt sich noch einmal umwandte, trotteten Fox und Dibble bereits fluchend zu den Docks.

Er wandte sich St. Cere zu. »Danke, Adam. Du bist ein verdammt guter Freund.«

»Gern geschehen, Matthew.« Er grinste. »Ganz gleich, was alle behaupten, eines bist du nicht – und das ist langweilig.«

Matt lachte, und Adam klopfte ihm auf die Schulter.

»Mein Stadthaus ist in der Nähe. Du kannst gerne dort übernachten – zumindest die Stunden, die von der Nacht übriggeblieben sind.«

»Um ehrlich zu sein, ich möchte nach Hause reiten.«

Adam kratzte sich verwundert am Kopf. »Du meinst, nach Belmore?«

Matt nickte.

»Mein Freund, dich hat es aber voll erwischt.«

Matt lachte ein wenig gezwungen. »Ich habe mich eben an die Vorzüge meines Heimes gewöhnt, und an eine warme und willige Frau in meinem Bett – das muß ich zugeben.«

Adam schüttelte nur sein Haupt. Strickland hatte sich von Jessie Fox ja fest an die Kette legen lassen. Ihm würde so etwas aber nicht passieren. Im Gegensatz zu Matt würde er diese verrückte Besessenheit zur wunderschönen Stieftochter von Waring beenden, indem er so bald wie möglich mit Gwen Lockhart schlafen würde.

20

Der warme Sommer neigte sich langsam dem Ende zu. Jessie durchlebte die Tage mit einer permanenten inneren Furcht. Ständig wartete sie darauf, daß Matthew den Befehl zur Abreise bekommen würde. Sie wußte, welchen Gefahren er in einer Schlacht gegen die Franzosen ausgesetzt war.

Und sie wußte, daß er vielleicht nicht zurückkommen würde.

Sie unternahmen ausgedehnte Spaziergänge in den Gartenanlagen, ritten früh am Morgen aus und arbeiteten zusammen im Gewächshaus. Oft war die kleine Sarah bei ihnen. Heute wollten sie ein Picknick am See machen. Matthew verstaute einen großen Korb mit kaltem Fleisch, Käse, Pfefferkuchen, Limonade und Wein im Ponywagen, mit dem sie zu einem idyllischen Fleckchen fuhren.

Eine Stunde später saß Jessie zufrieden neben ihm auf einer Decke am See. Sie waren angenehm satt. Die kleine Sarah lief umher und pflückte kleine gelbe Blumen. Sie war still wie immer, doch schien es, als würde sie mit jedem Tag fröhlicher.

»Woran denkst du?« fragte Matt Jessie und sah ihr dabei zu, wie sie sich die letzten Reste des Rebhuhns von den Fingern schleckte.

»Ich dachte gerade an Papa Reggie. Es ist nicht fair, ihm nicht zu sagen, daß du bald abreisen mußt.«

»Ich weiß. Ich denke schon seit Tagen darüber nach. Ich verspreche dir, ich werde es ihm bald sagen.«

Sie redeten gemeinsam über ihre Kindheit. Jessie erzählte Matt von den schrecklichen Tagen, nachdem sie das Black Boar Inn verlassen hatte, und Matt sprach von seiner Jugend. »Ich war erst sechs, als meine Mutter starb. Mein Vater hat zwar wieder geheiratet, aber ich habe ihn nicht sehr oft gesehen. Er war immer beschäftigt mit der Verwaltung seiner Ländereien, und er hat sehr viel Zeit in London verbracht.« Matt pflückte Gänseblümchen aus dem dichten grünen Gras. »Für mich war es eine schwierige Zeit. Ich war sehr einsam und sehnte mich nach Zuneigung. Ich habe meine Stiefmutter angebetet, doch sie hegte nicht die geringsten Gefühle für mich.« Ein leiser, bitterer Ton schlich sich in seine Stimme. »Ironischerweise hat sie meinen Vater geliebt, doch der wiederum machte sich nichts aus ihr.« Er warf die Blume weg. »Liebe und Leid. Es ist eigenartig, wie nahe sie beieinander liegen.«

Jessie überkam eine große Traurigkeit bei seinen Worten. Sie konnte die Wahrheit darin nicht leugnen. Liebe bedeutete sehr oft auch Qualen. Allein der Gedanke, daß Matt abreisen würde, genügte, um einen heftigen Schmerz in ihrem Herzen hervorzurufen. Sie legte ihm die Hand an die Wange. »Deine Stiefmutter hat dich sicher gemocht, Matthew. Wie hätte sie dich nicht mögen können?«

Zögernd breitete sich ein unsicheres Lächeln auf seinem Gesicht aus. Dann legte er sich rücklings auf die Decke, zog Jessie auf sich und küßte sie voller Leidenschaft. Sie hätten sich hier im Gras am See auf der Stelle geliebt, wäre nicht Sarah bei ihnen gewesen.

Und wäre sie nicht gerade in diesem Moment mit einem lauten Platscher in den See gefallen. »Sarah!« Jessie und Matthew sprangen gleichzeitig auf und stürzten zum Ufer. Sarahs Kopf kam hinter einer Reihe dünnen Schilfrohres an die Oberfläche. Ihre Augen waren vor Entsetzen weit aufgerissen, und sie schrie aus Leibeskräften. Heftig wedelte sie mit den Ärmchen und strampelte im Wasser. Doch dann zog ihr rosa Rüschenkleid sie unter Wasser und trieb sie in den See hinaus.

»Mein Gott!« jammerte Jessie. »Sarah ertrinkt, und ich kann nicht schwimmen!«

Matthew hatte sich bereits seinen Überrock von den Schultern gerissen und zerrte gerade die Stiefel von den Füßen. Er holte tief Luft und hechtete mit einem Sprung ins kalte Wasser.

»Oh, lieber Gott ...« Jessie stand bis zu den Waden im Wasser. Der Rock klebte an ihren Beinen, und sie beobachtete die Wasserblasen, die sprudelnd an die Oberfläche drangen.

Eine Ewigkeit schien vergangen zu sein, ehe erst Matthew prustend wieder an die Oberfläche kam und dann Sarahs Kopf.

Sie weinte, spuckte und rang nach Luft, aber sie lebte! Mit kräftigen Schwimmstößen erreichte Matthew das rettende Ufer, und Jessie watete ihnen schluchzend entgegen. Matthew hielt die Kleine in seinen Armen und drückte den Kopf des Kindes beschützend an seine Schulter.

»Es ist alles in Ordnung«, versicherte er, doch er zitterte, und das nicht nur wegen seiner nassen Kleidung.

Jessie umklammerte die eiskalten Hände des Kindes, die kleinen Adern zeichneten sich blau unter der blassen Haut ab. »Wir bringen dich jetzt nach Hause, Schatz. Du wirst bald wieder warm und trocken sein.«

Sarah verbarg ihr Gesicht an Matthews Schulter, dann schlang sie die kleinen Ärmchen um seinen Hals. »Papa«, flüsterte sie. »Papa ...«

Matthew hielt sie noch fester. »Ich bin bei dir, meine Süße. Papa ist hier bei dir. Bitte, weine nicht mehr. Alles ist wieder gut.«

Jessie starrte ihn wortlos an. Ein dicker Kloß saß in ihrem Hals, und als sie versuchte, ihn hinunterzuschlucken, schmerzte es. Sie hatte Matt Seaton geliebt, als sie ein kleines Mädchen war, doch nie hatte sie ihn mehr geliebt als in diesem Augenblick.

Schweigend lief sie neben ihm her zur Decke. Jessie hob sie vom Boden auf und legte sie um die beiden. Dann nahm sie den Picknick-Korb und Matthews Kleidungsstücke, die er ausgezogen hatte, trug sie zum Ponywagen und kletterte zu den beiden hinein.

Das Pferd und den Wagen nahm ihnen vor dem Eingang zum Haus ein alarmierter Stallbursche ab. Eilends rannten Jessie und Matthew die Treppe hinauf ins Kinderzimmer und zogen Sarah das nasse, schmutzige Kleid aus.

»Der Himmel sei uns gnädig!« Viola kam erschreckt hinzu. Ihr rundes, gütiges Gesicht drückte helle Aufregung aus. »Was ist denn mit meinem armen kleinen Lämmchen passiert?«

Unter den langen Augenwimpern sah Sarah sie mit ihren großen blauen Augen an. »Papa hat mich aus dem Wasser gerettet«, sagte sie. Und dann begann sie zu weinen.

Vi blickte verblüfft zu Jessie, die wiederum Matthew ansah. Doch ihr Mann lächelte nur leicht verlegen.

»Armer kleiner Liebling.« Viola griff nach dem Kind und hüllte den kleinen, zitternden Körper in ein warmes Handtuch. Sarah schniefte noch ein paarmal, dann winkte sie Matthew und Jessie getröstet zu, als Viola sie zum Feuer trug.

Jessie holte tief Luft. »Oh, Gott, Matthew. Sarah wäre ertrunken, wenn du nicht gewesen wärst.«

Matthew antwortete nicht, doch ein kleiner Muskel in seiner Wange zuckte. Offensichtlich waren seine Gedanken in die gleiche Richtung gewandert. Bald würde der Tag kommen, an dem er sie verlassen mußte.

Wer würde dann auf sie aufpassen?

Matt lief mit weit ausholenden Schritten über den Weg, der zum Gewächshaus führte. Sein Vater hatte ihm gesagt, daß er dort Jessie finden könnte. Nachdem seine Besprechung mit den Pächtern beendet war, konnte er es kaum erwarten, sie zu sehen.

Er öffnete leise die Tür und schlüpfte in das warme, feuchte Innere des Hauses. Es war ein sehr großes Gewächshaus, gebaut aus Hunderten von dicken, undurchsichtigen Glassteinen. Überall wuchsen mächtige Pflanzen mit breiten, dünnen oder fleischigen Blättern. Blumen, die man normalerweise nicht in diesem kalten englischen Klima fand, standen hier neben exotischem Gemüse und Früchten.

Jessie war sehr beschäftigt. Sie grub den fruchtbaren schwarzen Boden um. Ihre Hände waren bis zu den Handgelenken voller Erde. Sie setzte einen winzigen Apfelsinenbaum in den Boden, trat die Erde drumherum fest, und als sie sich nach der Gießkanne bückte, bot sie ihm einen verlockenden Anblick auf ihren festen, kleinen Po.

Er grinste und schlich sich, so leise er konnte, näher, damit sie ihn nicht bemerkte. Doch als er es beinahe geschafft hatte, knirschte der Kies unter seinen Füßen, und Jessie wirbelte herum. Da sie die Gießkanne noch in der Hand hielt, plätscherte das Wasser über seine frischgeputzten Stiefel.

Ein fröhliches Lachen perlte aus ihrer Kehle. »Du mußt noch üben, Mylord, wenn du versuchen willst, mich zu überraschen!« Wieder lachte sie vergnügt, als sie seinem Blick folgte, mit dem er seine ehemals glänzenden Schaftstiefel betrachtete, die nun gebadet waren.

Ein Lächeln breitete sich langsam auf seinem Gesicht aus, und seine Augen blitzten. »Hah, du kleine Hexe – dafür wirst du mir bezahlen!«

Jessie quiekste auf, als er nach ihr griff. Sie hüpfte zur Seite und rannte dann durch die Reihen der Pflanzen, Blumen und kleinen Orangenbäume. Matthew war ihr dicht auf den Fersen. Behende schlug sie hier einen Haken und dort einen, versteckte sich prustend hinter einer großen Pflanze und erreichte den hinteren Teil des Gewächshauses. Dort riß sie die niedrige Holztür zu einem kleinen Schuppen auf, in dem die Blumentöpfe standen, und verschwand darin.

Matt schmunzelte zufrieden. Aus diesem Schuppen gab es nur einen Weg hinaus – früher oder später würde er sie erwischen. Dennoch betrat er das nur schwach erhellte Innere des Schuppens. Zu warten würde ihm nichts nützen, und außerdem machte die Jagd auch viel mehr Spaß.

Langsam ging er zum Schrank am hinteren Ende des Schuppens, riß die Tür auf – und blickte in einen leeren Schrank. Stirnrunzelnd schloß er sie wieder, zog ein benachbartes moosiges Brett beiseite – und fand wieder nichts. »Du kommst besser raus, Jess. Du kannst dich nicht ewig vor mir verstecken.« Seiner Stimme fehlte eine echte Drohung allerdings völlig.

Er stand nun mitten im Schuppen und bewegte sich lautlos zu einer Ecke, wo eine farbverschmierte Zeltbahn hing. Sie war dahinter – er roch es geradezu. Grinsend riß er das schwere Tuch beiseite – und mußte feststellen, daß sie auf einer wackligen hölzernen Leiter thronte. Doch noch ehe er sie greifen konnte, hob sie die rostige Gießkanne und goß einen Schwall eiskalten Wassers über seinen Kopf. Spuckend und lachend stieß er die Leiter um, fing Jessie mit beiden Armen auf und warf sie über seine Schulter.

»Jetzt habe ich dich!« Er lachte triumphierend, als er den Schuppen verließ, mit der quietschenden und strampelnden Jessie über seinem Rücken.

Immer noch lachend setzte er sie auf einer alten Holzbank innerhalb des Gewächshauses ab, plazierte sich neben sie und zog sie auf seinen Schoß.

Jessie gluckste verwundert, als er ihren Rock hochhob. »Matthew! Was tust du da?«

Seine Aufmerksamkeit richtete sich bereits allein auf die verführerische Frau, die er auf seinem Schoß hielt. »Vielleicht brauchst du noch eine Tracht Prügel«, neckte er sie, und seine Stimme klang rauh. Mit einer Hand streichelte er die sanften Rundungen, die sich unter ihrem Kleid abzeichneten.

»Als du zwölf Jahre alt warst«, rief er ihr mit heiserer Stimme ins Gedächtnis, »da war mir nicht klar, was für einen wunderschönen Po du einmal haben würdest.« Er schob ihren Rock hoch und entblößte die üppigen Rundungen.

»Matthew!« Jessie zog scharf den Atem ein, erst jetzt wurde ihr bewußt, daß ihr Spiel sich verändert hatte. Er fühlte, wie ihr Herz schneller zu schlagen begann und wie das Blut in seinen Ohren rauschte.

Er rückte sie auf seinem Schoß zurecht. Eine Hand glitt zwischen die warmen, nackten Pobacken, und er fühlte, wie ihre Muskeln sich unter seiner Berührung anspannten. Die andere Hand streichelte ihre Brust durch den dünnen Musselinstoff. Dann schob er die Hand in ihr Mieder, um ihre rosigen Knospen sanft zu reiben, bis sie sich unter seiner Berührung steif aufrichteten. Schauer liefen durch ihren Körper, und das Feuer in seinen Lenden loderte immer heftiger.

Es war eigenartig erotisch, sie so zu berühren, sinnlich und sehr lustvoll. Die subtropische Luft verstärkte das erotische Gefühl. Es roch nach feuchter Erde und duftete nach den verschiedensten Blumen. Niemand konnte sie hier sehen, und niemand wagte, sie zu stören, wenn Jessie hier arbeitete. Jessie wand sich unter seinen Händen, sie wußte, daß sie beide hier allein waren und daß sie machen konnten, was sie wollten.

Seine Finger wanderten tiefer zwischen ihre Schenkel, er spreizte sie mehr auseinander und massierte dann ihren geschwollenen Liebespunkt.

»Matthew ...?« Sie stöhnte seinen Namen.

»Ich habe dir doch gesagt, du wirst dafür bezahlen«, knurrte er heiser.

Sie schluckte schwer, und ihr ganzer Körper erbebte vor Lust. Die Antwort darauf waren fiebrige Schauer, die seine Adern durchrannen. Seine Finger wagten sich weiter vor. Er glitt an ihrer feuchten Spalte vorbei zur verborgenen Tiefe ihrer Pobacken. Er fühlte, wie sich ihre Bauchmuskeln anspannten, und die Bewegung erhöhte noch seine Erregung.

»Matthew ...« Sie flüsterte etwas Unverständliches, doch er hörte nicht auf, sie zu stimulieren. Wenn er sie bestrafen wollte, so war das eine ganz perfide, seltsame Art. Denn bei jeder zärtlichen Berührung seiner Hand schien sie vor Lust zu vergehen.

Sein Glied wuchs so mächtig, wie seine Leidenschaft durch seine Lenden pulsierte. Ihre Brust, die er nach wie vor streichelte, preßte sich in seine Hand, und auf der samtigen Haut ihrer Pobacken bildete sich eine leichte Gänsehaut. Er rieb mit dem Daumen über ihre Liebesperle, und ihr Körper erstarrte. Sie schrie auf, als sie den Höhepunkt erreichte, und Matt riß sich zusammen, um sie nicht sofort zu nehmen.

Statt dessen drang er mit zwei Fingern in sie ein, was die Wogen ihrer Lust noch erhöhte. Nur langsam ebbten ihre konvulsivischen Zuckungen ab. Sie bemerkte es kaum, als er sie mit dem Gesicht zur Wand auf die Füße stellte und ihren Körper nach vorne bog, damit sie stützend die Hände auf die Bank legen konnte. Die Röcke hatte er ihr bis zur Hüfte hochgeschoben. Er öffnete die Knöpfe an seiner Hose und befreite seinen steil aufgerichteten Schaft. Er war noch nie so besessen gewesen von dem Wunsch, eine Frau zu besitzen, hatte noch nie so heftig den Wunsch verspürt, ihre Reaktion zu fühlen. Er wollte, daß sie sich nach ihm sehnte, daß sie ihn brauchte wie eine Droge. Er wollte, daß sie ihn ebenso leidenschaftlich begehrte wie er sie.

Sie wand sich unter seinen Händen und stöhnte auf, als er mit einem einzigen Stoß in sie eindrang. Ihr Hinterteil reckte sich ihm entgegen, sie bewegte sich so, daß er noch tiefer in sie gleiten konnte. Wogen des Verlangens überspülten ihn, und er brauchte seinen ganzen Willen, um sich unter Kontrolle zu halten.

»Ganz ruhig, Liebling«, beruhigte er sie, als er beide Hände um ihre Hüften legte und sie noch enger an sich zog. »Du kannst dir gar nicht vorstellen, was für ein wundervolles Gefühl das ist.«

Sie bewegte sich ein wenig, und ein Schauer der Lust rieselte durch seinen Körper. »Doch, das kann ich«, flüsterte sie rauh.

Sein Herz schlug schneller bei ihren Worten. Er zog sich aus ihr zurück, um dann wieder hart in sie einzudringen. Bei jedem Stoß brannte sein Körper heißer. Er hatte das Gefühl, in Flammen zu stehen. Sanft knetete er ihre Brust, fühlte, wie sich ihre Brustknospen aufrichteten, und spürte dann, wie sich ihre inneren Muskeln anspannten. Die nur mühsam aufrechterhaltene Kontrolle über seinen Körper wäre ihm beinahe entglitten.

Wieder packte er mit beiden Händen ihre Hüften und stieß in sie hinein, bis sie sich ihm ekstatisch entgegenhob und guttural mehr forderte. Er stieß in immer heftigerem Rhythmus zu, er gab ihr alles, was er zu geben hatte, und nahm alles, was er brauchte.

Und dann fühlte er, wie sich ihre Muskeln um seine Männlichkeit spannten. Sie stammelte seinen Namen auf dem Höhepunkt der Lust, und mit einem rauhen Aufschrei folgte er ihr. Heiß verströmte er seinen Samen tief in sie. Er hielt sie fest und genoß die heftigen Wellen der Lust, die durch ihren Körper schossen.

Lange blieben sie in dieser Haltung stehen. Matt war noch immer in ihr und genoß die Nachbeben ihrer Leidenschaft, die all die Sorgen, die noch vor ihm lagen, in weite Ferne zu rücken schien. Er betete, daß sie in diesem Augenblick sein Kind empfangen hatte, daß sie schwanger sein würde, noch ehe er in den Krieg zog.

Er wünschte sich, daß Jessie einen Teil von ihm haben würde, etwas, der sie davon abhielt, ihn zu vergessen, wenn er nicht zurückkehren würde. Der Gedanke, sie nie wiederzusehen, bildete einen dicken Kloß in seinem Hals. Als Jessie sich schließlich von ihm löste, zog er sie stumm in seine Arme.

Er wollte, er könnte ihr sagen, was er fühlte. Aber so etwas hatte er noch nie in Worte kleiden können. Und wenn er ganz ehrlich war, hatte er damit nach wie vor Schwierigkeiten.

»Matthew? Ist alles in Ordnung?«

Er zwang sich zu einem Lächeln. »Ja ...« Doch insgeheim dachte er an den Krieg und daran, daß er vielleicht sterben würde.

Wortlos halfen sie einander, ihre Kleidung zurechtzuzupfen, dann drehte er sie zu sich herum. »Ich hatte einen Grund, hierherzukommen, Jess. Ich hätte es dir schon früher sagen müssen, aber ich war nicht sicher, wie du es auffassen würdest. Doch ich habe entschieden, daß du ein Recht darauf hast, es zu wissen.«

Eine steile Falte erschien auf ihrer Stirn. »Worüber sprichst du?«

»In der letzten Woche, als ich nach London gefahren bin, um meinen Anwalt aufzusuchen, habe ich deinen Bruder gesehen.«

Alles Blut wich plötzlich aus ihrem Gesicht. »Woher wußtest du, wo du ihn finden würdest?«

»Ich habe mir gedacht, nachdem er dir all das Geld und die Juwelen abgegaunert hat, würde er nichts Eiligeres zu tun haben, als es in der Stadt auszugeben. Als ich ihn dann gefunden habe, hat Adam Harcourt mir geholfen.«

»Du hast ... du hast ihn doch nicht umgebracht?«

»Nein.« Er lächelte bedauernd, als er an seine Begegnung mit Fox dachte. »Dein Bruder hatte eine kleine Begegnung mit einer Londoner Aushebungsmannschaft – er und sein Kumpel Connie Dibble.« Matt erklärte ihr die Sache mit Long Dixon, dem Kapitän der *Harvest,* und erzählte ihr, daß Danny auf Longs Schiff Dienst tun würde. »So, wie die Dinge stehen, mein Liebling, wirst du Danny Fox nie wiedersehen.«

Jessie blickte zur Seite und senkte ihre langen, dunkelgoldenen Augenwimpern. »Ich könnte jetzt sagen, daß es mir leid tut, doch wenn ich ehrlich bin, so bin ich ganz einfach nur erleichtert.«

»Fox hat sich das alles selbst zuzuschreiben, Jessie. Nun muß er die Konsequenzen ertragen. Alles, was zählt, ist, daß ihr beide, du und Sarah, in Sicherheit seid.«

»Und der Name von Belmore«, fügte Jessie noch hinzu. »Und der Ruf deines Vaters.«

»Ja, Gott sei Dank.« Er lächelte. »Ich glaube wirklich, Lady Strickland, daß du jetzt deine Vergangenheit ganz sicher hinter dir gelassen hast.«

Jessie nickte nur.

Matt mußte zugeben, daß es ein wunderbares Gefühl war, frei von der Bedrohung eines Skandals leben zu können und mit Freude in eine unbelastete Zukunft zu sehen. Jessie war einen weiten Weg gegangen seit den Jahren der Armut im Black Boar Inn. Vielleicht wäre sie jetzt endlich in der Lage, diese Jahre zu vergessen.

Er hoffte es. Er wollte sie beschützen, ganz gleich, was auch geschah. Schon jetzt fühlte er mehr für seine Frau, als er es je für möglich gehalten hätte. Er freute sich zwar nicht darüber, konnte es aber auch nicht ableugnen.

Wenn er erst einmal wieder auf See war, würde er mit seinen neuerwachten Gefühlen sicher ins reine kommen, konnte sie unter Kontrolle bringen.

Das war ein verlockendes Ziel.

Lady Caroline Winston ging durch die Bow Street zu dem dreistöckigen Gebäude an der Ecke und betrat das Büro eines gewissen Willis G. McMullen. Er war der Detektiv, den sie beauftragt hatte, alles über die Herkunft der neuen Gräfin von Strickland herauszufinden.

»Kommt herein, Mylady«, begrüßte der etwas verkommene kleine Mann sie. »Ich stehe sofort zu Euren Diensten.« Seine Kleidung war zwar sauber, aber zerknittert und ungepflegt. Sein Gesicht zeigte einen Zwei-Tage-Bart.

Er deutete auf einen wackligen Stuhl, doch Caroline blieb lieber stehen. Sie versuchte, Abstand zu halten von den Stapeln vergilbter Zeitungen, die ebenso seinen Schreibtisch wie auch den Fußboden bedeckten.

»Was habt Ihr herausgefunden, Mr. McMullen?« Sein Büro sah zwar schäbig aus, aber wenn sie dem Anwalt ihrer Familie glauben wollte, so war McMullen ein äußerst fähiger Detektiv.

Der kleine Mann kratzte sich am Kopf, und Strähnen seines sandfarbenen Haars standen zu Berge. »Das ist ein verteufelt ... Entschuldigt, Miss. Vor gut vier Jahren ist Eure Miss Fox, die Dame, um die es hier geht, ganz plötzlich aufgetaucht. Sie kam praktisch aus dem Nichts.«

»Was ist mit ihrem Vater Simon Fox, dem Cousin des Marquis aus Devon? Sicher habt Ihr ihn doch finden können.«

»Keine Spur, Mylady.«

»Nun, sie kann doch nicht einfach so unvermittelt auftauchen. Von irgendwoher muß sie gekommen sein. Ihr müßt nur weitersuchen.«

»Das ist mir klar, Mylady, und das habe ich auch vor. Ich habe ganz High Wycomb umgedreht. Sie kommt ganz sicher nicht aus der Gegend von Belmore. Aber der Marquis hat ja auch noch einige andere Besitzungen – eine in Yorkshire und eine in Wessex. Und dann ist da noch das Herrenhaus von Seaton, in der Nähe von Bucklers Haven. Das gehört zwar seinem Sohn, aber ich werde auch dort nachforschen.«

»Das ist eine gute Idee, Mr. McMullen.« Caroline lächelte innerlich. In diesem Fall war das, was er nicht gefunden hatte, beinahe ebenso wichtig wie das, was er ihr berichten konnte. Jessica Fox kam nicht aus Devon, und es gab keinen Simon Fox, und das bedeutete, daß der Marquis gelogen hatte. Und wenn das so war, dann standen die Chancen gut, daß sie noch mehr Lügen würde aufdecken können.

Allein der Gedanke daran weckte in Caroline den hämischen Wunsch, sich erfreut die Hände zu reiben. Oder den Kopf zurückzuwerfen und laut zu lachen. Statt dessen zog sie die Augenbrauen hoch und betrachtete kühl den untersetzten kleinen Detektiv.

»Laßt mich wissen, Mr. McMullen, wenn Ihr etwas herausgefunden habt, das mich interessieren könnte.«

»Natürlich, Mylady.«

Mit einem befriedigten Lächeln verließ Caroline das Büro.

22

In einem anderen Teil Londons stieg am selben Abend Gwendolyn Lockhart aus der eleganten schwarzen Kutsche des Grafen von Waring und schloß sich ihrer Mutter und ihrem Stiefvater an, die an der verzierten Tür des Theatre Royal in Haymarket auf sie warteten.

Seit der Nacht seines lüsternen Benehmens in den Gärten von Vauxhall hatte der Graf sich zuvorkommend und korrekt benommen. Er sprach kein Wort über sein abscheuliches Benehmen, und Gwen schwieg ebenfalls.

Sie hatte jedoch dafür gesorgt, daß sie fast nie allein in seiner Nähe war.

Gwen seufzte leise, als sie die Kapuze ihres malvenfarbenen, mit Seide besetzten Umhangs vom Kopf schob. Der Umhang paßte perfekt zu ihrem Brokatkleid mit der hohen Taille. Ein Lakai in Livree, der gleich hinter der großen Eingangstür stand, nahm ihr den Umhang ab und brachte ihn zur Garderobe. Es wäre so erleichternd, mit ihrer Mutter über Warings widerliche Annäherungsversuche sprechen zu können. Doch ihre Mutter würde ihr diese Geschichte niemals glauben, selbst wenn sie insgeheim ahnte, daß sie stimmte. Sie würde so tun, als hätte Gwen sich etwas so Häßliches nur ausgedacht.

Ihr gefiel es, Gräfin von Waring zu sein. Sie liebte das Geld, und sie liebte den Einfluß, den ihr Ehemann unter den Mitgliedern der Adelsgesellschaft besaß. Wenn ihre Tochter dafür den Preis zahlen mußte, wäre es ein geringer Preis ... zumindest war Lady Waring dieser Meinung.

Ihre Mutter war ein schwacher Mensch, besonders, wenn es

um den Grafen ging. Gwen wußte sehr gut, daß sie in dieser Sache ganz allein auf sich gestellt war.

Bis auf die Unterstützung von St. Cere. Er war der einzige Mann, der es je gewagt hatte, sich dem Grafen zu widersetzen. Gwen hatte sich stürmisch in den hochgewachsenen, attraktiven Mann verliebt, so sehr, daß sie ihm vor zwei Tagen eine Nachricht geschickt hatte, in der sie ihm erklärte, daß sie im Hyde Park ausreiten würde, und ihn gebeten hatte, ihr Gesellschaft zu leisten.

Das hatte er natürlich getan, doch ihre Begegnung war nicht so verlaufen, wie sie sich das vorgestellt hatte. Statt des galanten Lords, der sie in den Gärten von Vauxhall beschützt hatte, hatte St. Cere den Wüstling gespielt. Er hatte sie gedrängt, sich heimlich mit ihm zu treffen, hatte von ihr verlangt, sich in der Nacht zum Carlton House wegzustehlen, als wäre sie eine seiner Geliebten.

Insgeheim war sie allerdings in Versuchung gewesen, ihm diesen Wunsch zu erfüllen.

Allein der Anblick von Adam Harcourt ließ ihren ganzen Körper prickeln. Wenn er nicht so unverschämt gewesen wäre, wenn er nicht auf eine so typisch männlich dominierende Art versucht hätte, sie zu zwingen – hätte sie sich einen Besuch bei ihm eventuell überlegt.

Statt dessen hatte sie seine Bitte rundheraus abgelehnt.

Sie hatte allerdings erwähnt, daß sie heute abend das Theater besuchen würde, in Gesellschaft ihrer Eltern. Sie war nicht sicher, ob er kommen würde, doch hoffte sie es insgeheim. Verschwiegen hatte sie ihm jedoch, daß sein Freund Lord Bascomb, Lord Montagues ältester Sohn, sie an diesem Abend begleiten würde. Das konnte St. Cere dann selbst feststellen.

»Lord und Lady Waring, Lady Gwendolyn, ich bitte um Verzeihung für meine Säumigkeit.« Bascomb zog seinen Umhang aus. »Ich hatte keine Möglichkeit, meine Besprechung auf einen anderen Zeitpunkt zu verlegen. Ich weiß Eure Nachsicht zu schätzen, daß ich mich hier mit Euch treffen kann.« Peter Montague, Lord Bascomb, war schlank, mittelgroß, mit schütterem, braunem Haar, und etwa zehn Jahre älter als Gwen. Im Gegensatz zu seinem schlichten Aussehen kleidete er sich immer bunt wie ein Pfau, was sein Aussehen noch unbedeutender machte.

»Das ist nicht der Rede wert«, wehrte Waring höflich ab. »Das Stück hat noch nicht begonnen, und wir sind auch gerade erst angekommen.« Bascomb war ein Günstling des Grafen. Gwen nahm an, daß ihr Stiefvater sie mit ihm verheiraten wollte. Der Grund dafür war vermutlich, daß ihr Stiefvater an Geschäften Lord Montagues beteiligt war, daher eine gewisse Kontrolle über ihn und demzufolge auch über seinen Sohn hatte.

Was auch immer seine Gründe waren, Gwen war entschlossen, ihn abzuweisen. Sie würde weder Peter noch einen anderen Mann heiraten. Sie lächelte Lord Bascomb an und machte eine nichtssagende Bemerkung über das Stück, das sie sehen würden, eine Satire mit Namen *The Tailors.* Doch interessiert war sie daran, ob St. Cere anwesend war.

Nach der Hälfte des Stückes war Gwen sicher, daß er nicht kommen würde. Das Theater war an diesem Abend überfüllt. Es war ein dreistöckiges, üppig mit Rot und Gold ausgestattetes Gebäude. Schwere Vorhänge aus Samt schirmten die drei Reihen der privaten Logen ab, in denen die reichen Zuschauer saßen. Der Rest der Besucher drängte sich in den unzähligen Reihen im Parkett.

Doch St. Cere war weder in den Logen noch in der Menge aufgetaucht.

Gwen saß bedrückt in der mit Samt ausgeschlagenen Loge ihres Stiefvaters. Sie ignorierte Peters übertrieben strahlende Blicke und starrte auf die Bühne. Wenigstens war die Vorstellung interessant, wenn auch nicht unbedingt das Stück selbst, sondern eher die Zwischenrufe aus dem Parkett. Wie es schien, schaute die Hälfte der Schneider Londons zu, und die waren ganz und gar nicht zufrieden mit der Art und Weise, wie ihr Berufsstand in diesem Stück dargestellt wurde.

Kurz bevor der zweite Akt begann, verließ Gwen die Loge und entschuldigte sich damit, in den Ruheraum der Damen gehen zu wollen. Statt dessen ging sie hinunter in die Eingangshalle, um einen Augenblick Luft zu schöpfen von dem entsetzlichen Lord Bascomb und den lüsternen Blicken, mit denen Lord Waring sie bedachte.

»Guten Abend, Mylady.«

Gwen wirbelte beim Klang der tiefen Männerstimme herum. »St. Cere ... ich ... ich hatte nicht geglaubt, Euch heute abend hier zu sehen.«

Er preßte leicht die Lippen zusammen. »Offensichtlich nicht, denn Ihr seid mit Bascomb hier.« Seine Stimme klang ein wenig verärgert, oder war es vielleicht Eifersucht, die sie heraushörte? Gwen konnte sich nicht vorstellen, daß der gutaussehende, berüchtigte Vicomte eifersüchtig auf einen anderen Mann sein sollte, und ganz bestimmt nicht auf Bascomb.

»Mir wäre es lieber gewesen, wenn Ihr mich begleitet hättet.«

Er zog eine Augenbraue hoch. Ihre Offenheit erstaunte ihn immer wieder. Dann blitzten seine stahlgrauen Augen plötzlich auf, und er zog sie in eine dunkle Ecke.

»Wenn das so ist, dann können wir die Situation vielleicht ändern.« Er beugte sich zu ihr und küßte sie, intensiv und sinnlich. Er drängte sie, ihm ihre Lippen zu öffnen, seiner Zunge Einlaß zu gewähren. Sanft und fordernd strich sie über ihre Unterlippe.

»Sorgt dafür, daß Eure Eltern Euch früh nach Hause bringen«, flüsterte er und bedeckte ihren Hals und ihre nackten Schultern mit vielen warmen kleinen Küssen, die einen Schauer durch ihren Körper schickten. »Ihr könnt Euch dann von zu Hause wegschleichen und mich im Carlton House treffen, wie ich es Euch schon vorgeschlagen habe.« Er knabberte an ihrem Ohrläppchen. »Ich werde alles bereit haben. Ihr könnt durch den Hintereingang ins Haus kommen, niemand wird Euch sehen. Wir werden den Rest der Nacht für uns ganz allein haben.« Er küßte sie noch einmal, ihre Knie wurden weich, und fast hätte sie seinem Begehren nachgegeben.

Lieber Gott, sie war so sehr in Versuchung! Aber etwas hielt sie zurück, irgendein weiblicher Instinkt, der sie warnte.

»Es tut mir leid, Mylord, aber ich kann Euch heute nacht nicht treffen. Lord Waring hat den Abend schon seit Wochen geplant. Es wäre ganz unmöglich, mich wegzuschleichen. Vielleicht können wir uns ja morgen treffen ... im Park, wie schon zuvor.«

Ein Muskel zuckte in seiner Wange. »Ich will mich nicht im Park mit Euch treffen, Lady Gwendolyn, sondern in meinem Bett. Wenn ich zu deutlich geworden bin, dann tut mir das leid, aber Ihr selbst habt damit angefangen. Ich will Euch lieben. Ich will Euch küssen und Euch berühren und Euch das größte Glück schenken. Kommt zu mir, Gwen, trefft Euch heute nacht mit mir.«

Es war eine Sache, sich von einem Mann wie St. Cere angezogen zu fühlen, doch eine völlig andere, sich von ihm ausnutzen zu lassen.

»Ich habe Euch doch gesagt, es geht nicht. Wenn Ihr eine Frau nur dazu braucht, Euer Bett zu wärmen, gibt es Dutzende gefälliger Dirnen draußen vor dem Theater. Ich würde vorschlagen, daß Ihr Euch eine von denen sucht.«

St. Cere fluchte, als Gwen sich umwandte, um zurück nach oben zu laufen. Oben auf der Treppe hatte er sie eingeholt, am Anfang der Logen. »Ich will keine andere Frau. Verdammt, ich will Euch. Und wenn Ihr heute nacht nicht kommen könnt, dann kommt morgen. Ich werde alles arrangieren, wie ich schon gesagt habe.«

Gwen entriß ihm ihren Arm, der rauhe, beinahe verzweifelte Ton seiner Stimme hatte sie erschreckt. »Macht Euch keine Mühe, Mylord. Ich werde nicht kommen.« Sie hörte, wie er noch einmal etwas zischte, doch sie blickte nicht zurück, als sie weiterging. Und diesmal folgte St. Cere ihr auch nicht. Gwens Augen füllten sich mit Tränen. Dieser verdammte Kerl! Er war genauso wie all die anderen. Sie haßte ihn dafür, daß er solche Gefühle in ihr weckte, daß er sie dazu brachte zu weinen – kein Mann war das wert!

Ehe sie ihre Loge erreichte, suchte sie in ihrem Retikül nach einem spitzenbesetzten Taschentuch und tupfte sich die Tränen ab.

Und genau in diesem Moment hörte sie die Schreie aus dem Parkett. Das unzufriedene Murren der Zuschauer, ihre Drohungen und ihr Spott wurden übertönt von einem Krachen. Elegant gekleidete Zuschauer begannen aus den Logen zu stürzen, sie drängten sie zurück, weit weg von ihrer Mutter und ihrem Stiefvater. Sie sah gerade noch die Köpfe der beiden, als sie hinter dem roten Samtvorhang auftauchten und eilig am anderen Ende der Galerie zur Treppe liefen.

Sogar Bascomb verschwendete keine Zeit damit, womöglich nach ihr zu suchen. Er lief neben Lord Waring her, und Gwen sah sie in der Menschenmenge verschwinden. Die Menge schob sie mit sich, zog sie mit die Treppe hinunter ins Gewühl der Menschen, die schon zu der großen Doppeltür drängten, die kaum breit genug war, die hysterische Menge hindurchzulassen.

Gwen konnte noch einen Blick auf die Bühne erhaschen. Ein halbes Dutzend Schauspieler prügelte sich dort mit den wütenden Schneidern. Doch es war die Panik der Menge, die versuchte, sich durch die Türen zu schieben, die Gwen wirklich angst machte.

Kurz vor ihr sank ein Mann zu Boden, ein anderer stolperte über ihn und fiel ebenfalls. Die Menschen begannen, über sie hinwegzutrampeln. Andere stürzten, und chaotisch versuchten die Leute hinter ihnen, über sie in die Freiheit zu gelangen.

»Geht aus dem Weg, Lady!« Jemand schubste sie gewaltsam zur Seite. Sie strauchelte und wäre beinahe gefallen. Weitere Besucher rempelten sie an. Fast wäre sie tatsächlich zu Boden gegangen, hätte nicht eine feste Hand nach ihr gegriffen, sich um ihre Taille gelegt und sie festgehalten. Sie wußte, wer der Mann war, noch ehe sie sich zu ihm umwandte. Auch wenn sie gerade noch schrecklich wütend auf ihn gewesen war, so überspülte sie nun große Erleichterung.

»Kommt!« brüllte er über die Schreie der panischen Menschen hinweg. »Wir müssen hier raus.«

Gwen nickte nur, dankbar klammerte sie sich an seinen Arm. Unter den Menschen war jetzt offener Tumult ausgebrochen, die Leute kämpften im Zuschauerraum miteinander, sie schoben, drängten und fluchten, rissen Dinge von den Wänden und warfen sie auf die Bühne.

Statt sich durch die Eingangshalle zu kämpfen, um von dort auf die Straße zu gelangen, zog der Vicomte sie mit sich in einen Seiteneingang. Er dirigierte sie wieder in das Theater hinein, vorbei an der Reihe der Logen zu einem Vorhang, hinter dem sich eine Treppe verbarg, die auf die Bühne führte. Ehe sie die Bühne erreichten, bog er ab in einen Gang, an dessen Ende es eine Tür auf die Straße gab.

»Woher wußtet Ihr, daß dieser Ausgang existiert?« fragte Gwen. Sie lehnte sich keuchend gegen die Mauer draußen und atmete tief die frische Luft ein.

Der Vicomte zog amüsiert die Mundwinkel hoch. »Es gab da einmal eine Dame ... eine Schauspielerin, die ich kannte. Ich will nicht mehr sagen, als daß ich ein paarmal bei ihr hinter der Bühne war.«

Noch mehr Frauen, dachte Gwen und fühlte sich mit einem Mal traurig und niedergeschlagen. Was wollte sie mit einem Mann wie St. Cere? Sie fühlte seine Hand auf ihrer Hüfte, sicher und entschlossen. Er war immerhin der einzige gewesen, der sich Sorgen um ihre Sicherheit gemacht hatte ...

Sie warteten einen Moment, bis sie wieder zu Atem gekommen waren, dann zog er sie mit sich und machte sich auf die Suche nach seiner Kutsche. Ein paar Minuten später hatten sie sie gefunden. Sie stiegen ein, und er befahl dem Kutscher loszufahren.

Gwen blickte an sich hinunter, zu dem tiefen Ausschnitt ihres Kleides. Der teure, malvenfarbene Spitzenbesatz war zerrissen. »Ich sehe sicher schrecklich aus«, flüsterte sie. Ihr Haar war zerzaust, ihr Retikül hatte sie verloren, und ihre Schuhe waren voller Schmutz.

Der Vicomte legte eine Hand unter ihr Kinn und drehte ihr Gesicht zu sich. »Ihr seht bezaubernd aus.«

Sie senkte den Blick, damit er nicht sah, wie sehr sie sich über seine Bemerkung freute. »Danke, daß Ihr mir geholfen habt. Ich bin nicht sicher, was mit mir geschehen wäre, wenn Ihr nicht gekommen wärt.«

Sein Gesicht verschloß sich. »Sehr wahrscheinlich sind dort heute abend Leute umgekommen. Ihr hättet dazugehören können.« Er sah sie eindringlich an. »Sie haben Euch nicht verdient. Keiner von ihnen. Sie wissen nicht, was für einen Schatz sie an Euch haben.«

Gwen fühlte, daß Tränen in ihren Augen brannten. Noch nie war jemand so für sie eingetreten, wie St. Cere es tat. Niemand. Sie streckte die Hand aus und berührte mit den Fingerspitzen seine Wange. »Würdet Ihr mich küssen?«

Er starrte sie einen Augenblick lang sprachlos an, sie glaubte zu hören, daß er leise aufstöhnte. Dann beugte sich sein Kopf zu ihrem, ihre Lippen trafen sich, und er küßte sie. Sein Kuß war anfangs sanft, sein Mund lag warm auf ihrem, seine Zungenspitze neckte ihre Mundwinkel. Doch dann wurde sein Kuß heiß und fordernd. Er zog sie in seine Arme, und seine eine Hand legte sich auf ihre Brust.

Als die Kutsche endlich anhielt, war Gwen atemlos und benommen. Nur vage erkannte sie ihre Umgebung. Die Gardinen der Kutsche waren zugezogen, nur ein schwaches Licht von der Messinglampe der Kutsche fiel ins Innere. Ihr Herz klopfte so laut, daß sie gar nicht hörte, wie die Tür sich öffnete. Doch der Vicomte hatte es gemerkt und drehte sich so, daß sie hinter ihm nicht zu sehen war.

»Wir sind angekommen, Mylord.«

»Danke, James.«

Mit dem Schwall kühler Luft, der über ihre Haut strich, als er ausstieg, kam Gwen wieder in die Wirklichkeit zurück. »Wo sind wir?«

Der Vicomte lächelte. »Im Carlton House.« Er streckte ihr die Hand entgegen, doch sie wich vor ihm zurück, als wäre er eine Schlange – und in diesem Augenblick war er das sicher auch.

»Carlton House! Ich kann nicht glauben, daß Ihr mich wirklich hierhergebracht habt!«

St. Cere runzelte die Stirn. »Ihr wollt doch wohl nicht behaupten, daß Ihr das nicht gewollt habt, Gwendolyn. Keine Frau küßt einen Mann so, wie Ihr es gerade getan habt, wenn sie nicht will, daß er sie liebt.«

Gwens Verlegenheit mischte sich mit Zorn. »Bringt mich nach Hause«, forderte sie mit bitterbösem Gesicht. »Ich bin Euch dankbar für Eure Hilfe im Theater – und jetzt möchte ich nach Hause.« Sie lehnte sich in die Polster zurück und weigerte sich standhaft auszusteigen.

St. Cere biß die Zähne zusammen, ein Muskel zuckte in seiner Wange. Dann murmelte er einen leisen Fluch. »Ich dachte, Ihr wärt anders, eine Frau, die endlich einmal ehrlich zu ihren Gefühlen steht.«

»Und ich dachte, Ihr wärt anders – ein Mann, dem ich endlich einmal trauen könnte.«

Ein Mundwinkel zog sich nach oben. »Ihr könnt mir vertrauen, Gwendolyn, ich werde Euch genau das geben, was wir beide möchten.« Doch statt sie gewaltsam aus der Kutsche zu zerren, wie sie schon erwartet und vielleicht sogar gehofft hatte, schloß er einfach die Tür.

»Bring die Lady nach Hause, James«, rief er dem Kutscher zu. »Offensichtlich ist das ihr Wunsch.« Wenigstens im Augenblick, schien sein Lächeln zu sagen.

Was würde Jessie in einem solchen Fall tun? fragte sich Gwen plötzlich, und das Bild ihrer Freundin, wie Matthew Seaton sie in der St. James Cathedral über seine Schulter geworfen hatte, schob sich vor ihr inneres Auge. Jessie nahm sich die Dinge, die sie haben wollte. Und wenn Gwen gewollt hätte, dann würde Adam Harcourt in diesem Moment bereits ihr gehören.

Gwen war eine Frau, die ebenfalls große Entschlußkraft besaß.

Sie war allerdings nicht sicher, ob der Schauer, der durch ihren Körper lief, ein Schauer der Angst war vor dem, was sie wollte – oder vor dem Versprechen, das sie in den silbergrauen Augen des Vicomte gelesen hatte.

Jessie entdeckte den uniformierten Reiter zuerst, und das Herz blieb ihr fast stehen. Sie hob die Röcke, rannte aus ihrem Schlafzimmer und in höchst undamenhafter Eile die geschwungene Marmortreppe hinab.

Matthew erreichte die Tür im selben Augenblick wie sie. Ebenso eilte Papa Reggie herbei. Sie alle versammelten sich in der Eingangshalle, alle hatten den gleichen Gedanken.

Die Zeit war gekommen. Matthew mußte Abschied nehmen.

Es klopfte laut an der Tür, und Osgood öffnete. Sein Gesichtsausdruck war genauso beherrscht wie der von Matthew.

»Eine Nachricht für Kapitän Seaton«, erklärte der uniformierte junge Offizier.

»Kommt herein, Leutnant.« Matt trat vor, um den müde aussehenden jungen Mann ins Haus zu lassen und die Nachricht entgegenzunehmen, die er bei sich trug. »Wie es scheint, seid Ihr schon eine ganze Weile unterwegs. Ozzie, würdet Ihr Euch darum kümmern, daß man ihm eine Erfrischung serviert? Ihr könnt Euch ausruhen, ehe Ihr Eure Reise fortsetzt.«

Der junge Leutnant schüttelte den Kopf. »Es tut mir leid, Sir, ich fürchte, ich muß ablehnen. Ich muß noch einige Nachrichten ausliefern, und ich habe nicht mehr allzuviel Zeit.«

Matthews Lächeln war ein wenig spröde. »Ich verstehe.« Dennoch wartete er mit dem mit einem Wachssiegel versehenen Brief, bis Ozzie die Tür geschlossen und sich abgewendet hatte. Erst dann brach er das Siegel auf und las den Brief. Sein versteinerter Gesichtsausdruck bestätigte den Inhalt.

»Der Brief ist von Admiral Dunhaven. Nelson ist so gut wie fertig mit seinen Vorbereitungen.« Er sah Jessie an. »Es ist Zeit, daß ich abreise.«

»Oh, Matthew ...« Jessie sank in seine Arme, und er hielt sie ganz fest.

Papa Reggie räusperte sich. Er war blaß geworden. »Bist du auch ganz sicher, mein Sohn?«

»Ich bin sicher, daß ich gehen muß. Ich bin genauso sicher, daß ich lieber hierbleiben möchte. Belmore ist jetzt mein Zuhause. Ich bin noch nicht einmal weg und vermisse es schon.«

Jessie biß sich auf ihre Lippe. »Wann mußt du los?« Wenigstens noch eine Woche, betete sie. Gib uns bitte noch eine Woche.

»Die Nachricht ist sehr dringend«, sagte er. »Ich muß reisen, sobald ich gepackt habe.«

»Aber ... aber heißt das, daß du heute schon wegmußt?«

»Ja, tut mir sehr leid, mein Liebling, ich muß. Von Portsmouth bis nach Cádiz zu segeln dauert zwei Wochen. Dort wartet Nelson mit seinen Schiffen. Die französische Flotte versammelt sich bereits, die Zeit drängt.«

»Aber sicher kannst du noch bis morgen warten. Sicher ...«

»Ich habe den Befehl bekommen, noch heute abzureisen, Jess. Und das muß ich auch tun.« Er legte beide Hände auf ihre Schultern. »Bitte, mach es mir nicht noch schwerer, als es sowieso schon ist.«

Papa Reggie griff nach ihrer Hand und drückte sie. »Matthew hat recht, meine Liebe. Er muß das tun, was man ihm befohlen hat, und wir beide müssen stark sein.«

Jessie verspürte einen dicken Kloß in ihrem Hals, und ihre Brust schmerzte, als hätte ihr jemand ein Messer hineingestoßen. »Es tut mir leid«, flüsterte sie. »Ich hatte nur gehofft, wir hätten noch etwas mehr Zeit.«

Matthew legte eine Hand unter ihr Kinn. »Ich auch.« Er lächelte, doch sein Gesicht war ernst. »Komm mit nach oben und hilf mir packen.«

Jessie nickte nur, weil sie glaubte, sie würde kein Wort herausbringen. Als sie in seinen Räumen waren, rief er jedoch nicht seinen Kammerdiener, sondern zog sie in seine Arme.

Sein Kuß war wild, besitzergreifend und doch so zärtlich, daß ihr Tränen in die Augen traten. Sie erwiderte seinen Kuß mit der gleichen Verzweiflung. Matthew hob sie auf seine Arme, trug sie zum Bett und begann sie auszukleiden. Er küßte wie ein Verhungernder alle Stellen ihres Körpers, die er von der störenden Kleidung befreite.

Sie liebten sich wild, verzweifelt und voller Leidenschaft und danach noch einmal zärtlich und sanft. Dann richtete er sich widerstrebend auf.

»So schmerzlich es auch ist, mein Liebling«, sagte er leise und löste sich aus ihren Armen, »es wird Zeit. Ich kann meinen Aufbruch nicht noch länger hinausschieben.«

Jessie schluckte. »Ich weiß.« Schweigend zogen sie sich wieder an. Dann sah sie zu, wie Matthew und sein Kammerdiener das Gepäck zusammenstellten.

Zwei Stunden, nachdem der Botschafter der Marine Seiner Majestät die Nachricht abgegeben hatte, stand Matthew auf den Stufen vor dem Haus, gekleidet in seinen makellosen blauen Uniformrock und die enge weiße Hose, und verabschiedete sich von ihnen.

Er faßte Papa Reggies Hand. Der Marquis sah so zerbrechlich aus wie schon lange nicht mehr. »Paß gut auf dich auf, Vater.«

»Komm gesund zu uns zurück, mein Sohn.« Ein trauriges Lächeln lag um den Mund des alten Herrn. »Ich bin zu alt, um dieses Gut allein zu verwalten. Jessica und ich brauchen dich.«

Matthew nickte stumm. Sein Vater überraschte ihn, indem er ihn in die Arme nahm, als innigen Beweis seiner Zuneigung. Dann traten sie beide einen Schritt zurück, verlegen von der Zurschaustellung ihrer Liebe füreinander.

Oben auf der Treppe stellte Viola die kleine Sarah auf die Füße. »Nun lauf schon. Sag Seiner Lordschaft auf Wiedersehen.«

Gelbe Rüschen raschelten am Saum ihres Kleides, als das zierliche Kind die Treppe hinunterhopste, vor Matthew stehenblieb und ihn anstarrte, fasziniert von den glitzernden goldenen Knöpfen seines Uniformrocks.

»Mußt du weggehen?«

»Ja, meine Süße, ich fürchte, das muß ich.«

Ihre großen blauen Augen füllten sich mit Tränen. »Aber ich will nicht, daß du weggehst.«

Matthew nahm Sarah auf den Arm. »Ich muß, meine Süße, aber ich komme wieder, so schnell ich kann.« Er gab ihr einen Kuß auf die Wange, und auch Sarah küßte ihn. Dann stellte er sie wieder auf die Füße.

»Auf Wiedersehen ... Papa.« Sie winkte ihm zu, dann begleitete Viola sie zurück ins Haus.

»Auf Wiedersehen, Sarah«, rief Matthew ihr nach.

Jessie sah, daß alle anderen plötzlich verschwunden waren und sie beide allein gelassen hatten. Sie drehte sich zu ihrem Mann um, der kerzengerade am Fuß der Treppe stand, die Schultern gereckt, das Kinn hoch erhoben, so korrekt wie immer. Am liebsten hätte sie sich in seine Arm geworfen und ihn angebettelt, bei ihr zu bleiben. Sie wollte jammern und weinen und mit den Fäusten gegen seine Brust schlagen. Statt dessen hob auch sie das Kinn. Sie war entschlossen, nicht zu weinen, bis er weg war.

»Es wird ihr gutgehen«, sagte er. Sein Blick folgte Sarah, die gerade an Violas Hand im Haus verschwand.

»Ja, ich denke schon.«

Erst jetzt richtete er seine Augen auf sie. »Und dir wird es auch gutgehen, Jess, ganz gleich, was mit mir geschieht. Es wird dir an nichts fehlen.«

Ihr Herz preßte sich zusammen, sie bekam kaum Luft. Mühsam schüttelte sie den Kopf und versuchte verzweifelt, die Tränen zurückzudrängen. »Bitte nicht ... bitte rede nicht so.«

Er legte einen Finger unter ihr Kinn und hob ihren Kopf. »Ich werde dich vermissen ... mehr, als ich dir sagen kann.«

»Ich liebe dich, Matthew.« Jessie sah tief in seine blauen Augen und wünschte sich von ganzem Herzen, er würde ihr sagen, daß auch er sie liebte. Sie wünschte sich, er würde die Worte wiederholen, selbst wenn er sie nicht wirklich so meinte.

Sein Adamsapfel hob und senkte sich. Sie dachte, er wolle etwas sagen, sie betete darum, doch er starrte nur in ihr Gesicht, als wolle er es sich ganz genau einprägen. Die wunderschönen Worte kamen nicht über seine Lippen, Matthew würde niemals lügen.

Lange Sekunden verstrichen. Schließlich beugte er sich vor und drückte ihr einen sanften Kuß auf die Lippen. »Auf Wiedersehen, Jess. Paß gut auf dich auf.«

Die Sorge um ihn und die Qual überwältigten sie fast. Tränen brannten in ihren Augen. »Auf Wiedersehen, Matthew.«

Er wollte in die Kutsche klettern, doch dann hielt er für einen Augenblick inne und wandte sich noch einmal um. Mit ein paar großen Schritten rannte er zu ihr und riß sie in seine Arme. Sein Kuß war heiß, wild und besitzergreifend, so voller Leidenschaft, daß ihre Knie weich wurden. Dennoch lag eine schmerzliche Zärtlichkeit darin, und die Tränen, die sie so tapfer zurückgedrängt hatte, perlten ihr jetzt aus den Augen.

Ohne ein Wort gab er sie wieder frei, hastete zurück zur Kutsche und schloß die Tür hinter sich. Dann klopfte er gegen das Dach, um dem Kutscher das Signal zum Losfahren zu geben. Schaukelnd setzte sich die Kutsche in Bewegung.

Jessie sah ihr nach, bis das glänzende schwarze Gefährt nicht mehr zu sehen war. Sie blieb noch lange stehen. Ein frischer Wind war aufgekommen. Eisig fuhr er durch ihr dünnes Kleid. Doch Jessie merkte es nicht. Die einzige Kälte, die sie fühlte, war in ihrem Herzen – die eisige Angst, daß Matthew nie wieder zurückkehren würde.

Reginald Seaton stand an der Tür zu Jessicas provisorischem Schulzimmer. Die Kinder waren schon lange weg, doch Jessica saß noch an ihrem Pult und starrte blind vor sich hin.

So war sie schon seit etwa zwei Wochen, seit dem Tag, an dem Matthew abgereist war. Daß sie ihn liebte, war mehr als deutlich. Reggie hatte das sowieso von Anfang an vermutet. Mit der Zeit, da war er ganz sicher, würde sein Sohn sie auch lieben.

Wenn er diesen letzten gefährlichen Kriegseinsatz überleben würde.

In dem Augenblick sah Jessie auf. Es freute ihn, daß sich ein Lächeln auf ihrem Gesicht ausbreitete. Das hatte er in den letzten Tagen nicht oft gesehen.

»Ein Brief ist für dich angekommen, meine Liebe. Aus London. Von deiner Freundin Lady Gwendolyn, glaube ich. Offensichtlich ist Lord Waring mit seiner Familie noch immer in der Stadt.«

Jessica nahm den Brief und betrachtete den Poststempel. Sie erkannte die Schrift ihrer Freundin auf dem Umschlag. »Ich habe ihr in der letzten Woche geschrieben. Ich habe ihr berichtet, daß Matthew auf die *Norwich* zurückgekehrt ist. Eigentlich hatte ich erwartet, daß Lord Waring aufs Land zurückkehren würde, nachdem die Saison zu Ende ist. Aber offensichtlich ist es ihm damit nicht eilig.«

Reggie wartete, bis Jessie den Brief überflogen hatte. »Ich hoffe, es ist nichts Ungewöhnliches geschehen.«

Sie lächelte. »Nur Gwens übliche Scherzereien. Sie schreibt, sie wünschte, ich wäre in London. Ich nehme an, sie glaubt, daß ich ihr als verheiratete Frau einige wertvolle Ratschläge geben kann.«

Er lachte leise. »Ich will lieber nicht fragen, in welche Richtung diese Ratschläge gehen sollen. Aber mir kommt da eine andere Idee.«

»Du glaubst, ich könnte Gwen tatsächlich irgendwelche Ratschläge geben?«

Er lächelte belustigt. »Das kannst nur du wissen. Mein Gedanke ist, daß es eventuell einfacher für dich sein könnte, auf Nachricht von Matthew zu warten, wenn du in der Stadt wärst.«

Jessica blickte auf. »Du denkst daran, nach London zu fahren? Aber die Saison ist doch vorüber.«

»Die Jahreszeit macht dabei doch nichts aus. Es gibt immer interessante Ablenkungen in London. Du hast ja kaum etwas davon gehabt, ehe du geheiratet hast. Sicher würden Theater und Oper und vielleicht auch ab und zu eine Gesellschaft dazu beitragen, die Zeit schneller vergehen zu lassen.«

Jessie schüttelte den Kopf. »Ich könnte keine Freude haben, wenn ich weiß, daß Matthew in Gefahr ist.«

»Die Gefahr wird deshalb nicht geringer werden, wenn du hier in Belmore auf ihn wartest – jeder Tag wird dir nur viel länger erscheinen, weil du hier müßig rumsitzt, bis eine Nachricht kommt. Und Sarah würde London lieben. Kannst du dir ihre Aufregung vorstellen? Allein das sollte schon genügen, damit du zustimmst.«

Sie wollte nicht fahren. Er sah es in ihren Augen, und in gewisser Weise verstand er sie. Sie öffnete den Mund, um seinen Vorschlag abzulehnen, doch dann hielt sie inne und zog eine Augenbraue hoch.

»Vielleicht irre ich mich, aber könnte es sein, daß du noch einen anderen Grund hast, diese Reise zu machen? Könnte vielleicht die Möglichkeit bestehen, daß du ein wenig Zeit mit Lady Bainbridge verbringen möchtest?«

Er räusperte sich. Verflixt, dieses Mädchen war viel zu schlau. »Schon möglich. Sicher könnte sie uns ab und zu begleiten.«

Jessie stand auf und kam um das Pult herum auf ihn zu. »Und was ist mit dem Skandal unserer Heirat?«

»Mittlerweile hat sich der Klatsch bestimmt gelegt. Und dein Erscheinen in der Gesellschaft wird allen zeigen, daß es nichts gibt, wessen wir uns schämen müßten.« Er lächelte. »Außerdem glauben sowieso die meisten Leute, daß Matthew so verrückt nach dir war, daß er nicht anders konnte. Was er getan hat, war in ihren Augen äußerst romantisch. Sie sind sicher längst bereit, ihm zu vergeben.«

Jessie lächelte. »Ich glaube, die Frauen würden deinem Sohn beinahe alles verzeihen, und die Männer fürchten sich zum Teil vor ihm. Ich wünschte nur, die Geschichte wäre wahr.«

»Vielleicht ist sie das ja, meine Liebe. Warum sonst hätte mein so sehr korrekter Sohn sich wohl so benommen?«

Jessie schüttelte den Kopf. »Weil er mich haben wollte. Er hatte nie vor, mich zu heiraten – das wissen wir beide.«

Reggie konnte darauf nicht viel sagen. »Laß ihm Zeit, meine Liebe«, bat er. »Matthew kann nicht sehr gut mit Gefühlen umgehen. Er hat sie in sich verschlossen, seit dem Tag, als seine Mutter gestorben ist. Kapitän eines Schiffes zu werden hat seine Beherrschung in allen Dingen nur noch gesteigert. Außerdem muß ich mir selbst wohl auch einen Vorwurf machen, denn ich habe ihm in der Jugend meine Zuneigung nie gezeigt. Doch ich glaube, daß er sich ändern wird. Ich sehe, daß er sich schon jetzt sehr viel aus dir macht. In den Jahren, die vor euch liegen, werden sich diese Gefühle in Liebe verwandeln.«

Jessica vermied es, ihn anzusehen. »Vielleicht«, wich sie ihm aus.

Doch beiden kam in den Sinn, daß die kurze Zeit, die sie miteinander verbracht hatten, vielleicht alles war, was sie je haben würden.

22

Matt Seaton nahm seinen Platz am Ende des langen Eßtisches ein. Er saß in der luxuriösen Kabine von Admiral Lord Nelson, an Bord der *Victory*, dem Flaggschiff des Admirals.

Nelson war der Oberbefehlshaber der bevorstehenden Seeschlacht. Er kommandierte vier britische Fregatten und siebenundzwanzig Schiffe, unter ihnen auch Matts Schiff, die *Norwich*. Admiral Collingwood, der ebenfalls mit am Tisch saß, war der Unterbefehlshaber, und Kapitän Hardy befehligte die *Victory*.

Fünf weitere Kapitäne waren außerdem noch zu diesem üppigen Mahl eingeladen, bestehend aus drei Gängen mit Schildkrötensuppe, Steinbutt und Heilbutt, knusprig gebratener Gans, Kiebitzeiern in Aspik, Spargel, frischem Gemüse und *meringues à la crème* zum Nachtisch. Drei verschiedene Weine waren zum Essen gereicht worden, und die Männer, wohlig gesättigt, nippten jetzt an ihrem Kaffee und ihrem Weinbrand.

Gelächter ertönte am anderen Ende des Tisches. Doch Matthew war abgelenkt und hatte nicht zugehört. Er stellte sein Glas Brandy auf den Tisch und blickte aus dem Bullauge auf das graue, unruhige Meer. Er hörte die Kapelle, die auf dem Deck »Rule Britannia« intonierte. Sie spielten, seit die Kapitäne der anderen Schiffe an Bord gekommen waren.

Matt nippte an seinem Brandy und betrachtete die Gruppe der Offiziere in ihren makellosen, mit Gold besetzten Uniformen. Er fand, daß dieses gemeinsame Essen eine geradezu unwirkliche Situation war. Wenn sie erst einmal der französischen und der spanischen Flotte gegenüberstanden, würden fast fünfzigtausend Mann an den Kämpfen beteiligt sein. Die Decks würden sich rot färben mit dem Blut der Männer, die Luft wäre erfüllt von den Schmerzensschreien der Sterbenden.

Hier in diesem eleganten Raum, mit den kostbaren seidenen Gardinen, umgeben von glitzerndem Silber und Kristall, als hätte es nie eine Schlacht gegeben, als hätten nie brutale Kämpfe stattgefunden, war die Vorstellung schier undenkbar.

Und dennoch waren all diese Männer kampferprobt. Keinem von ihnen war die Metzelei des Krieges neu. Niemand von ihnen hatte vergessen, daß der Tod auch sie als nächsten treffen konnte.

Vielleicht war es ganz einfach heilsam, für kurze Zeit die Realität zu vergessen.

Nelsons Stimme lenkte Matthews Aufmerksamkeit vom Bullauge ab. »Sagt mir, Kapitän Seaton, jetzt, wo Ihr wieder zurückgekehrt seid, entspricht die *Norwich* und ihre Mannschaft noch immer Euren strengen Prinzipien?« Der Admiral lehnte sich in dem Stuhl aus Rosenholz zurück. Er war ein gutaussehender Mann, gerade erst siebenundvierzig Jahre alt. Für die schwere Verantwortung, die auf seinen Schultern lastete, war er verhältnismäßig jung. Sein Geburtstag war wenige Tage vor Matthews Ankunft an Bord der *Victory* gefeiert worden.

Matthew lächelte. »Kapitän Munsen hat in meiner Abwesenheit beste Arbeit geleistet. Ich habe keine Zweifel, daß die *Norwich* in der Schlacht all Eure Erwartungen erfüllen wird. Die Männer sind bereit. Sie können es kaum erwarten zu kämpfen. Sie werden Euch nicht enttäuschen, Admiral Nelson.«

»Es freut mich, das zu hören, doch es überrascht mich nicht. Ich denke, bei aller Hochachtung vor Kapitän Munsen, daß das Schiff noch besser geführt werden wird, wenn Ihr das Kommando führt. Ich danke Euch, Kapitän, für Eure schnelle Rückkehr zum Dienst. Erfahrung ist der entscheidende Faktor in jeder Schlacht. Ich denke, sie könnte den Unterschied zwischen Erfolg und Mißerfolg bedeuten in dem Konflikt, der vor uns liegt.«

Matthew schwenkte gemächlich den Brandy in seinem Glas.

»Wie lange wird es noch dauern, Admiral, bis die französische Flotte ausläuft?«

»Sie könnten täglich von Cádiz lossegeln. Sobald das passiert, werden wir uns ihnen entgegenstellen. Es gibt natürlich auch noch andere Faktoren, die dabei eine Rolle spielen. Der Wind muß sich halten, die See muß ruhig sein, um manövrieren zu können.« Er lehnte sich vor und begann eine Diskussion über die Strategie der bevorstehenden Konfrontation. »Mein Plan ist ganz einfach. Wir werden in drei Linien angreifen – die *Victory* und fünfzehn andere Schiffe, einschließlich derer, deren Kapitäne heute hier sind, werden in der ersten Linie sein. Admiral Collingwood und seine Linie werden von hinten angreifen. Und eine dritte Linie, die aus unseren schnellsten Schiffen besteht, wird so manövrieren, daß sie dort eingreifen kann, wo es nötig ist.«

Nelson erörterte die Einzelheiten seines Plans, und alle Männer lauschten ihm aufmerksam. Wenn es einen Mann gab, der diese Schlacht gewinnen konnte, dann war dieser Mann Nelson. Seine Männer würden ihm bedingungslos in die Tiefen der Hölle folgen.

Matt war froh, daß die *Norwich* ausgewählt worden war, um unter Nelsons Kommando zu stehen, denn sein Vertrauen zu dem Admiral war genausogroß wie das der anderen Männer. Dennoch machte er sich Sorgen über den Ausgang der Schlacht. Er sah voller Unruhe den Verlusten entgegen, die bei einer so großen Schlacht unausweichlich waren.

Die Stunden vergingen, der Admiral beendete seine Besprechung. Mit einem abschließenden Gruß und guten Wünschen kehrten die Kapitäne auf ihre Schiffe zurück.

Matt war nervös. Er dachte an Jessie und fühlte sich einsam. Verdrießlich kehrte er in seine Kabine zurück und verschloß sie. Doch kurz darauf klopfte es eindringlich an der Tür. Als Matt öffnete und er seinen Freund Graham Paxton sah, trat er zur Seite und ließ ihn ein.

»Nun, wie ist es gelaufen?« Der Mann zog seinen Kopf ein und trat durch die niedrige Tür.

Matthew lächelte. »Ihr seid gar nicht ungeduldig, nicht wahr, Doktor?«

Graham lachte. »Wenn Ihr meint, ob ich die Schlacht nicht erwarten kann, dann ist meine Antwort nein. Wenn Ihr meint, ich kann es nicht erwarten, diese Schlacht hinter mich zu bringen, dann ist die Antwort ja. Es ist so, als ob wir schon eine Ewigkeit auf diesen Augenblick warten.«

Matt ging zur Anrichte und goß seinem Freund einen kräftigen Brandy ein. »Hier. Ihr seht aus, als könntet Ihr das gebrauchen.«

»Danke.« Er nahm den Schwenker. »Vielleicht wird der helfen, meine Nerven zu beruhigen.«

Matt deutete auf einen Stuhl, und sie setzten sich beide. »Die Besprechung verlief ganz gut, denke ich. Es gab die üblichen Formalitäten – eine Kapelle spielte auf Deck, und es wurde eine kurze Willkommensrede gehalten. Das Essen war vorzüglich. Aber ich glaube, daß sich mein Alter langsam bemerkbar macht. Ich wurde ungeduldig bei dem ganzen starren Theater. Mir wäre es lieber, genau wie Euch, wenn diese Sache endlich erledigt wäre und ich mich wieder auf den Weg nach Hause machen könnte.«

Graham lehnte sich auf seinem Stuhl zurück. »Nach Hause ... ja. Ihr klingt wirklich langsam genau wie ich. Das sind die Worte eines glücklich verheirateten Mannes. Ich gebe zu, ich habe mich gefragt ...«

Matt zog eine Augenbraue hoch. »Ihr habt geglaubt, es würde mir nicht gefallen, verheiratet zu sein?«

»Ich habe nicht geglaubt, daß Ihr Euch verlieben würdet.«

Matthew schwieg lange Zeit. Mit gerunzelter Stirn sah er seinen Freund an. »Wieso glaubt Ihr, daß ich mich verliebt habe?«

Graham griente. »Ihr vergeßt, mein Freund, daß ich Euch schon so viele Jahre kenne. Seit Eurer Rückkehr auf die *Norwich* habt Ihr mindestens ein dutzendmal von Eurer Frau gesprochen, und das mit einer so großen Zärtlichkeit, wie ich sie bei Euch noch nie erlebt habe. Wenn Ihr Euch tatsächlich noch nicht verliebt habt, dann bezweifle ich nicht, daß es sehr bald passieren wird.«

Matts Gesichtsausdruck wurde düster. »Mir liegt sehr viel an Jessica, ja. Ich fürchte mich auch nicht davor, es zuzugeben. Aber Liebe?« Er schüttelte den Kopf. »Das werde ich niemals zulassen.«

Graham trank sein Glas leer und stellte es auf den Tisch. »Ich habe meine Frau von dem Augenblick an, als ich sie zum ersten Mal gesehen habe, geliebt. Das ist mehr als zehn Jahre her. Und keine Sekunde davon habe ich bedauert. Jemanden zu lieben macht einen Mann nicht schwächer, mein Freund. Wenn es die richtige Frau ist, dann macht die Verbindung ihn stärker. Zusammen ist jeder von ihnen mehr wert als alleine.«

Matthew schüttelte den Kopf. »Vielleicht stimmt das. Aber es zählen auch noch andere Faktoren. Jemanden zu lieben gibt einem keine Garantie, diesen Menschen nicht zu verlieren. Ich habe meine Mutter verloren. Ich habe meinen Bruder verloren. Ich habe Männer aus meiner Mannschaft verloren, die mir sehr am Herzen lagen. Der Schmerz war beinahe unerträglich. Diese Art von Gefühl kann nur Leid bringen. Das ist ein Risiko, das ich nicht einzugehen bereit bin.«

Der Doktor betrachtete ihn nachdenklich. »Was ist mit Kindern? Eure Frau ist jung und kräftig. Es wird ganz sicher Kinder geben. Die werdet Ihr doch bestimmt lieben?«

»Natürlich werde ich sie lieben. Ich würde meine Pflichten als Vater nicht erfüllen, wenn ich das nicht tun würde.«

»Aber Ihr werdet Euch zurückhalten. Ihr werdet nicht zulassen, daß Ihr sie zu sehr liebt.«

Matthew schwieg. Er hatte seine Mutter geliebt und hatte sie verloren. Er hatte seine Stiefmutter geliebt, und auch wenn sie keine Zuneigung zu ihm entwickelt hatte, hatte er bitter um sie getrauert, als sie starb. Er hatte liebgewordene Freunde in der Schlacht verloren, und er hatte seinen Bruder verloren. Wie konnte er da noch lieben?

»Ich gebe ja zu, daß es ein Risiko ist, einen anderen Menschen zu lieben«, lenkte Graham ein. »Eine Frau wahrscheinlich am meisten. Aber man wird dafür auch reichlich belohnt.« Der Arzt lächelte. »Das Leben ist immer ein Risiko, mein

Freund. Genau wie im Krieg darf man sich nicht davor fürchten. Es ist ein schwieriger Weg. Selbst mit einem Menschen, dem man vertrauen kann. Aber ganz allein ist das Leben unerträglich.«

Noch immer antwortete Matthew ihm nicht. Die Worte seines Freundes enthielten eine Wahrheit, über die er noch nie nachgedacht hatte.

Außerdem versuchte er mit dem beunruhigenden Gedanken klarzukommen, daß Graham Paxton eventuell recht hatte – vielleicht war es ja bereits zu spät. Wenn er die schmerzliche Sehnsucht nach Jessie fühlte, die Einsamkeit und den Schmerz, wenn er an sie dachte – vielleicht stimmte es ja.

Vielleicht liebte er sie ja bereits.

Gwen Lockhart warf einen Blick auf die Uhr auf dem Kaminsims in ihrem Schlafzimmer. Es war neun Uhr. Ihre Mutter und ihr Stiefvater waren an diesem Abend ausgegangen, doch sie hatte Kopfschmerzen vorgeschützt, um sie nicht begleiten zu müssen. Sie wollte zu Hause bleiben, hatte sie glaubhaft versichert, ein Kopfschmerzpulver nehmen und gleich ins Bett gehen. Am Morgen würde es ihr dann sicher bessergehen.

Doch es war nicht ihr Kopf, der hämmerte. Es war ihr Herz, und es hämmerte vor Aufregung.

Noch einmal blickte Gwen zur Uhr. Dann schlüpfte sie in die modischen Kleidungsstücke ihres Cousins Henry, dieselben Sachen, die sie auch schon im Fallen Angel getragen hatte. Sie hatte sie ihm gar nicht zurückgegeben. Bei seiner reichen Garderobe war Henry das nicht aufgefallen. Und Gwen hatte damals schon vorausgesehen, daß sie diese Sachen noch einmal brauchen könnte.

Und heute abend war es wieder soweit. Sie hatte die Absicht, sich einen Boxkampf anzusehen. Sie hatte davon gelesen, hatte gehört, wie Lord Waring darüber gesprochen hatte, doch persönlich bei einem solchen Ereignis dabeizusein war natürlich streng verboten.

Aber Gwen hatte Verbote schon immer gehaßt.

Sie legte den breiten Kragen um ihren Hals und band die Krawatte in einer modischen, übergroßen Schleife. Dann schlüpfte sie in die Weste aus weißem Pikee. Um die Brust herum war sie zu eng. Aber das war auch besser so, denn sie plättete ihre Brust und verbarg die weiblichen Rundungen.

Sie warf einen Blick in den Spiegel, sie konnte es kaum erwarten, endlich loszugehen. Heute abend sollte der Champion, Terrible Terrel, gegen Rob Kilpatrick den Mclean kämpfen, einen riesigen, schottischen Preisboxer, der in den Zeitungen als der Mann gefeiert wurde, der Terrel endlich eine Lektion erteilen würde.

Gwen war beinahe fertig – ein Mann hatte es mit der Kleidung erheblich einfacher als eine Frau, stellte sie mal wieder fest. Sie steckte die provisorischen Manschettenknöpfe in die Ärmel des Hemdes, die sie aus zwei aneinandergenähten Knöpfen gebastelt hatte. Dann rückte sie die Weste zurecht, zog den flaschengrünen Überrock an, nahm ihren Hut und stopfte ihr Haar darunter.

Sie machte sich nicht die Mühe, sich einen falschen Bart anzukleben. Der Kampf wurde im Honeywell Bear Garden Boxring ausgetragen, einer Freiluftarena in Haymarket, und das Licht dort würde nicht sehr hell sein. Mit etwas Glück würde sie unbeobachtet in der Menge untertauchen können. Sie würde als einfacher junger Mann durchgehen, der sich einen Boxkampf ansah.

Der Gedanke durchzuckte sie, daß St. Cere auch dasein könnte. In ihrer kurzen Unterhaltung hatte er erwähnt, daß er sich für sportliche Ereignisse interessierte, für alles – vom Pferderennen bis zur Fuchsjagd.

Er liebte alles, was ihn von seiner Langeweile ablenkte, hatte er behauptet.

Gwen dachte an ihn, wie an jedem Tag seit ihrer letzten unglücklichen Begegnung, und ein angenehm warmes Gefühl durchrieselte ihren Körper. Wenn er wirklich dort war, würde er sie vielleicht erkennen, denn er hatte sie in derselben Kleidung auch im Fallen Angel gesehen. Dieser Gedanke hielt sie jedoch nicht zurück – im Gegenteil, er schürte ihre Aufregung noch an. Es wäre ideal, wenn sie ihn entdecken und er sie nicht sehen würde. Das würde ihr die Möglichkeit geben, ihn ungestört betrachten zu können, um mehr über ihn zu erfahren.

Aber wenn er sie entdeckte? Wenn er auf sie zukam? Durch Gwens Magen flatterten die vertrauten Schmetterlinge, und ihr Herz machte einen kleinen Sprung. Sie wünschte, sie könnte sich davon überzeugen, daß er nur ein Wüstling war, der mit ihr ins Bett wollte, daß er sich nichts aus ihr machte und daß sie mit ihrer Abweisung die richtige Entscheidung getroffen hatte. Das Problem jedoch war, daß sie sich danach sehnte, bei ihm zu sein, sich von ihm küssen zu lassen, sich vielleicht sogar nach geraumer Zeit von ihm lieben zu lassen.

Ja ... vielleicht würde Adam Harcourt dort sein. Wenn das tatsächlich eintrat – wer wußte, was dieser Abend bringen würde? Gwen lächelte, als sie zur Tür ging.

Adam Harcourt entdeckte Gwen Lockhart sofort, als er die Arena betrat. Er blinzelte ein paarmal, weil er nicht glauben konnte, was er sah. Diese kleine Hexe beging doch tatsächlich nach dem Disaster im Theater eine weitere gefährliche Dummheit.

Sie trug dieselbe zu enge Kleidung eines Dandys, die sie auch im Fallen Angel angehabt hatte. Die Hose und die Ärmel des Rockes waren etwas zu lang, und die flaschengrüne Jacke schloß sich zu eng über ihrer Brust.

Guter Gott, glaubte sie denn wirklich, sie könnte die anderen täuschen? Jeder einigermaßen wache Mann würde sofort erkennen, daß dieser knackige kleine Po, der sich unter der Nankinghose abzeichnete, nur einer kessen Frau gehören konnte!

Adam fluchte heftig. Er wünschte sich, er hätte sie nicht gesehen und hätte nicht das Verlangen, ihr den biegsamen, hübschen Hals umzudrehen – oder sie in irgendeine dunkle Ecke zu zerren und sie ausgiebig und leidenschaftlich zu lieben. Gerade, als er sich dazu entschlossen hatte, sie in Ruhe zu lassen, als er sich gesagt hatte, daß Gwen Lockhart nur eine naive Jungfrau war, die es nicht verdiente, daß ein so stadtbekannter Wüstling wie er sie verfolgte, erschien sie plötzlich wieder aus dem Nichts und führte ihn erneut in Versuchung.

Verdammt, schließlich war er kein Heiliger. Er hatte jeden Tag an sie gedacht, hatte sich ihr ebenmäßiges Gesicht und ihren wohlgerundeten, zierlichen Körper Hunderte von Malen in seinen Träumen vorgestellt. Er hatte sich geschworen, sie zu verführen, um seine verrückte Besessenheit nach ihr zu beenden, und dennoch hatte er sie in Ruhe gelassen. Verdammt, genug war genug. Er wollte sie haben, und bei der Art, wie sie sich ständig in Gefahr brachte, würde ein anderer Mann sie sich früher oder später schnappen. Also würde er es lieber tun.

Er schob sich durch die Menge der lärmenden Zuschauer und stellte sich stumm neben sie. Er fragte sich, wie lange es wohl dauern würde, bis sie ihn bemerkte.

Gwen starrte gebannt in den Boxring und sah zu, wie die beiden Kämpfer aufeinander losdroschen. Schweiß rann ihnen in die Augen, er glänzte auf ihren halbnackten Körpern, und ihre Muskeln spielten unter ihrer nassen Haut. Es war erregend, mußte sie zugeben, auf eine primitive, animalische Art. Und während sie ihnen zuschaute, pulsierte das Blut schneller durch ihre Adern. Als der Herausforderer seinem Gegner einen besonders bösen Schlag auf die Nase verpaßte, jubelte sie laut. Sie hob die Faust und schrie begeistert wie all die anderen Leute auch.

Sie war überrascht gewesen, als sie auch Frauen unter den Zuschauern entdeckt hatte. Einige von ihnen waren recht modisch gekleidet. Sie fragte sich, was für Frauen das wohl sein konnten und kam zu dem Schluß, daß es wahrscheinlich die Geliebten von einigen der Männer waren.

»Macht es Euch Spaß, Mylady?«

Beim Klang der wohlbekannten Stimme fuhr Gwen zusammen.

»Da Ihr so entschlossen seid, als Mann durchzugehen«, murmelte der Vicomte, »würde es Euch vielleicht Spaß machen, selbst einmal in den Ring zu steigen und ein paar Runden mit Terrel zu kämpfen.«

Gwen holte tief Luft. »Müßt Ihr Euch immer heimlich an mich heranschleichen?«

»Offensichtlich bin ich dazu verdammt, Euch immer wieder zu retten.«

»Falls Ihr das noch nicht bemerkt haben solltet, Mylord, der einzige, vor dem ich gerettet werden muß, seid Ihr.«

Er zog die dichten schwarzen Augenbrauen über seinen silbergrauen Augen zusammen. »In diesem Fall, Mylady, habt Ihr recht. Ich muß mich wirklich sehr zurückhalten, Euch nicht zu erwürgen. Ihr seid eine Gefahr für Euch selbst, Gwendolyn Lockhart. Ganz sicher muß es doch irgend jemanden irgendwo geben, der Euch unter Kontrolle halten kann.«

Zu ihrem Erstaunen fühlte Gwen statt heftiger Wut, wie plötzlich Tränen in ihren Augen brannten. »Warum ist es ein solches Verbrechen, wenn man etwas vom wahren Leben erfahren will? Warum ist es ein solcher Unterschied, ob Ihr hier seid oder ich?« Sie sah zu ihm auf, und der umwölkte Blick des Vicomte wurde sanft. Sein versteinertes Gesicht entspannte sich.

»Vielleicht habt Ihr recht. Euch erscheint das vielleicht unfair. Doch leider ist das Leben nur selten fair.«

»Ich will doch nur alles begreifen, ich möchte das Leben so erfahren, wie Ihr es tut. Und wenn ich dazu ein Risiko auf mich nehmen muß, dann werde ich das tun.«

Er legte eine Hand an ihre Wange. »Ihr wollt mehr über das Leben lernen, Gwen? Ich bin mehr als bereit, Euch darin zu unterrichten.«

Langsam schüttelte sie den Kopf, obwohl sie nicht so recht wußte, warum. Von dem Augenblick an, als sie ihn gesehen hatte, hatte sie sich gewünscht, daß der Vicomte ihr all das beibrachte, was er vom Leben und von der Liebe wußte. Sie hatte sich nichts mehr ersehnt – mit allen Fasern ihres Herzens.

Er griff nach ihrem Arm, doch dann hielt er sich zurück, weil ihm klar wurde, wie unschicklich es wäre, wenn zwei Männer Arm in Arm gingen. Sie glaubte gehört zu haben, daß er etwas Unflätiges zischte, dann zog er sie weg vom Boxring, hinüber in den Schatten und weiter in den Park hinein.

»Ihr könnt nicht hierbleiben«, erklärte er ihr, als niemand sie mehr hören konnte. »Früher oder später wird jemand bemerken, daß Ihr eine Frau seid und daß Ihr ganz alleine hier seid. Wenn es so weit kommt, dann seid Ihr eine leichte Beute.«

Gwen zwang sich, dem Blick seiner grauen Augen standzuhalten. »Ich bin gekommen, um mir den Boxkampf anzusehen, und ich finde ihn genauso aufregend, wie ich ihn mir vorgestellt habe. Wenn er vorüber ist, werde ich gehen.«

»Kleiner Dummkopf«, schimpfte St. Cere, doch in seiner Stimme lag unfreiwillige Bewunderung. »Wenn Ihr so entschlossen seid, dann werde ich wohl bei Euch bleiben müssen. Aber ich warne Euch, Gwendolyn Lockhart, Ihr werdet Euren Preis dafür zahlen müssen.«

Vielleicht mußte sie das. Doch im Augenblick war ihr das egal. Sie war viel zu gefangen von seinen silbergrauen Augen, verzaubert von der Erregung, die sie ergriff, wenn er sie nur ansah. »Wir verpassen den Kampf«, ermahnte sie ihn jedoch, und einer seiner Mundwinkel zuckte.

»Nun, das dürfen wir auf keinen Fall.« Er deutete mit dem Kopf in Richtung des Boxringes. »Nach Euch, Mylady.«

Was hatten sie für einen Spaß! Gwen hätte das nie für möglich gehalten. Als der Vicomte erst einmal ihre Anwesenheit akzeptiert hatte, entspannte er sich. Er blitzte sie mit vergnügtem, strahlendem Lächeln an. Das machte ihn umwerfend jung und sorglos. Sie standen nun vorne, in der Nähe des Boxringes, und feuerten den Benachteiligten, Rob Kilpatrick, zu ruhmreichem Sieg an. St. Cere brachte ihr sogar einen Krug Bier. Er grinste, als sie davon getrunken hatte und sich ein Bart aus Schaum auf ihrer Oberlippe bildete.

»Ich glaube, so habe ich Euch schon einmal gesehen«, neckte er sie. Wäre sie nicht wie ein Mann gekleidet gewesen, so hätte er sie geküßt, dessen war sie sicher.

Sie warteten nicht, bis der Kampf zu Ende war, aber es war immerhin eine Stunde vor Mitternacht, als sie das Stadion verließen. Adams Kutsche wartete ein paar Blocks weiter, doch als sie eingestiegen waren, änderte sich seine Ausgelassenheit.

Behutsam nahm er ihr den Hut vom Kopf und strich die seidigen schwarzen Locken aus ihrem Gesicht. »Ihr seid so wunderschön, so voller Leben ... so unglaublich lebhaft – ich habe noch nie eine Frau wie Euch getroffen.«

Gwen fehlten die Worte, als er sich zu ihr beugte und seine Lippen auf ihre preßte, in einem Kuß, der so vielversprechend war, daß ihr Körper geradezu dahinschmolz. Seine Hände hatten irgendwo den Weg unter ihre Kleidung gefunden. Sanft liebkoste er ihre Brüste durch den dünnen Stoff des Batisthemdes.

»Es ist Zeit, Gwen«, flüsterte er zwischen seinen drängenden Küssen. »Ich habe Euch gesagt, Ihr würdet den Preis bezahlen müssen. Jetzt ist es an der Zeit dafür.«

Ihr Verstand war so benebelt, daß sie kaum verstand, was er sagte. »W-was?«

»Ich sagte, es ist Zeit. Ich werde Euch jetzt ins Carlton House bringen. Und dort werde ich Euch lieben, Gwen. Das wollen wir doch beide, und diesmal lasse ich Euch keine andere Wahl.«

Der Nebel in ihrem Kopf begann sich zu lichten. »Was ... was meint Ihr damit?«

»Sagt ja, Gwen. Sagt mir, daß Ihr wollt, daß ich Euch liebe.«

Sie schüttelte den Kopf. »Das können wir nicht, Adam – nicht heute abend. Meine Eltern werden um Mitternacht nach Hause kommen. Es ist bald Mitternacht. Ich muß unbedingt vor ihnen zu Hause sein.«

Adam stöhnte unwillig auf. »Morgen abend dann. Kommt zu mir ins Carlton House.« Er lächelte schief. »Ihr versteht sehr gut, Euch von zu Hause wegzuschleichen.«

Doch Gwens Verstand funktionierte jetzt wieder. »Carlton House?« Ihre Stimme wurde ganz leise. »Das ist doch dort, wo die Männer mit ihren Geliebten hingehen. Gestern habe ich gehört, wie mein Stiefvater mit seinen Freunden darüber gesprochen hat.«

Adam sah sie an, und etwas im Ausdruck seiner Augen veränderte sich. »Dann werden wir in mein Stadthaus gehen. Ich werde meine Kutsche um neun Uhr an der Ecke warten lassen, um Euch abzuholen.«

Gwen wurde vorsichtig. »Ich ... ich bin nicht sicher, ob es auch klappt.« Sie sehnte sich nach Adam Harcourt, doch sie würde die Konsequenzen aus einer solchen Verbindung tragen müssen. Sie war eigensinnig und unkonventionell, doch ein Dummkopf war sie nicht.

Das Gesicht des Vicomte verdüsterte sich. »Ich bin es leid zu warten, Gwen. Ich erwarte von Euch, daß Ihr kommt.« Er sah sie scharf an, sein Gesicht zeigte den ersten Anflug von Ärger. »Wenn Ihr das nicht tut, werde ich zu Lord Waring gehen. Ich werde ihm von dem heutigen Abend berichten – davon, wie Ihr Euch in Männerkleidern aus dem Haus schleicht. Ich werde ihm auch von der Nacht erzählen, in der Ihr im Fallen Angel wart.«

Sie starrte in seine eisigen grauen Augen, und alle Farbe wich aus ihrem Gesicht. »Ihr würdet nicht ... Ihr würdet so etwas nicht tun.«

»Ich habe Euch gewarnt, Gwen. Ihr wußtet von Anfang an, was für ein Mann ich bin. Ich bin es gewöhnt, das zu bekommen, was ich haben will. Und wenn ich Euch drohen muß, um Euch davon zu überzeugen, dann werde ich das tun. Kommt morgen zu mir – oder der Graf wird von Euren kleinen Abenteuern erfahren.«

Gwens Brust wurde eng. Es verlangte sie nach Adam Harcourt, sie liebte ihn vielleicht sogar. Bis zu diesem Augenblick hatte sie ihm auf eine Weise vertraut wie noch keinem Mann zuvor. Lieber Gott, wie hatte sie sich nur so sehr irren können?

»Ihr würdet das wirklich tun?« flüsterte sie. »Ihr würdet wirklich zum Grafen gehen und ihm alles erzählen?«

Ein entschlossener Ausdruck trat in seine Augen. »Ich werde alles tun, was ich tun muß, um Euch zu bekommen.«

Gwen biß sich auf ihre zitternden Lippen, und Adams Gesichtsausdruck wurde etwas versöhnlicher. »Kommt zu mir, mein Liebling. Wir wünschen es uns doch beide. Ich verspreche Euch, es wird Euch nicht leid tun.«

Das Mondlicht schien in die Kutsche und warf einen silbernen Schein auf sein blauschwarzes Haar und auf seine hohen Wangenknochen. Gwen blinzelte, um ihre Tränen zurückzudrängen, dann zwang sie sich zu einem Lächeln. »Natürlich werde ich kommen ... ganz wie Ihr es wünscht. Wie Ihr schon sagtet, Mylord, ich habe keine andere Wahl.«

Adam runzelte die Stirn, als er hörte, wie förmlich sie ihre Worte wählte und mit welch eigenartigem Ausdruck sie ihn ansah. Dann hielt die Kutsche in der Gasse hinter ihrem Haus, und der Lakai öffnete die Tür.

»Bis morgen«, flüsterte Adam und drückte einen Kuß auf ihren Handrücken. Bei dem zärtlichen Blick in seinen Augen sehnte sich Gwens Herz nach dem Mann, für den sie ihn bis jetzt gehalten hatte.

»Auf Wiedersehen, Adam.« Lieber Gott, wenn er doch nur ein wenig geduldiger gewesen wäre, wenn er sie gebeten hätte, anstatt ihr zu befehlen, wenn er ihre Wünsche respektiert hätte und nicht nur seine eigenen, dann wäre sie früher oder später zu ihm gekommen. Statt dessen hatte er ihr gedroht, hatte versucht, sie zu zwingen, ihm zu gehorchen.

Genau wie all die anderen Männer auch, die Gwen kannte.

Ein bitteres Lächeln lag um ihren Mund, als sie sich durch den Schatten auf die Rückseite des Hauses schlich und durch das Fenster kletterte, das sie offengelassen hatte. Wie all die anderen Männer glaubte er, daß sie keine Wahl hatte. Aber morgen abend würde Adam Harcourt, genau wie all die anderen Männer, herausfinden, daß sie eine Wahl hatte.

Jessie rollte mit der Kutsche durch die Straßen Londons. Doch die Aufregung, in der Stadt zu sein, war beträchtlich geringer im Angesicht der Einsamkeit, die sie fühlte, seit Matthew nicht mehr bei ihr war. Sie vermißte ihren Mann mit fast unerträglicher Sehnsucht und fürchtete um seine Sicherheit. Jeden Tag konnte die Nachricht kommen, daß die Schlacht begonnen hatte. Sie würde von den Opfern hören, die England an Menschen und Material erleiden mußte, und die größte Angst war, daß Matthew unter den Toten sein könnte.

Jeden Tag könnte die Nachricht kommen, daß sie ihn verloren hatte.

Papa Reggie machte sich ebenfalls Sorgen um ihn. Er schien um zehn Jahre gealtert zu sein, seit sein Sohn Belmore verlassen hatte. Das war auch der Grund dafür, daß sie zugestimmt hatte, nach London mitzukommen. In der Stadt könnte sich der Marquis von Lady Bainbridge trösten lassen, und er hatte natürlich recht – die Tage würden schneller vergehen, wenn sie mehr Zerstreuung hatte.

Auch Sarah lenkte sie ab. Ihre Augen leuchteten vor Aufregung über ihre erste Reise in die Stadt.

Und Gwen war dort.

In ihrem Stadthaus wartete bereits eine Nachricht von ihr auf Jessie. Gwen bat sie so bald wie möglich um ihren Besuch. Es war ein eigenartiger Brief, und er hatte eine seltsame Unruhe in Jessie geweckt. Deshalb hatte sie sich nur wenige Stunden nach ihrer Ankunft auf den Weg zu Lord Warings Haus gemacht.

Auch wenn es schon dämmrig wurde, so war sie doch losgefahren. Viola war mit Sarah beschäftigt, und Minnie bügelte die Kleider, die in den Koffern zerdrückt worden waren.

Sie war nicht sicher, ob Gwen überhaupt zu Hause sein würde, da sie noch keine Zeit gehabt hatte, sie von ihrer Ankunft zu unterrichten. Es war eigentlich nicht höflich, einen unangemeldeten Besuch zu machen. Doch um so etwas hatte Gwen sich noch nie geschert, und die Dringlichkeit ihrer Nachricht hatte Jessie veranlaßt, die Regeln ein wenig aufzulockern.

Wenn sie erst einmal Lord Warings Haus erreicht hatte, würde sie sich schon etwas einfallen lassen, um ihren unerwarteten Besuch zu erklären. Etwas, das nichts mit Gwens geheimnisvoller Nachricht zu tun hatte.

Es war schon fast dunkel, als die Kutsche vor dem Haus der Warings anhielt und der Lakai die Tür der Kutsche öffnete. »Wir sind da, Mylady.«

»Danke, Buckley.« Sie lächelte, als sie sich von ihm aus der Kutsche helfen ließ. »Ich werde nicht lange bleiben.« Sie ging die Stufen hinauf zu der großen, geschnitzten Tür und klopfte mit dem Messingklopfer dreimal an. Einen Augenblick später wurde die Tür geöffnet, und der Butler mit seiner gewaltigen Adlernase musterte sie hochmütig.

Sie kannte diesen Blick. Ehe Belmore ihre Heimat geworden war, hatte sie ihn häufiger gefühlt, als ihr lieb war. Das genau war der Zünder, den sie brauchte.

»Guten Abend. Die Gräfin von Strickland wünscht Lady Gwendolyn zu besuchen.«

Hastig trat er einen Schritt zurück. Mit einem Blick erfaßte er nun ihr elegantes smaragdgrünes Seidenkleid und die modische Frisur, etwas, das ihm im Schein der Lampe vor der Tür entgangen war.

»Entschuldigt, Mylady. Lady Gwendolyn hat es versäumt zu erwähnen, daß Ihr erwartet werdet.«

Jessie bedachte ihn mit einem kühlen Lächeln und schwebte an ihm vorbei ins Haus. »Das überrascht mich nicht, ich kenne die liebe Gwen.«

Der Butler nickte, als hätte sie ihm aus dem Herzen gesprochen. Er ging vor ihr her und führte sie in den Salon, dann verließ er den Raum. Einige Augenblicke später kam Gwendolyn die Treppe hinuntergerannt.

»Jessie! Gott sei Dank bist du da!« Das Mädchen schlang die Arme um ihren Hals, und die beiden drückten einander.

Jessie warf ihr einen besorgten Blick zu, als sie ihrer Freundin in einen kleinen Salon folgte und der Butler eilfertig die Tür hinter ihnen schloß.

»Also gut, Gwen, sag mir, was geschehen ist.«

Zuerst vermied es Gwen, sie anzusehen. »Das ist aber eine schöne Begrüßung. Du solltest mir eigentlich zuerst mal alles aus deinem Eheleben berichten. Du sollst mir erzählen, wie glücklich du mit Lord Strickland bist. Und dann erst kannst du mir Fragen stellen.«

»Schön.« Jessie setzte sich auf das mit Brokatstoff bezogene Sofa. »Ich genieße es, mit Matthew verheiratet zu sein. Er ist ein wundervoller Ehemann, und ich liebe ihn verzweifelt – doch leider liebt er mich nicht. Und was noch schlimmer ist, er ist abgereist, um in irgendeiner blödsinnigen Schlacht zu kämpfen, und ich sehe ihn vielleicht nie wieder.« Sie schluckte, um den dicken Kloß in ihrem Hals wegzukriegen. »Also – jetzt bist du dran, verrate mir, was los ist.«

Gwen setzte sich auf das Sofa neben Jessie. »Matthew wird zurückkommen, Jess. Du mußt ganz fest daran glauben. Und du mußt auch glauben, daß er dich liebt. Kein Mann stiehlt einem anderen die Braut, wenn er nicht wenigstens ein bißchen in sie verliebt ist.«

Jessie schüttelte den Kopf. Wie gern wollte sie glauben, was Gwen sagte. Aber wenn Matthew sie liebte, dann hätte er ihr das doch sicher gesagt. »Sag mir, warum deine Nachricht so merkwürdig dringend war.«

Gwen schloß die grünen Augen, ihre dunklen Wimpern warfen einen Schatten auf ihre Wangen. »Adam Harcourt«, war alles, was sie herausstieß.

»Oh, mein Gott – doch nicht etwa St. Cere?«

»Ich habe mich beinahe in ihn verliebt, Jess. Vielleicht habe ich es sogar getan, ein bißchen.«

»Sag mir, daß er dich nicht verführt hat.«

»Wenn er es versucht hätte, wäre es ihm wohl auch gelungen.« Sie wischte sich eine Träne von der Wange. »Statt dessen hat er mir gedroht. Er hat versucht, mich zu zwingen, mit ihm zu schlafen.«

»Das verstehe ich nicht. Wie konnte er dir denn drohen?«

Gwen blickte auf ihre Hände, die sie im Schoß verschränkt hatte. »Er hat mich gesehen, in der Nacht, als wir im Fallen Angel waren. Und gestern abend habe ich mich wieder verkleidet, mit denselben Kleidungsstücken. Ich bin zu einem Boxkampf nach Haymarket gegangen. Adam hat mich entdeckt. Und jetzt verlangt er von mir, daß ich zu ihm kommen soll. Ich soll mich heute abend in seinem Stadthaus mit ihm treffen. Und wenn ich das nicht tue, wird er Lord Waring erzählen, was ich getan habe.«

»Gütiger Himmel, das kann ich nicht glauben.«

»Leider ist es die Wahrheit. Er glaubt wirklich, daß seine Drohungen zum Erfolg führen werden, daß ich meinen Ruf aufs Spiel setze, damit er schweigt.« Sie lachte bitter. »Das Komische daran ist, daß ich mir gewünscht habe, Adam würde mich lieben. Alles, was ich dafür verlangt hätte, wäre ein wenig Zuneigung von ihm gewesen. Das war doch nicht zu viel verlangt.«

»Oh, Gwennie.« Jessie legte die Arme um die schmalen Schultern ihrer Freundin und bemerkte, wie erstarrt sie war.

»Ich werde nicht zulassen, daß er mich erpreßt.« Sie rückte ein wenig von Jessie weg und wischte sich die Tränen von den Wangen. »Ich werde zu Waring gehen und es ihm selbst sagen.«

»Nein! Gütiger Gott, Gwen, das kannst du ganz unmöglich tun!« Jessie sprang vom Sofa auf und lief unruhig im Zimmer auf und ab. »Laß mich mit St. Cere reden. Er mag Lord Waring nicht einmal. Ich kann nicht glauben, daß er die Absicht hat, so etwas Niederträchtiges zu tun. Er wollte dich ganz einfach in sein Bett bekommen. Laß mich zu ihm gehen und ihm sagen, daß seine Drohungen keinen Erfolg haben werden.« *Ich werde ihm sagen, was für ein verkommener Schuft er ist.* »Ich weiß, ich kann ihn davon überzeugen …«

»Nein.« Gwen war aufgestanden. »Ich weiß, daß du mir helfen willst. Ich wollte deinen Rat, aber hauptsächlich brauchte ich jemanden, dem ich alles sagen konnte. Du bist gekommen, so wie ich es gehofft hatte, aber ich habe mich entschieden. Ich werde St. Cere nicht anflehen, und ich will auch nicht, daß du es an meiner Stelle tust – ich werde lieber Waring die Wahrheit sagen.«

»Bitte, mach das nicht, Gwen. Du hast keine Ahnung, was er dir antun wird.«

»Ich weiß genau, wie er reagieren wird – er wird mich schlagen. Er hat es schon eine ganze Weile nicht mehr getan, und in letzter Zeit sucht er nach einem Grund dafür. Auf jeden Fall trete ich lieber meinem Stiefvater gegenüber, als daß ich St. Cere gewinnen lasse.«

Jessie legte Gwen eine Hand auf die Schulter. »Es geht hier nicht darum, wer gewinnt, Gwen. Hier geht es um Liebe. Und leider sind die meisten Männer daran absolut nicht interessiert, am wenigsten von allen der Vicomte. Ich bitte dich noch einmal – bitte, sag Lord Waring nichts.«

Gwen lächelte matt, und Jessie sah, daß die Freundin dunkle Schatten unter den Augen hatte. »Ich danke dir, daß du mich besuchst hast, Jess. Vielleicht kann ich ja mal bei dir vorbeischauen … wenn das alles vorüber ist. Oder vielleicht kannst du noch mal zu mir kommen.«

»Oh, Gwen, natürlich werde ich kommen.« Sie griff nach der Hand ihrer Freundin, während die beiden in die Eingangshalle hinausgingen. »Wann willst du es ihm sagen?«

»Heute abend. Der Graf wird um acht Uhr nach Hause kommen. Normalerweise ist er pünktlich, und ich will es so schnell wie möglich hinter mich bringen.«

»Verdammt, Gwen …«

»Gute Nacht, Jess. Ich danke dir dafür, daß du meine Freundin bist.« Gwen beugte sich vor und gab Jessie einen Kuß auf die Wange. Dann sah sie ihr nach, wie sie zu ihrer Kutsche ging. Doch Jessie konnte an nichts anderes denken als an St. Cere – und daran, daß es gut war, daß sie keine Pistole besaß, denn sonst hätte sie ihn wahrscheinlich erschossen!

Statt dessen bat sie den Kutscher, sie zum Hanover Square zu fahren. Matthew hatte einmal erwähnt, daß Adam Harcourt dort wohnte. Sie hoffte, daß sie herausfinden konnte, welches der teuren Häuser dort seines war. Als sie an dem großen Platz ankamen, betete Jessie, daß Lord Waring sich an diesem Abend verspäten würde. Sie hatte keine Ahnung, was der Vicomte sagen oder tun würde, wenn sie ihm eröffnete, was Gwen vorhatte. Sie hoffte nur, daß er über das Resultat seiner schändlichen Tat so entsetzt war wie sie und daß er einen Weg finden würde, um Gwen zu helfen.

23

Jessies Nerven waren zum Zerreißen gespannt. Endlich zügelte der Kutscher die Pferde und rief ihr von seinem Sitz aus zu: »Wir sind am Hanover Square, Mylady.« Jessie umklammerte ihre Tasche.

»Danke, Buckley«, rief sie zurück. »Bitte haltet an und laßt mich aussteigen.« Sie sprang aus der Kutsche, noch ehe sie richtig angehalten hatte, lief zum nächsten Haus und klopfte dort an die Tür.

»Ja?« Ein vornehmer Butler sah durch einen Türspalt.

»Ich suche nach Lord St. Cere – Vicomte St. Cere. Sein Stadthaus muß irgendwo an diesem Platz hier sein, aber ich habe vergessen, welches Haus es ist.«

Der Mann musterte sie von Kopf bis Fuß, er betrachtete ihr teures Seidenkleid. »Es ist gleich dort drüben, Mylady.« Er deutete auf die andere Straßenseite. »Das mittlere Haus auf der St. George Street, das mit den Pfeilern neben der Tür.«

»Ja ... ich sehe es. Danke. Vielen Dank.« Im nächsten Moment saß sie schon wieder in der Kutsche und holperte zu dem Haus hinüber. Sie eilte die Treppe zum Haus hinauf und klopfte laut an die glänzende Eingangstür.

Fast umgehend wurde die Tür geöffnet, und St. Cere trat einen Schritt zur Seite, weil er annahm, daß Gwen vor der Tür stand. Er war reichlich überrascht, daß sie schon so früh kam. Er trug einen perfekt sitzenden schwarzen Frack und dazu eine dunkelgraue Hose. Seine markanten Gesichtszüge entgleisten leicht, als er feststellte, daß die Frau vor seiner Tür Gräfin von Strickland war und nicht Gwen.

Doch er hatte sich sofort wieder gefangen. »Guten Abend, Gräfin. Was für eine nette Überraschung.«

»Wohl kaum«, entgegnete Jessie und marschierte an ihm vorbei ins Haus. Wut blitzte in ihren Augen. »Ganz sicher nicht für Euch, da Eure kleine Verführung, die Ihr für heute abend geplant hattet, keine Früchte tragen wird. Und ganz sicher auch nicht für meine liebe Freundin Gwendolyn, die heute abend brutale Schläge mit dem Stock über sich ergehen lassen muß – und das verdankt sie Euch.«

Alle Farbe wich aus dem dunklen Gesicht des Vicomte. »Wovon redet Ihr überhaupt?«

»Wie konntet Ihr so etwas tun?« Tränen der Verbitterung sammelten sich in ihren Augen und rannen dann über ihre Wangen. »Sie hat Euch vertraut – vielleicht hat sie Euch sogar geliebt. Wie konntet Ihr sie so behandeln?«

Der Vicomte packte sie an den Schultern und schüttelte sie. »Ich weiß nicht, wovon Ihr überhaupt redet. Wenn Ihr von Waring sprecht, habe ich ihm nichts von Gwen verraten. Er hat keinen Grund, ihr etwas zuleide zu tun.«

Jessie wischte sich wütend die Tränen von den Wangen. »Sie hat mir gesagt, was Ihr vorhattet, was Ihr von ihr verlangt habt. Wenn Ihr sie auch nur ein wenig kennen würdet, dann würdet Ihr wissen, daß sie sich Euch niemals unter Zwang unterwerfen würde. Sie nimmt keine Befehle von Waring entgegen, dann wird sie sich auch ganz sicher von Euch keine geben lassen.«

»Ich habe Euch doch gesagt, ich habe ihm nichts gesagt. Das hätte ich niemals getan. Ich wollte sie haben – ja, das stimmt. Und ich dachte, wenn sie eine Entschuldigung hätte … wenn sie mich verantwortlich machen könnte für ihre Verführung, dann würde sie kommen. Gwen ist nicht in Gefahr. Ich verabscheue Warings Anblick, ich …«

»Versteht Ihr denn nicht?« Jessie warf einen Blick auf die große, geschnitzte Standuhr in der Eingangshalle. Es war halb neun. »Waring wurde um acht Uhr zu Hause erwartet. Mittlerweile hat Gwen es ihm selbst erzählt!«

Der Vicomte griff nach dem Treppengeländer und hielt sich fest. »Sie würde nicht … ganz sicher würde sie doch so etwas nicht tun.«

Jessie sah ihm in die Augen. Sie waren so aufgewühlt wie eine stürmische See. »Glaubt Ihr wirklich, daß es etwas gibt, das Gwen Lockhart nicht tun würde, wenn sie es sich erst einmal in den Kopf gesetzt hat?« Seine gebräunte Haut wurde noch blasser. »Sie hat mir gesagt, sie würde lieber Prügel von Waring ertragen, als sich von Euch zwingen zu lassen.«

St. Cere sah so erschüttert aus, daß Jessie beinahe Mitleid mit ihm empfunden hätte, doch dann dachte sie an Gwen und Waring. »Sie hat mir auch gesagt, daß sie aus freien Stücken zu Euch gekommen wäre, hättet Ihr sie darum gebeten oder ihr gegenüber wenigstens Zuneigung erkennen lassen.«

St. Cere umklammerte das Treppengeländer so fest, daß seine Knöchel weiß hervortraten. »Gütiger Gott«, flüsterte er und fuhr sich dann mit einer Hand durch sein dichtes schwarzes Haar. »Ich habe nie daran gedacht … ich hätte mir nie vorgestellt, daß sie …« Er hob den Kopf, seine Augen blickten plötzlich entschlossen. »Wartet Eure Kutsche draußen auf Euch?«

»Ja.«

»Bleibt hier. Mein Butler wird sich um Euch kümmern. Ich bin so schnell wie möglich zurück.«

Jessie beobachtete ihn, als er nach seinem Umhang griff und ihn über seine Schultern warf. »Ihr wollt zu ihr? Ihr wollt versuchen, ihn aufzuhalten?«

»Natürlich will ich das. Habt Ihr wirklich geglaubt, ich würde hier stehen und zulassen, daß dieses dreckige Schwein ihr etwas antut? Wenn er sie auch nur berührt hat, wenn er auch nur eine Strähne ihres wundervollen Haars angerührt hat, dann kann er von Glück sagen, wenn ich ihn nicht umbringe.«

Unbewußt wich Jessie St. Cere aus, als er aus dem Haus stürzte. Sie hatte noch nie einen solch mörderischen Zorn in den Augen eines Mannes gesehen. Wenn irgend jemand Gwen helfen konnte, dann war es Adam Harcourt.

Sie hätte Lord Waring beinahe bemitleidet.

Im Salon des Stadthauses der Warings starrte Gwen in das häßliche Gesicht ihres Stiefvaters, ihr Gesicht drückte reinsten Trotz aus. Auf dem Sofa am anderen Ende des Zimmers saß ihre Mutter. Sie drückte ein Taschentuch vor die Nase und schluchzte leise.

»Du bist ein störrisches, schwererziehbares junges Mädchen,

Gwendolyn Lockhart – du bist darauf aus, dich selbst zu zerstören.« Waring, der mehr als dreißig Zentimeter größer war als Gwen, blickte auf sie hinunter. Sein Gesicht glühte vor Selbstgerechtigkeit, und seine dunklen Augen blitzten voller Vorfreude. »Dir ist doch klar, daß ich dich dafür bestrafen muß.«

Ihre Mutter weinte theatralisch auf. »Muß das wirklich sein, Edward?« jammerte sie. »Gwendolyn hat sich freiwillig gestellt. Sie hätte uns das nicht sagen müssen. Sie hätte den Mund halten können, statt dessen hat sie uns die Wahrheit auf die Nase gebunden.«

Er schnaufte empört. »Deine Tochter hat ihren Ungehorsam gestanden, weil sie wußte, daß wir es früher oder später sowieso herausgefunden hätten. Sie hat nur versucht, ihre Haut zu retten. Doch ich habe nicht die Absicht, über ihr abscheuliches Benehmen hinwegzusehen. Ich werde ihr eine gerechte, aber harte Strafe zukommen lassen. Wer nicht lernen will, soll fühlen.«

Ihre Mutter heulte noch einmal auf, dann hüllte sie sich in Schweigen. Waring richtete seine Aufmerksamkeit wieder auf Gwen.

»Geh in dein Zimmer, Gwendolyn. Zieh deine Kleidungsstücke bis aufs Hemd aus und warte auf mich. Vielleicht werden ein paar Hiebe mit der Birkenrute dir deine nächtlichen Aktivitäten austreiben ... wenigstens für die nächste Zeit.«

»Edward, ich flehe dich an«, bat ihre Mutter.

»Und Ihr, Madame, Ihr werdet Euch auch in Euer Zimmer zurückziehen. Mir ist klar, daß die Aufgabe, die eigenen Kinder zu bestrafen, sehr unangenehm ist. Deshalb werde ich es Euch ersparen, dabei zuzusehen.«

Den Blick sorgsam auf den Boden geheftet, stand ihre Mutter mit zitternden Knien auf. Sie warf Gwen noch einen vorsichtigen Blick zu, dann verließ sie das Zimmer. Gwen folgte ihr wortlos und ging durch den Flur zu ihrem Zimmer, das am anderen Ende des Flurs lag.

Ihre Kammerzofe Sadie wartete auf sie. Es gab nur sehr wenig, was die Dienstboten nicht wußten. Und die Vorliebe des

Grafen für die Prügelstrafe an seiner Stieftochter war sowieso nicht zu übersehen.

Sie brauchte nicht lange, um ihre Herrin auszuziehen, und verließ fluchtartig das Zimmer. In ihrem dünnen Hemd stand Gwen kerzengerade inmitten des Raums und wartete auf die Qualen, die sie erwarteten. Dennoch begann sie am ganzen Körper zu zittern, als sie alleine war. Mit hölzernen Schritten ging sie zum Bett, nahm die Decke hoch und schlang sie um sich. Dann trat sie vor das Feuer im Kamin und hoffte, daß es die Eiseskälte aus ihrem Körper vertreiben könnte.

Waring kam einige Minuten später. In der Hand hielt er eine Birkenrute, etwa einen Meter zwanzig lang, die von der Rinde befreit, geglättet und dann glänzend poliert worden war. Sie war eines seiner liebsten Besitztümer.

»Es tut mir leid, Gwendolyn, daß es wieder einmal so weit kommen mußte.«

Gwen verzog bitter den Mund. »Es ist nicht nötig, daß Ihr lügt, Mylord. Wir beide wissen, daß es Euch keinesfalls leid tut.«

Waring biß die Zähne zusammen. »Wirf die Decke weg, Gwendolyn, und leg die Hände flach auf die Bank am Fußende deines Bettes.«

Sie war viel zu alt, um so leicht bekleidet vor ihm zu stehen. Das wußte er genausogut wie sie. Diese ganze Scharade war nur ein Vorwand, um seine Lust und den Rest von schlechtem Gewissen, den er vielleicht noch fühlte, dahinter zu verbergen. Sie ließ die Decke fallen und drehte sich schnell um, weil sie hoffte, er würde die dunklen Knospen ihrer Brüste durch den dünnen Batiststoff, der sie notdürftig bis zu den Knien bedeckte, nicht sehen.

Ihre Hände zitterten, als sie sich vorbeugte und die Handflächen auf die gepolsterte, mit Samt bezogene Bank legte. Ihre Finger krallten sich in den dicken rosafarbenen Stoff.

»Da meine Lektionen bisher so wenig gefruchtet haben, werde ich mich bemühen, es dir diesmal unvergeßlich zu machen.«

Gwen schloß die Augen, als er ihr Hemd hochschob und ihre Kehrseite entblößte. Sie hatte mit so etwas gerechnet, da seine Mißhandlungen von Mal zu Mal schlimmer wurden. Dennoch wehrte sie sich nicht. Denn genau das wollte er. Am Ende war sowieso er es, der gewann. Es machte ihn noch viel zorniger, aber auch gewalttätiger, wenn sie ihm nur ihre Verachtung zeigte.

»Versuch dich daran zu erinnern, meine Liebe, daß ich das alles nur in deinem eigenen Interesse tue.« Die Rute sirrte durch die Luft und traf klatschend das nackte Fleisch. Der Schmerz fuhr wie Feuer durch Gwens Körper. Sie krallte die Finger mit zusammengebissenen Zähnen in die Bank. Sie haßte Edward Waring und wünschte ihn in die Tiefen der Hölle.

Noch mehr haßte sie Adam Harcourt.

Die Rute sirrte wieder und landete mit einem pfeifenden Geräusch auf ihrem Po. Immer wieder schlug er zu, mit geballter Kraft und satanischer Freude. Die Rückseite ihrer Schenkel brannte, die Peitsche traf ihren Rücken und ihre Schultern, zerfetzte den dünnen Stoff und die Haut. Und dann konzentrierte er seine Schläge auf das zarte Fleisch ihres Hinterteils, das bevorzugte Ziel Seiner Lordschaft.

Alles, was Gwen bei Bewußtsein hielt, waren die stummen Flüche für ihn. Sie zwang sich, die Tränen zurückzudrängen. Sie würde nicht zulassen, daß er sie zerbrach, jetzt nicht, niemals.

Adam Harcourt betätigte den Messingklopfer an Warings Haustür so heftig, daß das ganze Haus zu beben schien. Als der Butler die Tür öffnete, schob er ihn ungeduldig beiseite und trat ins Haus.

»Wo ist Lady Gwendolyn?«

Der Butler räusperte sich. »Die Lady hat sich in ihr Zimmer zurückgezogen.«

Ein Anflug von Erleichterung stieg in ihm auf. Vielleicht hatte sie ja doch nichts verraten. »Und Lord Waring? Wo ist er?«

Eine leichte Röte stieg in die Wangen des Mannes. »Er kümmert sich gerade um eine Familienangelegenheit, glaube ich. Im Augenblick möchte er nicht gestört werden.«

Die Erleichterung verschwand, und Furcht packte ihn »Er ist oben, nicht wahr? Er ist oben bei Gwen.«

Der Butler schluckte so heftig, daß sein Adamsapfel auf und ab hüpfte. Als er sich weigerte zu antworten, packte Adam ihn bei den Aufschlägen seiner Jacke und zog ihn hoch. »In welchem Zimmer ist sie? In welchem Zimmer!«

»Die letzte Tür auf der rechten Seite ... am Ende des Flurs.«

Adam begann zu laufen, noch ehe der Mann aufgehört hatte zu sprechen. Er nahm zwei Stufen auf einmal, als er die Treppe hinaufrannte, dabei versuchte er, seine Angst zu ignorieren. Er stürmte durch den Flur, griff nach dem silbernen Türknauf, riß die Tür auf und blieb dann wie angewurzelt stehen.

Zwei Gesichter wandten sich zu ihm um, eines davon ebenmäßig und klar, verzerrt und naß von Schmerz und Tränen. Warings Hand hielt mitten in der Bewegung inne, die glänzende Birkenrute drohend erhoben. Gwen gurgelte auf, als ihr klar wurde, wer da gerade das Zimmer betreten hatte. Vor Scham schoß ihr glühende Röte in die Wangen, die genauso brannte wie die Striemen an Beinen und Hinterteil. Sie richtete sich mühselig auf, und ihr Hemd fiel gnädig über ihre Blöße. Doch die Erinnerung an das, was er gesehen hatte, konnte es nicht auslöschen.

Adams Magen hob sich vor Abscheu. »Ich werde Euch umbringen, Waring. Ich werde die Hände um Euren Hals legen und dann ganz langsam zudrücken, bis alle Luft aus Eurem widerlichen Körper entweicht.« Er nahm seinen Umhang ab, warf ihn beiseite und ging dann langsam auf Waring zu. Mit jedem Schritt, den er näher kam, funkelten seine Augen kälter, eisige Drohung lag in seinem Blick. »Ich werde Euer elendes Leben ein für allemal beenden. Aber bevor ich das tue, werde ich Euch bestrafen – zehnmal schlimmer, als Ihr dieses wunderschöne, wehrlose Mädchen verprügelt habt.«

Waring machte einen Schritt rückwärts. »Bleibt mir vom Leibe, St. Cere. Das hier geht Euch überhaupt nichts an.«

Adam knurrte. »Ich habe Euch schon einmal gesagt – ich

mache es zu meiner Angelegenheit.« Seine Faust schoß in dem Moment hervor, als er vor dem Grafen stand. Er traf ihn genau auf das Kinn. Der Schlag war so heftig, daß der Graf zurückkatapultiert wurde und rücklings über einen Tisch vor dem Kamin fiel. Adam packte die Birkenrute, die er verloren hatte, knallte ihm damit auf Brust und Schultern und hieb sie ihm anschließend kreuz und quer über sein Gesicht. Dann ließ er die Rute fallen, beugte sich über den kreischenden Mann, packte ihn an seinem weißen Hemd, stellte ihn auf die Füße und donnerte ihm erneut die Faust ins Gesicht.

Schließlich blutete Edward Waring heftig aus Mund und Nase. Doch das genügte Adam noch nicht. Er krachte ihm seine Fäuste in den Magen, und als der Graf japsend nach Atem rang, krallte Adam beide Hände um den dicken Hals des Mannes.

»Adam!« Gwendolyn versuchte, Adam durch den Nebel seiner Raserei zu erreichen.

»Adam, bitte. Er ist es nicht wert! Bitte – du wirst ihn noch umbringen!« Nur undeutlich fühlte er ihre Hände, als sie versuchte, seine Hände vom Hals ihres Stiefvaters zu zerren. Warings Gesicht war blau angelaufen, seine Augen traten schon hervor, zappelnd versuchte er, Adams Griff um seinen Hals zu lockern.

»Adam, bitte! Tu das nicht!« Es war ihr Schluchzen, das schließlich durch seinen blindwütigen Zorn drang und ihn in die Wirklichkeit zurückholte. Er lockerte seinen Griff, ließ Waring los, richtete sich auf und atmete bebend durch. Neben ihm stand Gwen und zitterte, Tränen glänzten auf ihren Wangen.

Ihr Gesicht war genauso blaß wie jetzt das von Waring, ihr Atem ging beinahe genauso heftig. Dennoch sah sie wunderschön aus, das dünne Hemd konnte ihre weiblichen Rundungen nicht vor seinen Blicken verbergen. Adam stieß einen bitteren Fluch aus. Er haßte den Grafen, doch noch mehr haßte er sich selbst. Er hob seinen Umhang auf und legte Gwen den dicken, mit Seide abgesetzten Mantel um die Schultern. Dann hob er sie behutsam auf die Arme. Gwen verzog vor Schmerzen das Gesicht.

»Ich bringe dich hier weg«, sagte er. »Ich werde nicht zulassen, daß er dich jemals wieder anrührt.«

Sie sagte nichts, barg nur ihr Gesicht an seiner Schulter und vergrub ihre zitternden Finger in seinem Hemd. Auch in der Kutsche sagte sie kein Wort und auch nicht, als er sie heraushob und sie die Treppe zu seinem Stadthaus hinauftrug.

Dann sah sie Jessie und begann herzzerreißend zu schluchzen.

Adam bedeutete Jessie, ihm nach oben in eines der Schlafzimmer zu folgen, in dem er Gwen sanft auf ein Bett legte.

Er drückte ihr einen Kuß auf die Stirn und wandte sich zu Jessie um. »Werdet Ihr Euch um sie kümmern?«

»Natürlich«, versicherte ihm Jessie.

Adam nickte nur. Sein Hals war wie zugeschnürt, seine Augen brannten. Dies alles war sein Fehler – alles. Er verließ das Zimmer und ging nach unten.

Eine Stunde später kam Jessie die Treppe hinunter. Durch die offene Tür des Salons entdeckte sie Adam Harcourt, der im Halbdunkel saß. Nur eine einzelne Öllampe und die Funken des verlöschenden Feuers erhellten das Zimmer. Er hatte den Kopf gesenkt, und seine Schultern hingen herab. Sein dichtes schwarzes Haar war zerzaust, weil er pausenlos mit den Händen hindurchgefahren war.

Als er sie hörte, hob er den Kopf und stand hastig auf. »Wie geht es ihr?«

»Von Schlägen mit der Rute stirbt man nicht, Mylord. Es ist Gwens Herz, das gebrochen ist.«

Er schluckte, dann sah er weg. »Das ist mein Fehler – alles. Ich hatte nie die Absicht, sie zu verletzen. Ich ... mich hat nur so sehr nach ihr verlangt ...«

Es lag etwas in seinem Blick, etwas, das sie niemals in den Augen eines so zynischen Mannes, wie er einer war, zu sehen geglaubt hatte ... es war Schmerz, aber noch irgend etwas anderes, Unbestimmbares. »Sie ruht sich jetzt aus. Morgen früh wird es ihr bessergehen, aber ich bin nicht sicher ...«

»Wessen seid Ihr nicht sicher?«

»Vielleicht hätten wir uns nicht einmischen dürfen. Wir haben womöglich alles noch schlimmer gemacht.«

Er trat einen Schritt näher. »Wie meint Ihr das? Ihr könnt doch sicher nicht glauben, daß es besser gewesen wäre, wenn wir sie bei Waring gelassen hätten?«

»Vielleicht doch. Früher oder später wird sie nach Hause zurückkehren müssen. Und wenn sie das tut, wird er sich an ihr rächen. Gwen wird vollkommen seiner Gnade ausgeliefert sein.«

»Sie wird nicht mehr nach Hause gehen«, erklärte St. Cere entschlossen. »Sie wird bei mir bleiben.« Als Jessie den verzweifelten Blick des Vicomte sah, begann ihr Zorn langsam zu schwinden.

»Lord St. Cere ... Adam, wir wissen beide, daß Gwen nicht hierbleiben kann. Waring ist ihr Vormund, und selbst wenn er das nicht wäre – der Klatsch würde sie ruinieren.«

»Die Klatschtanten würden es nicht wagen. Nicht, wenn wir heiraten würden.«

Sie zog die Augenbrauen hoch. »Heiraten?«

»Das habe ich gesagt.« Er verzog sarkastisch den Mund. »Ich weiß, man verfolgt mich nicht gerade als den begehrtesten Heiratskandidaten Londons, aber der übelste bin ich auch nicht.«

Jessie sah ihn interessiert an. Niemals hätte sie von St. Cere erwartet, daß er Gwendolyn einen Heiratsantrag machen würde. Vielleicht hatte Matthew ja doch recht gehabt in seiner Beurteilung des Vicomte. »Gwen wird Euch nicht heiraten, Adam. Und auch sonst keinen anderen Mann. Sie hat geschworen, daß sie niemals heiraten wird. Und wenn Ihr versuchen solltet, ihr zu befehlen ...«

»Ich werde ihr nichts befehlen. Diesmal werde ich sie bitten. Was Gwendolyn betrifft, habe ich meine Lektion sehr gut gelernt. Ich werde nicht versuchen, sie zu zwingen. Ich werde vor ihr auf die Knie fallen und sie anflehen, wenn es nötig ist.«

Ein leises Geräusch an der Tür erregte ihre Aufmerksamkeit. Gwen stand steif an der Tür, wieder in den braunen Samtumhang des Vicomte gehüllt. Er war so voluminös, daß sie einen Teil davon wie eine Schleppe hinter sich herzog.

»Jessica hat recht, Mylord. Ich habe nicht die Absicht, Euch zu heiraten.« Sie reckte sich, doch unter dem riesigen Umhang des Vicomte war ihr Bemühen vergeblich, größer zu erscheinen. »Ich brauche Euer Mitleid nicht«, erklärte sie. »Ich habe es noch nie gebraucht. Außerdem werde ich nicht die Form einer brutalen Herrschaft gegen die andere eintauschen.« Sie verzog den Mund, doch ein richtiges Lächeln brachte sie nicht zustande. »Dennoch danke ich Euch für den heutigen Abend. Es war sehr galant von Euch, wenn man bedenkt, daß Eure Drohung, wenn Ihr sie wahr gemacht hättet, die gleichen Folgen nach sich gezogen hätte.«

Der Vicomte machte ein paar Schritte auf sie zu. Auf seinem Gesicht spiegelten sich seine widerstreitenden Gefühle. Als er vor Gwen stand, griff er nach ihrer Hand und zog sie sanft an seine Lippen. »Gwendolyn, mein Liebling, ich hatte nie die Absicht, Euch weh zu tun ... nicht einmal in tausend Jahren. Mich verlangte nach Euch, so einfach ist das. Ich wäre niemals zu Waring gegangen, aber ich war bereit, Euch das glauben zu lassen. Ich hätte alles getan, nur um Euch zu besitzen.«

Gwen versuchte, seinen Blicken auszuweichen, doch St. Cere nahm ihr Kinn in die Hand und zwang sie, ihn anzusehen.

»Ich hätte so etwas niemals getan, Gwen. Niemals hätte ich Euch weh tun wollen. Bis zum heutigen Abend war ich mir allerdings über den Grund nicht klar. Doch nun weiß ich ihn – ich liebe Euch nämlich.«

Gwen heftete ihren Blick auf sein Gesicht, auf dem sich im schwachen Lichtschein des Feuers Bedauern, Furcht und Hoffnung spiegelten.

»Ich habe geschworen, daß ich niemals wieder heiraten würde«, gestand er ihr freimütig. »Mein Leben mit Elizabeth war die Hölle. Ich habe Matthew verspottet. Ich habe geschworen, daß mich ein Heim nicht interessiert ... auch nicht eine Familie. Aber immer, wenn ich Euch sah, kam mir der Gedanke – wie würde mein Leben wohl mit einer Frau wie Gwen verlaufen?«

Gwen schüttelte stumm den Kopf.

»Ich könnte Euch glücklich machen, Gwen. Ich habe etwas zu bieten, was Euch die meisten Männer nicht bieten können.«

Sie legte den Kopf ein wenig zurück, um ihm gerade ins Gesicht sehen zu können. »Und was ist das?« fragte sie leise.

»Eure Freiheit. Die Möglichkeit, die Welt kennenzulernen. Ich kann Euch Dinge zeigen, die Ihr Euch nie würdet vorstellen können. Ich kann Euch zu Orten bringen, die Ihr nicht einmal in Euren Träumen zu sehen gehofft habt. Und wenn es Zeiten gibt, wo Ihr Euch als Mann verkleiden müßt, um das erleben zu können, dann ist mir das egal, solange ich nur bei Euch sein kann, um Euch zu beschützen. Ihr könnt Euer Buch schreiben, Gwen. Welcher Ehemann würde Euch das sonst erlauben?«

Sie schüttelte noch einmal den Kopf, diesmal allerdings nicht mehr so heftig. »Ihr würdet meiner müde werden, Adam. Und ich würde Euch niemals teilen können. Das ist etwas, was ich gelernt habe.«

Ein helles Lächeln breitete sich in seinem markanten Gesicht aus und vertrieb die Düsternis. Er sank vor ihr auf ein Knie. »Ich liebe Euch, Gwen Lockhart. Ich will keine andere – jetzt nicht und niemals mehr. Sagt, daß Ihr mich heiraten werdet – bitte?«

Über Adams Kopf blickte Gwen zu Jessie, die im Schatten stand und die beiden beobachtete. »Was soll ich tun, Jess? Ich liebe Adam, doch ich will nicht noch einmal verletzt werden. Ich habe Angst, Jess. Ich habe noch nie zuvor solche Angst gehabt.«

Jessies Herz flog ihr entgegen. Sie wollte ihr sagen, daß sie jeden Tag Angst hatte, daß, selbst wenn Matthew die bevorstehende Schlacht überlebte, noch immer die Möglichkeit bestand, daß sie ihn für immer verlor. Er liebte sie nicht. Er vertraute ihr nicht einmal. Und wenn er nun herausfand, daß sie ihn durch einen Trick dazu gebracht hatte, ihn zu heiraten?

»Das Leben ist voller Risiken«, antwortete sie zögernd. »Wenn du Adam liebst, dann solltest du ihn heiraten. Das ist es, was ich an deiner Stelle tun würde.«

Gwen starrte auf den Mann hinunter, der noch immer vor ihr

kniete. Ihre Hand zitterte, als sie sie auf sein Haar legte. »Seid Ihr sicher, Adam? Sagt Ihr das nicht nur aus Mitleid? Bitte, für uns beide, Ihr müßt mir die Wahrheit sagen.«

Er stand auf und zog sie in seine Arme, hielt vorsichtig ihren verletzten und zerschlagenen Körper an sich gedrückt. »Ich bin verrückt nach dir, Gwen. Ich liebe dich, wahnsinnig, verzweifelt. Ich habe auf alle möglichen Arten versucht, das zu leugnen, doch es hat nicht geholfen. Als ich heute abend in dieses Zimmer kam und sah, was Waring dir antat, da bin ich fast durchgedreht. Ich wußte in diesem Augenblick plötzlich, warum ich dich mit Drohungen gefügig machen wollte. Ich war verzweifelt ... weil ich dich liebte. Bitte, meine wunderschöne Gwendolyn. Sag, daß du meine Frau werden wirst.«

Sie blickte noch einmal zu Jessie, dann begann sie zu lächeln. »Wenn Jessica mit einem Ungeheuer wie Strickland fertig werden kann, dann denke ich, kann ich auch mit einem Ungeheuer wie dir fertig werden.«

Adam warf den Kopf zurück und lachte glücklich auf. Es war ein volles, tiefes, von Herzen kommendes Lachen. Aus ihm klang so viel Glück, daß Jessies Augen feucht wurden.

Sie sagte nichts mehr, leise schlüpfte sie aus dem Zimmer und ließ die Liebenden allein. Die beiden bemerkten gar nicht, daß sie gegangen war. Gwen zog am nächsten Morgen bei ihr ein und blieb die folgenden drei Tage im Stadthaus von Belmore. Am vierten Tag heiratete sie Adam Harcourt.

So glücklich Jessie für ihre Freundin war, so mußte sie doch unentwegt an Matthew denken. Sie vermißte ihn so schrecklich und wünschte sich nichts sehnlicher als seine Rückkehr.

24

Das Warten war endlich vorüber. Matt hob das schwere Messing-Fernrohr an die Augen und suchte den Horizont nach den französischen Schiffen ab. Der Wind hielt sich und erlaubte den

Schiffen von beiden Seiten, ihre Positionen einzunehmen. Sie segelten vor den Stränden von Cádiz, nicht weit von Kap Trafalgar entfernt.

Vor zwei Tagen waren die französische und die spanische Flotte aus dem Hafen von Cádiz gesegelt, mit gehißten Topsegeln. In der Morgendämmerung des heutigen Tages hatte die Signalflagge die Neuigkeit verbreitet: Der Feind kam in Formation – es war an der Zeit, die britischen Positionen einzunehmen.

Matthew lief unruhig über das Quarterdeck. Er betrachtete die Reihe der Schiffe, die näher kamen, und betete, daß Nelsons Strategie von Schnelligkeit, Verwegenheit und Seemannskunst die bevorstehende Schlacht gewinnen könnte.

Soweit er es einschätzen konnte, würden die einunddreißig Schiffe von Nelson einer Flotte von dreiunddreißig Schiffen gegenüberstehen. Wahrscheinlich würden Villeneuve und seine Streitkräfte eine Abwehrschlacht kämpfen, sie würden Stangenkugeln und Kettenkugeln einsetzen, um die Takelage zu treffen und die Verfolger aufzuhalten.

Nelsons Männer würden auf den Rumpf zielen, ihre Kanonen würden Rundgeschosse abfeuern, um die Schiffe zu zerstören, damit sie sie entern konnten. Ein Schiff zu entern bedeutete Prisengelder: für jede tausend Pfund, die der Kapitän bekam, gingen zwei Pfund – mehr als der Monatslohn eines Seemannes – an jeden Mann der Mannschaft.

Matt schob das Fernrohr wieder zusammen. Er stand an der Reling und blickte über die leichten Wellen. Eine stetige Brise wehte und machte es nicht nötig, die Segel zu trimmen. Das leise Flattern, das Klirren in der Takelage mischte sich mit dem Rauschen des Wassers am Bug. Seit Wochen hatten sie jetzt den Feind belauert, hatten ihre Schiffe in die beste Position manövriert. Jetzt, wo die Schlacht so nahe vor ihnen lag, mußte er feststellen, daß seine Gedanken immer wieder abschweiften.

Er dachte an Jessie, an die Art, wie sie voneinander Abschied genommen hatten, und daran, was sein Freund Graham gesagt hatte. Liebe war keine Sache, die ein Mann wie Matthew auf die leichte Schulter nahm. Ein so tiefes Gefühl für einen anderen Menschen bedeutete Leid. Das wußte er schließlich aus eigener Erfahrung.

Und es bedeutete auch, daß man ein großes Risiko einging. Er rief sich die Gefühle ins Gedächtnis, mit denen er gekämpft hatte, als er glaubte, daß Jessie ihn betrogen hatte – ein zerfetzender, alles verzehrender Schmerz, als hätte man ihm das Herz aus der Brust gerissen. Graham hatte recht, er fürchtete sich davor, Jessie zu lieben.

Doch Tatsache war, er liebte sie.

Matt beschattete die Augen mit einer Hand, dann hob er das Glas noch einmal und blickte hindurch. Er erkannte die französischen Schiffe *Redoubtable, Bucentaure* und das spanische Schiff *San Justo.* Ein Dutzend anderer Schiffe folgte ihnen auf der einen Seite, ungefähr die gleiche Anzahl segelte an der anderen. Es war trotz der Gefahr ein herrlicher Anblick, was wohl auch all die anderen Männer auf der *Norwich* so empfanden.

Und sie fragten sich wohl auch alle, ob sie am Ende des Tages noch unter denen weilen würden, die überlebt hatten.

Es war ein häßlicher Gedanke, und Matt schob ihn weit von sich. Er wandte sich von den Schiffen ab und ging ins Steuerhaus hinüber, wo die restlichen Offiziere voller Anspannung warteten. Die Decks der Schiffe waren leergeräumt für den Kampf, Pulver und Kugeln waren zu den Kanonen gebracht worden. »Tod oder Sieg« stand, mit Kreide geschrieben, auf den schweren Eisenfässern.

Obwohl die Seeleute mit freiem Oberkörper arbeiteten und sich Tücher um den Kopf gebunden hatten, um ihre Ohren gegen den Lärm der Kanonen zu schützen, so trugen doch die Offiziere ihre volle Uniform – marineblaue Überröcke, perfekt geschneidert, auf denen die goldenen Epauletten glänzten. Es sollte die britische Überlegenheit zeigen und gab den Männern Selbstvertrauen, wenigstens war es das, was man ihnen beigebracht hatte.

Es war ein Brauch, den Matthew nie sonderlich begrüßt hatte, denn es machte die Offiziere auch zum leichten Ziel für die französischen Schützen, die aus der Takelage ihre Pistolen abfeuerten.

»Wir kommen näher, Sir. Lange wird es nicht mehr dauern.« Der junge Leutnant Donelly hatte diese Worte mit einem Grinsen ausgesprochen. Matt fragte sich, wie lange er wohl noch grinsen würde.

»Dreht sie noch ein wenig nach backbord und haltet sie dann so.«

»Aye, Sir.« Das Schiff hob sich mit einer Woge, und aus der Entfernung hörte man, daß an Bord der *Victory* eine Kapelle spielte.

Und dann feuerte das französische Schiff *Fougueux* den ersten Schuß ab, ein donnerndes Getöse, das alle anderen Geräusche übertönte. Die Schlacht hatte begonnen.

»Feuert eine Salve«, befahl Matt. »Wir werden unter dem Schutz des Rauches der Kanonen näher heranfahren.« Ein Signal ertönte, mit dem die britische Flagge aufgezogen werden sollte. Sie entrollte sich in der auffrischenden Brise, als die *Norwich* lossegelte, auf die wartenden Kanonen des Feindes zu. Die erste französische Breitseite schlug in die Menge der Seeleute auf dem Oberdeck ein, zwei Männer wurden auf der Stelle getötet, ein Dutzend weitere verletzt.

Auf der *Victory* schlug eine Salve von Kettenkugeln in die Musiker der Kapelle ein. Abrupt herrschte Stille auf dem Schiff. Einige andere Musikgruppen spielten auf anderen Schiffen, die Töne von »Britons Strike Home« waren deutlich über dem Wasser zu hören.

Aus einer Entfernung von tausend Yards begann die *Norwich,* ihre erste Salve zu feuern, die Explosion ließ das Deck unter Matthews Füßen beben. Die *Bucentaure* erwiderte das Feuer, und der Besanmast der *Norwich* wurde weggefegt. Eine weitere Salve riß den Rumpf der *Bucentaure* über der Wasserlinie auf, dann erfüllte das Sirren der Kartätschen die Luft.

»Runter!« befahl Matt dem jungen Leutnant, der starr vor Entsetzen auf die Männer glotzte, die sich brüllend in ihrem Blut an Deck wanden. Dunkle Lachen hatten sich auf dem gescheuerten Deck unter ihren Füßen gebildet, und das Blut tropfte auf das Deck darunter. In der nächsten Sekunde wurde ein Mittschiffsmann in Stücke gerissen, nur zwei Meter neben Graham Paxton, der an Deck kniete und sich um einen der verletzten Seeleute kümmerte.

Salve nach Salve donnerte durch die Luft. Die meisten Segel waren weggeschossen worden, die Takelage hing in Fetzen, und große Stücke weißen Segeltuches schwammen im Wasser. Das Hauptbramsegel wies ein großes Loch auf, und die Wucht der Schüsse hatte die Beisegel weggeblasen.

Aus einer Entfernung von dreißig Yards feuerte die *Norwich* aus den fünfzig Kanonen der Backbordseite, nur eine Minute später feuerten noch fünfundzwanzig Kanonen mehr. Eine Kanonenkugel rollte über das Deck, sie zerstörte die Seile, mit denen die Ruderpinne gehalten wurde, und wirbelte ein halbes Dutzend Männer durch die Luft, die mit gebrochenen Armen oder Beinen liegenblieben. In der nun aufgewühlten See kämpfte die Flotte weiter, das Meer war vom Rauch verhangen, im Wasser dümpelten Holzstücke und zerrissene Segel. Matts Nase brannte vom scharfen Geruch des Schießpulvers. Sein Körper war bedeckt mit Schweiß und Schwarzpulver, der Himmel war dunkel vor Qualm. Er war so dick, daß er die Sonne verdunkelte.

Die Schlacht ging den größten Teil des Tages weiter, die schwerbeschädigte *Norwich* wurde von drei verschiedenen Schiffen unter Feuer genommen. Ein Dutzend Seeleute arbeitete an Deck, um die Trümmer beiseite zu räumen, damit die Kanonen weiter abgefeuert werden konnten. Matts Uniform war zerrissen und voller Schießpulver, die weiße Hose hatte Blutspritzer.

»Haltet Euch bereit!« schrie er, als die Rahnock der *Norwich* ein spanisches Schiff traf, die *San Justo*. Matt hörte das laute Splittern von Holz und das Knirschen von Metall, als die beiden Schiffe zusammenstießen. Aus einer so kurzen Entfernung dröhnten das ohrenbetäubende Krachen der Kanonen und die Erschütterung des Schiffes in seinem Kopf, und in seinen Ohren summte es. Kanonen donnerten. Männer stolperten umher und schrien vor Schmerzen. Seeleute schoben die toten Männer über Bord, um Platz für die Verwundeten zu schaffen.

»Werft die Enterhaken!« befahl Matt, und ein paar Sekunden später kletterte eine Mauer von britischen Seeleuten auf die verwüstete *San Justo* hinüber. Sie eroberten sich den Weg über das Deck, kämpften Mann gegen Mann mit den rauhen spanischen Seeleuten, die wiederum an Bord der *Norwich* drängten.

Mit dem kurzen Säbel in der Hand kämpfte sich Matt neben seinen Männern den Weg frei zu einem der Deckhäuser. Seine Hände waren klebrig vom Blut, er biß die Zähne aufeinander, entschlossen, das spanische Schiff zu besiegen. Noch entschlossener war er, den Kartätschenschüssen und dem Feuer aus den Musketen zu entgehen, die ihn zum Krüppel machen würden, und auch den Kanonenschüssen und den tödlichen Klingen der Säbel und Schwerter.

Er war entschlossen, zu Jessie nach Hause zurückzukehren.

Er blockte den rasenden Schlag einer Klinge ab, und ihr Bild stand vor seinem inneren Auge. In den Stunden der blutigen Schlacht und der gnadenlosen Zerstörung war ihm endlich die Echtheit seiner Gefühle für sie überdeutlich geworden. Er liebte Jessica Fox – mehr als sein eigenes Leben. Sie zu verlieren wäre so, als würde er eines der Glieder seines Körpers verlieren.

Ein Seemann hechtete über die Reling, sein blutiges Schwert hoch über dem Kopf erhoben. Er ließ es mit Wucht herniedersausen. Es zischte durch die Luft genau auf Matthews Kopf zu. Er wirbelte herum, wehrte den Schlag ab, merkte aber dann, wie die Klinge in seinen Arm fuhr. Er fühlte den scharfen Schmerz und sah das Blut spritzen. Seine eigene Klinge bohrte sich tief in den gegnerischen Körper, und der Seemann brüllte auf vor Qual. Seine Waffe fiel ihm aus der Hand, und er sank in einer Blutlache zusammen.

Ein Spanier schwang sich aus der Takelage. Matt feuerte seine Pistole ab, und der Mann fiel auf Deck, doch zwei weitere Männer ersetzten ihn sofort. Matts Säbel verletzte den einen an der Hand, in der er die langläufige Pistole hielt. Der Schuß löste sich, als die Waffe zu Boden fiel. Der zweite Mann nützte den Augenblick aus, den Matt gebraucht hatte, um dem ersten auszuweichen. Er zielte auf Matt, schoß – und traf. Ein sengender Schmerz durchzuckte Matt.

Er klammerte sich an die Reling, als er zurückstolperte und gegen die Dunkelheit ankämpfte, die sich seiner bemächtigen wollte. Er hob den Säbel, um den tödlichen Schlag des Spaniers abzuwehren, er kämpfte gegen den Tod. Die Chancen für sein Überleben standen eins zu tausend.

Er schwang mit letzter Kraft noch einmal seinen Säbel – und bohrte ihn tief in seinen Gegner. Matt stürzte gegen die Reling. Er dachte wieder an Jessie und wünschte, er hätte ihr gestanden, daß er sie liebte.

Er betete, daß Graham überleben würde, damit er es ihr wenigstens sagen konnte. Sie sollte wissen, daß er so viel und vor allem an seinem Ende an sie gedacht hatte. Ach, er hätte so gerne überlebt, um mit ihr zusammen Kinder zu haben.

Er wollte, daß sie erfuhr, daß sie seine ganze Welt war.

Statt dessen drohte ihn die Dunkelheit zu verschlingen. Er sank auf Deck. Vor seinen Augen sah er nicht länger die Bilder von Tod und Zerstörung. Erinnerungen an Jessie erfüllten ihn, wie sie über etwas lachte, das er gesagt hatte. Jessie, die ohne Rücksicht auf Verluste losgeritten war, um einem Baby auf die Welt zu helfen. Jessie, wie sie in dem Feuer ihr Leben aufs Spiel gesetzt hatte, um ihn zu retten. Jessie in ihrer Treue zu ihren Freunden. Er sah, wie sie ausgesehen hatte, als sie ihm sagte, daß sie ihn liebte.

»Jessie …«, flüsterte er und kämpfte gegen die Ohnmacht, die Traurigkeit und die ungewohnten Tränen, die in seinen Augen brannten. *Jessie* … Wenn er doch nur noch einmal von vorn beginnen könnte. Wenn er doch nur … Seine letzten Gedanken galten Jessie, ehe das Krachen der Kanonenschüsse verhallte und die Dunkelheit Matthew mitnahm.

Jessie saß neben Sarah im Frühstückszimmer, gegenüber von Papa Reggie. Ein kalter Wind fuhr durch die Bäume draußen vor dem Fenster, dicke graue Wolken standen am Himmel. Die *London Times* lag offen auf dem Tisch zwischen ihnen, die fetten Schlagzeilen verkündeten: »Schlacht von Trafalgar«, »Eroberung der französischen und spanischen Flotte, Tod von Admiral Nelson«. Es war der siebte November. Die ersten Nachrichten von der Schlacht hatten London erreicht.

»Wie lange ...« Jessies Stimme klang brüchig. Sie hielt inne, räusperte sich und versuchte es noch einmal. »Wie lange, glaubst du, wird es dauern, ehe wir Neuigkeiten von Matthew bekommen?«

Papa Reggie beugte sich in seinem Stuhl vor. Sein schneeweißes Haar war immer noch voll, doch sein Gesicht war elend von Kummer und Sorge. »Nicht lange, nehme ich an. Die ersten Botschafter sind eingetroffen, andere werden ihnen folgen.« Er lächelte müde. »Wir müssen optimistisch bleiben. Hier steht, daß die englischen Verluste zehn zu eins waren. Es besteht eine gute Chance, daß Matthew in Sicherheit ist.«

»Natürlich ist er in Sicherheit«, behauptete Jessie. Sie schluckte und vermied es, Papa Reggie anzusehen. »Ich würde es wissen – hier drinnen.« Sie legte die Hand auf ihr Herz. »Ich würde wissen, wenn es nicht so wäre.«

»Daran zweifle ich nicht«, stimmte der Marquis ihr zu. Aber die Sorgenfalten in seinem Gesicht glätteten sich nicht.

Es dauerte weitere drei Tage, ehe endlich eine Nachricht eintraf. Jessie las Sarah gerade etwas vor, als Ozzie an der Tür des Salons erschien. »Ein Kurier, Mylady. Von der Marine Seiner Majestät.«

Alle Farbe wich aus ihrem Gesicht. »Ich ...ich komme sofort.«

»Ist das Papa?« fragte Sarah. »Ist Papa nach Hause gekommen?«

»Nein, mein Schatz, noch nicht.« Jessie gab ihr einen Kuß und verließ schnell das Zimmer. Ein kräftiger, rothaariger Sergeant stand in der Eingangshalle und hielt einen versiegelten Brief in der Hand. Der Marquis kam dazu, als der Mann ihr die Nachricht überreichte.

Jessie leckte sich über die Lippen, ihr Hals war auf einmal völlig ausgetrocknet. Ihre Hände zitterten so sehr, daß sie das Siegel nicht aufbrechen konnte. Papa Reggie legte ihr eine Hand auf die Schulter, nahm ihr den Brief aus der Hand, brach das Siegel und begann zu lesen.

»Der Brief ist von Admiral Dunhaven.«

»Oh, lieber Gott ...« Jessies Augen brannten.

Lange Sekunden vergingen, dann lächelte Papa Reggie. »Er ist verletzt – doch der Admiral schreibt, er ist schon auf dem Weg der Besserung.«

Jessies Beine drohten ihr den Dienst zu versagen. »Er lebt ... oh, Gott sei Dank.«

»Hier steht, daß er am Ende des Monats direkt nach London zurückkehrt, in Gesellschaft von Admiral Dunhaven. Es wird eine Siegesfeier geben, und einige der Offiziere werden extra dafür nach London kommen. Sie werden auch bei der Beerdigung von Admiral Lord Nelson dabeisein. Dunhaven ist der Meinung, daß Matthew bis dahin wieder ganz gesund ist.«

Jessie brach in ein sehr undamenhaftes Jubelgeschrei aus, bei dem Sarah neugierig angelaufen kam und sie unsicher ansah. Jessie strahlte. »Es ist alles in Ordnung, meine Süße. In dem Brief steht, daß Papa bald nach Hause kommt.« Der besorgte Blick des kleinen Mädchens verwandelte sich in ein helles Lächeln. Sie nannte Jessie mittlerweile »Mama« und den Marquis »Großpapa«.

Jessie ging zu ihr, nahm sie auf den Arm und setzte sie sich auf die Hüfte. »Ich hatte gehofft, daß wir jetzt nach Hause fahren könnten, nachdem wir wissen, daß Matthew in Sicherheit ist. Aber wenn er nach London kommt ...«

»Dann werden wir natürlich in der Stadt bleiben müssen«, beendete der Marquis den Satz für sie. Er lächelte, und Jessie hätte schwören können, daß er auf einmal zehn Jahre jünger aussah. »Es wird nicht mehr lange dauern. Vielleicht können wir in den nächsten Wochen unseren Aufenthalt hier endlich ein wenig genießen. Wenn Matthew dann erst mal hier ist, werden wir alle zusammen nach Hause fahren.«

»Ja …«, stimmte Jessie sehnsüchtig zu. »Zusammen.« Und diesmal würde sie die Frau sein, die er sich immer gewünscht hatte. *Diesmal werde ich dafür sorgen, daß er mich liebt.* Zum ersten Mal hatte sie das Gefühl, als hätte sie wirklich eine Chance, als wäre die Vergangenheit endlich vorüber und sie könnten gemeinsam einen neuen Anfang wagen. Jessie lächelte genauso befreit wie Papa Reggie.

Wegen eines bevorstehenden Sturms waren die Straßen von London an diesem Morgen nicht so überfüllt wie sonst. Nur wenige Kutschen rollten über die gepflasterten Straßen. Die Bettler duckten sich in die Hauseingänge. Sogar die Taschendiebe suchten Schutz vor der Kälte und dem beginnenden Regen.

Lady Caroline Winston schien die Kälte nichts auszumachen. Sie stieg aus ihrem glänzenden schwarzen Phaeton, der an der Ecke der Bow Street angehalten hatte, zog den mit Pelz besetzten Mantel enger um sich und betrat das dreistöckige Haus, in dem das Büro von Willis G. McMullen lag.

»Guten Morgen, Mylady.«

»Guten Morgen, Mr. McMullen.« Das Büro war nicht ganz so unaufgeräumt wie beim letzten Mal. Caroline setzte sich auf einen Stuhl vor dem mit Papieren überhäuften Schreibtisch des untersetzten Mannes. »Ich habe in der letzten Woche Ihre Nachricht erhalten. Ich hatte nicht damit gerechnet, so schnell in die Stadt zurückzukehren, doch mein Vater hat Freunde in der Marine Seiner Majestät. Wir sind zu der Siegesfeier gekommen. Und natürlich auch zur Beerdigung von Lord Nelson.«

»Natürlich.« Der Mann fingerte in dem Papierwust auf seinem Schreibtisch und zog eine Akte hervor, die voller Kaffeeflecken war. Er öffnete sie, überflog den Inhalt und reichte dann alles Caroline. »Ich denke, Ihr werdet all die Informationen dort finden, nach denen Ihr gesucht habt.«

Lange Zeit saß Caroline nur da und las. Ihre Augen wurden vor Erstaunen immer größer, ihr Herz schlug immer schneller. »Gütiger Himmel …«

»Ganz genau, Mylady.«

»Lieber Gott, das ist ja ungeheuerlich – diese Frau ist nichts Besseres als eine gewöhnliche Schlampe.« Sie hob den Kopf und sah ihn an. »Mein armer, lieber Matthew. Irgendwie muß sie ihn hinters Licht geführt haben.«

»Die Leute in Bucklers Haven ... sie behaupten, Jessica Fox sei schon immer ein schlaues Mädchen gewesen. Sie war von schnellem Verstand, doch noch schneller, wenn es darum ging, einem Mann die Börse zu stehlen.«

»Gütiger Gott, das Mädchen ist auch noch eine Diebin?«

»*War,* Mylady. Wenn Ihr weiterlest, werdet Ihr feststellen, daß sie die hochgeachtete Akademie von Mrs. Seymour besucht hat, genau, wie sie es behauptet hat. Sie war eine der besten Schülerinnen dieser Schule.«

Caroline runzelte die Stirn. »Ein Dieb ist ein Dieb, Mr. McMullen. Ein solcher Mensch ändert sich nur sehr selten.«

»Einige schon«, widersprach er.

»Ja ... nun ja, das ist jetzt auch nicht mehr so wichtig. Ihr habt Eure Aufgabe erfüllt. Ich habe all die Informationen, die ich brauche, und schon sehr bald wird Gräfin von Strickland ihre gerechte Strafe bekommen.«

McMullen schwieg. Er saß nur da und starrte auf die Akte, die Caroline fest an ihre Brust gepreßt hatte.

»Danke, Mr. McMullen. Ich werde Euch gleich morgen früh einen Wechsel auf meine Bank zukommen lassen.«

Er nickte stumm.

»Und ich werde Euch mit Freuden jedem anderen empfehlen, der Eure Dienste in Anspruch nehmen möchte.«

Doch in diesem Augenblick, als Willis McMullen an die wunderschöne, gebildete junge Frau dachte, die aus der armen kleinen Jessie Fox geworden war – und daran, was Lady Caroline Winston mit dem Ergebnis seiner Untersuchungen anfangen würde, war er gar nicht so sicher, daß er auf diesem Gebiet weiterarbeiten wollte.

Matthew lief unruhig auf dem Deck des Schoners *Discovery* auf und ab, der auf das ferne London zusegelte. Statt schon am gestrigen Morgen in London anzukommen, wie es geplant war, würden sie erst einige Stunden nach der Abenddämmerung Anker werfen. Eine rauhe See und ein stetiger Wind von vorn hatten ihre Reise um zwei Tage verlängert.

Jetzt würden er und vier andere Offiziere, die mit ihm zusammen aus Trafalgar nach London zurückkehrten, gleich zu der Siegesfeier ins Pantheon in der Oxford Street gehen müssen.

Matthew trug seine Uniform, die goldenen Epauletten blitzten, die Messingknöpfe waren poliert, seine schwarzen Stiefel glänzten. Er kämpfte gegen seine Ungeduld an und lächelte voller Vorfreude. Wenn alles so lief, wie er es geplant hatte, dann wäre er in zwei Stunden bei Jessie.

»Jessie«, flüsterte er leise vor sich hin, nur um den Klang ihres Namens zu hören. Dann schickte er ein kurzes Dankgebet zum Himmel, dafür, daß Gott ihm erlaubt hatte weiterzuleben.

Er hatte es nicht geglaubt, nicht in diesen dramatischen Augenblicken, als das Schiff überrannt worden war, er verletzt gewesen war und zusätzlich eine Kugel in die Schulter bekommen hatte, was ihn kampfunfähig gemacht hatte. Aber die Männer der *Norwich* hatten sich noch einmal gesammelt. Sie hatten ihn verteidigt und die Spanier zurückgeschlagen. Sie hatten die *San Justo* erobert und zusammen mit der übrigen Flotte Nelsons die Franzosen in einem erstaunlich klaren Sieg geschlagen.

Am Ende hatten viele der Männer die Schlacht nur überlebt, um später in dem orkanartigen Sturm, der vom folgenden Tag an über sie hereinbrach, zu sterben. Sechs grauenvolle Tage lang hatte die *Norwich* in ihrem angeschlagenen Zustand den tobenden Elementen getrotzt. Sie hatte die Männer, die sie liebten, in die Sicherheit getragen.

Und jetzt fuhr einer von ihnen nach Hause.

Matt versuchte, den Schmerz in seiner Schulter zu ignorieren. Er tigerte auf dem Deck auf und ab. Seine Ungeduld war mit jedem Tag größer geworden, je näher er von Gibraltar aus seinem Ziel London kam. Er sehnte sich verzweifelt danach, Jessie wiederzusehen, um ihr all das zu sagen, was er inzwischen herausgefunden hatte. Er wollte ihr sagen, daß er sie liebte.

In den Tagen nach der Schlacht hatte er viel Zeit zum Nachdenken gehabt. Die richtige Frau war, wie Graham es gesagt hatte, ein Gewinn und keine Verpflichtung. Sie war ein Partner im Leben, jemand, der einem half, die Last zu tragen. Wie die Mannschaft auf einem Schiff, arbeitete man als Team zusammen, unterstützte einander in Zeiten der Not. Er stellte sich ein Leben mit Caroline vor und erkannte, daß eine solche Frau eine Last war und kein Gewinn. Eine verwöhnte, abhängige Frau und nicht eine, auf die er sich verlassen konnte.

Matt starrte den näher kommenden Lichtern entgegen. Er konnte es nicht erwarten, Jessie endlich wiederzusehen. Er würde alles wiedergutmachen, er würde sie glücklicher machen, als sie es je im Leben gewesen war. Wie er es ihr versprochen hatte, kam er diesmal nach Hause, um für immer zu bleiben.

25

Jessie beugte sich über das riesige Himmelbett und schüttelte vorsichtig die Kissen hinter dem Kopf des Marquis auf. »Und du bist auch ganz sicher, daß es dir gutgeht?«

»Dieses verflixte Wechselfieber«, brummte er. »Es kommt immer zu den unmöglichsten Zeiten.« Er murmelte noch etwas, das sich wie ein Fluch anhörte, dann blickte er zu ihr auf. »Natürlich bin ich in Ordnung. Geh du nur zu der Siegesfeier, wie es der Admiral in seiner Nachricht gewünscht hat. Hoffentlich wird dein lang vermißter Ehemann dort eintreffen, noch ehe der Abend zu Ende ist. Matthew und ich werden uns dann halt erst morgen früh wiedersehen.«

Sie blickte zu Lemuel, dem alternden Kammerdiener von Papa Reggie, der kerzengerade an der Tür stand. »Ich werde mich für Euch um ihn kümmern, Mylady. Ich verspreche Euch, wenn Ihr zurückkehrt, werdet Ihr feststellen, daß er bestens versorgt worden ist.«

Sie entspannte sich ein wenig bei diesen Worten. »Danke, Lemuel.« Der Marquis fühlte sich nicht wohl. Deshalb mußte er darauf verzichten, die triumphale Rückkehr seines Sohnes persönlich mitzuerleben. Doch sein leichtes Fieber war schon wieder etwas gesunken, und er schien nicht ernsthaft erkrankt zu sein.

Jessie lächelte. »Also gut, dann werde ich gehen. Adam und Gwen werden jeden Augenblick hiersein.« Sie beugte sich zu Papa Reggie und gab ihm einen Kuß auf die Wange. »Oh, Papa Reggie, ich kann es kaum erwarten, ihn wiederzusehen. Bist du auch sicher, daß ich hübsch genug bin?« Sie blickte an ihrem Kleid mit der hohen Taille hinunter. Es war aus mitternachtsblauem Samt, besetzt mit Satin und Straßsteinen.

Der alte Herr lachte vergnügt. »Meine Liebe, du bist eine Augenweide. Wenn Matthew sich noch nicht ganz wieder erholt hat, dann wird er das auf jeden Fall in dem Moment tun, wenn er dich sieht.«

Sie lächelte dankbar, warf ihm eine Kußhand zu und schwebte aus dem Zimmer. Ihr Herz klopfte heftig vor Aufregung. Gwen und Adam warteten schon unten im Salon auf sie. Sie standen beide vom Sofa auf, als Jessie den Raum betrat.

»Ich hoffe, dem Marquis geht es besser«, meinte Adam.

»Sein Fieber hat nachgelassen. Ich denke, er ist bald wieder gesund. Die Tatsache, daß Matthew endlich nach Hause kommt, wird wohl auch seinen Teil dazu beigetragen haben.«

»Du bist sicher schrecklich aufgeregt«, vermutete Gwen und lächelte sie an. »Jetzt, wo ich Adam habe, kann ich erst so richtig verstehen, was für Sorgen du dir gemacht haben mußt.« Sie warf ihrem Ehemann einen liebevollen Blick zu, und sein dunkles Gesicht leuchtete vor Glück. Neben Gwen ging Jessie zur Haustür. Adam legte ihr den Umhang über die Schultern, der von genau der gleichen mitternachtsblauen Farbe wie ihr Kleid war.

Sie stiegen in die Kutsche des Vicomte, Gwen setzte sich neben Jessie. »Ich habe mich noch nie so richtig bei dir bedankt«, begann Gwen. »Wenn du mich an diesem Abend nicht besucht hättest ... wenn du nicht zu Adam gegangen wärst, dann wären wir beide vielleicht nie zusammengekommen.« Der hochgewachsene Vicomte saß ihnen gegenüber. Wann immer seine Blicke auf Gwen ruhten, wurden seine Augen zärtlich. Es mußte schon eine ganz besondere Frau sein, die einen Mann wie St. Cere so anrühren konnte. Doch es war ganz offensichtlich, daß die beiden glücklich waren, sehr glücklich sogar. Sie sahen aus wie zwei strahlende Kinder an Weihnachten.

»Ich bin so froh, daß du glücklich bist, Gwen. Niemand hat das mehr verdient als du.« Jessie lächelte. Die beiden zusammen zu sehen machte ihre schmerzliche Sehnsucht nach Matthew noch größer.

Sie kamen im Pantheon auf der Oxford Street an, einem der herrlichsten Gebäude in London. Eine lange Reihe von Kutschen wartete darauf, die Passagiere vor den riesigen Türen aussteigen zu lassen. Der elegante viersitzige Landauer des Vicomte reihte sich in die lange Schlange ein. Ein paar Minuten später hielten sie vor der Eingangstür, und ein Lakai in Livree half ihnen beim Aussteigen. Auf einem langen roten Samtteppich betraten sie das Innere des Hauses, das verschwenderisch in den britischen Farben Rot, Blau und Weiß dekoriert war.

Admiral Dunhaven stand neben der Tür, um die Gäste zu begrüßen, zusammen mit Admiral Collingwood, Nelsons Unterbefehlshaber, und dem Premierminister William Pitt dem Jüngeren. Einige britische Generäle standen ebenfalls in der Reihe, wie Lord Chamberlain und der Herzog von York.

»Lady Strickland«, begrüßte Dunhaven Jessie. »Es ist schön, Euch zu sehen. Es tut mir leid, daß Euer Ehemann noch nicht angekommen ist, aber die letzten Berichte, die wir von der *Discovery* erhalten haben, sagen uns, daß er und die anderen auf dem Weg hierher sind. Ich bin sicher, sie werden bald eintreffen.«

»Das hoffe ich sehr, Admiral. Ich kann es kaum erwarten, meinen Mann wiederzusehen.«

Sein wettergegerbtes Gesicht verzog sich zu einem Lächeln. »Und ich bin sehr sicher, meine Liebe, daß Euer Gemahl noch ungeduldiger ist, Euch wiederzusehen.«

Jessie ging ins Innere des Hauses und hoffte, daß der Admiral recht hatte. Sie betete, daß Matthew sie auch nur halb so sehr vermißt hatte wie sie ihn. Das Pantheon war überfüllt. Die Wände mit den Fresken und die griechischen Pfeiler, auf denen das Dach ruhte, waren kaum zu sehen bei der Menge der elegant gekleideten Menschen. Es war eine eigenartige Versammlung, zwar eine Feier, weil die Bedrohung der französischen Invasion endlich zu Ende war, dennoch waren die meisten Anwesenden in dunkle Farben gekleidet, aus Ehrerbietung für ihren geliebten Helden Lord Nelson, der gefallen war.

Jessie betrat den großen Salon, der durch riesige Kronleuchter mit Kerzen erhellt wurde. An der Decke leuchteten Bilder von griechischen Tempeln, an den Wänden ragten korinthische Säulen auf, die Wände dazwischen waren mit schweren Gardinen aus Damast bespannt. Für eine Frau, die in Armut großgeworden war, war es schwer, nicht beeindruckt zu sein.

Jessie lächelte. Ihr Leben hatte sich in den letzten Jahren wirklich sehr verändert. Wer hätte je geglaubt, daß eine arme kleine Taschendiebin aus Bucklers Haven einmal Gast in einem Haus wie diesem sein würde? Sie betrachtete den Boden aus afrikanischem Marmor und die geschliffenen Glasleuchter. Dann erst bemerkte sie, daß sie in der Menschenmenge von Gwen und Adam getrennt worden war und daß sie in dem großen Salon offensichtlich Mittelpunkt des allseitigen Interesses geworden zu sein schien.

Sie wandte sich um, doch die Augen der Menge schienen ihr zu folgen. Zuerst glaubte sie, sie würde sich das alles nur einbilden, doch schon bald wurde ihr klar, daß die Menschen sie wirklich alle anstarrten. Vielleicht war es die Tatsache, daß sie ohne Begleitung zu sein schien, oder weil ihr Mann so etwas wie ein Held geworden war? Als sie dann aber die leise geflüsterten Worte hörte und das Murmeln der Menge, das eindeutig ihr galt, wurde ihr unheimlich.

Jessie blickte sich nach einem vertrauten Gesicht um. Sie sah zwar mehrere Damen aus dem Bekanntenkreis von Lady Bainbridge, doch niemanden, den sie wirklich gut kannte.

Die Frau, die ihr am nächsten stand, flüsterte ihrer Freundin etwas zu. Deren Augen wurden vor Erstaunen kugelrund, und sie blickte schnell zur Seite. Eine andere Frau trat ein paar Schritte zurück und zog ihren schweren seidenen Rock hastig aus dem Weg, als hätte gerade etwas Schmutziges ihren Weg gekreuzt.

Jessies Herz begann zu rasen, ihre Handflächen wurden feucht. Lieber Gott, was war nur los? Sie sah sich um und suchte nach Gwen, doch sie und Adam waren nirgendwo zu entdecken. Jemand lachte hämisch und deutete in ihre Richtung. Ein alternder Dandy rollte mit den Augen und sagte etwas zu einem dicken, grauhaarigen Händler, und die beiden lachten laut auf. Die Menge war weiter zurückgewichen. Sie bildete nun einen Halbkreis, in dessen Mitte Jessie als Zentrum der allgemeinen Aufmerksamkeit stand.

Panik stieg in ihr auf. Sie kämpfte gegen den verzweifelten Wunsch an wegzulaufen. Sie zwang sich, ruhig zu bleiben. Gelassen ging sie zur Tür in den nächsten Salon. Sie hielt den Kopf hoch erhoben, doch mit jedem Schritt zitterten ihre Beine stärker. Es schien, als würden die Menschen eine Gasse für sie frei machen.

Irgend etwas stimmte nicht. Stimmte ganz und gar nicht. *Lieber Gott, was war nur los?*

»Da ist sie ja«, flüsterte eine grauhaarige Matrone. »Das ist sie.«

»Ihr könnt doch sicher nicht Lady Strickland meinen?«

Die ältere Frau grunzte. »Wohl kaum eine Lady. Also, dieses Mädchen ist eine Diebin und eine Betrügerin. Die Wahrheit ist, ihre Mutter war eine Dirne. Nichts als eine schmutzige kleine Hure.«

Jessie schwankte. *Oh, lieber Gott.* Sie wäre gefallen, wenn nicht in diesem Augenblick der starke Arm eines Mannes, der aus der Menge trat, sie festgehalten hätte.

»Ganz ruhig«, flüsterte er ihr zu. »Haltet Euch an mir fest.« In seiner scharlachroten Kavallerieuniform erschien ihr Adrian Kingsland, Lord Wolvermont, wie ein Ritter in glänzender Rüstung. Er hatte nie zuvor besser ausgesehen – war ihr nie willkommener gewesen.

»Lady Strickland«, beruhigte er sie. »Eure Freunde haben nach Euch gesucht ... Lord und Lady St. Cere. Sollen wir zu ihnen gehen?«

Jessie fuhr sich über die Lippen. Sie fürchtete, daß sie kein Wort herausbringen würde. »Ja ...«, krächzte sie. Ihre Beine knickten fast ein, und alles Blut schien aus ihrem Gesicht gewichen zu sein.

Wolvermont legte ihre Hand auf seinen Arm, und sie richtete sich auf an seiner Stärke, faßte neuen Mut. Sie ließ sich von ihm aus dem Salon führen. Gerade, als sie durch die Tür gingen, entdeckte sie aus den Augenwinkeln Caroline Winston. In einem weißen Kleid stand sie im Schein eines Kronleuchters.

Ein grausames, triumphierendes Lächeln erhellte ihr Gesicht, und Jessies Magen hob sich bei diesem Anblick. Sie brauchte ihre ganze Kraft, um weiterzugehen.

»Ruhig.« Wolvermont hatte Caroline gesehen. Er wußte, wer sie war, und ahnte wie Jessie, was geschehen war.

»Ich kann ... ich kann meine Freunde nicht sehen. Ihr sagtet doch, sie suchen nach mir.«

Er lächelte. »Ich bin sicher, das würden sie auch tun, wenn sie wüßten, daß Ihr sie braucht. Doch leider dauert es eine gewisse Zeit, bis wir sie in dieser Menschenmenge gefunden haben.«

Ihre Hand klammerte sich fester um seinen Arm. »Nein ... bitte, Mylord. Ich ... ich würde gern nach Hause gehen. Dürfte ich Euch bitten, mich nach Hause zu bringen?«

Er nickte kurz. »Natürlich, Mylady. Es wird keine Umstände machen. Ich brauche nur einen Moment, um meine Kutsche rufen zu lassen.« Er wollte sie allein lassen, doch als er in ihr blasses Gesicht sah und das Zittern ihres Körpers fühlte, entschied er anders. »Vielleicht wäre es besser, wenn Ihr gleich mit mir kommt.«

Ein paar Minuten später saß Jessie ihm gegenüber in der Wolvermont-Kutsche. Ihr Gesicht war kreidebleich, und sie kämpfte mit den Tränen. Doch sie verlor den Kampf – langsam begannen die Tränen über ihre Wangen zu rinnen.

»Lady Strickland«, hörte sie die tiefe Stimme des Barons aus der Dunkelheit der Kutsche. »Euer Mann wird bald zu Hause sein. Matthew wird die Dinge wieder zurechtrücken. Wenn er erst einmal hier ist, wird alles wieder in Ordnung sein.«

Jessies Kopf fuhr hoch. »Oh, lieber Gott – Matthew.« Sie klammerte sich an den muskulösen Arm des Barons. »Ihr müßt zurückfahren und ihn warnen. Ihr dürft ihn nicht dort hineingehen lassen. Bitte ... versprecht mir, daß Ihr auf ihn warten werdet, daß Ihr ihn zurückhalten werdet, damit er nicht in dieses Haus geht.«

»Und was soll ich ihm sagen, Mylady?«

Ihre Tränen flossen jetzt ungehemmt. »Sagt ihm, sie wissen die Wahrheit. Sagt ihm, sie wissen von meiner Mutter ... daß ich nicht diejenige bin, die ich vorgegeben habe zu sein.« Sie blickte unter Tränen zu ihm auf. »Sagt ihm, wie leid es mir tut.«

»Lady Strickland ... Jessica ... bitte, weint doch nicht. Diese Menschen sind Eure Tränen nicht wert.«

Doch sie konnte nicht aufhören zu weinen. Alles, wofür sie gearbeitet hatte, all ihre Träume waren gerade in Schutt und Asche aufgegangen. Sie sagte nichts, als die Kutsche vor dem Stadthaus von Belmore anhielt. Sie schwieg auch, als der Baron sie zum Haus brachte und wartete, bis sich die Tür öffnete.

»Bitte ... Mylord. Ihr dürft nicht zulassen, daß sie ihm weh tun.«

»Euer Ehemann ist ein sehr starker Mann, Lady Strickland. Ihr könnt Euch auf ihn verlassen. Er wird Euch zur Seite stehen in dieser Angelegenheit.«

Jessie nickte wortlos. Sie konnte sich auf Matthew verlassen, daran hatte sie niemals gezweifelt. Sie war seine Frau. Seine Ehre verlangte von ihm, daß er zu ihr stand. Er würde es tun, ganz gleich, was es ihn kostete. Doch Matthew würde leiden. Papa Reggie und der Name von Belmore wären ruiniert. Und alles nur, weil sie versucht hatte, etwas zu sein, das sie nicht war.

Schmerz stieg in ihr auf. Und ein heißes Schuldgefühl. Und

Bedauern. Sie hatte Matthew in die Ehe gelockt und hatte seine Pläne für ein Leben mit Caroline Winston zunichte gemacht.

Nun, jetzt würde sie ihn nie wieder verletzen.

Ihre Beine zitterten noch immer, als sie leise die Treppe zu ihrem Zimmer hinauflief und die Tür hinter sich schloß. Ein Koffer lag unter ihrem Bett. Sie zog ihn hervor und begann, ihre praktischsten Kleidungsstücke einzupacken.

Reisekleidung. Sie würde die kleine Sarah mitnehmen – eine weitere Last, die sie Matthew und Papa Reggie aufgebürdet hatte –, und sie würde für immer aus ihrem Leben verschwinden. Matthew könnte allen erzählen, daß er die Wahrheit nicht gewußt hatte über sie und das Kind, daß er und sein Vater von ihr betrogen worden waren, genau wie alle anderen auch. Papa Reggie war schlau, ihm würde schon etwas einfallen.

Sie dachte an den lieben alten Mann, den einzigen Vater, den sie je gekannt hatte, und ein dicker Kloß saß in ihrem Hals. Sie würde ihn so schrecklich vermissen. Niemand war je so freundlich zu ihr gewesen wie er. Der Kloß wurde dicker, er schnürte ihr den Hals zu. Wenigstens wäre er nicht ruiniert. Wenn sie erst einmal weg war, würde Matthew ihre Ehe annullieren lassen können, und mit der Zeit würde die Adelsgesellschaft ihm vergeben. Sie würden ihn wieder gnädig in ihren Reihen aufnehmen.

Jessies Herz verkrampfte sich. Sie ignorierte ihre bebenden Hände und die Qual in ihrem Inneren. Rasch packte sie eine Tasche für Sarah und hoffte, daß Vi nicht aufwachen würde. Doch gerade, als sie neben Sarahs Bett stand und sich hinunterbeugte, um das Kind hochzuheben, bewegte sich Viola.

Sie blinzelte, dann wurde sie langsam wach und blickte sich um, als sei sie nicht sicher, wo sie sich befand. Einen Moment lang sagte sie nichts. Sie starrte nur in die Dunkelheit und entdeckte die Tasche neben dem Bett, in dem Sarah noch friedlich schlief.

»Also ... die Zeit ist gekommen, nicht wahr? Ich habe befürchtet, daß sie es früher oder später herausfinden würden.«

Jessie nickte unter Tränen. »Ich denke, tief in meinem Herzen habe ich es auch gewußt. Ich wollte es nur nicht wahrhaben.«

Viola seufzte. »Armes kleines Lämmchen. Ich wünschte, die Dinge würden anders aussehen, aber für einen Menschen wie dich ist das wohl sehr unwahrscheinlich.«

»Ich muß weg, Vi. Ich kann ihnen nicht noch mehr Leid zufügen, als ich es schon getan habe.«

Vi stemmte ihren schweren Körper im Bett auf. »Hattest du etwa die Absicht, mich hierzulassen? Du wolltest ganz allein losziehen mit der Kleinen?« Sie brummte unwillig und begann, sich anzuziehen.

»Du brauchst hier nicht weg, Vi. Der Marquis wird für dich sorgen. Du wirst immer einen Platz haben in Belmore.«

»Mein Platz ist bei dir. Ich liebe dich wie die Tochter, die ich nie hatte. Und die kleine Sarah braucht mich.«

»Oh, Vi ...« Jessie sank in die Arme der mütterlichen Freundin. »Ich liebe dich. Wenn du wirklich mitkommen willst – es gibt niemanden, den ich lieber bei mir hätte als dich.«

»Und wo willst du hin?«

Jessie griff nun nach Sarah. »Wo immer das nächste Schiff hinsegelt, das aus London abfährt. Ich habe ein bißchen Geld gespart, genug, um die Schiffspassage bezahlen zu können.« Sie hob Sarah aus dem Bett, die unwillig murmelte, als sie langsam wach wurde.

»Ich ziehe das Kind an«, bot sich Vi an. »Tu du das, was du zu tun hast.«

Jessie nickte. Sie warf Vi noch einen Blick zu, dann verließ sie das Zimmer. An der Tür zum Zimmer ihres Mannes blieb sie stehen. Heute nacht hätten sie zusammen geschlafen. Sie hätten einander herrlich und voller Leidenschaft geliebt und wären dann in den Armen des anderen eingeschlafen. Sie hatte Matt Seaton geliebt, solange sie denken konnte. Viele Jahre hatte sie davon geträumt, seine Frau zu sein.

Immer hatte sie ihre Träume gehabt. Immer. Sie hatten ihr durch schwere Zeiten geholfen, wenn sie hungrig war, wenn sie fror und wenn sie sich verzweifelt einsam fühlte.

Doch jetzt hatte sie keine Träume mehr. Sie hatte entdeckt, daß es nichts als gefährliche Illusionen gewesen waren.

Mit feuchten Händen öffnete sie die Tür, dann betrat sie das Zimmer. An der Kommode blieb sie stehen. Sie berührte einige von Matthews Sachen: einen Kamm mit einem silbernen Rücken, einen kleinen ledergebundenen Gedichtband, eine Porzellanminiatur seiner Mutter in einem Rahmen aus Elfenbein. Sie holte tief Luft, dabei stieg ihr ein schwacher Duft seines Parfüms und der männliche Geruch nach Leder in die Nase.

Ihr Hals war wie zugeschnürt. Sie versuchte, sich sein Gesicht vorzustellen, und dachte daran, wie leer ihr Leben ohne ihn sein würde. Ihr Herz war gebrochen. Sie fühlte sich wie ein junger, nackter Vogel, der aus dem Nest gefallen war.

Sie zwang ihre Füße weiterzugehen, hinüber zu dem Schreibtisch in der Ecke des Raumes. Dort holte sie ein Blatt Papier aus einer der Schubladen, nahm einen Federkiel und tauchte ihn in das Tintenfaß.

Mein Liebling, Matthew, begann sie zu schreiben, und bei jedem einzelnen Wort flossen ihr die Tränen über die Wangen.

Matthew stieg aus der Mietkutsche, die er und Eustace Bradford, einer der Kapitäne von Trafalgar, sich am Dock gemietet hatten, sobald die *Discovery* im Hafen angelegt hatte. Drei weitere Schiffskapitäne folgten ihnen in einer anderen Kutsche, alle konnten es kaum erwarten, an der Siegesfeier teilzunehmen.

Matthew war der ungeduldigste von allen. Wenigstens würde er jetzt seine geliebte Jessie wiedersehen. Bei dem Gedanken klopfte sein Herz schneller. Er schmunzelte, als er daran dachte, daß eine Frau so auf ihn wirken konnte, ganz besonders dieses Energiebündel, das seit ihrer Kindheit alles daran gesetzt hatte, ihn zu ärgern.

Aber Tatsache war, daß sie ihm sein Herz gestohlen hatte, und jetzt, nachdem er das auch vor sich selbst zugegeben hatte, fand er, daß er der glücklichste Mann auf der Welt war.

Er hatte die Tür des Pantheon schon fast erreicht, als ein Mann aus dem Schatten neben der Tür trat.

»Matthew?« Es war Adrian Kingsland. »Ich fürchte, ich muß mit Euch reden.«

Matt warf einen sehnsüchtigen Blick zur Tür. »Geht schon vor, Kapitän Bradford«, forderte er seinen Begleiter auf. »Ich komme sofort nach.« Er wandte sich um und sah Wolvermont an. Doch was er im Gesicht des gutaussehenden Mannes las, machte ihm angst. »Was ist los, Adrian? Was ist geschehen?«

Wolvermont kratzte sich am Kopf. »Es hat sich ein Problem ergeben.«

Furcht stieg in ihm auf. »Ist etwas mit Lady Strickland? Jessie ist doch nichts geschehen?«

»Es geht ihr gut, Matthew. Sie ist nicht verletzt oder krank ... so etwas ist es nicht, aber ...«

»Wo ist sie?« Er blickte zu dem hellerleuchteten Haus und machte dann einige Schritte darauf zu, doch Wolvermont stellte sich ihm in den Weg.

»Eure Frau ist nach Hause gegangen. Ich selbst habe sie nach Hause gebracht. Sie hat mich gebeten, hierher zurückzukommen und auf Euch zu warten. Sie wollte, daß ich Euch warne ... ich soll Euch sagen, daß man die Wahrheit über sie herausgefunden hat.«

»Die Wahrheit? Welche Wahrheit?« Das alles ergab keinen Sinn. Er konnte überhaupt nicht mehr denken, die Sorge um sie brachte ihn fast um.

»Ich habe mich ein wenig umgehört, als ich zurückgekommen bin. Offensichtlich hat man herausgefunden, wer ihre Mutter war ... daß Jessie in Wirklichkeit gar nicht die entfernte Cousine Eures Vaters ist. Ich habe da zwar nur eine vage Vermutung, aber ich würde sagen, Eure abgeblitzte Verlobte steckt hinter der ganzen Sache. Wer auch immer es war, der sich die Mühe gemacht hat, das herauszufinden, er hat gute Arbeit geleistet und den Ruf Eurer Frau gründlich ruiniert.«

Matthew schloß die Augen. Er versuchte sich zu fassen. Doch alles in seinem Inneren drehte sich allein um Jessie. Er empfand mit ihr die bittere Enttäuschung, die ihr seine sogenannten Freunde zugefügt hatten.

»Das war immer ihre größte Angst«, sagte er leise und wandte sich zur Straße um. »Ich muß zu ihr. Ich muß sie aus

London wegbringen. Jetzt ist es nur noch wichtig, daß ich sie beschütze.«

Er wollte gerade eine Mietkutsche heranwinken, doch Wolvermont zupfte ihn am Ärmel. »Meine Kutsche wartet, ich werde Euch nach Hause bringen.«

Matthew nickte stumm. Er konnte an nichts anderes denken als an Jessie. An den grausamen Verlust, den sie fühlen mußte – er wünschte, er hätte bei ihr sein können, als sie ihn am nötigsten gebraucht hatte.

Matthew rannte die breiten Stufen vor der Tür des Stadthauses von Belmore empor, sein Herz klopfte lauter, als seine Stiefel auf der Treppe dröhnten. Nur eine einzelne Lampe brannte im Salon. Dort suchte er gar nicht erst nach Jessie. Zwei Stufen nahm er auf einmal, als er die Treppe schier hinaufzufliegen schien zu ihrem Zimmer. Aber das war leer. Die Verbindungstür zu seinen Räumen war geöffnet. Schnell lief er hinüber: nichts! Die Angst, die ihn mit eisigen Klauen gefangenhielt, wurde immer stärker.

Eine kleine Lampe brannte auf seinem Schreibtisch, der Docht war heruntergedreht. Das spärliche Licht warf einen gelben Schein auf das Blatt Papier, das auf dem Schreibtisch lag.

Mit zitternder Hand griff Matthew nach dem Papier, sein Herz war schwer. Er zwang sich, die Worte zu überfliegen.

Mein Liebling, Matthew,
Wenn Du dies liest, dann werde ich nicht mehr da sein. Du wirst niemals ahnen können, wie leid es mir tut, daß ich einen solchen Schaden angerichtet habe. Bitte glaube mir, daß es niemals meine Absicht war, Dich zu verletzen und Deinen Vater, der immer so gut zu mir war. Es ist grauenvoll, daß ich seine Zuneigung und Freundlichkeit mit einem Skandal beantworte. Doch vielleicht kann der Schaden, den ich angerichtet habe, dadurch wieder gutgemacht werden, daß ich abreise.
Mein liebster Schatz, ich bitte Dich, erreiche eine Annullie-

rung unserer Ehe, so bald wie möglich. Sage einfach, daß ich Dich durch einen Trick dazu gebracht habe, den Eheschwur zu leisten, daß ich Dich betrogen habe, so wie sie alle.
Mach Dir keine Sorgen um die kleine Sarah. Ich werde sie mitnehmen. Dadurch wird nicht länger die Möglichkeit bestehen, daß ihre Vergangenheit Dich in Verlegenheit bringen könnte. Noch einmal sage ich Dir, daß es mir unendlich leid tut. Du sollst wissen, daß ich Dich immer lieben werde, aus tiefstem Herzen.

Jessie

Die Worte verschwammen hinter einem Tränenschleier, bis Matthew schließlich gar nichts mehr sehen konnte. Er zerknüllte das Papier in seiner Faust, seine Brust war so zugeschnürt, daß er kaum atmen konnte. Er wandte sich um, ging zur Tür und die Treppe hinunter. Als er Ozzie in der Eingangshalle erblickte, der ihm mit verstörtem Gesicht entgegensah, blieb er stehen.

»Wo ist mein Vater?«

»Im Salon, Mylord.«

Er ging hinüber zum Salon, doch dort war alles dunkel. Erst dann bemerkte er, daß sein Vater im Dunkeln saß. Mit wenigen langen Schritten war er bei ihm, an dem Schaukelstuhl neben dem beinahe verglühten Feuer im Kamin.

»Sie ist weg«, sagte Matthew ohne weitere Einleitung.

Der alte Mann nickte nur. Der schwache Schein des erlöschenden Feuers zuckte über sein von Kummer gezeichnetes Gesicht. »Was wirst du tun?«

Der Schmerz preßte Matthews Brust zusammen. »Was ich tun werde?« Ein bitteres Lachen entrang sich seiner Brust. »Meine Frau und ein verängstigtes kleines Kind sind irgendwo dort draußen in den dunklen Straßen. Sie haben sich fortgestohlen, mitten in der Nacht, aus irgendeinem irrigen Wunsch heraus, mich beschützen zu müssen. Und du fragst mich, was ich tun werde?« Er starrte seinen Vater an, doch dessen Gesicht verriet nichts von seinen Gedanken. »War ich wirklich so schrecklich?« fragte er mit gebrochener Stimme. »Hast du wirklich geglaubt, ich würde Jessie und Sarah opfern, um den guten Namen von Belmore zu wahren?«

Sein Vater räusperte sich. »Ich habe gewußt, daß dir etwas an ihnen liegt, doch wieviel, da war ich mir nicht sicher.«

»Dann werde ich es jetzt ganz deutlich machen. Ich werde sie suchen. Jessie ist meine Frau, Sarah ist meine Tochter. Sie sind meine Familie, genau wie du es bist. Ich liebe sie mehr als mein Leben, und ich gebe überhaupt nichts darum, was die anderen denken.«

Der Marquis richtete sich etwas auf. Zum ersten Mal, seit er den Brief auf dem Schreibtisch seines Sohnes gelesen hatte, fühlte Reginald Seaton wieder einen Hoffnungsschimmer in seinem Herzen. »Der Kutscher hat sie zu den Docks gebracht. Er hat sich Sorgen gemacht, daß etwas nicht stimmt. Deshalb hat er nach seiner Rückkehr mit Ozzie gesprochen. Ozzie kam zu mir, und ich fand dann den Brief, den sie dir geschrieben hatte. Ich dachte, es wäre besser, zu warten, bis du wieder da bist.«

»Wie lange ist es her, seit sie abgefahren sind?«

»Schon ein paar Stunden. Glaubst du, du wirst sie finden können?«

Matt zerdrückte das Papier, das er noch immer in der Faust hielt, zu einer harten Kugel. »Ich werde sie finden.« Ohne einen Blick zurückzuwerfen, ohne auf den stechenden Schmerz in seiner Schulter zu achten, ging er zur Tür.

Die Stimme seines Vaters ließ ihn kurz innehalten. »Matthew?«

Er wandte sich um. »Ja, Vater?«

Ein gütiges Lächeln lag um den Mund des alten Mannes. »Willkommen zu Hause, Sohn.«

26

Sie nannten sie Lady Blue. Jessie beugte sich über den zerkratzten Holztisch im Red Horse Inn und wischte das Bier weg, das als Pfütze darauf stand. Lady Blue. Ein merkwürdiger Name für eine Frau, deren Gesicht so gar nicht zu dem kaum verhohlenen Schmerz zu passen schien, den sie tapfer in sich zu verbergen versuchte.

Sie wischte sich die von der Arbeit rauh gewordenen Hände an der Schürze ab, die sie über den schlichten braunen Rock gebunden hatte. Dann ging sie zu der Bar zurück, um eine Runde Grog für die Seeleute zu holen, die gerade das Gasthaus betreten hatten. Die Taverne stand am Kai, mit Blick auf den Hafen von Charleston, einer kleinen Hafenstadt an der Küste von Südcarolina.

Vor über einem Monat hatten sie, Sarah und Viola die beschwerliche Seereise nach Amerika gemacht. Sie waren an Bord eines der drei Schiffe gegangen, die am nächsten Morgen mit der Flut den Hafen von London verlassen hatten. Ein anderes Schiff war nach Westindien gesegelt, eines zu den weit entfernten Küsten Indiens. Amerika war Jessie als die beste Lösung erschienen.

Zusätzlich war der Kapitän einverstanden gewesen, seine Passagiere zu verheimlichen, für den Fall, daß Papa Reggie gemerkt hätte, daß sie nicht mehr da war, und versucht hätte, sie aufzuhalten. Kaum dachte Jessie an ihn, verspürte sie wieder diesen dicken Kloß im Hals. Sie vermißte ihn so sehr. Sie hoffte, daß es ihm gutging und daß ihm der Skandal gesundheitlich nicht allzusehr geschadet hatte.

Sie versuchte, nicht an Matthew zu denken. Denn wann immer sie das tat, brach sie in Tränen aus, und geweint hatte sie mehr als genug, seit sie England verlassen hatte. Dennoch spiegelte sich ihre Trauer wohl in ihrem Gesicht, denn die Männer in der Taverne waren geradezu rührend besorgt, sie aufzumuntern. Sie hatten ihr Geschichten erzählt von ihren Reisen um die

Welt, hatten ihr kleine Geschenke mitgebracht und Lieder für sie gesungen. Sie behandelten sie mit einer Freundlichkeit, die Jessie nicht erwartet hatte. Sie beschützten sie, wenn ein Fremder zu grob wurde oder die Späße von einem der Seeleute zu dreist.

Sie nannten sie Lady Blue – wegen ihrer wunderschönen, aber so traurigen blauen Augen.

Über Jessies Gesicht glitt ein verlorenes Lächeln. Sie dachte an die kleine Sarah, die auf ihrem Strohbett auf dem Fußboden des Zimmers schlief, das die drei sich teilten und das über einem Stall lag. Sie wünschte, das Kind würde nicht das gleiche Leben leben müssen, das sie als Kind erlitten hatte.

Aber vielleicht mußte sie das ja gar nicht. Vielleicht konnte sie dieser Umgebung entkommen. Vielleicht …

Jessie seufzte, als sie die Becher mit Grog auf den Tisch vor die Männer stellte.

Auch Sarah würde diesem Leben nicht entkommen. Sie alle würden das nicht schaffen.

Es war ein Traum, den Jessie schon vor langer Zeit aufgegeben hatte.

»Hierher, Mädchen«, brüllte einer der Seeleute. »Ich brauche dringend einen Becher Grog, beeil dich!«

»Halt die Füße still, Mann«, rief einer der Stammgäste, Jake Barley. »Siehst du nicht, daß das Mädchen sich beeilt, so gut es kann?«

Jessie schenkte ihm ein dankbares Lächeln und wandte sich dann wieder den Seeleuten zu.

»Sie kann mit ihrem hübschen Arsch hier herüberwackeln, sobald sie fertig ist«, grölte ein muskulöser Ire, der ihm gegenübersaß, und schob seinen Stuhl zurück.

»Halt deine dreckige Klappe«, warnte Sean Nolan. »Siehst du nicht, daß du mit einer Lady sprichst?«

Der Mann musterte sie eingehend, doch dann brummte er nur und zuckte die Schultern.

Eine Lady. Das war sie wohl kaum. Und es war klar und deutlich, daß sie niemals eine sein würde. Es überraschte sie jedoch, daß der Gedanke daran sie noch immer beschäftigte.

Matthew stand an der Reling des Briggschoners *Windmere.* Am nächsten Tag würden sie in Charleston ankommen. Noch einen Tag war er von seinem Ziel entfernt. Es war der längste Tag, an den er sich erinnern konnte.

Er beschattete seine Augen mit der Hand vor der Sonne, blickte zur Küste von Südcarolina hinüber und betete, daß er die Frau finden würde, nach der er suchte. Er hatte drei Wochen gebraucht, das Schiff zu suchen, mit dem sie geflüchtet war. Er mußte ganz sicher sein, daß es das richtige war. Denn wenn er die falsche Auskunft erhielt, würde er Monate damit verschwenden, in die verkehrte Richtung zu segeln. Und das würde bedeuten, daß er möglicherweise für immer ihre Spur verlöre.

Am Ende hatte er eine beträchtliche Belohnung ausgesetzt und damit Erfolg gehabt. Einer der Arbeiter am Dock erinnerte sich daran, drei Frauen gesehen zu haben, die an Bord der *Gallant* gegangen waren. Das Schiff war am nächsten Morgen nach Amerika ausgelaufen. Der Mann war sogar in der Lage gewesen, sie ziemlich genau zu beschreiben. Ein weiterer Mann bestätigte diesen Bericht, so daß Matt von der Aussage überzeugt war.

Er war zwei Tage später losgesegelt. Es war eine anstrengende Reise gewesen, die ewig zu dauern schien. Jeden Tag hatte er sich die unzähligen Gefahren ausgemalt, denen zwei alleinstehende Frauen mit einem Kind ausgesetzt waren. Jetzt starrte er die Küste an und betete, daß Jessie in Sicherheit war.

Er grübelte darüber nach, wo sie wohl sein könnte und ob sie ihn auch nur halb soviel vermißte wie er sie.

Er betete, daß Gott sein Flehen erhören und ihm helfen würde, sie zu finden. Er schwor sich, nicht eher aufzugeben, als bis er sie in die Arme schließen konnte.

In ihrem winzigen Zimmerchen über dem Stall beugte Jessie sich über das Kind mit dem goldenen Haar, das auf der Strohmatratze schlief. Zärtlich strich sie ihm das seidige Haar aus dem Gesicht. Sarah war heute abend sehr quengelig gewesen. Unentwegt hatte sie nach Matthew gefragt, hatte wissen wollen, warum ihr Papa nicht mit ihnen gekommen war. Jessie hatte ihr erzählt, daß er sie hätte begleiten wollen, jedoch daß wichtige Dinge ihn in Belmore zurückhielten.

Und Sarah hatte gefragt, wer denn jetzt für sie sorgen würde.

Jessie war keine Antwort darauf eingefallen. Sie wußte nur, daß sie etwas Besseres für Sarah gewünscht hatte: ein Zuhause, eine Familie, eine Mutter und einen Vater, die sie liebten. Sie hatte versucht, ihr eigenes Leben zu korrigieren, doch jetzt putzte sie die Bierpfützen von den Tischen in einem verräucherten Schankraum. Es war nicht fair. Aber, das hatte auch Wolvermont gesagt – das Leben war nur sehr selten fair.

Wenigstens war sie keine Dirne. Sie wußte, daß sie das niemals würde sein können. In ihrem Herzen war sie nach wie vor Matthews Frau, und nichts würde das jemals ändern.

Was auch immer geschah, was auch immer das Leben für sie bereithielt, sie würde so leben, daß er sich niemals dafür schämen müßte, sie gekannt zu haben.

Matthew ging durch die Gassen der Hafengegend von Charleston. Seine Schritte dröhnten auf den roh gezimmerten Brettern, die man als Schutz gegen den Schlamm über die Straßen gelegt hatte. Gestern war er an Bord der *Windmere* in der Stadt angekommen. Anderthalb Tage hatte er gebraucht, um sie zu finden – die Frau, die alle respektvoll Lady Blue nannten.

Es war eigenartig, wie der Name ihn angerührt hatte. Es war eine Mischung von Schuldgefühlen und dem Schmerz, den er ihr bereitet hatte, und gleichzeitig die Freude, daß ihre intensive Liebe so tief war wie die Liebe, die er für sie verspürte.

Doch jetzt rang er mit sich, was er ihr sagen sollte. Tausend Wörter spukten durch seinen Kopf, doch keines davon schien den Verlust ausdrücken zu können, den er gefühlt hatte, seit seine geliebte Frau ihn verlassen hatte.

Die richtigen Worte werden von ganz allein kommen, beruhigte Matthew sich energisch. Diesmal würde er sie aussprechen.

An der Tür des Red Horse Inn blieb er stehen. Sein Herz

schlug wie ein Schmiedehammer in seiner Brust. Sein Mund war ausgetrocknet. Er atmete tief durch, wischte seine feuchten Hände an der Hose ab und öffnete die Tür zu dem verräucherten Schankraum.

Jessie wrang den Lappen mit der Seifenlauge aus, mit dem sie die Holztische im Schankraum abwusch. Dann verzog sie das Gesicht, weil die Seife in ihre rauhen, geröteten Hände biß. Es war früher Nachmittag. An einem Tisch saß eine Gruppe von Seeleuten der *Windmere,* die gerade aus England gekommen war. Sie amüsierten sich bei einem spannenden Kartenspiel.

Jessie zwang sich, nicht zu ihnen hinüberzusehen, nicht zu ihnen zu gehen und jeden einzelnen nach Neuigkeiten aus ihrer Heimat auszufragen. Der Wunsch war fast übermächtig. Lieber Gott, sie wäre schon glücklich, nur ihrer Sprache lauschen zu können.

Statt dessen beugte sie sich über den Tisch und rubbelte noch heftiger. Sie versuchte, die peinigenden Erinnerungen zu verdrängen und die Gruppe der Seeleute zu ignorieren. Doch es schien ihr so unmöglich wie nicht zu atmen.

Jessie tauchte den Lappen wieder ins Wasser, wrang ihn aus und wischte über den Ecktisch. Einige Strähnen ihres blonden Haares hatten sich unter dem Tuch gelöst, das sie um ihren Kopf gebunden hatte. Sie kitzelten sie an der Wange. Ungeduldig schob sie die Haarsträhnen wieder unter das Tuch und machte sich erneut an die Arbeit. Sie bemerkte kaum die Schritte hinter sich, und als jemand hinter ihr stehenblieb, arbeitete sie gedankenverloren weiter. Erst, als sich eine feste Hand mit dunklen, gebräunten Fingern auf die ihre legte, hielt sie erschrocken inne.

»Eine ziemlich niedrige Arbeit, nicht wahr, mein Liebling? Für eine Gräfin ...?«

Die Hand über ihrer bebte leicht, und Jessie zuckte hoch. Sie konnte es nicht fassen, konnte es nicht glauben. Diese tiefe, vertraute Stimme war ... war ... »Matthew ...!« Verstört betrachtete sie sein geliebtes, markant geschnittenes Gesicht, und alles in ihrem Inneren verkrampfte sich und ermahnte sie, daß sie ihn wegschicken mußte. »Du hättest nicht kommen dürfen«, brachte sie krächzend heraus.

Seine tiefblauen Augen wanderten über ihr Gesicht. Zärtlich hob er ihre von der Arbeit rauh gewordenen Hände und preßte sie an seine Lippen. »Du bist meine Frau, Jess. Hast du wirklich geglaubt, ich würde dich einfach gehen lassen?«

Sie blinzelte und kämpfte mit den Tränen. Lieber Gott, sie liebte ihn so sehr. »Ich ... ich habe dir doch einen Brief geschrieben.«

»Ja ... du schienst der Meinung zu sein, das würde genügen.«

Ihr Atem kam gequält und stoßweise. »Alles, was du tun mußt, ist ...«

»Alles, was ich tun muß, ist, meine Ehe annullieren zu lassen. Stimmt das, Liebling?«

Der Schmerz schnürte ihr die Kehle zu. »Das ist richtig.« Sie vermied es, ihn anzusehen. So schaffte sie es, wie unbeteiligt weiterzureden. »Du brauchst keine Schuldgefühle zu haben. Nichts von alldem war dein Fehler. Ich habe dich durch einen Trick dazu gebracht, mich zu heiraten. In dieser Nacht ... in dem Gasthof ... alles, was du damals getan hast, war, mich zu küssen. Mehr ist nicht passiert. Ich ... ich habe dich angelogen.«

Sie hatte geglaubt, daß er zornig werden würde. Doch die tiefen Linien um seinen Mund entspannten sich. »Warum?« fragte er leise.

Sie starrte ihn mit diesen himmlischen blauen Augen an. »Weil ich dich geliebt habe.«

»Tust du das noch immer?«

Sie schluckte schwer. Trotz ihrer guten Vorsätze wollte sie nicht lügen. »Ja ...«

Matthew antwortete nicht, er blinzelte nur und sah zur Seite.

»Du hast eine Lady verdient, Matthew. Eine wirkliche, echte Lady und keine Betrügerin wie mich.« Ihre Stimme brach.

Er wandte sich ihr wieder voll zu, ein kleiner Muskel in seiner Wange zuckte. »Eine Lady? Tatsächlich? Um Himmels willen, Jess, du bist mehr Lady als jede andere Frau, die ich kenne. Du bist großzügig und liebevoll, du bist intelligent und entschlossen, und du bist so treu wie sonst niemand.« Er sah sie eindringlich an. »Alles, was ich für mein Glück tun muß, ist, meine Ehe annullieren zu lassen? Das Beste aufzugeben, das mir je im Leben widerfahren ist? Alles, was ich tun muß, ist, die einzige Frau zu verlassen, die ich je in meinem Leben geliebt habe? Den Rest meines Lebens soll ich damit verbringen, um dich und Sarah zu trauern? Ich soll dich zurücklassen – und in meinem ganzen Leben keinen Frieden mehr finden?«

Jessie schwindelte es. Zuerst ungläubig, aber dann mit wachsendem Glücksgefühl starrte sie Matthew an – und warf sich ihm übergangslos schluchzend in die Arme. Immer wieder flüsterte sie seinen Namen. »Matthew ... oh, Matthew, ich liebe dich so sehr.«

»Oh, Gott, Jess.« Er zog ihr das Tuch vom Kopf und fuhr mit den Fingern durch ihr seidiges Haar. Dann barg er ihr Gesicht an seiner Brust. »Ich habe dich so sehr vermißt. Ich liebe dich, Jess. Ich liebe dich mehr als mein Leben. Verlaß mich nie wieder.«

Jessie schloß die Augen, sie fühlte, wie die Tränen über ihre Wangen rannen. »Nein ... ich werde dich nie wieder verlassen.« Sie konnte es nicht, das wußte sie. Sie würde es nie mehr können. Es würde sie umbringen.

Sie trat einen Schritt zurück und sah ihn zweifelnd an. »Wie konnen wir aber je nach England zurückgehen, Matthew? Was sollen wir tun?«

»Wir brauchen nicht zurückgehen.« Er zog sie wieder in seine Arme. »Zumindest für eine Weile nicht. Wolvermont besitzt eine Plantage in Barbados. Wir können dort bleiben, solange wir wollen. Und wenn es uns gefällt, können wir uns eine eigene Plantage kaufen. Wenn nicht, können wir uns hier in Südcarolina umschauen. Im Grunde genommen ist es ganz egal, Jess. Solange wir nur zusammen sind.«

»Matthew ...« Jessie schlang die Arme um seinen Hals und schmiegte sich eng an ihn. Sie fühlte, wie ein leichtes Beben durch seinen Körper lief. Und endlich nahmen sie auch ihre Umwelt wieder wahr. Stühle schabten am Boden entlang, und belustigte Männerstimmen ertönten in ihrer Nähe.

Als Jessie aufblickte, entdeckte sie Jake Barley, der neben Sean Nolan stand, und noch ein weiteres halbes Dutzend bekannter Gesichter. Und alle grinsten sie an.

»Ihr seid gekommen, um Eure Lady nach Hause zu holen?« fragte Sean.

Matthew lachte ihn an. »Die Lady ist meine Frau, und ja, genau das will ich tun.«

»Wir dachten uns schon, daß früher oder später so etwas passieren würde«, feixte Jake. »Daß ein Mann hinter der Traurigkeit unserer schönen Lady Blue steckte, war klar. Und wenn er nicht aufgetaucht wäre, wäre er ganz sicher einer der weltgrößten Dummköpfe.«

Matthew blickte zärtlich in Jessies Gesicht. »Da haben Sie recht, mein Freund. Das wäre er wirklich.« Er beugte sich zu ihr und küßte sie vor allen Leuten auf den Mund. Es war ein vielversprechender, feuriger und inbrünstiger Kuß. Dem Grafen von Strickland konnte man eine Menge nachsagen, doch ein Dummkopf – das war er nicht.

Epilog

Reginald Seaton saß im Schein der warmen Nachmittagssonne, die durch die Fenster des Salons schien. Die kleine Sarah Seaton, die jetzt die Adoptivtochter seines Sohnes war, hopste begeistert auf dem Sofa neben ihm auf und ab. Auf seinen Knien ließ er den entzückten einjährigen Blondschopf Reginald Matthew II. reiten.

»Erzähl uns noch eine Geschichte, Großpapa«, quietschte Sarah. »Bitte.«

Der Marquis lachte vergnügt. »Ich glaube nicht, meine Süße. Großpapa wird langsam zu alt, um Märchen zu erfinden.« Er blickte zur anderen Seite des Zimmers, wo Cornelia Seaton, ehemalige Witherspoon, Lady Bainbridge, die frisch angetraute Frau des Marquis von Belmore, über etwas lachte, das Jessie gerade gesagt hatte. Seine Frau fühlte seinen Blick. Sie sah auf, und in ihren Augen las er, daß er bei weitem noch nicht so alt war, wie er behauptete. Sie mußte etwas in der Art zu Jessie gesagt haben, denn auch Jessie blickte zu ihm hinüber, und jetzt war sie es, die lachte.

Reggie griente. Er war froh über das Lachen, das er in den letzten beiden Jahren in Belmore so sehr vermißt hatte. Denn so lange hatte es gedauert, bis er den Weg geebnet hatte, damit seine Familie nach England zurückkehren konnte. Es waren zwei lange Jahre der Verschwörungen und des Ränkeschmiedens gewesen. Gewaltige Geldsummen hatten ihre Besitzer gewechselt. Landsdowne war eindringlich ermahnt worden, zusammen mit der diskreten Rückgabe seiner längst überfälligen Hypothek, daß die Informationen, die sich seine Tochter besorgt hatte, sicher falsch waren, daß da vielleicht irgend etwas verwechselt worden war.

Natürlich hatte seine Tochter protestiert. Sie hatte sich aufgelehnt gegen diese Unterstellung. Doch als der Graf erst einmal dafür gesorgt hatte, daß sie den reichen, anständigen Lord Burbage heiratete, einen Freund Matthews aus seiner Zeit in Oxford, hatte der wiederum darauf beharrt, daß Caroline die Wogen der Entrüstung, die durch ihren »Irrtum« entstanden waren, wieder glättete.

Der Detektiv aus der Bow Street war sehr leicht zu überzeugen gewesen. Man hatte ihm eine gutbezahlte Stellung in einer Londoner Sicherheitsfirma angeboten – und schon waren all seine Untersuchungsergebnisse »als Fälschung entlarvt«. Selbstverständlich war er selbst absolut schuldlos.

Und praktischerweise waren da auch noch all die lange fälligen Schulden, die der Marquis von Seaton jetzt unbedingt eintreiben mußte. Das brachte viele der säumigen Zahler dazu, ihm bedingungslos das zu glauben, was er über Jessicas Vergangenheit erzählte. Er wendete jeden Trick an, den er kannte, einschließlich gefälschter Dokumente, die er sich besorgt hatte, um Jessicas legitime Geburt nachzuweisen. Und schließlich hatte er sein Werk vollendet: Der gute Name von Belmore war wiederhergestellt, der junge Graf und die zu Unrecht verurteilte Gräfin von Strickland wurden von der Gesellschaft voll anerkannt.

Auch wenn den beiden das gar nicht mehr so wichtig war.

Das einzige, woran sie Interesse hatten, war die Tatsache, daß sie wieder eine Familie waren.

Und daß niemand sie mehr auseinanderreißen konnte.

Papa Reggies alte Knochen knirschten, als er vom Sofa aufstand. Zu lange hatte er mit dem Baby auf dem Schoß dort gesessen. Er lächelte, als er das jetzt schlafende Kind zu seiner Mutter trug.

»Nun, meine liebe Schwiegertochter, wann können wir damit rechnen, daß ein weiterer kleiner Seaton diese Familie vergrößert? Ich habe dir doch klargemacht, daß ich ein ganzes

Haus voller Enkelkinder erwarte, bevor ich meinem Schöpfer gegenübertrete.«

Jessie lachte. »Papa Reggie, seit dem Tag, an dem ich dich kennengelernt habe, bereitest du dich darauf vor, diese Erde zu verlassen. In Wirklichkeit wirst du uns wahrscheinlich alle überleben.«

»Jawohl, du alter Intrigant«, mischte sich nun Matthew in die Unterhaltung ein. »Wenn ich so an die Vergangenheit denke, dämmert mir, daß es Zeiten gegeben hat, wo du deine Krankheiten nur vorgetäuscht hast, um Jessie und mich zusammenzubringen.«

Der Marquis zog die dichten, weißen Augenbrauen hoch. »Wie kannst du nur etwas so Schändliches behaupten?« Doch das Aufblitzen in seinen Augen und die Art, wie er Cornelia zuzwinkerte, genügte, daß sich Jessie und Matthew anlachten.

»Selbst wenn du nur geschauspielert hast«, griente Matthew, wurde dann aber ernst, »möchte ich mich trotzdem bei dir bedanken, Vater. Jessie zu heiraten war das Beste, was mir je geschehen konnte. Und wenn du dafür verantwortlich bist, müßtest du dafür alle Orden dieser Welt bekommen.«

Jessie gluckste bei den Worten ihres Mannes. Sie beugte sich vor und gab ihm einen Kuß auf die Wange. Matthews Augen leuchteten begehrlich auf. Er flüsterte etwas in ihr Ohr, und ihr Lächeln wurde noch strahlender.

»Die Kinder sind müde«, erklärte Matt. »Und Jessie und ich könnten auch ein wenig Ruhe brauchen.« Zärtlichkeit lag in dem Blick, mit dem er Jessie betrachtete – und aufsteigende Leidenschaft. »Ich denke, wir werden uns zurückziehen, um uns vor dem Essen noch etwas zu entspannen.«

»Gute Idee«, stimmte Reggie seinem Sohn erheitert zu. »Wie ich schon sagte …«

»Ich weiß«, unterbrach Matt ihn schmunzelnd. »Du willst ein Haus voller Enkelkinder, ehe du deinem Schöpfer gegenübertrittst.«

Der Marquis, listig und verschmitzt wie immer, sah ihn wortlos an und grinste nur breit.